当代中国古代文学研究文库
丛书主编 傅璇琮 黄霖 罗剑波

唐音阁文萃

霍松林 著

复旦大学出版社

"当代中国古代文学研究文库"总序

中国古代的文学源远流长、光辉灿烂,从远古朴实的民谣、奇幻的神话,到《诗经》、楚辞、汉赋、唐诗、宋词、唐宋古文、元曲、明清小说……花团锦簇,美不胜收。它以无数天才的作家、优美的作品、多变的文体、鲜活的形象、生动的故事、独特的风格与鲜明的民族特点,充分地表现了中华儿女的传统美德、人生理想、聪明才智、崇高精神,以及审美情趣与艺术才能。它们是中华民族五千年传统文化珍贵的结晶,也是全世界文学之林中耀眼的瑰宝。

有文学,就有欣赏,就有批评,就有研究。早在先秦时代,对文学的批评就随处可见,如《左传》中写到季札在鲁国观乐,对《诗》中的众多作品一一作了点评。后来逐步产生了一批理论批评与研究专著,如刘勰的《文心雕龙》、锺嵘的《诗品》、严羽的《沧浪诗话》、刘熙载的《艺概》等,为中国古代文学的研究树立了典范。到20世纪初,在中西融合、古今通变的潮流中,中国古代文学研究的思维模式与书写方式都发生了明显的变化,截至1949年,已陆续产生了一批现代形态的中国古代文学研究成果。新中国建立以后,历史翻开了新的一页,近七十年来,特别是从上世纪 80 年代以来,当代的中国古代文学研究尽管有时也不免遇到这样或那样的干扰与曲折,但总体而言,不论是文献的整理或考辨,还是理论的概括与分析;不论是纵向或横向的宏观综论,还是对作家或作品的具体探索;不论是沿用传统的方法作研究,还是借用了外来的新论来阐释,都取得了可喜成绩,其人才之多、论著之富与质量之高都是前所未有、举世瞩目的。

这批当代的中国古代文学研究成果也是一笔宝贵的财富,特别是一些名家的代表性论著,本身也有学习与传承、总结与研究的重要价值。为此,在复旦大学出版社的倡议与支持下,我们陆续邀请了一批当代在世的研究中国古代文学有实绩、有影响的名家,由他们自选其有代表性的专论结成一集,每集字数在 30 万字左右。第一辑选有十位学者,年龄不等,照顾到各自研究对象的不同方面。以后将还陆续推出,计划本文库的总量在 50 本左右。

我们相信,本文库的每一集文字都曾经为学术史的推进铺下过坚实的一砖一石,都曾经如一股强劲的东风吹开过读者的心扉,拨动过大家的心弦。如今重温他们精到的论断、深邃的思考、严密的逻辑、优美的文字,乃至其治学的风范、人格的魅力,都可以为后来者提供学习与承传的典范,也为总结与研究新中国古代文学研究的辉煌历史铺路开道。我们这样重视中国古代文学的研究,希望能推动学界进一步深入地去研究中国古代文学的历史渊源、发展脉络、基本走向,搞清楚中国古代文学的独特创造、价值理念、鲜明特色,增强文化自信和民族自信,并积极地去发掘与阐发古代文学的当代价值,从中汲取优秀的思想精华、道德精髓和美学情趣,使之成为涵养社会主义核心价值观的重要源泉,为实现中国梦起到积极的作用。

最后,不能不说的是,正当我们这套丛书的第一辑即将付梓问世之时,傅璇琮先生于 2016 年 1 月 23 日突然病逝。在这套丛书的筹划与出版的全过程中,曾得到了病中的傅先生的悉心指导与全力帮助。他的逝世,是学界的重大损失,也直接影响了这套丛书的后续工作。我们将沿着既定的思路,编辑与出版好这套丛书,以作为对傅先生永远的纪念。

目 录

自序 …………………………………………………………… 1

第一辑 ………………………………………………………… 1

    杜甫论诗 …………………………………………………… 3
    论杜甫的创体诗 …………………………………………… 14
    论杜诗中的诙诡之趣 ……………………………………… 22
    杜甫与李白 ………………………………………………… 32
    杜甫与严武 ………………………………………………… 42
    杜甫与郑虔（附苏源明）………………………………… 52
    杜甫在秦州 ………………………………………………… 59

第二辑 ………………………………………………………… 65

    西昆派与王禹偁 …………………………………………… 67

论苏舜钦的文学创作 ·· 82
谈梅尧臣诗歌题材、风格的多样性 ····························· 96

第三辑 ·· 113

王若虚的文学批评 ·· 115
论赵翼的《瓯北诗话》 ··· 127
叶燮的诗歌理论及其影响 ······································· 134

第四辑 ·· 153

诗述民志
——孔颖达诗歌理论初探 ································· 155
从杜甫的《北征》看"以文为诗" ····························· 171
关于白居易的写作方法 ··· 181
论白居易的田园诗 ·· 198
白居易诗歌理论的再认识 ······································· 223
韩文阐释献疑 ·· 235
论唐人小赋 ··· 249

第五辑 ·· 269

略谈《三国演义》 ·· 271
略谈《西游记》 ·· 287
略谈《儒林外史》 ·· 299
试论《红楼梦》的人民性 ······································· 320
《燕丹子》成书的时代及其在我国小说发展史上的地位 ··· 336

霍松林学术编年 ·· 352

自　　序

顷应复旦大学出版社邀约,为该社"当代中国古代文学研究文库"编选自己的一部论文集。

编辑来信云,希望论文集之名能体现出中国古代文学研究的特色,遂以《唐音阁文萃》为名,盖"唐音阁"系1982年全国首届唐诗讨论会上程千帆学长为余书斋所作之榜书也。

本论文集收录了余自青年时代以来的部分有代表性论文,大致依照时间顺序和文章性质排列。第一组七篇杜甫研究的论文,包括《杜甫论诗》《论杜甫的创体诗》《论杜诗中的诙诡之趣》等,是余20世纪40年代后期在南京中央大学求学时所撰,先后发表于当时的《中央日报·泱泱》副刊上。这组论文,集中体现了余青年时代治杜之心得,虽为"少作"犹"不悔",故仍首先收入自己的这部论文集。

第二组为北宋文学研究的三篇论文,包括《西昆派与王禹偁》《论苏舜钦的文学创作》和《谈梅尧臣诗歌题材、风格的多样性》,为余20世纪50年代后期在大学讲授宋代文学时所撰,先后发表于当时的《人文杂志》和《文学遗产增刊》上。由于这是建国后最早的一批北宋文学相关学术论文,故亦收入。

第三组为金代与清代古文论研究的三篇论文,包括《王若虚的文学批评》《论赵翼的〈瓯北诗话〉》和《叶燮的诗歌理论及其影响》。关于王若虚文学批评的一篇,为1959年12月脱稿,人民文学出版社1962年出版余点校的《〈滹南诗话〉校注》时,作为"前言"而梓行。关于赵翼诗学理论的一篇,1961年春脱稿,人民文学出版社1963年出版余点校的《〈瓯北诗话〉校点》时付梓。叶燮诗歌理论研究的一篇,1964年写成初稿,人民文学出版社1979年出版余标点的《〈原诗〉〈说诗晬语〉校注》时,则作为校注"前言"而出版。

第四组为唐代文学及文论研究的七篇论文,包括《诗述民志——孔颖达诗歌理论初探》《从杜甫的〈北征〉看"以文为诗"》《论白居易的田园诗》《韩文阐释献疑》《论唐人小赋》等,基本为余20世纪80年代来专治唐代文学的一批成果,对杜甫、白居易、韩愈、孔颖达及唐代小赋等进行了深入研究,先后发表于《文学遗产》《古代文学理论研究》等刊物上。

第五组为关于《三国演义》《西游记》《红楼梦》《儒林外史》等明清小说名著及西汉前小说《燕丹子》研究的五篇论文。这些明清小说名著,现早已成为研究热门,乃至形成为"红学""西游学"等。但这批论文发表的时间,如关于《三国演义》的一篇,原载《语文学习》1954年第11期,后收入作家出版社《〈三国演义〉研究论文集》;关于《西游记》的一篇,原载《语文学习》1956年第2期,后收入作家出版社《〈西游记〉研究论文集》;关于《红楼梦》的一篇,原载《光明日报》1954年3月27日《文学遗产》,后收入作家出版社《〈红楼梦〉问题讨论集》第四集,均属建国初期最早的一批相关研究论文,具有时代意义,故一并收入。

余幼年即随家父学诗,还在上高中时,就作过这样一首诗:

梦魂扶我欲安之?地远情多不自知。
已挟泰山超北海,还携明月跨南箕。

此怀浩渺须谁尽?彼美娇娆倘可期。
惆怅人天无觅处,却抛心力夜敲诗。

这首诗的题目,乃《梦中得"已挟泰山超北海,还携明月跨南箕"之句,足成一律》。这也正是余半个多世纪来所矻矻追求的学术梦想。

霍松林
乙未春于唐音阁

第一辑

- 杜甫论诗
- 论杜甫的创体诗
- 论杜诗中的诙诡之趣
- 杜甫与李白
- 杜甫与严武
- 杜甫与郑虔(附苏源明)
- 杜甫在秦州

杜甫论诗

文学创作家虽不尽为文学批评家,然必自有其文学理论无疑也。故欲研究某文学家之作品,与其求诸他人之批评,固不如求诸其人自己之理论。杜甫之诗,雄伟宏丽,夐绝千古,历代论之者多矣。然而管窥蠡测,穿凿附会,于古人"以意逆志"之义,鲜有当也。杜集论诗之语,散见各篇,往往自道心得,残膏剩馥,沾溉后学。兹撷其尤要者而条贯之,不惟杜公之诗学理论昭然若揭,持此焉以治杜公之诗,亦事半而功倍矣。

一、论诗学源流

少陵崛起盛唐,绍承家学,其诗发源于三百篇,下及楚骚汉魏乐府,吸群书之芳润,撷百家之精英。抒写胸臆,熔铸伟辞,寄托遥深,酝酿醇厚,其味渊然而长,其光油然以深,气格超绝,成一家言。其蓄之者厚,养之者深,故能挥洒自如,左右逢源也。《偶题》一诗,论诗学源流及创作经验甚详。诗云:

> 文章千古事,得失寸心知。作者皆殊列,名声岂浪垂?骚人嗟不见,汉道盛于斯。前辈飞腾入,余波绮丽为。后贤兼旧制,历代各清规。法自儒家有,心从弱岁疲。永怀江左逸,多病邺中奇。骐骥皆良马,麒麟带好儿。车轮徒已斫,堂构惜仍亏。漫作《潜夫论》,虚传幼妇辞。

《杜臆》云："少陵一生精力，用之文章，始成一部诗集。此篇乃一部杜诗总序，而起二句乃一部杜诗所脱胎者。'文章千古事'，便须有千古识力。'得失寸心知'，则寸心具有千古。此文章家秘藏，为古今立言之标准也。作者殊列，名不浪垂，此二句又千古文人之总括，谓其所就虽不同，然寸心皆有独知者在也。三百篇乃诗家鼻祖，而骚体则裔孙也。骚人不见，则雅颂可知。自苏李辈倡为五言，汉道于斯为盛，此又诗之大宗也。前辈如建安、黄初诸公，飞腾而入；至六朝尚绮靡，亦其余波，不可少也。"又云："旧制清规，法也，儒家久已有之。而妙从心悟，自弱岁曾殚精于此。每永怀江左之逸，却负病于邺中之奇。江左诸公，犹之骡骥，无非良马。乃曹家父子，如麒麟又带好儿，此其独擅之奇也。今自信车轮已斫，而儿懒失学，堂构仍亏，能如曹家父子乎？虽潜夫有论，幼妇有辞，竟莫为继述矣。此所病于邺中奇也。"王氏之言，甚中此诗之意，文章奥秘，诗统源流，区区二十句中，已足尽底蕴矣。曰骚人，曰汉道，曰邺中，曰江左，言诗家历代各有体制可仿，后人兼采，原不宜过贬偏抑，议论正大。至于太白，则一味复古，"自从建安来，绮丽不足珍"，自晋人以下，未免一概抹煞矣。

少陵论诗学源流，除《偶题》诗外，散见各篇，足与此诗参证，兹分论之。

（一）三百篇及骚体

《戏为六绝句》："纵使卢王操翰墨，劣于汉魏近风骚。"又云："别裁伪体亲风雅，转益多师是汝师。"其推崇三百篇及《离骚》之意可见。元结作《舂陵行》云：

> 军国多所需，切责在有司。有司临郡县，刑法竞欲施。供给岂不忧？征敛又可悲。州小经乱亡，遗人实困疲。大乡无十家，大族命单羸。朝餐是草根，暮食乃木皮。出言气欲绝，意速行步迟。追呼尚不忍，况乃鞭扑之！邮亭传急符，来往迹相追。更无宽大恩，但有迫促期。欲令鬻儿女，言发恐乱随。悉使索其家，而

又无生资。听彼道路言,怨伤谁复知!去冬山贼来,杀夺几无遗。所愿见王官,抚养以惠慈。奈何重驱逐,不使存活为!安人天子命,符节我所持。州县忽乱亡,得罪复是谁?逋缓违诏令,蒙责固其宜。前贤重守分,恶以祸福移。亦云贵守官,不爱能适时。顾惟孱弱者,正直当不亏。何人采国风,吾欲献此辞。

其序云:

癸卯岁,漫叟授道州刺史。道州旧四万余户,经贼已来,不满四千,大半不胜赋税。到官未五十日,承诸使征求符牒二百余封,皆曰:"失其限者,罪至贬削。"呜呼!若悉应其命,则州县破乱,刺史欲焉逃罪;若不应命,又即获罪戾,必不免也。吾将守官,静以安人,待罪而已。此州是舂陵故地,故作《舂陵行》,以达下情。

蔼然仁者之言!观其诗结句,固以"国风"自比矣。杜公《同元使君舂陵行序》云:"览道州元使君结《舂陵行》,兼《贼退后示官吏作》二首,志之曰:当天子分忧之地,效汉朝良吏之目。今盗贼未息,知民疾苦,得结辈十数公,落落然参错天下为邦伯,万物吐气,天下少安可待矣。不意复见比兴体制,委婉顿挫之词,感而有诗,增诸卷轴。简知我者,不必寄元。"诗云:

遭乱发尽白,转衰病相婴。沉绵盗贼际,狼狈江汉行。叹时药力薄,为客羸瘵成。吾人诗家秀,博采世上名。粲粲元道州,前贤畏后生。观乎舂陵作,欻见俊哲情。复览贼退篇,结也实国桢。贾谊昔流恸,匡衡尝引经。道州忧黎庶,词气浩纵横。两章对秋月,一字偕华星。致君唐虞际,淳朴忆大庭。何时降玺书,用尔为丹青。狱讼永衰息,岂惟偃甲兵。凄恻念诛求,薄敛近休明。乃知正人意,不苟飞长缨。凉飙振南岳,之子宠若惊。色沮金印大,兴含沧浪清。我多长卿病,日夕思朝廷。肺枯渴太甚,漂泊公孙城。呼儿具纸笔,隐几临轩楹。作诗呻吟内,墨淡字敧倾。感彼危苦词,庶几知者听。

于元结倾倒甚至。元诗言:"何人采国风,吾欲献此辞。"杜序言:"不意复见比兴体制,委婉顿挫之词。"杜公重视三百篇之意,于此可见矣。又如《陈拾遗故宅》云:"有才继骚雅,哲匹不比肩。"《醉时歌》云:"先生有道出羲皇,先生有才过屈宋。"《夜听许十一诵诗爱而有作》云:"风骚共推激。"《秋日荆南述怀三十韵》云:"不必伊周地,皆登屈宋才。"《秋日荆南送石首薛明府辞满告别,奉寄薛尚书,颂德叙怀,斐然之作三十韵》云:"侍臣双宋玉。"《雨》云:"兼催宋玉悲。"《咏怀古迹五首》云:"摇落深知宋玉悲,风流儒雅亦吾师。怅望千秋一洒泪,萧条异代不同时。"《戏为六绝句》云:"不薄今人爱古人,清词丽句必为邻。窃攀屈宋宜方驾,恐与齐梁作后尘。"其称颂风骚者尚多,不遍举。元稹云:

始尧舜时,君臣以赓歌相和。是后诗继作,历夏殷周千余年,仲尼缉拾选练,取其干预教化之尤者三百篇,其余无闻焉。骚人作而怨愤之态繁,然犹去风雅日近,尚相比拟。

其言良是。少陵风骚并称,未加轩轾。至若太白"正声何微茫,哀怨起骚人"之论,则稍涉偏激矣。

(二) 汉魏晋六朝

秦汉以降,采诗之官既废,天下民谣歌诗,随时间作。苏李工为五言,自魏文帝《燕歌行》后,七言之体遂兴。建安诗健而不华,质而不俚,风调高雅,格律遒壮,其言畅达而少对偶,得风雅骚人之气骨,最为近古。一变而为晋宋,再变而为齐梁。元稹《唐故检校工部员外郎杜君墓系铭并序》云:"晋时风概稍存,宋齐之间,教失根本,士子以简慢、矫饰、翕习、舒徐相尚,文章以内容、色泽、放荡、精清为高,盖吟写性灵、流连光景之文也；意义格律，固无取焉。陵迟至于梁陈，淫艳、刻饰、佻巧、小碎之词剧，又宋齐之所不取也。"其言与太白"自从建安来，绮丽不足珍"之论相同，与少陵之意，固不合也。《解闷十二首》之五云："李陵苏武是吾师，孟子论文更不疑。一饭未曾留俗客，数篇今见古人诗。"《奉汉中王手札》云："枚乘文章老。"《苏大侍御访江浦赋八韵记异》云："乾坤几反覆，扬马宜同时。"《奉酬恭十二丈判官见赠》云："相如才调逸。"《别蔡十四著作》云："贾生恸哭后，寥落无其人。"则不仅师法苏李之诗，而扬、马之赋，枚、贾之文，多所取裁，所谓转益多师者也。尤可注意者，杜老诗学会心之处，独在建安六朝间。故《宗武生日》云："熟精文选理。"《水阁朝霁奉简云安严明府》云："续儿读文选。"《别李义》云："子建文章壮。"《奉赠韦左丞丈二十二韵》云："诗看子建亲。"《奉寄高常侍》云："方驾曹刘不啻过。"又曰："文章曹植波澜阔。"《戏为六绝句》云："庾信文章老更成，凌云健笔意纵横。今人嗤点流传赋，不觉前贤畏后生。"《解闷十二首》之七云："陶冶性灵存底物，新诗改罢自长吟。孰知二谢将能事，颇学阴何苦用心。"之四云："沈范早知何水部，曹刘不待薛郎中。独当省署开文苑，兼泛沧浪学钓翁。"《寄峡州刘伯华使君四十韵》云："潘安云阁远。"《久客》云："去国哀王粲。"《答郑十七郎一绝》云："把文惊小陆。"《秋日题郑监湖亭三首》云："官序潘生拙。"《咏怀古迹五首》云："庾信平生最萧瑟，暮年诗赋动江关。"《陪裴使君登岳阳楼》云："诗接谢宣城。"《夜听许十一诵诗爱而有作》云："陶谢不枝梧。"《暮春江陵送马大卿公恩命追赴阙下》云："潘陆应同调。"《秋日荆南送石首薛明府辞满告别，奉寄薛尚书，颂德叙怀，斐然之作三十韵》云："曾是接应刘。"《重题》云："还瞻魏太子，宾客减应刘。"《苏大侍御访江浦赋八韵记异》云："再闻诵新作，突过黄初诗。"《和裴迪登蜀州东亭送客逢早梅相忆见寄》云："东阁观梅动诗兴，还如何逊在扬州。"《早发射洪县南途中作》云："茫然阮籍途，更洒杨朱泣。"以其寤寐向往者在是，故其揄扬时人，亦往往以六朝诗人方之。故《赠李白》则曰："清新庾开府，俊逸鲍参军。"《与李白同寻范十隐居》则曰："李侯有佳句，往往似阴铿。"《苏端薛复筵简薛华醉歌》云："何刘沈谢力未工,才兼鲍照愁绝倒。"《遣兴五首》之五云:"吾怜孟浩然,裋褐即长夜。赋诗何必多,往往凌鲍谢。"《故右仆射相国张公九龄》云:"绮丽玄晖拥,笺诔任昉骋。"《哭王彭州抡》云:"新文生沈谢。"《秋日夔府咏怀奉寄郑监李宾客一百韵》云:"阴何尚清省。"《赠毕曜》云:"同调嗟谁惜,论文笑自知。流传江鲍体,相顾免无儿。"其推尊六朝间诗人甚至,元稹独不见此,何也?

(三) 初唐

初唐诗人,首推四杰。然杨炯好用古人姓名,或讥之为"点鬼簿";骆宾王好用数对,或讥之为"算博士"。杜公则极尊仰,《戏为六绝句》云:"王杨卢骆当时体,轻薄为文哂未休。尔曹身与名俱灭,不废江河万古流。"诗言四公之文,当时杰出,今乃轻薄其为文而哂笑之,岂知尔辈不久销亡,四杰则万古长存,如江河之不废也。又云:"纵使卢王操翰墨,劣于汉魏近风骚。龙文虎脊皆君驭,历块过都见尔曹。"此言纵使卢王操笔不如汉魏近古,但似此龙文虎脊,皆足供王者之用。若尔曹薄劣之材试之长途,当自蹶耳,奈何轻议古人耶? 钱谦益曰:"作诗以论文,而题曰《戏为六绝句》,盖寓言以自况也。韩退之诗:'李杜文章在,光焰万丈长。不知群儿愚,那用故谤伤。蚍蜉撼大树,可笑不自量。'然则,当公之世,群儿谤伤,亦不少矣。故借庾信及初唐四子以发其意,嗤点轻薄,皆指并时之人。一则曰'尔曹',再则曰'尔曹',正退之所谓'群儿'也。"末又呼之曰"汝",即所谓"尔曹"也。哀其身名俱灭,故谆谆然呼而悟之。杜老之论,或属有激,然于四杰之宗仰,固发自真心也。《寄峡州刘伯华使君四十韵》云:"学并卢王敏。"《寄彭州高三十五使君适,虢州岑二十七长史参三十韵》:"举天悲富骆,近代惜卢王。"《赠秘书监江夏李公邕》云:"近伏盈川雄。"是皆称美四杰之可见者也。此外于沈佺期、宋之问、陈拾遗诸人,亦极推崇。《秋日夔府咏怀奉寄郑监李宾客一百韵》云:"沈宋数联翩。"《过宋员外之问旧庄》云:"宋公旧池馆,零落首阳阿。枉道只从入,吟诗许更过。淹留问耆老,寂寞向山河。更得将军树,悲风日暮多。"《陈拾遗故宅》云:"拾遗平昔居,大屋尚修椽。悠扬荒山日,惨澹故园烟。位下曷足伤?所贵者圣贤。有才继骚雅,哲匹不比肩。公生扬马后,名与日月悬。……终古立忠义,《感遇》有遗篇。"抑有进者,公之诗多得之于家学。《宗武生日》云:"诗是吾家事。"《赠秘书监江夏李公邕》云:"例及吾家诗。"《赠蜀僧闾丘师兄》云:"吾祖诗冠古。"盖公祖审言工为诗,与李峤、崔融、苏味道为文章四友,故少陵一则曰:"论文到崔苏。"再则曰:"未甘特进丽。"(特进即李峤也)又公祖与宋之问、沈佺期同在儒馆为交游,故老杜律诗布置法度,多从沈宋得来,更推广集大成耳。

杜公评论诗人,大抵如此。叶适《读杜诗绝句》云:"绝疑此老性坦率,无那评文太世情。若比乃翁增上慢,诸贤那得更垂名。"意谓少陵推奖他人,不无过分。实则皆出诚意,读"不薄今人爱古人,清辞丽句必为邻"及"别裁伪体亲风雅,转益多师是汝师",即可见此中消息矣。

二、论诗家标准

诗以道性情,六义既衰,始有伪饰,论诗者不可无标准也,故少陵之言曰:"别裁伪体亲风雅。"盖风骚有真风骚,汉魏有真汉魏,下而至于齐梁初唐,莫不自有其真面目。"未及前贤更勿疑,递相祖述复先谁。"循流溯源,以上追三百篇之旨,则皆吾师也,故曰:"转益多师是汝师。"苟徒放言高论,而不能虚心以集众益,亦终不离于"伪体"也。

《赠郑十八贲》云:"示我百篇文,诗家一标准。"《春日忆李白》云:"何时一杯酒,重与细论文。"《寄彭州高三十五使君适、虢州岑二十七长史参三十韵》云:"会待妖氛静,论文暂裹粮。"诗家标准,不得不自论文之语求之也。兹分述之。

(一) 论阳刚之美

《赠李十五丈别》云:"扬论展寸心,壮笔过飞泉。"《题衡山县文宣王庙新学堂呈陆宰》云:"高歌激宇宙,凡百慎失坠。"《别李义》云:"子建文章壮。"《别唐十五诫因寄礼部贾侍郎》云:"雄笔映千古,见贤心靡他。"《寄彭州高三十五使君适,虢州岑二十七长史参三十韵》云:"意惬关飞动,篇终接混茫。"《寄峡州刘伯华使君四十韵》云:"神融蹑飞动,战胜洗侵凌。"《夜听许十一诵诗爱而有作》云:"飞动摧霹雳。"《曲江三章》第五句云:"长歌激越捎林莽。"《寄薛三郎中据》云:"赋诗宾客间,挥洒动八垠,乃知盖代手,才力老益神。"《醉时歌》云:"但知高歌有鬼神。"《上韦左相二十韵》云:"感激时将晚,苍茫兴有神。"《逼侧行赠毕四曜》云:"忆君诵诗神凛然。"《游修觉寺》云:"诗应有神助。"《赠太子太师汝阳郡王琎》云:"挥翰绮绣扬,篇什若有神。"《独醉成诗》云:"诗成觉有神。"《寄张十二山人彪三十韵》云:"诗兴不无神。"《寄李十二白二十韵》云:"落笔惊风雨,诗成泣鬼神。"雄也,壮也,飞动也,激越也,有神也,皆阳与刚之美也。又《苏大侍御访江浦赋八韵记异序》:"余请诵近诗,肯吟数首。才力素壮,辞句动人。接对明日,忆其涌思雷出,书箧几杖之外,殷殷留金石声。赋八韵记异,亦见老夫颠倒于苏至矣。"知杜老论诗,乃偏爱壮美者也。

(二) 论阴柔之美

《题衡山县文宣王庙新学堂呈陆宰》云:"是以资雅才,涣然立新意。"《奉酬薛十二丈判官见赠》云:"相如才调逸。"《赠秘书监江夏李公邕》云:"声华当健笔,洒落富清制。"《故右仆射相国张公九龄》云:"诗罢地有余,篇终语清省。一阳发阴管,淑气含公鼎。"又云:"绮丽玄晖拥。"《秋日夔府咏怀奉寄郑监李宾客一百韵》云:"阴何尚清省。"《石砚》云:"平公今诗伯,秀发吾所羡。"《春日忆李白》云:"清新庾开府,俊逸鲍参军。"《戏为六绝句》云:"清词丽句必为邻。"秀发也,清新也,清省也,绮丽也,俊逸也,皆阴与柔之美也。《戏为六绝句》之四曰:"才力应难跨数公,凡今谁是出群雄。或看翡翠兰苕上,未掣鲸鱼碧海中。"其侧重阳刚之论益见,然固非轻视阴柔者也。阳刚之美,吾得举杜老诗句以明之,"大声吹地转,高浪蹴天浮"是也。阴柔之美,吾亦得举杜老诗句以明之,"竟将明媚色,偷眼艳阳天"是也。

三、论 句 法

篇者句之积,未有句不佳而诗能佳者,故杜老会心之处,尤在句法。《寄高三十五书记》云:"美名人不及,佳句法如何?"其意可见也。故杜诗中,言及句法者特多。《与李白同寻范十隐居》云:"李侯有佳句,往往似阴铿。"《长吟》云:"赋诗新句稳,不觉自长吟。"欲其稳也。《哭李尚书》云:"诗家秀句传。"《送韦十六评事充同谷郡防御判官》云:"题诗得秀句。"《解闷》十二首之六云:"复忆襄阳孟浩然,清诗句句尽堪传。"之八云:"最传秀句寰区满,未绝风流相国能。"欲其清,欲其秀也。《石砚》云:"当公赋佳句。"《秋日题郑监湖上亭三首》云:"赋诗分气象,佳句莫辞频。"《偶题》云:"不敢要佳句,愁来赋别离。"原始要终,欲其佳也。《故江上值水如海势聊短述》云:"为人性僻耽佳句,语不惊人死不休。老去诗篇浑漫与,春来花鸟莫深愁。新添水槛供垂钓,故著浮槎替入舟。焉得思如陶谢手,令渠述作与同游。"吴瞻泰云:"此公自负其平生有惊人句而伤老迈也,蓄意在未落笔之先,故值此奇景,不能长吟,聊为短述。"春来花鸟莫深愁句,言诗人形容刻画,即花鸟亦应愁怕,末句因自己偶无佳句,故思及陶谢也。杜老惟其耽于佳句,故佳句极多,尤好于起句惊人。如《赠王生》云:"麟角凤嘴世莫识,煎胶续弦奇自见。"《简薛华》云:"文章有神交有道,端复得之名誉早。"《山水障》云:"堂上不合生枫树,怪底江山起烟雾。"《哀王孙》云:"长安城头头白乌,夜飞延秋门上呼。"《送长孙侍御》云:"骢马新凿蹄,银鞍被来好。"俱极疏莽奇突之致,其显例也。吴齐贤《杜诗论文》论少陵句法甚详,其言曰:"句法有五字一句者,如'美名人不及,佳句法如何';有上一字,下四字者,如'青惜峰峦过,黄知橘柚来';有上二字,下三字者,如'晚凉看洗马,森木乱鸣蝉';有上三字,下二字者,如'夜郎溪日暖,白帝峡风寒';有一句作三折看者,如'尘中老尽力,岁晚病伤心,峡云笼树小,湖日荡船明';有七字一句者,如'岂有文章惊海内,慢劳车马驻江干';有上一字,下六字者,如'松浮欲尽不尽云,江动将崩未崩石';有上二字,下五字者,如'朝罢香烟携满袖,诗成珠玉在挥毫';有上三字,下四字者,如'渔人网集澄潭下,贾客船随返照来';有上四下三者,如'香飘合殿春风转,花覆千官淑景移';有上五字下二字者,如'五更鼓角声悲壮,三峡星河影动摇';有一句作三折者,如'盘飧市远无兼味,樽酒家贫只旧醅','含风翠竹孤云细,背日丹枫万木稠'是也。倒句如'翠深开断壁,红远结飞楼',极为奇秀。若曰'飞楼红远结,断壁翠深开',肤而浅矣。如'绿垂风折笋,红绽雨肥梅',体物深细。若曰'绿笋风垂折,红梅雨绽肥',鄙而俗矣。如'红豆啄残鹦鹉粒,碧梧栖老凤凰枝',盖言此红豆也,乃鹦鹉啄残之粒;此碧梧也,乃凤凰栖老之枝,何等感慨!若曰'鹦鹉啄余红豆粒,凤凰栖老碧梧枝',直而率矣。叠句如'甚愧丈人厚,甚知丈人真',两句中徘徊感荷。如'人道我卿绝世无。既称绝世无,天子何不唤取守东都',两句中顿挫感叹。如'得不哀痛尘再蒙。呜呼!得不哀痛尘再蒙',哀伤迫切,击节淋漓,定少一句不得。反跌之句,如秋砧,为寄衣也,而曰'亦知戍不返',比怀人之感更深。'喜达行在所',喜生还也,而曰'死去凭谁报',觉痛定之痛更甚。借形之句,如'辛苦贼中来'也,而曰'所亲惊老瘦',借旁人眼中看出,而己不知。如'生还偶然遂'也,而曰'邻人满墙头',借邻家感叹写出,而悲愈甚。反形文句,极荒凉而以富丽语出之,如'野寺残僧少'也,而曰'麝香眠石竹,鹦鹉啄金桃',益见其荒凉。极贫穷事而以富贵语出之,如'乔木村墟古'也,而曰'登俎黄柑重,支床锦石圆',愈见其贫窭。极悲伤事,而以欢喜语出之,如北征初归里'老夫情怀恶'也,而曰'瘦妻面复光,痴女头自栉。移时施朱铅,狼藉画眉阔',益见以前之悲伤。"句法为杜老会心所在,从可知矣。

四、论格律

杜老平生自负之处,尤在格律。律欲其细,格欲其老,《苏端薛复筵简薛华醉歌》云:"坐中薛华能醉歌,歌辞自作风格老。"《戏为六绝句》之一云:"庾信文章老更成,凌云健笔意纵横。"皆言格老也。杨慎曰:"庾信之诗,为梁之冠绝,启唐之先鞭,史评其诗曰'绮丽',杜子美称之曰'清新',又曰'老成'。绮丽清新,人皆知之,而其老成,独子美能发其妙。"杨氏之言是也。至言律者,尤不一而足。《又示宗武》云:"觅句新知律。"《秋日夔府咏怀》云:"律比昆仑竹。"《遣闷戏呈路十九曹长》云:"晚节渐于诗律细。"公尝言"老去诗篇浑漫与",此言"晚节渐于诗律细",何也?"律细"言用心精密,"漫与"言出手纯熟。熟从精处得来,两意未尝不合,即所谓"意惬关飞动"也。惟其细于诗律,故又曰"诗律群公问",其自负可见。《敝庐遣兴奉寄严公》云:"题诗好细论。"《春日忆李白》云:"重与细论文。"至其所谓细者何指,则无明证,未敢臆测也。

少陵论诗之旨,已粗见端倪。《赠毕曜》曰:"论文笑自知。"精于论文,固勇于自信也。其自道心得之语,如《寄峡州刘伯华使君四十韵》云:"雕刻初谁料,纤毫欲自矜。神融踬飞动,战胜洗侵凌。妙取筌蹄弃,高宜百万层。"朱注云:"此数句当与《文赋》参看'雕刻初谁料',即'笼天地于形内,挫万物于笔端'也;'纤毫欲自矜',即'考殿最于锱铢,定去留于毫芒'也;'神融踬飞动',即'精骛八极,心游万仞'也;'战胜洗侵凌',即'方天机之骏利,夫何纷而不理'也;'妙取筌蹄弃,高宜百万层',即'形不可逐,响难为系,块孤立而特峙,非常音之所纬'也。"至其论诗不可无学以植其本,言尤警策。《奉赠韦左丞丈廿二韵》云:"读书破万卷,下笔如有神。"《赠左仆射郑国公严公武》云:"阅书百氏尽,落笔四座惊。"明乎此,然后知严沧浪"诗有别裁,非关书也"之言流于偏激也。

除此之外,尚有极可注意者一事,即作诗之动机是也。闭门寻诗,无病呻吟,其无佳作,自可断言。杜老则异于是。《西阁曝日》云:"即事会赋诗。"《曲江三章章五句》云:"即事非今亦非古。"此因事而发者也。《客居》云:"箧中有旧笔,情至时复援。"《四松》云:"有情且赋诗。"《哭韦大夫之晋》云:"情在强诗篇。"此因情而发者也。事感于外,情动于中,振笔直书,佳句辄来。加以删改,益以润色,至于"毫发无憾"而后已。《故右仆射相国张公九龄》云:"自我一家则,未缺只字警。"实杜公自道也。

(原载1947年1月17、18、19日南京《中央日报·泱泱》)

论杜甫的创体诗

文学之盛衰,辄视"创"与"变"之多寡优劣为转移。"变"者变前人之所有,"创"者创前人之所无,学古而不知变,不知创,则尘羹土饭,陈陈相因,必至腐朽枯竭而后已。建安之诗盛矣,相袭既久而流于衰,后之诗人,才大者大变,才小者小变。叶横山《原诗》云:"盛唐诸人,惟能不为建安之古诗,吾乃谓唐有古诗,若必摹汉魏之声调字句,此汉魏有诗,而唐无古诗矣。"变之不可以已也审矣。杜甫之诗,如汉魏之浑朴古雅,六朝之韶秀藻丽,无一不备,然亦无一句一篇蹈袭前人,纯然为杜甫之诗,知变故耳。变古不易,创新尤难,杜甫之创体诗,固自不多,然亦非他家可及也。兹分论之。

一、饮中八仙歌

知章骑马似乘船,眼花落井水底眠。汝阳三斗始朝天,道逢曲车口流涎,恨不移封向酒泉。左相日兴费万钱,饮如长鲸吸百川,衔杯乐圣且避贤。宗之潇洒美少年,举觞白眼望青天,皎如玉树临风前。苏晋长斋绣佛前,醉中往往爱逃禅。李白一斗诗百篇,长安市上酒家眠。天子呼来不上船,自称臣是酒中仙。张旭三杯草圣传,脱帽露顶王公前,挥毫落纸如云烟。焦遂五斗方卓然,高谈雄辩惊四筵。

此诗描写八公,各极平生醉趣,人自一段,或两句,或三句四句不等。同为一先韵,而前字三押,船字眠字天字再押,似铭似赞,忽长忽短,分之各成一章,合之共为一篇,古无所因,洵创体也。

二、曲江三章章五句

　　曲江萧条秋气高,菱荷枯折随风涛。游子空嗟垂二毛。白石素沙亦相荡,哀鸿独叫求其曹。

　　即事非今亦非古,长歌激越捎林莽。比屋豪华固难数。吾人甘作心似灰,弟侄何伤泪如雨!

　　自断此生休问天,杜曲幸有桑麻田。故将移住南山边。短衣匹马随李广,看射猛虎终残年。

此诗每章五句,一二三五四句同韵,而以第四句截上三句,急转直下,复以第五句陡结。塌翼惊呼,忽翔天际,前无古人,后无来者。王嗣奭谓公"此诗学三百篇,遗貌而存神者",此特就命题之拟三百篇而言,实则非是,观第二章首二句可知矣。《杜臆》云:"即事吟诗,体杂古今。其五句成章,有似古体;七言成句,又似今体。曰长歌者,连章叠歌也。"非今非古,自属创体,王湘绮谓此诗应为"七绝正格",惜无继武者,遂成绝响矣。

三、乾元中寓居同谷县作歌七首

　　有客有客字子美,白头乱发垂过耳。岁拾橡栗随狙公,天寒日暮山谷里。中原无书归不得,手脚冻皴皮肉死。呜呼一歌兮歌已哀,悲风为我从天来。

　　长镵长镵白木柄,我生托子以为命。黄独无苗山雪盛,短衣数挽不掩胫。此时与子空归来,男呻女吟四壁静。呜呼二歌兮歌始放,闾里为我色惆怅。

有弟有弟在远方,三人各瘦何人强。生别展转不相见,胡尘暗天道路长。东飞䳺鹅后鹙鸧,安得送我置汝旁。呜呼三歌兮歌三发,汝归何处收兄骨?

有妹有妹在钟离,良人早殁诸孤痴。长淮浪高蛟龙怒,十年不见来何时。扁舟欲往箭满眼,杳杳南国多旌旗。呜呼四歌兮歌四奏,林猿为我啼清昼。

四山多风溪水急,寒雨飒飒枯树湿。黄蒿古城云不开。白狐跳梁黄狐立。我生何为在穷谷,中夜起坐万感集。呜呼五歌兮歌正长,魂招不来归故乡。

南有龙兮在山湫,古木㦬岜枝相樛。木叶黄落龙正蛰,蝮蛇东来水上游。我行怪此安敢出,拔剑欲斩且复休。呜呼六歌兮歌思迟,溪壑为我回春姿。

男儿生不成名身已老,三年饥走荒山道。长安卿相多少年,富贵应须致身早。山中儒生旧相识,但话宿昔伤怀抱。呜呼七歌兮悄终曲,仰视皇天白日速。

此歌首章从自叙说起,二章自叹冻馁,并及妻孥,三章叹兄弟各天,四章叹兄妹异地,五章咏同谷冬景,六章咏同谷龙湫,七章仍以自叹作结,穷老流离之感深矣。七章中除末章首句为九字句外,其余字句多寡相同,大抵前六句隔句用韵,"呜呼"二字以后,以两句作结,同为一韵。如前六句为平韵者,则结二句必为仄韵,如前六句为仄韵者,则结二句必为平韵。朱子谓此七歌豪宕奇崛,兼取九歌四愁十八拍诸调而变化出之,遂成创体。历来论者备极推崇,胡应麟云:"杜《七歌》亦仿张衡《四愁》,然《七歌》奇崛雄深,《四愁》和平婉丽,汉唐短歌,各为绝唱,所谓异曲同工。"王嗣奭曰:"《七歌》创作,原不仿离骚,而哀实过之,读离骚未必坠泪,而读此不能终篇,则以节短而声促也。"董益曰:"李鹰《师友记闻》谓太白《远别离》《蜀道难》与子美《寓居同谷七歌》同为风骚极致,不在屈宋之下。愚谓一歌结句'悲风为我从天来',

七歌云'仰视皇天白日速',其声慨然,其气浩然,殆又非宋玉太白辈所及。"申涵光曰:"《同谷七歌》,顿挫淋漓,有一唱三叹之致。"按宋元以后词人,作《同谷七歌》体者颇多,唯文天祥居先。

四、荆南兵马使太常卿赵公大食刀歌

太常楼船声嗷嘈,问兵刮寇趋下牢。牧出令奔飞百艘,猛蛟突兽纷腾逃。白帝寒城驻锦袍,玄冬示我胡国刀。壮士短衣头虎毛,凭轩拔鞘天为高。翻风转日木怒号,冰翼雪淡伤哀猱。镂错碧罂鸊鵜膏,鋩锷已莹虚秋涛。鬼物撇捩辞坑壕,苍水使者扪赤绦。龙伯国人罢钓鳌,芮公回首颜色劳,分闸救世用贤豪。赵公玉立高歌起,揽环结佩相终始。万岁持之护天子,得君乱丝与君理。蜀江如线针如水,荆岑弹丸心未已。贼臣恶子休干纪,魑魅魍魉徒为耳。妖腰乱领敢欣喜!用之不高亦不卑,不似长剑须天倚。吁嗟光禄英雄弭,大食宝刀聊可比。丹青宛转麒麟里,光芒六合无泥滓。

此诗逐句用韵,是柏梁及燕歌行体;然柏梁及燕歌行皆一韵到底,此则前幅平韵,后幅仄韵,又自成一体矣。蒋弱六谓如百宝装成,光怪满纸,造字造句在昌黎长吉之间,又其余事也。

五、短歌行赠王郎司直

王郎酒酣拔剑斫地歌莫哀,我能拔尔仰塞磊落之奇才。豫章翻风白日动,鲸鱼跋浪沧溟开。且脱佩剑休徘徊。西得诸侯棹锦水,欲向何门趿珠履?仲宣楼头春已深,青眼高歌望吾子,眼中之人吾老矣。

此诗上下各五句,俱用单句相间,截为两段,前段平韵,后段仄韵,亦为创格。至首二句各用十一字成句,亦前此少有,惟李白"紫皇乃赐白兔所捣之药方",足以媲美。后人效之者亦多,鲜能劲练,如东坡"山中故人应有招我归来篇",似可作两句读矣。《怀麓堂稿》言:国初人有作九言者,谓"昨夜西风摆落千林梢,渡头小舟卷入寒塘坳",以为可备一体。不知九言起于高贵乡公,鲍明远沈休文亦有此体,至于杜甫,则此例尤繁,如"炯如一段清冰出万壑,置在迎风露寒之玉壶",又如"何时眼前突兀见此屋,吾庐独破受冻死亦足",此九言之最妙者。若"昨夜西风"两句,则可去首二字作七言,又可上四下五作两句读,创新之难,从可知矣。

六、八 哀 诗

曹子建、王仲宣、张孟阳等人,皆有七哀诗。释者谓义而哀、痛而哀、感而哀、怨而哀、耳目闻见而哀、口叹而哀、鼻酸而哀也。盖子建之哀,在于独栖而思妇,仲宣之哀,在于弃子之妇人,孟阳之哀,在于已毁之园寝,是皆一哀而七者具也。少陵之八哀,则所哀者八人也。其序云:

> 伤时盗贼未息,兴起王公李公,叹旧怀贤,终于张相国,八公前后存殁,遂不铨次焉。

诗长不录,兹列其题如下:

> 赠司空王公思礼　故司徒李公光弼　赠左仆射郑国公严公武　赠太子太师汝阳郡王琎　赠秘书监江夏李公邕　故秘书少监武功苏公源明　故著作郎贬台州司户荥阳郑公虔　故右仆射相国张公九龄

按《八哀》为杜诗名篇,欲与太史公纪、传争奇。王嗣奭《杜臆》曰:

"此八公传也,而以韵记之,乃公创格。"郝敬曰:"八哀诗雄富,是传记文字之用韵者,文史为诗,自子美始。"叶石林则谓:"长篇最难,魏晋以前,无过十韵,常使人以意逆志,初不以叙事倾倒为工。此八篇本非集中高作,而世尊称不敢置议。"此言泥古而不知创新,未可律杜。以五言诗为人物立传,其创辟之功自不可没,惜后世无人发扬光大。

七、新题乐府

自齐梁以降,文士喜为乐府诗,往往失其命题本意,太白亦不能免;至少陵则因时因事,自立新题,不蹈前人陈迹,真豪杰也。兹列其新题乐府之尤善者,约有:

  兵车行 悲青坂 新安吏 潼关吏 石壕吏 新婚别 垂老别 无家别

胡应麟云:"少陵不效四言,不仿离骚,不用乐府旧题,是此老胸中壁立处,然风骚乐府遗意,杜往往得之。"如上列诸篇,述情陈事,恳恻若见。白居易《与元九书》云:"诗之豪者,世称李杜,李之作,才矣奇矣,人不逮矣;索其风雅比兴,十无一焉。杜诗最多,可传者千余首,至于贯穿今古,觇缕格律,尽工尽善,又过于李。然撮其《新安吏》《石壕吏》《潼关吏》《塞芦子》《留花门》之章,'朱门酒肉臭,路有冻死骨'之句,亦不过十三四。杜尚如此,况不逮杜者乎?"居易盖主张"文章合为时而著,歌诗合为事而作"者,故有斯言;然推重少陵之新乐府诸诗至矣。其自为新乐府序云:

  凡九千二百五十二言,断为五十篇,篇无定句,句无定字,系于意,不系于文。首句标其目,卒章显其志,诗三百之意也。其辞质而径,欲见之者易谕也。其言直而切,欲闻之者深戒也。其事核而实,使采之者传信也。其体顺而律,可以播于乐章歌曲也。

总而言之,为君为臣为民为物为事而作,不为文而作也。

虽自谓拟三百篇,然因事立题,自号新乐府,则源于少陵而光大其体耳。

八、连章律诗与长篇排律

少陵《宗武生日诗》有云:"诗是吾家事。"按公祖杜审言《过义阳公主山池》五首,乃少陵连章律诗之祖;《和李大夫嗣真奉使存抚河东四十韵》,乃少陵长篇排律之祖。然少陵为此体特繁,其连章律诗,多达十首至二十首(如《秦州杂诗》),而章法井然。如《陪郑广文游何将军山林十首》,分明一篇游记,有首有尾,有呼有应,中间或赋景,或写情,经纬错综,奇正互用,不可方物,无一字落空,无一语犯复,极整严,极变化,为前此诸家所无。又如《秋兴八首》,蛛丝马迹,绪脉相承,分之如骇鸡之犀,四面皆见;合之如常山之阵,首尾互应。以第一起兴,而后章俱发隐衷,或启下,或承上,或互发,或遥应,总是一篇文字。诚如张綖所云:"卓哉一家之言,复然百世之上,此杜子美所以为诗人之宗仰也。"

唐人排律,初惟六韵左右,少陵则长篇极多。如《秋日荆南述怀三十韵》《桥陵诗三十韵因呈县内诸官》《赠王二十四侍御契四十韵》《夔府书怀四十韵》等数十韵者,不可遍举。至《秋日夔府咏怀奉寄郑监李宾客》,则多至百韵,为杜集第一首长诗,亦为后世百韵诗之祖。然少陵巨什,其中起伏转折顿挫承递若断若续,乍离乍合,极错综恣肆之奇,而按以纪律,却又结构完整,盖其才大而学足以副之,故能随意转合,曲折自如。元微之《唐故检校工部员外郎杜君墓系铭》有云:"至若铺陈终始,排比声韵,大或千言,次犹数百,辞气豪迈,而风调清深,属对律切,而脱弃凡近,则李尚不能历其藩篱,况堂奥乎?"则专指少陵长篇排律而言。元遗山《论诗绝句》讥之云:"排比铺张特一途,藩篱如此亦区区。少陵自有连城璧,争奈微之识碔砆。"然长篇排律究为子美创体,且多佳什,岂能一笔抹杀!元白极效此等,百韵排律,叠见迭出,不免夸多斗靡,气缓而脉弛矣。

　　昔王荆公选四家诗,首杜,次韩,次欧,而以太白居末。或叩其故,公谓白之歌诗,豪放飘逸,人固莫及;然其格止此,不知变也。至于少陵,则悲欢穷泰,发敛抑扬,疾徐纵横,无施不可。故其诗有平淡简易者,有绵丽精确者,有严重威武、若三军之帅者,有奋迅驰骤、若凌驾之马者,有淡泊闲静、若山谷隐士者,有风流蕴藉、若贵介公子者。盖其诗绪密而思深,观者苟不能臻其阃奥,未易识其妙处,岂浅近者所能窥哉!袁随园曰:"夫创天下之所无者,未有不为天下之所尊者也。"文学亦若此焉!自甫以后,在唐如韩愈李贺之奇险,刘禹锡杜牧之雄杰,刘长卿之流利,温庭筠李商隐之绮艳,以至宋金元明清诗家之称巨擘者,无虑数十百人,各自炫奇翻异,斗新竞巧,而少陵乃无一焉不开其端,岂非以其"创"乎!

（原载1947年1月8日南京《中央日报·泱泱》）

论杜诗中的诙诡之趣

西洋文学中,有所谓幽默(humor)者,求之吾国,此格盖寡;曩之论文家,亦甚罕言;明言之,则自曾国藩始。曾氏《古文四象》,既以太阳少阳太阴少阴所谓四象者析古文,又分太阳气势为喷薄之势与跌宕之势,分少阳趣味为诙诡之趣与闲适之趣。所谓诙诡之趣,实与幽默类似。刘彦和《文心雕龙》体性篇分文章为典雅、远奥、精约、显隐、繁缛、壮丽、新奇、轻靡八体。其释新奇,则曰:"摈古竞今,危侧趣诡者也。"危侧趣诡,似与诙诡之趣相类,然刘氏特以此释新奇,非若曾氏之独揭。且危侧趣诡,恐未足尽新奇之全。司空图《诗品》中之清奇,实与刘氏之新奇同科,其释清奇,则与危侧趣诡有异。其言曰:"娟娟群松,下有漪流。晴雪满汀,隔溪渔舟。可人如玉,步履寻幽。载行载止,空碧悠悠。神出古异,淡不可收。如日之曙,如气之秋。"清与新固有别,而奇则一也,何释之不同如此!窃思新奇不必危侧趣诡;危侧趣诡,亦不必新奇也。故刘氏之说,未得为言幽默之始。曾氏则不仅以诙诡之趣属少阳,且极重视。《家训》有云:"余近年颇识古人文章门径,而在军鲜暇,未曾偶作,一吐胸中之奇。尔若能解《汉书》之训诂,参以《庄子》之诙诡,则余愿偿矣。"曾氏又尝言古文境之美者,约有八言:阳刚之美曰雄直怪丽,阴柔之美曰茹远浩适,并各作十六字以赞之。其赞"怪"字云:"奇趣横生,人骇鬼眩。易玄山经,张韩互见。"恢诡之趣,自当于"怪"字中求之。是则曾氏以为古籍有诙诡之趣者,为《易经》,为扬子《太玄经》,为张华《博物志》,为韩昌黎文,此则举其尤者耳。观《古文四象》少阳中入选之文有诙诡之趣者:经有《左传》大棘之战、师慧《过朝》等篇；史有司马迁《滑稽列传》、班固《东方朔列传》等篇；子有《庄子》多篇；而《易》《玄》与《博物志》之文不收，想系零落不成片段之故。至于韩文，则选《毛颖传》《答吕毉山人书》等篇。则吾国幽默之文，虽不能谓无，要亦不多耳。求之于诗，则杜诗中往往有之，而历代论诗者，既未标此一格，故亦鲜有称述也。

评杜诗者，大抵以"沉郁"二字尽之。然沉郁非少陵天性，特环境使然耳。吾人但见其为国是民瘼疾呼，为饥寒流离悲歌，故以之为严肃诗人；实则天性幽默，富于风趣。《旧唐书》载其祖审言："恃才謇傲，甚为时辈所嫉。乾封中，苏味道为天官侍郎，审言预选试。判讫，谓人曰：'苏味道必死。'其人问故，审言曰：'见吾判，自当羞死矣。'又尝谓人曰：'吾之文章，合得屈宋作衙官，吾之书迹，合得王羲之北面。'"至临死之时，犹戏弄宋之问、武一平，其性情固夸诞而诙谐。少陵性格，实不无遗传影响，《进雕赋表》云："明主倘使执先祖之故事，拔泥涂之久辱，则臣之述作，虽不能鼓吹六经，先鸣数子，至于沉郁顿挫，随时敏捷，而扬雄枚皋之徒，庶可跂及也。有臣如此，陛下其舍诸？"此与东方朔《自荐表》何异？惟其天性如此，故虽流离颠沛，"饥卧动辄向一旬"（《投简咸华两县诸子》），子女竟至饿死，而意兴不稍衰。其思想入世而非出世，其态度积极而非消极，实亦奠基于是也。诗中有诙诡之趣者殊多，约言之，则有讽谏当局者，调侃朋友者及自嘲者三类。兹分论之。

一、讽谏当局者

司马迁《滑稽列传》开首曰："孔子曰：六艺于治一也，礼以节人，乐以发和，书以道事，诗以达意，易以神化，春秋以道义。太史公曰：天道恢恢，岂不大哉！谈言微中，亦可以解纷。"刘辰翁曰："滑稽者至鄙亵，乃直从六艺庄语说来，此即太史公之滑稽也。"实则非太史公故为滑稽，滑稽可以解纷，故太史公重之。直言庄语，非惟不易入耳，且易滋反感，不如滑稽言之，易于收效也。如优孟谏楚庄王六畜葬所爱马,优旃谏始皇勿大宛囿,倘不出以滑稽,则必至见诛,况听之乎! 杜诗中颇有以诙诡之言讽谏者,如《丽人行》首段置"态浓意远淑且真"一语,"真淑"乃妇人之美德,一若赞之者然。而其下则列举事实以证之:"绣罗衣裳照暮春,蹙金孔雀银麒麟。头上何所有? 翠为盍叶垂鬓唇。背后何所见? 珠压腰衱稳称身。就中云幕椒房亲,赐名大国虢与秦。紫驼之峰出翠釜,水精之盘行素鳞。犀箸厌饫久未下,鸾刀缕切空纷纶。黄门飞鞚不动尘,御厨络绎送八珍。箫管哀吟感鬼神,宾从杂遝实要津。后来鞍马何逡巡,当轩下马入锦茵。杨花雪落覆白萍,青鸟飞去衔红巾。炙手可热势绝伦,慎莫近前丞相嗔!"乃胡然而天,胡然而帝,其美人相、富贵相、妖淫相、罗刹相毕现,使人读后,有"如此真淑"之叹。细玩文法,不禁哑然失笑也。

《旧唐书》载:"上元初以吕諲为荆州刺史,諲请以荆州置南都,帝从之。"按是时庙谟之失,无过此者。迁都洛阳,郭子仪尚坚持不可,况荆州愈趋而南,是直以宗庙陵寝为可弃矣。少陵作《建都十二韵》以讽之,有云:"建都分魏阙,下诏开荆门。恐失东人望,其如西极存?"虽意极严正,而语涉诙诡矣。《戏作花卿歌》曰:"成都猛将有花卿,学语小儿知姓名。用如快鹘风火生,见贼惟多身始轻。绵州副使著柘黄,我卿扫除即日平。子璋髑髅血模糊,手提掷还崔大夫。李侯重有此节度,人道我卿绝世无。既称绝世无,天子何不唤取守东都?"按花卿恣意剽掠,少陵先赞其猛,而曰"小儿知姓名",恐是谈其暴掠之行,并小儿亦知惧。末于"我卿绝世无"上加"人道"二字,继之以"既称绝世无,天子何不唤取守东都",若为花卿惜之者,实则讽之甚矣。又《赠花卿》云:"锦城丝管日纷纷,半入江风半入云。此曲只应天上有,人间能得几回闻?"阳若谀其丝管之名贵,实则不然,盖花卿在蜀,颇借用天子礼乐,少陵讥之,亦所以谏也。又《紧急》云:"才名旧楚将,妙略拥兵机。玉垒虽传檄,松州会解围。和亲知计拙,公主漫无归。青海今谁得,西戎实饱飞。"原注:"高公适领西川节度。"此诗盖讽高适不能御虏也。首赞其才名楚将,妙略兵机,其下皆败北之事,则机略可见矣。

章留后待杜公特厚,而所为多不法,杜公《桃竹杖引赠章留后》一诗,以诙诡寓讽谏之意。其诗云:"江心蟠石生桃竹,苍波喷浸尺度足。斩根削皮如紫玉,江妃水仙惜不得。梓潼使君开一束,满堂宾客皆叹息。怜我老病赠两茎,出入抓甲铿有声。老夫复欲东南征,乘涛鼓枻白帝城。路幽必为鬼神夺,拔剑或与蛟龙争。重为告曰:杖兮杖兮,尔之生也甚正直,慎勿见水涌跃学变化为龙!使我不得尔之扶持,灭迹于君山湖上之青峰。噫!风尘澒洞兮,豺虎咬人。忽失双杖兮,吾将曷从?"朱鹤龄曰:"此诗盖借竹杖规章留后也,以涌跃为龙戒之,又以忽失双杖危之,其微旨可见。"而两支竹杖,便说得尔许珍重,落想非平常人所及,所谓"奇趣横生,人骇鬼眩"者非耶?

《覆舟》二首,意在讽谏,语出诙谐。浦注云:"此见采买丹药之使,舟覆峡江而作也。肃宗之季,从事斋房,时或尚沿其习,公故假此为讽也。"诗云:

> 巫峡盘涡晓,黔阳贡物秋。丹砂同陨石,翠羽共沉舟。蜀使空斜影,龙宫闷积流。篙工幸不溺,俄顷逐轻鸥。
>
> 竹宫时望拜,桂馆或求仙。姹女凌波日,神光照夜年。徒闻斩蛟剑,无复爨犀船。使者随秋色,迢迢独上天!

姹女即真汞之异名,当姹女凌波之日,即神光照夜之年,求仙之无益可知矣,其求仙者未必升天,而采药之使先已上天。"使者随秋色,迢迢独上天。"可谓滑稽之雄。

二、调侃朋友者

杜公交游极广,聚散离合之间,梦之怀之,规谏之,调侃之,既见交情,复多风趣。诗中调侃朋友者极多,择其优者,如《李盐铁宅》二首结尾云:"盐车虽绊骥,名自汉廷来。"汉有盐铁使,故就李之官名而戏之。《饮中八仙歌》云:"知章骑马似乘船,眼花落井水底眠。"以知章吴人,故言以乘船之法骑马,眼花落井,即眠于水底,趣极。其写以下七人,亦极诙诡之能事。《病后过王倚饮赠歌》末云:"但使残年饱吃饭,只愿无事长相见。"语亦有趣。《陪李金吾花下饮》云:"胜地初相引,徐行得自娱。见轻吹鸟毳,随意数花须。细草偏称坐,香醪懒再沽。"写花下饮情况,而结语云:"醉归应犯夜,可怕李金吾?"盖金吾将军掌宫中及京城昼夜巡警之法,故以醉归犯夜调之,可谓妙谑。《徒步归行》原注:"赠李特进,自凤翔赴鄜州途径邠州作。"诗云:"明公壮年值时危,经济实藉英雄姿。国之社稷今若是,武定祸乱非公谁!凤翔千官且饱饭,衣马不复能轻肥。青袍朝士最困者,白头拾遗徒步归。人生交契无老少,论心何必先同调。妻子山中哭向天,须公枥上追风骠。"李特进即李嗣业,有宛马千匹,杜公苦于步行,故以此诗代借马帖,起首先恭维一番,末以"妻子山中哭向天"动之。费如许力气,乃不过为枥上追风骠打算耳。

《王十七侍御抡许携酒至草堂,奉寄此诗,便请邀高三十五使君同过》云:"老夫卧稳朝慵起,白屋寒多暖始开。江鹳巧当幽径浴,邻鸡还过短墙来。绣衣屡许携家酝,皂盖能忘折野梅?戏假霜威促山简,须成一醉习池回。"亦为代柬戏笔。《王竟携酒,高亦同过,共用寒字》云:"卧病荒郊远,通行小径难。故人能领客,携酒重相看。自愧无鲑菜,空烦卸马鞍。移樽劝山简,头白恐风寒。"山简盖指高适。原注:"高每云:'汝年几小,且不必小于我。'故尾联戏之。"言老易畏寒,故宜多饮。高以老戏公,公亦以老戏答也。《寄邛州崔录事》云:"邛州崔录事,闻在果园坊。久待无消息,终朝有底忙?应愁江树远,怯见野亭荒。浩荡风尘际,谁知酒熟香?"久待不至,故诘其有何忙事,更以愁远怯荒激之,以不知酒香嘲之,使必来相就也。《王录事许修草堂赀不到,聊小诘》云:"为嘲王录事,不寄草堂赀。昨属愁春雨,能忘欲漏时?"亦为代简戏作。《七月三日亭午以后,较热退,晚加小凉,稳睡有诗,因论壮年乐事,戏呈元二十一曹长》云:"欻思红颜日,霜雪冻阶闼。胡马挟雕弓,鸣弦不虚发。长鈚逐狡兔,突羽当满月。惆怅白头吟,萧条游侠窟。临轩望山阁,缥缈安可越?高人炼丹砂,未念将朽骨。少壮迹颇疏,欢乐曾倏忽。杖藜风尘际,老丑难翦拂。吾子得神仙,本是池中物。贱夫美一睡,烦促婴词笔。"《杜臆》云:"曹长喜烧炼,故末以此戏之,谓其虽得仙术,未能羽化,犹是池中物,而已之善睡,不减于仙游也。"亦是恶谑。《别李秘书始兴寺所居》云:"不见秘书心若失,及见秘书失心疾。安危动主理信然,我独觉子神充实。重闻西方观止经,老身古寺风泠泠。妻儿待米且归去,明日杖藜来细听。"细玩诗义,想是杜公来李秘书处乞米,而李见杜公,则大谈其《观止经》,刺刺不休,故杜公诗以告别,言不仅衣单风冷,不可久待,且妻儿待米甚急,尤宜早归,如欲谈经,则请移之明日,自当杖藜来听也。诙诡极矣。

《奉酬薛十二丈判官见赠》云:"忽忽峡中睡,悲风方一醒。西来有好鸟,为我下青冥。羽毛净白雪,惨淡飞云汀。既蒙主人顾,举翩唼孤亭。持以比佳士,及此慰扬舲。清文动哀玉,见道发新硎。欲学鸱夷子,待勒燕山铭。谁重斩蛇剑,致君君未听。志在麒麟阁,无心云母屏。卓氏近新寡,豪家朱门扃。相如才调逸,银汉会双星。客来洗粉黛,日暮拾流萤。不是无灯火,劝郎勤六经。老夫自汲涧,野水日泠泠。我叹黑头白,君看银印青。卧病识山鬼,为农知地形。谁矜坐锦帐,苦厌食鱼腥。东西两岸坼,横水注沧溟。碧色忽惆怅,风雷搜百灵。空中右白虎,赤节引婷婷。自云帝季女,嚊雨凤凰翎。襄王薄行迹,莫学令威丁。千秋一拭泪,梦觉有微馨。人生相感动,金石两青荧。丈人但安坐,休辨渭与泾。"冯班曰:"此诗初似不可解,再回读之,略得其旨。首言好鸟西来,言薛判官有赠诗之及也。'清文'以下,序薛来诗之意,言方欲学鸱夷,勒铭燕然,错利器如断蛇之剑,不为时君听知,然志在立功,岂溺情于云母屏之乐者哉!疑薛有临邛之遇,致诗于公以自明,故为序其意如此。下遂言薛有相如之逸才,得卓女于豪家,方洗粉黛,拾流萤,相勉以勤学,非风流放诞者比也。又言我在峡中,辛苦为农,犹不免结梦阳台,有襄王之遇,盖精灵感动,金石为开,人固能无情乎?特戏言以解之耳。"《和江陵宋大少府暮春雨后同诸公及舍弟宴书斋》云:"渥洼汗血种,天上麒麟儿。才士得神秀,书斋闻尔为。棣华晴雨好,彩服暮春宜。朋酒日欢会,老夫今始知。"细玩诗意,少府开宴,似为其亲具庆而设,诸公及杜公之弟皆与宴,而杜公未与。遂于尾联戏之,言朋酒欢会,老夫今日始知,事前则不知也。

《戏赠友》二首云:"元年建巳月,郎有焦校书。自夸足膂力,能骑生马驹。一朝被马踏,唇裂板齿无。此心不肯已,欲得东擒胡。"其二云:"元年建巳月,官有王司直。马惊折左臂,骨折面如墨。驽骀漫深泥,何不避雨色。劝君休叹恨,未必不为福。"此则以友人跌马受伤,而调侃之也。《春日戏题恼郝使君兄》云:"使君意气凌青霄,忆昨欢娱常见招。细马时鸣金腰裹,佳人屡出董娇娆。东流江水西飞燕,可惜春光不相见。愿携王赵两红颜,再骋肌肤如雪练。通泉百里近梓州,请公一来开我愁。舞处重看花满面,樽前还有锦缠头。"所谓王赵两红颜者,必为郝使君家妓,去年冬在通泉时,尝出以侑觞,故作此以戏之也。《戏简郑广文兼呈苏司业》云:"广文到官舍,系马堂阶下。醉则骑马归,颇遭官长骂。才名三十年,做客寒无毡。赖有苏司业,时时乞酒钱。"才人不遇,使人恸哭,而仍以诙谐出之,不禁破涕为笑也。又如《戏题寄上汉中王三首》有云:"忍断杯中物,只看座右铭。不能随皂盖,自醉逐浮萍。"又云:"杖策时能出,王门异昔游。已知嗟不起,未许醉相留。蜀酒浓无敌,江鱼美可求。终思一酩酊,净扫雁池头。"原注云:"王时在梓州,断酒不饮,篇中戏述。"汉中王既断酒,而诗中皆索酒,亦是妙谑。《戏韦偃所为双松图歌》后段云:"韦侯韦侯数相见,我有一匹好素绢,重之不减锦绣段。已令拂拭光凌乱,请公放笔为直干。"《杜臆》云:"韦之画松,以屈曲见奇,直便难工。匹绢幅长,汝能放笔为直干乎?戏之也。"他如《戏寄崔评事表侄苏五表弟韦大少府诸侄》《戏作寄汉中王二首》等,皆此类也。

三、自 嘲 者

杜诗中具自嘲风味者殊多,固不止调侃朋友已也。如《北征》有云:"经年至茅屋,妻子衣百结。……平生所娇儿,颜色白胜雪。见耶背面啼,垢腻脚不袜。床前两小女,补绽才过膝。海图坼波涛,旧绣移曲折。天吴及紫凤,颠倒在短褐。"此已极见风趣,而"那无囊中帛,救汝寒凛栗。粉黛亦解包，衾绸稍罗列。瘦妻面复光，痴女头自栉。学母无不为，晓妆随手抹。移时施朱铅，狼藉画眉阔。生还对童稚，似欲忘饥渴。问事竞挽须，谁能即嗔喝。翻思在贼愁，甘受杂乱聒"，"恸哭松声迥，悲泉共幽咽"之后，见儿女之可悲可喜，随手写来，极情尽致，亦复诙谐可笑。至云："生还对童稚，似欲忘饥渴。"则寓无限酸楚于自嘲声中，见童稚而欲忘饥渴，然饥渴如故，不以见童稚之故而稍减。"似欲忘"，终不能忘也。又如《彭衙行》有云："痴女饥咬我，啼畏虎狼闻。怀中掩其口，反侧声愈嗔。小儿强解事，故索苦李餐。"张上若谓："能写人所不能写处，真极，朴极，亦趣极。"吴梅村《遣闷》之四："其余灯下行差肩，见人悲叹殊无端，携手游戏盈床前。相思夜阑更蓺烛，严城鼓声振林木。众雏怖向床头伏，摇手禁之不敢哭。"似脱胎于此，然而沉痛有余，风趣则不逮矣。

《空囊》云："翠柏苦犹食，明霞高可餐。世人共卤莽，吾道属艰难。不爨井晨冻，无衣床夜寒。囊空恐羞涩，留得一钱看。"食柏尚属可能，霞安可充饥乎？乃自嘲自解之词，言直欲学仙人辟谷也。恐囊空羞涩，留得一钱，写穷困之状，诙谐潇洒。《丈人山》云："自为青城客，不唾青城地。为爱丈人山，丹梯近幽意。丈人祠前佳气浓，绿云拟住最高峰。扫除白发黄精在，君看他时冰雪容。"结作游仙语，而以诙谐出之，趣甚。《遣闷奉呈严公二十韵》云："白水渔竿客，清秋鹤发翁。胡为来幕下？只合在舟中。黄卷真如律，青袍也自公。老妻忧坐痹，幼女问头风。平地专欹倒，分曹失异同。"状下僚生涯极有趣，而用"真"字"也"字，尤觉可笑。《狂歌行赠四兄》云："与兄行年较一岁，贤者是兄愚者弟。兄将富贵等浮云，弟窃功名好权势。长安秋雨十日泥，我曹鞴马听晨鸡。公卿朱门未开锁，我曹已到肩相齐。吾兄稳睡方舒膝，不袜不巾踏晓日。男啼女哭莫我知，身上须缯腹中实。今年思我来嘉州，嘉州酒香花满楼。楼头吃酒楼下卧，长歌短咏迭相酬。四时八节还拘礼，女拜弟妻男拜弟。幅巾鼙带不挂身，头脂足垢何曾洗？吾兄吾兄巢许伦，一生喜怒常任真。日斜枕肘寝已熟，啾啾唧唧为何人？"蒋弱六谓胸中无限牢骚，借乃兄发泄，题曰《狂歌行》，伤我羡人，一片郁勃,所出都是狂态也。实则并非狂态,亦何尝羡人,乃于无可奈何中,自解自嘲耳。"弟窃功名好权势",岂其然哉?"公卿朱门未开锁,我曹已到肩相齐",二句为宗臣报《刘一丈书》所本。又如《不离西阁二首》其一云:"江柳非时发,江花冷色频。地偏应有瘴,腊近已含春。失学从愚子,无家任老身。不知西阁意,肯别定留人?"题曰《不离》,有厌居之意,厌居而不去,乃是不能去也,却问西阁:肯令我别乎?抑定留人乎?诙诡之极。其二云:"西阁从人别,人今亦故亭。江云飘素练,石壁断空青。沧海先迎日,银河倒列星。平生耽胜事,吁骇始初经。"此盖答前首之问,言非西阁留人,人自留耳!厌居而终不能去,必有苦衷,却自嘲自解曰:"平生耽胜事。"乃自夸其江云石壁沧海银河之壮观,故自留耳。然则,既耽胜事,厌居之意,又何自来乎?

《醉为马坠,诸公携酒相看》云:"甫也诸侯老宾客,罢酒酣歌拓金戟。骑马忽忆少年时,散蹄迸落瞿塘石。白帝城门水云外,低身直下八千尺。粉蝶电转紫游缰,东得平冈出天壁。江村野堂争入眼,垂鞭嚲鞚凌紫陌。向来皓首惊万人,自倚红颜能骑射。安知决臆追风足,朱汗骖驔犹喷玉。不虞一蹶终损伤,人生快意多所辱。职当忧戚伏衾枕,况乃迟暮加烦促。朋知来问腆我颜,杖藜强起依僮仆。语尽还成开口笑,提携别扫清溪曲。酒肉如山又一时,初筵哀筝动豪竹。共指西日不相贷,喧呼且覆杯中渌。何必走马来为问,君不见嵇康养生被杀戮。"郝楚望谓此诗:"词藻风流,情兴感慨。"犹未能鞭辟入里,不如杨西河谓其"诙谐潇洒"之为得也。《复愁十二首》之十二云:"病减诗仍拙,吟多意有余。莫看梁江总,犹被赏时鱼。"公尝赐绯鱼袋,言我虽老若江总,而有银鱼之赏,则流落未足为恨也。《耳聋》云:"生年鹖冠子,叹世鹿皮翁。眼复几时暗?耳从前月聋。猿鸣秋泪缺,雀噪晚愁空。黄落惊山树,呼儿问朔风。"耳聋固非美事,偏偏寻出许多佳处。言向未耳聋之时,闻秋猿啼则洒泪,闻晚雀噪则添愁,今者俱不闻矣,复何愁何泪哉?所憾者眼犹未暗,尚见黄叶之落,想必朔风肆虐,故呼儿问之,是犹可牵愁引泪。"眼复几时暗",居然有期望之心,固以自嘲为自解,谑亦甚矣。

《戏作俳谐体遣闷二首》云:"异俗吁可怪,斯人难并居。家家养乌龟,顿顿食黄鱼。旧识能为态,新知已暗疏。治生且耕凿,只有不关渠。"其二云:"西历青羌坂,南留白帝城。於菟侵客恨,粔籹做人情。瓦卜传神语,畬田费火耕。是非何处定?高枕笑浮生。"按《史记》注:"滑稽犹俳谐也。"杜诗中标"戏"作题者极多,而此则明言"俳谐体"矣。又如《遣愁》有云:"养拙蓬为户,茫茫何所开。"《草阁》有云:"草阁临无地,柴扉永不关。"皆为自嘲之例。而《崔评事弟许相迎不到,应虑老夫见泥雨怯出,心愆佳期,走笔戏简》云:"江阁邀宾许马迎,午时起坐白天明。浮云不负青春色,细雨何孤白帝城。身过花间沾湿好,醉于马上往来轻。虚疑皓首冲泥怯,实少银鞍傍险行。"此则调侃朋友而兼自嘲耳。

论杜诗中的诙诡之趣,分讽谏当局、调侃朋友与自嘲三者,特为论述便利计耳,非谓杜诗有诙诡之趣者止是也。如《雷》云:"巫峡中宵动,沧江十月雷。龙蛇不成蛰,天地划争回。却碾空山过,深蟠绝壁来。何须妒云雨,霹雳楚王台。"则调侃雷声。《风雨看舟前落花戏为新句》云:"江上人家桃树枝,春寒细雨出疏篱。影遭碧水潜勾引,风妒红花却倒吹。吹花困懒傍舟楫,水光风力俱相怯。赤憎轻薄遮人怀,珍重分明不来接。湿久飞迟半欲高,萦沙惹草细于毛。蜜蜂蝴蝶生情性,偷眼蜻蜓避伯劳。"他如《绝句漫兴》《江畔独步寻花》等诗,骂燕子,骂春风,骂桃花,花开既恨,花折又恨,一片奈何不得,极见风趣,亦极见诙诡。少陵一生,忧乱伤离而不消极,妻僵子饿而不悲观。欲致君尧舜而落拓不偶,胸中所蕴,皆写之于诗,而不觉板重。非以天性诙谐,而诙诡之趣,时露篇中也耶!

(原载1946年12月4日南京《中央日报·泱泱》)

杜甫与李白

> 杜陵有客才名早,却与山东李白好。短褐飘飘泗水春,登临落日同倾倒。浮踪转盼各飞蓬,石门一别风烟渺。同心之谊袪形骸,相期直在云霞表。渭北江东日渺茫,王孙不见凄芳草。由来造化踬英贤,奈尔风流天地老。
>
> ——《华爱题李白送别杜子美发鲁郡图》

唐朝是我国诗坛的春天,尤其是盛唐时代,诗的园地里群花怒放,万紫千红,在艳阳的闪耀下,摇漾着,像金碧的海,汇成空前的壮观。这无量数灿烂肥硕的花朵,当然是多数园丁辛勤灌溉的成果。而出乎其类拔乎其萃的园丁,无疑要数浪漫文学大师李白与写实文学领袖杜甫了。

在同一时代,在同一国度,又在同一艺术领域,崛起势均力敌、光焰万丈的两位大家,这不能不算是文学史上的奇迹。一位是集前此浪漫文学大成而推到极峰的大师,一位是开写实文学先河而汇为巨海的领袖。各人的性格不同,风格也极不相类,却是极好的朋友,这更是令人羡慕不已的奇迹。

他们的相识,最初是在东都。按《唐书》:"东都隋置,武德四年废,贞观二年号洛阳宫,显庆二年,诏改东都。"即是现在的洛阳。杜甫第一篇赠李白的诗即是作于东都的。是什么时候呢?按朱注:"天宝三载(744),公在东都,太白以力士之谮,亦放还,游东都,此赠诗当在其时,故有脱身金闺之句。"可知他们的相识,是在天宝三载。《李太白年谱》:"开元二十八年庚辰,太白年四十。"则天宝三年,其年为四十四岁。又《杜工部年谱》:"天宝十载辛卯,公年四十。"则天宝三年,其年三十三岁(李白长杜甫十有一岁),大约不无相见恨晚的感觉吧!现在让我们看看赠李白诗的内容:

二年客东都,所历厌机巧。野人对腥膻,蔬食常不饱。岂无青精饭,使我颜色好?苦乏大药资,山林迹如扫。李侯金闺彦,脱身事幽讨。亦有梁宋游,相期拾瑶草。

从煞尾两句可知杜甫有梁宋之游的计划,李白适欲游梁宋,故有"相期拾瑶草"之约了。按浦注:"梁宋在今开封归德境。"他们究竟同游梁宋了没有,这在李杜的诗集里都没有专诗记载。《唐诗纪事》云:"始,李白与杜甫相遇梁宋间,结交欢甚。久乃去客居鲁徂徕山。"又《新唐书》杜甫传云:"甫少与李白齐名,尝从白及高适过汴州,酒酣登吹台,慷慨怀古,人莫测也。"可见他们不仅同游梁宋,还加上了另一位大诗人高适。"酒酣登吹台,慷慨怀古。"真是诗坛佳话,岂仅是他们的奇遇?他们在当时没有诗,大约是登高怀古,无暇属辞吧!诗是穷愁无聊、苦闷忧愤时的产物。其意有不得申,然后才发之于诗。他们酒酣登台,慷慨怀古,意气发舒,雄视一世,实无事于诗。但在彼此飘零之后,往事如梦,诗人将沉湎于梦的氛围里了。不是吗?杜甫流寓夔州的时候,不就在往事的回忆中唱出诗来了么?《昔游》云:

昔者与高李,晚登单父台。寒芜际碣石,万里风云来。桑柘叶如雨,飞藿去徘徊。清霜大泽冻,禽兽有余哀。

这是从前同游梁宋的盛事,却重浮在诗人的记忆里来了,而现在呢?

隔河忆长眺,青岁已摧颓。不及少年日,无复故人杯。赋诗独流涕,乱世想贤才。有能市骏骨,莫恨少龙媒。

少时的乐事是烟消云散了,他能不在回忆之余,流涕赋诗么?又《遣怀诗》云:"昔我游宋中,惟梁孝王都。……忆与高李辈,论交入酒垆。两公壮藻思,得我色敷腴。气酣登吹台,怀古视平芜。芒砀云一去,雁鹜空相呼。"这是回忆中的事情,酒垆论交之后,酒酣登吹台,慷慨怀古,是如何地不可一世。而现在呢?李白已经于宝应元年死了,高适也死于永泰元年,又是多么使人伤怀的事情。"乱离朋友尽,合沓岁月徂。吾衰将焉托,存殁再呜呼。萧条病益甚,独在天一隅。乘黄已去矣,凡马徒区区。不复见颜鲍,系舟卧荆巫。临餐吐更食,常恐违抚孤。"从末二句看,这是何等交谊?岂不使面朋面友们汗颜?诚如李子德所云:"宋中名地,李公伟人,配公此笔,俱堪千古。"

在《李太白诗集》中,并不是没有作于梁宋的篇章,只是未提到与杜甫同游罢了。如《鸣皋歌送岑徵君》,其原注云:"时梁园三尺雪,在清冷池作。"又有《梁园吟》(一名《梁园醉酒歌》),这都是在梁宋的作品。尤其是《梁园吟》一篇,很可能是与杜甫及高适同游后作的。我们先引后几句看吧!"我浮黄河去京阙,挂席欲进波连山。天长水阔厌远涉,访古始及平台间。平台为客忧思多,对酒遂作梁园歌。……昔人豪贵信陵君,今人耕种信陵坟。荒城虚照碧山月,古木尽入苍梧云。梁王宫阙今安在?枚马先归不相待。舞影歌声散渌池,空余汴水东流海。沉吟此事泪满衣,黄金买醉未能归。连呼五白投六博,分曹赌酒酣驰晖。"按《一统志》:"梁园在河南开封府城东南,一名梁苑。"杜诗云:"气酣登吹台。"《元和郡县志》云:"吹台在开封县东南六里。"又按《汉书·梁孝王传》称,王以功亲为大国,筑东苑方三百里,则吹台即在梁园之内无疑。再就《梁园吟》中的"连呼五白投六博,分曹赌酒酣驰晖"来看,显然是几个人在一块儿玩的,又是谁同他在一块儿玩的呢?杜甫《今夕行》云:"今夕何夕岁云徂,更长烛明不可孤。咸阳客舍一事无,相与博塞为欢娱。凭陵大叫呼五白,袒跣不肯成枭卢。英雄有时亦如此,邂逅岂即非良图。君莫笑刘毅从来布衣愿,家无儋石输百万。"则杜甫又是会赌而且主张英雄有时也不免一赌的人。既然是"相遇梁宋间,结交欢甚",同时他们都是过客,别无熟识的人,李白游梁园,能不邀杜甫同来么?所以李白所谓游梁园,与杜甫所谓登吹台,极有可能是一回事。因为他是属于浪漫派的作家,只凭空抒发他的幻想,不像写实大师杜甫的诗把时、地、人等,都记得清清楚楚,所以后人无从知道底细,这实在是一件憾事。

梁宋之游完毕以后,天宝四载,同在齐州,共游历下亭。杜甫有《陪李北海宴历下亭》《同李太守登历下古城员外新亭》等诗,而高适、李白,均有赠邕诗,想必同游,但无诗可证罢了。杜甫赠李白诗:"秋来相顾尚飘蓬,未就丹砂愧葛洪。痛饮狂歌空度日,飞扬跋扈为谁雄。"正是作于此时的。蒋弱六谓"是白一生小像",诚然。如果相知不深,又何能于短短的四句诗中,描画得如此眉目毕肖呢?除此之外,又有《与李白同寻范十隐居》,也是此时的作品。诗云:

  李侯有佳句,往往似阴铿。余亦东蒙客,怜君如弟兄。醉眠秋共被,携手日同行。更想幽期处,还寻北郭生。入门高兴发,侍立小童清。落景闻寒杵,屯云对古城。向来吟《橘颂》,谁欲讨莼羹。不愿论簪笏,悠悠沧海情。

彼此珍惜,如弟兄一样,"醉眠秋共被,携手日同行"十字之中,包含着多少笑语咏歌,包含着多少风月晴雨。杨西河谓可想见此中细论文之乐,其实又何止细论文之乐呢?

真是"由来造化赋英贤"。他们在一生之中,便只有这短短的欢聚而已。杜甫《壮游诗》云:"放荡齐赵间,裘马颇清狂。……快意八九年,西归到咸阳。"天宝五载,杜甫要回长安,李白有《鲁郡东石门送杜二甫》诗。诗云:

  醉别复几日,登临遍池台。何时石门路,重有金樽开。秋波落泗水,海色明徂徕。飞蓬各自远,且尽手中杯。

杜甫《题张氏隐居》："涧道余寒历冰雪，石门斜日到林邱。"正是这时送别的石门，风景如旧，而劳燕分飞。"何时石门路，重有金樽开"呢？这是谁也不能回答的问题。

杜甫回到长安，李白又游于吴越之间，杜甫《冬日有怀李白诗》云：

> 寂寞书斋里，终朝独尔思。更寻嘉树传，不忘角弓诗。短褐风霜入，还丹日月迟。未因乘兴去，空有鹿门期。

"终朝独尔思"，是其他的朋友有时还可以忘怀，惟独李白，他却无时不在思念之中。"空有鹿门期"，大概他们有结庐隐居之约，然而亦止是约言罢了，如何能实现呢？寂寞的严冬消逝之后，接着是花香鸟语的春天，他们的离别，也延长到了春天。"终朝独尔思"的况味，当然要更为浓烈了。《春日忆李白》诗云："白也诗无敌，飘然思不群。清新庾开府，俊逸鲍参军。渭北春天树，江东日暮云。何时一樽酒，重与细论文。"杨西河云："首句自是阅尽甘苦，上下古今甘心让一头地。"这样一位清新俊逸的作家，同时是最好的朋友，却远在江东，暮云春树，能不倍起相思？如果说"醉眠秋共被，携手日同行"，可想见细论文之乐，那么"何时一樽酒，重与细论文"，又不胜"醉眠秋共被，携手日同行"之思了。接着有《送孔巢父谢病归游江东兼呈李白》诗，孔巢父与李白、韩准、斐政、张叔明、陶沔隐居徂徕山，号"竹溪六逸"，故亦与杜甫相识，其诗有"南寻禹穴见李白，道甫问讯今何如"之句。乾元元年（758）六月，杜甫出为华州司功，李白于肃宗至德元载（756）丙申，由宣城到溧阳，转入剡中，终于到了庐山，隐居高卧。永王璘迫他入幕，后来永王璘擅引舟师东下，胁以随行。次年兵败，李白坐系浔阳狱，经宣慰大使崔涣及御史中丞宋若思为之推覆清雪，乃得释放。到了乾元元年，终以从永王璘之故，长流夜郎。于是他跋涉于流放之途，泛洞庭，上三峡，饱尝人世的艰辛与苦难。乾元二年，流寓秦州的杜甫得到好友的坏消息，更增加了思念与担忧的情绪，连夜地梦见他的朋友颠沛困顿于蛮烟瘴雨之乡，他不得不写出使千载以后的读者犹不禁坠泪的诗来。《梦李白》二首云：

一

死别已吞声，生别常恻恻。江南瘴疠地，逐客无消息。故人入我梦，明我长相忆。君今在罗网，何以有羽翼？恐非平生魂，路远不可测。魂来枫林青，魂返关塞黑。落月满屋梁，犹疑照颜色。水深波浪阔，无使蛟龙得。

二

浮云终日行，游子久不至。三夜频梦君，情亲见君意。告归常局促，苦道来不易。江湖多风波，舟楫恐失坠。出门搔白首，若负平生志。冠盖满京华，斯人独憔悴。孰云网恢恢，将老身反累。千秋万岁名，寂寞身后事。

陆时雍曰："是魂，是人，是真，是梦，都觉恍惚无定，亲情苦意，无不备极，真得屈骚之神。"仇兆鳌云："次首因频梦而作，故诗语更进一层。前云明我相忆，是白知公；此云见君意，是公知白。前云波浪蛟龙，是公为白忧；此云江湖舟楫，是白又自为虑。前章说梦处多涉疑词，此章说梦处宛如目击。千古交情，惟此为至。然非公至性，不能有此至情；非公至文，不能传此至性。"虽然说非公至文，不能传此至性，究竟还是因为有此至性，才能写出如此动人的文章，每一字每一句，都是深厚真挚的情感的升华。假如他与李白的友谊未到极点，能写出这样激情洋溢的诗章么？杜甫在秦州，又有《天末怀李白》诗云：

凉风起天末，君子意如何？鸿雁飞不到，江湖秋水多。文章憎命达，魑魅喜人过。应共冤魂语，投诗赠汨罗。

蒋弱六云："向空遥望，喃喃作声，此等诗真得风骚之意。"邵子湘云："如此诗可以怀李。"按《李太白年谱》："乾元二年，己亥，未至夜郎，遇赦得释。"而杜甫到秦州,已是此年的秋天,李白遇赦后已有数月了。由于那时消息迟滞,他无从得知,还以为李白正奔走于汨罗一带,念念不忘。这样情感深厚的人,才会写出不朽的作品来。此外又有《寄李十二白二十韵》,也是此年秋冬之际的作品。诗云:

  昔年有狂客,号尔谪仙人。笔落惊风雨,诗成泣鬼神。声名从此大,汩没一朝伸。文彩承殊渥,流传必绝伦。龙舟移棹晚,兽锦夺袍新。白日来深殿,青云满后尘。乞归忧诏许,遇我夙心亲。未负幽栖志,兼全宠辱身。剧谈怜野逸,嗜酒见天真。醉舞梁园夜,行歌泗水春。才高心不展,道屈善无邻。处士祢衡俊,诸生原宪贫。稻粱求未足,薏苡谤何频。五岭炎蒸地,三危放逐臣。几年遭鵩鸟,独泣向麒麟。苏武元还汉,黄公岂事秦。楚筵辞醴日,梁狱上书辰。已用当时法,谁将此议陈。老吟秋月下,病起暮江滨。莫怪恩波隔,乘槎与问津。

金圣子云:"杜少陵平生,何独于太白数数然耶?至读《寄白二十韵》有云'才高心不展,道屈善无邻……已用当时法,谁将此议陈',予三复而深悲之。数语为太白洒谤,事具而情真,太白无濡迹于永王璘事,省然矣。白亦尝有《书怀赠江夏韦太守》诗云:'仆卧香炉顶,食霞饮瑶泉。门开九江转,枕下五湖连。半夜水军来,浔阳满旌旃。空名适自误,迫胁上楼船。徒赐五百金,弃之若浮烟。辞官不受赏,翻谪夜郎天。夜郎万里道,西上令人老。扫荡六合清,仍为负霜草。日月无偏照,何由诉苍昊。'甚详。然不若杜诗之可据,盖亲父不得为其子媒,其父誉之,不若他人誉之之为信也。"王嗣奭曰:"此诗分明为李白作传,其生平履历备矣。白才高而狂,人或疑其乏保身之哲,公故为之剖白。如'未负幽栖志,兼全宠辱身',及'楚筵辞醴''梁狱上书'数句,皆刻意辨明,与《赠王维诗》'一病缘明主,三年独此心'相同,总不欲使才人含冤千载耳。卢世㴶谓是天壤间维持公道、保护元气文字。"

"老吟秋月下,病起暮江滨。"李白赦后还浔阳的消息,他大约知道了吧!所以他原原本本地写出传记一般翔实的诗来。在这篇诗中,除了为李白洒谤而外,还追忆到他们从前同游时代的往事:"剧谈怜野逸,嗜酒见天真。醉舞梁园夜,行歌泗水春。"这里他明明提出了"醉舞梁园夜"的句子。这与李白《梁园吟》中的"黄金买醉未能归……歌且谣,意方远"不正是二而一的事情么?上元宝应间,杜甫居成都浣花草堂的时候,得不到李白的消息。《不见》诗云:

不见李生久,佯狂真可哀。世人皆欲杀,吾意独怜才。敏捷诗千首,飘零酒一杯。匡山读书处,头白好归来。

说者或以匡山即指庐山,此时杜甫在蜀,如指庐山,显然与下句"好归来"之意不合。或以为系指彰明之大匡山,盖大匡山犹有李白之读书台,其青莲乡故居遗地尚在,废为寺,以李白之故,名陇西院。此说比较合理,此时李白尚飘零于金陵宣城溧阳之间,杜甫怜之,所以有"头白好归来"的句子,期望见面的情绪,不禁流露于字里行间了。

李白病卒于宝应元年十一月。此后杜甫曾在《昔游》与《遣怀》二诗中,述及李白,前面已引过了。其他如《饮中八仙歌》中的"李白一斗诗百篇,长安市上酒家眠",《苏端薛复筵简薛华醉歌》中的"近来海内为长句,汝与山东李白好"等,言及李白处很多,都是与李白的友谊到达高度的证明。

《艺苑雌黄》云:"洪驹父诗话言子美集中赠太白诗最多,而李初无一篇与杜者。"这话显然是错误的,《鲁郡东石门送杜二甫》诗,前面已有征引,后人且有据以为送别图者,何谓初无一篇?此后又有《沙丘城下寄杜甫》一诗。诗云:

我来竟何事,高卧沙丘城。城边有古树,日夕连秋声。鲁酒不可醉,齐歌空复情。思君若汶水,浩荡寄南征。

因不知此诗作于何时,所以前面未敢引用,他们石门别后,杜甫回到长安,李白不久亦往游吴越,或者是初别后的作品吧!此外尚有《赠杜补阙》一诗,《酉阳杂俎》以为杜补阙即是杜甫。《容斋四笔》以为杜甫但为左拾遗,不曾任补阙。既无证据,当然不敢武断即为杜甫。姑且钞出这篇诗来吧!诗云:"我觉秋兴逸,孰云秋兴悲。山将落日去,水与晴空宜。云归碧海少,雁度晴天迟。相失各万里,茫然空尔思。"有关杜甫的诗,见于李集者,便止于此了。

像李杜这样旷代难逢的大诗人,何幸而生于同时,又何幸而相遇东都,同游梁宋,至于齐鲁。醉舞梁园,行歌泗水,无夜不醉眠共被,无日不携手同行。虽然相聚的时间太短,但他们并不曾辜负这短短的时间。他们了解"即今相见不尽欢,别后相思复何益"的道理。在别后虽然再不曾重见,但他们的友谊正因为别离时间的积久而越发深厚。杜甫为李白而作的那些诗篇,尤其那些动人的句子,像"世人皆欲杀,吾意独怜才""醉眠秋共被,携手日同行",像"落月满屋梁,犹疑照颜色",浓烈的情感直从字里跳动起来,谁能否认这是出于至诚的呢?即如李白的"思君若汶水,浩荡寄南征","何时石门路,重有金樽开",其中所表现的,谁能认为是泛泛的友谊呢?虽然李白为杜甫而作的诗并不多见,但并不能因此而有所怀疑。韩退之《调张籍》云:"李杜文章在,光焰万丈长。平生千万篇,金薤垂琳琅。仙官敕六丁,雷电下取将。流落人间者,泰山一毫芒。"事实上李白为杜甫而作的诗,绝不止现在所见的数篇而已,大多数恐怕都散失了。李阳冰《草堂集序》云:"自中原有事,公避地八年,当时著述,十丧其九。"这不是铁一般的证据么?李白虽有天仙之才,亦未尝不热情洋溢,慷慨忠诚。推崔颢所作"昔人已乘黄鹤去"一诗,谓不啻己出,岂能对少陵有所轻视么?然而后世有许多文人,以小人之心度君子,持文人相轻之见,以为李杜二人,才名相逼,必不能不各怀妒忌之心,于是曲解捏造,以鸣己说,这又何必呢?《西溪丛话》云:"杜甫《忆李白》诗云'俊逸鲍参军',亦有讥焉,鲍照《白纻辞》一篇,白用之。杜又云'李侯有佳句,往往似阴铿',如'柳色黄金嫩,梨花白雪香',乃阴铿诗也。"这是说:杜甫以鲍照、阴铿比李白不是推崇,而是讥讽李白抄袭前人的诗句。杜甫诗云:"颇学阴何苦用心。"又云:"庾信文章老更成。"又云:"流传江鲍体,相顾免无儿。"可知阴庾鲍三人,皆杜甫所极崇拜者,用来比拟李白,当然是善意的推崇,何尝有讽刺的意味呢?《徐子能说诗》云:"李白天才,甫虽称其敏捷,而于法律上有所未安,其视白如老先生见少年门生,恐其不肯进,故赞他极有分寸云云。"这更是瞎说,连李白长杜甫十余岁都弄不清楚,亦如此妄说,真可笑人。杜甫于人或称官阅,或称爵里,或曰丈人,或曰先生,所以常呼太白之名者,正是忘年之交的表现,如有丝毫隔膜的存在,能互相尔汝,如此亲昵么? 如果认为这些句子有所轻视,那么"余亦东蒙客,怜君如弟兄""三夜频梦君,情亲见君意"等句称李白为"君",也有所轻视么?况且杜甫一则曰:"千秋万岁名,寂寞身后事。"再则曰:"乘黄已去矣,凡马徒区区。"这实在是出于衷心的称赞,同时也是清楚地估计过李白作品之后的评价。少陵毫无轻视太白之意,不是很显然么? 又有一些人,以为李白是轻视杜甫的。《唐诗本事》云:"李白才逸气高,与陈拾遗齐名,先后合德,其论诗云:'陈梁已来,艳薄斯极,沈休文又尚以声律,将复古道,非我而谁?'故陈、李二集,律诗殊少。尝言'寄兴深微,五言不如四言,七言又其靡也。况使束于声调俳优哉?'故《戏杜》曰:'饭颗山头(一作长乐坡前)逢杜甫,头戴笠子日卓午。借问别来太瘦生,总为从前作诗苦。'盖讥其拘束也。"我们知道李杜自东都相识,至鲁郡分别,相聚仅这些时间,别后再不曾相见,那么"借问别来太瘦生",与事实显然是牛头不对马嘴。何况长乐坡在京兆府万年县东北三十里,他们既未同到此地,又何由相逢呢? 此诗不载《李太白集》,又俚俗粗鄙,为好事者所伪造,自可断言。不论是过去还是现在,文坛上总闹着文人相轻的悲喜剧,只有李杜两位震古烁今的大诗人是难得的例外。不是用牵强附会的办法质疑李杜的友谊以强调文人相轻的必然性,而是颂扬李杜的友谊使难得的例外变为普遍的现实,这是我写这篇文章的初衷和愿望。

(原载 1946 年 11 月 20、21 日南京《中央日报·泱泱》)

杜甫与严武

感情是诗的灵魂。感情跃动在作品里,像奇花的怒放,像好鸟的欢歌,像炎夏骄阳的光和热,像电闪,像雷鸣,像江河的奔流。惟其作家毫不吝惜地将浓烈的感情灌注于作品之中,所以那作品才不是由文字堆砌的躯壳,而含有活生生的呼之欲出的灵魂,惟其有灵魂,所以有生命。伟大的作品之所以能永垂不朽,正因为它保留了作者的情感,而作者的情感,经常与读者发生共鸣作用。反之,无情感灌注的作品,无疑地要淘汰于读者之前,又何恃而流传久远呢?

一个伟大的诗人,他必定拥有极深厚的感情。我们伟大的民族诗人杜甫,更是如此,因而被称为"情圣"。惟其是"情圣","诗圣"的王冠,才落到他的头上了。试通读他的诗集,便可看出他不仅对亲人,而且对国家、对民族、对受苦受难的百姓、乃至对鸟兽虫鱼等等,无不给予热爱,给予关注,给予伟大的同情。对朋友,当然也不例外。

杜甫的朋友极多,他和同时的诗人之间,差不多都维持着极浓厚的感情,如李白,如高适,如岑参,如贾至……其中最有关系的,无过严武。在杜诗中为严武而作的诗,将近三十首之多,这便是坚强的证明。

他和严武的友谊,是建立在两重关系之上的:第一,他和严武的父亲严挺之是好朋友;第二,严武也很擅长于诗。这样,不仅是旧交,而且具有相同的爱好,当然容易合得来了。至德乾元之间,严武官给事中,杜甫官左拾遗,加上同事的关系,相见日多,彼此的交谊,便日渐加深了。《奉赠严八阁老诗》云:"扈圣登黄阁,明公独妙年。蛟龙得云雨,雕鹗在秋天。客礼容疏放,官曹可接联。新诗句句好,应任老夫传。"从诗的正面可看出杜甫的疏放,俨然以老前辈自居;而严武对他的敬慕,显然是隐藏于诗的背面的。等到杜甫往鄜州去省亲,他们经过第一度的离别。《留别贾严二阁老》诗:"田园须暂住,戎马惜离群。去远留诗别,愁多任酒醺。"已隐然有"黯然销魂"的情景,这不是感情已深的说明么?

此后严武坐房琯事贬为巴州刺史,杜甫也辗转流浪于秦州,暂别竟成了久别,彼此又各不称意,更容易撩动感情。杜甫在秦州的时候,曾作《寄岳州贾司马六丈巴州严八使君两阁老五十韵》排律:"衡岳猿啼里,巴州鸟道边。故人俱不利,谪宦两悠然。"一起首便有无限的感慨。"恩荣同拜手,出入最随肩。晚着华堂醉,寒重绣被眠。钘齐兼秉烛,书柱满怀笺。"回想往日同事时的乐事,再寻思当前的离别,真是"旧好肠堪断,新愁眼欲穿"了。"地僻昏炎瘴,山稠隘石泉。且将棋度日,应用酒为年",更叮嘱朋友避谗言而遭愁闷的方法,是如何地真情流露啊!

一面由于饥寒与兵乱的威胁,一面又由于耐不住"他乡饶梦寐,失侣自迍邅"的苦闷,杜甫由秦州经铁堂峡泥功山积草岭等地,到了同谷,又由同谷经木皮岭、剑门关等地,到了成都,在浣花溪建起草堂,植花种果,插李栽松,创造了极幽雅的环境。严武适拜成都尹兼御史大夫充剑南节度使,立刻作了《寄题杜二锦江野亭》的诗,末二句云:"兴发会能骑骏马,终须直到使君滩。"杜甫知道严武要来,酬诗有"何日旌麾出城府,草茅无径欲教锄"的句子,便每日扫径以待了。

果然,严武立即实践了他的诺言。老杜《严中丞枉驾见过》:

元戎小队出郊坰,问柳寻花到野亭。川合东西瞻使节,地分南北任流萍。扁舟不独如张翰,皂帽应兼似管宁。寂寞江天云雾里,何人道有少微星?

这是他们久别之后的首次见面,其欢乐自可想见。此后杜甫有《遭田父泥美严中丞》,有《奉和严中丞西城晚眺十韵》,有《中丞严公雨中垂寄见忆一绝奉答二绝》，有《谢严中丞送青城山道士乳酒一瓶》，来往和诗送酒，过从很密。《中丞严公雨中垂寄见忆一绝奉答二绝》云：

　　雨映行宫辱赠诗，元戎肯赴野人期。江边老人虽无力，强拟晴天理钓丝。

　　何日雨晴云出溪，白沙青石洗无泥，只须伐竹开荒径，倚杖穿花听马嘶。

"元戎肯赴野人期"，可知《严公雨中垂寄见忆一绝》中必定露出又将见过之意，所以他"强拟晴天理钓丝"，要钓些鱼回来，准备设馔款客了。一方面，又伐竹开径，"倚杖穿花听马嘶"，等待行将到临的朋友。

严武果然来了！大概是受了杜甫答诗的暗示，怕他"老病无力"，虽然强理钓丝，也未必能钓来什么鱼，于是干脆自携酒馔。《严公仲夏枉驾草堂兼携酒馔得寒字》云：

　　竹里行厨洗玉盘，花边立马簇金鞍。非关使者征求急，自识将军理数宽。百年地僻柴门迥，五月江深草阁寒。看弄渔舟移白日，老农何有罄交欢？

"非关使者征求急"，显然是严武要他入幕。因为他不愿意，便作罢了。此后他又参与过严武的厅宴，《严公厅宴同咏蜀道地图诗》有"兴与烟霞会，清樽幸不空"的结句。老朋友在一块儿，喝酒作诗，也不能不说是流浪生涯中难能可贵的乐事啊！

但是"胜会不常，盛筵难再"。当人们正在欢聚的时候，总有黯然的离别悄悄地落在头上。古往今来多少诗章，河梁之咏，金谷之诗，远至《崧高》《烝民》，都是在惨痛的离别中唱出的。严武奉调入朝，他们又是一度离别。《奉送严公入朝十韵》云："空留玉帐术，愁杀锦城人。阁道通丹地，江潭隐白萍。此身那老蜀？不死会归秦。公若登台辅，临危莫爱身。"在离别的时候,还能以忠言相告"公若登台辅,临危莫爱身",忠厚之心,溢于言外了。

严武要走,他依依不忍分手,直送到绵州,距成都已三百余里了!《送严侍郎到绵州同登杜使君江楼宴得心字》云:

> 野兴每难尽,江楼延赏心。归朝送使节,落景惜登临。稍稍烟集渚,微微风动襟。重楼依浅濑,轻鸟渡层阴。槛峻背幽谷,窗虚交茂林。灯光散远近,日彩静高深。城拥朝来客,天横醉后参。穷途衰谢意,苦调短长吟。此会共能几?诸孙贤至今。不劳朱户闭,自待白河沉。

"此会共能几",感觉到分手的即刻到来,而又不知道何时能重新见面,眼前一刹那的时间,实在太难得了。于是"不劳朱户闭,自待白河沉"。江楼宴会,直延到银河欲沉、天色将曙的时候,还不肯散啊!严武又有答他的诗,《酬别杜二》云:

> 独逢尧典日,再睹汉官仪。未效风霜劲,空惭雨露私。夜钟清万户,曙漏拂千旗。并向殊庭谒,俱承别馆追。斗城怜旧路,涪水惜归期。峰树还相伴,江云更对谁?试回沧海棹,莫妒敬亭诗。只是书应寄,无忘酒共持。但令心事在,未肯鬓毛衰。最怅巴山里,清猿恼梦思。

在朋友分手的时候,再说不出什么来,所能说出来而又不惮重复地叮嘱的,总不过是"多写信"这一类的话。"只是书应寄",也免不了"多写信"的叮嘱。不过他还想出一个别后浇愁的办法,那就是"无忘酒共持"了。然而举酒浇愁,只能在醒的时候,"最怅巴山里,清猿恼梦思",梦中的相思,又有什么办法呢?

杜甫送朋友,不仅由成都到绵州,由绵州就道之时,他又送了三十余里。《奉济驿重送严公四韵》云:

>远送从此别,青山空复情。几时杯重把?昨夜月同行。列郡讴歌惜,三朝出入荣。江村独归处,寂寞养残生。

当我们读这首诗的时候,假如能设身处地地想想,或者是具有送别经验的读者,我想很可能流出酸楚的眼泪。即使不然,铅块般的阴暗,也将紧压在心头了。远送数百里,无非是不忍分手,但终于要分手了!要"从此"分手了!分手以后,何时能会面吃酒呢?想起来真是海一样的渺茫,梦一样的无从捉摸;然而近在昨夜,在昨夜的明月之中,不还在比肩同行么?不要说昨夜,在送行三十里的途中,不同样是在比肩同行么?而终于要别了,"从此"一别,便真的别了啊!归来的时候,踏着与行人共留的足迹,而伴着他的,只是寂寞的影子,不复是亲爱的朋友。传入他耳里的,是自己的足音,是鸟的歌声,是不熟识的人们的语言,不复是亲爱的朋友的说和笑了。在"江村独归处"的情境中,不仅是当时的他难以为怀,在千载后的读者,恐怕也不敢想象吧!

严武走后,因徐知道反,为兵所阻,至是年九月犹滞巴岭。杜甫也因为避乱,暂入梓州,未曾回成都草堂。他有《九日奉寄严大夫》的诗,诗云:

>九日应愁思,经时冒险艰。不眠持汉节,何路出巴山?小驿香醪嫩,重岩细菊斑。遥知簇鞍马,回首白云间。

严武接诗后有答诗,《巴岭答杜二见忆》云:"卧向巴山落月时,两乡千里梦相思。可但步兵偏爱酒,也知光禄最能诗。江头赤叶枫愁客,篱外黄花菊对谁?跋马望君非一度,冷猿秋雁不胜悲。"

友谊到达最高度的时候,真能心心相印,由于自己的想念朋友,可以逆知朋友也在同样地想念自己。"遥知簇鞍马,回首白云间",正是这种心情的流露。果然不出他的所料,枫叶愁客,菊花对谁,跋涉旅途的行人,一度又一度地回首遥望,云天迢递,江山寂寥,何能望见故人的身影?只有秋雁过顶,冷猿啼树,不愿看见的东西,又偏偏要逼人眼帘,能不令行人悲伤坠泪么?

此后他们分别了不到一年的样子。广德二年春,杜甫将有荆南之行,忽然得到严武二度镇蜀的消息,他喜出望外,留以待之。《奉待严大夫》云:

殊方又喜故人来,重镇还须济世才。常怪偏裨终日待,不知旌节隔年回。欲辞巴徼啼莺合,远下荆门去鹢催。身老时危思会面,一生襟抱向谁开?

严武既到成都,于是他也从阆州领妻子赶回成都草堂。将赴成都草堂途中作《先寄严郑公五首》中有云:"得归茅屋赴成都,直为文翁再剖符。"可见所以回成都之故,全是为了严武。又云:"五马旧曾谙小径,几回书札待潜夫。"则在赴成都之前,严公已数次有书见招了。

到成都之后,作《归来诗》云:"凭谁给麹糵,细酌老江干。"是投老之计,不无望于严公。《草堂诗》有云:"旧犬喜我归,低徊入衣裾。邻里喜我归,沽酒携葫芦。大官喜我来,遣骑问所须。"所谓大官,即指严武。严武有《军城早秋七绝》云:"昨夜秋风入汉关,朔云边月满西山。更催飞将追骄虏,莫放沙场匹马还。"杜甫奉和云:"秋风袅袅动高旌,玉帐分弓射房营。已收滴博云间戍,欲夺蓬婆雪外城。"杜甫又有《严郑公阶下新松得沾字》诗、《严郑公宅同咏竹得香字》诗,以及《晚秋陪严郑公摩诃池泛舟得溪字》诗,集外诗又有《陪郑公秋晚北池临眺》诗。按年谱,知是年六月,武表公为节度参谋检校工部员外郎赐绯鱼袋,故彼此作诗最多,《奉观严郑公厅事岷山沱江画图十韵得忘字》五言排律一首,宋人杨诚斋、清人王阮亭等均极推崇。诗云:

沱水流中座,岷山到北堂。白波吹粉壁,青嶂插雕梁。直讶松杉冷,兼疑菱荇香。雪云虚点缀,沙草得微茫。岭雁随毫末,川鲵饮练光。霏红洲叶乱,拂黛石萝长。暗谷非关雨,丹枫不为霜。秋城元圃外,景物洞庭旁。绘事功殊绝,幽襟兴激昂。从来谢太傅，丘壑道难忘。

按年谱：杜甫于永泰元年（765）正月辞幕府，归草堂。《正月三日归溪上有作简院内诸公》有"白头趋幕府，深觉负平生"之句。《旧唐书》本传有云："武与甫世旧，待遇甚隆。甫性褊躁无器度，恃恩放恣，尝凭醉登武之床，瞪视武曰：'严挺之乃有此儿！'武虽急暴，不以为忤。"《新唐书》本传云："武再帅剑南，表为参谋检校工部员外郎。武以世旧，待甫甚善，亲至其家。甫见之，或时不巾，而性褊躁傲诞，尝登武床，瞪视曰：'严挺之乃有此儿！'武亦暴猛，然若不为忤，中衔之。一日欲杀甫及梓州刺史章彝，集吏于门。武将出，冠钩于帘三。左右白其母，奔救得止，独杀彝。"此说恐不足信，前人已有辩之者。如"武将出，冠钩于帘三"等，尤类小说家言。朱注谓此说出《云溪友议》。总之，绝非事实，这从往还的诗中可以看得出来。不过他辞去幕府，也确有原因。《春日江村五首》有云："郊扉存晚计，幕府愧群才。"《遣闷奉呈严公二十韵》是初入幕府不久的作品，但已流露出终于要辞去的意思，诗云：

白水渔竿客，清秋鹤发翁。胡为来幕下？只合在舟中。黄卷真如律，青袍也自公。老妻忧坐痹，幼女问头风。平地专欹倒，分曹失异同。礼甘衰力就，义忝上官通。畴昔论诗早，光辉仗钺雄。宽容存性拙，剪拂念途穷。露湿思藤架，烟霏想桂丛。信然龟触网，直作鸟窥笼。西岭纡村北，南江绕舍东。竹皮寒旧翠，椒实雨新红。浪簸船应坼，杯干瓮即空。藩篱生野径，斧斤任樵童。束缚酬知己，蹉跎效小忠。周防期稍稍，太简遂匆匆。晓入朱扉启，昏归画角终。不成寻别业，未敢息微躬。乌鹊愁银汉，驽骀怕锦幪。会希全物色，时放倚梧桐。

他终于要辞去严武幕府的原因，在这里已有说明："黄卷真如律，青袍也自公。老妻忧坐痹，幼女问头风。"是他既怕礼数的束缚，又吃不消坐办公室的苦楚。"分曹失异同",是他与同事们意见不合。因此,他便提出"会希全物色,时放倚梧桐"的请求了。至于《唐书》本传上的那一套说法,实在是"莫须有"的事。如果那套说法能成立,为什么他在辞去之后,还有一篇《敝庐遣兴奉寄严公》的诗呢?现在我们再来看看这首遣兴诗的内容吧!诗云:

  野外平桥路,春沙映竹村。风轻粉蝶喜,花暖蜜蜂喧。把酒宜深酌,题诗好细论。府中瞻暇日,江上忆词源。迹忝朝廷旧,情依节制尊。还思长者车,恐避席为门。

  前四联说:草堂春光明丽,正好把酒论诗,我正在想念你,希望你能有闲暇时间欣然光临。后两联说:当年我们在朝廷同事,如今我更依恋你这位两川节度使大员。汉朝的陈平穷得以破席子做大门,可是门外多有长者车辙。我的柴门并不比陈平的好,你的高车大马,会不会避开呢?我还真有点担心啊!先正面邀请,后反言催促,真是绝妙招饮小简。假如严武真的要杀他,他在友谊决裂之后回来,而他又有"褊躁傲诞"的性情,能写出这样的诗么?

  他辞出幕府的原因,已如《遣闷诗》所言。其近因呢?大概是与同僚们大闹意见。《莫相疑行》有云:"晚将末契托年少,当面输心背面笑。寄谢悠悠世上儿,不争好恶莫相疑。"一则老不入时,再则主官相待独厚,不免见忌。但他不争好恶,悠悠世人,又何须相疑呢?《赤霄行》亦云:"老翁慎莫怪少年,葛亮《贵和》书有篇。丈夫垂名动万年,记忆细故非高贤。"这是何等的旷达宽厚、光明磊落!《新唐书》却偏要说他"性褊躁傲诞",岂不冤枉也!

  朋友相处,有时不免有小风波。他们之间的小风波,主要是同僚们掀起的。这样的小风波,肯定不致影响他们深厚的友谊。他在回家之后所作的《奉寄严公》的招饮小简式的诗,就是有力的证明。"把酒宜深酌,题诗好细论。"他还是期待着在风轻花暖、蝶喜蜂喧的草堂中,留连诗酒之会的。在诗酒之会中,他们可能坦率地解释彼此的误会,弥补友谊的裂痕。但是严武不待来访，便死去了。这真是无可弥补的缺憾啊，《哭严仆射归榇》云：

> 素幔随流水，归舟返旧京。老亲如宿昔，部曲异平生。风送蛟龙匣，天长骠骑营。一哀三峡暮，遗后见君情。

"一哀三峡暮，遗后见君情。"这是多么悲凉凄怆的心境的流露啊！太要好的朋友，在相处过久的时候，不觉得相聚的难得，于是彼此会忽略各人的好处，而相互吹求毛病；但当别离之后，见得他人的待我，究不如要好的朋友，于是只想到朋友的好处，而深憾以往吹求小毛病的错误了。尤其在朋友死去之后，见及世人的凉薄，更觉死者的可爱。"遗后见君情"不就是这种心情的说明吗？

人是往事的制造者，人之所以怀恋朋友，固然是怀恋朋友本身，而重要的部分，却是怀恋与朋友共同经历的往事。一个记忆力弱的人，往事不会频频地寻找他。这种人诚然是上帝的幸运儿，因为往事的回忆，所给予人的几乎都是烦恼，都是苦闷。古今中外的大诗人，尤其是"情圣"杜甫，记忆力偏偏是特别强，往事偏偏会频频地浮现在脑海里，他常常会在烦恼的回忆中写出诗来。由回忆而得的作品是最感人的。故人是死去了，但是与故人共同经历的往事还活着，何时能死去呢？伟大空前的《八哀诗》，就是产生于惨痛的回忆中的作品，尤其是《赠左仆射郑国公严公武》这一篇感人更深。我们不妨录出来看看，因为这是他俩友谊的结束，也作为本文的结束吧！

> 郑公瑚琏器，华岳金天晶。昔在童子日，已闻老成名。嶷然大贤后，复见秀骨清。开口取将相，小心事友生。阅书百氏尽，落笔四座惊。历职非父任，嫉邪尝力争。汉仪尚整肃，胡骑忽纵横。飞传自河陇，逢人问公卿。不知万乘出，雪涕风悲鸣。受辞剑阁道，谒帝萧关城。寂寞云台仗，飘飘沙塞旌。江山少使者，笳鼓凝皇情。壮士血相视，忠臣气不平。密论贞观体，挥发歧阳征。感

激动四极,联翩收二京。西郊牛酒再,原庙丹青明。匡汲俄宠辱,卫霍竟哀荣。四登会府地,三掌华阳兵。京兆空柳色,尚书无履声。群鸟自朝夕,白马休横行。诸葛蜀人爱,文翁儒化成。公来雪山重,公去雪山轻。记室得何逊,韬钤延子荆。四郊失壁垒,虚馆开逢迎。堂上指图画,军中吹玉笙。岂无成都酒,忧国只细倾。时观锦水钓,问俗终相并。意待犬戎灭,人藏红粟盈。以兹报主愿,庶或裨世程。炯炯一心在,沉沉二竖婴。颜回竟短折,贾谊徒忠贞。飞旐出江汉,孤舟转荆衡。虚无马融笛,怅望龙骧茔。空余老宾客,身上愧簪缨。

在这篇诗里,他不是一面在怀恋朋友,一面在怀恋与朋友共同经历的往事么?"堂上指图画",我们不还记得从前《奉观严郑公厅事岷山沱江画图》的诗么?"沱水流中座,岷山到北堂"的情景,如今是涌现在他的回忆里了。同样,"岂无成都酒,忧国只细倾"。我们不还记得严公给他送乳酒及自携酒馔见过的事情么?但是现在呢?"空余老宾客,身上愧簪缨。"此外还有什么?

在形体上,他们的友谊是终绝了,而在杜老的回忆里,他们的友谊却永远活着。杜老死了,但他把回忆交给不可磨灭的诗篇,诗篇活到现在,他们的友谊也活到现在。深厚的情感灌注的友谊不会死亡,正像浓烈的感情灌注的作品不会死亡一样。

(原载 1946 年 10 月 22、23 日南京《中央日报·泱泱》)

杜甫与郑虔（附苏源明）

在杜甫的朋友之中，大多数是同时的诗人，唯独郑虔是一位彪炳当代的大儒。不仅道德文章，迥迈时流，而且博雅渊懿，自天文地理，书法丹青，兵农医药，以及蝌蚪奇字，无不贯串荟萃，并通兼赅，所以与杜甫为学术之交，最称莫逆。他俩的相识，大约是天宝中在京师的时候。《醉时歌》是此时的作品，原注"赠广文馆博士郑虔"。按天宝九载（750），国子监置广文馆，以领词藻之士。郑虔于开元末年任协律郎，因私修国史被贬十年，是岁始回京师参选，除广文馆博士。诗云：

> 诸公衮衮登台省，广文先生官独冷。甲第纷纷厌粱肉，广文先生饭不足。先生有道出羲皇，先生有才过屈宋。德尊一代常坎坷，名垂万古知何用。杜陵野客人更嗤，被褐短窄鬓如丝。日籴太仓五升米，时赴郑老同襟期。得钱即相觅，沽酒不复疑。忘形到尔汝，痛饮真吾师。清夜沉沉动春酌，灯前细雨檐花落。但觉高歌有鬼神，焉知饿死填沟壑！相如逸才亲涤器，子云识字终投阁。先生早赋归去来，石田茅屋荒苍苔。儒术于我何有哉？孔丘盗跖俱尘埃。不需闻此意惨怆，生前相遇且衔杯。

杨西河曰："悲壮淋漓之至，两人即此自足千古。"王嗣奭曰："此篇总属不平之鸣，无可奈何之辞，非真谓垂名无用，非真谓儒术可废，亦非真欲孔跖齐观，又非真欲同寻醉乡也。公《咏怀》诗云'沉醉聊自遣,放歌破愁绝',即可移作此诗之解。"我们从此诗中,可以看出杜公对于郑虔的道德才名,是如何地倾倒,对于彼此的潦倒穷途,是如何地以哭当歌,而得钱相觅,沽酒不疑,痛饮高歌,忘形尔汝,其相契之深,也可想见了。自后又有《陪郑广文游何将军山林》十首,其第十首云:"幽意忽不惬,归期无奈何。出门流水住,回首白云多。自笑灯前舞,谁怜醉后歌。只应与朋好,风雨亦来过。"可知其后《重游何氏五首》,亦必与郑虔同游。这可算是他们过从最密的时候了。

又《戏简郑广文虔兼呈苏司业》云:"广文到官舍,系马堂阶下。醉则骑马归,颇遭官长骂。才名四十年,做客寒无毡。赖有苏司业,时时乞酒钱。"蒋弱六云:"嬉笑之音,过于恸哭。"

天宝十五载六月,安史叛军陷长安,唐玄宗仓惶出逃。郑虔和王维等来不及逃避,被押到东都洛阳,授予水部郎中的伪职。郑虔诈称有疾,拒不就职,并且潜以密章送达灵武,向肃宗报告,表现了对唐王朝的忠诚。至德二年正月,安禄山为其子安庆绪所杀,郑虔乘机逃出洛阳,奔回长安。途中与杜甫相遇于郑潜曜家,杜甫作《郑驸马池台喜遇郑广文同饮》云:"不谓生戎马,何知共酒怀!燃脐眉坞败,握节汉臣回。白发千茎雪,丹心一寸灰。别离经死地,披写忽登台。重对秦箫发,俱过阮宅来。留恋春夜舞,目落强徘徊。"在诗中,杜甫以苏武"握汉节"称赞郑虔的一片"丹心",然而唐王朝还是把他贬了!

至德二年(757)十二月,凡陷贼之官,以六等定罪,三等者流贬,郑虔列第三等,故贬为台州司户。《送郑十八虔贬台州司户,伤其临老陷贼之故,阙为面别,情见于诗》云:

郑公樗散鬓成丝,酒后常称老画师。万里伤心严谴日,百年垂死中兴时。仓皇已就长途往,邂逅无端出饯迟。便与先生应永诀,九重泉路尽交期。

卢德水云:"此诗万转千回,清空一气,纯是泪点,都无墨痕,诗至此,直可使暑日飞霜,午时鬼泣,在七言律中尤难,末径作永诀之词,诗到真处,不嫌其直,不妨于尽也。"真是情见乎诗,血泪交迸,汇成一道呜咽的河流,激动着读者的心弦。他好像有一种悲惨阴暗的预感,不自觉地写出了"便与先生应永诀,九重泉路尽交期"的不祥之语。果然,郑虔病卒于台州,这两句诗,遂成诗谶了。后来少陵经过郑虔的故居,睹物怀人,一阵阵的酸楚袭上心头,不禁写出《题郑十八著作丈故居》:

台州地阔海冥冥,云水长和岛屿青。乱后故人双别泪,春深逐客一浮萍。酒酣懒舞谁相拽,诗罢能吟不复听。第五桥边流恨水,皇陂岸北结愁亭。贾生对鵩伤王傅,苏武看羊陷贼庭。可念此翁怀直道,也沾新国用轻刑。祢衡实恐遭江夏,方朔虚传是岁星。穷巷悄然车马绝,案头干死读书萤。

当他经过故人的故居之时,猛然想到故人不在这里了。他被贬于台州,地阔海深,水远山遥,眼前是望不透的云水苍茫,能不抚今思昔,黯然销魂么!"第五桥边流恨水,皇陂岸北结愁亭。"他从前陪郑广文游何将军山林的时候,"不识南塘路,今知第五桥。名园依绿水,野竹上青霄";"百顷风潭上,千章夏木清。卑枝低结子,接叶暗巢莺";"剩水沧江破,残山碣石开。绿垂风折笋,红绽雨肥梅";"云薄翠微寺,天清皇子陂,向来幽兴极,步履过东篱"。那时第五桥边,水是那样的澄澈,亭是那样的玲珑,绿水波中,摇漾着名园的花月丽影,同时也影映着他们的面容。皇陂亭畔,天清如水,他们步履相随,也不知留下了多少足迹。然而这一切的一切,都露一般地消失,烟一般地飘散了。人生是如此不可捉摸啊!现在想起来,只有无限的酸楚,于是那桥、那水、那亭……非惟不能引起像以前一样的美感,而且触目伤情,都成"流恨""结愁"的东西了!"可念此翁怀直道,也沾新国用轻刑。"句下朱注云:"是时六等定罪,虔贬台州,于刑为轻矣。然虔以密章达灵武,不当议罪,故公于此深惜之。"实则此诗也是欲为郑虔洗雪其罪的。至其结尾"祢衡实恐遭江夏,方朔虚传是岁星。穷巷悄然车马绝,案头干死读书萤",诚如蒋弱六所说:"是读书人最不幸结局,千古大家一哭。"

少陵流寓秦州的时候,穷愁寂寞,他怀念着过去的朋友,像李白、贾至、严武、毕曜、薛据等等,郑虔当然是其中之一。有《怀台州郑十八司户》云:

> 天台隔三江,风浪无晨暮。郑公纵得归,老病不识路。昔如水上鸥,今为罝中兔。性命由他人,悲辛但狂顾。山鬼独一脚,蝮蛇长如树。呼号傍孤城,岁月谁与度?从来御魑魅,多为才名误。夫子嵇阮流,更被时俗恶。海隅微小吏,眼暗发垂素。鸠杖近青袍,非供折腰具。平生一杯酒,见我故人遇。相望无所成,乾坤莽回互。

王嗣奭曰:"此诗想象郑公孤危之状如亲见,亦如身历,总从肺腑交情流露出来,几于一字一泪,与《梦李白》篇同一真切。"二人交情的深厚于此可见。后在秦州得虔消息,《所思》云:

> 郑老身仍窜,台州信始传。为农山涧曲,卧病海云边。世已疏儒素,人犹乞酒钱。徒劳望牛斗,无计劚龙泉。

广德二年(764),郑虔病卒台州,此时少陵在蜀,噩耗传来,哭之失声,《哭台州郑司户苏少监》云:

> 故旧谁怜我,平生郑与苏。存亡不重见,丧乱独前途。豪俊何人在,文章扫地无。羁游万里阔,凶问一年俱。白日中原上,清秋大海隅。夜台当北斗,泉路靑东吴。得罪台州去,时危弃硕儒。移官蓬阁后,谷贵没潜夫。流恸嗟何及,衔冤有是夫!道消诗兴发,心息酒为徒。许与才虽薄,追随迹未拘。班扬名甚盛,嵇阮逸相须。会取君臣合,宁诠品命殊。贤良不必展,廊庙偶然趋。胜决风尘际,功安造化炉。从容询旧学,惨淡阏《阴符》。摆落嫌疑

久,哀伤志力输。俗依绵谷异,客对雪山孤。童稚思诸子,交朋列友于。情乖清酒送,望绝抚坟呼。疟痢餐巴水,疮痍老蜀都。飘零迷哭处,天地日榛芜。

卢德水云:"此诗泣下最多,缘二公与子美莫逆故也。'豪俊何人在'四句,抵一篇大祭文。结云'飘零迷哭处,天地日榛芜',苍苍茫茫,有何地置老夫之意。想诗成时热泪一涌而出,不复论行点矣,是以读之哭也。""苏少监"即苏源明。按源明先为国子司业,后为秘书少监,上面所引的《戏简郑广文兼呈苏司业》中的"赖有苏司业",即是苏源明,可知他是杜甫和郑虔共同的朋友。"做客寒无毡"的广文先生,是依赖他的帮忙吃酒的,而他俩也恰恰同死于广德二年。少陵有《怀旧诗》云:"地下苏司业,情亲独有君。那因丧乱后,便作死生分。老罢知明镜,悲来望白云。自从失词伯,不复更论文。"仇注云:"此悼苏之亡而自伤失侣也。"

《存殁口号》二首之二云:"郑公粉绘随长夜,曹霸丹青已白头。天下何曾有山水,人间不解重骅骝。"原注:"高士荥阳郑虔,善画山水。曹霸,善画马。"此时郑公已死,故第三句谓殁固可惜;曹霸则尚健,故第四句谓存亦可怜。郑公善画山水,自郑公之殁,天下已无复山水;曹霸善画马,则骅骝可得,奈人间不解重此何?

少陵《八哀诗序》中有"叹旧怀贤"句,实则怀旧者占大多数,郑苏二公自然是怀旧的例子。《故秘书少监武功苏公源明》与《故著作郎贬台州司户荥阳郑公虔》二诗,都是《八哀诗》中的佳作。《故著作郎贬台州司户荥阳郑公虔》云:"鹢居至鲁门,不识钟鼓飨。孔翠望赤霄,愁思雕笼养。荥阳冠众儒,早闻名公赏。地崇士大夫,况乃气精爽。天然生知姿,学立游夏上。神农或阙漏,黄石愧师长。药纂西极名,兵流指诸掌。贯穿无遗恨,荟萃何技痒。圭臬星经奥,虫篆丹青广。子云窥未遍,方朔谐太枉。神翰顾不一,体变钟兼两。文传天下口,大字犹在榜。昔献书画图,新诗亦俱往。沧州动玉阶,寡鹤误一响。三绝自御题,四方尤所仰。"起首四句,纯粹用比喻来象征郑虔的高逸洒脱,不愿受爵位的束缚。五、六两句言郑虔早年即为众儒之冠,见赏于名公。此下叙述郑虔渊博的学问和宏富的著述。"药纂西极名",指《胡本草》;"兵流指诸掌",指《天宝军防录》;"荟萃何技痒",指《荟萃》。以下赞扬他擅长诗书画。《新唐书》本传云:"虔善图山水,好书,常无纸,闻慈恩寺贮柿叶数屋,遂日往取叶肄书,岁久殆遍。尝自写其诗并画以献,帝(按指唐玄宗)大署其尾曰:'郑虔三绝'。""三绝自御题,四方尤所仰"两句,对郑虔的诗、书、画在当时产生的影响给予突出的表现。

  嗜酒益疏放,弹琴视天壤。形骸实土木,亲近惟几杖。未曾寄官曹,突兀倚书幌。晚就芸香阁,胡尘昏坱莽。反覆归圣朝,点染无涤荡。老蒙台州椽,退泛浙江桨。履穿四明雪,饥拾楂溪橡。空闻紫芝歌,不见杏坛丈。天长眺东南,秋色余魍魉。别离惨至今,斑白徒怀曩。春深秦山秀,叶坠清渭朗。剧谈王侯门,野税林下鞅。操纸终夕酣,时物集遐想。词场竟疏阔,平昔滥推奖。百年见存殁,牢落吾安放? 萧条阮咸在,出处同世网。他日访江楼,含凄述飘荡。

  在这段诗里,叙述郑虔的落拓不得志,叙述其陷贼及贬于台州的险恶遭遇。"天长眺东南,秋色余魍魉。别离惨至今,斑白徒怀曩。"设身处地读此诗,将不禁洒同情之泪。千载后的读者尚且如此,杜老的情怀,便可想而知了。"春深秦山秀,叶坠清渭朗。剧谈王侯门,野税林下鞅。操纸终夕酣,时物集遐想。"这许多美好的往事,如今都成梦幻了。"百年见存殁,牢落吾安放?"王阮亭云:"十字悲甚。"真是一字一泪啊!结处带出其侄,原注云:"著作与今秘监郑君审,篇翰齐价,谪江陵,故有阮咸江楼之句。"按郑审即郑虔之侄,为秘书少监,少陵有《秋日寄题郑监湖上亭三首》《暮春陪李中丞过郑监湖亭泛舟得过字》《宇文晁重泛郑监前湖》等诗。

  人生最痛苦的事情,无过于失去最要好的朋友,何况在短短的一年之中,竟失去了两位。而苏源明呢? 既与郑虔友善,复于少陵交深,所以交织成一段不可分割的友谊。少陵《八哀》中的《故秘书少监武功苏公源明》一诗，也述及郑虔。杨西河云："苏郑二公，乃公之密友，故带及之，亦效史公合传体。"诗云：

武功少也孤，徒步客徐兖。读书东岳中，十载考坟典。时下莱芜郭，忍饥浮云巘。负米晚为身，每食脸必泫。夜字照熯薪，垢衣生碧藓。庶以勤苦志，报兹劬劳愿。学蔚醇儒姿，文包旧史善。洒落辞幽人，归来潜京辇。射君东堂策，宗匠集精选。制可题未干，乙科已大阐。文章日自负，吏禄亦累践。晨趋阊阖内，足踏宿昔趼。一麾出守还，黄屋朔风卷。不暇陪八骏，房廷悲所遣。平生满樽酒，断此朋知展。忧愤病二秋，有恨石可转。肃宗复社稷，得毋顺逆辨！范晔顾其儿，李斯忆黄犬。秘书茂松色，再忝祠坛墠。前后百卷文，枕籍皆禁脔。制作扬雄流，溟涨本末浅。青荧芙蓉剑，犀兕岂独剸。反为后辈亵，予实苦怀缅。煌煌斋房芝，事绝万手搴。垂之俟来者，正始征劝勉。不要悬黄金，胡为投乳赞？结交三十载，吾与谁游衍！荥阳复冥冥，罪罟已横罥。呜呼子逝日，始泰则终蹇。长安米万钱，凋丧尽余喘。战伐何当解？归帆阻清泲。尚缠漳水疾，永负蒿里饯！

胡夏客曰："武功少孤，忍饥为官，复以饥卒，读此不禁三叹。"杨西河曰："此篇独用顺叙，大抵亦多说文字，而以忠孝二字作骨。首段叙其孤贫好学，次段叙其壮而出仕，三段言其不污伪命，四段叙文才兼表直节，末段言其穷老以死，而己复不得归奠以致哀也。"蒋弱六云："慨然血洒，离骚之音。"李子德云："苏郑深交，观其诗直泪溢行间，然非此诗雄伟排宕，二公岂遽与天壤并存！""结交三十载，吾谁与游衍。荥阳复冥冥，罪罟已横罥。"荥阳即指郑虔。读到这里，每一字，每一句，都敲击着我们的心，像铅块似地沉下去了。

（原载1946年12月17、18日南京《中央日报·泱泱》）

杜甫在秦州

无疑地,一个地方常会由于名人的足迹所至而声价十倍。如果这位名人是震古铄今的大文豪,并且用了他那生花之笔,予此地以宏丽的设色、精彩的描绘而谱入花团锦簇的诗章,则此地一山一水、一草一木,亦将打破空间与时间的限制而呈现于世人的眼前,而该地的名字,也自然因为诗章的长存而传播无穷。

秦州,这虽不见得是如何陌生的地名,但由于杜甫的歌咏,使它更生色、更永远而普遍地刻画于人们的心灵深处了。

杜甫是何时到秦州的呢?

年谱上说:"乾元二年(759)己亥春,自东都回华州,关辅饥。七月,弃官西去,度陇,客秦州。"

至于他为什么到秦州,除了政治的原因,便是由于"关辅饥",为生计所迫。《秦州杂诗》第一首:"满目悲生事,因人作远游。"受生事的逼迫而跋山涉水,万里投人,在诗人的内心是如何痛苦,无怪有"迟回度陇怯,浩荡及关愁"的慨叹啊!

度陇之后,大约先到了秦州城垣所在,附近的名胜古迹都低徊留恋,见诸吟咏,如咏城北寺、咏驿亭、咏南郭寺等。南郭寺至今犹为天水(秦州)的名胜,经他歌颂的那棵老树——南山古柏,还依旧虬枝凌空,默记着人世间的沧桑。至于城北寺与秦州的驿亭,则已不知其处了。

我在天水上国立五中高中部的时候,学校就在城北的玉泉观上。玉泉观的建筑极其宏丽,并且因为背城依山的原故,特具登临之美。

每当白云浮空，皓月当天，萧条的秋意洋溢在心田的时候，我徜徉在古柏掩映、月影婆娑的殿阶之前，凝望着万山丛里的古城，总会想起杜甫的"莽莽万重山，孤城山谷间。无风云出塞，不夜月临关"这几句诗来。我觉得这几句诗的好处，不仅在前人评赞的"如雕鹗盘空，雄健自喜"，而且真能把这古城的苍凉之概活画出来。较"苔藓山门古，丹青野店空。月明垂叶露，云逐度溪风"的咏隗嚣宫与"老树空庭得，清渠一邑传。秋花危石底，晚景卧钟边"的咏南郭寺，更为生气淋漓，精神活现。这和范仲淹的"千嶂里，长烟落日孤城闭"实有异曲同工之妙，同为诗词中不可多得的境界。

在城区附近，恐怕他没有一定的居处，杂诗第四首"鼓角缘边郡，川原欲夜时。秋听殷地发，风散入云悲。抱叶寒蝉静，归山独鸟迟。万方声一概，吾道竟何之"，深言日无宁处之概。至第十首"烟火军中幕，牛羊岭上村。所居秋草静，正闭小蓬门"，似乎有了属于自己的居处了，但在当地的文献中，寻不出这座"小蓬门"究竟是在哪里。在南郭寺中，至今有蛛翳尘封的杜工部祠。据故老的流传，听说诗人曾居住在这里。但未能确定，从咏该寺诗的煞尾"俛仰悲身世，溪风为飒然"来看，或者这位潦倒的诗人曾经在这里寄居，也说不定。

不过诗人即使在这里住过，也是极短暂的，后来他羡慕东柯谷幽美的风景，便欣然有卜居之意了。《秦州杂诗》十三首：

传道东柯谷，深藏数十家。对门藤盖瓦，映竹水穿沙。瘦地翻宜粟，阳坡可种瓜。船人近相报，但恐失桃花。

不仅风景清幽，并且宜粟宜瓜，生活条件会较城市低廉。这自然是乱世的桃花源，岂可失之交臂呢？

基于这些想法，他卜居东柯了。

他的居处怎样呢？这从杂诗第十七首中可以窥其大概。诗云："边秋阴易夕，不复辨晨光。檐雨乱淋幔，山云低度墙。鸬鹚窥浅井，蚯蚓上深堂。车马何萧索，门前百草长。"有幔有墙有井有堂有门，可知还是一座颇合理想的院落呢!

卜居东柯之后,与赞公过从很密。赞公为长安大云寺主,谪此安置。杜公与房琯友善:"赞公亦房相客,公故与之款曲如此。"《宿赞公房》曰:"杖锡何来此,秋风已飒然。雨荒深院菊,霜倒半池莲。放逐宁违性,虚空不离禅。相逢成夜宿,陇月向人圆。"此后赞公称西枝村风景佳丽,又有于该处卜居的意思。《西枝村寻置草堂地夜宿赞公土室》云:"赞公汤休徒,好静心迹素。昨枉霞上作,盛论岩中趣。怡然共携手,恣意同远步。扪萝涩先登,陟巘眩反顾。要求阳冈暖,苦涉阴岭沍。惆怅老大藤,沉吟屈蟠树,卜居意未展,杖策回且暮。"

《寄赞上人》云:"近闻西枝西,有谷杉漆稠。亭午颇和暖,石田又足收。当期塞雨干,宿昔齿疾瘳。徘徊虎穴上,面势龙泓头。柴荆具茶茗,径路通林丘。与子成二老,来往亦风流。"这种移居西枝的打算,一则是为了那里天气和暖,石田又有相当的收成,或者可以避免饥寒的威胁;二则是为了与赞上人卜邻,以免寂寞苍凉之感的侵入。但事实上不曾做到,读后此别赞诗可知。

"多病秋风落,君来慰眼前。"(《示侄佐》)除了赞公以外,这位侄子,便是在飘泊中慰藉他的绝无仅有的人了。

"山晚黄云合,归时恐路迷。"按《天水图经》,"佐居麦积山",故有《佐还山后寄》三首诗。

提起麦积山,这是颇足令人神往的地方。《方舆览胜》云:"麦积山在秦州东南百里,为秦地林泉之冠。凿山而修,千崖万象,转崖为关,又有隋时塔。"《天水图经》云:"麦积山形如积麦,佛龛刳石,阁道萦旋,上下千余丈,山下水纵横可涉。"而这些伟大的建筑,到现在还有十之五六存在。山形恰似北方农家的积麦,上丰而下缩。山为紫色石质,环山石窟数百,有栈道相通,其中造像与壁画皆六朝时物,至今大部完好。惟栈道于明朝为野火焚烧,只东边犹存,西边星罗棋布的石窟,早就人迹不至了。庾子山的麦积佛龛铭原碑,相传在西边石窟之中,确否不可知,重刻者则存山脚寺中。杜甫有《山寺》一诗,即是他登麦积山所作的,不妨将它抄录出来:

野寺残僧少,山园细路高。麝香眠石竹,鹦鹉啄金桃。乱水通人过,悬崖置屋牢。上方重阁晚,百里见秋毫。

何义门曰:"麝以香焚,逃遁无所,鹦以言累,囚闭不放。非此山高峻,人迹不至,安得适性如是!"而"上方重阁晚,百里见秋毫",亦足见此山的高峻了。

同时,不仅麦积山如此峻拔秀丽,附近数十里都是崇冈幽谷,茂林修竹,流水曲折。其中如东柯谷,如赤谷,如太平寺泉眼,如西枝村,凡是诗人所到之处,都曾经引起过他的赞美与留恋。见于诗中的,如"出郭眄细岑,披榛得微路。溪行一流水,曲折方屡渡",写山溪纡曲之状如在眼前。又如《野望》云"清秋望不极,迢递起层阴。远水兼天净,孤城隐雾深",《寓目》云"一县葡萄熟,秋山苜蓿多。关云常带雨,塞水不成河",描写这些地方的秋景亦可谓眉目毕肖。

杜甫之所以到秦州来,虽说是由于生活的压迫,而最重要的原因却还是避乱。既是避乱,那么像这些幽深曲折的地方岂不很好?所以《赤谷西崦人家》云:

跻险不自安,出郊已清目。溪回日气暖,径转山田熟。鸟雀依茅茨,藩篱带松菊。如行武陵暮,欲问桃源宿。

而《秦州杂诗》云:"船人近相报,但恐失桃花。"无怪他以此地为桃花源了。

他既有了桃花源,便有了长久居住的企图,故《寄赞上人》云:"与子成二老,来往亦风流。"《秦州杂诗》第十六首亦云:"东柯好崖谷,不与众峰群。落日邀双鸟,晴天卷片云。野人矜险绝,水竹会平分。采药吾将老,儿童未遣闻。"便显然有终老之志了。这时候他兴致勃勃,《从人觅小胡孙许寄》云:"人说南州路,山猿树树悬。举家闻若咳,为寄小如拳。预哂愁胡面,初调见马鞭。许求聪慧者,童稚捧应癫。"他想玩小猴;《佐还山后寄》第三首云:"几道泉浇圃,交横落幔坡。葳蕤秋叶少,隐映野云多。隔沼连香芰,通林带女萝。甚闻霜薤白,重惠意如何?"他想吃霜薤。诗人满以为可以长此生活下去,不至于"常恐死道路,永为高人嗤"了。

但事实常会给理想以无情的打击。在这里,他仍没有安居的福气。匆匆地来,又匆匆地走了!

诗人为什么走呢?

秦州是通西域的驿道,而且降虏千帐,居人万家。《东楼》诗曰:"万里流沙道,西行过此门。但添新战骨,不返旧征魂。"只见征人西去,而不见回来。并且,羌胡与汉人杂处,常思动乱。《日暮》诗云:"日落风亦起,城头乌尾讹。黄云高未动,白水已扬波。羌妇语还笑,胡儿行且歌。将军别换马,夜出拥雕戈。"日落风起,云屯波撼,使人懔然意识到敌人的入寇;而投降的羌胡们,语笑行歌,俨然欢忭于夷之将至。守军拥戈夜出,真是惊惶万分。诗人居住东柯,距秦州城垣,才区区六十余里,"夕烽来不尽",使人触目惊心。虽说是"每日报平安",但那只是无可奈何的自我安慰,万一突然报警,那又怎么办呢?

他在东柯谷的住处,尽管有堂有院,但那不属于自己。东柯谷一带,虽然"瘦地翻宜粟,阳坡可种瓜",但那瘦地与阳坡也不属于自己。《空囊》诗云:"翠柏苦犹食,明霞高可餐。世人共鲁莽,吾道属艰难。不爨井晨冻,无衣床夜寒。囊空恐羞涩,留得一钱看。"没有房地倒不要紧,只要有钱,还不至于无衣无食。而可叹的是他又没有钱。虽说是"留得一钱",而那数目也太渺小而接近于零了!何况,那是怕钱袋子由于不名一文而害羞,特意留下来看守它的,不能动!所以,他异想天开,"食柏"之外,又想"餐霞"了。

这样,他的去志便一天天滋长起来,终于又踏上了艰苦的征途。《别赞上人》曰:"百川日东流,客去亦不息。我生苦飘荡,何时有终极。……天长关塞寒,岁暮饥冻逼。野风吹征衣,欲别向曛黑。马嘶思故枥,归鸟尽敛翼。古来聚散地,宿昔长荆棘。"读了这首诗,能不令人潸然泪下吗?

在《发秦州》一篇诗里,我们更可以寻出他要走的原因:"我衰更懒拙,生事不自谋。无食问乐土,无衣思南州。汉源十月交,天气凉如秋。草木未黄落,况闻山水幽。栗亭名更嘉,有下良田畴。充肠多薯蓣,崖蜜亦易求。密竹复冬笋,清池可方舟。虽伤旅寓远,庶遂平生游。此邦俯要冲,实恐人事稠。应接非本性,登临未销忧。溪谷无异名,塞田始微收。岂复慰老夫,惘然难久留。日色隐孤戍,乌啼满城头。中宵驱车去,饮马寒塘流。磊落星月高,苍茫云雾浮。大哉乾坤内,吾道长悠悠。"

　　据年谱:杜甫于乾元二年七月到秦州,十月往同谷。那么,在秦州,他只逗留了短短的三四月而已。是谁使他匆匆地来,又匆匆地去呢?"此身如浮云,安可限南北。"他的来与去,为什么又是这样地飘忽,飘忽到连他自己也不能捉摸呢?

　　这自然是诗人的不幸,却给秦州留下了美丽的诗篇。我常愿意徘徊于他曾经走过的地方,默诵着他的诗,油然发怀古之幽情。我和我的几位朋友,不消说数度瞻仰过距城较近的杜公祠,还拜访过较远的麦积山与东柯谷。麦积山的"乱水通人过,悬崖置屋牢"至今依然;"野寺残僧"几经代谢,如今只一两人看管寺院。在僧室中,看见罗家伦先生的"行经千折水,来看六朝山"一联,很快就联想到杜甫"溪行一流水,曲折方屡渡"的诗句。东柯谷有东柯草堂,这当然是后人建筑的,但也零落不堪了。当我们经过的时候,那正是暮春季节,幽花芳草,铺遍了山巅水涯。在间关鸟语里,悠扬着漫长的笛声;笛声应和着山歌小调,怀乡恋土的气息真是太浓厚了!是谁在唱歌弄笛呢?那是一群盲人,是残废了的"荣誉军人"。原来十三教养院的分处,就设立于草堂的东边。

　　"我生苦飘荡,何时有终极。"隐隐地,我又听见诗人的叹息了!

(原载1946年10月8日南京《中央日报·泱泱》)

第二辑

- 西昆派与王禹偁
- 论苏舜钦的文学创作
- 谈梅尧臣诗歌题材、风格的多样性

西昆派与王禹偁

南宋严羽在其论诗专著《沧浪诗话》里说："国初之诗，尚沿袭唐人：王黄州学白乐天；杨文公、刘中山学李商隐……"学白乐天的王黄州，即指"白体"代表诗人王禹偁；学李商隐的杨文公、刘中山，即指"昆体"代表诗人杨亿、刘筠。元人方回在《序罗寿可诗》里所说的"宋划五代旧习，诗有白体、昆体、晚唐体"，其对宋初诗坛主要流派的划分，也与严氏相合。除"白体"、"昆体"而外，还有以"九僧"及魏野、寇准、林逋、潘阆、赵湘等为代表的一派，人称"晚唐派"。多用近体的形式点缀景物，题材狭窄，虽有工警之句，然总的说来，成就不高，影响不大。这里只谈谈"昆体"与"白体"的代表诗人王禹偁。

从时代上说，"白体"诗人如徐铉、王禹偁、李昉、王奇、徐锴等，都早于"昆体"作者。为了论述的方便，先谈"昆体"。

所谓"昆体"，又叫"西昆体"，是以《西昆酬唱集》的问世而得名的。宋人田况在《儒林公议》卷上中说："杨亿在两禁，变文章之体，刘筠、钱惟演辈，皆从而效之，时号杨、刘。三公以新诗更相属和，极一时之丽。亿复编叙之，题曰《西昆酬唱集》。当时佻薄者谓之西昆体。"

西昆派的领袖是杨亿、刘筠、钱惟演。杨亿字大年，建州浦城人。雍熙（宋太宗赵光义年号，984—987）元年，年十一，召赋诗赋，授秘书省正字。淳化（赵光义年号，990—994）中，命试翰林，赐进士第。真宗赵恒时代，历官知制诰，拜工部侍郎、翰林学士兼史馆修撰。刘筠字子仪，大名人，真宗咸平元年（998）进士，累官御史中丞、知制诰、翰林承旨兼龙图阁直学士。钱惟演字希圣，是吴越王钱俶的儿子，归宋后累迁翰林学士、枢密使、保大节度使、同中书门下平章事,与杨、刘齐名。

杨亿、刘筠、钱惟演都是煊赫一时的馆阁大臣,很有号召力,所以附和的人很多(也多是大官僚)。真宗景德(1004—1007)以后不久,杨亿便把他们唱和的诗结集起来,题名《西昆酬唱集》①。作者除杨、刘、钱三人外,尚有李宗谔、陈越、李维、刘骘、刁衎、任随、张咏、钱惟济、丁谓、舒雅、晁迥、崔遵度、薛映及刘秉十四人。

西昆派是一种形式主义的文学流派。它的产生有许多原因。首先是政治原因:北宋王朝建立已经四十多年,生产有一定的发展,统治者逐渐加重对于人民的剥削,以满足其骄奢淫逸的生活,阶级矛盾(还有民族矛盾)越来越尖锐化了。为了掩盖阶级矛盾、粉饰太平、宣扬圣德,每逢宫内赏花、钓鱼、宴饮,皇帝常常要大臣作诗;而馆阁大臣,也照例要献诗献赋。这种粉饰太平的作品,当然没有什么重大的、进步的现实内容(因为天下实际上并不太平),却必须讲究表面上的华赡典丽,冠冕堂皇,这就很容易走上形式主义的道路。其次是西昆派作者本身的原因:有些了解并同情民间疾苦的作者,虽然适应皇帝的要求,也要写应制之作,但同时也写了反映并批判现实的好作品(像稍早的王禹偁就是这样的)。西昆派的作者却是另一种情况。他们都是住在繁华的汴京,过着豪奢安逸生活,深得皇帝宠信的大官僚,完全脱离现实,脱离人民,所以创作的视野就非常狭隘,几乎没有什么要写。没有什么要写而硬要写作,就自然而然地掉进形式主义的泥坑里去了。再其次是文学史上的原因:晚唐五代,盛行着一种形式主义的卑靡诗风,西昆派正是这种诗风的继承和发展。西昆派诗人主要是学习李商隐的。杨亿甚至用李商隐抹杀杜甫,认为杜甫比起李商隐来,就显出一副村夫子面目②。但是实际上,李商隐还从杜甫那里学了有益

---

① 杨亿在《西昆酬唱集序》中说:"取玉山策府之名,命之曰《西昆酬唱集》。"按《穆天子传》中说:穆天子到昆仑群玉之山,即"先王之所谓策府",注云:"言往古帝王以为藏书册之府。"杨亿等曾"佐修书之任",编《册府元龟》。"西昆",大约是借昆仑群玉之山以指他们修书的地方;他们正是于修书之时,"更迭唱和"的,杨亿在序中说得很清楚。

② 《中山诗话》云:"杨大年不喜杜工部,谓为村夫子。"

的东西。他注重形式，讲究用典贴切，对仗精工，声律谐婉，喜欢用象征手法，其一部分诗的确有形式主义的倾向甚至完全是形式主义的①。但由于他被卷进牛李党争的漩涡，在政治上备受挫折，对现实有认识，有不满，因而也写了不少形式完美、内容较好的诗篇，成为我国文学史上有独特风格的杰出诗人。西昆派诗人，却抛弃了他的健康方面，只学他的技巧，只学他的诗的形式，甚至只从他的诗作中窃取美丽的辞藻。《古今诗话》上说："杨大年、钱文僖、晏元献、刘子仪为诗，皆宗李义山，号西昆体。后进效之，多窃取义山诗句。尝内宴，优人有为义山者，衣服败裂，告人曰：'吾为诸馆职挦扯至此！'闻者大噱。"优人的讽刺，虽不免夸张，但也是从事实出发的。

《西昆酬唱集》中的二百四十八首诗，概括起来，有这样一些特点。一、多是内容空虚的宫廷诗、宴乐诗、咏物诗，如《上巳玉津园赐宴》《致斋太一宫》《宣曲十二韵》《直夜》《劝石集贤饮》《夜宴》《樱桃》《柳絮》之类。二、多是无聊的酬唱之作。一个题目，你作一首，他和一首，往往重复雷同②。三、追求对偶精工。正因为追求对偶精工，所以全集除少数七绝而外，都是五七言律诗，而且有不少是长篇排律，如《受诏修书述怀感事三十韵》之类。四、撷拾典故。差不多每句用典，而且喜用僻典，所以十分费解。五、堆砌华丽的词藻。方回在《瀛奎律髓》中曾指出"凡昆体，必于一物之上入金玉锦绣等字以实之"，其实不止金玉锦绣等字，凡颜色字、香料字、宫阙字、神仙字等等丽字，都反复出现。如"帆"曰"锦帆"，"蕊"曰"琼蕊"，"月"曰"璧月"，"烛"曰"银烛"，"壶"曰"玉壶"，"署"曰"仙署"，"台"曰"丹台"，"闱"曰"粉闱"，

---

① 李商隐集中，像《泪》一类的作品，可以说完全是形式主义的。《泪》是这样的："永巷长年怨绮罗，离情终日思风波。湘江竹上痕无限，岘首碑前泪几多？人去紫台秋入塞，兵残楚帐夜闻歌。朝来灞水桥边问，未抵青袍送玉珂。"全诗只堆砌了许多有关泪的典故。西昆派着重学习的就是这一类作品。像钱惟演、刘筠、杨亿等人的几首《泪》，就是直接模仿李商隐的《泪》的。

② 如杨、刘、钱三人的《成都》，杨诗有云："已见南阳起卧龙。"刘诗有云："诸葛遗灵柏半烧。"钱诗有云："武侯千载有遗灵。"都在诸葛亮身上做文章。以"泪"为题的几首七律，杨亿写了"枉是荆王疑美璞"，钱惟演又写了"荆王未辨连城价，肠断南州抱璧人"，都用的是卞和抱璞而泣的典故。

"阙"曰"绛阙"之类,不胜枚举。

这里举一首杨亿的《泪》,看看西昆派的作风。

> 锦字梭停掩夜机,白头吟苦怨新知。谁闻陇水回肠后,更听巴猿拭袂时。汉殿微凉金屋闭,魏宫清晓玉壶欹。多情不待悲秋意,只是伤春鬓已丝。

前述的一些特点,在这首诗里差不多都表现出来了。那么,这首诗究竟讲了些什么?第一句,用的是苏蕙的故事。相传前秦窦滔的妻子苏蕙,因为丈夫在外面别有所恋,久不回家,便织了带有回文诗的锦寄给他,要他回来。这句诗是说当苏蕙在夜里织锦的时候,百感交集,终于停梭掩机,织不下去了,大概会流出眼泪吧!第二句,用的是卓文君的故事。《西京杂记》上说:司马相如要娶茂陵女子做小老婆,卓文君知道了,写了一首《白头吟》,表示和他断绝关系。这句诗是说当卓文君写《白头吟》的时候,内心痛苦,大概会流出眼泪吧!第三句,用了古乐府《陇头歌》的意思。《陇头歌》是这样的:"陇头流水,鸣声幽咽。遥望秦川,肝肠断绝。"第四句,用了《水经注·三峡歌》的意思。《三峡歌》云:"巴东三峡巫峡长,猿鸣三声泪沾裳。"这两句诗是说听了陇水的幽咽,就已经要哭泣了;再听巴猿的悲鸣,还能不落泪吗?第五句,用的是陈皇后的故事。汉武帝儿时,大长公主把他抱在膝上,问道:"你想要个媳妇儿不?"他说:"想要。"又指着她的女儿阿娇问他:"给你作媳妇儿好不好?"他说:"若得阿娇,当以金屋贮之。"阿娇和武帝结了婚,就是陈皇后。后来武帝又爱上了卫子夫,把陈皇后禁闭在长门宫里。这句诗是说在凉风飒飒的秋天,禁闭在所谓"金屋"里的陈皇后,怎能不珠泪滚滚!第六句,用的是魏文帝宫人薛灵芸的故事。相传薛灵芸入宫时,辞别父母,用玉唾壶承泪,点点都是红色。这句诗是说薛灵芸入宫后夜里思念双亲,清早把玉唾壶一倾,里面都是血泪。最后两句比较明白,是说多情的人不必像宋玉一样等到秋天才悲哀,就是在春天,也不免于感伤。悲哀感伤的时候,当然会流出眼泪来。

全篇的形象是支离破碎的,无法统一起来。这哪里是诗,不过是用"泪"作谜底的谜语罢了。

《西昆酬唱集》中比较像样的是怀古诗,《瀛奎律髓》卷三选了《南朝》四首、《汉武》四首、《明皇》三首、《成都》三首、《始皇》三首。但严格地说,除了杨亿的《汉武》①颇有神采而外,其余的也不过杂凑故实,敷衍成章而已。

西昆派的影响并不小。欧阳修在《六一诗话》中说:"杨大年与钱、刘数公唱和;自《西昆集》出,时人争效之,诗体一变。"按当时效法西昆体的,《韵语阳秋》提到的有王鼎、王绰;《玉壶清话》提到的有朱巽、孙仅和王贻永。稍后的晏殊、宋庠、宋祁乃至文彦博、赵抃、胡宿等,其诗风亦类似西昆。但是就在西昆派的作者粉饰太平的时候,北宋的社会矛盾已经尖锐化了。《宋史·吕蒙正传》中说:宋真宗在元宵节宴赏大臣,自称由于上天赐福,国家兴盛如此。宰相吕蒙正奏称:"乘舆所在,士卒走集,故繁盛如此。臣尝见都城外不数里,饥寒而死者甚众,不必尽然。"阶级矛盾的扩大,于此可见。而契丹的威胁又日益严重,民族矛盾也在加深。在这种情况下,西昆派自然要遭到一部分面对现实、关怀人民、忧心国事的进步作家的反对。学习杜甫的诗人陈从易曾进策抨击西昆派的作品"或下里如会稡,或丛脞如急就"。而抨击最力的则是石介。他在《怪说》中说:

> 反厥常则为怪矣。夫书则有尧舜典、皋陶益稷谟、禹贡、箕子之洪范,诗则有大小雅、周颂、商颂,春秋则有圣人之经,易则有文王之繇、周公之爻、夫子之十翼。今杨亿穷妍极态,缀风月,弄花草,淫巧侈丽,浮华篆组,刓镂圣人之经,破碎圣人之言,离析圣人之意,蠹伤圣人之道,使天下不为书之典、谟、禹贡、洪范,诗之雅

---

① 《汉武》:"蓬莱银阙浪漫漫,弱水回风欲到难。光照竹宫劳夜拜,露漙金掌费朝餐。力通青海求龙种,死讳文成食马肝。待诏先生齿编贝,忍令索米向长安?"此诗的确如吴汝纶所评,"字字中有顿挫,故音节浏亮",讥讽汉武帝求仙、拓边而不重用人才,也比较有意义。但纪昀说它"逼真义山",却不免过誉,比起李商隐的《隋宫》《筹笔驿》《马嵬》等诗来,还是颇为逊色。

颂,春秋之经,易之繇、爻、十翼,而为杨亿之穷妍极态,缀风月,弄花草,淫巧侈丽,浮华纂组,其为怪大矣。

他假借封建统治阶级尊奉的《诗》《书》《易》《春秋》等圣人之"经"来反对西昆派,在理论上给西昆派以沉重的打击。而比杨亿等人年纪较大的王禹偁,则在创作上继承了杜甫、白居易的现实主义精神,对抗西昆派的形式主义逆流,使欧阳修、梅尧臣、苏舜钦等得以承流接响,在反西昆派及其继承者的斗争中取得胜利,为王安石、苏轼、陆游等杰出诗人铺平了纵横驰骋的现实主义道路。

王禹偁,字元之,济州巨野(今山东省巨野县)人。生于周世宗柴荣显德元年(954),死于宋真宗赵恒咸平四年(1001),著有《小畜集》。他出生农家,从小苦学,九岁即能作诗作文。《西清诗话》上说:"王元之父,本磨家。毕文简士安为州从事,元之代其父输面至公宇,立庭下,文简方命诸子属句曰:'鹦鹉能言争(怎)比凤。'元之抗声曰'蜘蛛虽巧不如蚕'。"这不但表现了他敏捷的艺术构思,而且表现了他热爱劳动生产的农民本色。二十九岁登进士,历官右拾遗,拜为司谏。庐州妖尼诬告徐铉,他上书要求处罚妖尼,被贬为商州团练副使,后又累迁翰林学士,受人谤讪,贬知滁州。宋真宗赵恒即位,召为知制诰。后又被贬,出知黄州。关于他在政治上所受的打击,他在《三黜赋》中谈得很清楚:

一生几日,八年三黜。始贬商於,亲老且疾;儿未免乳,呱呱拥树。六百里之穷山,唯毒蛇与赞虎。历二稔而生还,幸举族而无苦。再谪滁上,吾亲已丧。几筵未收,旅梓未葬。泣血就路,痛彼苍之安仰。移郡印于淮海,信靡盬而鞅掌……今去齐安,发白目昏。吾子有孙,始笑未言。去无骑乘,留无田园。

最后,他得出这样的结论:"屈于身兮不屈其道,任百谪而何亏!吾当守正直兮佩仁义,期终身以行之。"从他在政治上和文学创作上的表现看,的确是这样做的。《宋史》评他"遇事敢言,喜臧否人物,以直躬行道为己任",很合乎事实。

当西昆派的首脑人物坐享高官厚禄的时候,王禹偁为什么一再遭受打击呢?这因为前者甘于为统治者服务,歌颂"升平",而他则面向人民,为民请命,不愿像"俳优"那样"歌时颂圣"①。他出身农家,了解和同情民间疾苦;做了官,就想为人民办些好事。由于历史局限性,他不可能想到推翻封建剥削制度,只能希望统治者实行"仁政"。"致君望尧舜……功业如皋稷"(《吾志》),这就是他的政治理想。他做的既是谏官,要实现这种理想,就只有直言谏诤,使皇帝变得像传说中的尧舜那样。

封建皇帝以"天子"自居,说什么自己的统治是"顺乎天命"的,人民不应该反抗。王禹偁首先否定了这种谬论。他在《君者以百姓在为天赋》中说:"勿谓乎天之在上,能覆于人;勿谓乎人之在下,不覆于君。政或施焉,乃咈违于民意,民斯叛矣。"从施政应符合民意,若违反民意,人民就要反抗这个前提出发,他在《端拱箴》中警告统治者:

> 无侈乘舆,无奢宫宇;当念民贫,室无环堵。无崇台榭,无广陂池;当念流民,地无立锥。御服煌煌,有采有章;一裘之费,百家衣裳。御膳郁郁,有粱有肉;一食之用,千人口腹。勿谓丰财,经费不节;须知府库,聚民膏血!

然而统治者的快乐正是建筑在人民的痛苦之上的,哪里会牺牲自己的快乐,接受这样的忠告呢?"丹笔方肆直,皇情已见疑",于是遭到接二连三的斥逐。

他遭受到接二连三的斥逐,做了好几任州县官,对政治的黑暗和人民的痛苦有了更深刻的认识,因而在他的创作中,有很多作品能够多方面地反映和批判现实,对统治者的暴政进行抨击,对人民的痛苦

---

① 见《对雪示嘉祐》。

表现同情。其中最出色的要算他的《吊税人场文(并序)》：

峡口镇多暴虎，路人过而罹害者，十有一二焉。行役者目其地曰税人场。言虎之拷人，犹官之税人。因为文以吊之。其辞曰：

虎之生兮，亦禀亭毒。文采蔚以锦烂，睛晔赫其电烛。爪利锋起，牙张雪矗。岩乎尔游，溪乎尔育。匪隐雾以泽毛，惟咥人而嗜肉。豺伴貙邻，林潜草伏。啸生习习之风，视转眈眈之目。始有霜径晨征，阴村暮宿，尔必拷以疗饥，啗而充腹。骨委沟壑，血膏林麓。恨魄长往，悲魂不复。旅人无东海之勇，嫠妇起泰山之哭。致使贾说商谈，飞川走陆；职彼兽之攸暴，示斯场之所酷。骑者为之鞭蹄，车者为之膏轴，铍者为之发刃，弧者为之挟镞。来之者有备，过之者在速。鲜不魄骇魂惊，而神翻思复者哉！

于戏！虎之拷人也，止于充肠；官之税人也，几于败俗。则有泉涌鹿台之钱，山积巨桥之粟，周幽、厉之不恤，汉桓、灵之肆欲。是皆收太半以充国，用三夷而祸族。牙以五刑，爪以三木。拷之以吏，咥之在狱。马不得而驰其蹄，车不得而走其毂。铍在匣以谁引，矢在弦而莫属。斯场也，大于六合；斯虎也，害于比屋。虽有黄公之力，莫得而戮；虽有卞庄之戟，岂得而逐。

人们把老虎吃人的地方叫做"税人场"。意思是：老虎吃人，就像统治者向人民收税。作者从这里出发，先写老虎多么残酷地吃人，然后笔锋一转，刺向统治者：荒淫纵欲的统治者为了"泉涌鹿台之钱，山积巨桥之粟"，以牢狱为口，以刑具为爪牙，到处拷人，吞食民脂民膏。这不像老虎一样，只在个别地方"税人"，六合之内，都是"税人"的场所；这不像老虎一样可以制伏，虽有黄公、卞庄一样的勇士，也无能为力。比屋皆受其害，无法逃避。这是多么黑暗的社会啊！

王禹偁所反映的这种情况，对封建社会的各个历史时期来说，都是典型的；对北宋来说，更是典型的。只要翻一下历史，就知道北宋实行的包括"人头税"在内的"两税法"("人头税"是五类"正税"中的一类），曾经使多少人倾家荡产！

然而在那个社会里，给人民带来灾难的岂止赋税！比如盐酒等的官卖政策，也是一种变相的残酷剥削。王禹偁对这也没有沉默，他在《官酝》中抨击道："彝酒书垂诫，众饮圣所戮；汉文亦禁酒，患在縻人谷。自从孝武来，用度常不足，榷酤夺人利，取钱入官屋！"王禹偁抨击的这种不合理的现象后来更变本加厉，欧阳修、王安石等都用他们的政论诗进行了更深刻的揭发与批判。

和这种阶级矛盾扭结一起的还有民族矛盾（契丹的侵略），和这些人祸扭结一起的还有各种天灾。他在多方面地反映人民的无穷无尽的苦难的时候，心情是异常沉痛的。在《十月二十日作》中，他写"路旁饥冻者，颜色颇悲辛。饱暖我不觉，羞见黄州民"。作为黄州的地方官，他因为无法使人民饱暖而感到羞愧。在《自嘲》中，他写"三月降霜花木死，九秋飞雪麦禾灾。虫蝗水旱霖淫雨，尽逐商山副使来"。作为商州的地方官，他因为无法帮人民消除天灾而感到伤心。在许多描写民间疾苦的诗里，他由于"民瘼无术瘳"[①]而引咎自责。在《感流亡》中，看到流亡者的惨相：

> 门临商於路，有客憩檐前。老翁与病妪，头鬓皆皤然。呱呱三儿泣，茕茕一夫鳏。道粮无斗粟，路费无百钱。聚头未有食，颜色颇饥寒。

他忍不住和他们谈起来了：

> 试问何许人，答云家长安。去年关辅旱，逐熟入穰川。妇死埋异乡，客贫思故园。故园虽孔迩，秦岭隔蓝关。山深号六里，路峻名七盘。襁负且乞丐，冻馁复险艰。惟愁大雨雪，僵死山谷间。

---
① 《月波楼咏怀》。

听到这里,就责备自己:

> 因思垒仕来,倏忽过十年。峨冠蠹黔首,旅进常素餐。

在《对雪》中,写到他和家里人在大雪天不但免于饥寒,而且还能备办酒肴的时候,就想到夫役和塞兵的痛苦:

> 因思河朔民,输挽供边鄙。车重数十斛,路遥几百里。赢蹄冻不行,死辙冰难曳。夜来何处宿,阒寂荒陂里。又思边塞兵,荷戈御胡骑。城上卓旌旗,楼中望烽燧。弓劲添气力,甲寒侵骨髓。今日何处行,牢落穷沙际。

想到这里,又责备自己:

> 自念亦何人,偷安得如是!深为苍生蠹,仍尸谏官位。謇谔无一言,岂得为直士?褒贬无一词,岂得为良史?不耕一亩田,不持一只矢。多惭富人术,且乏安边议。空作对雪吟,勤勤谢知己。

在《对雪示嘉祐》中写道:

> 秋来连澍百日雨,禾黍漂溺多不收。如今行潦占南亩,农夫失望无来耰。尔看门外饥饿者,往往僵踣填渠沟!

又一度责备自己:

> 峨冠旅进又旅退,曾无一事裨皇猷。俸钱一月数家赋,朝衣一袭几人裘!安边不学赵充国,富民不作田千秋。胡为碌碌事文笔,歌时颂圣如俳优!一家衣食仰在我,纵得饱暖如狗偷。

这种严酷的自责是鞭挞自己,也是鞭挞统治者。在有名的《待漏院记》中,他提出做宰相(卿大夫也一样)的人应该经常考虑:"兆民未安,思所泰之;四夷未附,思所来之;兵革未息,何以弭之;田畴多芜,何以辟之;贤人在野,我将进之;佞臣立朝,我将斥之……"而不应该经常考虑:"私仇未复,思所逐之;旧恩未报,思所荣之;子女玉帛,何以致之;车马器玩,何以取之;奸人附势,我将陟之;直士抗言,我将黜之;三时告灾,上有忧色,构巧词以悦之;群吏弄法,君闻怨言,进谄容以媚之。"也不应该"无毁无誉,旅进旅退,窃位而苟禄,备员而全身"。他的言行证明他自己是经常考虑他认为应该考虑的那些问题的,而且一再向统治者提出"富人术"和"安边议",但得到的却是打击。当时的政权,是掌握在他所诅咒的那一类人手中的。在《竹𪔨》一诗中,他愤怒地写道:"吁嗟狡小人,乘时窃君禄。贵依社树神,俸盗太仓粟。笙簧佞舌鸣,药石嘉言伏。"在这种人掌握的政权下,敢于"抗言"的"直士"自然要遭到"斥逐",而缺乏斗争性的官员,就自然"旅进旅退,窃位而苟禄,备员而全身"了。王禹偁自己虽然一再地进行斗争,但他的建议既被拒绝,做不出"富人""安边"的成绩;而在斥逐之后,仍然做着官儿,享受俸禄,这就使他时常感到"峨冠蠹黔首,旅进常素餐"的痛苦。在无法排除这种痛苦的情况之下,他常想弃官归农,自食其力。"何当解印绶,归田谢膏粱。教儿勤稼穑,与妻甘糟糠。"①这是他在许多诗篇的结尾都表现过的情感。

做官不能"安边""富人",反而要老百姓供养,就不如弃官种田,自食其力。这是王禹偁的人生观。在《休粮道士传》中,这种人生观表达得很明确。他通过一个能够"累月不食"(即所谓"休粮")的道士的口告诉人们:"衣食为民天,何可休也!但有用于时,则可食矣。是以君子运其智,有功德及于人也,然后食之;小人运其力,有利益及于世也,然后食之。吾既不仕,则无功德矣;又不为农工商贾,则无利益矣。苟窃其食,则人之蠹矣。吾是以弗食。"在这里,尽管还没有突破"君子劳

---

① 《闻鸮》。

心,小人劳力"的封建思想,但认为"有用于时则可食",无用于时而窃其食,就是"人之蠹"——人类的害虫,还是有进步意义的;对当时吞食民脂民膏而不干好事的那些统治者和整个寄生阶级来说,尤其是有力的鞭挞。而他对自己的严酷的责备,也是从这种人生观出发的。

从这种人生观出发,他也反对不参加劳动生产的佛教徒。而且,他反对佛教,不是批判信佛的人民,而是鞭挞逼迫人民信佛的统治阶级。他在《酬处才上人》中写道:

> 我闻三代淳且质,华人熙熙谁信佛?茹蔬剃发在西戎,胡法不敢干华风。周家子孙何不肖,奢淫昏乱隳王道。秦皇汉帝又杂霸,只以威刑取天下。苍生哀苦不自知,从此中国思蛮夷。无端更作金人梦,万里迎来万民重。为君为相犹归依,嗤嗤聋俗谁敢非。若教却似周公时,生民岂肯须披缁!可怜嗷嗷避征役,半入金田不耕织。

作者相当准确地揭露了人民信佛的政治原因:在奢淫、昏乱、杂霸的统治者统治之下,处于水深火热之中的人民容易信佛,在精神上寻找安慰;半数的人民,则由于逃避赋税、力役而剃发为僧。至于统治者有意用宗教麻醉人民的斗争意志这个重要原因虽没有指出来,但这已经比韩愈的辟佛进步得多。因为作者更多地从人民的角度出发,反映了"可怜嗷嗷避征役,半入金田不耕织"的严重的社会问题。

一个有进步的人生观、世界观的作者,绝不会为暴露黑暗而暴露黑暗,他暴露黑暗的目的是为了追求光明。古典作家由于生在黑暗王国里,不得不把主要的艺术力量用在暴露黑暗方面;但只要在黑暗王国里看到一线光明,他们就会写出歌颂光明的作品。王禹偁就是这样的。他不仅写了许多暴露统治阶级的黑暗的作品,也写了些歌颂光明的作品。在《唐河店妪传》中,他描写了一个把跋扈的异族侵略者推入井中的老妪,歌颂了边塞人民机智、勇敢、不畏强敌的英雄气概。在《畲田词》中,他描写了农民的劳动生产,歌颂了农民互助合作的道德品质,他在《畲田词》的序中说:"上雒郡南六百里,属邑有丰阳上津,皆深山穷谷,不通辙迹。其民刀耕火种。大底先斫山田,虽悬崖绝岭,树木尽仆,俟其干且燥,乃行火焉。火尚炽,即以种播之。然后酿黍稷,烹鸡豚,先约曰:某家某日有事于畲田。虽数百里如期而集,锄斧随焉。至则行酒啗炙,鼓噪而作,盖断而掩其土也。掩毕则生,不复耘矣。援桴者有勉励督课之语,若歌曲然。且其俗更互力田,人人自勉。仆爱其有义,作《畲田词》五首以侑其气。"五首词的前四首是:

  大家齐力劚孱颜,耳听田歌手莫闲。各愿种成千百索①,豆其禾穗满青山。

  杀尽鸡豚唤劚畲,由来递互作生涯。莫言火种无多利,林树明年似乱麻。②

  鼓声猎猎酒醺醺,斫土高山入乱云。自种自收还自足,不知尧舜是吾君。

  北山种了种南山,相助力耕岂有偏。愿得人间皆似我,也应四海少荒田。

在热情洋溢地歌颂农民"相助力耕"的同时,也表达了农民对生产和生活的理想。

  出身农家,同情人民,了解人民的生活和思想感情;为了解除人民的痛苦而直言谏诤,以致政治上屡受打击,和统治者之间发生矛盾……这一切,促使王禹偁在创作上走上了现实主义的道路。在继承文学传统上,也自然与西昆派不同。叶燮在《原诗》里说:"宋初袭唐人之旧,如徐铉、王禹偁辈,纯是唐音。"这只是笼统的说法。在唐代诗人中,他主要学习、继承了杜甫、白居易的现实主义诗风。他在《示子诗》里说:

---

① 作者自注云:"山田不知畎亩,但以百尺绳量之,曰:'某家今年种得若干索。'"
② 作者自注云:"种谷之明年,自然生木,山民获济。"

"本与乐天为后进,敢期子美是前身。"表现了对杜甫、白居易的无限向往之情。但从他的《小畜集》看,他虽学杜、白而不为杜、白所囿,力求在继承的基础上有所革新。他在《日长简仲咸》诗里,就用"子美集开诗世界"这样新警的诗句赞美了杜甫为诗歌创作开辟了新天地的不朽功绩;他自己,也正是从这方面努力的。

对于王禹偁诗的风格特点,前人多有论及。《彦周诗话》云:"本朝王元之诗可重,大抵语迫切而意雍容。"《载酒园诗话》云:"王禹偁秀韵天成,虽学白乐天,得其清不得其俗。"《宋诗啜醨集》雪帆云:"元之诗,长篇于欧、苏间似伯仲,其七律则清深警秀,神韵在元和、大历间,非元祐诸人所能及也。"《艺概》云:"王元之诗,五代以来,未有其安雅。"雍容、安雅、清秀、深警,这更接近白居易的风格。由于创作个性的不同,杜甫诗沉郁顿挫、海涵地负的一面,是王禹偁所缺少的。他的有些诗,也显得平弱。

王禹偁有些风景抒情诗,写得很不错。例如:

> 马穿山径菊初黄,信马悠悠野兴长。万壑有声含晚籁,数峰无语立斜阳。棠梨叶落胭脂色,荞麦花开白雪香。何事吟余忽惆怅,村桥原树似吾乡。(《村行》)

> 今年寒食在商山,山里风光亦可怜。稚子就花拈蛱蝶,人家依树系秋千。郊原晓绿初经雨,巷陌春阴乍禁烟。副使官闲莫惆怅,酒钱犹有撰碑钱。(《寒食》)

> 宦途流落似长沙,赖有诗情遣岁华。吟弄浅波临钓渚,醉披残照入僧家。石挨苦竹旁抽笋,雨打戎葵卧放花。安得君恩许归去,东陵闲种一园瓜。(《新秋即事》)

> 两株桃杏映篱斜,妆点商山副使家。何事春风容不得?和莺吹折数枝花。(《春居杂兴》)

这类诗都称得上"清深警秀"。不仅写景如画,而且有怀抱,有寄托,曲折地表现了他的身世之感。如果结合作者的政治理想、政治遭遇,并和前面提到的那许多社会诗联系起来读,就更可以体会出这些诗并非"味同嚼蜡",而是余味无穷。

解放以来,古典诗歌研究者大都伸唐而绌宋,甚至全盘否定宋诗,这是不符合实际情况的。宋代的诗坛上,一开始就出现了像王禹偁这样发扬杜甫、白居易现实主义优良传统的优秀诗人,对宋诗健康发展产生过深远的影响,很值得我们重视。

(原刊《人文杂志》1958 年第 5 期)

论苏舜钦的文学创作

一

在西昆派脱离现实、片面追求形式的浮艳文风风靡一世之时,以欧阳修为中心,形成了一场诗文革新运动。苏舜钦(1008—1048)便是这一运动中的重要作家之一。舜钦字子美,开封人,与梅尧臣齐名,时称梅苏。著有《苏学士文集》十六卷。

以欧阳修为中心的诗文革新运动,是和以范仲淹为中心的政治改革运动相联系的。诗文革新运动中的重要作家,在政治上都站在以范仲淹为首的政治集团方面,与以吕夷简、夏竦、王拱辰等为骨干的代表大官僚地主利益的"邪党"进行斗争。苏舜钦也是这样的。在几次上书中,他曾为范仲淹等受"邪党"排挤而提出抗议,并抨击御史中丞张观、司谏高若讷,指出他们是因"温和软懦,无刚鲠敢言之气"而被执政者"引拔建置"的私人,从而进一步要求皇帝另择辅臣及御史谏官。这当然触怒了那些权贵。庆历四年(1044),范仲淹、杜衍、富弼等在政府,延揽人才,企图实行所谓"庆历新法",苏舜钦也由于范仲淹的推荐,被召为集贤校理、监进奏院。御史中丞王拱辰等蓄意反对政治改革。恰好进奏院祠神,苏舜钦按照惯例,用出卖废纸的钱办酒食邀友人饮宴。因为他是范仲淹推荐的,又是杜衍的女婿,王拱辰便唆使党羽诬奏,企图借此动摇范仲淹、杜衍等的政治地位。结果,苏舜钦以监主自盗论罪,削籍为民;参加宴会的名士,也因此获罪,被放逐者十余人。苏舜钦在《上集贤文相书》《与欧阳修书》①及许多诗篇中叙述了事件的经过,并且愤怒地揭露了"邪党"的阴谋。

苏舜钦被罢官以后,离开数世居住的开封,于苏州买水石作沧浪亭,隐居不出。友人韩维责以离去京师、隔绝亲友,他在回信中说:"昨在京师,不敢犯人颜色,不敢议论时事,随众上下,心志蟠屈不开,固亦极矣! 不幸适在嫌疑之地,不能决然早自引去,致不测之祸,捽去下吏,人无敢言,友仇一波,共起谤议。被废之后,喧然未已,更欲置之死地,然后为快。来者往往钩賾言语,欲以传播,好意相恤者几希矣。故闭户不敢与相见,如避兵寇。偷俗如此,安可久居其间! 遂超然远举,羁泊于江湖之上……实亦少避机阱也。"②这真把封建社会里官场的黑暗、世态的炎凉暴露无遗了。

在诗文革新方面,苏舜钦和梅尧臣一样,对同时的许多作家起过启蒙作用。欧阳修说:"子美之齿少于予,而予学古文,反在其后。"③《宋史》本传说:"当天圣中,学者为文多病偶对,独舜钦与河南穆修好为古文歌诗,一时豪杰多从之游。"他自己在《哭师鲁》诗中也说:"忆初定交时,后前穆与欧(即穆修和欧阳修)。……予年又甚少,学古众所羞。君欲举拔萃,声偶日抉搜。不鄙吾学异,推尊谓前修。"能在形式主义文风猖獗的时代独树一帜,是需要坚强的毅力,也需要明确的认识的。从他的《石曼卿诗集后叙》中可以看出,他和白居易等现实主义诗人一样,认为诗歌应该表达民情,针砭时弊,因而采诗制度的存废,关乎国家的治乱。他说:"诗之作,与人生偕者也。人函愉乐悲郁之气,必舒于言……古之有天下者,欲知风教之感,气俗之变,乃设官采掇而监听之,由是弛张其务,以足其所思,故……弊乱无由而生。厥后官废,诗不传,在上者不复知民志之所向,故政化烦悖,治道亡矣。"在阶级社会里,剥削阶级的利益和人民的利益是矛盾的,要求统治者通

---

① 此书苏氏文集未收,见宋人费衮所著《梁溪漫志》,丁传靖辑入《宋人轶事汇编》卷四。
② 文集卷十《答韩持国书》文字,与《宋史》本传所引略有不同,此段引文参照本传。
③ 《苏氏文集序》。

过诗歌了解人民的愿望和要求,据以采纳民意,改革政治,这是极不现实的。但认为诗歌应该表达民情,毕竟有其进步的一面。

二

苏舜钦的文学创作,可以进奏院事件为界,分为前后两期。

在前期,他的文学活动是他的政治活动的一部分。他的许多上皇帝书和上执政大臣书,打破了骈四俪六的枷锁,文笔犀利,议论激烈,抨击了当时的弊政,反映了阶级矛盾和民族矛盾的真实情况,提出了改革政治的具体措施,都是有战斗性的政论文。和其散文创作相一致,他的诗歌创作的突出特点亦是具有强烈的政论性和战斗性。不少诗,是就当时发生的政治事件发表意见的。如《感兴》第三首,就林书生上书获罪的事件,对统治者压制批评、堵塞言路的残暴手段,进行了无情的揭露。他在提出"瞽说圣所择,愚谋帝不罪"的论点之后,愤慨地写道:

> 前日林书生,自谓胸臆大。潜心摭世病,策成谓可卖。投颡触谏函,献言何耿介。……一封朝飞入,群目已眦睚。力夫暮塞门,执缚不容喟。十手捽其胡,如负杀人债。幽诸死牢中,系灼若龟蔡。亦既下风指,黥而播诸海。长途万余里,一钱不得带。必令朝夕间,渴饥死于械。从前有口者,蹐脰气如鞴。

反动统治阶级害怕揭露矛盾,不惜用一切残酷手段来压制批评。苏舜钦的这首诗,正反映了封建统治者的反动本质。

又如《庆州败》,就一次丧师辱国的战役,对当权者提出了尖锐的批评:

> 无战王者师,有备军之志。天下承平数十年,此语虽存人所弃。今岁西戎背世盟,直随秋风寇边城。屠杀熟户烧障堡,十万

驰骋山岳倾。国家防塞今有谁?官为承制乳臭儿。酣觞大嚼乃事业,何尝识会兵之机!移符火急搜卒乘,意谓就戮如缚尸。未成一军已出战,驱逐急使缘险巇。马肥甲重士饱喘,虽有弓剑何所施!连颠自欲堕深谷,虏骑指笑声嘻嘻。一麾发伏雁行出,山下奄截成重围。我军免胄乞死所,承制面缚交涕洟。逡巡下令艺者全,争献小技歌且吹。其余劓馘放之去,东走矢液皆淋漓。首无耳准若怪兽,不自愧耻犹生归!守者沮气陷者苦,尽由主将之所为。地机不见欲幸胜,羞辱中国堪伤悲!

庆州之败,时当仁宗景祐元年(1034)的秋天。当时西夏的统治者元昊领兵侵犯庆州,宋边缘都巡检杨遵等以骑兵七百战于龙马岭,失败。环庆路都监齐宗矩、走马承受赵德宣等领兵驰援,行至节义烽,通事蕃官指出蕃部多伏兵,不可过壕,宗矩不听。伏兵发,宗矩被俘(后又放还)①。此诗所写的就是这一战役。作者不仅揭露了敌人的暴行,而且通过对宋军轻率出战、狼狈战败的叙述,指斥了只知"酣觞大嚼"、不懂军事、毫无民族气节的主将,并通过对主将的指斥批评朝廷。"国家防塞今有谁?官为承制乳臭儿",这不是分明在批评执政者用人不当吗?

在《己卯冬大寒有感》中,还揭发了军中赏罚不明的现象及其原因:"近闻边方奏,中覆多沉没。罪者既稽诛,功者不见阅。虽使颇牧生,勇智当坐竭。或去庙堂上,与彼势相戛。恐其立异勋,歉然自超拔。"边疆统帅奏请赏罚将士的文书被朝廷的权贵压下了,以致有罪者不得罚,有功者不得赏。权贵们只怕统帅立功升官,影响自己的地位;却毫不考虑给广大军民带来多么深重的苦难:"不知百万师,寒刮肤革裂;关中困诛敛,农产半匮竭。"为了个人权位,不惜牺牲国家民族的利益。这多么深刻地暴露了那些权贵的卑污的灵魂!

怕边帅立功,也说明了为什么要用"乳臭儿"防塞。中国之大,并不是没有将才,而是有才略、有爱国思想的人不被重用。在《蜀士》中,

---

① 见《续资治通鉴》卷三十九。

诗人进一步揭露了妒贤嫉能的权贵们排挤人才的真相：

> 蜀国天下险,奇怪生中间。有士贾其姓,抱材东入关。献册叩谏鼓,其言蔚可观。愿以微贱躯,一得至上前。掉舌灭西寇,画地收幽燕。且云太平久,兵战无人言。臣尝学其法,自集数百篇。治乱与成败,密然不可删。三献辄罢去,志屈心悲酸。将相门户深,欲往复见拦。负贩冒日热,引重冲雪寒。羁苦辇毂下,以图晨夕餐。如此三岁余,夜夜抱膝叹。……

蜀士的遭遇,在当时是有普遍性的。作者自己的遭遇,也与此相类似。请看这篇《吾闻》：

> 吾闻壮士怀,耻与岁时没。出必凿凶门,死必填塞窟。风生玉帐上,令下厚地裂。百万呼吸间,胜势一言决。马跃践胡肠,士渴饮胡血。腥膻屏除尽,定不存种孽。予生虽儒家,气欲吞逆羯。斯时不见用,感叹肠胃热。昼卧书册中,梦过玉关北。

读这篇诗,我们仿佛听到了岳飞踏破贺兰的呼声,看到了陆游报国无门的悲愤①。

宋代统治者从"澶渊之盟"以后,对外日益懦怯无能,对内则日益加重剥削压榨,民族矛盾和阶级矛盾交织起来,使人民陷于水深火热之中。和腐朽的统治者相反,苏舜钦一方面壮怀激烈,要求平息外患,一方面满腔热情,希望解除人民的痛苦。在《城南感怀呈永叔》中,他描绘了耳闻眼见的可悲可骇的现象——水旱频仍,广大人民用野草充饥,中毒而死,"犬豨咋其骨,乌鸢啄其皮";而那些高高在上的执政者呢,却依旧山珍海味,畅饮大嚼。《吴越大旱》一诗,更对吴越人民的悲

---

① 钱锺书在《宋诗选注》苏舜钦小传中说："陆游诗的一个主题——愤慨国势削弱、异族侵凌而自愿'破敌立功'那种英雄抱负,在宋诗里恐怕最早见于苏舜钦的作品。"这是合乎事实的。

惨生活,作了惊人的描绘:

> 吴越龙蛇年,大旱千里赤。寻常秔稼地,烂漫长荆棘。蛟龙久遁藏,鱼鳖尽枯腊。炎暑发厉气,死者道路积,城市接田野,恸哭去如织。是时西羌贼,凶焰日炽剧。军须出东南,暴敛不暂息。复闻籍兵民,驱以教战力。吴侬水为命,舟楫乃其职。金革戈盾矛,生眼未尝识。鞭笞血涂地,惶惑宇宙窄。三丁二丁死,存者亦乏食。冤怼结不宣,冲迫气候逆。二年春乃夏,不雨但赫日。安得凉冷云,四散飞霹雳。滂沱消裨疠,甘润起稻稷。江波开旧涨,淮岭发新碧。使我扬孤帆,浩荡入秋色。胡为泥滓中,视此久戚戚。长风卷云阴,倚柂泪横臆。

这是一篇具有高度历史真实性的优秀作品,深刻地反映了天灾人祸交加、阶级矛盾民族矛盾交织的社会本质,而把全部同情倾注在受难的人民方面。诗的艺术结构,充分地体现了诗人的思想倾向。第一段写天灾:吴越大旱,赤地千里,人民生活已失去依靠;而大旱又引起瘟疫,人民逃避不及,死者积满道路。第二段写人祸:西夏侵犯,统治者把战争的灾难转嫁给吴越人民,用血腥手段勒索军需,强抽壮丁。第二段的结尾又与第一段呼应,把天灾归因于人祸:"冤怼结不宣,冲迫气候逆。"①第三段表达了作者的也是吴越人民的愿望。这一段孤立地看,只是希望消灭天灾,但从全诗的结构看,由于在前面已把天灾归

---

① 把天灾归因于人祸,这是苏舜钦思想的一个重要部分。他的许多上皇帝书都是在发生水、火、地震等灾害之后写的,立论的根据都是:小人专权、政治腐败、人民痛苦不堪,上天因此降灾,向统治者提出警告。不少诗篇也反映了这种观点,例如前面提到的《感兴》第三首,就在林书生惨遭迫害之后写道:"奈何上帝明,非德不可盖。倏忽未十旬,炎官下其怪;乙夜紫禁中,一燎不存芥。天王下床式,仓促畏挂碍。连延旧寝廷,顿失若空寨。"同在《火疏》中一样,作者把仁宗天圣七年(1029)玉清昭应宫的大火灾(见《续资治通鉴》卷三十七)看成上帝降罚。为了宣传这个观点,他还写了一篇题为《符瑞》的论文。在这篇论文中说:"至治之世,则日星清明,各用其行,及夫政化荡堕,虐戎下民,刑罚炽张,颂声寥寂,则次蠠告凶,门蚀陵昏,水溢旱蝗,告妖出焉……是天之吉凶之符付王者,王者奉之不敢坠厥命,故曰:天难谌,命靡常,常厥德,保厥位。唯圣人见异竦然,引道德仁惪以合之,则瑞物可保而有也……天人相交,气应混并,密然相关为表里,其可诬哉!"肯定冥冥之中有所谓"天",而且肯定"王者受命于天",这是唯心主义观点。但认为"命靡常","天意"以"民意"为转移,这又是有利于人民的。

因于人祸,因而要消灭天灾也就首先得消灭人祸。在"滂沱消浸疠,甘润起稻稷"中,是包含了涤除虐政的愿望的。

可以这样说,苏舜钦是一位不折不扣的政治诗人。对于任何场合的任何现象,几乎都能激起他忧民忧国的情感,因而不仅当他写前面提到的重大事件,就是写似乎并不重要的题材时,也差不多都会触及当时的政治、社会问题。如《升阳殿故址》,由唐明皇的荒淫写到唐王朝的覆亡,犀利的笔锋直指当时的皇帝:"髑髅今成堆,皆昔燕赵面。每因锄耨时,数得宝玉片。……不有失德君,焉为稽夫佃!"这分明是向宋朝的最高统治者敲警钟。《览含元殿基,因想昔时朝会之盛,且感其兴废之故》一诗也是一样,由前朝的"只知营国用,不畏屈民财"写到"翠辇移幸",然后说:"虽念陵为谷,遥知祸有胎。"其矛头所指,也显而易见。又如《送李冀州》《寄富彦国》《送杜密学赴并州》《送安素处士高文悦》等,都极力描写了外患严重,鼓励他们效命疆场,为苍生造福。甚至在和朋友谈话的时候,也不忘"蛮夷杀郡将,蝗螟食民田",发出"何人同国耻"①的感慨。在山寺里游玩,也因山的名称联想到人事,写出"寺里山因花得名,繁英不见草纵横。栽培剪伐须勤力,花易凋零草易生"②这样意味深长的诗篇。看见大雾塞空,则"思得壮士翻白日,光照万里销我之沉忧"③,表现他对清明政治的向往。《大风》一诗,是因大风拔树抨击虐政的。"露坐不免念禾黍,必已刮刷无完根。六事不和暴风作,尝闻洪范有此言。……是何此风乃震作,吹尽秋实伤元元。"诗人对人民生活是多么关怀!《扬子江观风浪》,则由扬子江的风浪写到朝廷礼度败坏,以致"凶邪得骋志,物命遭摧残"。《猎狐篇》则通过对妖狐被歼的描写,向朝廷中的奸邪小人提出警告,等等。

诗人在政治上和文学创作上所采取的敢于向黑暗势力勇猛冲击的激烈态度,是和当时的政治环境不相容的。在进奏院事件发生以前,他已觉察到这一点,因而在《舟中感怀寄馆中诸君》中,也曾流露过

---

① 《有客》。
② 《题花山寺壁》。
③ 《大雾》。

壮志难酬、不如退隐的消极情绪。然而在出处未决以前,他并没有向当时的政治环境妥协。在《城南归值大风雪》中写道:"既以脂粉傅我面,又以珠玉缀我腮。天公似怜我貌古,巧意装点使莫偕。欲令学此儿女态,免使埋没随灰埃。……不知胸中肝胆挂铁石,安能柔软随良媒。世人饰诈我尚笑,今乃复见天公乖。应时降雪故大好,慎勿改易吾形骸!"这强有力地表现了诗人的坚贞品质。

三

进奏院事件以后,苏舜钦对官场的黑暗、政治斗争的残酷有了更深刻的认识,但他并没有因此而完全消沉下去。在《上集贤文相书》中,他希望"湔涤冤滞",恢复政治地位,以期施展他的政治抱负。这种希望当然是无法实现的。他终于被削籍为民,而且连亲戚朋友也"加酿恶言、喧播上下"。为了避免更大的风险,只好隐居苏州。

他后期的文学创作和前期有区别,也有联系。由于隐居生活限制了他的政治视野,因而反映重大政治事件和社会问题的作品减少了,寄情山水的作品增加了。但他前期创作的基本倾向并没有完全消失。散文方面,像前面提到的《答韩持国书》,在思想和艺术上都差不多可以和司马迁的《报任少卿书》、杨恽的《报孙会宗书》相提并论。《沧浪亭记》和《浩然堂记》等寄情山水之作,也表现了对官场的厌恶。诗歌创作,仍有不少作品具有充实的政治内容,表现了诗人对生活的执著、对理想的坚持、对国家和人民命运的关怀、对腐朽的统治者及上层社会中浇薄的人情世态的愤慨。

低摧朝市间,所向触谤怒。
——《答梅圣俞见赠》

余少在仕宦,接纳多交游。失足落坑阱,所向逢戈矛。
——《舟至崔桥,士人张生抱琴携酒见访》

交道今莫言，难以古义责。锱铢较利害，便有太行隔。余生性疏阔，逢人出胸膈。一旦触骇机，所向尽戈戟。平生朋游面，化为虎狼额。谤气惨不开，中之若病疫。

——《过濠梁别王原叔》

这些诗句，写出了在当时腐朽恶浊的政治环境里，关怀人民、敢于仗义执言的人不但孤立无援，而且惨遭打击，从而反衬出充斥于朝廷的是一批多么势利、卑劣的角色。而这些人，又正是最高统治者的宠儿，政治焉得不糟！在这样的环境里，诗人的遭遇也正是所有和他抱有同样理想，具有同样风格的人们的共同遭遇。想想自己的遭遇，又看看朋友们的遭遇，诗人的认识提高了。他以前是相信有所谓"天理"的，他抨击最高统治者和朝廷中的权奸，是由于他们违背了"天理"。现在呢，他连"天理"也怀疑起来了。他悼念政治上和文学上的朋友尹源（子渐）及其弟尹洙（师鲁）的两首诗，情感沉痛，社会意义也很深刻。如《哭师鲁》："寡生无根芽，众言起愆尤。……法官巧槌拍，刺骨不肯抽。……君性本刚峭，安可小屈柔！暴罹此冤辱，苟活何所求！人间不见容，不若地下游。又疑天憎善，专与恶报仇。……生平经纬才，萧瑟掩一丘。"这很有力地揭露了封建社会的某些本质。封建统治者为了维护反动统治和掠夺更多的财富，自然要想尽办法剥削压迫人民群众。因此，甘愿为统治者充当剥削压迫人民的工具的恶人必然得到重用，关心人民的善人必然遭受打击。憎恨善人，"与恶报仇"的不是"天"，正是反动统治者。

有些诗，用传统的比兴手法，反映了政治的黑暗：

春风如怒虎，掀浪沃斜晖。天阔云相乱，汀遥鹭共飞。冥冥走阴气，凛凛挫阳威。难息人间险，临流涕一挥。

——《淮中风浪》

阴风搅林壑，骤雨到江湖。白日不觉没，繁云何处无。楼吟凉笔砚,溪梦乱菰蒲。闻说京华甚,污泥入敝庐。

——《秋雨》

隆冬雪跨月,度日关门庐。乘昏气惨烈,悲风吹江湖。白鹄翅翼伤,塌然困泥涂。不入鸰鹈群,哀鸣忆云衢。夕饥乏粒食,浩荡天地俱。何时辟重阴,得见白日舒。

——《遣闷》

在秋冬,阴风惨惨,乌云滚滚,污泥塞路,大雪连月。春天呢,狂风怒吼,浊浪滔天,阴风凛冽,阳威受挫……这是写天气,更是写政治。那个伤翼的白鹄,正是遭受打击的诗人自己。而希望"息人间险"、"辟重阴"、"见白日",也正表现了诗人对政治理想的坚持。

在封建社会里,有不少抱有进步政治理想的诗人在屡遭打击之后消沉了,甚至妥协了,苏舜钦却不是这样。他的不可磨灭的坚强意志是十分可贵的。在赴苏州的旅途中,他以"休使壮心摧"勉励自己。从此后的许多诗篇中,的确可以看出他"壮心不已"。如在《寒夜十六韵答子履见寄》中写道:"剑埋犹有气,蠖屈尚能伸。"在《秋夜》中写道:"老蛟蛰污泥,寂默不自惊。一旦走霹雳,飞雨洗八纮。幽蟠孰可闻,自有济物诚。"而那首题为《夏热昼寝感咏》的五言长诗,更在历叙少年壮志、中年受辱及被废后有志难展的困境之后,大声疾呼:

北窗无纤风,反见赤日痕。流光何辉赫,独不照覆盆。会当破氛祲,血吻叫帝阍。烂尔正国典,旷然涤群冤。奸谗囚大幽,上压九昆仑。贤路自肃爽,朝政不复浑。万物宇宙间,共被阳和恩!

四

欧阳修在评论梅苏二家诗体时说:"子美笔力豪隽,以超迈横绝为奇。"又说:"子美气犹雄,万窍号一噫。有时肆颠狂,醉墨洒滂霈。譬如千里马,已发不可杀。"这对苏舜钦诗的豪放风格概括得相当准确。但如果进一步分析,那么,这种豪放风格在不同内容、不同体裁的诗中也有不同的表现。

一是反映重大的政治事件、社会问题的五七言古诗,如《庆州败》《吴越大旱》《城南感怀呈永叔》等等。由于对人民的苦难异常同情,因而极力描绘其目不忍睹的惨相,并且大声疾呼,为他们请命。由于对统治者的罪恶异常愤慨,因而尽情揭露,不留余地,就是这一类诗的豪放风格的实质。

再是表现他自己的雄心壮志和其他正面人物的豪迈气概的诗。《宋史》本传说:"舜钦少慷慨有大志,状貌怪伟。"这种慷慨大志和怪伟的状貌反映在他的诗中,就构成了雄伟的形象。这形象,我们在他前期的《吾闻》、《舟中感怀寄馆中诸君》等诗中看见过,在他后期的许多诗中也同样可以看见。例如:

> 念昔年少时,奋迅期孤骞。笔下驱古风,直趣圣所存。山子(马名,八骏之一——笔者注)逐雷电,安肯服短辕。便将决渤澥,出手洗乾坤。
>
> ——《夏热昼寝感咏》

> 铁面苍髯目有棱,世间儿女见须惊。心曾许国终平虏,命未逢时合退耕。不称好文亲翰墨,自嗟多病足风情。一生肝胆如星斗,嗟尔顽铜岂见明!
>
> ——《览照》

作者在《和叔杜二》一诗中愤激地说:"柔软众所佳,佞面谁可借!"统治者是喜欢"佞面"的,在当时的官场中,也不乏"媚态的猫"。那些"柔软"的"佞面",正是黑暗政治的簇拥者。而要改变现实,就需要雄健豪迈、敢作敢为的人物。因此,作者在不少诗篇里,不仅抒写了自己的壮志雄心、豪情胜概,而且把他心目中的正面人物也写得英姿飒爽、肝胆照人。如写李冀州:"冀州绿发三十一,趯趯千骑居上头。眼如坚冰面珂月,气劲健鹘横清秋。不为膏粱所汩没,直与忠义相沉浮。"①写范仲淹:"伊人秉直节,许国有深谋。大议摇岩石,危言犯采旒。"②写古烈士:"予闻吉烈士,自誓立壮节。丸泥封函关,长缨系南越。本为朝廷羞,宁计身命活。功名非与期,册书岂磨灭!"③写劳动人民采玉石:"山前森列战白浪,犹似百万铁马群。"④这一类诗,由于塑造了这样一些虎虎有生气的人物形象而形成了雄健豪迈的风格,读之令人精神振奋。

另一类是山水诗。面对祖国的大好河山,不同的诗人有不同的感受。苏舜钦既是个"慷慨""豪迈"、要求改变现实的诗人,那他的描绘风景、寄情山水的诗作,也就不可能没有相应的艺术特色。可以看出,他的这类诗,一般都写得境界阔大、气象峥嵘。其前后期的不同点是:前期的往往在游山玩水时也忧心国事,感慨兴亡;后期则借游山玩水来排遣愤懑不平之气。前期的如《宿华严寺与友生会话》:

> 危构岩峣出太虚,坐看斜日堕平芜。白烟覆地澄江阔,皎月当天尺璧孤。疏磬悲吟来竹阁,青灯寂寞照吟躯。老僧怪我何为者,说尽兴亡涕泪俱。

后期的如《奉酬公素学士见招之作》:

> 秋风八月天地肃,千里明回草木焦。夕霜惨烈气节劲,激起壮思冲斗杓。岂如儿女但悲感,唧唧吟叹随螳蜩。拟攀飞云抱明月,欲踏海门观怒涛。

他愤世嫉俗,因而要"飚然远举",这是他后期许多山水诗的共同

---

① 《送李冀州》。
② 《闻京尹范希文谪鄱阳……》。
③ 《己卯冬大寒有感》。
④ 《和凌溪石歌》。

思想倾向。尤其突出的是《天平山》。诗人在极力描绘了天平山的雄胜之后写道:"予方弃尘中,严壑素自许。盘桓择雄胜,至此快心膂。庶得耳目清,终甘死于虎。"结句活用了"苛政猛于虎"的典故,写他为了"耳目清",宁愿在深山里被虎吃掉,这多么强烈地表现了他对当时黑暗政治和炎凉世态的厌恶。

有些小诗,也很豪放,如有名的《淮中晚泊犊头》:

春阴垂野草青青,时有幽花一树明。晚泊孤舟古祠下,满川风雨看潮生。

其第四句和另一首小诗的结尾"好约长吟处,霜天看怒潮"一样,不也表现了诗人的阔大的胸襟和激昂的情感吗?

所有这些诗篇之所以雄健豪放,还有一个共同的因素,那就是:大声镗鞳,响彻天外。作者不是那种"口欲言而嗫嚅"的小人,在政治上如此,在创作上亦如此。他在被罢官后所写的《维舟野步呈子履》中说:"四顾不见人,高歌免惊众。"实际上,就在"柔软众所佳"的京城人海中,他也是慷慨高歌,不怕惊众的。

就体裁说,五言、特别是七言古风,由于可以写得长,格律的限制又比较小,所以便于从更广阔的幅度上揭露社会矛盾,也便于驱驾气势,抒发激昂慷慨的情感。李白、杜甫、韩愈等的雄放诗篇,大多数是五七言古诗,也是这个道理。苏舜钦的五七言古风特别多,也特别雄放。除极少数作品学卢仝(如《永叔月石砚屏歌》)、孟郊(如《长安春日效东野》)而外,大部分是受了杜甫,特别是李白、韩愈的影响的。李白、杜甫、韩愈的古风,在不同程度上都有散文化的倾向。苏舜钦本人善于写古文,而他所要倾诉的情感又是那样激昂,那样波澜壮阔,一打开闸门,就奔腾澎湃,不可阻遏,所以散文化的趋势也就更加强烈。当他以古文家的健笔抒写不可遏止的情感时,往往涛翻浪涌,一泻千里,挟泥沙而俱下。欧阳修所说的"譬如千里马,已发不可杀",也正是指这种情况。这里有优点,也有缺点。缺点是缺乏剪裁,缺乏回旋转折、含蓄渟泓之妙;字句的推敲、锻炼也不很够(有少数例外)。一句话,不免粗糙一些,过于散文化一些。但是这些缺点无论如何也不能掩盖其优点。晚唐五代以来,我们很少看到这样雄放、这样勇猛地冲击黑暗势力的诗作了。一个思想健康的读者,是宁愿读这样的还嫌粗糙的诗,却不愿看西昆派精致得像"小摆设"一样的作品。而苏舜钦的这种雄健豪迈的诗作,对于西昆派的形式主义营垒,也正起了摧陷廓清的作用。

苏舜钦不大填词,也很少有人提到他的词作,但像咏沧浪亭的《水调歌头》,却是不应忽视的。

潇洒太湖岸,淡汀洞庭山。鱼龙隐处烟雾,深锁渺弥间。方念陶朱张翰,忽有扁舟急桨,撇浪载鲈还。落日暴风雨,归路绕汀湾。　　丈夫志,当景盛,耻疏闲。壮年何事憔悴,华发改朱颜。拟借寒潭垂钓,又恐鸥猜鹭忌,不肯傍青纶。刺棹穿芦荻,无语看波澜。①

从来认为豪放的词境是苏轼开辟的,可是苏舜钦早在苏轼从事文学活动以前写的这首词②,不是已经"一洗绮罗香泽之态,摆脱绸缪宛转之度"了吗?

(1959 年 4 月脱稿。原刊《文学遗产增刊》第 12 辑)

---

　　① 文集不载,见宋人黄升《花庵词选》卷三,清人张思岩辑《词林纪事》卷四,文字略有不同。此据《词林记事》。
　　② 苏舜钦死时苏轼十二岁,此词大约是他死前数年写的。

谈梅尧臣诗歌题材、风格的多样性

一

梅尧臣踏上北宋诗坛的时候,现实主义诗人王禹偁早已下世,西昆派的形式主义逆流正泛滥成灾。他不但没有随波逐流,而且以自己的创作显示了诗歌革新的实绩,并影响其他诗人,使其诗歌在反映现实的道路上奋勇前进。龚啸称赞他"去浮靡之习,超然于昆体极弊之际,存古淡之道,卓然于诸大家未起之先",是相当中肯的。

和脱离现实的西昆派不同,梅尧臣诗歌的突出特点之一是其题材风格的多样化。

他所处的时代,政治腐败,阶级矛盾和民族矛盾日益尖锐;而民族矛盾的发展加重了人民的负担,又加深了阶级矛盾。对于这一切,他没有袖手旁观。他一方面和范仲淹、欧阳修站在一起,要求实行政治改革;另一方面并"因事激风成小篇"[①],用他劲健的诗笔,饱含着对于人民的同情,从各个方面反映了当时的社会生活,对当时各种不合理的现象进行了揭露和抨击。

在《挟弹篇》中,诗人描写了王孙公子们的荒淫生活:"手持柘弹灞陵边,岂惜金弹射飞鸟。……醉倒银瓶方肯去,去卧红楼歌吹中。"在《村豪》中,又刻画了地主的奢豪和气焰:

---

① 《答裴送序意》。

> 日击收田鼓,时称大有年。烂倾新酿酒,饱载下江船。女髻银钗满,童袍氄氋鲜。里胥休借问,不信有官权。

地主们"不信有官权",原是很自然的事情,因为官府所代表的正是这些剥削者的利益。

梅尧臣用相当多的篇章,反映了民间疾苦。他在《田家四时》里,写农民辛苦劳动了三季,到冬天还是"鹑衣着更穿"。在《观理稼》里,写农民"一腹馁犹甚",还不得不起早贪黑地从事生产,"来时露沾屦,归去月侵锄"。在《田家》里写道:"南山尝种豆,碎荚落风雨。空收一束萁,无物充煎釜。"辛勤耕作,却又遭了天灾。在《伐桑》里写道:"二月起蚕事,伐桑人阻饥。已伤持斧缺,不作负薪非。聊给终朝食,宁虞卒岁衣!月光无隔碍,直照破荆扉。"正当养蚕的时节,由于饥饿煎迫,却把桑树砍了来换粮食。在《啼禽》里写道:"盆茧未成丝,破裤劝可脱。安知增羞颜,赤胫衣短褐!"听到鸟儿叫"脱却破裤",却不觉羞愧,因为连破裤也没得穿,短褐下露着两条光腿。《岸贫》一诗,展示了一幅水边贫民的生活图画:

> 无能事耕获,亦不有鸡豚。烧蚌晒槎沫,织蓑依树根。野芦编作室,青蔓与为门。稚子将荷叶,还充犊鼻裈。

又如《小村》:

> 淮阔洲多忽有村,棘篱疏败漫为门。寒鸡得食自呼伴,老叟无衣犹抱孙。野艇鸟翘惟断缆,枯桑水啮只危根。嗟哉生计一如此,谬入王民版籍论。

结尾这两句,是对贫民的深切同情,也是对统治者的有力鞭挞。像这样生活赤贫的穷苦人民,真是"民不聊生",统治者还把他们算作治下的百姓,还要向他们征敛课税,真可说无耻、残酷到无以复加了。

在那个外患深重时期,穷苦人民既要负担更苛重的赋税,又要服兵役。而这种兵役制度又极端地残暴和腐朽。梅尧臣在《田家语》中揭露道:

> 谁道田家乐?春税秋未足。里胥叩我门,日夕苦煎促。盛夏流潦多,白水高于屋。水既害我菽,蝗又食我粟。前月诏书来,生齿复板录。三丁籍一壮,恶使操弓韣。州符今又严,老吏持鞭扑。搜索稚与艾,惟存跛无目。田间敢怨嗟,父子各悲哭。南亩焉可事?买箭卖牛犊。愁气变久雨,铛缶空无粥。盲跛不能耕,死亡在迟速。

统治者不管人民遭受了多么严重的水灾和蝗灾,一面急如星火地勒索赋税,一面又强抓壮丁,竟连老弱稚幼都不能幸免。诗人在序言中揭露了这一事实的内情,即是"主司欲以多媚上,急责郡吏;郡吏畏不敢辩,遂以属县令。互搜民口,虽老幼不得免"。当时政治之黑暗就可想而知了。

《田家语》是对征兵情况概括地叙述,《汝坟贫女》则对此作了更具体集中的描写。诗人在序中说:"时再点弓手,老幼俱集。大雨甚寒,道死者百余人;自壤河至昆阳老牛陂,僵尸相继。"他于是通过一个贫女的控诉,集中突出地反映了这种惨象:

> 汝坟贫家女,行哭音凄怆。自言有老父,孤独无丁壮。郡吏来何暴,县官不敢抗。督遣勿稽留,龙钟去携杖。勤勤嘱四邻,幸愿相依傍。适闻闾里归,问讯疑犹强。果然寒雨中,僵死壤河上。弱质无以托,横尸无以葬。生女不如男,虽存何所当。拊膺呼苍天,生死将奈向?

在这里诗人抒写了对在残暴的征兵中死难者及其家属的同情,紧接着在他的《昆阳城》《老牛陂》《故原战》《故原有战卒,死而复苏,来说当时事》及《董著作尝为参谋,归话西事》等诗篇中,或揭露主将昏庸、赏罚不公,或慨叹士兵们因指挥失宜而白白牺牲,在读者面前,展开一幅幅惨痛的战败图景,令人目不忍睹。这一系列的篇章,全面地揭露了统治阶级在民族灾难深重之际所表现的残暴腐朽与昏庸无能。

当然,诗人写这些诗,并不等于他对抗击民族侵略怀有消极情绪。相反,他对卫国御敌是十分积极的,他不但亲注《孙子》献给统治者,而且在《依韵和李君读余注孙子》的结尾表示要亲赴战场。对如何克敌制胜,他也有一套切实可行的办法。在他代人作的《寄永兴招讨夏太尉》这篇长诗中,历叙几次战役失败的原因,指出在缺乏雄兵猛将的情况下,应坚守城壁,训练士卒,待条件成熟,才可像摧枯拉朽一样击溃敌人(后范仲淹防御西夏,用的也正是此法)。在《送河北转运使陈修撰学士》中,还提出了改善军需供应的建议。在《蔡君谟示古大弩牙》中,更希望能精制兵器——"愿侯拟之起新法,勿使边兵死似麻。"可见诗人对反侵略战争的态度是十分积极的。

梅尧臣在从各个方面反映人民疾苦,揭露阶级矛盾和民族矛盾的同时,还写了不少反映政治斗争的诗。景祐三年,范仲淹上书批评时政,要求选贤任能,被奸相吕夷简陷害,贬到饶州。梅尧臣写了《彼鸳吟》和《啄木》,对腐朽的统治者进行了猛烈的抨击,对范仲淹表现了深切的同情。对因替范仲淹抱不平而相继被贬的欧阳修和尹洙,也都赠以诗章(《闻欧阳永叔谪夷陵》《闻尹师鲁谪富水》),给予安慰和支持,并勉励他们"宁作沉泥玉,无为媚渚兰",必须要和奸邪势力斗争到底。

诗人对于人民的苦难是十分同情的,他幻想通过政治力量,解除人民痛苦。这反映在他的诗歌创作里,就使得不仅直接反映政治斗争的诗(如《书窜》等)带有政论性,即其他一些诗也往往有这些特点。例如他在许多赠友出仕的诗作中,均勉励他们要为人民办些好事,或是希望他们不要过分地剥取民脂。《送制置发运唐子方学士》《送王介甫之毗陵》等,即是比较突出的例子。

梅尧臣诗歌题材的范围是相当广泛的,以上所谈,只是其中比较重要的一部分。然而仅就这一部分来看,也可说已是"多样化"的了。

二

题材的多样化,会有助于创造多样的艺术风格。

梅尧臣在《读邵不疑学士诗卷……》中说:"作诗无古今,惟造平淡难。"这"平淡",只是他提出的反对西昆派"浮艳"诗风的一个口号,并不能概括他的全部诗歌的风格。有些评论家却把他全部诗作的艺术风格归结为"平淡",这是有片面性的。例如他学韩愈、卢仝的那些诗①,就不"平淡",而是"怪巧"。又如《送赵谏议知徐州》:

> 鹿车几两马几匹,轸建朱幡骑毂弓。雨过短亭云断续,莺啼高柳路西东。吕梁水注千寻险,大泽龙归万古空。莫问前朝张仆射,毯场细草绿蒙蒙。

则又很"雄浑"。陆游就曾看出了这个特点,说梅尧臣的诗中不乏雄浑之作②。

同"平淡"说相反,有的评论家认为梅尧臣的诗"蹈厉发扬""腾踔六合"。如清初的叶燮在《原诗》中说:"自梅、苏(苏舜钦)尽变昆体,独倡生新,必辞尽于言,言尽于意,发挥铺写,曲折层累以赴之,竭尽乃止。才人伎俩,腾踔六合之内,纵其所如,无不可者;然含蓄渟泓之意,亦少衰矣。"叶燮的学生沈德潜在《说诗晬语》中也说:"宋初台阁倡和,多宗义山,名西昆体。梅尧臣、苏子美起而矫之,尽翻窠臼,蹈厉发扬。才力体制,非不高于前人,而渊涵渟滀之趣,无复存矣。"这种评论,也不全面。在梅尧臣的诗歌中,固然有不少既不"平淡"、也不"含蓄"的"发扬蹈厉"的作品,但也有"平淡""含蓄"的作品。

---

① 如《余居御桥南,夜闻袄鸟鸣,效昌黎体》《观博阳山火》《月蚀》《日蚀》《梦登河汉》《秋雨篇》等。

② 陆游《读宛陵先生诗》:"欧尹追还六籍醇,先生诗律擅雄浑。导河积石源流正,维岳嵩高气象尊。玉磬潗潗非俗好,霜松郁郁有春温。"

事实上，诗人是从多方面反映生活、多方面学习传统的，这就形成了他的诗歌风格的多样化。欧阳修指出"其初喜为清丽闲肆平淡，久则涵演深远，间亦琢刻以出怪巧"①，又说"其体长于本人情、壮风物，英华雅正，变态百出"②，这大致是不差的。

梅尧臣固然提出了"平淡"的主张，但他也提出过更高的标准。他对欧阳修说："诗家虽主意，而造语亦难。若意新语工，得前人所未道者，斯为善也。必能状难写之景如在目前，含不尽之意见于言外，然后为至矣。"③"虽主意而造语亦难"，作诗要以思想内容为主，但也要重视语言形式。要求诗歌"意新语工，得前人所未道"，有独创性；要求诗歌"状难写之景如在目前"，有鲜明的形象性；要求诗歌做到"含不尽之意见于言外"，有巨大的概括力。就诗人现存的两千八百多首诗来看，其中的部分优秀篇章，有的达到了这些要求，有的基本上符合这些要求。

所谓基本上符合这些要求，是指做到"意新语工"，形象鲜明，具有较深的思想意义，但不一定能"含不尽之意见于言外"。叶燮、沈德潜的评论，正道出了这些诗的特点。

"含不尽之意见于言外"，这当然是很高的艺术境界，但这种蕴藉含蓄的风格也只是诗歌风格之一种。有些题材，有些思想情感，是很难写得含蓄的。例如《诗经》的《巷伯》，它写一个被迫害者愤怒地诅咒陷害他的恶人："取彼谮人，投畀豺虎。豺虎不食，投畀有北。有北不受，投畀有昊。"这当然不含蓄。但那种怒不可遏的情感，又如何能够表现得含蓄呢？像这样的不含蓄的诗，却也仍然是好诗。梅尧臣的诗，有些的确不够含蓄：其一是一部分揭露统治者的罪恶、同情人民疾苦的作品，如《田家语》《汝坟贫女》等；其二是一部分直接批评时政、发表政见之作，如《寄永兴招讨夏太尉》《书窜》等。其中最有代表性的是《书窜》：

---

① 《欧阳文忠公文集》卷三十三《梅圣俞墓志铭并序》。
② 《欧阳文忠公文集》卷七十三《书梅圣俞诗稿后》。
③ 《欧阳文忠公文集》卷一百三十八《诗话》。

皇祐辛卯冬,十月十九日。御史唐子方,危言初造膝。曰朝有巨奸,臣介所愤疾。愿条一二事,臣职敢妄率。宰相文彦博,邪行世莫匹。囊时守成都,委曲媚贵昵。银珰插左貂,穷腊使驰驲。邦媛将夸侈,中金赍十镒。为我寄使君,奇纹织纤密。遂倾西蜀巧,日夜急鞭抶。红经纬金缕,排科斗八七。比比双莲华,箒灯戴星出。几日成一端,持行如鬼疾。明年观上元,被服稳称质。璨然惊上目,遽尔有薄诘。既闻所从来,佞对似未失。且云奉至尊,于妾岂能必!遂回天子颜,百事容丐乞。臣今得粗陈,狡猾彼非一。偷威与卖利,次第推甲乙。是惟阴猾雄,仁断宜勇黜。必欲致太平,在列无如弼。弼亦昧平生,况臣不阿屈。臣言天下公,奚以身自恤!君旁有侧目,喑哑横诋叱。指言为罔上,废汝还蓬荜。是时白此心,尚不避斧锧。虽令御魑魅,甘且同饴蜜。既知弗可惧,复以强词窒。帝声亦大厉,论奏不容毕。介也容甚闲,猛士胆为栗。立贬岭外春,速欲为异物。内外官恟恟,陛下何未悉。即敢救者谁?裹执左右笔。谓此倘不容,盛美有所咈。平明中执法,怀疏又坚述。介言或似狂,百岂无一实。恐伤四海和,幸勿苦仓卒。亟许迁英山,衢路犹嗟呐。翊日宣白麻,称快口盈溢。阿附连谏官,去若怀絮虱。其间囚获利,窃笑等蚌鹬。英州五千里,瘦马行趹趹。……莫作楚大夫,怀沙自沉汨。①

这诗反映了当时一场激烈的政治斗争。据《东轩笔录》记载:"张尧佐,以进士擢第,累官至屯田员外郎,知开州。会其侄女有宠于仁宗,册为修媛,尧佐遂骤迁擢,一日中,除宣徽、节度、景灵、群牧四使。是时,御史唐介上疏,引天宝杨国忠为戒,不报。又与谏官包拯、吴奎等七人论列殿上;既而御史中丞留百官班,欲以廷诤。卒夺尧佐宣徽、景灵两使;特加介五品服,以旌敢言。未几,尧佐复除宣徽使,知河阳。唐谓

---

① 此诗因激烈地批评统治者,欧阳修为梅尧臣编集子时未敢收入。这是据《苕溪渔隐丛话》前集卷三十一引《东轩笔录》移录的。

同列曰:'是欲与宣徽而假河阳为名耳,我曹岂可中己邪?'同列依违不前;唐独争之,不能夺。仁宗谕曰:'差除自是中书。'介遂极言宰相文彦博以灯笼锦媚贵妃而致位宰相,今又以宣徽使结尧佐;请逐彦博而相富弼。又言谏官观望挟奸;而言涉宫掖,语甚切直。仁宗怒,趋召两府,以疏示之;介诤不已。枢密副使梁适叱介使下殿;介诤愈切。仁宗大怒,玉音甚厉。众恐祸出不测。是时蔡襄修起居注,立殿陛,即进曰:'介诚狂直;然纳谏容言,人主之美德,必望全贷。'遂贬春州别驾。翌日,御史中丞王举正救解之,改为英州别驾。《书窜》着重写了唐介对奸相文彦博的斗争。通过唐介的口,无情地揭露了文彦博为了奉承贵妃,以达到升官发财的目的,"日夜急鞭挞",穷凶极恶地敲剥人民的丑行。

梅尧臣主张"平淡"、主张"含蓄",为什么又会写出像《田家语》《书窜》这样一些既不"平淡"、又不"含蓄"的诗呢？这因为他对人民的深重灾难感同身受,对政治腐败、小人专权、正直之士受迫害等一切罪恶事实不能容忍,由于强烈的爱和憎要求尽情的表达,便形成"辞尽于言,言尽于意,发挥铺写,曲折层累以赴之,竭尽乃止"的艺术特点。

梅尧臣的一些优秀诗篇,往往"意新语工",形象鲜明,且又有言外之意。这里我们不妨探讨一下他表现"言外之意"的艺术手法。

梅尧臣对《诗经》很有研究,著有《毛诗小传》二十卷。在他的创作中,对《诗经》的"比兴"、特别是"比"这种手法,采用得很多,且富有创造性。

在生活中,有些现象是与另一些现象相对立的,诗人往往即以对比的手法,尖锐地揭露其矛盾。例如《陶者》:

陶尽门前土,屋上无片瓦。十指不沾泥,鳞鳞居大厦。

寥寥二十字,就把剥削与被剥削的阶级对立关系赤裸裸地揭露出来了。

在各种生活现象中,有些是彼此有类似之处的,诗人因之往往运用类比的手法,把他要反映的事物烘托得更为突出。例如《牵船人》:

> 沙洲折脚雁，疑人铺翅行。奈何暮雨来，复值寒风生。湿毛染泥滓，缩颈无鸣声。尔辈正若此，犹胜被坚兵。

诗人要刻画的是牵船人的形象，但他不正面写牵船人，却用六句诗描绘了一只冒着暮雨寒风，缩头铺翅，挣扎在沙洲之上的折脚雁，然后用"尔辈正若此"一句转过来，对雁的描写便变成了对人的刻画，使读者很自然地由折脚雁的形象想到牵船人的形象。而当你正在想象牵船人的形象时，诗人又用了一"比"——"犹胜被坚兵"，立刻把你引入另一种意境。像折脚雁一样冒着暮雨寒风，缩颈弯腰，挣扎在荒凉的沙洲之上的牵船人，其遭遇已经很悲惨了，但究竟还比那些被统治者抓去当兵，在刀枪下惨死的人强一些。于是，《田家语》《汝坟贫女》《故原战》等作品中所描绘的残酷悲惨景象，又立刻会展现在你的面前。

诗人不仅藉折脚雁写出了牵船人的形象，而且也烘托出一种气氛：在寒风暮雨吹打的沙洲之上，牵船人的伴侣，就只有那只和自己遭遇相似的折脚雁；环境之荒凉，心情之孤凄，也就可想而知了。

用折脚雁比牵船人，突现劳动者的悲惨处境，已可以激起读者的同情；再用被迫而在刀下送死的兵丁比牵船人，就更使读者由同情人民进而痛恨统治者。逼得人民"被坚兵"的是统治者，逼得人民处于折脚雁一样的悲惨境地的，不也是统治者吗？

看到某种现象而联想到其他现象，这需要熟悉生活。梅尧臣由于同情人民、了解民间疾苦，因而即使看到微不足道的某些禽鸟昆虫之类的东西，也能使他联想到人民，采用"比"的手法来揭露出社会现实的某些方面。《牵船人》是这样的。与之类似的作品还有不少，如《依韵吴冲卿秋虫》：

> 梧桐叶未老，露滴玉井床。秋虫如里胥，促织何苦忙。苒苒机上丝，入夜为鼠伤。织妇中夕起，投梭重徊徨。那闻草根声，膏入然肝肠。天子固明圣，措意如陶唐。下民惟力穑，不见田畴荒。岂知哀敛人，督责矜健强。所以机中女，心斗日月光。年年租税

在,聒耳信已常。哀哉四海人,无不由此戕。吴侯当厅时,静坐爱初凉。方将同佳人,欢乐举杯觞。繁鸣杂螇蟧,感怆情不遑。况蒙朝家恩,兄弟登俊良。意虑宜恤物,以慰众所望。今者秋虫篇,不异《七月》章。

由秋虫中的促织联想到统治者的爪牙里胥。里胥为了完成横征暴敛的"任务",凶狠地督责织妇。促织却也来彻夜鸣叫,简直是里胥的帮凶!

诗人有时用对比,有时用类比,有时又把二者结合起来。如《食荠》:

> 世羞食荠贫,食荠我所甘。适见采荠人,自出国门南。土蠹瘦铁刀,霜乱青竹篮。携持入冻池,挑以根叶参。手龟不自饱,食此尚可惭。肥羔朱尾鱼,腥膻徒尔贪。

一般人以食荠为羞,因为那太穷酸了;诗人自己,却甘于食荠。这是对比。接着,诗人刻画了采荠人的形象:拿着破旧、简陋的刀子和篮子,冒着风霜,在冻池里采荠,双手冻裂;好容易采了一些,却顾不得自己吃,饿着肚子卖给别人。看看这一切,诗人连食荠也感到惭愧了。食荠与采荠,都是穷,但也有差别。这是类比,同时含有对比的意味。与采荠人相比,食荠已觉惭愧;那么,那些吃肥羊羔、朱尾鱼的阔人又该作何感想呢?这又是对比。食荠是一件小事,然而诗人巧妙地运用对比与类比相结合的手法,在寥寥数十字的篇幅中,对现实的揭露是多么深刻!

如果说上述这些诗由于诗人用对比、类比的手法揭露了复杂的社会矛盾,发人深思,那么以下要谈的一些诗,由于诗人采用了另外一些手法却显得更有"言外之意"。

现实中的各种现象是互相联系、互相制约、互相影响的。因此,诗人可以写出此一现象与其他现象的关系,从而揭露生活的本质;也可以只写出此一现象,给读者以驰骋想象的广阔的天地,让他们推想与之联系的其他现象。前面谈到的《村豪》,尽管诗人只写村豪,但当你看到那个"日击收田鼓,时称大有年"的地主的形象时,难道不会联想到备受剥削的农民吗?前面谈到的《田家》《伐桑》《啼禽》《岸贫》等等,尽管诗人只写农民,但当你看到那愁吃愁穿的贫苦农民的形象时,难道不会联想到敲剥民脂民膏的地主和官吏吗?

在生活中许多相类似的现象中,诗人有时却只集中突出地描写某一现象,来启发读者的联想。如《聚蚊》:

> 日落月复昏,飞蚊稍离隙。聚空雷殷殷,舞庭烟幂幂。蛛网徒尔施,螗斧讵能磔。猛蝎亦助恶,腹毒将肆螫。不能有两翅,索索缘暗壁。贵人居大第,蛟绡围枕席。嗟吁于其中,宁夸嘴如戟。忍哉傍穷困,曾未哀癯瘠。利吻竞相侵,饮血自求益。蝙蝠空翱翔,何尝为屏获。鸣蝉饱风露,亦不惭喙息。薨薨勿久恃,会有东方白。

光天化日之下不敢活动,只在黑夜里行凶;没有能耐去侵扰达官贵人,而只来吮吸穷人的血,这是蚊子。然而仅仅是蚊子吗?还有替蚊子帮凶的蝎子。难道也仅仅是蝎子吗?还有不起作用的蛛网、螗斧,袖手旁观的蝙蝠、鸣蝉呢。从这一些现象中不也可以更使读者联想到与之相似的社会现象吗?诗人希望天亮,不也意味着希望政治清明吗?

《聚蚊》的言外之意是很深刻的,它通过蚊子不咬贵人、只吸贫民膏血的现象,揭露了富贵与贫贱的对立。所以,即使不去玩味它的言外之意,也已经是一篇好诗了。另一些诗则与此不同,如果只停留在言内,是看不出什么社会意义的,因为它"言在此而意在彼"。如《清池》:

> 冷冷清水池,藻荇何参差。美人留采掇,玉鲔自扬鬐。波澜日已浅,龟鳖日复滋。蛤蟆纵跳梁,得以缘其涯。竟此长科斗,凌乱满澄漪。空有文字质,非无简策施。仙鲤勿苦羡,宁将麤蛤卑。

徒剖腹中书,悠悠谁尔知。聊保性命理,远潜江海湄。泚泚曷足道,任彼蛙龟为。

这首诗的意旨全在言外。那个波澜日浅的水池,大约是暗指当时封建朝廷里的文化机关,即所谓"馆阁"。龟呀,鳖呀,蛤蟆呀……大约是暗指那些"文学儒臣"。腹中有书,而无人赏识,只好远潜江海之滨的仙鲤,大约是暗指被拒于"馆阁"之外的真有学问、真有文才的人。欧阳修在《梅圣俞墓志铭并序》中说:"大臣屡荐,宜在馆阁;尝一召试,赐进士出身,余辄不报。"这篇诗,显然是有所感而作的。

再看《彼䴕吟》:

啄木喙虽长,不啄柏与松。松柏本坚直,中心无蠹虫。广庭木云美,不与松柏比。臃肿质性虚,朽蝎招猛嘴。主人赫然怒,我爱尔何毁。弹射出穷山,群鸟亦相喜。啁啾弄好音,自谓得天理。哀哉彼䴕禽,吻血徒为尔。鹰鹯不搏击,狐兔纵横起。况兹树腹息,力去宜滨死。

前面提到,这首诗是为范仲淹上书批评时政被贬而作的。明白这一点,则它的言外之意也就容易领会了。如果说《清池》只抨击了封建朝廷的文化机关,那么,这篇《彼䴕吟》则鞭挞了整个封建朝廷。蠹虫、朽蝎,指危害国家的奸邪小人;"主人"指最高统治者;因啄食蠹虫、朽蝎而被"弹射出穷山"的䴕(即啄木鸟)指正直的谏官。䴕禽被逐之后,群鸟皆喜,高歌庆贺,天下事也就不复可问了。

梅尧臣写过一篇《古意》:"月缺不改光,剑折不改刚。月缺魄易满,剑折铸复良。势利厌山岳,难屈志士肠。男儿自有守,可杀不可苟。"这表现了他的刚正不屈的高贵品质。正因为有这种品质,所以在当时激烈的政治斗争中,他敢于写出像《闻尹师鲁谪富水》、特别像《书窜》那样激烈地批评时政的政论诗。然而老写那样的诗,毕竟是危险的,石介、苏舜钦、王益柔等就都因为写诗指斥奸党而遭受打击。因此,他为了坚持斗争,有时也需要采取一种比较曲折隐蔽的表现形式,像《彼鹭吟》那样言在此而意在彼的政治诗,也就跟着产生了。

葛立方在《韵语阳秋》(卷一)里谈梅尧臣的诗,举出"状难写之景如在目前"的例子是:"沙鸟看来没,云山爱后移。""秋雨生陂水,高风落庙梧。""含不尽之意见于言外"的例子是:"危帆淮上去,古木海边秋。""江水几经岁,鉴中无壮颜。"就是把"景"只看作自然景物,又把"景"和"意"分开来谈的。其实,"景"不止是自然景物,所谓"状难写之景如在目前",就是要求诗的形象的鲜明性。前面谈到的批评时政、揭露社会矛盾的许多好诗,其形象都十分鲜明,而"不尽之意",也正是通过那种鲜明的形象表现或暗示出来的。此外,梅尧臣也写了许多偏重描写自然景物的诗,而其中的优秀篇什,也不仅"状难写之景如在目前",而且"含不尽之意见于言外"。如《田家》:

> 高树荫柴扉,青苔照落晖。荷锄山月上,寻径野烟微。老叟扶童望,羸牛带犊归。灯前饭何有?白薤露中肥。

写田家景物如在目前。高树啊,落晖啊,山月啊,野烟啊,牛啊,犊啊,白薤啊……乍看起来,田家生活也真有诗情画意,令人神往。然而仔细一读,就发现诗人并不是唱牧歌式的田园赞美诗,而是抒写民间疾苦。柴扉、羸牛、青苔,生事之萧条可以想见。而辛苦地劳动一天,直到月上,才"荷锄""寻径",回到家里,当然疲乏而又饥饿;然而用以充饥的,却只有白薤。葱、蒜一类的白薤,即使很"肥"也不是很理想的晚餐啊!

又如《献甫过》:

> 几树桃花夹竹开,阮家闾巷长春苔。启扉索马送客出,忽觉青红入眼来。

前两句是写主人门外之景。"几树桃花夹竹开",也是可以欣赏的;然而闾巷长满春苔,可见"门前冷落",没有什么客人来拜访主人,也就没有什么客人来欣赏桃竹。主人是不是偶尔出来瞧瞧呢？且看下两句：在送李献甫这位朋友出门的时候，"忽觉青红入眼来"，可见他好久不曾外出，夹竹的桃花何时开的，满巷的青苔何时长的，全不知道。虽然只用了寥寥二十八字，而世态之炎凉、主人之落落寡合、献甫这位朋友之不忘故人、由朋友之来而引起的"空谷足音"之感……不都透露出来了吗？

又如《秋日家居》：

> 移榻爱晴晖，翛然世虑微。悬虫低复上，斗雀堕还飞。相趁入寒竹，自收当晚闱。无人知静景，苔色照人衣。

第二联真可谓状难写之景如在目前，但这也不是单纯写景；通过写景，表现了闲适、宁静的心境。

再看这首有名的《鲁山山行》：

> 适与野情惬，千山高复低。好峰随处改，幽径独行迷。霜落熊升树，林空鹿饮溪。人家在何许？云外一声鸡。

写景之妙，自不待言，更重要的是通过写景，表现了诗人与自然美融合无间的淳朴感情。

三

在梅尧臣的将近三千首诗中，艺术成就较高的也只是一小部分。欧阳修因他未"得用于朝廷，作为雅颂以咏歌大宋之功德"而替他惋惜，其实，他还是写了一些为统治者歌功颂德的作品，并得到了统治者的夸奖。和欧阳修的看法不同，我们认为这些诗的内容是平庸的，也谈不上什么艺术性，统治者并没有值得歌颂的功德而硬要歌颂，必然会走上形式主义的道路。此外，他以"平淡"来反对西昆派的浮艳，这是有进步意义的,他那些以"平淡"为工的诗,像《苕溪渔隐丛话》所举的"野凫眠岸有闲意,老树著花无丑枝""鸠鸣桑叶吐,村暗杏花残""月树啼方急,山房人未眠"等,正如朱弦疏越,淡而有味;但有不少作品,也确如钱锺书先生所说,是"淡"得没有味,"平"得没有劲的。钱先生分析说:"他要矫正华而不实、大而无当的习气,就每每一本正经的用些笨重干燥得不很像诗的词句来写琐碎丑恶得不大入诗的事物,例如上茅房看见粪蛆、喝了茶肚子里打咕噜之类。可以说是从坑里跳出来,不小心又恰恰掉在井里去了。"①这些看法也是符合实际的。我还想补充一点:苏轼曾说梅尧臣"日课一诗",他自己也说"人间诗癖胜钱癖,搜索肝脾过几春"(《诗癖》)。看起来,他的生活圈子并不十分广阔,在具有深刻社会意义的生活现象激发他不得不写诗的时候,"因事激风成小篇",他可以写出好诗;但这种情况并不是经常的,在没有具有深刻社会意义的生活现象激动他的时候硬要"日课一诗",就只好"搜索肝脾",甚至"用些笨重干燥得不很像诗的词句来写琐碎丑恶得不大入诗的事物"了。如在他的集子中的某些送人诗,相当多的和韵、次韵诗,还有不少的拟古之作,就是这样。

当然,这许多缺点并不能掩盖他创作中的进步倾向。他在反西昆的诗文革新运动中所起的积极作用和他的不少反映并同情民间疾苦的诗作,是应该得到重视的。陈振孙在《直斋书录解题》(卷十七)中说:"圣俞为诗,古淡深远,有盛名于一时。近世少有喜者,或加毁訾;惟陆务观重之,此可为知者道也。自世人竞宗江西,已看不入眼;况晚唐卑格方锢之时乎!杜少陵犹有窃议妄论者,其于宛陵何有!"江西诗派包括的诗人很多,情况也较复杂,不能一概而论,但作为一种诗派,其主要倾向可以说是偏重形式而缺乏深广的社会内容。这里的"晚唐卑格方锢",指江湖派而言。江湖派的代表即是排斥杜甫而推尊晚唐的姚合、贾岛,其基本倾向也是脱离现实的。在北宋的反西昆运动中发生很大影响,"有盛名于一时"的梅尧臣,在"自世人竞宗江西"以至

---

① 见钱锺书《宋诗选注》,人民文学出版社出版,第16页。

江湖派风靡一时的南宋受到"訾毁",只有爱国诗人陆游(还有稍后的文天祥等)非常重视他①,这也反映了文学史上两种倾向的斗争。

(1959年元月脱稿。原刊《文学遗产增刊》第11辑)

---

① 陆游(务观)对梅尧臣的确推崇备至。如在《书宛陵集后》里说:"突过元和作,巍然独主盟。诸家义皆堕,此老话方行。赵璧连城价,隋珠照夜明。"在《梅圣俞别集序》里,评价更高。

第三辑

- 王若虚的文学批评
- 论赵翼的《瓯北诗话》
- 叶燮的诗歌理论及其影响

王若虚的文学批评

王若虚(1177—1246),字从之,号慵夫,藁城人。金章宗(完颜景)承安二年(1197)经义进士。历任鄜州录事,国史院编修官,著作佐郎,平凉府判官,左司谏,延州刺史……又曾出使夏国。金亡,微服北归镇阳,隐居不仕。《金史》本传说他"历管城、门山二县令,皆有惠政。秩满,老幼攀送,数日乃得行"。元好问在《中州集》卷六中也说:"从之……滑稽多智,而以雅重自持。谋事详审,出人意表。人谓从之于中外繁剧,无不堪任。直以投闲置散,故百不一试耳。"可见他不同于一般的书生,而是一位很有济世之志和济世之才的政治家①。

他虽有济世之志和济世之才,但由于"投闲置散",在政治上并没有多大建树,其成就主要在经史考据和文学批评方面。在他的《滹南遗老集》②中,关于文学批评的著作,有《诗话》三卷、《文辨》四卷。这些著作尽管是片断的,没有严密的系统,却有一个突出的特点,那就是反对形式主义。

在金代文坛上,形式主义和反形式主义的斗争是相当尖锐的。李之纯、雷希颜、李天英、赵衍等人,都推尊晚唐的卢仝、李贺和北宋的黄庭

---

① 王若虚《答张仲杰书》,表现了对民间疾苦的关怀:"州郡之职,古称劳人,况此多虞,亦必有道。颇闻吾子一以和缓处之,所望正如此。民之憔悴久矣,纵弗能救,又忍加暴乎!君子有德政而无异政,史不传能吏而传循吏。若夫趋上而虐下,借众命以易一身,流血刻骨,而求干济之誉,今之所谓能吏,古之所谓民贼也。诚不愿吾子效之。"(《滹南遗老集》卷四十四)在这里,他指斥那些迎合上意而虐害下民的"今之所谓'能吏'",实际上是些"民贼",表现了对人民的同情和政治上的勇敢,是难能可贵的。

② 《滹南遗老集》,通行的有《四部丛刊》本、商务印书馆《国学基本丛书》本、《丛书集成》本等。

坚,忽视内容而追求字句的奇险新巧,在不同程度上走向形式主义。赵秉文、周昂、王若虚、元好问等,则与之对抗。而在对抗这种形式主义的斗争中,表现得最坚决、最勇敢的,要算王若虚。元好问说:"李屏山杯酒间谈辩锋起,时人莫能抗。从之能以三数语窒之,使嗫不得语。"①他和李之纯(屏山)争辩的焦点是什么呢?刘祁在《归潜志》中作了回答:

> 王从之则议论文字有体致,不喜出奇,下字止欲如家人语言,尤以助辞为首,与屏山之纯学大不同。尝曰:"之纯虽才高,好作险句怪语,无意味。"

可见他对当时影响很大的李之纯的形式主义理论和作风,进行了不调和的斗争。他和另一位影响很大的作家雷希颜之间,更发生过激烈的冲突。金哀宗(完颜守绪)正大年间(1224—1232),他与雷希颜同修《宣宗实录》,"由文体不同,多纷争"。他主张"平淡纪实",理由是:"《实录》止文其当时事,贵不失真。"雷希颜则反是,首先强调的是"奇峭造语"。因此,"雷所作,王多改革"。于是他们之间的矛盾尖锐化了。"雷大愤不平,语人曰:'请将吾二人所作,令天下文士定其是非!'王亦不屑,尝曰:'希颜作文,好用恶硬字,何以为奇!'"②

了解了王若虚对当时文坛的形式主义进行过如此坚决的斗争,就知道他在《诗话》和《文辨》等著作中尽管很少直接批判当时的作家,但他对文学史上的形式主义或有形式主义倾向的作家的批判,是与反对当时的形式主义文风相联系的。

王若虚早年从其舅周昂学习,周昂教导他说:

> 文章工于外而拙于内者,可以惊四筵而不可以适独坐,可以取口称而不可以得首肯。

---

① 元好问《中州集》卷六。
② 刘祁《归潜志》。

又说：

> 文章以意为主，以言语为役。主强而役弱，则无令不从。今人往往骄其所役，至跋扈难制，甚者反役其主，虽极辞语之工，而岂文之正哉！①

王若虚在《文辨》中，引了前一段话，并且赞美说："至哉，其名言也！"在《诗话》中，又引了后一段话，并且赞美说："可谓深中其病矣！"不难看出，周昂传给他的这种重视思想内容、反对片面地追求形式的文学理论，他是接受了的，而且以这种理论为基础，建立了自己的文学批评。他在《文辨》中说：

> 凡文章须是典实过于浮华，平易多于奇险，始为知本末。世之作者，往往致力于其末，而终身不返，其颠倒亦甚矣。

由于他重视"本"——主张"工于内"，提倡"以意为主，以语言为役"，所以强调作者的思想修养。他说：

> 东坡《南行唱和诗序》云："昔人之文，非能为之为工，乃不能不为之为工也。山川之有云，草木之有华，充满郁勃而见于外，虽欲无有，其可得耶！故予为文至多，而未尝敢有作文之意。"时公年始冠耳，而所有如此。其肯与江西诸子终身争句律哉！

又说：

> 东坡自言其文"如万斛源泉，不择地而出，滔滔汩汩，一日千里无难。及其与山石曲折，随物赋形，而不自知所之者，常行于所

---

① 这两段话，见《金史·文艺传·周昂传》。

当行,而止于不可不止"。论者或讥其太夸,予谓唯坡可以当之。

他既认为作者只要有过人的思想修养,就自然会发为文章,如山川之有云,草木之有华,如万斛源泉,不择地而出,所以他论文提倡"真",反对"伪"。他说:

> 山谷之诗,有奇而无妙,有斩绝而无横放,铺张学问以为富,点化陈腐以为新,而浑然天成,如肺肝中流出者不足也。……善乎,吾舅周君之论也。曰:宋之文章至鲁直,已是偏仄处,陈后山而后,不胜其弊矣。人能中道而立,以巨眼观之,是非真伪,望而可见也。

他所谓的"真",于抒情作品,首先指性情之真。他说:"哀乐之真,发乎性情,此诗正理也。"于叙事写景的作品,不但要求性情之真,而且要求反映客观事物之真。他说:

> 东坡云:"论画以形似,见与儿童邻;赋诗必此诗,定非知诗人。"夫所贵于画者,为其似耳;画而不似,不如勿画。命题而赋诗,不必此诗,果为何语!然则,坡之论非欤?曰:论妙在形似之外,而非遗其形似;不窘于题,而要不失其题,如是而已耳。世之人不本其实无得于心,而借此论以为高。画山水者,未能正作一木一石,而讫云烟杳霭,谓之气象;赋诗者,茫昧僻远,按题而索之,不知所谓,乃曰格律贵尔。一有不然,则必相嗤点以为浅易而寻常。不求是而求奇,真伪未知,而先论高下,亦自欺而已矣,岂坡公之本意也哉?

从上述的这些观点出发,他坚决地反对形式主义者对现实主义诗人杜甫、白居易等的攻击。西昆派诗人菲薄杜甫,他指斥道:"杨大年不爱老杜诗,谓之村夫之语……呜乎!为诗而不取老杜……其识见可知矣。"对于白居易的"不务文字奇,惟歌生民病"的现实主义诗作,不少人企图用"俗""浅易"一类的棍子打杀它,王若虚驳斥道:

> 乐天之诗,情致曲尽,入人肝脾,随物赋形,所在充满,殆与元气相侔,至长韵大篇,动数百千言,而顺适惬当,句句如一,无争张牵强之态。此岂撚断吟须,悲鸣口吻者之所能至哉!而世或以浅易轻之,盖不足与言矣。

片面地追求形式的人有的攻击现实主义者,有的却假借现实主义者的旗号。例如黄庭坚,自称学习杜甫,但他着眼的主要是形式,他认为"老杜作诗……无一字无来处",于是便堆积典故;他认为"拾遗句中有眼",于是便片面地讲究"诗律""句法"。这样,就走上形式主义的歧路去了。虽说是学习杜甫,实质上是和杜甫的现实主义精神背道而驰的。王若虚援引其舅的话,尖锐地指出了这一点:

> 吾舅儿时便学工部,而终身不喜山谷也。若虚尝乘间问之,则曰:"鲁直雄豪奇险,善为新样,固有过人者;然于少陵初无关涉。前辈以为得法者,皆未能深见耳。"

现实主义和形式主义之间存在着根本分歧,不容混淆,但古人由于受认识水平的局限,往往把二者混淆起来。黄庭坚开创的江西诗派,就其主要倾向说,是一种形式主义的流派,但却攀认现实主义诗人杜甫为"祖",并在杜甫的旗帜掩盖下泛滥了多少年,很少有人指出它不是杜甫的嫡"孙"。王若虚则敏锐地揭露了这种鱼目混珠的现象。他说:

> 朱少章论江西诗律,以为"用昆体功夫而造老杜浑全之地"。予谓用"昆体"功夫,必不能造老杜之浑全;而至老杜之地者,亦无事乎"昆体"功夫。盖二者不能相兼耳。

这一段话很重要。因为第一,江西诗派自称以杜甫为祖,这里却指出那是从形式上学习杜甫的,所用的实质上是"昆体功夫"。第二,这里指出"昆体功夫"与"老杜之浑全"不能相兼,已意识到形式主义和现实主义是文学创作上相互排斥的两种流派。

王若虚从创作应表现性情之真和客观事物之真的观点出发,划分了形式主义和现实主义的界限,反击了形式主义者对现实主义者的攻击,同时也批判了形式主义的创作。罗可咏雪的诗句"斜侵潘岳鬓,横上马良眉",有人很赞赏,王若虚却说那是"假雪"。黄庭坚用"新妇矶边眉黛愁,女儿浦口眼波秋"的词句咏渔父,自谓"以山色水光替却玉肌花貌,真得渔父家风",王若虚却指出"渔父身上不宜及此事"。士大夫有以《墨梅诗》两首传于时者,王若虚尝诵之于人,"而问其咏何物,莫有得其仿佛者,告以其题,犹惑也"。他很感慨地说:"尚不知为花,况知其为梅,又知其为画哉! 自'赋诗不必此诗'之论兴,作者误认而过求之,其弊遂至于此!"狄青带面具事,范镇只云"带铜面具"而已,《渑水燕谈》则曰"面铜具",《邵氏闻见录》又曰"带铜铸人面"。王若虚评论道:"邵氏语颇重浊;《燕谈》似简而文,然安知其为何具? 俱不若蜀公(按即范镇)之真。盖面具二字,自有成言也。"

咏雪而写"假雪"(潘岳的白头发、马良的白眉毛),咏渔父而不合渔父身份,题墨梅画、记带铜面具而读者看不出究竟是什么东西。这就失掉了反映客观事物之真。失掉事物之真,又算什么文学创作呢?

不能反映客观事物之真的根本原因是对客观事物没有深切的感受和深刻的认识,而对客观事物没有深切的感受和深刻的认识,自然就不可能有被客观事物激起的不能已于言的情感。在这种情况下写作,那就既谈不上反映客观事物之真,相反地,无病而呻吟,自不免于矫揉造作,雕琢辞句,写出的作品,顶多只能"巧于外"。但既然"巧于外",目光不够锐敏的读者就很容易受那漂亮外衣的蒙蔽,而忽略了它的"拙于内"。王若虚却偏偏通过许多实例,揭掉形式主义创作的"外"衣,让人们看看"内"面是什么货色。他批评黄庭坚的《题扇》诗"语徒雕刻,而殊无意味",又批评黄庭坚的《猩毛笔诗》"乃俗子谜也,何足为诗哉"。黄庭坚有一首《雨丝》诗："烟云杳霭合中稀，雾雨空濛落更微。园客茧丝抽万绪，蛛蟊网面罩群飞。风光错综天经纬，草木文章帝杼机。愿染朝霞成五色，为君王补坐朝衣。"乍一看真是富丽精工，王若虚却一针见血地指出："夫雨丝云者，但谓其状如丝而已，今直说出如许用度，予所不晓也。"黄庭坚的《牧牛图诗》自谓平生极至语，王若虚却发问道："有何意味？"并且作了这样的结论："黄诗大率如此。谓之奇峭，而畏人说破，元无一事。"一经说破，元无一事，这正是一切形式主义创作的悲剧。

形式是被内容决定，并为内容服务的。形式主义者既然缺乏"如万斛源泉，随地涌出"的思想感情和对现实生活的体验、认识等作为作品的内容，那在形式上也就不可能有什么创造性，其结果往往是专向古人伸手，不是模拟，就是剽窃，或者兼而有之。王若虚也触及这一点。"山谷自谓得法于少陵"，王若虚指出他并没有得什么法，不过像扬雄的《法言》从形式上模仿《论语》那样，只从形式上模仿杜诗而已。黄庭坚作诗，有所谓"夺胎换骨""点铁成金"之法，王若虚指出他是"剽窃之黠者"。

脱离生活，一味向古人伸手的人，自不免于拜倒在古人脚下。王若虚既以反映客观事物之真和表现性情之真为评价文学创作的标准，那自然就不会赞成简单地以古今分优劣。他在《诗话》中说：

> 近岁诸公以作诗自名者甚众，然往往持论太高。开口辄以《三百篇》、《十九首》为准；六朝而下，渐不满意；至宋人，殆不齿矣。此固知本之说，然世间万变，皆与古不同，何独文章，而可以一律限之乎！就使后人所作，可到《三百篇》，亦不肯悉安于是矣。

在《文辨》中说得更坚定有力："夫文章唯求真是而已，须存古意何为哉？"

黄庭坚本着"字字有来历"的教条写作，往往弄得文法不通，修辞不当，用典不切。王若虚指出，如"东海得无冤死妇""何况人间父子情""婷婷袅袅,恰近十三余"等句,都有文法上的毛病;如"青州从事斩关来""残暑已促装""升堂与入室,只在一挥斤"等句,都有修辞上的毛病;如"人乞祭余骄妾妇""湘东一目诚甘死""待而成人吾木拱""身后五车书""拔毛济世事"等句,又都用典不切,牵强可笑。当然,在文法、修辞、用典等方面,非形式主义者也未必不出毛病,王若虚也毫不含糊地指摘了包括司马迁在内的许多著名作家在这方面所犯的错误。然而特意讲究"句法""诗律"的黄庭坚反而在这些方面闹了很多笑话,又是什么原因呢?关于这,王若虚也有所认识。他认为作诗若"出于自得",则"辞达理顺",又认为"善为文者,因事出奇,江河之行,顺下而已",这意思是:搞创作首先要明乎"事""理","事""理"既明,则"顺理""因事",如"江河之顺下",自然容易做到"辞达"。反是,不顺其理,不因其事,不管在形式上用多少苦功,仍然连一个"达"字都做不到。因为所谓"辞达",正是"达"其"事""理","理"不"顺","辞"如何能"达"?没有"事",又"达"些什么?

王若虚既主张"因事出奇""理顺辞达",如江河之顺下,所以认为文无定法,"唯适其宜","唯求真是"。例如:文章要简练,语言要清新,这是对的,但也不能片面理解。《湘山野录》上有一段记载:"谢希深、尹师鲁、欧阳永叔,各为钱思公作《河南驿记》。希深仅七百字,欧阳五百字,师鲁止三百八十余字。欧公不伏在师鲁之下,别撰一记,更减十二字,尤完粹有法。师鲁曰:'欧九真一日千里也。'"这是一味求简的例子,好像越简越好。王若虚评论道:"若以文章正理论之,亦惟适其宜而已,岂专以是为贵哉!盖简而不已,其弊将至于俭陋而不足观矣。"李翱《与王载书》论文云:"义虽深,理虽当,辞不工,不成为文。陆机曰:'怵他人之我先。'退之曰:'惟陈言之务去。'假令述笑哂之状,曰'莞尔'则《论语》言之矣,曰'哑哑'则《易》言之矣,曰'粲然'则谷梁子言之矣,曰'逌尔'则班固言之矣,曰'辴然'则左思言之矣,吾复言之,与前文何以异?"这是一味求新的例子,好像越新越好。王若虚评论道:"文不袭陈言,亦其大体耳。何至字字求异,如翱之说!且天下安得许多新语耶?"在批评黄庭坚时说得更清楚:"物有同然之理,人有同然之见,语意之间,岂容全不见犯哉!盖昔之作者,初不校此。同者不以为嫌,异者不以为夸,随其所自得,而尽其所当然而已。至于妙处,不专在于是也。"

又如文章的各种体裁,固然各有特点,但也不能绝对化。陈师道说:"退之作记,记其事耳;今之记乃论也。"他是主张"记"只应"记其事",而不能发议论的。王若虚批评说:"议论虽多,何害为记!盖文之大体,固有不同,而其理则一。殆后山妄为分别,正犹评东坡以诗为词也。且宋文视汉唐百体皆异,其开廓横放,自一代之变,而后山独怪其一二,何耶?"

这些见解,都是很精辟的。尤其可贵的是他对攻击苏轼"以诗为词"的批评。北宋文人,大都受"花间派"的影响,认为词不同于诗的特点是内容上的表现男女艳情和与此相关的风格上的婉约。这显然是有片面性的。苏轼在词方面的贡献,正在于他大胆地突破了这种人为的限制,"一洗绮罗香泽之态,摆脱绸缪宛转之度",表现各种各样的题材,为南宋爱国词人开辟了广阔的天地。然而有些人却认为他不是词家正宗。例如陈师道,就说什么"子瞻以诗为词,虽工非本色"。王若虚批评道:

陈后山谓子瞻以诗为词,大是妄论,而世皆信之,独茅荆产辨其不然,谓公词为古今第一。今翰林赵公亦云:"此与人意暗同。"盖诗词只是一理,不容异观。自世之末作,习为纤艳柔脆,以投流俗之好,高人胜士,亦或以是相胜,而日趋于委靡,遂谓其体当然,而不知流弊之至此也。

又如晁补之,说什么"眉山公之词短于情,盖不更此境耳"。他所说的"情",显然只是"男女艳情"。东坡既然"一洗绮罗香泽之态",他就认为"短于情"。王若虚批评道:"呜呼,风韵如东坡,而谓不及于情,可乎?……若乃纤艳淫媟,入人骨髓,如田中行、柳耆卿辈,岂公之雅趣也哉!"

王若虚在这里从"诗词只是一理,不容异观"的观点出发,批判了以"纤艳柔脆"为词之正体的片面看法,肯定了苏轼打破"男女艳情"的圈子,多方面反映生活的"横放杰出"的词作,其识见是很卓越的。当然,柳永(耆卿)是有成就的词人,不能只抓住"纤艳淫媟"一点就全面否定他。

王若虚在创作方面主张"以意为主",反对片面地追求形式,特别反对由于追求"字字有来处"而弄得文法不通,修辞不当,用典不切,和这相一致,在阅读和研究方面,主张掌握作品的精神,反对字字找出处,反对繁琐的、特别是穿凿附会的考证。如苏轼的诗句:"文章岂在多,一《颂》了伯伦。""一《颂》"是指最能代表刘伶(伯伦)的《酒德颂》,意思是明明白白的。然而朱弁却考证起来了,他说:"唐《艺文志》有刘伶文集三卷,则非无他文章也,坡岂偶忘于落笔之时乎?抑别有所闻也?"王若虚解释说:"公意本谓只此一篇足以道尽平生,传名后世,则他文有无,亦不必论也。"又如苏轼诗句:"白衣送酒舞渊明。"有人认为其中的"舞"字不妥,黄彻却援引庾信"未能扶毕卓,犹足舞王戎"句,证明"舞"字"有所本"。王若虚评论道:"疑者但谓渊明身上不宜用耳,何论其所本哉!"最值得注意的是:杜甫《饮中八仙歌》写李白"天子呼来不上船",有些论客便从李白传记中找根据,弄得牵强附会,一无是处。王若虚评论道:"大抵一时之事,不尽可考。不知太白凡几醉,明皇凡几召,而千载之后,必于传记求其证耶?且此等不知,亦何害也!"

在王若虚的文学批评中,强调"以意为主",反对形式主义的这个特点是十分突出的。有人说他尊苏抑黄,不无门户之见。在我们看来,黄庭坚尽管也有一些比较健康的、甚至反映民间疾苦的作品,但他创作的主要倾向则是偏于形式主义的,比起黄庭坚来,苏轼尽管也有形式主义的作品,但他创作的主要倾向,则是偏于现实主义的。王若虚尊苏抑黄,正是从提倡"以意为主",反对形式主义的观点出发的。当然,他尊苏的时候,不无"溢美"之言,然而值得称道的是他对苏轼的某些形式主义倾向,同样进行了严厉的批评。如:

> 东坡酷爱《归去来辞》,既次其韵,又衍为长短句,又裂为集字诗,破碎甚矣。陶文信美,亦何必尔。是亦未免近俗也。
>
> 次韵实作诗之大病也。诗道至宋人已自衰敝,而又专以此相尚。才识如东坡,亦不免波荡而从之,集中次韵者几三之一,虽穷极技巧,倾动一时,而害于天全多矣。使苏公而无此,其去古人何远哉!

是其是而非其非,不犯"说好就一切皆好"的错误,这也是难能可贵的。

王若虚反对形式主义,同时又非常重视形式。他在文法、修辞、用典,乃至文章体例等方面的要求是十分严格的。前面已经提到他对许多著名作家在这些方面所犯的错误,都提出了认真的批评,这里不妨再举几个例子。宋玉形容邻女之美曰:"增之一分则太长,减之一分则太短。着粉则太白,施朱则太赤。"王若虚认为前两个"太"字"不可下"。他说:"夫其红白适中,故著粉太白,施朱太赤。乃若长短,则相形者也,增一分既已太长,则先固长矣,而减一分乃复太短,却是原短,岂不相窒乎?"苏轼《题阳关图》云:"龙眠独识殷勤处,画出阳关意外声。"王若虚指出不能说"意外声",只能说"声外意"。《史记屈贾列传》云:"每出一令,平伐其功曰:以为非我莫能为也。"王若虚指出"曰"与"以为"重复。苏轼《潮州韩文公庙碑》云:"其不眷恋于潮也审矣。"王若虚批评道:"'审'字当作'必'。盖'必'者料度之词,'审'者证验之语,差之毫厘而实若黑白也。"黄庭坚《闵雨诗》:"南阳应有卧云龙。"王若虚批评道:"卧云龙,真龙耶,则岂必南阳。指孔明耶,则何关雨事。若曰遗贤所以致旱,则迂阔甚矣。"像这样准确地批评文法、修辞、用典方面的错误的例子是不胜枚举的。对文章体例方面的毛病,他也不肯放过。如:

> 退之《盘谷序》云:"友人李愿居之。"称"友人",则便知为已之友,其后但当云"予闻而壮之",何必用"昌黎韩愈"字?柳子厚《凌准墓志》既称"孤某以先人善予,以志为请",而终云"河东柳宗元

哭以为志"……其病亦同。盖予我者自述,而姓名则从旁言之耳。

王若虚既反对形式主义,又这样重视形式,这并没有费解之处。他是主张"以意为主,言语为之役"的,反对形式主义,是反对"骄其所役,至跋扈难制,甚者反役其主";重视形式,是强调"役"为"主"用,即形式很好地为内容服务。他说得很明白:"一文一质,道之中也。"质与文,内容与形式,原是不能偏废的。

他既主张"文无定法",为什么又那样重视文章体例呢?这道理也很浅显。主张"文无定法",是反对形式主义者的死法;重视文章体例,是强调创作的基本规律。他说得很清楚:"或问文章有体乎?曰:无。又问无体乎?曰:有。然则,果何如?曰:定体则无,大体须有。""定体则无,大体须有",这见解是很通达的。他强调创作"唯适其宜""唯求真是",所以既不应该受"定体"的束缚,又不能不有"大体"。"大体"就是包含在"适其宜"、"求真是"里面的。

王若虚在12世纪末、13世纪初的历史条件下,在文学理论批评方面提出的这许多见解,无疑有进步的一面。对明代的公安派和清代的叶燮、袁枚等反对拟古主义的斗争,可能发生过积极的影响;对我们也不无参考价值。当然,王若虚对形式主义文学创作的批评,也是不彻底的。他自己的文学批评,有时也带有形式主义的倾向。如对于司马迁,指出其文法、修辞等方面的纰缪,当然很必要,但竟因此而压低《史记》的卓越成就,就不免有所偏颇了[①]。

(1959年12月脱稿。原为人民文学出版社1962年版《〈滹南诗话〉校注》前言)

[①] 《文辨》中说:"司马迁之法最疏,开卷令人不乐。"又说:"唐子西云:'《六经》以后,便有司马迁,《三百篇》以后,便有杜子美。故作文当学司马迁,作诗当学杜子美。'其论杜子美,吾不敢知。至谓《六经》以后便有司马迁,谈何容易哉!自古文士过于迁者何限,而独及此人乎?且虽气质近古,以绳准律之,殆百孔千疮,而谓专当取法,过矣。"仅仅抓住文法、修辞上的某些纰缪,就据以贬低《史记》的伟大成就,显然是错误的。

论赵翼的《瓯北诗话》

一

从公安派到叶燮,无数作家进行的反复古主义斗争,可以说把以"前后七子"为代表的"古人之优孟"抨击得体无完肤。但是文学领域里的"复古"是有其社会原因的。高高在上的封建文人,由于脱离文学的"唯一源泉"社会生活而进行写作,本来很容易走上摹拟古人的道路。何况清代的统治者,为了巩固其封建统治,尽可能地利用古代的一切文化"遗产",从各方面来强化它的封建的上层建筑;适应这种要求,在封建统治阶级的文人中,自然要不断出现新的优孟。康熙时主盟诗坛的王士禛,虽不赞成"前后七子"的某些论点,但仍然是"拟古",所不同的只是模仿另一些古人——王、孟、韦、柳,而且打扮得比较漂亮,所以有人管他叫"清秀李于鳞"①。乾隆时主盟诗坛的沈德潜,一反他老师叶燮的主张,公然赞扬"前后七子",提倡为统治阶级服务的"诗教"。他当然也是优孟,不过扮演的是忠臣孝子之类的角色罢了。

有人复古,也就有人反对复古。继叶燮之后,在诗歌方面进行反复古主义斗争的代表人物,首推袁枚,其次便是赵翼。

赵翼(1727—1814)是和袁枚齐名的诗人(合蒋士铨,称"乾隆三大

---

① 吴乔语,见《答万季埜诗问》。李于鳞即"后七子"的领袖之一李攀龙。

家")。他在诗歌理论批评上的突出特点是：反对"荣古虐今"，强调"争新""独创"。先看他的三首《论诗》绝句：

> 满眼生机转化钧，天工人巧日争新。预支五百年新意，到了千年又觉陈。

> 李杜诗篇万口传，至今已觉不新鲜。江山代有才人出，各领风骚数百年。

> 词客争新角短长，迭开风气递登场。自身已有初中晚，安得千秋尚汉唐！

创造的机器在不停地转动，"天工"日日"争新"，"人巧"也日日"争新"，每天都涌现出无数新事物。诗人即使"预支五百年新意"，到了"五百年"以后，其作品也不免陈旧。"李杜诗篇万口传，至今已觉不新鲜"，正是这个道理。所以诗歌创作的关键不是"复古"，而是"争新"。不要说整个文学发展史，即就唐代诗歌本身来看，中期不同于初期，晚期又不同于中期，怎能把汉唐诗歌奉为典范，一味摹拟呢？

这几首诗表现了一定的发展观点和追求创造的精神。这种发展观点和追求创造的精神，也反映在他的诗歌理论批评著作《瓯北诗话》中。

先就体裁看，李白、杜甫、韩愈、白居易、苏轼各一卷，陆游两卷，元好问、高启共一卷，吴伟业、查慎行各一卷。其中不但有宋元明的诗人，而且有清初的诗人。这正体现了他的发展观点，与"文必秦汉，诗必盛唐""劝人不读唐以后书"的复古派迥不相同。特别把只比他早几十年的查慎行和李、杜等相提并论，是相当大胆的。看看这一段话：

> 梅村后欲举一家，列唐、宋诸公之后者，实难其人。惟查初白才气开展，工力纯熟，鄙意欲以继诸贤之后，而闻者已掩口胡卢。不知诗有真本领，未可以荣古虐今之见，轻为訾议也。

这种勇于和"荣古虐今"的保守派宣战的精神,是值得称道的。

就对诸家的评论看,也多从"创造"着眼。他的论点是:"必创前古所未有,而后可以传世。"所以论李白,则突出其反对建安以来"绮丽不足珍"的诗风,"不屑束缚于格律对偶,与雕绘者争长"。论杜甫,则强调其"为前人所无"的"独创句法"等等。论韩愈,则在指出"昌黎时李、杜已在前,纵极力变化,终不能再辟一径,惟少陵奇险处尚有可推广,故一眼觑定,欲从此辟山开道,自成一家"之后,又研究了各种"创体""创格"和"创句"。论白居易、苏轼等,都就其"独创"之处,作了着重的分析。

也许由于过分强调各家的"独创",以至他在形式方面着眼较多,而且把有形式主义倾向、甚至完全是形式主义的东西,如韩、孟的长篇联句,元、白的长篇次韵,乃至苏轼的口吃诗,黄庭坚的二十八宿诗等,也作为"创体""创格",在不同程度上肯定下来了。不过从主要方面看,赵翼还是重视内容的。他评论各家,也注意了内容方面的"创";在谈形式方面的"创"时,也批判了某些形式主义倾向。如论陆游,特指出其"以一筹莫展之身,存一饭不忘之谊,举凡边关风景、敌国传闻,悉入于诗……或大声疾呼,或长言永叹。命意既有关系,出语自觉沉雄"。论元好问,特指出其"生长云朔……本多豪健英杰之气,又值金源亡国,以宗社丘墟之感,发为慷慨悲歌,有不求工而自工者"。论吴伟业,特指出"身阅鼎革,其所咏多有关于时事之大者……事本易传,则诗亦易传"。论查慎行,特指出其"少年随黔抚杨雍建南行……兵戈杀戮之惨,民苗流离之状,皆所目击,故出手即带慷慨沉雄之气,不落小家"。这都是从内容方面说明各家的"独创"性的。

正因为他的评论未脱离内容,所以对各家的评价,就与偏重形式的论客们不同。例如,过去有不少人认为韩、孟胜过元、白,而且用"轻俗"二字,贬低元、白的成就。赵翼则说:"韩、孟尚奇警,务言人所不敢言;元、白尚坦易,务言人所共欲言。试平心论之……奇警者犹第在词句间争难斗险,使人荡心骇目,不敢逼视,而意味或少焉。坦易者多触景生情,因事起意,眼前景、口头语,自能沁人心脾,耐人咀嚼。此元、白较胜于韩、孟,世徒以轻俗訾之,此不知诗者也。"自江西诗派流行后,不少人把黄庭坚捧在苏轼之上。赵翼却提出相反的意见:"东坡随物赋形,信笔挥洒,不拘一格,故虽澜翻不穷,而不见有矜心作意之处。山谷则专以拗峭避俗,不肯作一寻常语,而无从容游泳之趣。且东坡使事处,随其意之所之,自有书卷供其驱驾,故无捃摭痕迹。山谷则书卷比东坡更多数倍,几于无一字无来历;然专以选材庀料为主,宁不工而不肯不典,宁不切而不肯不奥,故往往意为词累,而性情反为所掩。"过去的不少评论家,"震于东坡之名,往往谓苏胜于陆"。赵翼则认为"陆实胜苏"。理由是:苏轼自乌台诗案后,"不复敢论天下事",所以"徒令读者见其诗外尚有事在而已"。陆游恰恰相反:当宋室南渡,统治者苟安一隅,"讳言用兵",而"士大夫新亭之泣,固未已也"的时代,他"转以诗外之事,尽入诗中"。

正由于他较重视内容,所以对某些诗人的优缺点也看得比较清楚。如对韩愈,他既看出欲从奇险处辟山开道的特点,也指出《南山》《征蜀》《陆浑山火》等诗"徒聱牙辖舌,而实无意义"。并认为"昌黎自有本色,仍在文从字顺中自然雄厚博大,不可捉摸,不专以奇险见长。……若徒以奇险求昌黎,转失之矣"。对于白居易,则认为古体优于律诗,并分析说:"香山主于用意。用意,则属对排偶,转不能纵横如意;而出之以古诗,则惟意之所之,辨才无碍。……工夫又锻炼至洁,看是平易,其实精纯……此古体所以独绝也。"对于陆游,一般人只欣赏其律诗。赵翼则既肯定其律诗的卓越成就,又认为"古体之工力更胜于近体",因为其古体"才气豪健,议论开阔。……看似华藻,实则雅洁;看似奔放,实则谨严"。对元好问,则指出"修饰词句,本非所长,而专以用意为主。意之所在,上者可以惊心动魄,次亦沁人心脾"。对许多诗人堆垛词藻、用典不当、语言晦涩难解等由于片面追求形式而产生的缺点,也都作了批判。

综合对各家的评论,可以看出他在内容和形式两方面都强调"创造",反对"拾人牙后,人云亦云",或"抱柱守株,不敢逾限一步"(卷五)。在内容和形式二者之中,又是主张以内容为主的。他所谓"争新",首先是"预支五百年新意",所以在谈形式方面的"创"时,虽然不适当地肯定了某些形式主义的东西,但在更多的地方,还是以有助于或有损于"意"的表达为标准,来衡量形式的好或坏的。不妨再引几段:

> 诗家好作奇句警语,必千锤百炼而后能成。如李长吉"石破天惊逗秋雨",虽险而无意义,只觉无理取闹。(卷一)

> 盘空硬语,须有精思结撰。若徒持撼奇字,诘曲其词,务为不可读以骇人耳目,此非真警策也。(卷三)

> 梅村好用词藻,不免为词所累。(卷九)

赵翼是赞成"平易近人"风格的。有人由于陆游的古体诗"平易近人",便"疑其少炼",他批驳道:"所谓炼者,不在乎奇险诘曲,惊人耳目,而在乎言简意深,一语胜人千百。……放翁工夫精到,出语自然老洁。他人数言不能了者,只用一二语了之。此其炼在句前,不在句下,观者并不见其炼之迹,乃真炼之至矣。"既要"言简意深",又要"平易近人",这就是他对"炼"的要求。这样的"炼",是和"第在字句间争难斗险"的形式主义的"炼"根本不同的。

赵翼有这样一首论诗绝句:

> 只眼须凭自主张,纷纷艺苑漫雌黄。矮人看戏何曾见,都是随人说短长。

从上面谈到的若干"主张"看,他确实比当时的"矮人"高一头。但也只能说比当时的"矮人"高一头。由于受历史的局限,他的"只眼"不可能洞察问题的本质。因此他那些有进步性的"主张",又往往是和封建糟粕联结在一起的。关于这一点,将在后面(第三部分)进行分析和批判。

二

赵翼长于历史考证之学(著有《廿二史札记》《陔余丛考》等),这表现在《瓯北诗话》中,形成几个特点:

第一,名叫"诗话",却用不少篇幅,替陆游写年谱。

第二,根据诗人经历,或多或少地联系历史环境,考查其思想和创作的发展道路。如论陆游,他指出陆游诗凡三变:"宗派本出于杜;中年以后,则益自出机杼,尽其才而后止。……自从戎巴蜀而境界又一变。及乎晚年,则又造平淡,并从前求工见好之意亦尽消除。……此又诗之一变也。"其中对陆游思想和创作的发展道路的叙述、分析,颇有独到之处,值得参考。遗憾的是这样的叙述分析并不多。

第三,对和许多诗有关的诗人经历、历史事件等等,作了考证,并纠正了某些注本的错误,有参考价值。这一部分所占比重最大。

第四,从诗中找史料。如用杜诗证明"古人作画多在素壁",用白诗证明"今人爱陈酒,古人则爱新酒",乃至搜罗白居易记历官俸禄、品服的许多诗句,认为可抵职官志、食货志和舆服志。这虽可资参考,但于论诗究无多大意义。

三

赵翼是封建统治阶级的文人,很受清代统治者重视,在政治和军事上都曾"效犬马之劳",他的世界观中的进步因素毕竟是有限的。因此,他的"诗话"虽有上述可取之处,但其中的封建性糟粕却很不少。

最严重的是,论李白,对从永王璘一事,诋毁备至,对李白指斥统治者丑行的诗,竟诬为"诽谤",断为"伪作"。论皮日休,对表彰孟子,则称赞其"有功于道学甚巨",而对他参加黄巢起义,则诋为"从贼",责其"失节"。论吴伟业部分,有诬蔑李自成、张献忠、牛金星等农民起义领袖及为清代统治者张目的说法,更不一而足。这些都突出地表现了他维护封建统治的立场。

其次,论李白,称其"如富贵人,终不作寒乞语"。论白居易,竟从"出身贫寒"得出"易于知足""所志有限"和"贫儒骤富,露出措大本色"的荒谬结论。这又暴露了他的封建贵族老爷鄙视劳苦群众(尽管白居易并非劳苦群众)的思想感情。

由于鄙视人民,所以未提白居易反映民间疾苦、揭露政治黑暗的前期诗篇,却赞扬他描写富贵豪华生活、表现"知足保和"思想的后期作品。

也由于鄙视人民,所以尽管一再称赞"坦易""平易近人""明白如话"的风格,却又认为人民语言"俚俗"不堪入诗。不仅用"专以俚言俗语阑入诗中"的罪名一笔抹杀了杨万里,而且拈出陆游用了"俚言俗语"的某些诗句,詈为"下劣诗魔"。

他强调"争新",主张"创前古所未有",这自然比复古主义者强得多。可是为什么要"创前古所未有"呢?他的回答却是"才人好名"。不特诗歌创作,他认为"东坡所至必有营造,斯固其利物济人之念,得为即为之;要亦好名之心,欲藉胜迹以传于后。韩魏公作相州堂,欧阳公作平山堂,均此志也"。他把"好名"说成在文学上创新和在其他方面做好事的唯一动力,当然表现了他的阶级局限性。

叶燮在《原诗》中曾尖锐地揭露过名利思想对诗歌创作的危害性,甚至发出"诗之亡也,亡于好名……亡于好利"的呼声。继叶燮之后反对复古的赵翼,却把名利看作推进诗歌发展的"动力",相形之下,便暴露了他醉心功名富贵的庸俗思想。

在吸取《瓯北诗话》中的进步内容的时候,对于这些封建性的糟粕,也应该严加批判。

(1961年春脱稿。原载《〈瓯北诗话〉校点》,人民文学出版社1963年版)

叶燮的诗歌理论及其影响

清初叶燮①的《原诗》,是一部推究诗歌创作本原、以反对复古主义为主要内容的诗歌理论批评著作。

在我国古代文学发展史上,"复古"的口号有时含有进步因素,有时则是落后的。例如韩愈、欧阳修等人提倡古文,名义上是"复古",实际上有反对当时形式主义文风、进行文体革新的一面,因而有一定的进步因素(他们在阐扬"文"与"道"的关系时,当然散播了许多封建糟粕)。和这相对立的是"今不如古"论者的"复古"。历来的"今不如古"论者,如葛洪所批评,叨叨不休地说什么"今山不及古山之高,今海不及古海之深,今日不及古日之热,今月不及古月之朗"②。于是乎在政治上要"复古",在文学创作上也跟着要"复古"。他们不是以"复古"为革新,而是企图拖着历史的尾巴向后拉。这自然是落后的。

在明初大官僚阶层的"台阁体"诗文风行,统治者又用八股取士的时候,以李梦阳、何景明为首的"前七子"提出"文必秦汉,诗五言古必建安、黄初,其余各体必初盛唐"的口号,从而打击了形式主义的"台阁

---

① 叶燮(1627—1703),字星期,号己畦,浙江嘉兴人。康熙十四年,选江苏宝应县知县,因耿直不合上官意,借故落职,于是纵游名山大川。晚年定居吴县的横山,人称横山先生。《清史列传》卷七十有传,所著有《己畦文集》十卷,《己畦诗集》十卷,《原诗》四卷。他的同时代人对《原诗》评价很高,如林云铭说:"《原诗》内外篇四卷,直抉古今作诗本领,而痛扫后世各持所见以论诗流弊。娓娓雄辩,摩不高蹑绝顶,颠扑不破。"(《己畦集》本《原诗叙》)沈懋惪说:"自有诗以来,求其尽一代之人,取古人之诗之气体声辞篇章字句,节节摩仿而不容纤毫自致其性情,盖未有如前明者。国初诸老,尚多沿袭。独横山起而力破之,作《原诗》内外篇,尽扫古今盛衰正变之肤说,而极论不可明言之理与不可明言之情与事,必欲自具胸襟,不徒求诸诗之中而止。"(《昭代丛书》本《原诗》跋)

② 葛洪《抱朴子·外篇·尚博》。

体"及八股文,这是应该肯定的。他们的艺术见解和文艺创作,其中也有可取的东西,不能全盘否定。但他们提倡的"复古"却是名副其实的"复古",更准确地说,是"拟古"。李梦阳就公然说:"夫文与字一也。今人摹临古帖,即太似不嫌,反曰能书;何独至于文而欲自立门户耶?"①于是便教人像小学生临帖似地临摹秦汉散文,临摹建安、黄初及初盛唐的诗。以李攀龙、王世贞为首的"后七子"更发展了这种倾向,复古主义的文风风靡一代。公安派、竟陵派及其他作家,虽进行了激烈的斗争,但一直没有取得根本性的胜利,而他们(特别是竟陵派)反复古主义的理论及实践,也包含着不少错误的东西。叶燮的《原诗》,主要是针对这些情况而写的。

一开始,叶燮即提出前后七子"五言必建安、黄初,其余诸体必唐之初盛而后可",并劝人"不读唐以后书"的复古谬论及其恶劣影响,树立了对立面,然后进行批判。

复古派的主要作家都知"正"而不知"变",甚至反对"变"。叶燮则肯定诗的"变"乃是正常的发展。诗不能不"变",这是公安派说过的,更早的某些理论家也说过的。追随"后七子"的胡应麟,甚至在"变"的理论上建立他的复古论②。因此,仅仅肯定"变"还不能攻破复古派的顽固堡垒。叶燮的贡献在于他进一步接触到"变"的某些内容,即比较正确地阐述了"沿"和"革"、"因"和"创"的关系,从而否定了复古派只要"正"、不准"变",只许沿袭、不容创造的谬论。他指出:如果没有创造,沿袭既久,则"正"必流于衰;有了创造,就可以变衰为盛。因此,他肯定地说:"诗之为道,未尝一日不相续相禅而或息者也。"而"相续相禅"的总的趋势是"踵事增华",后来居上,所以,他认为前后七子的复古理论根本不能成立。比如他们主张五言古诗学苏李,学《十九首》,学建安、黄初,然而,"苏李五言与无名氏之《十九首》,至建安、黄初,作者既已增华矣,如必取法乎初,当以苏李与《十九首》为宗,则亦吐弃建

---

① 《李空同全集》卷六十一《再与何氏书》。
② 胡应麟在《诗薮》中说:"《三百篇》降而《骚》,《骚》降而汉,汉降而魏,魏降而六朝,六朝降而唐,""变"是"变"了,"却越变"越坏,所以"取法欲远"。

安、黄初之诗可也",为什么还要取法建安、黄初呢？他们主张其余各体诗以初盛唐为典范,也同样说不通。

叶燮既然看出诗歌之所以"踵事增华,因时递变",主要由于"创",那么,他自然要反对"拟古",强调创造。但他并不是只要"创"而不要"因"。他抨击前后七子的复古谬论,也不同意某些反复古主义者的"偏畸之私说"。所谓"偏畸之私说",即针对复古谬论"逆而反之"："推崇宋元者菲薄唐人,节取中晚者遗置汉魏。"他认为前者（复古派）是"执其源而遗其流",后者是"得其流而弃其源",其根本错误都在于不懂得"孰为沿为革,孰为创为因"。他说："夫自《三百篇》而下,三千余年之作者,其间节节相生,如环之不断,如四时之序,衰旺相循而生物,而成物,息息不停,无可或间也。吾前言踵事增华,因时递变,此之谓也。……夫惟前者启之,而后者承之而益之；前者'创'之,而后者'因'之而广大之。使前者未有是言,则后者亦能如前者之初有是言；前者已有是言,则后者乃能因前者之言而另为他言。总之,后人无前人,何以有其端绪,前人无后人,何以竟其引伸乎！……由是言之：诗自《三百篇》以至于今,此中终始相承相成之故,乃豁然明矣。岂可以臆划而妄断者哉！"可以看出,他强调"创",又不忽视"因"。没有"因"固然也可以"创",但有了"因","创"就可以达到更高的水平。诗歌发展的历史是"相承相成",不容"臆划妄断"的。

当然,过去的理论家,不管有多么卓越的见解,由于不可能唯物辩证地看问题,其议论总有不可避免的局限性。叶燮在谈诗歌的"正""变"问题时,没有（也不可能）紧紧地抓住诗歌发展的社会原因,没有（也不可能）尖锐地揭示两种倾向的斗争及其政治内容,而是主要从诗歌发展本身的"正有渐衰,变能启盛"的某些现象出发的,所以终于得出了这样的结论："就一时而论,有盛必有衰,综千古而论,则盛而必至于衰,又必自衰而复盛。"从而掉进"诗之源流本末正变盛衰互为循环"的历史"循环论"的泥坑里去了。和这相联系,在谈诗歌的"因"和"创"——继承和创造问题时,也只能提出重视创造而又不忽视继承的一般原则,不可能进一步阐明继承什么与如何继承。

但在他的议论中,毕竟含有某些发展的观点,毕竟反对了因袭,强调了创造,毕竟用"踵事增华"的事实反对了"今不如古"论,用"后人无前人,何以有其端绪,前人无后人,何以竟其引伸"的论点,批判了"执其源而遗其流"和"得其流而弃其源"的两种错误倾向,这都是值得我们重视的。

"因"和"创"的关系问题是重要的,但要解决这个问题,还必须同时解决一个根本性的问题:诗歌反映什么?如何反映?

"前后七子"认为"诗本性情之发",公安派、竟陵派主张"独抒性灵"。"性情""性灵",都是主观的东西。所以复古派与反复古派在诗歌反映什么的问题上,并没有根本分歧,分歧主要表现在如何反映的问题上:前者模拟古人,学古之法;后者反对模拟,"不拘格套"。叶燮与此不同,他认为诗不单纯是"性情之发"或"独抒性灵",而是要表现客观现实中的理、事、情。要认识和表现客观现实中的理、事、情,就得有一定的主观条件:识、才、胆、力。他说:

> 曰理、曰事、曰情,此三言者足以穷尽万有之变态。凡形形色色,音声状貌,举不能越乎此。此举在物者而为言,而无一物之或能去此者也。曰才、曰胆、曰识、曰力,此四言者所以穷尽此心之神明。凡形形色色,音声状貌,无不待于此而为之发宣昭著。此举在我者而为言,而无一不如此心以出之者也。以在我之四,衡在物之三,合而为作者之文章。大之经纬天地,细而一动一植,咏叹讴吟,俱不能离是而为言者矣。

在识、才、胆、力四者之中,他指出"识"是主要的,其余都是从属的。"识为体而才为用","识明则胆张"。相反,如果没有"识",则"三者俱无所托"。识、才、胆、力,又是用来扩充"志"的。他认为"志高则其言洁,志大则其辞宏,志远则其旨永。如是者,其诗必传,正不必斤斤争工拙于一字一句之间"。这些见解,都是比较通达的。

长期以来,"诗以道性情"的观点具有支配力量。诗当然要"道性情",但要通过反映现实"道性情"。笼统地讲"诗以道性情",就有可能导向唯心主义。南宋的严羽,就走向了唯心主义,他公然宣称"诗有别趣,非关理也",教人作诗"不涉理路,不落言筌",不发议论,只能"吟咏性情"。严羽的主张影响很大,和叶燮同时的王士禛(渔洋),就发展了严氏的唯心主义诗论而提出"神韵"说。反复古主义的公安派、竟陵派所强调的"独抒性灵",也是唯心主义的。针对这些论点,叶燮明确地提出表现客观的理、事、情,批判了诗中不能发议论及"理与事于诗之义未为切要"等谬论,指出"情必依乎理",从事诗歌创作的人首先应从"格物穷理"入手,才有可能写出好诗。

　　同样是唯心观点,但正统派的"诗以道性情"又与公安派、竟陵派的"独抒性灵"不同。公安派、竟陵派所说的"性灵",指诗人自己的"真性灵",即李贽所说的"童心",在当时有反封建传统的进步意义。正统派所说的"性情",其实是符合封建统治阶级要求的性情①。以"前后七子"为代表的复古派,也是正统派。明白这一点,则他们既主张"诗本性情之发",为什么又一字一句地摹拟古人的问题,就不难理解了。原来他们认为古代的某些诗,是表现了"温柔敦厚""忠厚和平"的"性情"的,因而必须以它们为典范从事摹拟,才能得"性情之正"。叶燮也驳斥了这一点。当有人以"温柔敦厚,诗教也。汉魏去古未远,此意犹存,后此者不及也"为理由替复古主义辩护时,他指出:"温柔敦厚之旨,亦在作者神而明之。如必执而泥之,则《巷伯》'投畀'之章,亦难合于斯言矣。"如果说在这里他对替封建统治阶级服务的神圣不可侵犯的"诗教"还不敢明目张胆地否定,采用了迂回战术,那么,下面的一段

---

① 如明末清初的黄宗羲(梨洲)在《马雪航诗序》中说:"诗以道性情,夫人而能言之。然自古以来,诗之美者多矣,而知性者何其少也! 盖有一时之性情,有万古之性情。夫吴歈越唱,怨女逐臣,触景感物,言乎其所不得不言,此一时之性情也。孔子删之以合乎'兴观群怨'、'思无邪'之旨,此万古之性情也。吾人诵法孔子,苟其言诗,亦必以孔子之性情为性情,如徒逐逐于怨女逐臣,逮其天机之自露,则一偏一曲,其为性情亦末矣。故言诗者不可以不知性。"黄氏以前的鹿善继在《俭持堂诗序》中说:"诗之亡,亡于离纲常言性情。"这都是典型的封建正统观点。以前,以"后七子"为代表的复古派所说的"性情",也正是"孔子之性情",不离"纲常"的"性情"。这从李梦阳的《叙九日宴集》《与徐氏论文书》等文章中可以看得出来。

话,就讲得相当大胆:

> 大抵近时诗人,其过有二:其一奉老生之常谈,袭古来所云忠厚和平、浑朴典雅、陈陈皮肤之语,以为正始在是,元音复振,动以道性情、托比兴为言。其诗也,非庸则腐,非腐则俚。其人且复鼻孔撩天,摇唇振履,面目与心胸,殆无处可以位置。此真虎豹之鞟耳。

如何反映的问题是和反映什么的问题密切联系的。在"如何反映"的问题上,叶燮批驳了"多读古人之诗而求工于诗"的说法。他认为"欲其诗之工而可传",不能"就诗以求诗",而必须从"格物"入手,使自己具有卓越的识、才、胆、力,从而去认识和反映客观世界的事、理、情。即就"读古人之诗"说,如果"无识","即历代之诗陈于前",也不知"何所抉择,何所适从","既不能知古来作者之意,并不能知何所兴感触发而为诗"。结果呢?"人言是,则是之;人言非,则非之。……有人曰:'诗必学汉魏,学盛唐。'彼亦曰:'学汉魏,学盛唐。'从而然之。而学汉魏与盛唐所以然之故,彼不能知,不能言也。"更进一步,他批驳了复古派片面强调诗法、诗律的形式主义理论。诗既然要表现客观的理、事、情,而客观现实又是不断发展变化的,那就无所谓"定法"。"先揆乎其理;揆之于理而不谬,则理得。次徵诸事;徵之于事而不悖,则事得。终絜诸情;絜之于情而可通,则情得。……三者得,则胸中通达无阻,出而敷为辞,则夫子所云'辞达'。'达'者,通也。通乎理、通乎事、通乎情之谓。而必泥乎法,则反有所不通矣。辞且不通,法更于何有乎!"

叶燮始终从反映什么的角度谈论如何反映的问题。他强调"诗无定法",并不是否定"平平仄仄之拈",也不是压根儿不讲"句法""章法"(他自己就分析了杜甫《丹青引》的章法),而是反对用死硬的模式去套丰富多彩、变化万端的客观现实。为了说明这个问题,他举了个生动的例子:

泰山之云，起于肤寸，不崇朝而遍天下。吾尝居泰山之下者半载，熟悉云之情状：或起于肤寸，滃沦六合，或诸峰竞出，升顶即灭，或连阴数月，或食时即散，或黑如漆，或白如雪，或大如鹏翼，或乱如散鬈，或块然垂天，后无继者，或联绵纤微，相续不绝，又忽而黑云兴，土人以法占之，曰"将雨"，竟不雨，又晴云出，法占者曰"将晴"，乃竟雨。云之态以万计，无一同也。以至云之色相、云之性情，无一同也。云或有时归，或有时竟一去不归，或有时全归，或有时半归，无一同也。此天地自然之文，至工也。若以法绳天地之文，则泰山之将出云也，必先聚云族而谋之曰：吾将出云而为天地之文矣，先之以某云，继之以某云，以某云为起，以某云为伏，以某云为照应、为波澜，以某云为逆入，以某云为空翻，以某云为开，以某云为阖，以某云为掉尾。如是以出之，如是以归之，一一使无爽，而天地之文成焉。无乃天地之劳于有泰山，泰山且劳于有是云，而出云且无日矣。

在这里，叶氏以泰山出云为喻，阐明了一个接近反映论的进步观点："天地有自然之文章，随我之所触而发宣之，必有克肖其自然者，为至文以立极。……识明则胆张，任其发宣而无所于怯，横说竖说，左宜而右宜，直造化在手，无有一之不肖乎物也。"他认为"文章者，所以表天地万物之情状也"，因而必须"肖乎物"，必须"克肖其自然"。而"天地万物之情状"是无限丰富多彩的，要"肖乎物"、即真实地表现无限丰富多彩的"天地万物之情状"，怎能有"定法"！怎能用几个现成的框框去硬套！

叶氏不仅从唯物的观点、从文章表现天地万物的"理、事、情"的观点出发，论证了文艺创作不能"拘泥成法"，而且从发展的观点、从"古今世运气数，递变迁以相禅……无事无物不然"的观点出发，论证了文艺创作不能"沿袭摹拟"。当有人以"古帝王治天下，必曰'大经大法'"为理由来质问他的时候，他虽然不得不后退一步，作几句官样文章，但接着又坚持他的论点，明确指出："古今时会不同，即政令尚有因时而变通之,若胶固不变,则新莽之行周礼矣。奈何风雅一道,而蹈其谬戾哉!"这些议论,不仅是相当通达的,而且是相当大胆的。

叶氏反对"拘泥成法""效颦效步",主张"克肖自然",用作家的"识、才、胆、力"真实地表现万事万物的"理、事、情",其必然的结论是肯定文艺的时代风格和作家的个人风格,肯定艺术风格的多样性。他指出:汉魏诗的风格是"浑朴古雅",六朝诗的风格是"藻丽秾纤,澹远韶秀",各有特点。又指出:杜甫的诗,"随所遇之人之境之事之物,无处不发其思君王、忧祸乱、悲时日、念友朋、吊古人、怀远道,凡欢愉、幽愁、离合、今昔之感,一一触类而起,因遇得题,因题达情,因情敷句,皆因甫有其胸襟以为基","此杜甫之面目也";韩愈、苏轼以及"此外诸大家,虽所就各有差别,而面目无不于诗见之"。正因为不同时代的诗歌有不同的时代风格,各个诗人又有独特的个人风格,所以一部诗歌发展史,才显得"尽态极妍,争新竞异,千状万态"而不是"优孟衣冠""依样葫芦""千人一面"。对于那些"寄人篱下,窃其唾余",甚至"全窃其面目"的所谓"诗人",他斥之为"土偶",表示了极大的轻蔑。

在阐发诗歌反映什么与如何反映的问题时,叶氏接触到文艺的形象思维特点。

南宋的严羽在《沧浪诗话》里涉及形象思维问题,但强调"别材""别趣""不涉理路",有脱离现实、否定形象思维的理性活动的倾向。叶燮则不然。当有人针对他"以理、事二者与情同律乎诗"的主张,提出"理与事似于诗之义未为切要"的疑问时,他回答说:"子但知可言可执之理之为理,而抑知名言所绝之理之为至理乎?子但知有是事之为事,而抑知无是事之为凡事之所出乎?可言之理,人人能言之,又安在诗人之言之!可征之事,人人能述之,又安在诗人之述之!必有不可言之理,不可述之事,遇之于默会意象之表,而理与事无不灿然于前者也。"他举出杜甫的"碧瓦初寒外""月傍九霄多""晨钟云外湿""高城秋自落"等诗句"逐字论之",说明作者怎样做到了"虚实相成,有无互立,取之当前而自得,其理昭然,其事然"。他指出杜甫的这些诗句,"若以俗儒之眼观之,以言乎理,理于何通?以言乎事,事于何有?所谓言语道断,思维路绝,然其中之理,至虚而实,至渺而近,灼然心目之间,殆如鸢飞鱼跃之昭著也。理既昭矣,尚得无其事乎?"

叶氏还举了"蜀道之难,难于上青天""似将海水添宫漏""春风不度玉门关""天若有情天亦老""玉颜不及寒鸦色"等唐人诗句,指出:

> 要之作诗者,实写理事情,可以言言,可以解解,即为俗儒之作。惟不可名言之理,不可施见之事,不可径达之情,则幽渺以为理,想象以为事,惝恍以为情,方为理至事至情至之语。

由于受历史条件的局限,叶燮不可能对形象思维作完全准确的论述,他所用的一些语言,也给人以神秘主义的感觉。但仔细分析,就可以看出,他的主要意思是:诗要"肖物",要反映万事万物的"理事情",但又不是机械的、照相式的反映,而是有概括,有虚构,有夸张,有想象。因此,诗歌作品里的"理事情"是"虚实相成,有无互立"的,不同于现实生活中的理、事、情。试从"似将海水添宫漏,共滴长门一夜长"两句诗来看,在现实生活中,既没有"将海水添宫漏"的事,"长门"的夜,也并不比"长门"外面的"夜"长。这就是"虚",就是"无"。然而,"水添宫漏",这是实有其事的,长门宫人听着滴不完的宫漏,嫌夜太长,这也是实有其理,实有其事,实有其情的。这就是"实",就是"有"。诗人驰骋联想和想象,用"比兴"的方法,把"虚""实""有""无"联系起来,就构成了"虚实相成,有无互立"的艺术境界,有力地表现了"宫怨"之理、"宫怨"之事、"宫怨"之情。而那两句诗,也确如叶氏所说,是"理至事至情至之语"。他所举的其他例句,也有类似的特点。由此可以看出,叶燮已经说明了形象思维的一些特点,并接触到艺术真实和生活真实的相互关系的问题。

在诗歌反映什么与如何反映的问题上,叶燮提出了不少进步的意见,批判了不少错误的论点,的确是难能可贵的。当然,他对这些问题的认识,不能不受历史的局限。比如他强调诗歌要表现"天地万物"的理、事、情,这是唯物的,然而究竟太宽泛。比他早得多的白居易,就已经提出了"惟歌生民病"的口号。他没有接过这个口号而加以发展,无论如何是个缺陷。在评价前人创作的时候,也不能始终坚持唯物观点。例如他对陶诗评价很高,但理由却是:"陶渊明胸次浩然,吐弃人间一切,故其诗俱不从人间得。"这又陷入了唯心主义的泥坑。

以上所谈的是《原诗》的主要内容。围绕主要内容,叶燮针对以前特别是当时诗歌理论、诗歌创作的实际情况,还发表了许多意见,其中有一些较有价值。例如他举了"生死""高卑""长短""远近""香臭""明暗"等一系列"二者于义为对待"的事物加以论证,阐明了诗的"陈熟"与"生新"的关系问题,指出"不可一偏,必二者相济,于陈中见新,生中得熟,方全其美",很有辩证观点。又如他从肉附于骨、文托于质的观点出发,论述了诗的"体格""声调""苍老""波澜"问题,指出:"彼诗家之体格、声调、苍老、波澜,为规则,为能事,固然矣,然必其人具有诗之性情、诗之才调、诗之胸怀、诗之见解以为其质。如赋形之有骨焉,而以诸法传而出之。""必先从事于'格物'而以识充其才,则质具而骨立,而以诸家之论优游以文之,则无不得,而免于皮相之讥矣。"这又符合内容决定形式的原则。其他如在诗歌理论方面肯定了刘勰、钟嵘等人的某些可取的见解,批判了严羽、刘辰翁、高棅等人的某些错误,在诗歌创作方面严厉地抨击了"好名"的恶劣风气,揭露了名利思想对诗歌的危害。这些意见也是值得重视的。

《原诗》的命名,标明了叶燮的著书宗旨。他不是"就诗以论诗",而是力图推究诗歌创作的本原,解决诗歌创作的根本性问题。在如何对待诗歌遗产的问题上,他反对复古摹拟,主张革新创造,要求从诗歌发展的实际出发,辨明"孰为沿为革,孰为创为因,孰为流弊而衰,孰以救衰而盛"从而吸取经验教训。在诗歌反映什么与如何反映的问题上,他反复论述了诗人应该具备的主客观条件,强调从"格物"入手,以探究万事万物的理、事、情,以扩充自己的识、才、胆、力,反对"泥于成法",要求在"表天地万物之情状"的基础上体现自己的"面目",建立自己的艺术风格。……总起来看,《原诗》尽管有不可避免的局限性,但它对许多问题的阐述都超越前人,是在复古与反复古的长期斗争中吸取和改造了前人的、特别是公安派的某些进步理论而加以发展的有较高成就的诗论专著。它的内容富有民主性、战斗性和系统性。适应内容要求的形式也比较新颖。特别是《内篇》突破了北宋以来盛行的一枝一节谈论诗歌问题的"诗话"体裁,以矫健的文笔,发表长篇大论,正反交错,波澜起伏,纵横驰骋,所向无前。真有"以文为战,进无坚城,退无横阵"的气势。《四库全书总目提要》非难它"虽极纵横博辩之致,是作论之体,非评诗之体",却正说明了它的独创性。在这一点上,叶燮也贯彻了他的"不随古人脚跟""自我作古"的主张。

叶燮有两个学生,一个是薛雪①,一个是沈德潜②。

薛雪的《一瓢诗话》,在许多问题上阐发了老师的见解。

叶燮以杜甫、王羲之为例,说明诗人的胸襟是"诗之基"。薛雪在复述的基础上略有发挥,认为"具得胸襟,人品必高。人品既高,其一謦一欬,一挥一洒,必有过人之处"。

叶燮指出,作诗"必先有所触以兴起",薛雪以自己"作'九秋'诗,因大有触发,遂多创获"的创作实践来证明"先生之言不虚"。又发挥说:"无所触发,摇笔便吟,村学究、幕宾之流耳,何所取裁?"又说:"非痛而呻,乃大不祥。"

叶燮主张诗人必须有自己的面目,独树一帜,反对摹拟剽窃,寄人篱下。薛雪反复发挥了这些论点。如说:"学诗须有才思,有学力,尤要有志气,方能卓然自立,与古人抗衡。若一步一趋,描写古人,已属寄人篱下。何况学汉魏,则拾汉魏之唾余;学唐宋,则啜唐宋之残膏,非无才思学力,直自无志气耳。"又说:"不落窠臼,始能一超直入。""拟古二字,误尽天下苍生。"他还讲了自己怎样在实践中贯彻这些主张。

---

① 薛雪(1681—1763?),字生白,号一瓢,苏州人。举博学鸿词,不就,工书画,精医学。著有《周易粹义》《医经原旨》《一瓢斋诗存》《一瓢诗话》,编选《唐人小律花雨集》等。

② 沈德潜(1673—1769?),字确士,号归愚,长洲人。乾隆进士,官内阁学士、礼部侍郎。著有《归愚诗文钞》《说诗晬语》,编有《古诗源》《唐诗别裁》等。

>范德机云:"吾平生作诗,稿成读之,不似古人,即焚去。"余则不然,作诗稿成读之,觉似古人,即焚去。

叶燮提倡艺术风格的多样化,这在《一瓢诗话》中有较多的阐发。如说:"作诗家数不必划一,但求合律,便可造进。譬如作乐,八音迭奏,原各就其所发以成之。"又说:"论诗略分体派可也,必曰某体、某派当学,某体、某派不当学,某人、某篇、某句为佳,某人、某篇、某句为不佳,此最不心服者也。人之诗犹物之鸣。莺鸣于春,蛩鸣于秋。必曰莺声佳可学,使四季万物皆作莺声,又曰蛩声佳当学,使四季万物皆作蛩声,是因人之偏嗜,而使天地四时皆废,岂不大怪乎!"薛雪对由于某些人的"偏嗜"而提倡一种风格,抹煞其他风格十分反感,进一步指出:"从来偏嗜,最为小见。如喜清幽者,则细痛快淋漓之作为愤激、为叫嚣;喜苍劲者,必恶宛转悠扬之音为纤巧、为卑靡。殊不知天地赋物,飞潜动植,各有一性,何莫非两间生气以成此?理有固然,无容执一。"他还从不同诗人具有不同个性的角度论证了诗歌风格的多样性:"爽快人诗必潇洒,敦厚人诗必庄重,倜傥人诗必飘逸,疏爽人诗必流丽,寒涩人诗必枯瘠,丰腴人诗必华赡,拂郁人诗必凄怨,磊落人诗必悲壮,豪迈人诗必不羁,清修人诗必峻洁,谨敕人诗必严整。"他不仅主张诗歌园地"百花齐放",而且希望每一位诗人能够抒写多种题材,具备多种笔墨,"变态百出"。他赞扬杜甫诗"如日月,无幽不烛;如大圆镜,无物不现"。又引张表臣《珊瑚钩诗话》,说明杜诗因表现多种题材而具有"含蓄""清旷""华艳""发扬蹈厉""雄深雅健"等多种风格。他肯定杜甫写重大题材的作品,也肯定他写爱情的"香雾云鬟湿,清辉玉臂寒",作诗说:"千古杜陵佳句在,'云鬟''玉臂'也堪师"。许彦周指摘韩愈写"银烛未销窗送曙,金钗欲醉座添春"这样的诗句,"殊不类其为人"。薛雪批驳道:"可知如来三十二相,八十种好,何所不见?大诗家正不妨如是。"

薛雪是在强调诗人必须有高尚的胸襟、人品的前提下提倡艺术风格的多样化的。他很重视诗歌的思想内容,因而一方面反对"偏嗜",

一方面又自称"平生最爱随笔纳忠、触景垂戒之作"。对于"昨日到城市,归来泪满巾。遍身罗绮者,不是养蚕人。""锄禾日当午,汗滴禾下土。谁知盘中餐,粒粒皆辛苦!""一曲清歌一束绫,美人犹自意嫌轻。不知织女寒窗下,多少工夫织得成!"一类的诗歌,"见必手录,信口闲哦,未尝忘之"。他自己所作的一首七绝:"冲泥觅叶为蚕忙,到处园林叶尽荒。今日始知蚕食苦,不应空著绮罗裳。"也流露了对民间疾苦的同情。

薛雪主张作诗要有"语不惊人死不休"的劲头,即使"具敏捷之才"也"断不可有敏捷之作"。他引用前代诗人"吟成五个字,捻断数茎须""险觅天应闷,狂搜海欲枯"等甘苦之言来说明"作诗不易"。而对于那些"摇笔便成,其一其二其三连篇累牍,不几年间,刻稿问世"的诗人,深致不满。他提出一条建议:"著作脱手,请教友朋。倘有思维不及,失于检点处,即当为其窜改涂抹,使成完璧,切不可故为谀美,任其渗漏,贻讥于世。"但对恶意诋毁,则主张不予理会。他说,有些人对他们同伙的作品"极口揄扬,美则牵合归之,疵则宛转掩之",对于他人呢,"纵有杰作,必索一瘢以诋之。后生立脚不定,无不被其所惑。吾辈定须竖起脊梁,撑开慧眼,举世誉之而不加劝,举世非之而不加沮,则魔群妖党,无所施其伎俩矣"。

上述内容,都很有可取之处。从这些地方我们可以看到叶燮诗论所产生的有益影响,也可了解到诗歌理论方面的师承关系。

薛雪有时也针对老师的意见,提出自己不同的看法。如对孟浩然的诗和高适、岑参的五七言律,即不同意叶燮所作的过低的评价。应当指出,薛雪在阐述老师的某些观点时,也有不合原意的地方。例如他讲诗歌的源流,认为"由《三百篇》而降","日趋日下,去本一步,呈尽千媸",所以主张"溯流而上,必得其源"。又如讲诗的正变,说:"温柔敦厚,缠绵悱恻,诗之正也;慷慨激昂,裁云镂月,诗之变也。"这些看法可能是受了沈德潜的影响。

沈德潜的《说诗晬语》,也时常称引和暗袭老师的诗论,而在最根本的问题上,却背离了老师的精神。他宣扬"温柔敦厚"的"诗教",赞美"前后七子"的领袖,代表着诗歌领域里的复古倾向。由于沈氏在当时的政治和文学方面都有相当高的地位,所以影响很大。我们把《原诗》《一瓢诗话》和《说诗晬语》合读,不但能了解叶燮诗论的影响,同时还能了解复古与反复古的斗争,即使在师生之间,也同样表现得相当明显。

叶燮强调"识",强调"胸襟",沈德潜把这一点吸取过来了。他说:"有第一等襟抱,第一等学识,斯有第一等真诗。"又说:"作文作诗,必置身高处,放开眼界。"但他所说的"高处",实质上指为封建统治服务的立场,他所说的"第一等襟抱,第一等学识",实质上指正统儒家的思想修养。所以开宗明义,他即提出诗歌的作用问题:"诗之为道,可以理性情,善伦物,感鬼神,设教邦国,应对诸侯。"这就是说,诗歌要为封建统治者的政治服务。而为封建统治者的政治服务的"诗教",自然就成为他的诗歌理论的主要内容了。

要阐发"诗教",就离不开"复古"。他认为六朝以来,"嘲风雪,弄花草……而'诗教'远矣"。因而必须"上穷其源","仰溯风雅,诗道始尊"。"嘲风雪,弄花草"的作品我们也是否定的。但沈德潜的出发点和我们有本质的不同,他是因为"嘲风雪,弄花草"的作品不能为封建统治服务而加以反对的;而《诗经》呢,则早被许多封建学者用种种谬说曲解成进行"诗教"的"经典"了,沈氏正好从这里入手宣扬"诗教"。

"诗教"的目的,就是要用"温柔敦厚"的诗歌"教育"臣民,使他们对封建统治者"温柔敦厚",不但不应该反抗,而且不应该提尖锐的意见[1]。《说诗晬语》谈《诗经》的部分,正是扣紧这一点立论的。说某些诗"美文王之化"呀,某些诗"温柔敦厚,斯为极则"呀,某篇诗"怨而不怒"呀,某篇诗"何识之远而讽之婉也"呀……甚至连叶燮作为否定"温柔敦厚"的例证提出的《巷伯》"投畀"之章也加以曲解,说:"《巷伯》恶恶,至欲'投畀豺虎''投畀有北',何尝留一余地?然想其用意,正欲

---

[1] 《礼记·经解》:"温柔敦厚,诗教也。"孔颖达解释说,"温,谓颜色温润;柔,谓性情和柔。诗,依违讽谏,不指切事情,故云温柔敦厚,是诗教也。"

激发其羞恶之本心,使之同归于善,则仍是温厚和平之旨也。"并说"《墙茨》《相鼠》诸诗,亦须本斯意读"。他的这些见解都是应该批判的。

沈德潜论《楚辞》,论汉、魏、六朝诗,论唐、宋、元、明诗,也表现了这种"精神"。如说"《楚辞》不皆是怨君""《离骚》……如赤子婉恋于父母侧而不忍去""《庐江小吏妻》……悲怆之中自足温厚""《新婚别》……发乎情,止乎礼义"等,都是或者歪曲原作用以宣传"诗教",或者专门强调符合"诗教"的因素而加以表扬的例子。

在前面评介《原诗》时已经提到明代的"前后七子"之所以要复古,主要原因是,在他们看来,《诗经》是"温柔敦厚"的,汉魏"去古未远",其诗歌也是"温柔敦厚"的。沈德潜的看法亦复如此。因而,他在颂扬李、何、王、李的同时,对反对复古的各派,特别是公安派和竟陵派,都作了全盘否定。

和《说诗晬语》相配合,沈德潜编选了《古诗源》《唐诗别裁》《明诗别裁》《清诗别裁》等诗歌选本。选本中序言、凡例的主要论点及对某些诗的评语,或见《说诗晬语》,或与《说诗晬语》相补充,可以参看。

从基本倾向上看,沈德潜的诗论与叶燮的诗论相对立。但《说诗晬语》的内容相当丰富,从《诗经》到明末,对历代的重要诗人和代表作品,几乎都作了简要的评论。结合沈氏的几个诗歌选本看,他对于一部诗歌发展史,是下工夫研究过的,对于诗歌艺术,也是有不少独到见解的。

《说诗晬语》一开头,就强调了诗歌创作的特点:

> 事难显陈,理难言罄,每托物连类以形之。郁情欲舒,天机随触,每借物引怀以抒之。比兴互陈,反复唱叹,而中藏之欢愉惨戚,隐跃欲传。其言浅,其情深也。倘质直敷陈,绝无蕴蓄,以无情之语而欲动人之情,难矣。

很清楚,他反对"质直敷陈,绝无蕴蓄""无情之语",要求"托物连类""比兴互陈""言浅情深",实质上是主张作诗要用形象思维,主张诗歌要用艺术形象表现事、理、情。这不仅和叶燮的意见相一致,而且谈得更确切,更明晰。他之所以能够披沙拣金,把历代重要诗人的优秀作品选入《唐诗别裁》等几个选本,以及能够对历代重要诗人及其优秀作品作出某些可取的艺术分析,是和这一点分不开的。

沈德潜评诗,往往能从诗歌的艺术特点着眼。如评《庐江小吏妻》诗(即《孔雀东南飞》)云:"共一千七百四十五言,杂述十数人口中语,而各肖其声口性情,真化工笔也。"这已涉及叙事诗中的人物形象塑造问题、人物语言的个性化问题。又引"思君如流水""澄江净如练""红药当阶翻""芙蓉露下落"等"古今流传名句",指出它们的特点是"情景俱佳,足资吟咏"。而对"明月松间照,清泉石上流。竹喧归浣女,莲动下渔舟"这样的诗,则认为"纯乎写景","景象虽工",不足为"楷模"。可以看出,他强调诗歌必须通过完美地概括了现实生活的艺术形象表现思想感情,做到情景交融,主观与客观统一。有形象而无思想感情,就不是好作品;反之亦然。他反对"以理语成诗",但又不同意诗歌"不涉理路"的说法,主张"理难言罄,每托物连类以形之"。他举了杜甫的"江山如有待,花柳自无私""水深鱼极乐,林茂鸟知归""水流心不竞,云在意俱迟"等诗句作为例证,指出这类诗句"俱人理趣",而"言外有余味"。他称赞李白的七绝"只眼前景,口头语,而有弦外音,味外味,使人神远"。类似这样的诗评,都表明他很懂得形象思维的特点。

自从严羽反对"以议论为诗"以来,诗中是否可以发议论,一直争论不休。叶燮举了《诗经》的二《雅》及杜甫的《赴奉先县咏怀》《八哀》《北征》等诗"何首无议论"的事实,说明诗中可以发议论。不过,他虽然批评反对以议论入诗的人"先不知何者是议论,何者为非议论",但又没有说明诗中的议论跟散文中的议论究竟应有什么区别。沈德潜则对叶燮的这一论点作了较好的发挥。他说:"老杜以宏才卓识,盛气大力胜之。读《秋兴》八首、《咏怀古迹》五首、《诸将》五首,不废议论,不弃藻绘,笼盖宇宙,铿戛韶钧,而横纵出没中,复含酝藉微远之致。"又说:"人谓诗主性情,不主议论,似也,而亦不尽然。试思二《雅》中何处无议论？老杜古诗中，《奉先咏怀》《北征》《八哀》诸作，近体中《蜀相》《咏怀》《诸将》诸作，纯乎议论。但议论须带情韵以行，勿近伧父面目耳。"他明确指出：诗中的议论要"含酝藉微远之致""须带情韵以行"，这就把问题说清了。一、他已经讲过，"质直敷陈"，就"绝无蕴蓄"。要有"含酝藉微远之致"，就必须"借物引怀以抒之"，即通过艺术形象发议论。《奉先咏怀》中的"朱门酒肉臭，路有冻死骨"、《诸将》中的"沧海未全归《禹贡》，蓟门何处尽尧封"、《咏怀古迹》中的"三分割据纡筹策，万古云霄一羽毛"一类诗句，就是这样的。二、他曾经指斥"世人结交须黄金""刘项原来不读书"之类像在散文中发议论的诗句为"粗派"。诗中的议论，则"须带情韵以行"，即既有浓烈的抒情色彩，又有符合抒情需要的音乐美。《北征》中的"乾坤含疮痍，忧虞何时毕"、《蜀相》中的"出师未捷身先死，长使英雄泪满巾"、《秋兴》中的"同学少年多不贱，五陵衣马自轻肥"一类诗句，就是这样的。

　　沈德潜和叶燮、薛雪一样，也主张诗人应有自己的"性情面目"。他说："性情面目，人人各具。读太白诗，如见其脱屣千乘。读少陵诗，如见其忧国伤时。其世不我容，爱才若渴者，昌黎之诗也。其嬉笑怒骂，风流儒雅者，东坡之诗也。即下而贾岛、李洞辈，拈其一章一句，无不有贾岛、李洞者存。倘词可馈贫，工同鏊锐，而性情面目，隐而不见，何以使尚友古人者读其书想见其人乎？"

　　沈德潜鼓吹"温柔敦厚"的"诗教"，这是和他的政治地位相适应的。在具体选诗、论诗的时候，眼界却比较开阔。例如对于许多揭露阶级矛盾、鞭笞统治阶级的暴政、同情民间疾苦的诗作，都并不排斥。不但录入选本，而且给予肯定（即使有所曲解）。对于艺术风格，也不限于"温柔含蓄"的一种，这可以从他对许多不同艺术风格的诗人所作的评论中看得出来。例如他评白居易说："白乐天诗，能道尽古今道理，人以率易少之，然'讽谕'一卷，使言者无罪，闻者足戒，亦风人之遗意也。"又如他评苏轼说："苏子瞻胸有洪炉，金银铅锡，皆归熔铸。其笔之超旷，等于天马脱羁，飞仙游戏，穷极变幻，而适如意中所欲出，韩文公后，又开辟一境界也。元遗山云：'只知诗到苏黄尽，沧海横流却是谁？'嫌其有破坏唐体之意，然正不必以唐人律之。"下面的这段议论更值得注意：

> 司空表圣云："不著一字，尽得风流。""采采流水，蓬蓬远春。"严沧浪云："羚羊挂角，无迹可求。"苏东坡云："空山无人，水流花开。"王阮亭本此数语，定《唐贤三昧集》。木玄虚云："浮天无岸。"杜少陵云："鲸鱼碧海。"韩昌黎云："巨刃摩天。"惜无人本此定诗。

这说明沈德潜既主张诗歌题材、风格的多样化，又提倡博大宏丽、壮浪纵恣的艺术风格。这一点，也是值得我们重视的。

总之，从《说诗晬语》和《一瓢诗话》中，都可以看出叶燮诗论的积极影响。

沈德潜在《清诗别裁》中曾说："先生（指叶燮）初寓吴，时吴中称诗者多宗范、陆，究所猎者范、陆之皮毛，几于千手雷同矣。先生著《原诗》内外篇四卷，力破其非。吴人士始多訾謷之。先生殁后，人转多从其言者。"这说明叶燮反对摹拟、雷同，强调革新、独创的论诗宗旨，既非无的放矢，又在一定范围的诗歌创作实践中起了进步作用。事实上，其作用远不止此。即如"乾隆三大家"的理论和创作，就无一不受叶燮诗论的影响，特别是赵翼的《瓯北诗话》和若干首《论诗绝句》，其反对因袭、要求创新的精神，是与《原诗》一脉相承的。"必创前古所未有，而后可以传世""预支五百年新意，到了千年又觉陈"，这就是赵翼的论诗纲领。

（1964 年初稿，原为人民文学出版社 1979 年版《〈原诗〉〈一瓢诗话〉〈说诗晬语〉校注》前言）

第四辑

- 诗述民志
- 从杜甫的《北征》看"以文为诗"
- 关于白居易的写作方法
- 论白居易的田园诗
- 白居易诗歌理论的再认识
- 韩文阐释献疑
- 论唐人小赋

诗述民志
——孔颖达诗歌理论初探

孔颖达的诗歌理论,见于《毛诗正义》。

唐太宗李世民于贞观十四年(640)"命孔颖达与诸儒撰写《五经》疏,谓之《正义》,令学者习之"①。《五经正义》中的《毛诗正义》四十卷,汇集了魏、晋、南北朝学者研究《诗经》的成果,用以疏解《毛传》和《郑笺》,至今仍有较大的参考价值。

《毛传》《郑笺》在阐释《诗经》中的具体作品的时候,往往用牵强附会的手法曲解诗意,因而作为我们研究《诗经》的重要文献,必须有所抉择。但把其中涉及诗歌规律性的东西作为诗歌理论看,尽管仍应批判地对待,其价值却超过了对于具体作品的解释。

《毛诗正义》由于受"疏不破注"的局限,在解释具体作品的时候,未能摆脱《毛传》《郑笺》牵强附会手法的束缚。但它毕竟是新的历史条件的产物,孔颖达汇集了魏、晋、南北朝学者研究《诗经》的成果,从新的历史条件出发解释《毛传》《郑笺》,因而把其中涉及诗歌规律性的东西作为诗歌理论看,又超过了《毛传》《郑笺》的水平。所谓"疏不破注",只是大体的说法。事实上,"疏"只要不是"注"的翻译,就不免有所补充,有所发挥,有所突破。《正义》之于《毛传》《郑笺》,其情况正是这样。

"新的历史条件"是什么呢?

---

① 《通鉴》卷一九五。

初唐统治者有鉴于农民大起义推翻了隋朝残暴统治的历史教训，对人民的力量有着比较清醒的认识，因而很注意改善统治方法。《贞观政要》一书，就是唐太宗君臣商讨如何改善封建统治的主要记录。隋炀帝"甲兵强锐""威动殊俗"，为什么会一旦覆亡呢？唐太宗君臣的回答是："徭役无时，干戈不戢"，"驱天下以从欲，罄万物而自奉"。他们由此得出结论："君，舟也；人（民），水也。水能载舟，亦能覆舟。"为了避免"覆舟"，他们力求废除隋朝的弊政，在政治、经济、文化等方面采取了一系列革新措施，形成了历代史家交口赞誉的"贞观之治"，促成了初唐一百多年的经济高涨和文化繁荣。

和在政治、经济、文化等各方面采取革新措施相联系的是注意用人和纳谏，"兼听则明，偏信则暗"，"以人为镜，可以明得失"。唐太宗早年虚心纳谏和以魏徵为代表的群臣敢于犯颜直谏，对于促成"贞观之治"所起的作用，是不容低估的。

在唐太宗的群臣中，孔颖达也以直言敢谏著称。贞观三年，唐太宗问孔颖达："《论语》'以能问于不能，以多问于寡，有若无，实若虚'，何谓也？"孔颖达在对《论语》中的这几句话作了解释之后说：

> 非独匹夫如是，帝王亦然。帝王内蕴神明，外当玄默，故《易》称"以蒙养正，以明夷莅众"。若位居尊极，炫耀聪明，以才陵人，饰非拒谏，则下情不通，取亡之道也。①

把"下情"的"通"与"不通"看作决定政权"兴""亡"的关键，这是抓住了要害的。作为一个最高统治者，如果倚仗自己的"尊极"地位，"炫耀"自己的绝顶"聪明"，盛气凌人，掩盖自己的错误，拒绝别人的意见，其必然结果是民情不能上达，只好自取灭亡。这些话，讲得很中肯，也很尖锐。而作为皇帝的李世民不但没有发怒，还"深善其言"，这也是难能可贵的。

---

① 《通鉴》卷一九三。

正由于孔颖达既有这样的历史条件，又有这样的思想认识，所以他体现在《毛诗正义》里的诗歌理论，具有强调表达民情、揭露弊政、批判现实等许多可贵的特点，值得重视。

我国古代的诗歌理论，一开始就抓住了诗歌抒人之情、以情动人的最本质的特点。《尚书·尧典》里就说："诗言志，歌永言。""志"与"情"本来是二而一的东西，所以班固解释说："《书》曰：'诗言志，歌永言。'故哀乐之心感，而歌咏之声发。"①所谓"哀乐之心感，而歌咏之声发"，不正指出了诗歌的抒情特点吗？《毛诗序》也讲得很清楚："诗者，志之所之也。在心为志，发言为诗。情动于中而形于言，言之不足，故嗟叹之，嗟叹之不足，故永歌之，永歌之不足，不知手之舞之，足之蹈之也。"先说"志之所之"，接着又说"情动于中"，显然是把"志"和"情"作为二而一的东西看待的。"情"之所以"动于中而形于言"，当然有客观原因。对于这个问题，孔颖达综合上述各家之说，作了很好的说明：

> 诗者，人志意之所之适也。虽有所适，犹未发口，蕴藏在心，谓之为志。发见于言，乃名为诗。言作诗者所以舒心志愤懑，而卒成于歌咏。故《虞书》谓之"诗言志"也。包管万虑，其名曰心；感物而动，乃呼为志。志之所适，外物感焉。言悦豫之志，则和乐兴而颂声作，（言）忧愁之志，则哀伤起而怨刺生。《艺文志》云："哀乐之情感，歌咏之声发。"此之谓也。②

"诗言志"，这是给"诗"下的定义。"感物而动，乃呼为志"，这是给"志"下的定义。从"志之所适，外物感焉，言悦豫之志，则和乐兴而颂声作，（言）忧愁之志，则哀伤起而怨刺生"几句话看，他所说的"志"也就是"悦豫"、"哀伤"之类的"情"，而他所说的"外物"，则是激起"悦豫"、"哀伤"之"情"的客观事物，包括自然景物和社会生活。他所说的

---

① 《汉书·艺文志》。
② 《毛诗正义》卷一。以下引孔颖达的话，俱见《毛诗正义》卷一，不再注。

"颂声作"显然是指《诗经》中的"美"诗;他所说的"怨刺生",显然是指《诗经》中的"刺"诗。由此可见,他所说的"外物"主要指社会生活,特别是与"政教善恶"相联系的社会生活中的重大问题。既然如此,那么"诗言志"的"志"就不是纯主观的东西,也不是纯客观的东西,而是"情"与"物"的结合、主观与客观的结合。诗人被使人"悦豫"的"外物"所"感",就以"悦豫"的激情歌颂那使人"悦豫"的"外物";诗人被使人"忧愁"的"外物"所"感",就以"忧愁"的激情"怨刺"那使人"忧愁"的"外物"。这就不仅中肯地解释了"作诗所由",而且把诗歌的真实性、倾向性以及通过歌颂和批判改造现实的社会作用,都阐发得相当清楚了。

孔颖达兼顾了"外物"激起的"悦豫之志"和"忧愁之志",从而也兼顾了"颂声作"和"怨刺生"。这是全面的论述。但他又明确地指出:"作诗者,所以舒心志愤懑,而卒成于歌咏,故《虞书》谓之'诗言志'也。"这分明是在照顾全面的同时又突出重点,即突出"舒心志愤懑"的"怨刺"之作。孔颖达之所以要突出这个重点,既有社会原因,又有认识因素。就社会原因说,在剥削阶级掌权的阶级社会里,使人"悦豫"的美好事物常常受压抑,而使人"愤懑"的丑恶事物则普遍存在。因此,"诗言志"就和"作诗者所以舒心志愤懑"几乎成了一回事。在《诗经》所收的三百多篇诗歌中,明确地讲到"作诗所由"的共十一篇,而其中八篇都表明是为讽谏、怨刺而作的,其余三篇,也不是单纯的"美"诗,而含有怨刺的意味[1]。正因为这样,司马迁指出"《诗》三百篇"是"发愤"之作[2],刘勰认为《诗经》中的《风》《雅》是诗人"志思蓄愤"的表现[3]。

就认识因素说,如在前面所提到,孔颖达是主张了解"下情"的,他把统治者"饰非拒谏"致使"下情不通"看作"取亡之道"。因此,他在阐发"作诗所由"之时特意强调"舒心志愤懑",希望统治者能够从那些

---

[1] 见郭绍虞、王文生主编《中国历代文论选》第一册 7—8 页。
[2] 见《史记·太史公自序》。
[3] 见《文心雕龙·情采》。

"舒心志愤懑"的诗歌中了解"下情",也就不难理解了。

孔颖达所说的"志之所适,外物感焉"的"志"当然是真情实感。"诗言志",就是要表现这种真情实感。那么,是不是有不真实的情感呢？有的。孔颖达着重指出了这一点。他说:"设(假如)有言而非志,谓之矫情。""言而非志",这是"诗言志"的对立面。孔颖达举了一个"言而非志"的例子:"身为桀纣之行,口出尧舜之言。"表现在诗歌创作方面,那就是"辞是而意非"。作诗而"言而非志",出于"矫情",就不可能真实地表现"外物"。就这样,孔颖达把"诗言志"的定义从正反两方面作了深刻的论述,从而强调了诗歌必须表现真情实感,必须真实地表现"外物",来不得半点"矫情"。

孔颖达对"诗言志"的解释并没有到此为止。有一点,更值得我们特别注意：

> 诗述民志,乐歌民诗,故时政善恶,见于音也。

把"诗言志"中的"志"解释成"民志",这是孔颖达诗歌理论的基点。由于《诗经》中的诗是合乐的,所以他明确地指出了"诗"和"乐"的实质及其相互关系:"诗述民志,乐歌民诗。"这就是说,就其内容而言,"诗"和"乐"是一回事。"志之所适,外物感焉",而"时政善恶",乃是与"民"息息相关、生死攸关的"外物",随时可"感",随处可"感"。那么,"诗"所"述"的是"感"于"时政善恶"的"民志",而"乐"所"歌"的,又恰恰是这种"述民志"的"民诗","故时政善恶,见于音也"。

论述至此,孔颖达在汲取前人成果的基础上,对"诗言志"这个关于诗的传统定义,可以说作了相当深刻、相当周详且具有相当创造性的解释。归结起来,这个解释的主要之点是：诗要表现"民"之真情实感,而"时政善恶",乃是激发民之真情实感的"外物",因而表现了"民"之真情实感,也就是真实地表现了"时政善恶";所以,不论是读"述民志"的"诗",还是听"歌民诗"的"乐",都可以了解到"时政善恶"的真实情况。

孔颖达从"诗述民志,乐歌民诗,故时政善恶见于音"这个基本论点出发,对《毛诗序》中的"治世之音安以乐……"一段作了很好的解释:

> 序(《毛诗序》)既云情见于声,又言声随世变,治世之音既安又以欢乐者,由其政教和睦故也。乱世之音既怨又以恚怒者,由其政教乖戾故也。亡国之音既哀又以愁思者,由其民之困苦故也。……
>
> 乱世之政教,与民心乖戾,民怨其政教,所以怨怒。述其怨怒之心而作歌,故乱世之音,亦怨以怒也。《蓼莪》云:"民莫不谷,我独何害?"怨之至也。《巷伯》云:"取彼谮人,投畀豺虎!"怒之甚也。《十月》云:"彻我墙屋,田卒污莱。"是其政乖也。国将灭亡,民遭困厄,哀伤己身,思慕明世,述其哀思之心而作歌,故亡国之音,亦哀以思也。《苕之华》云:"知我如此,不如无生。"哀之甚也。《大东》云:"睠言顾之,潸焉出涕。"思之笃也。《正月》云:"民今之无禄,夭夭是椓。"是其民困也。……
>
> 乱世谓世乱而国存,故以世言之。亡国则国亡而世绝,故不言世也。乱世言政,亡国不言政者,民困必政暴,举其民因为甚辞,故不言政也。

这些解释、这些议论,贯穿着这样一些论点:世之治乱、国之兴亡,取决于政教如何;政教的和睦、乖戾或暴虐,视其得民心、失民心的程度如何("政教和睦",指的是"和顺民心";"政教乖戾",指的是"与民心乖戾";"政教暴虐",指的是"民遭困厄")。而诗歌则是"民"对"政教"的态度、情感的反映。"乱世之政教与民心乖戾,民怨其政教,所以怨怒。述其怨怒之心而作歌,故乱世之音,亦怨以怒也。""国将灭亡,民遭困厄,哀伤己身,思慕明世,述其哀思之心而作歌,故亡国之音,亦哀以思也。"应该说,这里体现着朴素的反映论的观点,具有现实主义诗歌理论的主要特征。

孔颖达的诗歌理论,始终不脱离"诗述民志,乐歌民诗"这个基点。比如他讲"治世之音安以乐",就区别了两种情况:

> 治世之政教和顺民心,民安其化,所以喜乐。述其安乐之心而作歌,故治世之音,亦安以乐也。《良耜》云:"百室盈止,妇子宁止。"安之极也。《湛露》云:"厌厌夜饮,不醉无归。"乐之至也。《天保》云:"民之质矣,日用饮食。"是其政和也。

这就是说,因为"治世之政教和顺民心",民心喜乐,因而"述民志"的诗和"歌民诗"的乐,就具有"安以乐"的特点。很清楚,所谓"治世之音安以乐",指的是表现了"民心"的喜悦。还有一种与此相反的情况:

> 淫恣之人肆于民上,满志纵欲,甘酒嗜音,作为新声,以自娱乐。其音皆乐而为之,无哀怨也。《乐记》云:"乐者,乐也。"君子乐得其道,小人乐得其欲。彼乐得其欲,所以谓之"淫乐"。为此乐者,必乱必亡,故亦谓之乱世之音、亡国之音耳。

这里讲的是表现了"肆于民上"的统治者荒淫享乐之心的"音"。这种"音",也"安以乐",但算不算"治世之音"呢?孔颖达的回答是否定的,他把这斥为"淫乐",叫作"乱世之音,亡国之音"。

孔颖达自己说得很清楚,衡量"治世之音""乱世之音""亡国之音"的标准是"哀乐出于民情"。

那么,诗怎样才能肩负起"述民志"的使命呢?对于这个问题,孔颖达通过对《毛诗序》"一国之事,系一人之本,谓之风;言天下之事,形四方之风,谓之雅"的疏解,作出了值得称赞的回答。他说:

> 一国之政事善恶,皆系属于一人之本意,如此而作诗者,谓之风。言道天下之政事,发见四方之风俗,如是而作诗者,谓之雅。……"一人"者,作诗之人。其作诗者,道己一人之心耳。要

所言一人心,乃是一国之心。诗人览一国之意以为己心,故一国之事,系此一人使言之也。但所言者,直是诸侯之政,行风化于一国,故谓之风,以其狭故也。言天下之事,亦谓一人言之。诗人总天下之心、四方风俗以为己意,而咏歌王政,故作诗道说天下之事,发见四方之风,所言者乃是天子之政,施齐正于天下,故谓之雅,以其广故也。……风雅之作,皆是一人之言耳。一人美,则一国皆美之;一人刺,则天下皆刺之。《谷风》《黄鸟》,妻怨其夫,未必一国之妻皆怨夫耳;《北门》《北山》,下怨其上,未必一朝之臣皆怨上也。但举其夫妇离绝,则知风俗败矣;言己独劳从事,则知政教偏矣。莫不取众之意以为己辞,一人言之,一国皆悦。假使圣哲之君,功齐区宇,设有一人独言其恶,如卞随务光之羞见殷汤,伯夷叔齐之耻事周武,海内之心,不同之也。无道之主,恶加万民,设有一人独称其善,如张竦之美王莽,蔡邕之惜董卓,天下之意不与之也。必是言当举世之心,动合一国之意,然后得为风雅,载在乐章。不然,则国史不录其文也。

这是讲"风"诗和"雅"诗的区别的。仅就讲"风"诗和"雅"诗的区别这一点上看,他的讲法当然不尽符合实际。但如果作为一种诗歌理论看,那价值就高得多。

第一,他说"一国之政事善恶皆系属于一人之本意"而作的诗叫作"风","言道天下之政事,发见四方之风俗"而作的诗叫作"雅"。这就相当明确地提出了主观反映客观的问题、诗歌反映现实的问题。他把反映现实的"狭"与"广"作为区分"风"与"雅"的标准,也表现出他对反映现实的广度多么重视。

第二,就诗人的主观方面说,他强调"风"诗作者的"一人心","乃是一国心","雅"诗作者的"一人心",乃"总天下之心"。"诗人览一国之意以为己心,故一国之事,系此一人使言之也。"——这就是"风"。"诗人总天下之心、四方风俗以为己意""作诗道说天下之事,发见四方之风"——这就是"雅"。正因为"风"诗和"雅"诗都是"取众之意以为己辞",所以尽管是"一人言之",但"一国皆悦",天下皆悦。相反,如果作者的"一人心"违反了"一国心""天下心"而去歌颂"恶加万民"的"无道之主",必然要遭到万民的唾弃。这些议论的实质是:诗人的"一人心"要代表"众意",要代表"一国心"乃至"天下心",代表性越大,作品的价值越高。当然,孔颖达讲"一国心""天下心",是没有作阶级分析的,但我们怎么能要求一千三百几十年前的学者作阶级分析呢?如果批判地汲取其积极因素的话,那么孔颖达通过反复论证得出的"必是言当举世之心,动合一国之意,然后得为风雅"的结论,对于我们怎样才能创作出"一国皆悦""天下皆悦"的社会主义新风雅,也不无启发意义。

第三,孔颖达认为,"诗人览一国之意以为己心"而言"一国之事","故谓之风,以其狭故也","诗人总天下之心、四方风俗以为己意"而"道说天下之事","故谓之雅,以其广故也"。那么,是不是在一篇作品中要把"一国之事""天下之事"都写出来呢?这当然不可能,也不需要。对于这个问题,孔颖达分别举了《风》《雅》中的作品作了说明。《谷风》《黄鸟》,写了"妻怨其夫",这并不是说"一国之妻皆怨夫",而是意在通过"夫妇离绝"的描写,让人们从中看出风俗败坏的现实。《北门》《北山》,写的是"下怨其上",这并不是说"一朝之臣皆怨上",而是通过诗中主人公诉说唯独他自己任事繁重,而其他大夫们则逍遥享乐,以揭露政教之偏。这些议论,可以说已经接触到文艺作品的典型性问题了,接触到通过个别反映一般的问题了。

再谈孔颖达对赋、比、兴的解释。

《周礼》把风、赋、比、兴、雅、颂称为"六诗",《毛诗序》则称为"六义"。"六诗"或"六义",究竟是指六种诗体,还是有的指诗体,有的指方法,汉代的经学家和六朝的诗论家都没有作过明确的说明,但从他们对于赋、比、兴的解释看,是把赋、比、兴看作方法的。到了孔颖达,就明确指出:

> 风、雅、颂者,诗篇之异体,赋、比、兴者,诗文之异辞耳。大小不同,而得并为"六义"者,赋、比、兴是诗之所用,风、雅、颂是诗之

成形。用彼三事,成此三事,是故同称为"义",非别有篇卷也……《毛传》于诸篇之中每言"兴也",以兴在篇中,明比、赋亦在篇中,故以兴显比、赋也。若然,比、赋、兴元来不分,则惟有风、雅、颂三诗而已。

这就是说,赋、比、兴不是三种诗体,而是用以"成"诗的方法,也就是表现方法。孔颖达认为没有这三种方法,就不能"成"诗,所以他又强调指出:"比、赋、兴之义,有诗则有之。"从《诗经》以来的创作实践看,从前人的有关解释看,赋、比、兴的方法,实质上是形象思维的方法。作诗必须要用形象思维的方法,不然,就流于概念化,"淡乎寡味"。孔颖达明确地指出"赋、比、兴是诗之所用""有诗则有之",这说明他是懂得诗之所以为诗的艺术特点的。

《毛诗序》在提出"六义"之后,只对风、雅、颂作了评论,而没有对赋、比、兴作出解释。在汉代经学家中,解释赋、比、兴有代表性的要数郑众和郑玄。郑众说:"比者,比方于物;兴者,托事于物。"郑玄说:"赋之言铺,直铺陈今之政教善恶;比见今之失,不敢斥言,取比类以言之;兴见今之美,嫌于媚谀,取善事以喻劝之。"郑众指出比、兴都离不开物象。郑玄不仅指出了赋、比、兴作为表现方法的特点,还着重谈了要用这些方法表现"今之政教善恶""今之失"和"今之美",都颇有见地。对此,孔颖达又作了进一步的发挥和补充。他说:

"赋"云"铺陈今之政教善恶",其言通正变、兼美刺也。"比"云"见今之失,取比类以言之",谓"刺"诗之比也;"兴"云"见今之美,取善事以劝之",谓"美"诗之兴也。其实,"美"、"刺"俱有比、兴者也。

这一段话的要点是:赋、比、兴三种方法,既适用于"美"诗,又适用于"刺"诗,纠正了郑玄"比见今之失""兴见今之美"的偏颇说法。

郑玄既说诗人用"赋"的方法"直铺陈今之政教善恶",无所避讳;

又说因为要"见今之失"而"不敢斥言",故用"比",要"见今之美"而"嫌于媚谀",故用"兴",这显然是自相矛盾。孔颖达也指出了这一点。他说:

> 言之者无罪。"赋"则直陈其事,于"比""兴"云"不敢斥言""嫌于媚谀"者,据其辞不指斥,若有嫌惧之意。其实,作文之体,理自当然,非有所嫌惧也。

大意是:"赋"的特点是"直陈其事","比""兴"的特点是"比方于物""托事于物"而"不指斥",不"直陈",是"作文之体,理自当然",并不是因为"不敢斥言""嫌于媚谀",才运用"比""兴"方法的。把赋、比、兴提到"作文"的"当然"之"理"的高度加以肯定,表明孔颖达对于诗歌反映现实的特殊性的认识是相当深刻的。

郑玄把表现方法和表现内容结合起来,强调了表现现实生活中的重大问题,无疑有其不可忽视的积极意义。但认为赋、比、兴的方法只能用来对"今之政教善恶""今之失""今之得"进行"美""刺",就未免有点简单化、绝对化。对此,孔颖达作了必要的补充:

> 郑(指郑玄)以"赋之言铺也,铺陈善恶",则诗文直陈其事,不譬喻者,皆"赋"辞也。郑司农(指郑众)云:"比者,比方于物。"诸言"如"者,皆"比"辞也。司农又云:"兴者,托事于物。"则"兴"者,起也。取譬引类,起发己心,诗文诸举草木鸟兽以见意者,皆"兴"辞也。

这样,既把赋、比、兴三法和"美""刺"联系起来,以突出诗歌"顺美匡恶"的积极作用,又把二者区别开来,指出赋、比、兴三法既可用于表现"政教善恶"之类的重大题材,也可用于表现其他一切题材。其议论是相当通达的。

按照孔颖达对赋、比、兴的解释,则诗的构思和表达,都离不开

"事"和"物"。"物"有具体的形状容貌,"比方于物""托事于物",作品就有了形象性。那么"事"是不是也有形状容貌呢?孔颖达的回答是肯定的。比如"政教"的"善恶",这似乎很抽象,但孔颖达则认为这也有具体的形状容貌。他在疏解"颂者美盛德之形容"时说:

> 《易》称"圣人拟诸形容,象其物宜",则"形容"者,谓形状容貌也。作"颂"者,"美盛德之形容",则天子政教,有"形容"也。

说"政教"也有"形状容貌",这自然指的是"政教"的"善"或"恶"在现实生活中的具体表现。诗人不论是"颂""政教"之"善",还是"刺""政教"之"恶",都要用赋、比、兴的方法写出"政教"的"善"或"恶"在现实生活中的具体表现,而不是抽象地赞美"政教"多么"善",咒骂"政教"多么"恶"。这不是已经接触到形象思维的问题和用形象的形式反映现实的问题了吗?

孔颖达在《毛诗正义·序》里说:

> 夫诗者,论功颂德之歌,止僻防邪之训,虽无为而自发,乃有益于生灵。六情静于中,百物荡于外。情缘物动,物感情迁。若政遇醇和,则欢愉被于朝野;时当惨黩,亦怨刺形于咏歌。作之者所以畅怀舒愤,闻之者足以塞违从正。发诸性情,谐于律吕,故曰"感天地,动鬼神,莫近于诗"。此乃诗之为用,其利大矣!

这里谈了诗歌与现实的关系、与政治的关系,谈了诗歌"发诸性情"的抒情性特点和"谐于律吕"的音乐性特点,最后强调了诗歌的积极作用。孔颖达的诗歌理论,正是以发挥诗歌的积极作用为目的的。

初唐之时,梁陈"宫体"之风未息。唐太宗就作"宫体"诗,为虞世南所谏阻。孔颖达在解释"治世之音安以乐"的时候特意把"淫恣之人肆于民上,满志纵欲,甘酒嗜音,作为新声,以自娱乐"斥为"淫乐",以愤慨的感情、坚决的语气,提出了这样的警告:"为此乐者,必乱必亡!"

不难看出，他的以发挥诗歌的积极作用为目的的诗歌理论，是有明确的针对性的。让我们看看他有关诗歌作用的论述：

> 诗者志之所歌，歌者人之精诚。精诚之至，以类相感。诗人陈得失之事以为劝诫，令人行善不行恶，使失者皆得。是诗能"正得失"也。普正人之得失，非独正人君也。……人君诚能用诗人之美道，听嘉乐之正音，使赏善伐恶之道，举无不当，则可使天地效灵、鬼神降福也。

> 诗人见善则美，见恶则刺之。……变风、变雅之作，皆王道始衰，政教初失，尚可匡而革之，追而复之，故执彼旧章，绳此新失，觊望自悔其心，更遵正道。

> 礼义废则人伦乱，政教失则法令酷。国史伤此人伦之废弃，哀此刑政之苛虐，哀伤之志，郁积于内，乃吟咏己之性情以风刺其上，觊其改恶为善。

> 诗人之所陈者皆乱状淫形，时政之疾病也，所言者皆忠规切谏，救世之针药也。《尚书》之"三风十愆"，疾病也，诗人之"四始"、"六义"，救药也。若夫疾病尚轻，有可生之道，则医之治也，用心锐，扁鹊之疗太子，知其必可生也。疾病已重，有将死之势，则医之治也，用心缓，秦和之视平公，知其不可为也。诗人救世，亦犹是矣。

孔颖达在疏解郑玄《诗谱·序》中的"论功颂德，所以将顺其美，刺过讥失，所以匡救其恶"时曾说："风、雅之诗，止有论功颂德、刺过讥失之二事耳。""论功颂德"，就是所谓"美"；"刺过讥失"，就是所谓"刺"。作为一般原则，孔颖达是"美""刺"并提的，"诗人见善则'美'、见恶则'刺'之"，原是当然之理。但从当时可"美"者少而可"刺"者多这个实际情况出发，孔颖达与强调"舒心志愤懑"相一致，反复地强调"刺"。他把"时政"的缺失比作"疾病"，而把诗人比作良"医"，把诗歌比作治病救人的"针药"。并且指出：当"疾病尚轻，有可生之道"的时候，良"医"治"病"就"用心锐"，巴不得一下子治好病；而当"疾病已重，有将死之势"，"针药"不进，"莫之能救"的时候，就"用心缓"，只好听其"亡灭"了。

　　孔颖达尽管也说诗歌能够"普正人之得失，非独正人君"，但由于在封建专制时代，"人君"的好坏，在很大程度上决定着"时政善恶"，而"时政善恶"，又直接影响着"民之忧乐"、"国之治乱"，所以孔颖达一直是把"正人君"放在第一位的。而这，可以说是我国封建社会里的儒家和有儒家思想的人论诗的一个特点。孔颖达之前，《毛传》《郑笺》具有这个特点。孔颖达之后，杜甫所说的"致君尧舜上，再使风俗淳"，元结所说的"极帝王理乱之道，系古人规讽之流"，白居易所说的"惟歌生民病，愿得天子知""欲开壅蔽达人情，先向歌诗求讽刺"，以及皮日休所说的"诗之刺也，闻之足以戒乎政"等等，也都体现了这个特点。把诗歌的作用局限于"正人君"，明显地表现了历史的、阶级的局限性。更何况，"人君"作为地主阶级利益的代表，所推行的"时政"只能在不同程度上"与民心乖戾"，而不可能"和顺民心"；要从"和顺民心"的高度上去"正人君"，不但达不到目的，还会遭受打击。以唐太宗为例，他早年为了避免"覆舟"的危险，颇能纳谏，从而降低了"时政""与民心乖戾"的程度，促成了"贞观之治"。但过了一段时间，"旋以海内无虞，渐加骄奢自溢"，"喜闻顺旨之说"，而"不悦逆耳之言"。当下层官吏上书批评他"修洛阳宫，劳人；收地租，厚敛""即日徭役，似不下隋时"的时候，他就大动肝火，要治其"讪谤之罪"①。以"从谏如流"著称的唐太宗尚且如此，其他"人君"就更不待言。白居易"惟歌生民病，愿得天子知"的"讽谕诗"惹得"执政柄者扼腕""握军要者切齿""号为讪讦，号为讪谤"，是很能说明问题的。

　　有些专家把这种以"歌民病""刺时政"为手段，以"正人君""美教化"为目的的诗歌理论称为"为政治服务"的诗歌理论，从而把像白居

---

① 本文所引唐太宗与其臣子的言论，俱见《贞观政要》。

易的"讽谕诗"那样"歌民病""刺时政"的诗歌创作称为"为政治服务"的诗歌创作,并从"为政治服务"这一点上高度评价了它们的进步性、人民性。这是值得商榷的。

第一,从孔颖达等诗论家的主观方面说,他们要求诗歌为改善封建统治服务,而不是要求为"疾病"沉重的"时政"服务。按照我们多年来的理解和做法,所谓"为政治服务",指的是为当前的政治(即孔颖达等人所说的"时政")评功摆好,鸣锣开道,而不是"刺过讥失",揭露它给人民造成了什么痛苦。孔颖达明确地指出"乱世"的政教"与民心乖戾""民怨其政教",并从"诗述民志"的角度肯定了反映"民怨其政教"的"怨怒之心"的诗歌。这种诗歌,怎能说是为那种"与民心乖戾"的"政教"服务的呢?孔颖达明确地指出"民困必政暴",并从"诗述民志"的角度肯定了"民遭困厄,哀伤己身,思慕明世,述其哀思之心"而作的诗歌。"思慕明世",这简直是"变天"的思想。这种反映"变天"思想的诗歌,怎能说是为那种"暴政"服务的呢?孔颖达坚决主张诗歌要揭露"时政之疾病"——"乱状淫形",尽管其目的是为了引起"人君"的注意,去疗救"疾病",但这也不能说是为那种"时政"服务。"人君"常常不用这种"针药",甚至要治其"讪谤之罪",就是很好的说明。

第二,在阶级社会里,政治总是阶级的政治。封建地主阶级的政治,即使像偶尔出现的"贞观之治"那样受到了历代史家的好评,但归根到底还是为地主阶级的利益服务的,对于人民,只能从"载舟"的目的出发采取一些"轻徭薄赋"之类的措施。至于经常出现的"乱政"和"暴政",就只能使"民遭困厄"。因此,把某种诗歌理论和诗歌创作说成为地主阶级的政治服务的东西,又从"为政治服务"这一点上给予高度评价,赞扬其进步性、人民性,这未必是十分妥当的。

第三,当贞观十八年魏征死后,唐太宗半真半假地让群臣列举"过失"的时候,有不少人阿谀逢迎,说什么"陛下圣化道,致太平,以臣观之,不见其失",他听了很舒服。到了白居易的时代,"郊庙登歌赞君美,乐府艳词悦君意。若求兴谕规刺言,万句千章无一字","人君"也很高兴。在那些封建帝王看来,只有像这样讳言过失、"矫情"地歌功颂德的东西,才是为"时政"服务的。由此可见,真正为"与民心乖戾",使"民遭困厄"的封建政治服务的诗歌理论和诗歌创作,只能是虚假的、反动的,不可能有什么进步性、人民性。

　　孔颖达主张"诗述民志",强调"怨刺上政""匡救其恶"的诗歌理论,是为要求改革弊政、实行仁政的政治理想服务的。这种政治理想尽管是从缓和阶级矛盾,维护地主阶级的长远利益出发的,但毕竟有其进步性。此其一。第二,觊望人君"自悔其心""改恶为善"的理想虽然常常落空,但符合这种诗歌理论或实践了这种诗歌理论的诗歌创作,由于"怨刺上政",同情人民,大胆地暴露了政治黑暗,真实地反映了民间疾苦,在客观上有利于人民群众反封建统治的斗争,而不利于封建统治,其进步性、人民性是值得高度评价的。

(原刊《古代文学理论研究》1981 年第 1 期)

从杜甫的《北征》看"以文为诗"

毛主席《给陈毅同志谈诗的一封信》的发表,打破了林彪、"四人帮"设置的"禁区",大家又敢于就形象思维问题发表意见、展开"争鸣"了。一年多以来,在学习《一封信》的基础上,许多同志把形象思维跟我国古代文论结合起来进行探讨,写出了不少有精辟见解的好文章,这是令人鼓舞的。但总的看来,似乎有这么一种趋向:在谈形象思维问题时,只谈"比、兴两法",忽略了赋;与此相联系,认为诗只能"曲说"(即只能用比、兴),不能"直说",从而否定了"以文为诗"(包括"以议论为诗")的传统。这种趋向是应该作进一步讨论的。这里仅以杜甫的《北征》为例,谈谈"以文为诗"的问题,就教于文艺界的同志们。

对于"以文为诗"(包括"以议论为诗")的争论,从北宋以来,多数人持全面否定的态度,少数人持全面肯定的态度,相持不下[①]。因为韩愈及受其影响的许多宋代诗人在"以文为诗"方面表现得比较突出,所以争论的双方,往往涉及对韩诗及宋诗的评价问题,而忽略或者是回避了杜甫。其实,"以文为诗""以议论为诗",从《诗经》以来,就一直与"赋"并存,到了杜甫,更得到了突出的发展。《北征》这篇不朽之作,在"以文为诗""以议论为诗"方面,是很有代表性的。

[①] 如陈师道《后山诗话》云:"退之(韩愈)以文为诗,子瞻(苏轼)以诗为词,如教坊雷大使之舞,虽极天下之工,要非本色。"又引黄庭坚云:"诗文各有体。韩以文为诗……故不工尔。"魏庆之《诗人玉屑》引魏泰《临汉隐居诗话》云:"沈括(存中)、吕惠卿(吉甫)、王存(正仲)、李常(公择),治平中同在馆下谈诗。存中曰:'韩退之诗,乃押韵之文耳,虽健美富赡,而格不近诗。'吉甫曰:'诗正当如是。我谓诗人以来,未有如退之者。'正仲是存中,公择是吉甫,四人者交相诘难,久而不决。"这是北宋人争论的情况。

同样"以文为诗""以议论为诗",既可以写出优秀诗篇,也可以写出毫无诗情画意的"语录讲义""押韵之文"。这两种情况,在韩愈的诗歌特别是宋代的诗歌中,在不同程度上是并存的。而在杜甫的诗歌中,则只有前者,而无后者。从来否定"以文为诗""以议论为诗"的人否定韩诗和宋诗,而回避了杜诗,大概是由于他们只着眼于韩诗和宋诗的消极方面,以偏概全的缘故吧!

现在让我们讨论杜甫的《北征》。

当杜甫于天宝十四载十一月自长安赴奉先探家,写出"朱门酒肉臭,路有冻死骨"的诗句的时候,安史之乱已经爆发了。第二年(至德元年)五月,杜甫把家小由奉先迁往白水,"依舅氏崔少府",写出了"兵气涨林峦,川光杂锋镝""三叹酒食旁,何由似平昔"等诗句,已感受到这次战乱的严重性。不久,安禄山攻破潼关,长安失陷,唐玄宗逃往四川。杜甫又携带妻子,从白水逃到鄜州城北羌村。八月,他听说唐肃宗即位灵武,便单身前往,半途中被安禄山的乱军捉住,送往长安。杜甫在长安流浪了几个月,至德二年四月,终于伺机逃到凤翔,唐肃宗让他做左拾遗。五月,因上疏营救房琯,触怒了肃宗,险遭不测。从此,肃宗很讨厌他,闰八月,便命他离开凤翔,回鄜州羌村去探望家小。《北征》这篇五言长诗,便是通过备述这次回家经过及到家景况,深刻地反映了安史之乱时期的广阔社会生活的作品。

《北征》是以纪行、叙事为主的鸿篇巨制。而要写好以纪行、叙事为主的长诗,仅用比、兴两法而不用赋,那是不可能的。毛主席就中肯地指出:"如杜甫之《北征》,可谓'敷陈其事而直言之也',然其中亦有比、兴。"这就是说,《北征》是以赋为主的。与此相联系,以赋为主的长诗要避免平铺直叙的缺点,写得"阳开阴合,波澜顿挫",海涵地负,雄健有力,不吸收长篇散文的句法、特别是章法等方面的优点,也是不可能的。宋朝人叶梦得就曾经指出:

> 长篇最难,魏、晋以前,诗无过十韵者,盖常使人以意逆志,初不以序事倾尽为工。至老杜《述怀》《北征》诸篇,穷极笔力,如太

史公纪、传,此固古今绝唱。①

"如太史公纪、传",这不意味着《北征》等篇吸取了司马迁传记文学在句法、特别是章法等方面的优点吗?

从章法上看,《北征》浑灏流转,波澜起伏,"有极尊严处,有极琐细处,繁处有千门万户之象,简处有急弦促柱之悲"。大致分析起来,全诗可分五个大段落。

从"皇帝二载秋"到"忧虞何时毕"二十句,是第一大段,写得暇探亲,临行时忧愤国事、不忍遽去的复杂心情。

全诗以准确地标明时间的句子开头,显然吸取了史传文学的写法。宋朝人黄彻曾说:"子美世号诗史。观《北征》诗云,'皇帝二载秋,闰八月初吉',……史笔森严,未易及也。"②为什么这样开头,就算"史笔森严"呢?黄彻没有解释。在我们看来,一开头就抬出皇帝,写明年月日,首先给人以严肃慎重的感觉,见得他这次"北征",不单纯是个人的事情,而与皇帝有关,与时局有关,与国家大事有关。这就为后面的叙事、描写、抒情、议论打开了广阔的天地。就章法上说,这个"以文为诗"的开头,既有效地服务于内容的需要,又决定了句法上的"以文为诗",即在一定程度上"散文化"。

"杜子将北征,苍茫问家室"紧承上文。于"问家室"前加"苍茫"一词作状语,见得诗人在这个不平常的时候去探亲,思想是矛盾的,情绪是复杂的。以下各句,即婉转曲折地表现了这种思想情绪。"维时遭艰虞,朝野少暇日",作为朝廷的官吏,在这样紧迫的情况下谁还顾得上去探亲?然而"顾惭恩私被,诏许归蓬荜",分明是皇帝讨厌他,才打发他走开,他却把这说成对自己的"恩典",自然带有讽刺意味。他只好走开,但作为一个"谏官",他还想忠于职守,向皇帝提点意见。所以又"拜辞诣阙下,怵惕久未出",终于又向皇帝开口了:"虽乏谏诤姿,恐

---

① 《石林诗话》卷上。
② 《蛩溪诗话》卷一。

君有遗失。君诚中兴主,经纬固密勿。东胡反未已,臣甫愤所切。"话似乎吞吞吐吐,没有说完,大概是皇帝不想听下去吧!"挥涕恋行在,道途犹恍惚",表明挥涕而出,心犹依恋皇帝,觉得要说的话还没有说完,因而虽已上路,心神还是恍惚不定。"乾坤含疮痍,忧虞何时毕!"这是他所关心的国家大事,也是他"挥涕恋行在"的主要原因。由于阶级和历史的局限,杜甫始终把希望寄托在皇帝身上,幻想着自己能在"致君尧舜上,再使风俗淳"方面发挥作用。在他看来,"东胡反未已",其根源在于皇帝"有遗失",而当前能否医治好乾坤的"疮痍",消除掉朝野的"忧虞",其关键仍在于皇帝能否做一个真正的"中兴主"。然而肃宗竟和他老子一样拒谏饰非,不承认有任何"遗失",诗人作为一个"谏官",刚提了一点意见,就得到了打发他回家的惩罚。那么,"乾坤含疮痍,忧虞何时毕"呢?读诗至此,如闻诗人叹息之声。

这一大段,以记时开头,把个人"诏许归蓬荜"的遭遇和朝政得失、社会苦难结合起来,作尽情的抒写。没有"以彼物比此物",也没有"先言他物以引起所咏之词",完全用的是赋的方法,直叙其事,直抒其情。这与比、兴相对而言,是"直说",然而它并不"平直",而是千回百折;并不"粗浅",而是沉郁顿挫;不是味同嚼蜡,而是情真意切,感人肺腑。从句法、特别是章法上看,显然是吸收了文艺性散文的长处的,但不能说这是文,不是诗。

从"靡靡逾阡陌"到"残害为异物"三十六句,是第二大段,写旅途中的经历和感受。

"靡靡逾阡陌,人烟眇萧瑟。所遇多被伤,呻吟更流血"四句,承前段"乾坤含疮痍",作进一步的具体描述。看到这些惨象,于是又想到他寄托希望的那位"中兴主",用"回首凤翔县,旌旗晚明灭"两句,形象地抒写了"挥涕恋行在"的深挚感情。这两句写得很精彩:回望皇帝所在的凤翔,日光返照,旌旗在晚风里翻动,忽明忽灭。熔写景抒情于一炉,又含有象征意味。

自"前登寒山重"至"益叹身世拙",写路经邠郊所见的自然景物,于"敷陈其事而直言之"中兼用比、兴。"屡得饮马窟",渲染出战争气氛,与前面的"所遇多被伤"、后面的"寒月照白骨"呼应。这一带在安禄山叛军攻入长安后曾一度失陷,后来又被唐军收复;一个个"饮马窟",正是战争的见证。"猛虎立我前,苍崖吼时裂"两句,是纪实也兼有比、兴。用夸张的手法写虎吼崖裂,极言环境的险恶可怖。"菊垂今秋花,石戴古车辙。……山果多琐细,罗生杂橡栗。或红如丹砂,或黑如点漆。雨露之所濡,甘苦齐结实"等句,赋、比、兴并用,于哀痛、恻怛、惊怖之时忽然见此幽景,心情稍觉舒畅。而山果能够结实,与"雨露之所濡"有关。显然,这里是有寄托的。诗人自己不是一直没有结出他所期望的果实吗?"坡陀望鄜畤"以下至"残害为异物"是写所见所感。因为所感是由所见激发出来的,又与所见紧密结合,所以,所发议论,饱和着生活血肉,又充满着生活激情。诗人从眼前的惨象联想到其他许多类似的惨象,追根溯源,对于潼关之败,异常愤慨,发出了"潼关百万师,往者散何卒"的责问。潼关一败,安禄山叛军长驱入关,"遂令半秦民,残害为异物",在这里,诗人已把批判的矛头指向最高统治者。

　　这一大段,从人烟萧瑟、所遇被伤、呻吟流血、山寒虎吼、鸱鸣鼠拱,直写到月照白骨,勾出了一幅乾坤疮痍、生灵涂炭的图画。这幅图画,是很有感染力的。如果诗人只以勾画这幅图画为满足,而没有后面的那四句议论,其艺术效果必将大大减弱。反过来说,如果不勾画出那幅具体的图画,只发议论,那就更谈不上什么艺术效果了。所谓形象思维,既不是只有思维,离开生活形象进行逻辑推理,也不是只有形象,排除对生活的感受、认识,只作现象罗列,而是要凭借生活形象进行思维,从感性认识上升到理性认识。既然如此,为什么不准诗人在形象地反映生活的时候抒发他对于生活的感受和认识,发一些议论呢?

　　从章法上看,第二大段与第一大段所写,各有重点,但又有内在的联系。第一大段以"乾坤含疮痍,忧虞何时毕"结束,第二大段即具体地展示了一幅"乾坤含疮痍"的图画。诗人对这一幅生活图画,感到"忧虞",感到愤慨,从而联想到潼关之败及其政治原因,鞭挞了"遂令半秦民,残害为异物"的罪魁祸首,这又和第一大段里的"拜辞诣阙下,怵惕久未出。虽乏谏诤姿,恐君有遗失"等句前后呼应。

从"况我堕胡尘"到"生理焉得说"三十六句,是第三段,写到家以后悲喜交集的情景。

"况我堕胡尘,及归尽华发",紧承上段,把笔触从国事转向个人。诗人这时并不老,只由于饱经忧患,屡遭艰险,所以头发尽白。"经年至茅屋,妻子衣百结",写离家以来妻子也历尽千辛万苦的状况。在这里写一进家门,一个是满头白发,一个是鹑衣百结,百感交集,从何说起?作者以"恸哭松声回,悲泉共幽咽",恰当地表现了初见面时的情景。"平生所娇儿"以下,通过对家庭生活的描写,反映了时代的苦难,体现了深刻的思想内容。"平生所娇儿"本来"颜色白胜雪",如今却"垢腻脚不袜",变了样儿;"床前两小女"的穿戴呢?也是"海图坼波涛,旧绣移曲折。天吴及紫凤,颠倒在裋褐",补丁压补丁的衣服只能护住膝盖,膝盖以下赤条条的。时已深秋,该设法为孩子们御寒,可是"那无囊中帛,救汝寒凛栗",只能干着急。"老夫情怀恶"的原因很多,但这却是更直接的原因。然而诗人毕竟做了几天小小的官儿,回家时多少带了点东西,如衾裯(被头、帐子)之类,还有给老婆的"粉黛"——化妆品呢!这点东西一拿出来,就改变了家中的气氛。"瘦妻面复光,痴女头自栉。学母无不为,晓妆随手抹。移时施朱铅,狼藉画眉阔。"而且,小家伙们还争着"问事竞挽须"。这些惟妙惟肖、细致入微的描写,仅用"比、兴两法",大概是无法办到的吧!

清人张裕钊曾说"叙到家以后情事"的这一段,"酣嬉淋漓,意境非诸家所有"①。就是说,这是有独创性的。这独创性表现在:诗人既发展了《诗经》以来诗歌创作中的赋的手法,又从《史记》等史传文学中吸取了丰富的创作经验,用来描写生活细节,刻画人物形象,展示人物复杂的内心世界。换句话说,就是"以文为诗"。张氏所说的"酣嬉",只着眼于表面现象。"乾坤含疮痍,忧虞何时毕?"这是诗人写这篇诗时

---

① 转引自《唐宋诗举要》卷一。

的基本思想。还家以后,始而"恸哭松声回",继而"老夫情怀恶",直到面对孩子们的天真活泼,也未能"破涕为笑"。"生还对童稚,似欲忘饥渴。问事竞挽须,谁能即嗔喝?翻思在贼愁,甘受杂乱聒。"有类似生活经验的人读到这里,谁能不为之掉泪?"似欲忘饥渴",实际上是忘不了饥渴。"谁能即嗔喝""甘受杂乱聒",实际上是忧国忧民忧家,心烦意乱,受不了"杂乱聒",因而很想"嗔喝"。然而对于和他们的母亲一起备受苦难,在自己回家之后才有了欢笑的无知的孩子们,"谁能即嗔喝"呢?这是以孩子们的"乐"写自己的愁,使人更感到愁。"翻思在贼愁",因而就"甘受杂乱聒",这是以"在贼"之愁衬今日之愁,以见今日虽愁,总比"在贼"时好一些。很显然,这不过是聊以自慰罢了!于是以"新归且慰意,生理焉得说"结束了关于家庭生活的描写,又回到国家大事上去。"乾坤含疮痍",又哪能说到个人的"生计"呢?

从"至尊尚蒙尘"到"皇纲未宜绝"二十八句,是第四段,结合时事,发表对实现"中兴"理想的意见。

诗人在"拜辞诣阙下"之时,本想针对着皇帝的"遗失"进行"谏诤",但皇帝不想听,没法开口。回家途中目睹的悲惨现实和回家以来的困苦生活激起了汹涌澎湃的感情波涛,倾泻而出。"阴风西北来,惨淡随回纥"至"圣心颇虚伫,时议气欲夺",对借兵回纥表示不满,认为借兵越多,后患越大,但皇帝一意孤行地依赖外援,谁又敢于坚持己见?"官军请深入"等句,是说"官军"深入敌境,自可破贼,何必借用回纥之兵。"此举开青徐,旋瞻略恒碣",对如何扫平安史之乱提出正面意见。青、徐二州,即山东、苏北;恒山、碣石,指河北一带。作者之意:"官军"收复两京,便当乘胜直取安史老巢。"祸转亡胡岁"等语,照应首段"东胡反未已,臣甫愤所切",从唐王朝的立场出发,指出天时人事都有转机,希望唐肃宗积极备战。

从"忆昨狼狈初"至结尾二十句,是第五段,承上段"皇纲未宜绝",申述"未宜绝"的理由,抒写对重建"太宗业"的渴望。

"忆昨狼狈初"以下,举出以往的事实说明"皇纲未宜绝"。据史书记载,安史叛军长驱入关,唐明皇逃出长安,至马嵬驿被迫缢死杨贵妃,杀杨国忠等权奸,以平民愤。杜甫举出这些事实,说明唐明皇在"狼狈"之时,还能幡然改悔,是与古代的亡国之君如夏桀王、殷纣王等等不同的,从而证明"皇纲未宜绝"。"周汉获再兴,宣光果明哲"两句,又以周宣王、汉光武比唐肃宗,照应首段的"君诚中兴主",说明有这样的皇帝,唐朝应该"中兴"。"桓桓陈将军"以下四句,热情地赞扬倡义兵变的陈元礼。把"于今国犹活"归因于陈元礼杀杨国忠兄妹及其"同恶"而给予崇高的评价,是相当大胆的,但出发点仍然是忠君。"都人望翠华,佳气向金阙"两句,更从人心、气运两方面说明"皇纲未宜绝"。最后从"园陵固有神"讲到唐太宗的"煌煌"大业,用以激励唐肃宗,希望他作一个像李世民那样"树立甚宏达"的好皇帝,早日医治好"乾坤"的"疮痍",使唐王朝得到"中兴"。

这两大段,直抒胸臆,大发议论,更表现了"以文为诗"的特点。毛主席在《给陈毅同志谈诗的一封信》里,以《北征》为例,指出"赋也可以用"。又指出"韩愈以文为诗;有些人说他完全不知诗,则未免太过,如《山石》《衡岳》《八月十五酬张功曹》之类,还是可以的"。很清楚,第一,毛主席是把"敷陈其事而直言之"的赋作为形象思维的内容而加以肯定的;第二,毛主席对"以文为诗"也没有不加分析地全面否定。他不是既认为韩愈"以文为诗",又不同意说韩愈"完全不知诗"的意见吗?毛主席认为韩愈的《山石》等诗"还是可以的",而《山石》这篇七言古诗,乃是用写游记的办法写成的,可以算韩愈"以文为诗"的代表作。

各种文艺样式,是既有特性,又有共性的,不是各自孤立,而是互相影响,互相渗透的。把诗歌的特点绝对化,把诗歌和其他文艺样式完全对立起来,是不符合文艺创作的实践的。吸收诗歌的优点,把散文写得富有诗意,不是很好吗?吸收文艺性散文在章法、句法以及描写生活细节、刻画人物性格、展现人物内心世界等方面的长处,用以提高诗歌抒情达意、在更高的深度和广度上反映生活的能力,又有什么不好呢?

当然,"以文为诗"(包括以议论为诗),是可以写出味同嚼蜡的东西的;但这不是"以文为诗"的过错,难道"以诗为诗",就保证能够写出好诗来吗？

有些人还把"以议论为诗"和"以文为诗"看成一码事而加以否定。明代的屠隆就说过："宋人多好以诗议论，夫以诗议论，即奚不为文而为诗哉？"[①]他的意思是：只有在散文里才能发议论，在诗里，是不能发议论的。当然，如果不是抒发对于现实生活的真情实感和深刻理解，而是发表抽象的议论，那是写不出好诗的；但不能因此就说在诗歌里不能发议论。从《诗经》以来，有无数好诗都是发议论的。就是在毛主席的诗词里，不是也有"一万年太久，只争朝夕""宜将剩勇追穷寇，不可沽名学霸王。天若有情天亦老，人间正道是沧桑"等等的议论吗？

优秀诗篇中的议论与哲学论文、政治论文中的议论不同。它来自形象思维，来自对生活的强烈感受和深刻理解，常常与叙事、抒情紧密结合，不可分割。《北征》里的议论正是这样的。这不单纯是表现方式问题，而主要是深入生活问题和思想感情问题。杜甫的《北征》无愧"诗史"[②]，正是和他深入生活，在思想感情上接近了人民分不开的。他在十年困居长安的后期，已经接触到下层社会的生活，从长安到蒲城探望家小，旅途所见和到家后已经饿死了孩子的悲惨遭遇，扩大了他诗歌创作的视野。安史之乱爆发，在颠沛流离的生活过程中，他目睹了"遂令半秦民，残害为异物"的惨象，因而能够发出"乾坤含疮痍，忧虞何时毕"的感慨，把注意力集中到当时的政治、军事等国家大事上，考虑如何医治"乾坤"的"疮痍"。《北征》从题目上看，应该是一篇纪行叙事的诗歌。但由于诗人处处考虑着国家大事，所以表现在创作上，就不是单纯纪行、叙事，而是有抒情，有议论，时而揭露社会矛盾，时而发表政治主张，时而"忧虞"当前时局，时而展望未来美景。而这一切，都是被一条主线贯串起来的，那就是"乾坤含疮痍，忧虞何时毕"。

杜甫深入社会的生活实践和由此产生的忧国忧民的思想感情，是能够写出像《北征》这样的"诗史"的根本原因，但要写出这样的"诗

---

① 《由拳集》卷二三。
② 《新唐书》卷二〇一《杜甫传》："甫又善陈时事，律切精深，至千言不少衰，世号'诗史'。"

史",而不用赋的手法,不吸取文艺性散文的优点,也是不可能的。

《北征》的思想内容,当然有历史和阶级的局限性,但作为"诗史",对我们仍有认识意义。诗人为了创作"诗史"而从其他文艺样式的创作经验中吸取有用的东西,也对我们有借鉴意义。把诗歌的特点绝对化,只强调比、兴,不加分析地反对"以文为诗",对于我们创作无愧于社会主义新时期的宏伟"诗史"来说,并不是有利的。

(原刊《人文杂志》1979年第1期)

关于白居易的写作方法

读了李嘉言先生的《谈白居易的写作方法》一文（载《文学遗产》第20期），有几点不成熟的意见，提出来讨论。

一

在《谈白居易的写作方法》这篇文章中，李嘉言先生的理论系统大致是这样的：

"卒章显其志"是《诗经》的写作方法。

《诗经》以后的现实主义诗歌也多用"卒章显其志"的写作方法，所以"卒章显其志"这一写作方法是我国现实主义诗歌的优良传统。

白居易继承《诗经》及其以后的现实主义诗歌的优良传统，主要就是继承"卒章显其志"的写作方法。

这个理论系统是错误的。

"卒章显其志"是不是《诗经》的"写作方法"呢？

李嘉言先生说"凡是兴发于此而义归于彼的，就必然要'卒章显其志'"，接着又说："这并不等于说：凡不用比兴的就不能卒章显其志。《诗经》的作法，除比兴外，还有'赋'，'赋'也同样能卒章显其志。"归结起来，就是"卒章显其志"是《诗经》的"写作方法"。所以，他把白居易在《新乐府序》中所说的"卒章显其志，诗三百之义也"这两句话提出来表扬道："这是他（白居易）对于《诗经》写作方法的一个新的重大的发现。在他以前的人还没有这样说过。"其实，李先生这样表扬白居易还表扬得不全面,因为白居易原来是这样说的:"首句标其目,卒章显其志,诗三百之义也。"为什么只提出"卒章显其志"而削去"首句标其目"呢?我想,可能由于李先生也觉得"首句标其目"说不上是什么写作方法的缘故吧!

"首句标其目"说不上是《诗经》的写作方法,原是非常明显的。比如:在《邶风》和《小雅》中,各有一篇《谷风》;在《齐风》和《小雅》中,各有一篇《甫田》;在《唐风》和《秦风》中,各有一篇《无衣》;在《邶风》和《鄘风》中,各有一篇《柏舟》;在《郑风》《唐风》和《桧风》中,各有一篇《羔裘》;在《王风》《郑风》和《唐风》中,各有一篇《扬之水》;在《小雅》的《白华之什》和《都人士之什》中,各有一篇《白华》,这都是所谓"首句标其目"的。但这些标目相同的诗各有不同的内容,也各有不同的思想水平和艺术水平。如果说这些诗的写作方法就是"首句标其目",后人学习它们的写作方法也就是学习"首句标其目",岂不荒谬!

"卒章显其志"和"首句标其目"一样,也说不上是《诗经》的写作方法,这因为"诗"的"志"必须通过全篇"显"出来。"卒章"是全篇的"卒章","首句"是全篇的"首句",它们必须是全篇诗的必不可少的有机的组成部分。而且只有当它们成为全篇诗的必不可少的有机的组成部分的时候,才能发挥它们的作用。如果不是全篇诗的必不可少的有机组成部分,而只是随意安上去的"头"、接上去的"尾巴",那就是没有生命的东西。

正因为诗的"志"不是通过"卒章"而是通过全篇"显"出来的,所以,我们如果要读诗,就得读全篇,而不只读"卒章"。倘若只读"卒章",那是好笑的。比如《周南·关雎》篇的"卒章"是:"求之不得,寤寐思服。悠哉悠哉,辗转反侧。"《陈风·泽陂》篇的"卒章"是:"寤寐无为,辗转伏枕。"它们所"显"的"志"不是大致相同吗?但你如果不满足于只读"卒章"而读起全诗来,你就会知道这是两篇迥不相同的诗,它们会给你迥不相同的感受。在《诗经》中,"卒章"完全相同或大致相同的诗相当多,不妨举几个例子:

驾言出游,以写我忧。

——《邶风·泉水》

驾言出游,以写我忧。

——《卫风·竹竿》

报以介福,万寿无疆。

——《小雅·信南山》

报以介福,万寿无疆。

——《小雅·甫田》

战战兢兢,如临深渊,如履薄冰。

——《小雅·小旻》

惴惴小心,如临于谷;战战兢兢,如履薄冰。

——《小雅·小宛》

这些"卒章"完全相同或大致相同的诗,和"首句"完全相同或大致相同的诗一样,也各有不同的内容,各有不同的思想水平和艺术水平。

所以,正好像"首句标其目"不能算《诗经》的写作方法一样,"卒章显其志"也不能算《诗经》的写作方法。

"卒章显其志"这一"写作方法"是不是我国现实主义诗歌的优良传统呢?

李先生在表扬白居易提出"卒章显其志"是"他对于《诗经》写作方法的一个新的重大的发现"之后又补充说明:"他(白居易)在《新乐府序》里仅只提到'卒章显其志'是'诗三百之义',我们却莫误会三百篇以后就没有'卒章显其志'。三百篇以后的现实主义诗歌,不仅同样有'卒章显其志',而且很多。"于是举出"多谢后世人,戒之慎勿忘""传告后代人,以此为明规"等例子,即作出这样的总结:"由此可见'卒章显其志'这一写作方法不仅是我国现实主义诗歌文学的一个优良传统,而且这个传统主要表现在民歌及受民歌影响的乐府诗里。"

如在前面所说:"卒章显其志"说不上是《诗经》的写作方法,同样,也说不上是《诗经》以后的现实主义诗歌的写作方法,更说不上是"我国现实主义诗歌文学的一个优良传统"。就拿李先生所举的一些"显其志"的"卒章"来看,像"君子作歌,维以告哀""殷鉴不远,在夏后之世""多谢后世人,戒之慎勿忘""传告后代人,以此为明规"等等,不是都可以作为现成的尾巴,接在许多诗篇之后吗?李先生之所以把"卒章显其志"看作一种优越的写作方法,并把这种所谓"写作方法"看作中国现实主义诗歌的"优良传统",是和他的形式主义的美学观点分不开的。他把写作方法看成解决形式问题的公式。其实呢?写作方法并不是解决形式问题的公式,而是和作家的世界观相关联的认识并表现现实生活的原则和方法。作为我国现实主义诗歌的优良传统的写作方法,是以真实地反映现实生活为特征的现实主义写作方法,而不是"卒章显其志"的公式。诗歌和其他艺术一样,也是现实生活的反映。现实生活是非常复杂的,因而反映现实生活的诗歌也是极其多样的。我国晋代的文学家陆机在他的有名的《文赋》中早就指出了"体有万殊,物无一量"的真理。

白居易继承《诗经》及其以后的现实主义诗歌的优良传统,是不是主要就是继承"卒章显其志"的"写作方法"呢?

李先生在把"卒章显其志"规定为《诗经》及其以后的现实主义诗歌的"写作方法",并把这一"写作方法"规定为我国现实主义诗歌的"优良传统"之后,就让白居易来继承这个"传统"。他说:"白居易学习、继承《诗经》的写作方法,归结起来,主要是'卒章显其志'这一点。"又说:"白居易继承这一传统的具体例证,就是他多方地袭用了'殷鉴不远''戒之慎勿忘'一类的结束语。"

坦直地说,李先生的这些结论,是对于白居易的曲解,也是对于我国现实主义诗歌传统的曲解。必须着重指出:白居易学习《诗经》,主要是学习了它的人民性和现实主义精神,而不是主要学习了它的"卒章显其志"的"写作方法";白居易继承我国现实主义诗歌的优良传统的具体例证是他多方地表现了人民性和现实主义精神,而不是"多方地袭用了'殷鉴不远''戒之慎勿忘'一类的结束语"。

二

应该肯定:白居易从《诗经》及其以后的现实主义诗歌传统继承过来的不是"卒章显其志"的"写作方法",而是现实主义的写作方法。现实主义的写作方法是和人民性的内容分不开的。所以,在谈白居易的现实主义的写作方法的时候,必须指出:他的现实主义的写作方法决定于他所要表现的人民性的内容,而又反转来服务于他所要表现的人民性的内容。

白居易学习、继承了中国现实主义诗歌的传统,激烈地反对了"嘲风雪、弄花草"的形式主义,提出了一套相当完整的现实主义的写作理论,并以自己的写作实践了它。他在《与元九书》中说:"文章合为时而著,歌诗合为事而作。"又在《寄唐生》诗中说:"非求宫律高,不务文字奇。惟歌生民病,愿得天子知。"又在《新乐府序》中说:"为君、为臣、为民、为物、为事而作,不为文而作。"这不仅解决了文学的源泉问题,肯定了文学必须反映现实;而且也解决了文学的任务问题,肯定了文学必须改造现实。怎样改造现实呢?他看出在现实生活中,有荒淫无耻、残酷无情的剥削者、压迫者,也有喘息在残酷的剥削、压迫之下的劳动人民。要改造这种不合理的现实生活,必须尽可能地减轻对人民的剥削、压迫,使人民能够活下去,能够过人的生活。因而他从《诗经》那里、从以前的诗人那里接过了讽刺的武器,猛烈地抨击那些剥削者、压迫者以及借以实行剥削压迫的社会制度,这就是所谓"刺";他也从《诗经》那里、从以前的诗人那里学习了这样的原则:讽刺的目的是为了减轻对人民的剥削、压迫,因而也歌颂那些减轻对人民的剥削、压迫的人以及有助于减轻对人民的剥削、压迫的政治措施,这就是所谓"美"。他在《议文章》中说:"惩劝善恶之柄,执于文士褒贬之际焉;补察得失之端,操于诗人美刺之间焉。"又在《与元九书》中说:"自拾遗来,凡所遇所感,关于美刺兴比者,又自武德讫元和,因事立题,题为新乐府者,共一百五十首,谓之讽谕诗。"这里所说的"美刺",就是他从《诗经》及其以后的现实主义诗歌传统中继承过来的主要东西,也是他用以改造现实的主要武器。

"美刺"之说,见于《毛诗序》。对于《毛诗序》,有人拥护它,也有人反对它。有些反对它的人,即以它的"美刺"无一定标准为反对的主要理由。它所说的某诗"美"什么某诗"刺"什么并不一定准确,这是事实。但它提出"美刺"二字,作为文学写作和文学批评的依据,这是十分可贵的。《诗经》及其以后的古典现实主义诗歌之所以具有人民性,就由于它们讽刺了有害于人民的东西,歌颂了有利于人民的东西。

"美刺"二者虽然常常是一起提出来的,但在封建社会里,应该讽刺的东西总是那么多,而值得歌颂的东西总是那么少,所以在《诗经》及其以后的古典现实主义诗歌中,总是讽刺多于歌颂。而白居易呢?就更注重讽刺。在理论上如此,在创作上也如此。他在《与元九书》中说:

噫!风雪花草之物,三百篇中岂舍之乎!顾所用何如耳。设如"北风其凉",假风以刺威虐也;"雨雪霏霏",因雪以愍征役也;"棠棣之华",感华以讽兄弟也;……然则,"余霞散成绮,澄江净如练","归花先委露,别叶乍辞风"之什,丽则丽矣,吾不知其所讽焉。故仆所谓嘲风雪、弄花草而已。

他是如此地珍惜讽刺的武器,要求诗人不要用它去"嘲风雪、弄花草",而要用它去打击那些残暴不仁的统治者和一切不合理的现象。至于《新乐府》中的《采诗官》,更全面地阐明了他的讽刺理论:

采诗官,采诗听歌导人言。言者无罪闻者诫,下流上通上下泰。周灭秦兴至隋氏,十代采诗官不置。郊庙登歌赞君美,乐府艳词悦君意。若求兴讽规刺言,万句千章无一字。不是章句无规则,渐恐朝廷绝讽议。诤臣杜口为冗员,谏鼓高悬作虚器。一人负扆常端默,百辟入门皆自媚。夕郎所贺皆德音,春官每奏皆祥瑞。君之堂兮千里远,君之门兮九重闷。君耳唯闻堂上言,君眼不见门前事。贪吏害民无所忌,奸臣蔽君无所畏。君不见厉王胡亥之末年,群臣有利君无利。君兮君兮愿听此。欲开壅蔽达人情,先向歌诗求讽刺。

这样地看重讽刺,这就决定了他的诗歌创作的异常强烈的批判性。当然,他也在尽可能地寻找一些有利于人民的东西予以歌颂、予以支持,但在现实社会里有利于人民的东西是那样稀少,以致他不得不在《新乐府》的开头作一首"美拨乱陈王业也"的《七德舞》,来歌颂已成陈迹了的唐太宗的功业。唐太宗的"贞观之治",是有利于人民并在一定程度上符合人民的愿望的,因而也是值得歌颂的。他决不歌颂不值得歌颂的东西,决不像那些无耻的文人一样作那些"赞君美"的"郊庙登歌"和"悦君意"的"乐府艳词"。相反,他"但伤民病痛,不识时忌讳"(《伤唐衢》),大胆地写出了许多使"执政柄者扼腕"、使"握军要者切齿"、使"权豪贵近者相目而变色"(《与元九书》)的出色的讽刺作品。我们且看看他的那篇使"握军要者切齿"的《宿紫阁北村》:

  晨游紫阁峰,暮宿山下村,村老见予喜,为予开一尊。举杯未及饮,暴卒来入门。紫衣挟刀斧,草草十余人。夺我席上酒,掣我盘中飨。主人退后立,敛手反如宾。中庭有奇树,种来三十春。主人惜不得,持斧断其根。口称采造家,身属神策军。主人慎勿语,中尉正承恩!

中唐以后,宦官已变成皇帝的家奴,掌握着文武大权。这里所说的"神策军",就是保卫封建统治集团的所谓"禁军";这里所说的"中尉",就是掌握军权的得宠的宦官。在这篇诗中,诗人不仅呵斥了"暴卒",而且讽刺了放纵暴卒毒害人民的"中尉",不仅讽刺了中尉,而且也连带地讽刺了为"中尉"撑腰的皇帝。"主人慎勿语,中尉正承恩!"他讽刺的锋芒是如此尖锐,以致透过"中尉",直刺入皇帝的骨髓。

不用说,白居易的猛烈的讽刺之火是人民的反抗情绪燃烧起来的。被剥削、被压迫的人民往往从他的诗中挺身而出,和剥削者、压迫者展开面对面的斗争:"夺我身上暖,买尔眼前恩"(《重赋》),"剥我身上帛,夺我口中粟。虐人害物即豺狼,何必钩爪锯牙食人肉"(《杜陵叟》)。如果不是人民的反抗力量支持着他,他如何能写出这样充满着战斗精神的诗句?

揭露现实生活的矛盾,并讽刺、打击其有害于人民的一面,歌颂、支持其有利于人民的一面,这是从《诗经》开始的中国古典现实主义诗歌写作方法上的一个重要特征,也是白居易的写作方法上的一个重要特征。

反映现实并从而改造现实的这种企图本身就包含着崇高的理想。一个伟大的现实主义的诗人,即使不是在歌颂正面的东西而是在讽刺反面的东西的时候,也充满着理想。这就是说,他决不是为讽刺而讽刺,而是为了实现他的理想才尖锐地、辛辣地讽刺那些不合理的现象的。我们读白居易的诗,就不自觉地为他的崇高理想所鼓舞。比如说,当我们读完《卖炭翁》的时候,有谁不同情卖炭翁以及和他处于同样境遇的劳动人民;有谁不痛恨宫使以及住在宫中的一切剥削者、压迫者。而且,这篇诗的力量是如此强烈地震撼着我们,以致使我们对于卖炭翁以及和他处于同样境遇的劳动人民不可能停留在同情的阶段,而是想解救他们;使我们对于宫使以及住在宫中的一切剥削者、压迫者不可能停留在痛恨的阶段,而是想惩罚他们。而这,正就是诗人的理想。白居易的那些伟大的诗篇,都是在这种崇高的理想鼓舞之下写出来的,因而都充满着对于未来的憧憬,充满着积极的浪漫主义精神。他在《新制布裘》一诗中说:"丈夫贵兼济,岂独善一身。安得万里裘,盖裹周四垠?稳暖皆如我,天下无寒人。"那里有可以盖裹四垠的万里之裘呢？他自己就有。他在《醉后狂言酬赠萧殷二协律》一诗中说："我有大裘君未见，宽广和暖如阳春。此裘非缯亦非纩，裁以法度絮以仁。刀尺钝拙制未毕，出亦不独裹一身。若令在郡得五考，与君展复杭州人。"但在那个黑暗的社会中，他的"裁以法度絮以仁"的万里之裘又如何能由他施展？"志未就而悔已生，言未闻而谤已成。"（《与元九书》）这就是他得到的结果。但他那种"无下无寒人"的崇高的理想，却赋予他的诗歌以积极的浪漫主义精神，并通过他的诗歌而鼓舞着世世代代的读者，使他们为争取美好的未来而斗争。

不用说，白居易的这种积极的浪漫主义精神的源泉，是劳动人民对于幸福与光明的热望与信心。我们的劳动人民从来是富有理想、勇于追求幸福与光明的。早在《诗经》的《硕鼠》篇中，我们的劳动人民就唱出了"逝将去汝，适彼乐土。乐土乐土，爰得我所"的诗句。

充满着积极的浪漫主义精神，这是从《诗经》开始的中国古典现实主义诗歌写作方法上的一个重要特征，也是白居易的写作方法上的一个重要特征。

反映现实并从而改造现实的这种企图本身也包含着一种真实地反映现实的要求，因为只有真实地反映现实才能使读者去改造现实，而典型化就是基于这种要求而形成的一种真实地反映现实的方法。毛主席在延安文艺座谈会上的讲话中指出："一方面是人们受饿、受冻、受压迫，一方面是人剥削人、人压迫人，这个事实到处存在着，人们也看得很平淡；文艺就把这种日常的现象集中起来，把其中的矛盾和斗争典型化，造成文学作品或艺术作品，就能使人民群众惊醒起来，感奋起来，推动人民群众走向团结和斗争，实行改造自己的环境。""把日常现象集中起来，把其中的矛盾和斗争典型化"，这是从《诗经》开始的中国古典现实主义诗歌写作方法上的一个主要特征，也是白居易的写作方法上的一个主要特征。

一个伟大的诗人之所以和普通人不同，首先在于他富有崇高的理想和由此而产生的敏锐的艺术感受力。因此，他能够从那些普通人"看得很平淡"的生活现象中发现特征的、典型的、具有深刻的社会意义的东西；而且，这些东西一被他发现，就会立刻激起他的强烈的情绪，使他如鲠在喉，不得不吐。白居易在《采诗以补察时政》中说："大凡人之感于事，则必动于情；然后兴于嗟叹，发于吟咏，而形于歌诗矣。"又在《与元九书》中说："诗者，根情、苗言、华声、实义。"这说明被生活事件激起的情绪是诗的根本；没有这个根本，也就没有诗。但光有情绪的根本是不够的，还必须从情绪的根本上长出语言的枝叶，开出声韵的花朵，结出思想的果实。从被生活事件激起的情绪的根本上长出语言的枝叶，开出声韵的花朵，结出思想的果实，这就是"构思"的过程，也就是"典型化"的过程。

白居易的那些"为时而著""为事而作"的诗歌，都不是从概念出发凭空捏造出来的，而是从被生活事件激起的情绪的根本上培养出来的。他在《新乐府序》中说："其事核而实，使采之者传信也。"又在《秦中吟序》中说："贞元元和之际，予在长安，闻见之间，有足悲者，因直歌其事，命为《秦中吟》。"又在《伤唐衢》一诗中说："是时兵革后，生民正憔悴。但伤民病痛，不识时忌讳。遂作《秦中吟》，一吟悲一事。"这就是说，生活中的某些不合理的现象震撼了他的心灵，刺激了他的创造力。而这些生活现象之所以能震撼他、刺激他，一方面由于他具有改造现实的崇高理想和由此而产生的敏锐的艺术感受力，一方面也由于这些现象是特征的、典型的、具有深刻的社会意义的。直接写出这些现象，就已经可以感动读者。但一个伟大的现实主义诗人，为了更高度地反映生活的真实，决不会以单纯地记录个别的生活现象为满足，他要求广泛的概括与高度的集中，即要求生活现象的典型化。当特征的、典型的生活现象震撼了他的心灵，刺激了他的创造力的时候，他即利用有关的生活经验和有关的生活现象，进行典型化的工作。举例来说，比如那首有名的《重赋》吧，就决不是生活现象的摄影，而是生活现象的典型化。进城纳税的衣不蔽体的农民忽然窥见官库里山一样地堆积着缯、帛、丝、絮，这就是一个特征的、典型的、具有深刻的社会意义的生活现象。一个稍有良心的人看见这种现象都不能无动于衷，更何况是具有高度的正义感和人道主义精神的白居易！但白居易并不满足于这个现象的摄影,他利用他的生活经验和有关的生活现象:"贪吏"对农民的"敛索";"里胥"对农民的"逼迫";破败荒寒的农村景象;在大风大雪中农民们啼饥号寒的情形……这一系列的生活现象,不可能是诗人在看见农民窥看官库的同时看见的,而是从已有的生活经验中吸取来的,从有关的生活现象中选择出的。然后,作者把这许多生活现象典型化,写出了一篇这样动人的诗:

> 国家定两税,本意在爱人。厥初防其淫,明敕内外臣:税外加一物,皆以枉法论。奈何岁月久,贪吏得因循。浚我以求宠,敛索无冬春。织绢未成匹,缫丝未盈斤。里胥逼我纳,不许暂逡巡。岁暮天地闭,阴风生破村。夜深烟火尽,霰雪白纷纷。幼者形不蔽,老者体无温。悲喘与寒气,并入鼻中辛。昨日输残税,因窥官库门。缯帛如山积,丝絮似云屯。号为羡余物,随月献至尊。夺我身上暖,买尔眼前恩。进入琼林库,岁久化为尘!

这不过是随便举出的一个例子。他的一百七十二首"讽谕诗",都不是生活现象的摄影,而是生活现象的典型化。他自己在《新乐府序》中所说的"其事核而实",不仅仅是个别生活现象的真实,而是建筑在广泛的生活现象的概括之上的艺术的真实。这种艺术的真实是更高度的真实,所以,就更能够"使采之者传信"。

反映现实并从而改造现实的这种企图本身也包含着对于形式的明了性和创造性的要求:要真实地反映极其复杂的现实,就得创造极其多样的形式;要用真实地反映现实的诗歌去改造现实,就得采用易懂的语言和易唱的韵律。白居易在他的《新乐府序》中说:"其辞质而径,欲见之者易谕也。""其体顺而律,可以播于乐章歌曲也。"又在他的《寄唐生》一诗中说:"非求宫律高,不务文字奇。"这都是与形式的明了性有关的。既容易懂,又容易唱,就更易于传播,更有可能发挥巨大的宣传教育作用。又在《新乐府序》中说:"篇无定句,句无定字;系于意,不系于文。"这是与形式的创造性有关的。突破定句、定字的桎梏,自

由地创造和内容相适应的形式,就决定了他的诗歌形式的创造性和多样性。法捷耶夫说:

> 进步的浪漫主义原则跟现实主义之结合,这是证明一个艺术家有崇高的理想,他为这些理想而斗争,批评那些妨碍实现这些理想的一切。由于这个原故,他的作品才能成为革新的作品,才能具有壮丽的、同时又是朴素的、自然的、不受拘束的形式。①

用这一段话来说明白居易的诗歌形式的明了性和创造性,是非常恰切的。

形式的明了性和创造性,这是从《诗经》开始的中国古典现实主义诗歌写作方法上的一个重要特征,也是白居易的写作方法上的一个重要特征。

三

当然,"首句标其目,卒章显其志"也是《新乐府序》中的话,但这不能算白居易的写作方法,只能算他的《新乐府》的体例。他的《新乐府》既继承了《诗经》的精神,也学习了《诗经》的体例。在体例方面,《新乐府》五十首有总序,这是学习《诗经》的《大序》的;每首诗又有"美……也"、"刺……也"之类的小序,这是学习《诗经》的《小序》的;"首句标其目",这是学习《诗经》的以首句为篇名的;"卒章显其志",这是学习《诗经》的在篇末揭出基本思想的。但这不过是体例。只学习了《诗经》的体例,是不能算学习了《诗经》的。白居易之所以伟大,不是由于他学习了《诗经》的体例,而是由于他学习了《诗经》的精神。而且,所谓"首句标其目,卒章显其志",也不过是大致如此。首先,《诗经》中的诗就

---

① 法捷耶夫《论文学批评的任务》,见刘辽逸等译《苏联文学批评的任务》,三联书店出版,第220页。

不都是"首句标其目"的。《诗经》中的许多诗原来并没有篇名,它们的篇名是后人取的。其篇名的取法,也没有一定的义例。有取首章首句一字的;有取首章首句二字的;有取各章末句二字的;有取章中一字的;有取篇中一字的;有舍篇中字句而别立一名的……总之,所谓"首句标其目"的也很有限。至于"卒章显其志"的,那就更少了。《诗经》如此,白居易的《新乐府》也如此。

现在,我们不妨重点地谈一下"卒章显其志"。所谓"卒章显其志",大致是"在篇末揭出基本思想"的意思。

在《诗经》以及白居易的诗中,"卒章显其志"的作品之所以并不多,这是被诗的特性所决定的。如别林斯基所说:"哲学家用三段论法,诗人则用形象和图画说话。"诗的基本思想应该通过诗的形象表现出来。白居易的许多好诗,其基本思想都是从他在诗的形象——生活图画里揭露出来的矛盾中自然地流露出来的。例如《轻肥》:

> 意气骄满路,鞍马光照尘。借问何为者?人称是内臣。朱绂皆大夫,紫绶悉将军。夸赴军中宴,走马去如云。樽罍溢九酝,水陆罗八珍。果擘洞庭橘,脍切天池鳞。食饱心自若,酒酣气益振。

读这些诗句,就在你面前展开一幅大夫和将军们的荒淫无耻、腐化堕落的生活图画。再读下去:

> 是岁江南旱,衢州人食人!

虽然作者不忍多写,只写了这么两句,但"人食人"的惨不忍睹的景象,不是仍然展现在你的眼前了么?

这就是现实生活中的矛盾的两个方面。诗人用诗的形象揭露了这两个方面的尖锐的矛盾,而诗的基本思想,也就自然地流露了出来。看一看大夫和将军们的荒淫无耻的生活,也想一想"人食人"的景象,你就知道那些大夫和将军们喝的不是"九酝",而是人民的血泪;吃的

不是"八珍",而是人民的脂膏。又如《歌舞》:

> 秦城岁云暮,大雪满皇州。雪中退朝者,朱紫尽公侯。贵有风雪兴,富无饥寒忧。所营唯第宅,所务在追游。朱门车马客,红烛歌舞楼。欢酣促密坐,醉暖脱重裘。秋官为主人,廷尉居上头。日中为乐饮,夜半不能休。

这又是一幅公侯们的荒淫无耻、腐化堕落的生活图画。再读下去:

> 岂知阌乡狱,中有冻死囚!

作者也不忍多写,只写了这么两句,但这两句是多么有力地刺激着你的想象:贪官污吏怎样向饥寒交迫的人民勒索租税;怎样把他们抓进城来,囚在狱中;他们怎样被冻死;他们的亲人又怎样焦急地等他们回去……然后,你再看看前面的那幅荒淫无耻、腐化堕落的生活图画,你将得出什么结论?(这结论,是包含在诗的形象之中,当你正确地理解了诗的形象之后,你自己就会得出这个结论。)

又如大家熟悉的《卖炭翁》,也是通过鲜明的形象,强烈地感染着读者。总之,白居易的许多好诗,其基本思想都是通过诗的形象表现出来的。归到本题:这些诗都不是"卒章显其志"的,而是全篇显其志的。

诗的基本思想应该通过诗的形象表现出来,这决不是说在任何场合都不允许用概念来表现思想。假如诗人已经创造出诗的形象,而这个形象又能把读者引向一定的结论,那么,在这种场合,诗人可以不必说出这个结论,也可以直截了当地说出这个结论。

前面所谈的《轻肥》《歌舞》《卖炭翁》,都是诗人用他所创造的形象把读者引向一定的结论却没有说出结论的例子。

在白居易的诗中,也可以找出说出结论的例子,这就是所谓"卒章显其志"的那些作品。

当诗人在他的诗的形象中真实有力地揭露了生活的矛盾与冲突，把读者引向一定的结论的时候，他自己也往往压制不住被那些矛盾与冲突激起的汹涌的情绪，直截了当地说出他的结论。在这种场合，就有可能产生所谓"警句"。而这种"警句"，往往不只是某一篇诗所描写的生活现象的结论，同时也适用于更多的生活现象。例如《买花》一诗的结尾：

> 一丛深色花，十户中人赋。

这是作者通过诗中的人物——那个"偶来买花处"的"田舍翁"——说出的结论。又如《红线毯》一诗的结尾：

> 地不知寒人要暖，少夺人衣作地衣。

这是作者直接说出的结论。像这样的"警句"式的结论，不仅无损于诗的形象性，而且会加强诗的说服力。如陆机在他的《文赋》中所说："立片言以居要，乃一篇之警策，虽众辞之有条，必待兹而效绩。"虽然作为"一篇之警策"的"片言"不一定放在结尾，但可以肯定：像"一丛深色花，十户中人赋""地不知寒人要暖，少夺人衣作地衣"一类的结束语，是具有"一篇之警策"的作用的。

但是白居易的诗中，有着"警句"式的结论，因而加强了诗的说服力的例子是举不出很多的。这因为诗人所要说出的结论往往非几句话所能概括，因而避难就易，甘于用一些无力的句子，来顶替"警句"。不必另找例子，就看一看李嘉言先生作为白居易继承现实主义诗歌传统的例证而举出的那几个"卒章"：

> 欲令嗣位守文君，亡国子孙取为戒。（《二王后》）

> 寄言痴小人家女，慎勿将身轻许人。（《井底引银瓶》）

> 慎勿空将弹失仪，慎勿空将录制词。(《紫毫笔》)
>
> 后王何以鉴前王，请看隋堤亡国树。(《隋堤柳》)

这些并不会概括地、有力地"显"出全诗之"志"的"卒章"，是可有可无的。又如那篇有名的《折臂翁》，读者从"新丰老翁八十八，头鬓眉须皆似雪"读到"应作云南望乡鬼，万人塚上哭呦呦"，自然就会得出应得的结论，但作者却不惮烦地写出了他的结论——即企图"显其志"的"卒章"：

> 老人言，君听取。君不闻开元宰相宋开府，不赏边功防黩武。又不闻天宝宰相杨国忠，欲求恩幸立边功。边功未立生民怨，请问新丰折臂翁。

这个"卒章"，也是并不精彩的。

诗的结局是很难处理的。所以，"多谢后世人，戒之慎勿忘"一类的结束语，就变成了一种公式。而李嘉言先生偏要表扬这个公式，把它说成中国现实主义诗歌的"写作方法"。白居易在少数诗的结尾也袭用了这个公式，这自然是他的缺点。而李嘉言先生偏要表扬这个缺点，说这就是继承中国现实主义诗歌的优良传统的"例证"。

诗应该"显其志"，应该具有高度的思想性，但诗的思想性必须通过诗的形象表现出来。白居易的《二王后》《折臂翁》等诗的思想性都是通过"卒章"以前的诗的形象表现出来的，所以，它们的"卒章"虽没有提高诗的价值，也无损于诗的价值。但不论在过去或现在，都有这样作诗的"诗人"：他们不去创造足以表现诗的思想性的形象，只在一大篇苍白无力的描写或枯燥乏味的叙述之后安上一个思想性的尾巴。而李嘉言先生就把这作为一种"写作方法"，作为中国现实主义诗歌的"优良传统"肯定下来，加以赞扬，不知是什么意思？难道当我们在和公式化、概念化的倾向作斗争的时候，不应该鼓励我们的诗人去学习、继承《诗经》及其以后的中国古典现实主义诗歌的现实主义精神,倒应该鼓励他们去学习、继承这种"卒章显其志"的公式吗?

(原载 1954 年 1 月 9 日《光明日报·文学遗产》,收入《文学遗产选集》第一辑)

论白居易的田园诗

《与元九书》是白居易诗歌理论的纲领。在这篇纲领性的文章中，白居易讲过这样一些话：

> 以康乐之奥博，多溺于山水；以渊明之高古，偏放于田园。江鲍之流，又狭于此。……然则，"余霞散成绮，澄江净如练"，"离花先委露，别叶乍辞风"之什，丽则丽矣，吾不知其所讽焉。故仆所谓嘲风雪、弄花草而已。

这是不是否定陶渊明的田园诗和谢灵运的山水诗的艺术成就呢？这是不是否定所有田园山水诗在诗歌发展史上的地位乃至于否定诗歌题材的多样性呢？只要考察一下白居易的整个诗歌理论和创作，就只能做出否定性的回答。

首先，这是从"歌诗合为事而作""救济人病，裨补时缺"的高度，对陶、谢等人的创作作出的评价。所谓"多溺"，所谓"偏放"，所谓"狭"，所谓"吾不知其所讽"，分明是就题材不够广阔而言的，特别是就忽略了与"救济人病，裨补时缺"有关的重大题材而言的。看看他评论杜甫，尽管肯定其"贯串今古人，觋缕格律，尽工尽善"，而高度赞扬、奉为楷模的却是"朱门酒肉臭，路有冻死骨"之句和《新安吏》《石壕吏》《潼关吏》《塞芦子》《留花门》之章，更足以说明这一点。

其次，白居易的诗歌创作，通常以他元和十年被贬到江州为界限，分为前期和后期。在前期，他写了大量以"救济人病，裨补时缺"为目的的"讽谕诗",奠定了他在诗歌发展史上的特殊地位,这一事实,白诗研究者都注意到了,论述过了。但是,在前期,白居易也并不是只写讽谕诗。他自称"惟歌生民病""但伤民病痛",显然出于有意识的夸张。他写于元和十年冬天的《与元九书》,其光彩照人之处,在于总结了"讽谕诗"的创作经验,但也并非只谈"讽谕诗",而是还涉及其他方面的创作。且看如下一段:

> 仆数月来,检讨囊帙中,得新旧诗,各以类分,分为卷目。自拾遗来,凡所遇所感,关于美、刺、兴、比者,又自武德讫元和,因事立题,题为新乐府者,共一百五十首,谓之"讽谕诗"。又或退公独处,或移病闲居,知足保和,吟玩情性者一百首,谓之"闲适诗"。又有事物牵于外,情理动于内,随感遇而形于叹咏者一百首,谓之"感伤诗"。又有五言、七言、长句、绝句,自一百韵至两韵者四百余首,谓之"杂律诗"。凡为十五卷,约八百首。

从数量上看,在他自己编选的这十五卷诗集中,"讽谕诗"所占的比例,也不过五分之一强。

在《与元九书》中,白居易还谈了他创作各类诗的指导思想:

> 古人云:"穷则独善其身,达则兼济天下。"仆虽不肖,常师此语。大丈夫所守者道,所待者时。时之来也,为云龙,为风鹏,勃然突然,陈力以出;时之不来也,为雾豹,为冥鸿,寂兮寥兮,奉身而退,进退出处,何往而不自得哉! 故仆志在兼济,行在独善,奉而始终之则为道,言而发明之则为诗。谓之"讽谕诗",兼济之志也;谓之"闲适诗",独善之义也。故览仆诗者,知仆之志焉。

关于"穷则独善其身,达则兼济天下"的实质及其在白居易身上的表现,我在50年代中期所写的《白居易诗选译·前言》中作过一些论述,不再重复。这里要说的是:早在被贬为江州司马之前,白居易就已经有"时之不来"的感慨和"奉身而退""独善其身"的消极思想,从而写了不少"闲适诗",并把那些"闲适诗"提到与"讽谕诗"并重的位置了。而在前期的"闲适诗"中,就有不少田园诗和山水诗。

白居易把他前期所写的诗分为四大类。所谓"讽谕诗""闲适诗""感伤诗",是从内容上区分的;而所谓"杂律诗",却是从体裁上区分的。这显然不很科学。至于他批评谢灵运"多溺于山水"和陶渊明"偏放于田园",则又是从题材上着眼的。题材与作品的内容当然有联系,但也有区别。如果主要从题材着眼,则白居易前期的"讽谕诗"中显然有田园诗,其他三类诗中则既有田园诗,又有山水诗。至于后期,则由于"独善其身""知足保和"的思想占了上风,因而玩景适情,几乎成了他的重要生活内容,山水诗呢,自然也跟着连篇累牍地出现。

既然如此,要谈白居易的卓越贡献,当然不应该忽略他的"讽谕诗";但要全面地评价白居易的诗歌创作,就不应该无视"讽谕诗"以外的其他作品,包括田园诗和山水诗。

本文先谈白居易的田园诗。

西洋文学中的 pastoral,或译为牧歌,或译为田园诗。它起源于古希腊的一种描写牧人生活或农村生活的抒情小诗。其创始者古希腊诗人忒俄克里托斯(Theokritos,约前 325—前 267)的作品,以歌唱宁静悠闲的田园生活、美化农村、满足现状为特色,形成了西洋文学中田园诗的传统。因此,人们一谈到悠闲宁静、无忧无虑的生活,就喜欢加上"牧歌式的""田园诗般的"形容词。在我国,相传帝尧时有一位老人击壤而歌云:"日出而作,日入而息。凿井而饮,耕田而食。帝力何有于我哉?"①这首《击壤歌》,在满足现状这一点上与西洋的田园诗很相似,但这显然是后人的伪作。我国最早的田园诗,应该追溯到《诗经》中的《七月》。这首诗先从冬寒写到春耕,接着写妇女蚕桑、写冬猎、写农副业生产、写收完庄稼后服劳役……展现出一幅幅农村风俗画,使我们从中看到劳动者一年忙到头,仍然过着忍饥受寒的悲惨生活。原

---

① 此见《群书治要》卷十一引《帝王世纪》。《论衡·艺增》第五句作"尧何等力"。

因何在呢？就在于统治者的剥削和压迫。《诗序》说这是周公"陈王业"之作，当然值得怀疑。方玉润在《诗经原始》里说："《七月》所言皆农桑稼穑之事，非躬亲陇亩，久于其道，不能言之亲切有味也如是。"这是很有见地的。应该说，《七月》为我国田园诗开辟了现实主义的渠道，然而遗憾的是，在漫长的历史时期内，这条渠道却荒凉冷落，未见有千帆万橹，破浪乘风，掣鲸于汪洋大海。原因何在呢？这当然是个复杂的问题，需要做专题研究。但明显的事实是，从事于精神生产的诗人们多属于统治阶级的上层，席丰履厚，脱离农村，既没有田园生活的体验，更与农民们的命运毫不相关。即使宦途失意，也只会想到"买山而隐"，或者像仲长统在《乐志论》里所说的那样"欲使居有良田广宅，在高山流水之畔"，过富贵逸乐的生活罢了。到了陶渊明，这情况才有了改变。陶渊明的祖父陶侃虽以军功取得大司马的高官，但并非出身于门阀士族，因而被骂为"小人"和"溪狗"。陶渊明于家世没落之时怀抱"大济苍生"的壮志踏上仕途，自然更受人轻视；在壮志难酬与厌恶官场秽恶的情况下回到农村，"晨出肆微勤，日入负耒还"（见《于西田获早稻》诗），破天荒冲决了"士大夫耻涉农务"的剥削阶级意识，与农民们同样劳动，这就使得他成为我国文学史上第一个杰出的田园诗人，在世界文学史上也占有特殊的地位。

然而陶渊明的田园诗是不是《七月》传统的继承和发展呢？不全是。像《庚戌岁九月中于西田获早稻》《丙辰岁八月中于下潠田舍获》等诗，写"躬耕""力作"，表现了"田家岂不苦"的切身体验。这是《七月》传统的继承和发展，与西洋的田园牧歌迥不相同。但他的另一些诗，如《癸卯岁始春怀古田舍二首》《归园田居五首》等等，则着重表现了田园生活的淳朴、宁静和闲适，用以对照上层社会的虚伪、污浊和倾轧，从而抒发"久在樊笼里，复得返自然"和"是以植杖翁，悠然不复返"的情志。从发现并赞颂农村的美以暴露并批判官场的丑这一点上说，其思想意义不容低估；而"平畴交远风，良苗亦怀新""暖暖远人村，依依墟里烟。狗吠深巷中，鸡鸣桑树巅"之类的名句，写田园风光，宛然在目，又天然凑泊，无斧凿痕迹，无怪其万口传诵，历久弥新。然而就描绘农村生活的幽美、宁静以及从中流露的闲适之趣和乐天知命的情怀这一点上说,却离开了《七月》的渠道,而在某种程度上和西洋的田园牧歌合流了。

北宋诗人梅尧臣写过一篇《田家语》,一开头就说:"谁道田家乐?春税秋未足!里胥扣我门,日夕苦煎促。"这是写出了封建社会广大农村的本质真实的。然而长时期以来,人们却把陶渊明表现"田家乐"的那些诗奉为田园诗的楷模。江淹《杂体》诗拟陶渊明,就拟的是这一类,可见他心目中的田园诗与表现"田家苦"无涉。而这又是很有代表性的,陈善就说:"要知渊明诗,须观江文通《杂体》诗中拟渊明作者,方是逼真。"①盛唐时期的田园诗派,也与此一脉相承。其代表作如王维的《渭川田家》《偶然作》《春中田园作》《淇上田园即事》,孟浩然的《过故人庄》《游精思观回王白云在后》,储光羲的《同王十三维偶然作》《田家即事》《田家杂兴》等等,都是从某些侧面歌唱"田家乐"的。在这类诗里,关于田园风光的某些描写固然能够给读者以美感享受,但那里的"田家",有些并非农民,如《过故人庄》中的"故人",分明就是庄园主;有些也许是劳动者,但他们的"闲逸"或"高话羲皇年",显然是作者强加上去的。

可不可以这样说,陶渊明和盛唐田园诗派的田园诗,自有其美学价值,在文学发展史上,各以独特的艺术成就占有不容动摇的地位;但都没有真实地描写广大农村中的大多数——贫苦农民,没有真实地反映他们受剥削受压迫的悲惨生活,没有真实地表现他们的劳动和斗争、要求和理想。

封建社会的广阔天地何在呢?在农村。封建社会里从事生产斗争和阶级斗争以推动历史前进的主力军是谁呢?是农民。封建社会的基本矛盾是什么呢?是农民阶级和地主阶级的矛盾。农村是广大

---

① 见陈善《扪虱新语》下集卷四。江淹(文通)《杂体诗》中拟陶渊明作的那首诗,题为《陶征君》,诗如下:"种苗在东皋,苗生满阡陌。虽有荷锄倦,浊酒聊自适。日暮巾柴车,路暗光已夕。归人望烟火,稚子候檐隙。问君亦何为,百年会有役。但愿桑麻成,蚕月得纺绩。素心正如此,开径望三益。"

农民从事生产斗争和阶级斗争以推动历史前进的天地,是基本矛盾纵横交错的所在。正因为这样,封建社会的文学要广阔地反映现实,就不能脱离农村。从这一意义上说,为数有限的田园诗就特别值得珍视,然而西洋牧歌式的田园诗,又远远不足以反映农村生活的本质真实;而农村生活的本质真实,却关系着历史的发展、人民的命运、国家的前途,有理由要求在文学上得到反映。在唐代,沿着《七月》开辟的渠道在一定程度上回答了这一要求的诗人也不算少,白居易就是杰出的代表者。

白居易(772—846)生于袁晁所领导的浙东农民起义(762)后十年,卒于王仙芝、黄巢等农民起义(874)前二十多年。这一时期,封建社会固有的各种矛盾、特别是地主阶级与农民的矛盾进一步激化。白居易由于"时难年荒世业空",从童年开始,就飘流四方,奔走衣食,看到了广大农民所受的苦难,预感到唐王朝的统治岌岌可危,这就使得他能够接受儒家思想中积极进取的一面,力图"致君泽民",实现"兼济之志",以稳定封建秩序,维护统治阶级的长远利益。从他的大量诗文,特别是《策林》里,可以清楚地看出:他的"劝农桑""薄赋敛""罢缗钱""节财用""除贪暴""苏民困""顺民意"等政治主张,都是围绕着如何缓和地主阶级与农民阶级的尖锐矛盾这一中心问题提出来的。这表现于诗歌创作,就不能不把他的艺术视野引向农民,引向阶级矛盾纵横交错的广大农村。

白居易涉及农民、农村的诗数量很可观。有一些,可以说是继承和发展了《七月》传统的田园诗。另一些,并非完全写农村题材,不能算田园诗,但对于理解他的田园诗却是很有帮助的,因而也把它们纳入我们讨论的范围之内。

翻开《白氏长庆集》一开始就是"讽谕诗",而"讽谕诗"的第一篇就是《贺雨》。从创作时期看,《贺雨》不应该排在卷首;作者用它来"压卷",显然是就其重要性考虑的。作者既然这样重视它,我们就不妨看看它写了些什么:

    皇帝嗣宝历,元和三年冬。自冬及春暮,不雨旱燻燻。上心念下民,惧岁成灾凶。遂下罪己诏,殷勤告万邦。帝曰予一人,继天承祖宗。忧勤不遑宁,夙夜心忡忡。元年诛刘辟,一举靖巴邛。二年戮李锜,不战安江东。顾惟眇眇德,遽有巍巍功! 或者天降沴,无乃儆予躬? 上思答天戒,下思致时邕。莫如率其身,慈和与俭恭。乃令罢进献,乃命赈饥穷。宥死降五刑,已责宽三农。宫女出宣徽,厩马减飞龙。庶政靡不举,皆出自宸衷。奔腾道路人,伛偻田野翁,欢呼相告报,感泣涕沾胸。顺人人心悦,先天天意从。诏下才七日,和气生冲融。凝为悠悠云,散作习习风。昼夜三日雨,凄凄复濛濛。万心春熙熙,百谷青芃芃。人变愁为喜,岁易俭为丰。乃知王者心,忧乐与众同。皇天与后土,所感无不通。冠珮何锵锵,将相及王公。蹈舞呼万岁,列贺明庭中。小臣诚愚陋,职忝金銮宫。稽首再三拜,一言献天聪:君以明为圣,臣以直为忠;敢贺有其始,亦愿有其终。

全诗是通过"贺雨"歌颂皇帝的,不应该触怒统治者。然而白居易在《与元九书》里却说:"凡闻仆《贺雨》诗,而众口藉藉,已谓非宜矣。"这是为什么? 就因为这不是一般的"颂圣诗",而是"讽谕诗"。元和三年冬到四年春,久旱不雨,而一系列暴政、聚敛,更逼得农民倾家荡产,无以为生。白居易此时任左拾遗,屡陈时政,唐宪宗采纳了他的意见,下诏"降天下系囚,蠲租税,出宫人,绝进奉,禁掠卖。"这就侵犯了权奸们的利益。而白居易在《贺雨》里,却说皇帝由于"心念下民"而下了"罪己诏",并把"罢进献""赈饥穷""降五刑""宽三农""出宫女""减厩马"等等,都说成"出自宸衷"——皇帝的本意,要求"君明""臣直",善始善终。这不仅寓贬于褒,而且给君臣们出下永远做不好、更做不完的难题,自然要"众口藉藉,已谓非宜"了。

诗中描绘了皇帝"下罪己诏""罢进献""赈饥穷""降五刑""宽三农"之后立刻出现的喜人景象:

> 奔腾道路人,伛偻田野翁。欢呼相告报,感泣涕沾胸。顺人

人心悦,先天天意从。诏下才七日,和气生冲融。凝为悠悠云,散作习习风。昼夜三日雨,凄凄复濛濛。万心春熙熙,百谷青芃芃。人变愁为喜,岁易俭为丰。乃知王者心,忧乐与众同。

这当然不完全是客观现实,而是作者所追求的理想境界,只要看看作者写于同时或稍后的《杜陵叟》,就知道那"罪己诏"中所说的"蠲租税"不过是一句空话;其他诺言,也与此略同。这里之所以要谈这首诗,只是为了展示白居易所追求的理想境界,以便了解他是从怎样的正面理想的高度出发来面对严酷的现实,写出了别开生面的田园诗的。

白居易自谓"久处村间",但他从来没有目睹过"万心春熙熙,百谷青芃芃"的农村生活;而他的"救济人病,裨补时阙"的创作目的和"其言直而切"、"其事核而实"的创作态度又使他不至于美化现实。因此,他的田园诗的突出特点,就不是写"田家乐",而是写"田家苦"——"惟歌生民病";他笔下的"田家",也并非隐逸之士或"绿树村边合,青山郭外斜。开轩面场圃,把酒话桑麻"的庄园主,而是地地道道的农民。例如他在做周至县尉时所写的《观刈麦》:

田家少闲月,五月人倍忙。夜来南风起,小麦覆垄黄。妇姑荷箪食,童稚携壶浆。相随饷田去,丁壮在南冈。足蒸暑土气,背灼炎天光。力尽不知热,但惜夏日长。复有贫妇人,抱子在其旁。右手秉遗穗,左臂悬弊筐。听其相顾言,闻者为悲伤:"家田输税尽,拾此充饥肠。"今我何功德? 曾不事农桑。吏禄三百石,岁晏有余粮。念此私自愧,尽日不能忘!

不是像陶渊明和盛唐的田园诗人那样着重写田园风光的幽美、宁静,而是在"小麦覆陇黄"的背景上以"足蒸暑土气,背灼炎天光"的"丁壮"为中心,大力描写连"妇姑""童稚"都卷了进去的紧张而艰苦的夏收劳动,歌颂与同情之意洋溢于字里行间。这已经是全新的田园诗,在转变传统田园诗的作风上值得重视。但还不仅如此,当作者把目光移向拾麦穗的"贫妇人"及其小孩,并且"听其相顾言"的时候,他和其他"闻者"一起"悲伤"起来了!"家田输税尽,拾此充饥肠",这是她的遭遇,也是那些正忙于夏收的农民们面临的遭遇。难道他们"力尽不知热"收回家的小麦就保证足以"输税"而有余吗?结尾的六句诗虽然有点概念化,但把"不事农桑"而坐享厚禄和"家田输税尽"这两个方面对照起来,又联系起来,就可以想到更多的东西,剥削制度下的社会图景,也就呼之欲出了。再看《宿紫阁山北村》:

> 晨游紫阁峰,暮宿山下村。村老见予喜,为予开一樽。举杯未及饮,暴卒来入门。紫衣挟刀斧,草草十余人。夺我席上酒,掣我盘中飧。主人退后立,敛手反如宾。中庭有奇树,种来三十春。主人惜不得,持斧断其根。口称采造家,身属神策军。主人慎勿语,中尉正承恩!

读了前四句,很容易令人联想到孟浩然《过故人庄》的开头:"故人具鸡黍,邀我至田家。"满以为接下去,就要写"田家乐"了。然而出人意外,作者却为我们展开了农民遭掠夺的图画;而掠夺者又不是别人,乃是正受到皇帝宠信的神策军头领手下的鹰犬。鹰犬所至,农民遭殃,不要说看不到"绿树村边合""鸡鸣桑树巅"之类的田园美景,连院子里的好树都被砍掉了!这样的图画,在传统的田园诗里连影子也见不到,然而在封建社会的农村中,却是随时随处可见的现实。作者真实地反映了现实,并把讽刺的锋芒通过"中尉"刺向皇帝,难怪惹得"握军要者切齿"了。

作者在《贺雨》诗中讲到皇帝"罪己诏"中的内容之一是"已责宽三农"。"已责(债)",就是停止索债,即豁免农民所欠的租税。因为免了税,还要"赈饥穷",而老天又降了喜雨,所以广大农村"万心春熙熙,百谷青芃芃",好一派喜人的景象!然而这不过是作者"讽谕"皇帝的一种艺术手法;实际上,那一切都未曾出现。且看他的名篇《杜陵叟》:

杜陵叟,杜陵居,岁种薄田一顷余。三月无雨旱风起,麦苗不秀多黄死。九月降霜秋早寒,禾穗未熟皆青干。长吏明知不申破,急敛暴征求考课。典桑卖地纳官租,明年衣食将何如!剥我身上帛,夺我口中粟。虐人害物即豺狼,何必钩爪锯牙食人肉!不知何人奏皇帝,帝心恻隐知人弊。白麻纸上书德音,京畿尽放今年税。昨日里胥方到门,手持尺牒榜乡村。十家租税九家毕,虚受吾君蠲免恩!

"岁种薄田一顷余",田地很不少,也许"杜陵叟"是位富农吧!其实不然。《旧唐书·食货志》云:"武德七年(624)始定律令:'丁男中男给一顷(一百亩),所授之田十分之二为世业、八为口分。世业之田,身死则承户者便授之;口分则收入官。"可见"杜陵叟"实际上不过是拥有二十亩薄田的自耕农。"长吏"们明知小麦遭受自然灾害,颗粒无收,却为了追求在"考课"(考核政绩)时名列前茅,立功受赏,硬是"急敛暴征",逼得农民们"典桑卖地纳官租"。可见那"考课"的实质,并不是考察官吏们为人民做了多少好事,而是考察在剥夺民脂民膏方面谁更心狠手辣罢了。对于封建政治的揭露何等深刻!桑典尽,地卖光,"明年衣食将何如?"读诗至此不禁联想到《观刈麦》中那个"家田输税尽"的"贫妇人"的悲惨命运。所不同的是作者写"贫妇人",只以"听其相顾言,闻者为悲伤"激起人们的同情心;在这里,他再也压抑不住火一样的愤懑情绪,对统治者进行控诉:"剥我身上帛,夺我口中粟。虐人害物即豺狼,何必钩爪锯牙食人肉!"这个"我"不仅是"杜陵叟",这里的"豺狼"也不仅是在杜陵一地"急敛暴征"的官吏,而具有高度概括性,高度概括了封建社会里地主阶级与农民阶级的尖锐矛盾。

钱锺书先生说过:"西洋文学里牧歌的传统老是形容草多么又绿又软,羊多么既肥且驯,天真快乐的牧童牧女怎样在尘世的干净土里谈情说爱;有人读得腻了,就说这种诗里漏掉了一件东西——狼。"(钱锺书《宋诗选注》,人民文学出版社 1979 年版第 217 页)中国传统的田园诗亦复如是。白居易却一反传统,没有让"豺狼"们从他的田园诗里溜出去，而是如实地写他们怎样在农村里横行无忌，"虐人害物"，不过这并非"钩爪锯牙"的凶兽，而是"暴卒""里胥""长吏"和他们所代表的剥削阶级、剥削制度。当然，白居易在主观上不可能有这样的明确认识，但他实际上却透露了此中消息；在诗的结尾，连"豺狼"们的伪善也揭露无遗。而等到"十家租税九家毕"之后才宣布免税之类的"伪善"表演，正是"豺狼"们用以掩盖吃人本质的惯伎。和白居易同时的李绛就委婉含蓄地向皇帝说过："昨正月所降德音，量放（豁免）去年租米，伏闻所放数内，已有纳者。"（李绛《论事集》四《论放旱损百姓租税》）到了宋代，苏轼明说"四方皆有'黄纸放而白纸收'之语"（《东坡集》卷二十八《应诏言四事状》）。所谓"黄纸放"，和白居易所说的"白麻纸上书德音，京畿尽放今年税"原是一码事。唐朝有关任命将相、赦免、豁免等重要诏令，用白麻纸书写；一般诏令，用黄麻纸书写。宋朝则用黄纸写皇帝的诏令，用白纸写官府的公文。皇帝用免税邀美名，官府以逼税收实利，真所谓名利双收，又何乐而不为？试读此后诗人们感慨系之的诗句，诸如"自从乡官新上来，黄纸放尽白纸催"（范成大《石湖居士诗集》卷五《后催租行》）、"一司日日下赈济，一司旦旦催租税"（米芾《宝晋英光集》卷三《催租》）、"发粟通有无，宽逋已征索"（赵汝绩《无罪言》，《江湖后集》卷七）、"淡黄竹纸说蠲逋，白纸仍科不稼租"（朱继芳《农桑》，《南宋群贤小集》第十二册）等等，就可见一般了。让我们再看看《资治通鉴·唐纪·德宗纪》里的有关记载：

> 上（德宗李适）畋于新店，入民赵光奇家，问："百姓乐乎？"对曰："不乐。"上曰："今岁颇稔，何为不乐？"对曰："诏令不信，前云：'两税之外，悉无他徭。'今非税而诛求者，殆过于税；每有诏书优恤，徒空文耳！"

皇帝打猎，看见庄稼长得好，满以为百姓都很快乐。一问老百姓，则说不快乐，原因是"两税"已经够重的，而正税之外的苛捐杂税，其数量又超过正税；尽管有时候下诏优恤，却都不过是一纸空文。白居易的《杜陵叟》是写正税虐民的;《重赋》则揭露了苛捐杂税的罪恶,所以又题作《无名税》。在诗的开头,诗人先说德宗李适在颁行"两税法"的时候明确提出:"税外加一物,皆以枉法论。"可是紧接着就变卦了。接下去,诗人又让被勒索的农民以第一人称"我"的口气进行控诉,展开了"田家苦"的悲惨图景:

> 奈何岁月久,贪吏得因循。浚我以求宠,勒索无冬春。织绢未成匹,缲丝未盈斤。里胥迫我纳,不得暂逡巡。岁暮天地闭,阴风生破村。夜深烟火尽,霰雪白纷纷。幼者形不蔽,老者体无温。悲喘与寒气,并入鼻中辛。

对"田家苦"作如此真切的描写,已经难能可贵了;更可贵的是作者还让那个"我"于纳税之时看到了另一世界,发现了"苦根"所在:

> 昨日输残税,因窥官库门。缯帛如山积,丝絮似云屯。号为羡余物,随月献至尊。夺我身上暖,买尔眼前恩。进入琼林库,岁久化为尘!

琼林库和大盈库,是当时皇帝的私库,库存的来源,是所谓"进奉"。《旧唐书·食货志》记载:"常赋之外,进奉不息。韦皋剑南有日进,李兼江西有月进,杜亚扬州、刘赞宣州、王纬、李锜浙西,皆竞为进奉,以固恩泽。贡入之奏,皆曰:臣于正税外'方圆',亦曰'羡余'。"所谓"羡余物",就是"剩余物资",把从老百姓身上压榨出来的膏血叫做"羡余物"进奉给皇帝,就为的是"求宠""买恩",升官发财。原为荆南节度使的裴均依靠进奉,升为宰相,白居易曾上《论裴均进奉银器状》加以揭露。做淮南节度使的王锷又依靠进奉得到宪宗李纯的欢心,要升为宰相,白居易在《论王锷欲除官事宜状》里说:"闻王锷在镇日,不恤凋残,惟务差税;淮南百姓,日夜无憀。五年诛求,百计侵削,钱物既足,部领入朝,号为'羡余',亲自进奉;凡有耳者,无不知之。今若授同平章事,臣恐四方闻之,皆谓陛下得王锷进奉而与宰相也。臣又恐诸道节度使今日以后,皆割剥生人,营求宰相,私相谓曰:'谁不如王锷耶?'"讲得何等剀切,又多么大胆!《重赋》诗就是对这类历史事实的艺术概括。它和《杜陵叟》从不同的角度描绘了农村的苦难,塑造了受剥削受压迫的农民形象,并通过农民的血泪控诉,不仅鞭挞了横征暴敛的滥官污吏,而且指斥了以高官厚禄鼓励臣子们"惟务差税""百计侵削"的最高统治者。

白居易由于了解并同情农村疾苦,还看出了农村疾苦的根源在于统治者的诛求不已,以满足其骄奢淫逸的生活享受,因而即使不写农村,也往往用农民的困苦对照统治阶级的荒淫,从而揭示二者的因果关系。《轻肥》写"内臣"们"樽罍溢九酝,水陆罗八珍"的军中饮宴,而以"是岁江南旱,衢州人食人"作结;《歌舞》写"廷尉""秋官"们酒池肉林、"红烛歌舞",而以"岂知阌乡狱,中有冻死囚"作结;《买花》写"帝城"中的达官贵人们车马若狂,以高价买牡丹,却从啼饥号寒的农村引来一位"田舍翁",让他发出一声"长叹";并且解释说:那"长叹"的内容是"一丛深色花,十户中人赋!"甚至写《羸骏》那样的寓言诗,也在用吃得脑满肠肥的"驽骀"与"寒草不满腹"的"骅骝"作对比之后要说穿"驽骀"饲料的来源:

村中何扰扰,有吏征刍粟。沦彼军厩中,化作驽骀肉!

以上是白居易任周至县尉和左拾遗时期的作品。元和六年(811),白居易罢官,回到下邽(今陕西省渭南县)渭村,为母亲守孝,直到元和九年(814)的冬天才重返长安。这几年住在农村,生计艰难,有时自营农耕,与农民们交往,写了不少反映农村生活的诗。由于政治上受打击,这些诗不像《宿紫阁山北村》《杜陵叟》那样措词激烈,但和传统的田园诗相比,仍然属于新的类型。

五言排律《渭村退居,寄礼部崔侍郎、翰林钱舍人诗一百韵》的前半篇,对他的农村生活作了概括而全面的叙写:

圣代元和岁,闲居渭水阳。不才甘命舛,多幸遇时康。朝野分伦序,贤愚定否臧。重文疏卜式,尚少弃冯唐。由是推天运,从兹乐性场。笼禽放高翥,雾豹得深藏。世虑休相扰,身谋且自强。犹须务衣食,未免事农桑。薙草通三径,开田占一坊。昼扉扃白版,夜碓扫黄粱。隙地治场圃,闲时粪土疆。枳篱编刺夹,薙垄擘科秧。穑力嫌身病,农心愿岁穰。朝衣典杯酒,佩剑博牛羊。困倚栽松锸,饥提采蕨筐。引泉来后涧,移竹下前岗。生计虽勤苦,家资甚渺茫。尘埃常满甑,钱帛少盈囊。弟病仍扶杖,妻愁不出房。传衣念褴褛,举案笑糟糠。犬吠村胥闹,蝉鸣织妇忙。纳租看县帖,输粟问军仓。夕歇攀村树,秋行绕野塘。云容阴惨淡,月色冷悠扬。荞麦铺花白,棠梨间叶黄。早寒风槭槭,新霁月苍苍。园菜迎霜死,庭芜过雨荒。檐空愁宿燕,壁暗思啼螀。眼为看书损,肱因运甓伤。病骸浑似木,老鬓欲成霜。少睡知年长,端忧觉夜长。

这里写了如下几个侧面:一、"务衣食""事农桑"的生产劳动;二、缺粮少钱、弟病妻愁的凄苦生活;三、月冷霜寒、螀啼燕愁的自然景物;四、"犬吠村胥闹,蝉鸣织妇忙,纳租看县帖,输粟问军仓"诸句,则告诉我们这里依然有"豺狼"横行,不仅耕夫织妇们受到威逼,连作者也感到威胁。这种威胁,在《纳粟》诗里就反映得很充分:

有吏夜扣门,高声催纳粟。家人不待晓,场上张灯烛。扬簸净如珠,一车三十斛。犹忧纳不中,鞭责及童仆。

对于一个做过左拾遗的罢职官员来说,催租官吏的威风,尚且如此咄咄逼人,农民们的处境如何,也就不难想见了!

白居易在做左拾遗时所上的《论和籴状》里说过:"臣久处村间,曾为和籴之户,亲被迫蹙,实不堪命!"如今又一次"亲被迫蹙",感到"实不堪命"了。正因为他有这样的切身经历,所以能够和被剥削压迫的

农民心灵相通,从同情农民的角度写出揭露阶级矛盾的田园诗。请看《采地黄者》:

> 麦死春不雨,禾损秋早霜。岁晏无口食,田中采地黄。采之将何用,持以易糇粮。凌晨荷锄去,薄暮不盈筐。携来朱门家,卖与白面郎:"与君啖肥马,可使照地光。愿易马残粟,救此苦饥肠。"

在同一农村,同样是"麦死春不雨,禾损秋早霜",而贫与富、苦与乐的悬殊,却令人吃惊:农民冒着严寒采地黄,从凌晨到薄暮,饥肠百转,还吃不上饭;朱门家的马闲在那里,已经吃得很肥,还槽有"残粟"。——这究竟是什么原因呢?作者艺术构思的深刻之处,还在于他以"地黄"为焦点,集中了这一矛盾:农民拿"地黄"换"马残粟",用以充饥;白面郎拿"马残粟"换"地黄",为肥马滋补。马尚如此,马主人的物质享受多么豪华,也就不言可知了。马的补品来自农民,马主人豪华的物质享受,又凭的是什么呢?

农村生活的长期体验和观察,使白居易看清了一个严酷事实:"嗷嗷万族中,惟农最辛苦。"他的一部分田园诗,如《村居苦寒》《夏旱》《观稼》等等,都是这一类生活体验和观察的艺术反映:

> 八年十二月,五日雪纷纷。竹柏皆冻死,况彼无衣民!回观村闾间,十室八九贫。北风利如剑,布絮不蔽身。唯烧蒿棘火,愁坐夜待晨。乃知大寒岁,农者尤苦辛。顾我当此日,草堂深掩门。褐裘覆纮被,坐卧有余温。幸免饥冻苦,又无垅亩勤。念彼深可愧,自问是何人!(《村居苦寒》)

> 太阴不离毕,太岁仍在午。旱日与炎风,枯焦我田亩。金石欲销铄,况兹禾与黍!嗷嗷万族中,惟农最辛苦。悯然望岁者,出门何所睹?但见刺与茨,罗生遍场圃。恶苗承沴气,欣然得其所。

感此因问天,可能长不雨?(《夏旱》)

　　世役不我牵,身心常自若;晚出看田亩,闲行傍村落。累累绕场稼,嗃嗃群飞雀;年丰岂独人,禽鸟声亦乐。田翁逢我喜,默起具樽杓;敛手笑相迎,社酒有残酌。愧兹勤且敬,藤杖为淹泊。言动任天真,未觉农人恶。停杯问生事,夫种妻儿获;筋力苦疲劳,衣食常单薄。自惭禄仕者,曾不营农作;饱食无所劳,何殊卫人鹤?(《观稼》)

这三首诗都写"田家苦",但题材不同,艺术表现也各有特点。《村居苦寒》从"五日雪纷纷"的眼前景入手,重点写农民,最后写自己。大雪连日,连竹柏都冻死了,这真是"奇寒"!作者于是产生了联想,由竹柏联想到"无衣民"。竹柏素以耐寒著称,如今竟然全都冻死,那么没有衣穿的农民们又怎样呢?于是乎"回视村闾间,十室八九贫",用"北风利如剑,布絮不蔽身。唯烧蒿棘火,愁坐夜待晨"等句,描绘了农民们的"苦寒"景象。这景象,使作者农村生活的体验升华为明确的认识:"乃知大寒岁,农者尤苦辛!""乃"者,才也。"才知"如此,可见以前是并不知道的。而对于养尊处优的统治者来说,难得有这样的"乃知"。例如晋惠帝,当人家告诉他"天下荒乱,百姓饿死"的时候,就感到不可思议,反问道:"何不食肉糜?"(《晋书·惠帝纪》)当时的唐德宗也并不比这高明多少,当人家告诉他田家"不乐"的时候,也感到不可理解,反问道:"今岁颇稔,何为不乐?"白居易之所以"惟歌生民病",其目的不过是"愿得天子知",幻想天子大发慈悲,设法"疗救",但这类诗的客观意义,却远远超出了这样的范围。

由"回视村闾"转到"顾我",在艺术构思上这是进一层的联想,而"顾我"的内容,则在艺术表现上又与农民"苦寒"景象既相互对照、又相互补充。农民们"布絮不蔽身",自己则"褐裘覆纻被",这是对照。自己"幸免饥冻苦,又无垅亩勤";农民呢,当然是既受饥冻苦,又有垅亩勤,这既是对照,又有补充。"念彼""顾我",诗人深深地感到"可愧"

了。"愧"什么呢？就"愧"的是未能实现"兼济"之志。写于同一时期的《新制布裘》诗，以"丈夫贵兼济，岂独善一身。安得万里裘，盖裹周四垠？稳暖皆如我，天下无寒人"结尾，就明确地表现了这一点。应该说，这是一种人道主义精神。这种人道主义尽管有超阶级的性质，在阶级社会里无法实现，然而联系《观刈麦》的结尾，就知道它不单纯是儒家"兼善""推爱"思想的继承，而主要植根于农村生活的土壤，来自对农民疾苦的深刻了解和深厚同情。正因为有这种人道主义精神的闪光，才使白居易的田园诗和传统的田园诗区别了开来。

《夏旱》诗从写旱象入手，以金石销铄陪衬禾黍枯焦，归结到"嗷嗷万族中，惟农最辛苦"。"悯然望岁者，出门何所睹"以下，是写实，又带比兴意味，使人从自然现象联想到社会问题。望岁者本来是希望田禾丰收的，而出门一望，却"但见棘与茨，罗生遍场圃"；禾黍都被"旱日与炎风"弄得枯焦了，而"恶苗承沴气，欣然得其所"！于是以"感此因问天，可能长不雨"结束全诗，真可谓象外有象，言外有意，引人深思，发人深省。在白诗中别具一格。

《观稼》写丰收景象，为我们展开了可爱的田园风景画和田家风俗画。好容易遇上个丰年，连鸟儿的声音里都饱含着喜悦，农民们的脸上，自然也就有了笑容。读"田翁逢我喜，默起具樽杓；敛手笑相迎，社酒有残酌"诸句，令人想起陶渊明的"过门更相呼，有酒斟酌之""田父有好怀，壶浆远见候"之类的诗章，然而读着读着，读到"停杯问生事"以下，调子又变了。夫种妻获，筋疲力尽，幸而遇上丰年，仍然是"衣食常单薄"，这就是农民们的"生事"啊！作为"饱食无所劳"的"禄仕者"，作者又感到"自惭"了。

剥削阶级认为"农人恶"，白居易在与农民的亲切交往中得出了相反的结论："言动任天真，未觉农人恶。"孔丘因樊迟请学稼而骂他是"小人"，白居易却说"学农未为鄙"，亲自耕田种地。且看其反映"躬耕"生活的田园诗：

  种田计已决，决意复何如？卖马买犊使，徒步归田庐。迎春治未耜,候雨辟菑畬。策杖田头立,躬亲课仆夫。吾闻老农言:"为稼慎在初;所施不卤莽,其报必有余。"上求奉王税,下望备家储。安得放慵惰,拱手而曳裾?学农未为鄙,亲友勿笑予。更等明年后,自拟执犁锄。(《归田》三首其二)

果然,此后就自执犁锄了。"三十为近臣,腰间鸣佩玉。四十为野夫,田中学锄谷。"这的确是巨大的变化!再看七绝《得袁相书》:

谷苗深处一农夫,面黑头斑手把锄。何意使人犹识我,就田来送相公书!

在前面,我们提到白居易在他创作生活的前期,就写了不少"闲适"诗。这些"闲适"诗的写作,主要和"奉身而退""独善其身"的消极思想有关;但从诗歌传统的继承上说,则显然受陶渊明的影响。早在做周至县尉的时候,就写过这么一首《官舍小亭闲望》:

风竹散清韵,烟槐凝绿姿。日高人吏去,闲坐在茅茨。葛衣御时暑,蔬饭疗朝饥。持此聊自足,心力少营为。亭上独吟罢,眼前无事时。数峰太白雪,一卷陶潜诗。人心各自是,我是良在兹。回谢争名客,甘从君所嗤!

这里不仅把他"眼前无事时"的生活概括为"数峰太白雪,一卷陶潜诗",而且整篇诗的风格韵味,都和陶诗很接近。退居渭村之后,就进一步学习陶诗。前面谈到的反映"躬耕"生活的诗,就属于陶潜《西田获早稻》一类田园诗的系统。《效陶潜体诗十六首》中的某些篇章和《秋游原上》等等,则和陶潜《归园田居》一类的田园诗一脉相承:

家酝饮已尽,村中无酒赊。坐愁今夜醒,其奈秋怀何?有客忽叩门,言语一何佳!云是南村叟,挈榼来相过。且喜樽不燥,安问少与多?重阳虽已过,篱菊有残花。欢来苦昼短,不觉夕阳斜。老人勿遽起,且待新月华。客去有余趣。竟夕独酬歌。(《效陶潜体诗》其八)

原生衣百结,颜子食一箪。欢然乐其志,有以忘饥寒。今我何人哉?德不及先贤。衣食幸相属,胡为不自安?况兹清渭曲,居处安且闲。榆柳百余树,茅茨十数间。寒负檐下日,热濯涧底泉。日出犹未起,日入已复眠。西风满村巷,清凉八月天。但有鸡犬声,不闻车马喧。时倾一樽酒,坐望东南山。稚侄初学步,牵衣戏我前。即此自可乐,庶几颜与原。(《效陶潜体诗》其九)

七月行已半,早凉天气清。清晨起巾栉,徐步出紫荆。露杖策竹冷,风襟越蕉轻。闲携弟侄辈,同上秋原行。新枣未全赤,晚瓜有余馨。依依田家叟,设此相逢迎。自我到此村,往来白发生。村中相识久,老幼皆有情。流连向暮归,树树风蝉声。是时新雨足,禾黍夹道青。见此令人饱,何必待西成?(《秋游原上》)

这类作品,虽不像陶诗那样省净婉惬,渊深朴茂,但生活气息却更加浓厚。读这首《秋游原上》,就把你引向农村,和"田家叟"亲切交谈,分享新枣晚瓜的美味了。

白居易还用五律、五绝、七绝、五排等各种近体诗的形式表现农村题材,在诗体方面扩大了田园诗的领域。五排如《渭村退居……一百韵》已见前引。其他各体,举例如下:

二月村园暖,桑间戴胜飞。农夫春旧谷,蚕妾捣新衣。牛马因风远,鸡豚过社稀。黄昏林下路,鼓笛赛神归。(《春村》)

南窗背灯坐,风霰暗纷纷。寂寞深村夜,残雁雪中闻。(《村雪夜坐》)

门闭仍逢雪,厨寒未起烟。贫家重寥落,半为日高眠。

(《村居》)

霜草苍苍虫切切,村南村北行人绝。独出前门望野田,月明荞麦花如雪。(《村夜》)

田园莽苍经春早,篱落萧条尽日风。若问经过谈笑者,不过田舍白头翁。(《村居》)

故乡渭村的田园生活,给白居易留下了深刻的记忆。元和九年冬天回到京城,第二年就因上疏言事获罪,被贬为江州司马。在江州,他不禁触景生情,思念渭村,写了一首《孟夏思渭村旧居寄舍弟》:

啧啧雀引雏,梢梢笋成竹。时物感人情,忆我故乡曲。故园渭水上,十载事樵牧。手种榆柳成,阴阴覆墙屋。兔隐豆苗大,鸟鸣桑葚熟。前年当此时,与尔同游瞩。诗书课弟侄,农圃资僮仆。日暮麦登场,天晴蚕拆簇。弄泉南涧坐,待月东亭宿。兴发饮数杯,闷来棋一局。一朝忽分散,万里仍羁束。井鲋思返泉,笼莺悔出谷。九江地卑湿,四月天炎燠。苦雨初入梅,瘴云稍含毒。泥秧水畦稻,灰种畲田粟。已讶殊岁时,仍嗟异风俗。闲登郡楼望,日落江山绿。归雁拂乡心,平湖断人目。殊方我漂泊,旧里君幽独。何时同一瓢?饮水心亦足。

"兔隐豆苗大,鸟鸣桑葚熟""日暮麦登场,天晴蚕拆簇"等句,写田园风物,宛然可恋,从而激起了"井鲋思返泉,笼莺悔出谷"的感情波涛,渴望冲决仕途的牢笼,重返渭村。然而实际上,他从此以后,再也没有回到农村。

白居易反映"田家乐"的作品如果说和传统的田园诗不无联系的话,那么他的反映"田家苦"的田园诗,也是前有所承的。《七月》就是远源。近源呢?我们可以追溯到杜甫。白居易推崇杜甫,特别赞赏"朱门酒肉臭,路有冻死骨"之句,可见他向杜甫学习的正是这一类反映社会矛盾、同情民间疾苦的作品。杜甫早在写于天宝中年的《兵车行》中,就为"汉家山东二百州,千村万落生荆杞"的惨象焦心,为"县官急索租,租税从何出"的农民诉苦。安史乱后,"朱门务倾夺,赤族迭罹殃"[①]"乱世诛求急,黎民糠籺窄"[②]"伤时苦军乏,一物官尽取"[③]"高马达官厌酒肉,此辈杼柚茅茨空。⋯⋯况闻处处鬻男女,割慈忍爱还租庸"[④]"哀哀寡妇诛求尽,恸哭郊原何处村"[⑤]之类的诗句就经常出现,反映了被租税逼到死亡线上的农民们的悲惨处境。然而集中地描写农村题材、可以称之为田园诗的作品,在杜甫全集中还是不多的。尽管不多,却很值得注意。例如《甘林》:

舍舟越西岗,入林解我衣。青刍适马性,好鸟知人归。晨光映远岫,夕露见日稀。迟暮少寝食,清旷喜荆扉。经过倦俗态,在野无所违。试问甘藜藿,未肯羡轻肥。喧静不同科,出处各天机。勿矜朱门是,陋此白屋非。明朝步邻里,长老可以依。时危赋敛数,脱粟为尔挥。相携行豆田,秋花霭菲菲。子实不得吃,货市送王畿。尽添军旅用,迫此公家威。主人长跪问:"戎马何时稀?"我衰易悲伤,屈指数贼围。劝其死王命,慎莫远奋飞。

又如《宿花石戍》:

午辞空灵岑,夕得花石戍。岸流开辟水,木杂古今树。地蒸南风盛,春热西日暮。四序本平分,气候何回互?茫茫天地间,理乱岂恒数?系舟盘藤轮,杖策古樵路。罢(疲)人不在村,野圊泉自注。柴扉虽芜没,农器尚牢固。山东残逆气,吴楚守王度。谁能叩君门,下令减征赋?

---

① 《壮游》。
② 《驱竖子摘苍耳》。
③ 《枯棕》。
④ 《岁宴行》。
⑤ 《白帝》。

《甘林》表现了频繁的赋敛给农民带来的苦难。从结句看,农民不堪忍受"公家威"的逼迫,眼看就要"远奋飞"了!而《宿花石戍》所写的那个村子,则是泉水自流,农器徒存,而柴扉已经芜没,田园寥落,空无一人。从结句看,村民们不堪忍受"征赋"的重压,都已经"远奋飞"——逃亡乃至铤而走险了!杜甫不赞成农民们揭竿而起,因而面对即将"奋飞"的农民,就"劝其死王命,慎莫远奋飞";面对村民们全都"奋飞"的"柴扉""野圃",就自言自语:"谁能叩君门,下令减征赋?"反对农民起义,这当然是杜甫的历史局限性和阶级局限性;而这种局限性,在当时又无法超越。杜甫的伟大之处在于他尽管劝告农民们"慎莫远奋飞",却把"远奋飞"的罪责归之于"公家威""赋敛数""诛求急",而没有归之于农民本身。对于农民们受剥削受压迫的处境,他是高度同情的;对于农民们勤劳、节俭、朴厚、真诚的品质,他是高度评价的。"经过倦俗态,在野无所违"——对于上层社会随处可遇的"俗态",他深感厌倦,而一到村野,就与农民们水乳交融。这种情感是可贵的。"勿矜朱门是,陋此白屋非"——不要夸耀"朱门",认为那里的什么都"是",不要鄙视"白屋",认为这里的什么都"非"。这种不同于剥削阶级的是非观念更是可贵的。

可以看出,白居易对待农民的态度,与杜甫一致。白居易以揭露横征暴敛为中心的田园诗,也继承了杜甫田园诗的传统。

唐代宗广德元年(763),做道州刺史的元结写了《舂陵行》和《贼退示官吏》以反映道州人民的苦况。《舂陵行》有云:"州小经乱亡,遗人实困疲。大乡无十家,大族命单羸。朝餐是草根,暮食仍木皮。出言气欲绝,意速行步迟。追呼尚不忍,况乃鞭扑之!邮亭传急符,来往迹相追。更无宽大恩,但有迫促期。欲令鬻儿女,言发恐乱随。悉使索其家,而又无生资。"《贼退示官吏》有云:"城小贼不屠,人贫伤可怜。是以陷邻境,此州独得全。使臣将王命,岂不如贼焉!今彼征敛者,迫之如火煎。谁能绝人命,以作时世贤?"大历二年(767)杜甫在夔州的时候读到这两篇诗,特意写了《同元使君〈舂陵行〉并序》给予热情的赞扬。在诗里说:"道州(指元结)忧黎庶,词气浩纵横。两章对秋月,一字偕华星。……凄恻念诛求,薄敛近休明。……感彼危苦词,庶几知者听。"在序里,则说"不意复见比兴体制"。杜甫在这里以后辈诗人元结的两篇作品为例,提出了一个创作目标,即希望"知者"们效法元结,多写以"忧黎庶"为中心的"比兴体制",而白居易正是朝着这个目标前进的。他一再强调的"兴讽""风雅比兴""美刺兴比",正就是杜甫所说的"比兴体制";他在前期的创作中"但伤民病痛""惟歌生民病",也正是杜甫所说的"忧黎庶"的具体表现。而白居易的田园诗,特别是"讽谕"诗中的一些田园诗,显然从元结的《舂陵行》之类的诗作中受到启迪、吸取了营养。

在中唐前期的诗人中,白居易特别肯定韦应物。他在《与元九书》中说:"近岁韦苏州歌行,才丽之外,颇近兴讽。其五言诗又高雅闲淡,自成一家之体。今之秉笔者谁能及之!"而在韦应物揭露社会矛盾、关怀民间疾苦的作品中,就有"颇近兴讽"的田园诗。例如《采玉行》:

官府征白丁,言采蓝田玉。绝岭夜无家,深榛雨中宿。独妇饷粮还,哀哀舍南哭。

又如《观田家》:

微雨众卉新,一雷惊蛰始。田家几日闲,耕种从此起。丁壮俱在野,场圃亦就理。归来景常晏,饮犊西涧水。饥劬不自苦,膏泽且为喜。仓廪无宿储,徭役犹未已。方惭不耕者,禄食出闾里。

这些诗,在"歌民病"方面,显然为白居易所取法,而"方惭不耕者,禄食出闾里"这样的结句,又很容易使人联想到白居易《观刈麦》《观稼》《村居苦寒》等诗的结尾。其创作思想上的渊源关系,是清晰可见的。

贞元、元和之际,白居易、元稹、李绅、张籍、王建等继承《国风》、乐府民歌和杜甫诗作的现实主义传统,把主要的艺术力量用于反映社会生活中的重大问题，创作了不少光辉的现实主义诗章，包括以"忧黎庶"为中心的田园诗。这些诗人，是互相学习、互相促进的；但白居易却既有多方面的创作实践，又有相当系统的理论总结，居于倡导者的地位，对其他诗人有更大的影响。在田园诗的创作方面，他的倡导作用也是不容低估的。元稹的《田家词》、李绅的《悯农二首》、张籍的《野老歌》（一作《山农词》）《牧童词》《山头鹿》《江村行》和王建的《田家行》等等，尽管角度不同、风格各异，却都揭露了官府的横暴和赋税的繁重，以同情的笔触勾画出多灾多难的农村图景，与白居易的田园诗同属于新的流派。

白居易的田园诗对后代的影响也相当深远。晚唐诗人皮日休的《橡媪叹》，杜荀鹤的《山中寡妇》《题所居村舍》，聂夷中的《咏田家》，唐彦谦的《宿田家》，宋代诗人梅尧臣的《田家语》，李觏的《获稻》，张舜民的《打麦》，刘攽的《江南田家》，范成大的《四时田园杂兴》，章甫的《田家苦》等等，都与白居易的田园诗精神相通，前后的传承关系是值得注意的。

前人论田园诗，所着眼的只是陶渊明的《怀古田舍》《归园田居》一类的作品和盛唐诗人王维、孟浩然、储光羲的部分作品。其特点是表现农村生活的宁静、幽美与闲适，而这宁静、幽美与闲适，主要是诗人自己的感受，与真正的贫苦农民无涉。正因为与真正的贫苦农民无涉，所以那里尽管有农村中常见的榆柳桑麻禾黍麦苗鸡犬和各种禽鸟，却见不到"豺狼"的影子。而实际上，在封建社会的农村中，"豺狼"们是经常出现，决定着农民们的命运的。在我们看来，反映农村生活而把农民与"豺狼"的矛盾放到一定地位的作品，才是更真实的田园诗。然而历来的诗评家，却不这样看。截至目前，论述唐代田园诗的人都只讲王维、孟浩然和储光羲的那些历来被公认为田园诗的作品，并不曾提及杜甫、白居易等人写过田园诗，就是证明。

白居易在退居渭村期间所写的《效陶潜体诗十六首》的最后一首中就现实生活中的所见所感提出了一系列问题，其中的两个问题是：

> 谓天不爱民，胡为生稻粱？谓天果爱民，胡为生豺狼？

什么是"豺狼"？白居易早在《杜陵叟》里就通过被"急敛暴征"逼得"典桑卖地"的"杜陵叟"的口作了解释：

> 剥我身上帛，夺我口中粟。虐人害物即豺狼，何必钩爪锯牙食人肉！

白居易的田园诗，特别是"讽谕"诗中的田园诗，正是以这样的生活体验和思想认识为前提，继承了《七月》和杜甫等前辈诗人表现"田家苦"的传统创作出来的新的田园诗。其本身的现实意义及其对当时和以后诗歌创作的影响，值得认真探讨，充分估价。

白居易离开渭村之后，再没有回到农村；反映农村生活的田园诗，也几乎全部被模山范水的山水诗所取代。

（原刊《陕西师大学报》1982年第3期）

白居易诗歌理论的再认识

三十多年来,对于白居易诗歌理论的评价颇有变化,也颇有争论。这当然是正常的。变化的原因,有一些是由于认识的深化,这更是正常的。我自己的认识也有变化,但谈不上深化。简单地说,我过去偏重"救济人病,裨补时阙"等方面,而忽略了其他方面。事实上,在白居易的著作中有关诗歌理论的资料相当多,只偏重某一方面,自然会导致以偏概全的谬误。这篇文章,当然还做不到全面的论述和评价,只想多引一些白居易论诗的诗文,谈一点肤浅的看法,以就正于专家们。

《与元九书》,通常被认为是"白居易论诗的纲领"。我觉得,白居易在贬官之后写给好友元稹的这封信,一开头就谈到他写信的心情,很值得注意。他说:他很早就想"粗论歌诗大端,并自述为文之意,总为一书,致足下前",但因种种原因,却拖了下来。"今俟罪浔阳……愤悱之气,思有所泄,遂追就前志,勉为此书"。就是说,在这封信里,论诗歌和泄愤悱是结合一起的。既然如此,当我们评论他在这封信里提出某些诗歌理论的时候,不能不考虑夹杂其中的泄愤悱的成分。

在声明写信时的心情之后即"粗论歌诗大端"。他说:

> 三才各有文:天之文,三光首之;地之文,五材首之;人之文,六经首之。就六经言,《诗》又首之。何者?圣人感人心而天下和平。感人心者,莫先乎情,莫始乎言,莫切乎声,莫深乎义。诗者,根情、苗言、华声、实义。上自圣贤,下至愚骏,微及豚鱼,幽及鬼神,群分而气同,形异而情一,未有声入而不应,情交而不感者。

圣人知其然，因其言，经之以六义；缘其声，纬之以五音。音有韵，义有类。韵协则言顺，言顺则声易入；类举则情见，情见则感易交。于是乎孕大含深，贯微洞密，上下通而一气泰，忧乐合而百志熙。

在这里，我们如果不去死抠"圣人""鬼神"之类的字眼，而主要着眼于精神实质的话，就可以看出：在对于诗歌特质的认识方面，白居易既继承了《荀子·乐论》《礼记·乐记》以及《毛诗序》等前人的有关论述，又有明显的发展。

首先是"根情"。

白居易认为"情"是诗歌的"根"。没有"情"这个"根"，就没有诗。把"情"强调到"诗根"的程度，应该说是"诗言志""诗缘情"说的发展。

其次是"苗言""华声""实义"。

有了"情"这个"诗根"，就可以长"苗"、开"花"、结"实"。但作为诗"苗"、诗"花"、诗"实"，又有其特殊性。"因其言，经之以六义；缘其声，纬之以五音。音有韵，义有类。韵协则言顺，言顺则声易入；类举则情见，情见则感易交。"这一段话，对诗歌的语言、声韵乃至"六义"（风、雅、颂、赋、比、兴）的运用，都提出了特殊要求。

那么，诗歌为什么具有这些特质呢？白居易指出："大凡人之感于事，则必动于情，然后兴于嗟叹，发于吟咏，而形于歌诗矣。"[①]"感人心者，莫先乎情，莫始乎言，莫切乎声，莫深乎义。"正是因为他有这样一些认识，才能高度概括地提出关于诗歌的定义：诗者，根情、苗言、华声、实义。他认为，"根情、苗言、华声、实义"的诗歌，必然具有"感人心"的艺术魅力。而用诗歌"感人心而天下和平"，乃是他的美学理想。

诗歌的功用是和诗歌的特质分不开的。白居易在谈诗歌特质的时候，已经涉及诗歌的功用："感人心"。关于这一点，他在别的地方还作了发挥和补充。

[①] 《策林·采诗以补察时政》。

白居易对诗歌的功能有多方面的认识。他既强调"裨教化",又不忽视"理情性";既突出功利性,又没有忘记娱悦性("销忧懑""悦性情""以诗相娱")。有人指摘道:"孔夫子还懂得'兴''观''群''怨',他白居易只承认'观',对诗歌社会功能的认识比孔夫子更狭隘。"①这显然不符合实际。

前面已经提到,白居易特意声明,他在《与元九书》里,既"粗论歌诗大端",又"自述为文之意";而这,又是与"愤悱之气"的宣泄相结合的。且看他如何"自述为文之意":

> 自登朝来,年齿渐长,阅事渐多,每与人言,多询时务,每读书史,多求理道,始知文章合为时而著,歌诗合为事而作。是时皇帝初即位,宰府有正人,屡降玺书,访人急病。仆当此日,擢在翰林,身是谏官,手请谏纸,启奏之外,有可以救济人病,裨补时阙,而难于指言者,辄咏歌之,欲稍稍进闻于上。上以广宸聪,副忧勤;次以酬恩奖,塞言责;下以复吾平生之志。

在这里,他把创作讽谕诗的主观认识和客观条件都谈得很清楚。那时候,宦官专权、藩镇割据,"均田制"遭到破坏,"两税法"加剧了对农民的残酷剥削,巧立名目的苛捐杂税无异公开掠夺,农村经济凋敝,官贪吏污,民不聊生。白居易"每与人言,多询时务",加上他多年的切身经历,对这一切有相当深刻的了解,因而迫切地希望实行政治改革,也希望文学创作有助于这种改革。这在他的七十五条《策林》里,已经有充分的表现。这里提出的"文章合为时而著,歌诗合为事而作""救济人病,裨补时阙",其具体内容已见于《策林》中的《议文章碑碣词赋》《采诗以补察时政》和《复乐古器古曲》诸条。

从这些文章可以看出,在朝政那么腐败,统治者那么贪暴,社会问题那么严重的时代里,却流行着"诬善恶""混真伪",通过"雕章镂句"

---

① 《光明日报·文学遗产》第666期。

阿谀逢迎、歌功颂德、粉饰升平的文风。白居易要求改革这种文风，"尚质抑淫，存诚去伪"。至于他希望皇帝用行政命令手段，对"含炯戒讽谕"的作品"虽质虽野，采而奖之"，对"有虚美愧辞"的作品"虽华虽丽，禁而绝之"，就有点"矫枉过正"的味道。更何况，皇帝喜欢的正是白居易要求禁绝的东西。作为最高统治者，怎能听任别人干预政治、揭露阴暗面呢？且看白居易在《新乐府·采诗官》里，又是怎么描写的：

> 郊庙登歌赞君美，乐府艳词悦君意。若求兴谕规刺言，万句千言无一字。自始章句无规刺，渐及朝廷绝讽议。诤臣杜口为冗员，谏鼓高悬作虚器。一人负扆常端默，百辟入门两自媚。夕郎所贺皆德音，春官每奏唯祥瑞。君之堂兮千里远，君之门兮九重闷。君耳惟闻堂上言，君眼不见门前事。贪官害民无所忌，奸臣蔽君无所畏。

正是针对这些情况，白居易主张"采诗以补察时政"，并大声疾呼："欲开壅蔽达人情，先向歌诗求讽刺。"

然而统治者自己既然是人民苦难的制造者，又怎么会乐于看到表达"人（民）情"、揭露暴政、鞭挞统治者的罪行的作品呢？他们提倡的，正是那些"赞君美""悦君意"、掩盖社会真实、伪造大好形势、把暴政吹成美政的作品。《策林·复乐古器古曲》所讲的情况是值得注意的：

> 时议者或云："乐者，声与器迁，音随曲变。若废今器用古器，则哀淫之音息矣；若舍今曲奏古曲，则正始之音兴矣。"

这种"时议"，看来是针对当时民间歌曲、或者某些反映了"民情"的歌曲而发的。那些歌曲，多少有点"哀以思"，乃至"怨以怒"的味道，统治者便企图用废今器今曲、用古器古曲的办法来对付。白居易对这种"时议"进行了驳斥：

> 乐者本于声,声者发于情,情者系于政。盖政和则情和,情和则声和,而安乐之音,由是作焉。政失则情失,情失则声失,而哀淫之音,由是作焉。斯所谓声音之道与政通矣。……若君政骄而荒,人心困而急,则虽舍今器用古器,而哀淫之声不散矣,若君政善而美,人心和而平,则虽奏今曲废古曲,而安乐之音不流矣。

接下去,白居易提出了一个重要原则:"乐不可以伪"。那么,要区分真、伪,有什么标准呢?白居易没有直接回答这个问题,而作了如下推论:

> 和平之代,虽闻桑间濮上之音,人情不淫也,不伤也;乱亡之代,虽闻咸、頀、韶、武之音,人心不和也,不乐也。
>
> 若君政和而平,人心安而乐,则虽援黄桴、击野壤,闻之者必融融泄泄矣。若君政骄而荒,人心困而怨,则虽撞大钟、伐鸣鼓,闻之者适足惨惨戚戚矣。

这就是说,当"君政骄而荒,人心困而怨"的时候,硬要违背"人心"、美化现实、歌颂"善政"、赞扬"美好生活",这就是"伪"。与此相反,如实地揭露君骄政荒、反映民困人怨,这就是"真"。

基于上述认识,白居易强调"文章合为时而著,歌诗合为事而作"。"为时""为事",就是要表达民情,如实地反映时代的重大问题,"美"其所当"美","刺"其所当"刺","褒"其所当"褒","贬"其所当"贬",从而有助于"救济人病,裨补时阙"。而当他"擢在翰林,身居谏官",又对初即位的宪宗皇帝抱有幻想的时候,便将这些认识付诸实践,创作了以《秦中吟》《新乐府》为代表的"讽谕诗"。

关于"讽谕诗"在形式方面的要求,总的说来,就是与"存诚去伪"相关联的"尚质抑淫"。至于"讽谕诗"中的《新乐府》,还有其他要求,《新乐府序》中说:

> 篇无定句,句无定字,系于意不系于文。首句标其目,卒章显

其志,诗三百之意也。其辞质而径,欲见之者易谕也。其言直而切,欲闻之者深诫也。其事核而实,欲采之者传信也。其体顺而肆,可以播于乐章歌曲也。

除了"其事核而实"一条而外,都是就表现形式说的。每篇都"首句标其目",未免单调;有意识地在"卒章"说明作诗主旨,发抽象议论,难免导致概念化倾向。幸而《新乐府》五十首,并非每篇"卒章显其志",如《卖炭翁》《杜陵叟》等名篇,并无概念化缺点,极富艺术感染力。至于其他各条,则是和"惟歌生民病"的特定内容相适应的,和乐府诗适于歌唱的特定要求相适应的。从"见之者易谕"可以看出,白居易在把诗歌创作的笔触伸向民间疾苦、伸向严重社会问题的时候,为了使他的作品得到更多人的理解、发挥更广泛的作用,在诗的形式方面,已经朝通俗化、群众化的方向努力了。

以上谈了白居易关于"讽谕诗"的理论。这些理论,从白居易自己的阐述看,主要产生于他对"时政"、对"民病痛",对当时以"虚美"为特征的文风的深切了解及其改革要求。如果前有所承的话,则主要继承了《毛诗序》"下以风刺上"的精神并加以发展,而丢掉了"上以风化下"的内容。"惟歌生民病"而"愿得天子知",希望天子"先向歌诗求讽刺",从而"救济人病,裨补时阙",其终极目的是维护封建统治,使之长治久安。这是白居易无法逾越的历史局限。但就当时来说,他的这些理论及其创作实践,其"刺上"的倾向是显而易见的。就是说,对于"骄而荒"的"君政"进行了揭露和鞭挞,而不是美化和歌颂。

这里应该提到,党的三中全会以后,否定了"文艺为政治服务"的口号,这是十分正确、十分必要的。但有人把白居易的讽谕诗及其创作理论与"文艺为政治服务"等同起来加以否定和嘲讽,却是不合实际的。回想一下我们鼓吹"文艺为政治服务"的那些年代吧!那时候所谓的"文艺为政治服务",就是"写中心""演中心""唱中心",紧密地"配合"一切政治任务和政治运动。对"反右",对"大跃进",甚至对"文化大革命",只能唱赞歌,只能说"就是好,就是好!"谁敢说"救济人病,裨补时阙"？谁敢写《卖炭翁》《杜陵叟》《轻肥》《重赋》《观刈麦》《宿紫阁山北村》那样的诗？万一说了，写了，其后果又如何？不说"文革"，即就"大跃进"而言，那种"浮夸风""共产风"和一系列违反客观规律的极端做法所造成的严重灾难，真是怵目惊心，但诗人和作家，不但不敢如实反映，还不得不在强令"配合"的情况下在创作上也大放"卫星"，违心地编造谎言。仅有的例外是彭德怀同志根据他在 1958 年 12 月访问故乡时的所见所闻所感所写的《故乡行》：

  谷撒地，薯叶枯，青壮炼铁去，收禾童与姑。来年日子怎么过，我为人民鼓与呼。

  但这篇作品，那时候是无处发表的；彭老受到的与此有关的待遇，也是众所周知的。不难看出，彭总的这首《故乡行》很像白居易的某些讽谕诗。其艺术质量，还不一定比白居易的某些讽谕诗高，但无疑具有强大的艺术生命力。如果有谁写当代文学史，在"大跃进"年代里要找一篇反映生活真实、忧心祖国前途、传达人民呼声的真诗的话，就不能不找到这一首。时代不同，对文艺的要求自然也有所不同。但不论任何时代，文艺家对社会、对政治、对人民，都应该怀有强烈的责任感，而不应该漠不关心。白居易的讽谕的诗歌理论有什么缺点是应该讨论的，但其对社会、对政治、对人民所体现的强烈的责任感，却是值得肯定的。不伦不类地与"文艺为政治服务"挂钩而加以贬斥，进而阐扬一种淡化现实、淡化政治的理论，虽然很时髦，却未必是有益的。
  评价白居易关于讽谕诗的理论及其创作实践，还要看社会效果。白居易本人曾满怀"愤悱之气"谈到那些社会效果。近来人们喜欢引用的是这么几句：

  今仆之诗，人所爱者，悉不过杂律诗与《长恨歌》已下耳，时之所重，仆之所轻。至于讽谕诗，意激而言质……宜人之不爱也。（《与元九书》）

引用者说：你看吧！连白居易自己都供认他所爱的讽谕诗人家都"不爱"，而且已认识到像那样"意激而言质"的东西，人家"不爱"是应该的。既然如此，那还有什么价值呢？

其实，白居易的那些话是带着"愤悱之气"说的。那"愤悱"，来自某些人对讽谕诗的攻击、诽谤以及由此导致的后果。他在讲了为什么写讽谕诗之后对元稹说：

岂图志未就而悔已生，言未闻而谤已成矣！……凡闻仆《贺雨》诗，而众口籍籍，已谓非宜矣。闻仆《哭孔戡》诗，众面脉脉，尽不悦矣。闻《秦中吟》，则权豪贵近者相目而变色矣。闻乐游园寄足下诗，则执政柄者扼腕矣。闻《宿紫阁村》诗，则握军要者切齿矣。大率如此，不可遍举。不相与者号为沽名，号为诋讦，号为讪谤。苟相与者，则如牛僧儒之戒焉。乃至骨肉妻孥，皆以我为非也。（《与元九书》）

在《寄唐生》中不仅抒发他自己的愤慨，还对《新乐府》作了自我评价，并以此回击了权豪的攻讦，回答了亲朋的非难。（应该指出："惟歌生民病"是白居易就他的《新乐府》说的，并且是相对于"宫律""文字"说的，既不是泛指他的一切作品，更不曾要求别人不管写什么诗都得"惟歌生民病"。）

关于《秦中吟》，在《伤唐衢》里也慨乎言之："忆昨元和初，忝备谏官位。是时兵革后，生民正憔悴。但伤民病痛，不识时忌讳。遂作《秦中吟》，一吟悲一事。贵人皆怪怒，闲人亦非訾。天高未及闻，荆棘生满地。"

从白居易自己的诉述看，"讽谕诗"揭露、批判的矛头指向哪里，哪里就一片喊打声。那些"权豪贵近"，那些"执政柄者"，那些"握军要者"，那些"贵人"，一个个"变色""扼腕""切齿"，"号为诋讦"，"号为讪谤"，在作者周围布满"荆棘"，这正说明白居易关于"讽谕诗"的理论及其创作实践，就客观效果而言，是有利于人民而不利于统治者推行暴政的。怎能由于统治者"不爱",就断言"讽谕诗"的艺术质量低!

　　白居易的"讽谕诗",是不是"时人"都"不爱"呢?回答是否定的。元稹在《白氏长庆集序》里就说过:"《贺雨》《秦中吟》等数十章,指言天下事,时人比之《风》《骚》焉。"白居易自己也讲过当时有人"爱"讽谕诗:"有邓鲂者,见仆诗而喜,无何而鲂死;有唐衢者,见仆诗而泣,未几而衢死;其余则足下(元稹),足下又十年来困踬若此。"这里只提到三个人,也是带着"愤悱之气"讲的,极言知音之少而知音又"不利若此",从而发出"岂六义四始之风天将破坏不可支持耶?抑又不知天之意不欲使下人之病苦闻于上耶"的诘问。其实,就在同一篇《与元九书》里,当他得意洋洋地讲到"自长安抵江西,三四千里,凡乡校、佛寺、逆旅、行舟之中往往有题仆诗者,士庶、僧徒、孀妇、处女之口每每有咏仆诗者"的时候,特意举出:"又昨过汉南日……诸妓见仆来,指而相顾曰:'此是《秦中吟》《长恨歌》主耳!'"可见元和五年前后写于长安的《秦中吟》,几年以后,就已经在汉南广泛流传,并为作者赢得了"《秦中吟》主"的荣誉。

　　关于《新乐府》当时流传的情况,白居易没有明确地讲过。1959年在新疆婼羌县米兰古城,发现了回纥族民间诗人坎尔曼于元和十五年抄录的《卖炭翁》和他自己写于元和十年的《诉豺狼》等等。《诉豺狼》一诗,显然是效法白居易《新乐府》中的《杜陵叟》等篇的。这说明白居易元和四年写于长安的《新乐府》中的一些佳作,几年以后,已流传到西北少数民族地区,并且影响到民间诗人的创作。

　　白居易明明讲过《秦中吟》传诵的情况,又说讽谕诗"意激而言质""宜人之不爱",显得自相矛盾。白居易在《编集拙诗成一十五卷,因题卷末,戏赠元九李二十》诗中把《长恨歌》与《秦中吟》并提,作为那十五卷诗的代表,预言"身后文章合有名",在与此同时写的《与元九书》里对他的"新艳小律"也自夸自赞,却又说什么"今仆之诗,人所爱者,悉不过杂律诗与《长恨歌》已下耳,时之所重,仆之所轻",也显得自相矛盾。这矛盾,产生于"讽谕诗"被攻击、被诽谤以及由此引起的"荆棘生满地"的后果。白居易对此极愤慨,因而突出强调"讽谕诗"的重要性。

在《与元九书》中,对《诗三百》以后许多诗人的评论显得偏激,也和他要突出地强调"讽谕诗"的重要性有关。那段评论的中心意思是:李白的诗作,"才矣奇矣,人不逮矣",但像"讽谕诗"那样的作品,却"十无一焉";杜甫的诗,"可传者千余首,至于贯串今古,觑缕格律,尽工尽善,又过于李",但《新安吏》《石壕吏》等像"讽谕诗"那样的作品,"亦不过三四十首";其他如陶渊明,其诗极"高古",却偏于写田园诗;谢灵运呢,其诗很"奥博",却多半是山水诗,像"讽谕诗"那样的作品是少见的。总而言之,那段评论,不过是在追溯"讽谕诗"传统之时,强调那类诗在《诗三百》之后为数不多,因而弥足珍贵,应该提倡而已,并没有否定那些诗人。相反,对那些诗人在其他方面的成就,还是高度评价的。有人指摘,在白居易眼中,"大有'删后无诗'之概",事实又何尝如此。

白居易的诗歌理论远远超出"讽谕诗"的理论。谈白氏诗论而只局限于"讽谕诗"的理论,自然难免片面性。

白居易既然认识到"情"为诗"根",就必然肯定诗歌题材、风格、功能的多样性。"大凡人之感于事,则必动于情",就会"形于诗歌",而在纷纭复杂的社会生活和自然环境中,可以使人"动情"的"事"是多种多样的。他在任左拾遗的那段时间,"闻见之间",深感政荒民困,有许多事"可悲",便"一吟悲一事",写了《秦中吟》;又感到有许多事"可哭",而又"不能发声哭",便"转作《乐府诗》"。他的"讽谕诗",就是这样写出的。当然,使他"动情"的"事"并不限于这方面。早在做周至县尉的时候,就有"数峰太白雪,一卷陶潜诗"的句子。后来退居渭村,又写了《效陶潜体诗十六首》及其他一些被归入"闲适诗"里的田园诗。至于山水诗,他写得更多。

白居易贬官江州,把他在此以前的诗作编为十五卷,分为四类。《与元九书》云:

> 自拾遗来,凡所适所感,关于美刺兴比者,又自武德讫元和,因事立题,题为新乐府。……

又或退公独处,或移病闲居,知足保和,吟玩情性者一百首,谓之闲适诗。

又有事物牵于外,情理动于内,随感遇而形于咏叹者一百首,谓之感伤诗。

又有五言、七言长句、绝句,自一百韵至两韵者四百余首,谓之杂律诗。

《与元九书》又云:"谓之'讽谕诗',兼济之志也;谓之'闲适诗',独善之义也。……其余杂律诗,或诱于一时一物,发于一笑一吟……取其释恨佐欢。"

上面这些话,也都属于他"自述为文之意"的范围。白居易结合自己的创作实践,对诗歌题材、体裁、风格、功用的多样性,都有所阐明。

《新乐府序》里所讲的"其辞质而径""其言直而切"等等,那是就他的《新乐府》说的。对不同性质的诗,在形式、风格等方面又有不同要求。《与元九书》追忆他与元稹"各诵新艳小律",知音者以为"诗仙"。这些诗是"新艳"的,而不是"质直"的。《江楼夜吟元九律诗成三十韵》,则对元稹律诗的特点从多方面进行概括,认为其诗精思入玄,清音谐律,截金为句,雕玉作联,丽似白雪,妍胜碧云,五彩相宣,八风间发。对元稹的这些律诗,白居易简直赞不绝口,可见他并不是不论什么诗,都要求"意激而言质"。前人作诗,首先讲究"得体"。以不可压抑的激情写"卖炭翁""杜陵叟"的遭遇,"意激而言质"是"得体"的;如果写得像元稹的这些律诗一样,那将是什么情景!元稹在《白氏长庆集序》里讲到白居易诗歌的长处时说:"讽谕之诗长于激;闲适之诗长于遣;感伤之诗长于切;五字律诗,百言而上长于赡;五字、七字,百言而下长于情。"把"激"作为"讽谕诗"的长处,无愧知音。

白居易论诗的材料比较多。例如在赞美刘禹锡"沉舟侧畔千帆过,病树前头万木春"等句"真谓神妙"的时候,提出了"文之神妙莫先于诗"的见解。他创作了《禽虫十二章》,被元稹、刘禹锡称赞为"九奏中新声,八珍中异味",我们认为那可以称为寓言诗。而他在《序》里所讲的"《庄》《列》寓言,《风》《骚》比兴,多假虫鸟以为筌蹄",则是他写寓言诗的理论。

对画、对赋等等,白居易也发表过可取的意见。《记画》中说:"画无常工,以似为工;学无常师,以真为师。"画家必须"得于心,传于手","措一意,状一物,往往运思,中与神会",其绘画才能达到"形真而圆,神和而全"的境界。《赋赋》则主张作赋既须"立意为先",又以"能文为主"。而总的要求是:"逸思飘飘""雅音浏亮""华而不艳,美而有度"。这虽然不是直接论诗的,也可以和他的诗歌理论结合起来研究。"赋者,古诗之流也",而"诗画一理",原是历来公认的。

这篇稿子收尾之后,中州古籍出版社赠我一册美籍华人刘若愚教授所著的《中国的文学理论》。匆匆翻阅,看到在《玄学成分为实用论所吸收》一节里,他引了白居易《与元九书》中"三才各有文"那一段,评论道:

> 白氏从玄学的前提出发,最后得出了他关于诗的定义:诗包涵表现、审美以及实用的成分,和情、声、义丝丝相扣。在该书的下文中,他更进一步强调了文学的实际功能。

刘若愚教授虽然还没有涉及《与元九书》以外的有关材料,却已经看出白居易"关于诗的定义:诗包涵表现、审美以及实用的成分,和情、声、义丝丝相扣"。而我们的专家在《白居易诗歌理论与实践之再认识》这样大的题目下作文章,却断言:"按照白氏上述观点,诗歌并不是一种艺术,而仅仅是为政治服务的工具,其价值亦仅仅取决于此。"(《光明日报·文学遗产》第666期)孰是孰非,明眼人是不难辨别的。

(原刊《河南社联》1988年第2期)

韩文阐释献疑

韩愈作为卓越的散文家，有一整套创作理论。他的门人李翱在《答朱载言书》中说："天下之语文章，有六说焉：其尚异者，则曰文章辞句奇险而已；其好理者，则曰文章叙意苟通而已；其溺于时者，则曰文章必当对；其病于时者，则曰文章不当对；其爱难者，则曰文章宜深不宜易；其爱易者，则曰文章宜通不当难。此皆情有所偏滞而不流，未识文章之所主也。"[①]从韩愈的"古文"理论和创作实践看，在李翱概括的当时文坛争论的六大热点中，他是"尚异"爱"奇"的，但不排除"理"，即在主"理"的前提下尚异、好奇；他是倡导"古文"（散文），反对"时文"（骈文）的，但不排除"对"，如《进学解》等篇，对偶句层出不穷，却以散御骈，具有散文浑灏流转的气势；他是"爱难"的，但不片面追求"难"，而是"惟其是"。所谓"是"，包含"恰当""正确""合理""恰到好处"之类的意思，根据体裁、内容、对象的不同而处理难易深浅的问题，比"文章宜深不宜易"的简单化提法高明得多。

更重要的是：韩愈在强调文学修养的同时还强调思想文化、道德品质的修养，提出了著名的"养气"论："行之乎仁义之途，游之乎《诗》《书》之源"，"根之茂者其实遂，膏之沃者其光晔"。善养"浩然之气"，则"气盛"；"气盛，则言之短长与声之高下都皆宜"（《答李翊书》）。他深刻地认识到："夫所谓文者，必有诸其中，是故君子慎其实。实之美恶，其发也不掩，本深而末茂，形大而声宏，行峻而言厉，心醇而气和，

---

① 《全唐文》卷六三五，中华书局1982年版，第6411页。

昭晰者无疑,优游者有余。"(《答尉迟生书》)他还中肯地指出:创作必须有感而发,"有不得已者而后言,其歌也有思,其哭也有怀",提出了著名的"不平则鸣"说(《送孟东野序》)。

韩愈为文之所以"尚异",在《答刘正夫书》中做了比较集中的论述,其要点是"师古圣贤人"而"师其意,不师其辞","能自树立,不因循"。"夫百物,朝夕所见者人皆不注视也,及睹其异者,则共视而言之。夫文,岂异于是乎?汉朝人莫不能为文,独司马相如、太史公、刘向、扬雄为之最。然则,用功深者其收名也远;若皆与世浮沉,不自树立,虽不为当时所怪,亦必无后世之传也。"不作时下流行的、人云亦云的、公式化的文章,而要深造自得,发挥远见卓识,进行独创性的艺术构思,写出的文章既"异"于古人、时人的作品,也"异"于自己的其他作品,这就是韩愈所"尚"的"异",颇相当于我们所说的艺术独创性。由此可见,把韩愈追求的"异"等同于"险怪""奇诡",是并不全面的;当然,那"异"里也的确包含了"险怪"与"奇诡"。然而即使对于韩文中的那些的确"险怪""奇诡"的篇章,如果不探究其"有不得已者而后言"的独特感受、独特命意,而仅仅从遣词造句、艺术表现方面去阐释其"险怪""奇诡",也是搔不着痒处的。从古到今,对于韩文的阐释、品评可谓多矣!鞭辟入里者不胜枚举;然而搔不着痒处的,也还不是绝无仅有。

《送杨少尹序》是古今各种韩文选本、古文选本入选的名篇,全文如下:

> 昔疏广、受二子,以年老一朝辞位而去。于时公卿设供张,祖道都门外,车数百两,道路观者多叹息泣下,共言其贤。汉史既传其事,而后世工画者又图其迹。至今照人耳目,赫赫若前日事。国子司业杨君巨源方以能诗训后进,一旦以年满七十,亦白丞相去归其乡。世常说古今人不相及,今杨与二疏其意岂异也?
>
> 予忝在公卿后,遇病不能出。不知杨侯去时,城门外送者几人?车几两?马几匹?道边观者,亦有叹息知其为贤与否?而太

史氏又能张大其事,为传继二疏踪迹否? 不落莫否? 见今世无工画者,而画与不画,故不论也。

然吾闻杨侯之去,丞相有爱而惜之者,白以为其都少尹,不绝其禄。又为歌诗以劝之,京师之长于诗者,亦属而和之。又不知当时二疏之去有是事否? 古今人同不同未可知也。中世士大夫以官为家,罢则无所于归。杨侯始冠,举于其乡,歌《鹿鸣》而来也。今之归,指其树曰:"某树,吾先人之所种也;某水某丘,吾童子时所钓游也。"乡人莫不加敬,诫子孙以杨侯不去其乡为法。古之所谓"乡先生没而可祭于社"者,其在斯人欤,其在斯人欤!

题中的"杨少尹"就是中唐著名诗人杨巨源。长庆元年为国子司业,四年(824),以年满七十,自请致仕回乡。"宰相爱其才,奏授河中少尹,不绝其俸",韩愈作了这篇"序"送他。前人品评,多从艺术表现方面说它如何"奇",如何"妙",如林云铭《韩文起》云:"七十,致仕之年也,杨侯原不得为高;增秩而不夺其俸,亦国家优老之典也,杨侯又不得为奇。至于赠行唱和,乃古今之通套;而不去其乡,尤属本等之常事。看来无一可着笔处,昌黎偏寻出汉朝绝好的故事来,与他辞位、增秩及歌诗数事有同有不同处,彼此相形,作了许多曲折。末复把中世绝不好的事作反衬语。逼出他归乡之贤,便觉件件出色。皆从无可着笔处着笔也。坊评只赞其故作波澜,而不知非得此波澜,即不能成一字。故能作古文者方能读古文,俗眼评来,自然可笑。"①今人的品评亦与此类似,如《韩愈诗文评注》云:"写序送行属一般时文,极易流于一般应酬文字的老套。序中所写二疏之事,七十致仕,不去俸禄,唱和饯行等俱属常人惯熟之事,看来无一可着笔处。然韩愈能从无可着笔处着笔,从平凡的事迹中翻出许多波澜,又使人读了以后不觉其雕琢,百读不厌,就是这篇序文剪裁构制的高明处。于无奇之处而使之奇,于僵死之地使其生,于板滞之处使其活,这就是一般散文家不及韩愈的

---

① 《韩文起》,上海会文堂1915年版,第1页。

地方。"① 这就是说：杨巨源七十致仕是大家都按规章照办的老套子，本身并不值得写，只是由于韩愈在写作技巧上玩了些花样，才写出了波澜起伏的奇文。这一类自以为并非"俗眼"的评论，其实都未搔着痒处，请先看韩愈的好友白居易所作的《不致仕》：

> 七十而致仕，礼法有明文。何乃贪荣者，斯言如不闻。可怜八九十，齿堕双眸昏。朝露贪名利，夕阳忧子孙。挂冠顾翠緌，悬车惜朱轮。金章腰不胜，伛偻入君门。谁不爱富贵，谁不恋君恩。年高须请老，名遂合退身。少时共嗤诮，晚岁多因循。贤哉汉二疏，彼独是何人！寂寞东门路，无人继去尘。②

这首诗，先写当时的京官们贪恋富贵，年逾七十、甚至到了"八九十"，牙落眼花，还"伛偻入君门"，赖着不致仕。结尾用"汉二疏"作反衬，来羞辱那些京官，并且慨叹道："寂寞东门路，无人继去尘！""汉二疏"，就是汉代的疏广、疏受叔侄。《汉书》卷七十一《疏广传》里说：汉宣帝立太子，任疏广为太子太傅、疏受为太子少傅，"太子每朝因进见，太傅在前，少傅在后，父子（按受乃广兄之子，实为叔侄——引者）并为师傅，朝廷以为荣"。但"在位五岁"，便托病告老回乡。"公卿大夫故人邑子设祖道供张东都门外（东都门，乃长安东郭门——引者），送者车数百辆。辞决而去。及道路观者皆曰：'贤哉！二大夫！'或叹息为之下泣。"

《不致仕》是《秦中吟》十首之一，作于"贞元、元和之际"，白居易在这诗的结尾慨叹长安的"东门路"如今很"寂寞"，没有一个京官肯"继"二疏的"后尘"。过了将近二十年，韩愈好像是回应白居易的慨叹：你别叹息，如今总算有"继"二疏"去尘"的人了。他就是杨少君。于是别出心裁地写了这篇序。

---

① 《韩愈诗文评注》，中州古籍出版社1991年版，第390页。
② 《白氏长庆集》卷二，四部丛刊本。

序文先写二疏告老还乡的送行场面及《汉书》传其事、画工图其像,然后引出杨巨源也主动致仕还乡,用"今杨与二疏其意岂异也"的反诘语气强调杨巨源与二疏在主动退休这一点上并没有什么"异",是同样值得赞赏的。

那么,杨巨源出长安东门时是不是也有那么壮观、那么感人的送行场面呢?恐怕未必有。但作者不说没有,而用他"遇病不能出"引出一连串疑问:"不知杨侯去时,城门外送者几人?车几两?马几匹?道边观者,亦有叹息知其为贤与否……"须知饯送二疏的场面那样壮观、感人,乃是公卿大夫、乃至路人赞扬主动致仕者的生动表现。如果杨侯去时无人饯行或饯行的场面很冷落,那就表明当时的公卿大夫们对到了退休年龄便主动退休的人很反感,连路人也有点麻木了。写散文而有如此丰富、深刻的言外之意,使写诗的人也会感到惭愧。

还有,写二疏时特意写了"汉史既传其事,而后世工画者又图其迹",那么,杨侯在这一点上是不是也与二疏无"异"呢?作者对此也提出疑问。其言外之意,同样引人深思。

第三段用"然"字扳转,用"吾闻"领起,写了增秩、给俸等事,却不说二疏无此特殊待遇,而用"又不知当时二疏之去有是事否?古今人同不同未可知也"引发读者的思考。《公羊传·宣公元年》:"退而致仕。"何休注:"致仕,还禄位于君。"这就是说,一旦"致仕",职位、俸禄就都全部让出,二疏当然并不例外。而杨侯在这一点上却得到了与二疏不同的待遇,该如何理解呢?以下则以"中世士大夫"即当时的官僚作反衬,说明那些官僚"以官为家",罢了官也不肯离开京城;而杨侯则真的告老还乡,东指西点,亲切地说:"某树,吾先人之所种也;某水某丘,吾童子时所钓游也。"不难设想,这是作者根据所有热爱家乡者的共同生活体验虚拟出来的,意在赞美杨巨源不仅主动告老,而且告老后真正还乡。

弄清了这篇序的针对性和作者的创作意图,才可以把握艺术表现方面的独创性,不会从"无可着笔处着笔"的角度品评,故弄玄虚了。

七十乃至八九十还不肯致仕,这是当时官场的普遍现象,也是官僚们害怕被人揭露的疮疤。韩愈的这篇序和白居易的那首诗,都是从这里"着笔"的。勇于面对现实、面对政治,比有意淡化现实、淡化政治者富有责任感。所不同的是:白诗就负面批评,慷慨直陈,不留余地;韩文从正面褒扬,寓贬于褒,褒贬并用,却避免直陈,而从杨与二疏的"异"与"无异"、"同"与"不同"的前后映衬中提出一连串疑问与反诘,从而引发读者的思考,含而不露,余味无穷。可不可以这样说:白以文为诗,韩以诗为文?

《全唐诗》载张籍《送杨少尹赴满(一作蒲)城》七律。题中的"杨少尹"正就是杨巨源,他是河中(今山西永济)人。唐开元时的河中府,一度改为蒲州,乾元后又升为河中府。可证题中的"满"应作"蒲","蒲城"即"河中"。这首诗,与韩愈的《送杨少尹序》写同一题材,请看是怎样写的:

> 官为本府当身荣,因得还乡任野情。自废田园今作主,每逢耆老不呼名。旧游寺里僧应识,新别桥边树已成。公事多闲诗更好,将谁相逐上山行。①

被白居易在《读张籍古乐府》中赞为"风雅比兴外,未尝著空文"的张籍的确写过许多现实性很强的好诗,但这一首却相当平庸,与韩愈的同时同题之作《送杨少尹序》相比,更见逊色。

在历代传诵的韩文中,有三篇序是送人到藩镇那里去求官或做官的,这就是《送董邵南游河北序》《送石处士序》和《送温处士赴河阳军序》。五十年代我和几位教师在不同班级讲授古典文学,都选了《送董邵南游河北序》。一位姓朱的教授根据茅鹿门"若与燕赵豪俊之士相为叱咤呜咽"的评赞发挥,我感到不得要领,因而参阅多种选本的评论,从韩愈反对藩镇割据、维护王朝统一的角度逐字逐句体会原作,写

---

① 《全唐诗》卷三八五,中华书局 1960 年版,第 6 册,第 4336 页。

了一篇讲稿,发表于我校学报,后来又收入拙著《唐宋诗文鉴赏举隅》①。这篇短文的要点是:第一段"燕赵古称多感慨悲歌之士。董生举进士,连不得志于有司,怀抱利器,郁郁适兹土,吾知其必有合也。董生勉乎哉!"很有点为董生祝贺的味道,而且还好像劝勉董生努力争取。有些人也正是这样讲的。第二段开头又进一步说:"夫以子之不遇时,苟慕义强仁者皆爱惜焉!矧燕赵之士,仁义出乎其性者哉!"这又把"河北"赞美了一通,为董生贺。仿佛是说:你的出路的确瞅对了,好好去干吧!然而这都是反话,所谓"心否而词唯"。全文首句埋伏了一个"古"字,又用"称"字放了些烟幕,使"古"字不很显眼。如果不用"称"字而写成"燕赵古多感慨悲歌之士",就等于说"燕赵今无感慨悲歌之士",下面的文章就不好作。"古称"云云,即"历史上说"如何如何,历史上说"燕赵多感慨悲歌之士",则现在可能还是那样,所以断言董生到那里去"必有合",而且祝贺他,勉励他。然而"古称"毕竟不同于"今称",燕赵如今是什么样子的问题终究要提出来,于是用"然"字扳转,提出疑问:"然吾尝闻风俗与化移易,吾恶知其今不异于古所云邪?聊以吾子之行卜之也,董生勉乎哉!"既然"风俗与化移易",则燕赵(河北)已被反叛朝廷的藩镇化了好多年,是不是还有"感慨悲歌之士"呢?只提疑问而"聊以吾子之行卜之",神妙匪夷所思。河北藩镇为了壮大自己的声势,"竞引豪杰之士为谋主",董生游河北,肯定"必有合"。如果"合"了,岂不是证明今之燕赵"不异于古所云"吗?但作者已经说过:"感慨悲歌"的"燕赵之士"是"仁义出乎其性"的,而对于当时的河北藩镇,恐怕连董生也不好说他们"仁义出乎其性"吧!既然如此,那么与藩镇"合",就等于丧失仁义。"聊以吾子之行卜之"的"卜",与其说是"卜"燕赵,毋宁说是"卜"董生。"勉乎哉"云者,勉其不可从贼也。第三段委托董生到河北后"为我吊望诸君之墓而观于其市,复有昔时屠狗者乎?为我谢曰:'明天子在上,可以出而仕矣!'"连河北的"屠狗者"都劝其入朝,那么对董生投奔河北藩镇抱什么态度,

---

① 霍松林《唐宋诗文鉴赏举隅》,人民文学出版社1984年版。

也就不言而喻了。全文表面上都是送董生游河北,但送之正所以留之,微情妙旨,令人回味无穷。从"鉴赏热"兴起以来,我写于五十年代的这篇文章被收入多种鉴赏集。别人谈《送董邵南游河北序》的文章也见过好几篇,尽管繁、简、浅、深各不相同,要点却基本一致,似乎别无异议。

韩愈有一篇题为《嗟哉董生行》的诗,对"隐居行义""孝且慈"而"刺史不能荐,天子不闻名声"的董邵南表示同情①。董邵南要去河北,不是应聘去做官,而是谋出路,所以韩愈不便公然阻止,只好写了这篇委婉含蓄的序让他看。而石处士和温处士,则是应藩镇之聘去做官的,想留也留不住,因而送他们的序完全是另一种写法。先看《送石处士序》:

> 河阳军节度御史大夫乌公为节度之三月,求士于从事之贤者。有荐石先生者,公曰:"先生何如?"曰:"先生居嵩、邙、瀍、谷之间,冬一裘,夏一葛。食,朝夕饭一盂,蔬一盘。人与之钱则辞,请与出游,未尝以事辞,劝之仕不应。坐一室,左右图书。与之语道理、辨古今事当否、论人高下、事后当成败,若河决下流而东注,若驷马驾轻车、就熟路,而王良、造父为之先后也,若烛照、数计而龟卜也。"大夫曰:"先生有以自老,无求于人,其肯为某来耶?"从事曰:"大夫文武忠孝,求士为国,不私于家。方今寇聚于恒,师环其疆,农不耕收,财粟殚亡。吾所处地,归输之途,治法征谋,宜有所出。先生仁且勇,若以义请而强委重焉,其何说之辞?"于是撰书词,具马币,卜日以授使者,求先生之庐而请焉。

> 先生不告于妻子,不谋于朋友,冠带出见客,拜受书礼于门内。宵则沐浴戒行李,载书册,问道所由,告行于常所来往。晨则毕至,张上东门外。酒三行,且起,有执爵而言者曰:"大夫真能以义取人,先生真能以道自任,决去就。为先生别。"又酌而祝曰:"凡去就出处何常,惟义之归。遂以为先生寿。"又酌而祝曰:"使

---

① 《韩昌黎诗系年集释》卷一,上海古籍出版社1984年版,第79—80页。

大夫恒无变其初,无务富其家而饥其师,无甘受佞人而外敬正士,无味于谄言,惟先生是听,以能有成功,保天子之宠命。"又祝曰:"使先生无图利于大夫而私便其身。"先生起拜祝辞曰:"敢不敬早夜以求从祝规。"于是东都之人士咸知大夫与先生果能相与以有成也。遂各为歌诗六韵,退,愈为之序云。

再看《送温处士赴河阳军序》:

"伯乐一过冀北之野,而马群遂空。"夫冀北马多天下,伯乐虽善知马,安能空其群邪?解之者曰:"吾所谓空,非无马也,无良马也。伯乐知马,遇其良辄取之,群无留良焉。苟无良,虽谓无马,不为虚语矣。"

东都,固士大夫之冀北也。恃才能深藏而不市者,洛之北涯曰石生,其南涯曰温生。大夫乌公以铁钺镇河阳之三月,以石生为才,以礼为罗,罗而致之幕下;未数月也,以温生为才,于是以石生为媒,以礼为罗,又罗而致之幕下。东都虽信多才士,朝取一人焉,拔其尤,暮取一人焉,拔其尤,自居守、河南尹,以及百司之执事,与吾辈二县之大夫,政有所不通,事有所可疑,奚所咨而处焉?士大夫之去位而巷处者,谁与嬉游?小子后生,于何考德而问业焉?缙绅之东西行过是都者,无所礼于其庐。若是而称曰:"大夫乌公一镇河阳,而东都处士之庐无人焉!"岂不可也?

夫南面而听天下,其所托重而恃力者,唯相与将耳。相为天子得人于朝廷,将为天子得文武士于幕下,求内外无治,不可得也。愈縻于兹,不能自引去,资二生以待老。今皆为有力者夺之,其何能无介然于怀邪?生既至,拜公于军门,其为吾以前所称,为天下贺;以后所称,为吾致私怨于尽取也。

留守相公首为四韵诗歌其事,愈因推其意而序之。

今人对这两篇序,大抵就表面的意思阐释、品评,对乌公与石、温同样肯定,不曾触及深层意蕴与微情妙旨。对《送石处士序》,或认为"前段通过求士与纳士,具体称颂了石洪与乌的可贵品德:一个非贤者不求,一个一般求士不应。在大敌当前,求士为国的'忠'与'义',出仕为国的'仁'且'勇'的道德规范下结合起来了"①。或认为"乌重胤任河阳节度使而求贤,人们对他寄寓希望;石洪以处士身份而应聘,人们寄寓厚爱,这体现了当时知识分子渴望平抑藩镇,维护唐王朝权威的心态。韩愈序以成文,表现了他正确的政治见解和积极的人生态度……不谋私利,不谋自身,一心为道义,一心为国家,始终将石洪置于高层次的精神世界"②。对于《送温处士赴河阳军序》,今人则引《旧唐书》本传对乌重胤大力肯定:"重胤出自行间,及为长帅,赤心奉上,能与下同甘苦,所至立功,未尝矜伐。而善待宾僚,礼分同至,当时名士,咸愿依之。"接着用"韩愈的这篇文章就说明了当时洛阳一带的名士依附这位大帅的情况"一句引出以下的赏析文字,对乌与温同样肯定。③

  石处士、温处士投靠的乌重胤,原为昭义节度使卢从史的牙将。承德节度使王承宗叛,从史窃献诛讨之谋以讨好宪宗,暗中又与承宗勾结。在讨平卢从史之乱的关键时刻,乌重胤立了功,宪宗嘉其功,想提拔他任昭义节度使,由于李绛提出多种理由反对,乃改授河阳节度使。安史乱后,节度使之设遍国内。一节度使统管一道或数州,总揽军政大权,故称藩镇,往往拥兵自重,割据一方。因而用什么人任节度使,关系甚大。按《旧唐书》本传,乌重胤始终忠于唐王朝,表现很好;但在由牙将而初任河阳节度使之时,对他以后会怎样做,韩愈不能不持怀疑态度。卢从史窃献诛王承宗之谋而受奖励,接着就勾结王承宗谋反,可谓殷鉴不远。李绛就说由乌重胤任昭义节度使,会比由卢从史任昭义节度使更糟。乌重胤初任河阳节度后就礼聘石处士与温处士,而石、温都欣然应聘。一贯反对藩镇割据、维护唐王朝统一的韩愈

---

① 《韩愈诗文评注》,中州古籍出版社1991年版,第237页。
② 《古文鉴赏辞典》上册,上海辞书出版社1997年版,第928—930页。
③ 同上书,第931页。

作序为石、温送行,怎会简单地既赞扬乌,又歌颂石、温两处士呢?

那么,这两篇序该怎么写?

《送石处士序》分两大段。第一大段,主要写了"乌公"与其"从事"为招聘石洪而展开的两次问答。第一次,由"乌公"求士、"从事"荐石洪而引出"乌公"的询问。又由乌公"先生如何"的询问引出"从事"对石洪的全面介绍:"与之语道理、辨古今事当否、论人高下、事后当成败,若河决下流而东注,若驷马驾轻车、就熟路,而王良、造父为之先后也,若烛照、数计而龟卜也。"这是一个五六字长句,连用三个比喻赞誉石洪富谋略、有干才,真可谓气盛言宜,显示了作者驾驭语言的卓越才能。由于"从事"先介绍了石洪自甘淡泊的隐居生活,所以第二次问答,是由乌公"其肯为某来耶"的一问开始的。"从事"的回答分两层:其一是抬高乌公,说他"文武忠孝,求士为国",而当前承德节度使王承宗起兵反唐,正需要有谋略的人谋划征讨;其二是抬高石洪,说他"仁且勇",堪负谋划征讨的重任。把这两层意思相对接,便得出倘委以这样的重任,石洪便没有理由推辞的结论。很清楚,即使"乌公"与"从事"真有这两次问答,韩愈也不在现场,怎能逐句记录?事实上,这完全是艺术虚构,并非真心颂赞乌、石,而是借"从事"之口,既抬高乌,又抬高石,用意很明显:从正面说,是对他们的期许;从反面说,是对他们的劝勉。总而言之,是希望他们这样做,而不是相反。

第二大段,写石洪一见使者捧聘书、带马币,登门恭请,便一反隐居不仕的常态欣然应命。"先生(石洪)不告于妻子,不谋于朋友,冠带出见客,拜受书礼于门内。宵则沐浴戒行李,载书册,问道所由,告行于常所来往"一段的着意渲染,与前面所写的隐居生活相映成趣,令人想起《北山移文》①中处士出山的丑态,其奚落嘲讽之意是灼然可见的。

韩愈不赞许石洪出任节度使的参谋,但人家不与朋友商量,一意孤行,坚决要去,而且那么情急,就只能在"临别赠言"上作文章。关于饯行场面的描写,真可谓别开生面!一则曰"有执爵而言者曰……",

---

① 孔稚圭《北山移文》是嘲讽假隐士的著名骈文,见《文选》卷四十三。

再则曰"又酌而祝曰……",三再曰"又酌而祝曰……",四则曰"又祝曰……"。这四次祝酒词,诸如"以义取人""以道自任""惟义之归""使大夫(乌公)恒无变其初,无务富其家而饥其师……保天子之宠命""使先生无图利于大夫而私便其身"等等,真可谓谆谆劝勉,语重心长。而第一段中抬高乌、石的"从事"是谁,第二段中四次致祝酒词对乌、石进行警戒、劝勉者是谁,都无姓名,不过是作者借以发表意见的"乌有先生"。连石洪的"起拜祝辞","敢不敬早夜以求从祝规",不用说也是作者代拟的。然而从全篇文章看,作者却只是客观叙述,无一语发抒己见。两番问答,四次祝酒,创作意图尽借他人之口说出,使读者浑然不觉。而参差历落,曲折变化,笔笔皆活,言外有意,委婉不尽。真所谓"能自树立,不因循",表现了高度的艺术独创性,值得仔细玩味,不宜从表面上滑过。

与这篇序同时,韩愈还作了《送石处士赴河阳幕》诗:

> 长把种树书,人云避世士。忽骑将军马,自号报恩子。风云入壮怀,泉石别幽耳。钜鹿师欲老,常山险犹恃。岂惟彼相忧,固是吾徒耻!去去事方急,酒行可以起。①

前六句嘲讽之意甚明。自己"长把种树书",装出隐士的样子;旁人信以为真,说他是"避世士"。其实他不过是借隐居以盗虚声,等待高价出卖。果然,忽见"将军"(乌重胤)厚礼招聘,就骑上人家送来的马去"报恩"。"人云避世士"与"自号报恩子"形成的巨大落差,引人发笑。"风云入壮怀,泉石别幽耳"两句,清人马位在《秋窗随笔》里说"包括《北山移文》一篇"②,可谓一针见血。后六句,则是对石洪的劝勉。"钜鹿师欲老"指唐军讨承德节度使王承宗久而无功;"常山险犹恃"指王承宗据险顽抗。石洪赴河阳幕,本来是为"报"个人之"恩";韩愈则

---

① 《韩昌黎诗系年集释》卷七,上海古籍出版社 1984 年版,第 738 页。
② 《昭代丛书》辛集卷三十二,道光癸巳年刊,第 13 页。

劝他去为国平叛,六句诗写得那么慷慨激昂。诗与序互相参照,必能加深对于序文的领悟。

石洪、温造同为洛阳处士,同应乌重胤之聘相继出山,几乎找不到什么异点,而韩愈的《送温处士赴河阳军序》却与不久前写的《送石处士序》全不相犯,各极其妙,令人叹服。

对于《送温处士赴河阳军序》,前人也多认为"极写温生之贤",但别具慧眼的评论也是有的。如姚鼐云:"意含滑稽,而文特嫖姚。"①林纾云:"送石文,庄而姝;若再为庄论,絮絮作警戒语,便成老生常谈矣!故一变而为滑稽,谑而不虐,在在皆寓风趣。"②吴闿生云:"此文含谐讽,词特屈曲盘旋。"③细读全文,由第一段的"伯乐一过冀北之野,而马群遂空"引出第二段的"乌公一镇河阳,而东都处士之庐无人焉",以冀北之马譬喻洛阳处士,不无滑稽之感。"处士之庐无人"的结论是层层推演出来的。先说"恃才能深藏而不市者,洛之北涯曰石生,其南涯曰温生",见得这两位是真"处士"。接着说"大夫乌公以铁钺镇河阳之三月,以石生为才,以礼为罗,罗而致之幕下;未数月也,以温生为才,于是以石生为媒,以礼为罗,又罗而致之幕下"。对照前面的"深藏",就感到滑稽;不用"不仕"而用"不市(卖)",后面又来了个"以礼(就是《送石处士序》中的"马币")为罗,罗而致之幕下",更不无嘲讽。由于乌公把石、温两处士弄走了,所以"自居守、河南尹以及百司之执事与吾辈二县之大夫,政有所不通,事有所可疑,奚所咨而处焉?士大夫之去位而巷处者,谁与嬉游?小子后生,于何考德而问业焉?缙绅之东西行过是都者,无所礼于其庐"。有人认为由此可见"温处士受重于名卿巨公",其实,石、温对于"居守""河南尹""百司之执事""二县之大夫""士大夫之去位而巷处者""小子后生"以及韩愈本人,哪有这样重要!这不过是从反面落墨,对本来"深藏不市"的"处士"一见厚礼就轻率地应藩镇之聘深表遗憾罢了。如果联想《北山移文》写因周处士出山而"使

---

① 王文濡《评校音注古文辞类纂》卷三十一引,上海文明书局1936年版,第14页。
② 林纾《古文辞类纂选本》卷六,上海商务印书馆1926年版,第25页。
③ 高步瀛《唐宋文举要》甲编卷二引,上海古籍出版社1982年版,第232页。

我高霞孤映,明月独举,青松落阴,白云谁侣?涧户摧绝无与归,石径荒凉徒延伫……蕙帐空兮夜鹤怨,山人去兮晓猿惊"①诸句,再来读韩愈写得如怨如慕、如泣如诉的这段妙文,就不禁哑然失笑。

送石、温两处士的序写法迥异而主旨不殊,送温序的第三段把乌重胤聘处士入幕提到"为天子得文武士于幕下"的高度,并且"为天下贺",这就是送石序两番问答、四次祝酒所要阐明的要义,也就是全文的主旨。

唐宪宗元和五年(810)四月以乌重胤为河阳节度使。乌镇河阳之三月聘石生,未数月又聘温生。韩愈在作于元和六年春的《寄卢仝》诗里先称赞卢仝"劝参留守谒大尹,言语才及辄掩耳"之后写道:

水北山人得名声,去年去作幕下士。水南山人又继往,鞍马仆从塞间里。少室山人索价高,两以谏官征不起。彼皆刺口论世事,有力未免遭驱使。②

对处士(山人)出任节度使的官,明确地表示不满。而所谓"水北山人",就是隐于"洛之北涯"的石洪;所谓"水南山人",就是隐于"洛之南涯"的温造。

(原刊《文学遗产》2000 年第 1 期)

---

① 《文选》卷四十三,中华书局 1977 年影印胡刻本,第 613—614 页。
② 《韩昌黎诗系年集释》卷七,上海古籍出版社 1984 年版,第 782 页。

论唐人小赋

唐代文学创作高度繁荣,诗歌、散文、传奇的辉煌成就,久为世人所公认;赋的成就也很有特色,但是长期以来却被忽视了。

唐赋被忽视的原因,主要有如下几点:

第一,从"一代有一代之所胜"的观点出发,于汉则取赋,于唐则取诗。清人焦循《易余籥录》卷十五云:"夫一代有一代之所胜,舍其所胜以就其不胜,皆寄人篱下者耳。余尝欲自楚骚以下至明八股撰为一集,汉则专取其赋……唐则专录其律诗。"王国维《宋元戏曲考·自序》云:"夫一代有一代之文学:楚之骚,汉之赋,六代之骈语,唐之诗,宋之词,元之曲,皆所谓一代之文学,而后世莫能继焉者也。"

第二,不仅认为赋的代表作是汉赋,而且认为汉赋的正宗是枚乘、司马相如、扬雄、班固等铺写宫苑、田猎、都邑的大赋。以汉大赋作标尺,因而明人李梦阳说"唐无赋"(《李空同全集·潜虬山人记》),清人程廷祚说"唐以后无赋"(《青溪集·骚赋论(中)》)。章炳麟云"李白赋《明堂》,杜甫赋《三大礼》,诚欲为扬雄台隶,犹几弗及;世无作者,二家亦足以殿。自是,赋遂泯绝"(《国故论衡·辨诗》),这显然也是以汉大赋为标准来衡量唐赋的。

第三,以偏概全,将唐赋等同于律赋而痛加贬斥。元人祝尧《古赋辨体》云:"唐人之赋,大抵律多而古少。夫雕虫道丧,颓波横流,风骚不古,声律大盛。句中拘对偶以趋时好,字中揣声病以避时忌,孰有学古!或就有为古赋者,率以徐、庾为宗,亦不过少异于律尔。"明人徐师曾《文体明辨序说》更进一步,认为"唐人又再变而为律",然后对律赋全盘否定。他说:"至于律赋,其变愈下。始于沈约'四声八病'之拘,中于徐、庾'隔句作对'之陋,终于隋、唐、宋'取士限韵'之制,但以音律谐协、对偶精切为工,而情与辞皆置弗论。呜呼,极矣!"

上述种种看法,显然都有片面性。文学创作繁荣的标帜之一是体裁、题材、风格的多样化。就汉代文学而论,除了赋,还有成就很高的史传文学、乐府诗和五言古诗等等,赋也不止大赋,还有骚赋和四言诗体赋。就唐代文学而论,除了诗,还有很多文学品种争妍斗丽。只取其一而忽视其他,怎能准确地描述文学繁荣的全貌?更何况,人类社会日新月异,文学创作自不能墨守成规。任何时代的优秀作家,都与社会发展同步,在继承文学遗产的前提下求变求新,力争后来居上,别开生面,怎能用汉大赋的标准衡量唐赋而肆意贬低、甚至全盘否定呢?

在中国历史上,唐代是政治相对开明,经济、文化高度发展,文人的创作才华得以充分发挥的黄金时期。唐代文人有一个突出的优点,那就是文化素养深厚、博学多能。其中的杰出之士,一般都诗、赋、文(骈文、散文)并重兼长,相辅相成,交融互补,勇于创新。同时,唐代是文学更加自觉的时代,文人们对于文学特点的认识有了明显的提高。对于赋,逐渐减轻"铺陈"的比重而追求赋比兴并用;逐渐避免简单地"体物""形似"而追求借景抒情、以形传神。这一切,当然都有助于提高唐赋的审美素质。

纵观唐赋(仅见于《文苑英华》《唐文粹》的,已有1 000多篇),铺写宫苑、田猎、都邑等等的大赋所占的比例极小,而且成就不高。主要原因在于很难跳出汉大赋的窠臼,缺乏艺术独创性。真正能够体现唐赋特色的,则是各种各样的小赋。

唐人小赋有许多特点,试作初步的探索,抛砖引玉。

一、赋 的 诗 化

唐代优秀的赋作家几乎全是杰出的诗人,以杰出的诗人而做赋,自然会导致赋的诗化。赋的诗化,当然首先体现在内容方面,即有诗情诗意；但在形式方面也有所体现，即运用四言诗、五言诗、七言诗的句式。

(一) 四言诗句式

用《诗经》中的四言诗体作赋，始于屈原的《天问》和荀况的《赋篇》。汉人继承、发展而为四言诗体赋，扬雄的《逐贫赋》便是很著名的篇章。唐人的四言诗体赋数量多，质量高，抒怀刺时，具有强烈的时代色彩。

柳宗元的讽刺小赋《宥蝮蛇文》《骂尸虫文》《起废答》《乞巧文》等，都以四言句为主体；《斩曲几文》《瓶赋》《牛赋》等，则通篇皆四言句。其中《瓶赋》以鸱夷作反衬，赞颂了从深井中为人们汲水的瓶。鸱夷是盛酒的革囊，容量颇大，作者先以"昔有智人，善学鸱夷"领起，然后写鸱夷：

> 鸱夷蒙鸿，罍罃相追。诣诱吉士，喜悦依随。开喙倒腹，斟酌更持。味不苦口，昏至莫知。颓然纵傲，与乱为期。视白成黑，颠倒妍媸。己虽自售，人或以危。败众亡国，流连不归。谁主斯罪？鸱夷之为。

鸱夷用它味美可口的酒"诣诱"、麻醉人，使那些人"视白成黑，颠倒妍媸"，以至于"败众亡国"，其"罪"甚大，而有些"智人"却"善学鸱夷"以"自售"，人们却乐于喝他们的"酒"，其"败众亡国"的后果还能避免吗？接下去，便转而写瓶：

> 不如为瓶，居井之眉。钩深抱洁，淡泊是师。和齐五味，宁除渴饥。不甘不坏，人而莫遗。清白可鉴，终不媚私。利泽广大，孰能去之？绠绝身破，何足怨咨！功成事遂，复于土泥。归根反初，无虑无思。何必巧曲，徼觊一时。子无我愚，我智如斯。

瓶从深井中汲出清洁的水，利民泽物。即使"绠绝身破"，也不"怨咨"。可以看出,作者运用比拟、象征手法,赞颂了贤人志士的无私奉献精神,而作者的高尚人格也得到完美的体现。

再看《牛赋》:

> 若知牛乎?牛之为物,魁形巨首。垂耳抱角,毛革疏厚。牟然而鸣,黄钟满脰。抵触隆曦,日耕百亩。往来修直,植乃禾黍。自种自敛,服箱以走。输入官仓,已不适口。富穷饱饥,功用不有。陷泥蹶块,常在草野。人不惭愧,利满天下。皮角见周,肩尻莫保。或穿缄縢,或实俎豆。由是观之,物无逾者。不如羸驴,服逐驽马。曲意随势,不择处所。不耕不驾,藿菽自与。腾踏康庄,出入轻举。喜则齐鼻,怒则奋蹄。当道长鸣,闻者惊辟。善识门户,终身不惕。牛虽有功,于己何益!命有好丑,非若能力。慎勿怨尤,以受多福。

以"若知牛乎(你知道牛吗)"领起,偶句用韵,先写牛的状貌、勤劳、品质、功绩和死后被砍角、剥皮、煮肉的不公正待遇,然后以"曲意随势""不耕不驾"、逍遥自在的羸驴作反衬,又转写牛的功高命丑,以无限感慨结尾。全文字句不多,却写得波澜起伏,寓意深广。从全文看,所谓"命有好丑"的实际内容是:人品好则命丑,人品丑则命好。很明显,作者在这里并非宣扬宿命论,而是通过"好"与"丑"的鲜明对比,以不可遏制的愤激之情揭露了不合理的社会现象,抒发了自己的辛酸与不平。结句"慎勿怨尤,以受多福"的含意是:尽管受了不公正待遇,却不能"怨尤"。如果敢于"怨尤",那就要惹出大祸了!

李商隐的《虱赋》《蝎赋》是四韵八句的四言诗。《虱赋》云:

> 亦气而孕,亦卵而成。晨鹭露鹄,不知其生。汝职惟啮,而不善啮。回臭而多,跖香而绝。

"回臭而多"的"回",指孔子的高足颜回,孔子称赞他:"贤哉,回也！一箪食，一瓢饮，在陋巷，人不堪忧，回也不改其乐。贤哉，回也。”“跖香而绝”的“跖”，指盗跖，孟子说他“孳孳为利”(《孟子·尽心上》)，司马迁说他“日杀不辜，肝人之肉，暴戾恣睢”(《史记·伯夷列传》)。《虱赋》的后四句说虱子的天职是咬人，却不善咬：像颜回那样的贤人吃住条件极恶劣，其肉既瘦又臭，你们却聚集在他那里，只管咬；像盗跖那样的恶人吃住条件极优越，其肉既肥又香，你们却不敢去咬，都躲得远远的。寥寥十六字，以少总多，寓意何等深广！

再读《蝎赋》：

> 夜风索索，缘隙凭壁。弗声弗鸣，潜此毒螫。厥虎不翅，厥牛不齿。尔兮何功，既角而尾！

前四句写蝎子乘夜风索索之际从墙壁缝隙中爬到了人的卧处，不声不响，暗暗地蛰人，颇生动传神。后四句，则突发奇想，提出疑问：那老虎牙齿凶猛，却没长翅膀；那牛双角厉害，却没长牙齿。你这蝎子啊，究竟有什么功德，却让你既长双角(指最前面的一对钳肢)，又长毒尾？就是说，那像蝎子一样暗中害人的家伙都有许多害人的本领，凭什么给他们那么多本领，让他们暗中害人呢？

陆龟蒙的《杞菊赋》《后虱赋》《蚕赋》都是四言诗体赋。《蚕赋》是一篇翻案文章，其序云：“荀卿子有《蚕赋》，杨泉亦为之，皆言蚕有功于世，不斥其祸于民也。余激而赋之，极言其不可，能无意乎？诗人《硕鼠》之刺，于是乎在。”赋云：

> 古民之衣，或羽或皮。无得无丧，其游熙熙。艺麻缉纻，官初喜窥。十夺四五，民心乃离。逮蚕之生，茧厚丝美。机杼经纬，龙鸾葩卉。官涎益馋，尽取后已。呜呼！既豢而烹，蚕实病此。伐桑灭蚕，民不冻死。

唐末吏治极端腐败，横征暴敛，民不堪命。聂夷中的《咏田家》、皮日休的《橡媪叹》、杜荀鹤的《山中寡妇》等诗都作过深刻的反映。陆龟蒙也写过一首七绝《新沙》:"渤澥声中涨小堤,官家知后海鸥知。蓬莱有路教人到,应亦年年税紫芝。"前两句是写实,后两句是推想。海涛声中涨出一条沙堤,海鸥还未发现,官家却已经知道了。知道后干什么,没有说,称得上含蓄。读到结句"税紫芝",才明白是这么回事:海边一出现沙堤,逃亡的农民就赶来开荒,"官家"就赶来收税。由此推想:海中的蓬莱岛如果有路可通,大约神仙们种的紫芝也免不了年年纳税吧!《蚕赋》与《新沙》同样鞭挞官府无所不至的掠夺,所不同的是在层层铺叙之后以"伐桑灭蚕"收尾,向统治者提出警告,言词激烈。以蚕桑为生的农民"伐桑灭蚕",其出路便是逃亡或铤而走险。而这种现象,在唐末是普遍存在的。

(二) 五、七言诗句式

上二下三的五言诗句式和上四下三的七言诗句式用于赋,先秦及汉代已发其端,但只是个别的。其用例逐渐增多,实与五、七言诗逐渐成熟同步,庾信的《春赋》便是最集中的表现。初唐四杰中的王勃、骆宾王继武庾信而踵事增华,王勃的《春思赋》和骆宾王的《荡子从军赋》,便是这方面的代表作。

王勃的《春思赋》作于唐高宗咸亨二年(671),当时作者二十二岁,"旅寓巴蜀"。序中说他作赋的动机是"抚穷贱而惜光阴,怀功名而悲岁月"。当大唐兴盛之际,这是青年知识分子的典型情绪。王勃面对无边春色而感慨功名未就,发而为赋,情景交融,充满诗情画意。在形式上,虽则沿用了骚体赋和骈赋的一些句式,却以七言诗句和五言诗句为主体,七言诗句尤多,频频换韵,浑灏流转,具有初唐诗中歌行体的特色。如:

> 蜀川风候隔秦川,今年节物异常年。霜前柳叶衔霜翠,雪里梅花犯雪妍。霜前雪里知春早,看柳看梅觉春好。……忽逢边候改,遥忆帝乡春。帝乡迢递关河里,神皋欲暮风烟起。黄山半入上林园,玄灞斜分曲江水。

接下去,极写长安之繁华、闺妇之春思、征夫之远戍,又转而写洛阳之富丽、江南之春光。真如序中所说:"极春之所至,析心之去就。"最后照应开头,回笔写他自己:

> 比来作客住临邛,春风春日自相逢。石镜岩前花屡密,玉轮江上叶频浓。高平灞岸三千里,少道梁山一万重。自有春光煎别思,无劳春镜照愁容。盛年耿耿辞乡国,长路遥遥不可极。形随朗月骤东西,思逐浮云几南北。春蝶参差命俦侣,春莺绵蛮思羽翼。余复何为此,方春长叹息。会当一举绝风尘,翠盖珠轩临上春。朝升玉署调天地,夕憩金闺奉帝纶。长卿未达终希达,曲逆长贫岂剩贫!年年送春应未尽,一旦逢春自有人。

如果从全篇中去掉非七言诗句的各种句子,那就是比前此所有七言诗都流畅、完美、成熟的七言古诗。如果删减与五、七言诗句不甚协调的赋句,如"解宇宙之严气,起亭皋之春色""入金市而乘羊,出铜街而试马"等等,那就是相当优秀的唐人歌行。极有意思的是:王勃的歌行名篇《临高台》由"临高台"三字句领起,以下全由五言诗句和七言诗句组成,七言句所占比例较大。而这篇歌行,当作于《春思赋》之后。《采莲曲》也以七言句为主而辅以五言句,杂以少数三字句。

骆宾王的《荡子从军赋》首尾皆五、七言诗句;中间虽杂以赋句,而比例极小。其首段云:

> 胡兵十万起妖氛,汉骑三千扫阵云。隐隐地中鸣战鼓,迢迢天上出将军。边沙远离风尘气,塞草长萎霜露文。荡子辛苦十年行,回首关山万里情。远天横剑气,边地聚笳声。铁骑朝常警,铜焦夜不鸣。

接下去写边地冰雪苦寒之景及冒寒拒敌、挑战,极生动传神。然后以写闺妇收尾:

> 荡子别来年月久,贱妾闺中更难守。凤凰楼上罢吹箫,鹦鹉杯中宁劝酒?闻道书来一雁飞,此时缄怨下鸣机。裁鸳帖夜被,熏麝染春衣。屏风宛转莲花帐,窗月玲珑翡翠帷。个日新妆如复罢,只应含笑待君归。

这是一篇气势豪宕、诗情浓烈的边塞赋,可与初、盛唐边塞诗共读。从形式上看,如果删去为数不多的赋句,便与作者的歌行名作《帝京篇》毫无二致。明代前七子领袖李梦阳保留这篇《荡子从军赋》的七言句、而将非七言句略作修改,便成为一首完美的七言古风,题为《荡子从军行》。

敦煌写本唐人赋中,有刘希夷(夷)的《死马赋》(见敦煌文献丛书《敦煌赋校注》),长达三十二句,全是七言。虽题为赋,实际上已是成熟的七言古风,与作者的歌行名篇《代悲白头翁》风格类似。

初唐歌行,开盛唐高、岑、李、杜先河,产生了很多光辉篇章。而初唐歌行虽然前有所承,但在较大程度上是在初唐赋作中孕育出来的,至少是相互影响的。

(三) 骚体赋与歌行融合

我国讲诗歌传统,向来《诗经》《楚辞》并举,或称"风骚",或称"诗骚",或称"骚雅"。以伟大的爱国诗篇《离骚》为代表的楚辞,本来就是诗。尽管后来辞、赋合一,总称"辞赋",屈原的作品也被称为"屈原赋",但自贾谊的《吊屈原赋》以来,骚体赋与以"散体"为特征的汉大赋相比,仍具有更多的诗的情韵。唐代是诗的时代,许多诗人兼赋家转益多师,更注意从楚辞中吸取营养,从而创作出新骚体赋。

李白的《惜余春赋》《愁阳春赋》《悲清秋赋》和《剑阁赋》,可视为新骚体赋的代表作。如《惜余春赋》的中段:

> 汉之曲兮江之潭,把瑶草兮思何堪。想游女于岘北,愁帝子于湘南。恨无极兮心氲氲,目眇眇兮忧纷纷。披卫情于淇水,结

楚梦于阳云。

如《愁阳春赋》的结尾：

> 若有一人兮湘水滨，隔云霓而见无因。洒别泪于尺波，寄东流于情亲。若使春光可揽而不灭兮，吾欲赠天涯之佳人。

如《悲清秋赋》的开头：

> 登九疑兮望清川，见三湘之潺湲。水流寒以归海，云横秋而蔽天。

如《剑阁赋》全篇：

> 咸阳之南，直望五千里，见云峰之崔嵬。前有剑阁横断，倚青天而中开。上则松风萧飒瑟飓，有巴猿兮相哀。旁则飞湍走壑，洒石喷阁，汹涌而惊雷。送佳人兮此去，复何时兮归来。望夫君兮安极，我沉吟兮叹息。视沧波之东注，悲白日之西匿。鸿别燕兮秋声，云愁秦而暝色。若明月出于剑阁兮，与君两乡对酒而相忆。

这些小赋的特点是：简短、精练、明畅，情景交融，诗意盎然；以骚句为主而杂以其他多种句式，兼有对偶句，韵律和谐，有鲜明的节奏感和音乐性。

这是在唐诗氛围中孳生的新的骚体赋，也可说是唐诗中的新品种。这四篇作品《李太白全集》编入赋，但试读编入诗的《远别离》《鸣皋歌送岑征君》，通篇都是骚体，与这四篇赋并无差别。朱熹看出了这一点，故把《鸣皋歌》列入《楚辞后语目录》。至于《梦游天姥吟留别》，前段虽用五、七言诗句，而"熊咆龙吟殷岩泉，栗深林兮惊层巅。云青青兮欲雨,水淡淡兮生烟",则连用骚句,亦与新骚体赋类似。其他诗人也有这类诗作,如王维的《山中人》。这类诗,作为唐诗百花园中的一个独特品种,管它叫骚体诗,也许更确切。而骚体诗可与新骚体赋相混,正说明唐人的新骚体赋具有诗的品质,也是诗。

二、主体意识的高扬

唐代南北文化交融,中外文化交流,思想开放,终唐之世无文字狱,体现于辞赋创作,便是主体意识高扬,敢于吐露情怀,抒发愤懑,针砭时弊,臧否人物,表现作者的个性。和"劝百而讽一""主文而谲谏"的汉赋相比,这便是可贵的新特点。这个新特点,在比较优秀的唐人小赋中是普遍存在的,其例不胜枚举,以下只举几个比较特殊的例子。

(一) 咏物赋的例子

咏物赋在汉代多侧重于"体物",魏晋以来朝托物言志的方面发展,至唐代而通过咏物抒发情感、体现人品、批判现实,可谓唯意所适,极大地扩展了咏物赋的创作天地。魏征的《道观内柏树赋》,以"冰凝""雪飞"之际"万类飒然",烘托柏树"亭亭孤峙"的气概,表现他自己的处境和抱负。王勃的《青苔赋》,借青苔的"措形不用之境,托迹无人之路""违喧处静""无华无影"来赞颂不慕荣利、洁身自好的人格。李邕的《石赋》,借石可以补天、可以布阵,"贞者不黩、坚者可久",象征自己的雄才和志节。李白的《大鹏赋》,以渺小卑微的黄鹄、玄凤、斥鷃反衬遨游寥廓的大鹏,用以表现他蔑视权贵、追求自由的叛逆精神。杜甫的《雕赋》,赞美雕"以雄材为己任""奋威逐北",可以擒"孽狐"、攫"狡兔",然而终不见用,"将老于岩肩",对统治者未能选拔真才表示愤慨。高适的《鹘赋》,则通过"比玄豹之潜形,同幽人之在野""心倏忽于万里,思超遥于九霄"的描写,展现了怀才未遇、壮志欲酬的心态。这一类赋,大抵将所咏之物描绘为正面形象以自喻,其例甚繁。也有将所咏之物描绘为正面形象、但非为自喻,而是联系其他有关事物用以抨击黑暗现象的,如前面所引的《蚕赋》。总之,高扬主体意识而赋予较丰富的社会内涵,则是唐人咏物小赋的主要特色;而以所咏之物象征反面事物的各种小赋,这种特色表现得更突出。前面已讲过《虱赋》《蝎赋》,这里再看看萧颖士的《伐樱桃赋》:

> 古人有言:"芳兰当门,不得不锄。"眷兹樱之攸止,亦在物而宜除。观其体异修直,材非栋干。外阴森以茂密,中纷错而交乱。先群卉以效诣,望严霜而凋换。缀繁英兮霰集,骈朱实以星灿。故当小鸟之所啄食,妖姬之所攀玩也。
>
> 赫赫冈宇,玄之又玄。长廊霞截,高殿云褰。实吾君聿修祖德,论道设教之筵,宜乎莳以芬馥,树以贞坚。莫非夫松筱桂桧,芷若兰荃。猗具美其在兹,尔何德而居焉?擢无用之琐质,蒙本枝而自庇。汨群林而非据,专庙庭之右地。虽先寝之或荐,岂和羹之正味?每俯临乎萧墙,奸回得而窥觊。谅何恶之能为,终物情之所畏。
>
> 于是命寻斧,伐盘根。密叶剥,攒柯焚。朝光无阴,夕鸟不喧。肃肃明明,旷荡乎阶轩。……

据《新唐书·萧颖士传》,《伐樱桃赋》为指斥奸相李林甫而作。唐玄宗后期,李林甫任宰相十九年,柔佞狡诈,"口蜜腹剑",与宦官勾结,妒贤嫉能,擅权乱政。作者于樱桃树的描绘中突出了这些特点而痛加鞭笞,直至伐根焚柯而后快。这还不够,结尾更"譬诸人事",历举篡权窃位的史实为最高统治者提供历史教训。中间写君主论道设教之地宜树"贞坚"的松桧,而今却培植"效诣"的樱桃,也是对唐玄宗晚年远贤臣、亲奸佞的写照。

这篇赋虽为李林甫而发,却有普遍意义。白居易看出这一点,特概括为一首五言诗:

> 有木名樱桃,得地早滋茂。叶密独承日,花繁偏受露。迎风

暗动摇,引鸟潜来去。鸟啄子难成,风来枝莫住。低软易攀玩,佳人屡回顾。色求桃李饶,心向松筠妒。好是映墙花,本非当轩树。所以姓萧人,曾为伐樱赋。(《有木诗八首》之一)

(二) 宫殿赋的例子

汉大赋中的宫殿赋,如王延寿的《鲁灵光殿赋》、何平叔的《景福殿赋》,都以详尽地描写宫殿的宏丽为特征。而杜牧的《阿房宫赋》与孙樵的《大明宫赋》,却打破汉代宫殿赋的框架,变铺陈大赋为抒情、讽刺小赋,显示了唐赋主体意识昂扬的特点。

杜牧作《阿房宫赋》,是有现实针对性的。当时朝政腐败,藩镇跋扈,吐蕃、南诏、回鹘等纷纷入侵,大唐帝国已面临崩溃的危机。杜牧欲挽危局,主张内平藩镇,加强统一;外御侵凌,巩固国防。为了实现这些理想,他渴望统治者励精图治,富民强兵。而穆宗以沉溺声色送命,接替他的敬宗荒淫更甚,"游戏无度,狎昵群小","好治宫室,欲营别殿,制度甚广",又"修东都宫阙及道中行宫",以备游幸(《通鉴》卷二四三)。杜牧对此十分愤慨,在《上知己文章》中明白地说:"宝历(敬宗的年号)大起宫室,故作《阿房宫赋》。"

前半篇固然也写宫殿,但不是从局部到总体作详尽的描绘,而是通过艺术想象和夸张,综揽全局,用以揭露君主的骄奢淫佚及其对人民的横征暴敛,从而引出后半篇的抒情和议论。由"嗟乎"领起的后半篇,从"一人之心,千万人之心也"的论点出发,总结秦与六国族灭的历史教训:虐用其民则亡,爱惜民力则昌。感慨、叹惋,寓议论于抒情,有震撼人心的艺术魅力。

孙樵的《大明宫赋》构思更新奇。对于宏丽的建筑不作任何描状,却说早晨"见大明宫前庭",夜间梦见大明宫神对作者讲话。讲话从太宗"永求帝宅,诏吾司其宫"开始,夸耀他作为宫神,"翼圣护艰,十有六君,荡妖斩氛"。以下把灭周复唐、平安史之乱、平朱泚之乱等等,都作为自己的功劳。最后慨叹今不如昔,民生凋敝,良田荒芜,国防空虚,

国土日削。就这样,通过宫神的叙述,概括了大唐帝国由盛转衰的历史。接着写道:

> 言未及阕,樵迎斩其舌,且曰:"余闻宰获其哲,得是赫烈。老魅迹结,尔曾何伐?宰获其憝,得是昏蚀。魅怪横惑,尔曾何力?今者日白风清,忠简盈庭。阖南俟霈?阖北俟霁?矧帝城阗阗,何赖穷边?帑廪加封,何赖疲农?禁甲饱狞,尚何用天下兵?神曾何知,孰愧往时?"

不等宫神说完,孙樵便痛加驳斥:"我听说选拔贤哲做宰相,唐朝就兴旺,奸邪就敛迹,你宫神有什么功劳?相反,重用大奸大恶,朝政就昏暗,妖魔鬼怪就兴风作浪,你宫神又有什么力量拨乱反正?如今日白风清,忠良满朝,哪里是南方等待下雨、北方等待天晴?更何况京城里十分繁荣,哪里需要穷困边疆?钱库粮仓都十分充实,哪里需要疲惫农民?禁卫军吃得饱、长得壮,异常凶猛,哪里需要天下兵?"

宫神虽讲出了唐朝兴衰的历史,但自居其功,却是欺人之谈。孙樵用得贤相则兴,用奸相则衰进行驳斥,当然是正确的。而宫神慨叹今不如昔,显然符合实际,孙樵却不从用人失当等方面说明原因,而是正话反说,歌颂现实,还横蛮地对宫神提出一连串质问。构思之妙,真是匪夷所思。

结尾数句,尤妙不可言:

> 宫神不能对,退而笑曰:"孙樵谁欺乎?欺古乎?欺今乎?吁!"

写宫殿赋而别辟蹊径,通过与宫神的对话抨击朝政,嬉笑怒骂,皆成文章。其主体意识之高扬,唐以前的所有赋作家都望尘莫及。

三、体裁的多样与创新

唐人小赋,体裁多样,求变求新。百卉争妍,蔚为大观。

(一) 骈赋

初唐时期,赋作家直接继承六朝传统,其创作以骈体抒情小赋为主。但由于全国统一,南北文学交融,赋作家"各去所短"而"合其两长",追求"文质彬彬"的境界,故其骈体赋已出现有异于六朝的新特点:形象鲜明,语言生动,气机流畅,风格刚健清新。读王勃的《涧底寒松赋》、卢照邻的《对蜀父老问》和《秋霖赋》、杨炯的《青苔赋》、徐彦伯的《登长城赋》、东方虬的《蟾蜍赋》、陈子昂的《麈尾赋》等篇,便可感受到这种新特点。试以《登长城赋》为例,略作说明。

《登长城赋》立意高远,气势磅礴。且看关于秦筑长城的描写:

> 神告箓图,亡秦者胡。实憪萧墙之衅,滥行高阙之诛。凿临洮之西徼,穿负海之东隅。猛将虎视,焉存纲纪;谪戍勃兴,钩绳乱起。连连坞壁,炭炭亭垒。飞刍而挽粟者十有二年,堑山而堙谷者三千余里。黔首之死亡之日,白骨之悲哀不已。犹欲张伯翳之绝胤,驰撑犁之骄子。曾不知失全者易倾,逆用者无成。陈涉以间左奔亡之师,项梁以全吴骄悍之兵。梦骖征其败德,斩蛇验其鸿名。板筑未艾,君臣颠沛。六郡沙漠,五原旌旆。运历金火,地分中外。因虐主之淫愎,成后王之要害,则知作之者劳而居之者泰。

对偶极工,而大气包举。且用"犹欲""曾不知"等词统领偶句,转折灵动。至于"因虐主之淫愎,成后王之要害",以表示因果关系的"因""成"二字分冠于两句之首,遂使"虐主之淫愎"与"后王之要害"词虽骈俪而气则单行。"则知作之者劳而居之者泰",以"则知"承上启下,以

"而"字转折,故能化偶为散。尤应注意者是:"虐主之淫愎"与"后王之要害"、"作之者劳"与"居之者泰",都是对偶法中的所谓"反对",表现对立的双方。从害与利两个方面对秦筑长城作出切合实际的评价,求诸古人,也是难能可贵的。

盛唐及其以后,愈益求变求新,或吸取骚体情韵,或向新文赋过渡,出现了许多优秀作品。

(二) 四言诗体赋

唐代诗坛,四言诗已基本上被五、七言诗所取代,除韩愈的《元和圣德诗》和柳宗元的《平淮夷雅》而外,佳作寥寥;而其艺术生命,却转向辞赋园地飘香吐艳,大放光芒。唐人四言诗体赋的主要特点是:题材广,角度新,能以极短的篇幅反映社会人生,表现深刻主题。前面在论"赋的诗化"时已谈过若干作品,但那是举例性的,有价值的作品远不止此。如司空图的《诗赋》以赋论诗,描状了壮阔、奔放、奇险、雄健等艺术风格,可与他的《诗品》相补充。《共命鸟赋》曲折地反映了晚唐统治阶层的权力争夺,而以"一胜一负,终婴祸罗。乘危逞怨,积世不磨"诸句深致叹惋,尤有现实意义。

(三) 骚体赋

唐人小赋中的骚体赋佳作多,诗意浓。如卢照邻的《狱中学骚体》、张说的《江上愁心赋》、元结的《闵岭中》、刘禹锡的《秋声赋》、白居易的《伤远行赋》、韩愈的《复志赋》等,都写实感,抒真情,语言清新,形象鲜明,而作者的遭际与时代氛围,亦跃然纸上。柳宗元的《解崇赋》《惩咎赋》《闵生赋》《梦归赋》《囚山赋》五篇作于永州,抒发因实行永贞革新而遭贬谪的愤慨与痛苦,感情沉郁激荡;其写景文字,亦隐喻着现实的黑暗与世路的艰险,是骚体赋的名篇,林纾称为"唐文巨擘""当与宋玉争席"(《韩柳文研究法》)。刘蜕的《哀湘竹》《下清江》《招帝子》《悯祷辞》等,王夫之誉为"左徒谪系"(《姜斋文集·刘孝尼诗序》),刘熙载以为"学《楚辞》尤有深致""颇得《九歌》遗意"(《艺概·赋概》)。

当然,唐人的骚体赋,都上承《楚辞》传统;但都刻意创新,不落前人窠臼,有明显的个性特征和时代色彩。其中有不少佳作,可以称为新骚体赋,这在论"赋的诗化"时已略抒浅见。

(四) 文赋

以《子虚》《上林》为代表的汉大赋,韵散结合,或称散体赋,或称文赋。唐人取其散文句式和散文气势,而去其罗列名物、堆垛双声叠韵形容词及喜用生僻字词的缺点,用明畅生动的语言写景叙事,抒情达意,遂形成一种有时代特色的文赋,可称为新文赋。

唐代开国,文人受时代精神的感召,都怀有昂扬奋进的激情。与此同时,从魏征到陈子昂,都"质""文"并重,提倡有"骨气""风骨"的刚健文风。因此,初唐的骈赋和骚体赋,已在不同程度上御以散文的气势。到了盛唐时代,古文运动的先驱者李华、萧颖士、独孤及等人,首先在新文赋的创立方面作出了贡献,其代表作是李华的《吊古战场文》。

《吊古战场文》作于玄宗天宝末年。开元天宝间迭启边衅,而李华曾奉使朔方,目睹耳闻了北方古战场的惨象;当天宝十载唐军伐南诏败绩,死者六万,而"杨国忠遣御史分道捕人",准备再行征伐之时,李华又在伊阙县尉任上亲见"父母妻子送之,所在哭声振野"(《通鉴》卷二一六)的情景,故能写得真切感人。全文起得突兀:

> 浩浩乎平沙无垠,敻不见人。河水萦带,群山纠纷。黯兮惨悴,风悲日曛。蓬断草枯,凛若霜晨。鸟飞不下,兽铤亡群。亭长告余曰:"此古战场也,尝覆三军。往往鬼哭,天阴则闻。"伤心哉!秦欤?汉欤?将近代欤?

劈空画出一幅古战场图,景中含情。以下以"吾闻夫""吾想夫""至若"分别领起三段文字,绘声绘色,铺写战争的惨烈。又以"吾闻之"领起一段,历举边防得失,而归结为"任人而已,其在多乎?"又以一组疑问

句带出关于战死者家属的描写,然后陡然收尾:

> 呜呼噫嘻！时耶？命耶？从古如斯,为之奈何！守在四夷。

极写杀伤之惨和战死者家属之苦而结穴于任人得当,"守在四夷",在当时有强烈的现实意义。

全文骈句、骚句、散文句并用,逐段换韵。大致以骈句铺写,以骚句抒情,以散文句议论,奇峰迭起,变化无端,奔腾前进,如大河滚滚,具有散文汪洋恣肆的气势,开后代文赋无数法门。

唐赋大家都兼擅多种赋体。韩愈作为古文运动的主将,不论写骈赋还是写骚体赋,都能运以散文的气势,刻意创新。当然,他对辞赋的主要贡献,还在于新文赋的创立。其《进学解》《送穷文》历代传诵,从体格看,乃是新文赋。而古今不少选本是作为散文入选的,其有异于前此各体赋的新特点之鲜明突出,于此可见。但也有看出问题的,如宋人黄震云:"《进学解》类赋体,逐段布置,各有韵。"(《黄氏日钞》卷五九)近人钱基博云:"《进学解》虽抒愤慨,亦道功力,圆亮出以俪体,骨力仍是散文。浓郁而不伤缛雕,沉浸而能为流转,参汉赋之句法,而运以当日之唐格。跌宕昭彰,乃开宋文爽朗之意。"(《韩愈志·韩集籀读录》)这都讲出了《进学解》作为新文赋的特点。再看《祭田横墓文》:

> 事有旷百世而相感者,余不自知其何心。非今世之所稀,孰为使余歔欷而不可禁？余既博观乎天下,曷有庶几乎夫子之所为？死者不复生,嗟余此去其从谁？当秦氏之败乱,得一士而可王。何五百人之扰扰,而不能脱夫子于剑铓？抑所宝之非贤,亦天命之有常？昔阙里之多士,孔圣亦云其遑遑。苟余行之不迷,虽颠沛其何伤！自古死者非一,夫子至今有耿光。跽陈辞而荐酒,魂仿佛而来享。

祝尧《古赋辨体》提到这篇赋,却未辨其体而只谈内容。从体格上看,《进学解》骈俪语层出不穷,其特点是以散御骈;而这篇《祭田横墓文》,则通篇散行,无一骈语,跌宕起伏,一气旋转,实质上是一篇抒情性极强的押韵的散文诗。

此后如杜牧的《阿房宫赋》,是典型的新文赋。

(五) 律赋

律赋就是讲格律的赋。所谓格律,就是音韵和谐,对偶精切。

单音节的汉字每个字都有形有音有义。就字音说,尽管在南齐永明时沈约等人提出"四声"以前并没有平仄的说法,但实际上音分平仄。《诗经》《楚辞》中的许多作品读起来之所以有抑扬抗坠的音乐美,除了押韵之外,还由于许多句子大致平仄协调。就字义说,"天"与"地"、"男"与"女"、"高"与"下"、"多"与"少",以此类推,每一个字都可以找到一个乃至几个字与它对偶;更妙的是其平仄也往往是相对的。因此,对偶句在先秦古籍中已屡见不鲜。这就是说,诗、文的有意识的律化,是在符合汉语特性的前提下进行的。诗的律化,由永明新体诗促进,至初唐基本完成,包括五七言绝句、五七言律诗、五七言排律在内的一整套格律诗,为唐诗百花园增加了光艳夺目的新品种。文的律化与诗的律化同步,并受其影响,其结果便产生了介乎诗歌、散文之间的两种体裁:骈文、骈赋。唐代以诗赋取士,用于考试的试帖诗,其实就是五言排律,所不同的是限定六韵十二句,由试官命题、限韵。用于考试的律赋,其实就是骈赋,所不同的是由试官命题限韵、开头必须"破题";在用于取士之后,更讲究平仄协调,又增多了四六句式。

值得注意的是:唐人律赋,在用于考试时也允许求变求新。李调元在《赋话·新话三》中指出:元稹、白居易的律赋"驰骋才情,不拘绳尺","句长而气甚流走","踔厉发扬,有凌轹一世之概"。又指出:"律赋多有四六,鲜有作长句者。破其拘挛,自元、白始。乐天清雄绝世,妙悟天然,投之所向,无不如志。微之则多典硕之作,高冠长剑,璀璨陆离,使人不敢逼视。"骈赋、律赋,由于通篇用骈偶句,在写作中很容易出现繁缛、堆垛、板滞的缺点。元、白突破四六句式而善用长句,"气甚流走",使律赋有散文气势,便矫正了那些缺点。白居易应试的《性习相近远赋》《求玄珠赋》《斩白蛇赋》等"新进士竞相传于京师"(元稹《白氏长庆集序》),并非偶然。

律赋用于科举考试,风檐寸晷,命题限韵,当然很难产生佳作。如果不参加考试而用以抒发真情实感,则限制虽严,仍能写出较好的作品。晚唐时期,不为参加考试而写的律赋极多,而社会千态、人生百感,亦随之进入律赋创作领域。王棨的《贫赋》《江南春赋》《秋夜七里滩闻渔歌赋》,黄滔的《馆娃宫赋》《明皇回驾经马嵬赋》《以不贪为宝赋》,徐寅的《寒赋》《口不言钱赋》《人生几何赋》《过骊山赋》等,都有感而发,从不同角度反映了晚唐士人的心态和社会面影。如徐寅的《寒赋》(以"色悴颜愁,臣同役也"为韵),设为问答,写"大雪濛濛"之时,"安处王"以兽炭、狐裘御寒,犹说"今日之寒斯甚"。"凭虚侯"便说:"下民将欲冻死,王未有寒色。"接下去描绘了戍边将士、农夫、儒者三种人的寒状。写农夫云:

  荷锸田里,劳乎农事。草荒而耒耜无力,地冷而身心将悴。赋役斯迫,锄糯何利!冻体斯露,疏蓑莫庇。东皋孰悯其耕耘!北阙但争其禄位。今则元律将结,元冬已继。此农者之寒焉,王曷知其忧愧?

《口不言钱赋》借歌颂王衍鞭笞了古代的"拜金主义"现象:

  恨朝野以争侈,竞缗钱而纵欲。化为粪土,填巨壑以难盈;涌作波澜,灌漏卮而不足。

类似的作品,在晚唐律赋中并不鲜见。

诗与文,各有特性。诗的律化产生了被唐人称为"近体诗"的若干新品种,成绩辉煌。而文的律化,其成绩则相形见绌。看来文虽然也有声调问题,但不宜过分律化。骈赋、律赋的革新,都是吸取散文舒畅、流走的气势以化骈偶的繁缛、板滞,其原因正在于此;韩、柳古文运动功不可没,其原因也在于此。但唐人律赋作为一种文学现象,仍需研究、总结,不宜笼统否定。

(六) 俗赋

敦煌遗书中有唐人赋二十二篇,其中有用通俗语言写成、无作者姓名的《燕子赋》二篇(其一残)、《晏子赋》、《韩朋赋》、《䴔䴖新妇文》各一篇,通称俗赋。这表明曾经是庙堂文学的赋,到唐代已深入民间,被民间艺人用来塑造人物、叙说故事。这些俗赋,都具有滑稽调笑、幽默讽刺、寓庄于谐的特色,鲜活、泼辣,富有民间生活气息,与文人赋形成明显的对照;也正好与文人赋相互补充,使唐赋蔚为大观。

以上从赋的诗化、主体意识的高扬、体裁的多样与创新三方面论述了唐人小赋的特点,虽然未必中肯,但由此已可看出:在唐代文学的百花园里,各体小赋与诗、文交融互补,共酿春色。如果对唐赋不屑一顾或视而不见,那就既不利于对唐代文学作全面把握,也白白丧失了许多审美享受。

(原刊《文学遗产》1997年第1期)

第 五 辑

- 略谈《三国演义》
- 略谈《西游记》
- 略谈《儒林外史》
- 试论《红楼梦》的人民性
- 《燕丹子》成书的时代及其在我国小说发展史上的地位

略谈《三国演义》

一

如高尔基所指出：在过去，最艺术地处理出来的英雄典型，都是人民口头创作或在人民口头创作的基础上创造出来的。《三国演义》中的许多典型人物，其最初的创造者是人民大众。李商隐在《骄儿》诗中说："或谑张飞胡，或笑邓艾吃。"可见晚唐就有了张飞、邓艾等三国人物的口头创作。宋、元两代，由于城市经济的繁荣和市民阶层的扩大，"说话"和演戏等市民文艺非常发达；而人民口头创作中的三国人物就由民间艺人带上了讲台或舞台。在说话方面，据宋人孟元老的《东京梦华录》所记，"说三分"（即说三国）是当时说话的专题之一，霍四究就是"说三分"专家。《东坡志林》《梦粱录》《都城纪胜》《醉翁谈录》《武林旧事》等书中也有许多说三国的记载。元代至治年间（1321—1323）虞氏新刊的《新全相三国志平话》就是多少代的民间艺人在长时期的"说话"过程中创造出来的伟大的艺术成果。在演戏方面，据宋人张耒的《明道杂志》所记，在当时的皮影戏中，已表演着三国故事。在金代的院本中，三国故事的剧目有《襄阳会》《骂吕布》《大刘备》《赤壁鏖兵》等。元代的三国戏更多，除大部分已经散失的以外，现在能看到全书的还有《连环计》《隔江斗智》①《关大王单刀会》《诸葛亮

---

① 两剧都见《元曲选》。

博望烧屯》《关张双赴西蜀梦》①等。

从晚唐到元代末年的将近五百年的长时期中,人民(包括民间艺人)用自己的艺术才能和美学理想创造了三国时代的琳琅满目的人物画廊,为罗贯中的《三国演义》奠定了人民性和艺术性的基础。

《三国演义》是罗贯中在人民创作的基础上参照陈寿的《三国志》和裴松之的注写成的(后来又经过毛宗岗修改)。罗贯中的生存期间是元末明初(约1330—1400)。他与领导反元起义的领袖之一张士诚有相当密切的关系。明人王圻称他为"绝世轶才"。除《三国演义》以外,著有《隋唐志传》《赵太祖龙虎风云会》等小说、杂剧数十种。

总括起来,《三国演义》是一个具有人民立场的有才能的作家根据人民自己的创作写出来的文学作品。而这,正就是它具有一定的人民性和艺术性的主要原因。

二

《三国演义》的全部内容是表现当时几个不同的统治集团的斗争的。作者对农民起义并不见得同情,但是这部小说真实地描写了封建统治者的罪恶和人民群众的痛苦生活,而这就是农民起义的真实原因。这样的描写是表现了人民性的。

一开始,作者就指出由于桓、灵二帝"禁锢善类,崇信宦官",由于宦官"卖官害民,非亲不用,非仇不诛",致使"朝政愈坏,人民怨嗟","天下人民欲食十常侍之肉","四方百姓裹黄巾从张角反者四五十万",声势浩大,"官军望风而靡",于是刘汉王朝乃动员一切地主阶级的武装力量,镇压农民起义。接着,描写在镇压农民起义的过程中产生并成长了无数的大小军阀,各据一方,互相攻伐,掠夺并残杀人民,把人民推入水深火热之中。这一切,都是符合历史的真

---

① 三剧都见《元刊古今杂剧三十种》。

实的。

《三国演义》真实地揭露了当时的统治者掠夺、屠杀人民的滔天罪行。让我们举几个例子：

> 董卓……尝引军出城，行到阳城地方，时当二月，村民社赛，男女皆集。卓命军士围住，尽皆杀之，掠妇女、财物装载车上，悬头千余颗于车下，连轸还都，扬言杀贼大胜而回。（第四回）
>
> 李傕、郭汜，尽驱洛阳之民数百万口，前赴长安。每百姓一队，间军一队，互相拖押；死于沟壑者，不可胜数。又纵军士淫人妻女，夺人粮食；啼哭之声震动天地。如有行得迟者，背后三千军催督，军手执白刃，于路杀人。卓（董卓）临行，教诸门放火，焚烧居民房屋。（第六回）
>
> 适北地招安降卒数百人到。卓即命于座前，或断其手足，或凿其眼睛，或割其舌，或以大锅煮之。哀号之声震天。（第八回）
>
> 操（曹操）令但得城池，将城中百姓，尽行屠戮……大军所到之处，杀戮人民，发掘坟墓。（第十回）
>
> 其时李傕、郭汜但到之处，劫掠百姓，老弱者杀之，强壮者充军；临敌则驱民兵在前，名曰"敢死军"。（第十三回）

从这几个例子中，我们已可以想象到那种"出门无所见，白骨蔽平原"（王粲《七哀》）的悽惨景象。而那些幸免于屠刀之下的人民，也由于统治者的掠夺和生产的荒废，或冻饿而死，或匍匐于死亡的边缘。如第十三回写"百姓皆食枣菜，饿莩遍野"；十四回写"洛阳居民仅有数百家，无可为食，尽出城去剥树皮掘草根食之"。

我们读《三国演义》，在同情人民的同时，常常压不住心头的怒火，痛恨那些残民以逞的统治者。

三

《三国演义》的人民性也表现在它创造了不少的活生生的艺术形象,通过各个形象的相互关系及其逻辑发展,在一定程度上反映了人民的思想情感和愿望。

如果认为《三国演义》的基本思想是"拥刘反曹"的"正统"思想,那是片面的看法。封建社会的人民固然有正统思想,但他们的正统思想并没妨碍他们去憎恨、甚至去打倒残暴的统治者(我国历史上的无数次农民起义就说明了这个问题)。人民有自己的爱憎,有自己的理想;这爱憎,这理想,往往是和正统思想冲突的。在《三国演义》中就表现了这个冲突,而且在许多重大问题上,由于人民的爱憎和理想表现得那么强烈,以至压倒了正统思想。《三国演义》一开始,就把"人心思乱"的原因归于"朝政日非",并抨击了"禁锢善类,崇信宦官"的桓、灵二帝。此后,对"闇弱"的刘璋和"徒有虚名"的刘表等刘汉王朝的宗室,也是贬多于褒的。徐庶对司马徽说:"久闻刘景升(刘表)善善恶恶,特往谒之。及至相见,徒有虚名,盖善善而不能用,恶恶而不能去者也。故遗书别之。"(第三十五回)在这些根本性的问题上,《三国演义》表现的不是正统思想,而是人民的爱憎,人民的理想。人民喜欢善,痛恨恶,因而对禁锢善类崇信恶人的桓、灵二帝则鞭挞之,对"善善而不能用,恶恶而不能去"的刘表(也有刘璋)则鄙弃之。人民希望于统治者的是善善而能用,恶恶而能去。《三国演义》之所以肯定刘备,拥护刘备,并不只是因为刘备是"帝室之胄",主要是因为他善善而能用,恶恶而能去。这也表现在周仓说的一句话里,就是:"天下土地,惟有德者居之。岂独是汝东吴当有耶?"

作者对魏、蜀、吴及其他各方面的善人,是同样歌颂的;对各方面的恶人,也是同样鞭挞的。如曹魏方面的孔融、荀彧、荀攸、张辽、徐晃……孙吴方面的鲁肃、太史慈、黄盖、阚泽、甘宁……袁绍方面的田丰、沮授、辛评……作者并没有由于他们处于刘备的敌对面而否定他们。对孙策、孙权,和对刘备一样,在比较地能引用善人这一点上也给了应有的肯定,而对阿斗,也和对孙皓一样,在崇信恶人这一点上给了应有的批判。

当然,《三国演义》主要的肯定对象是刘备方面。在当时的群雄当中,作者把刘备写成一个虽然比较平庸、但比较爱民的人。而只有爱民的人才能引用善人,排除恶人。因为引用善人、排除恶人的目的是使政治清明,人民安居乐业。如前所说,人民决不盲目地拥护"帝室之胄";而且"帝室之胄"也不过是刘备集团用来号召的,实际上在当时的群雄之中,刘备是一个出身微贱的人;关羽、张飞、诸葛亮等也是一样。在那个等级森严的社会中,他们由于出身微贱,处处受到敌对方面的鄙视。比如袁术和曹操就三番两次地揭刘备的短,骂他是"卖屦小儿""织席小儿"或"织席编屦小辈"。东吴的陆绩更干脆说:"刘豫州虽云中山靖王苗裔,却无可稽考,眼见只是织席贩屦之夫耳。"至于张飞被骂为"村野匹夫",诸葛亮被骂为"村夫",也是不止一见的。但是给那些显赫的群雄以打击的正是这些出身微贱的英雄。在这一点上也反映了人民的情感。

如果认为刘、关、张的"义气"是《三国演义》的人民性的主要内容,那也是不妥当的。不错,在中国封建社会的人民群众中,"结义"是一种团结自己的组织形式。《隋唐志传》中的瓦岗英雄,《水浒》中的梁山英雄,都是用"结义"的方式组织起来的。他们相互之间都崇尚义气;但他们的义气必须和他们的为民除害的正义行动结合起来,才能表现出人民性的内容。李逵在误信了宋江抢夺民女的时候,就不认宋江是他的"哥哥",这正表现了他具有英雄的高贵品质。刘、关、张的义气之所以具有人民性,也在于那种义气把他们牢固地团结起来,使他们更好地从事有利于人民的事业。但当这种义气变成"小义",即仅仅为了他们的兄弟关系而违反了人民利益的时候,人民也就反对它。关羽死于东吴之手,刘备、张飞为徇小义,丢开曹魏这个强大的敌人,兴兵伐吴。诸葛亮、赵云、秦宓等竭力劝谏,只是不听。到了"仇人尽戮",东吴遣使"欲还荆州,送回夫人,永结盟好,共图灭魏",刘备还是一意孤行,必欲灭吴,终于惨遭失败,断送了无数将士、无数人民的生命。这种小义,《三国演义》的作者给了应有的批判。赵云劝刘备说:"汉贼之仇,公也;兄弟之仇,私也。愿以天下为重。"诸葛亮说:"若欲北讨汉贼,以伸大义于天下,方可亲统六师。"秦宓也说:"陛下舍万乘之躯而徇小义,古人所不取也。"诸葛瑾也指出刘备是"舍大义而就小义"。这不是对于小义的批判吗?

历史上的刘备本来有一些宽仁爱民、知人善任的优点,而这正是符合人民的愿望的。所以当北宋时代,统治阶级正否认刘备的正统的时候①,人民仍歌颂刘备,抨击当时的统治者给以正统地位的曹操②。在长期的人民创作中,人民更以自己的理想、自己的品质,补充了、丰富了刘备的品质,也补充了、丰富了辅佐刘备的许多正面人物如诸葛亮、关羽、张飞、赵云等的品质,使他们成为人民理想中的英雄。在这些英雄之中,最符合人民的理想的英雄是诸葛亮。作者用最大的力量创造的、用最高的热情歌颂的正面形象也是诸葛亮。诸葛亮虽是在第三十八回才正式登场的,但把他登场以前的三十多回看成为他的登场作准备条件,也是符合实际的。在前三十多回中,作者着重地写刘备怎样爱民,怎样受人民爱戴,写关、张、赵云怎样英勇,怎样崇尚义气,但一直"落魄不偶",无容身之地。当曹操要"洗荡徐州",陶谦想把徐州让给刘备,刘备固辞不受的时候,"徐州百姓拥挤府前拜哭曰:'刘使君若不领此郡,我等皆不能安生矣!'"(第十二回)人民希望于刘备的是固守徐州,使他们"安生",他却没有固守徐州的力量,东逃西奔,连自己也不能"安生"。什么原因呢? 司马徽指出这是由于他"左右不得其人"。"关、张、赵云皆万人敌,惜无善用之人。若孙乾、糜竺辈,乃白面书生,非经纶济世之才也。"(第三十五回)接着写刘备任用徐庶,而当徐庶由于母亲被曹操囚禁,必须奔赴许昌的时候,作者大力地描写

---

① 参看《资治通鉴》卷六十九《魏纪》黄初二年"汉中王即皇帝位"下司马光的话。
② 《东坡志林》:"王彭尝云:'涂巷中小儿薄劣,其家所厌苦,辄与钱,令聚坐听说古话。至说三国事,闻刘玄德败,频蹙眉,有出涕者;闻曹操败,即喜唱快。'以是知君子小人之泽,百世不斩。"

了刘备的恋恋不舍之情，因而感动了徐庶，荐诸葛亮以自代。此后便以无比的艺术力量描写了刘备怎样求贤若渴，"三顾草庐"。诸葛亮出草庐之后，便在博望坡大败曹军。"新野百姓望尘遮道而拜曰：'吾属生全，皆使君得贤人之力也！'"从这以后，直到一百四回"陨大星汉丞相归天"，诸葛亮这位能使百姓生全的贤人，一直是故事发展的主要动力。而在诸葛亮死后的十多回中，作者也并没有忘记诸葛亮。如在一百四回的结尾写"死诸葛能走生仲达"，写姜维等按照诸葛亮的策略，全师而退，然后发丧，"蜀军皆撞跌而哭，至有哭死者"。一百五回写孔明灵柩到了成都，"上至公卿大夫，下及山林百姓，男女老幼，无不痛哭，哀声震地"。一百十三回写吴使薛珝"自蜀中归，吴主孙休问蜀中近日作何举动。珝奏曰：'近日中常侍黄皓用事，公卿多阿附之。入其朝，不闻直言；经其野，民有菜色……'休叹曰：'若诸葛武侯在时，何至如此乎！'"更重要的是写姜维也是写诸葛亮，魏将邓艾曾赞叹道："姜维深得孔明之法……"甚至写敌人也是写诸葛亮，邓艾曾说："武侯真神人也！艾不能以师事之，惜哉！"固然这样的写法把贤人的作用过分夸大了，但是就突出诸葛亮这个人物说，就表现刘备的任用贤人说，《三国演义》的描写是成功的。

历史上的诸葛亮本来是一个具有人民性的人物，陈寿在《三国志》的《诸葛亮传》中写他"立法施度，整理戎旅，工械技巧，物究其极；科教严明，赏罚必信，无恶不惩，无善不显；至于吏不容奸，人怀自厉，道不拾遗，强不侵弱，风化肃然"。经过长时期的人民创造，在《三国演义》中，他是以最符合人民的理想的英雄人物出现的。

人民是厌恶书呆子，喜欢"经纶济世之才"的，而诸葛亮就是一个"泽及当时，名留后世"的"济世之才"。他"舌战群儒"的时候，针对程德枢，痛骂过"青春作赋，皓首穷经，笔下虽有千言，胸中实无一策"的"小人之儒"；针对严畯，痛骂过"寻章摘句"的"腐儒"。为了和孔明相对照，作者还刻画了一个自诩"熟读兵书，颇知兵法"，但完全脱离实际的教条主义者马谡。在马谡失掉街亭，"即正军法"之后，诸葛亮追想刘备所嘱"马谡言过其实，不可大用"的话，"乃深恨己之不明"。

人民是痛恨狡猾、奸诈、心胸狭隘、妒贤嫉能等属于剥削阶级的恶劣品质，喜爱真诚、勤恳、气度恢廓、知人善任等高尚品质的，而诸葛亮就是一个真诚、勤恳、气度恢廓、知人善任的典型人物。在赤壁破曹的过程中，那个心胸狭隘、妒贤嫉能的周瑜三番五次地想杀害他，但他为了"同心破曹"，从不计较这些小事，并尽可能地献出自己的智慧和力量帮助周瑜，最后并借来了决定战争胜负关键的东风。而且他甘愿把一切功劳都算在周瑜账上，他布置好了一切之后，对刘备说："主公可于樊口屯兵，凭高而望，坐看今夜周郎成大功也。"其实如果没有他，周瑜只有装病而已。

人民是鄙薄愚蠢、热爱智慧的，而诸葛亮就是智慧的化身。《三国演义》的作者创造这个形象，把人民的一切智慧集中表现在他身上。他不仅对当前的大局了如指掌，而且能够预见未来；不仅能够指挥千军万马，稳操胜券，而且能够呼风唤雨。这是不应该简单地用"迷信"来解释的。在这一切中，作者反映了中国古代人民企图改造现实，征服自然的健康幻想和英雄气概。在这里，浪漫主义的精神是和现实主义的精神有机地结合在一起的。

诸葛亮这个人物的这许多好品质都是从属于爱民这一基本精神的。他之所以是符合人民理想的英雄人物，就是因为他能够"惜军爱民"。关于这，《三国演义》中写得很多。他治理下的"两川之民，忻乐太平，夜不闭户，路不拾遗。又幸连年大熟，老幼鼓腹讴歌"。他甚至被写成一个在死后犹不忘记人民、并且能保护人民的人：当钟会入蜀的时候，作者写诸葛亮显灵，对钟会说："两川生灵横罹兵革，诚可怜悯。汝入境之后，万勿妄杀生灵。"钟会于是"传令前军，立一白旗，上书'保国安民'四字，所到之处，如妄杀一人者偿命"。（第一一六回）

从处于水深火热之中，过着朝不保夕的生活的封建社会的人民和人民作家所创造的诸葛亮的形象，可以看出他们多么渴望出现一个能为自己谋福利的贤明的政治家兼军事家啊！

《三国演义》中的诸葛亮之所以能有扭转乾坤的力量，除了他的主观条件而外，由于他深得军心和民心，另一方面也由于他深得刘备的信任（中国历史上有许多贤明的能为人民谋福利并深受人民拥护的人物，由于受统治者排挤、迫害而不得施展才能，甚且不得善终）。作者正是在推心置腹地信任诸葛亮这一点上肯定刘备的。而当关羽因骄横自满，自取败亡，刘备舍大义而徇小义，不听诸葛亮及众官劝谏，一意孤行的时候，作者是以沉痛的心情批判了刘备，以血的事实教训了刘备的。刘备伐吴的时候，是颇为专横、颇为骄矜的。马良（作者肯定的正面人物之一）劝他"将各营移居之地，画成图本，问于丞相"，他说："朕亦颇知兵法，何必又问丞相？"至大败之后，才悔悟过来。一则曰："朕早听丞相之言，不至今日之败。今有何面目复回成都见群臣乎？"再则曰："朕自得丞相，幸成帝业，何期智识浅陋，不纳丞相之言，自取其败。悔恨成疾，死在旦夕。嗣子孱弱，不得不以大事相托。"在这里，作者一方面指出不用贤人之言，必遭失败，一方面指出贤人不得信任，也无能为力。

周扬同志说："人民以自己的眼光观察周围的现实生活，同时根据自己的生活经验，把历史和传说的故事加上自己的想象和判断，就……创造了他们所向往，所喜爱的人物。"①《三国演义》中的诸葛亮和其他正面人物，正是这样创造出来的。这些人物当然也包含着某些封建因素，但他们仍然是有人民性的，对于今天的读者也还是有教育意义的。

《三国演义》还创造了许多反面典型，那是人民鞭挞的对象（所谓"恶恶而能去"，就是要"去"掉这些家伙）。对于今天的读者，这也是有积极的意义的。

当然，一部作品的人民性或思想性并不是只通过某一个或某几个人物形象表现出来的，而是通过全部形象的相互关系及其逻辑发展表现出来的。《三国演义》的人民性主要表现在它通过全部形象的相互关系及其逻辑发展，表现了古代人民的"善善而能用，恶恶而能去"的政治要求。具体地说，也就是希望有贤明的君主任用贤人，惩罚恶人，

---

① 周扬《改革和发展民族戏曲艺术》。

为人民除祸害、谋福利。当然这种政治要求并没超出封建制度的范围,但这主要是由于受历史的局限。

四

《三国演义》的人民性也表现在它普及了历史知识。封建统治阶级把历史知识垄断在自己手里,这是愚民政策的一个重要方面。但人民是要求掌握历史知识,要求主宰历史的。宋代说话的四家之中,有"讲史书"一家。现在所能看到的讲史书的话本,虽以《五代史平话》为最早,而元至治本的《全相平话五种》之中,除《三国志平话》外,有《武王伐纣》《七国春秋后集·乐毅图齐》《秦并六国·秦始皇传》《前汉书续集·吕后斩韩信》。这些作品在普及历史知识方面当然都起过作用,但都不能和《三国演义》相比。《三国演义》由于艺术上的成功,拥有最广大的读者。它通过艺术形象,把历史知识——主要是把统治阶级的一些政治策略、军事技术在人民面前公开了,使人民对于三国时代的历史的轮廓和重大事件得到比较生动、比较完整的认识,而且知道了一些对统治阶级作斗争的策略和技术。太平天国有些首领也往往运用《三国演义》《水浒传》描写的战例来判断军情[①]。《三国演义》在普及历史知识方面是起过有利于人民的积极作用的。

五

胡适认为《三国演义》"只可算是一部很有势力的通俗历史讲义,不能算是一部有文学价值的书"[②],这原是他贬低中国古典文学的惯技。五六百年来,《三国演义》之所以一直为人民群众所欢迎,除了它具有一定的人民性之外,还由于它具有一定的艺术性。

---

① 参看清人张德坚《贼情汇纂》。
② 胡适《三国志演义序》。

《三国演义》的艺术性主要表现在它创造了无数个生动而真实的典型人物,以至使我们把生活中的某些具有奸诈性格的人叫奸曹操,把某些勇猛的人叫猛张飞,把某些足智多谋的人叫诸葛亮,把某些"言过其实"的人叫马谡,把某些昏庸、麻木的人叫阿斗,把某些自逞其能、却误了旁人的大事的人叫蒋干……

《三国演义》中的许多典型人物的典型性格往往是借助于特征的细节描写凸现和丰富起来的。

例如曹操一出场,就通过他假装中风的细节,表现了他的权谋和机变。此后更用杀吕伯奢、杀仓官王垕、梦中杀人等特征的细节描写,凸现了、丰富了他的"宁教我负天下人,休教天下人负我"的"奸雄"形象。

刘备的宽仁爱民的性格,也是通过许多特征的细节描写丰富起来的。比如第三十五回写他"跃马过檀溪"之后,单福(徐庶)指出他所骑的"的卢马"终必妨一主人,并说:

"某有一计可禳。"玄德曰:"愿闻禳法。"福曰:"公意中有仇怨之人,可将此马赐之;待妨过了此人,然后乘之,自然无事。"玄德闻言变色曰:"公初至此,不教吾以正道,便教作利己妨人之事,备不敢闻教。"福笑谢曰:"向闻使君仁德,未敢便信,故以此言相试耳。"玄德亦改容起谢曰:"备安能有仁德及人,惟先生教之。"

又如"裸衣骂贼"的细节,多么有助于表现祢衡的"嫉恶若仇"的性格;"刮骨疗毒"的细节,多么有助于表现关羽的坚强勇敢的性格。

关于阿斗,也有许多特征的细节描写。诸葛亮"出了祁山,欲取长安",阿斗听信谗言,将诸葛亮召回,诸葛亮问他"有何大事?"他想了良久,才说"朕久不见丞相之面,心甚思慕,故特召回,别无他事"的呆话,这是谁都记得的。而最具特征的还是阿斗投降司马昭以后的一段描写:

  后主(阿斗)亲诣司马昭府下拜谢。昭设宴款待,先以魏乐舞戏于前,蜀官感伤,独后主有喜色。昭令蜀人扮蜀乐于前,蜀官尽皆堕泪,后主嬉笑自若。酒至半酣,昭谓贾充曰:"人之无情,乃至于此! 虽使诸葛孔明在,亦不能辅之久全,何况姜维乎?"乃问后主曰:"颇思蜀否?"后主曰:"此间乐,不思蜀也。"须臾,后主起身更衣,却正跟至厢下曰:"陛下如何答应不思蜀也? 倘彼再问,可泣而答曰:'先人坟墓,远在蜀地,乃心西悲,无日不思。'晋公必放陛下归蜀矣。"后主牢记入席。酒将微醉,昭又问曰:"颇思蜀否?"后主如却正之言以对,欲哭无泪,遂闭其目。昭曰:"何乃似却正语耶?"后主开目惊视曰:"诚如尊命。"昭及左右皆笑之。(第一一九回)

  从这些例子可以看出,《三国演义》在用特征的细节描写凸现和丰富人物的典型性格这一点上有多大的成就!

  当然,仅靠细节描写是不可能创造出伟大的现实主义作品的,如恩格斯所说:"现实主义是除了细节的真实之外,还要正确地表现出典型环境中的典型性格。"①《三国演义》的作者是很善于"正确地表现出典型环境中的典型性格"的。那些真实的细节描写也不是孤立的,而是从属并统一于典型环境中的典型性格的正确表现的。

  所谓典型环境,是最充分、最尖锐地表现一定社会力量本质的环境,也就是社会矛盾的主要情势。《三国演义》是最大规模地描写封建统治阶级内部矛盾(也描写了统治阶级和人民的矛盾)的古典现实主义作品。它的现实主义精神就表现在善于从矛盾斗争的主要情势中描写人物,展开情节。

  一开始,作者即由刘汉王朝和人民群众的矛盾中引出人物,展开情节:由于宦官弄权,"朝政日非",引起了黄巾暴动;刘汉王朝发动地方武装和州郡武装,镇压黄巾,遂产生了并成长了很多大小军阀;而把

---

① 恩格斯《给哈克纳斯的信》。

持朝廷的宦官又"非亲不用",并差黄门到处索取贿赂,遂引起了朝廷与地方武装和州郡武装之间的矛盾。又从朝廷与地方武装和州郡武装的矛盾中进一步地描写人物,发展情节:由于宦官"非亲不用",并遣使到处索取贿赂,遂引出召董卓杀宦官的事件。此后,通过十七镇诸侯讨董卓的事件,把各种矛盾集中起来,并在这种矛盾中描写人物:如写袁术怕孙坚打破洛阳杀了董卓,不发粮,致使孙坚败绩;刘、关、张由于出身微贱,势力单薄,横受袁术等人的凌辱,但斩华雄、战吕布,却表现出他们惊人的才能;董卓赴长安,曹操主张乘势追袭,袁绍等怕曹操立功,按兵不动,致使曹操大败……在这种复杂的矛盾冲突中,作者着重地表现了未来的蜀、魏、吴三方面的人物。这种矛盾冲突发展的结果是:十七镇诸侯之间的矛盾表面化,故不仅未能扑灭董卓,而且从此开始了互相杀伐、互相吞并的局面,终成三国鼎立之势。而三国之间的矛盾斗争,又一直发展到司马氏统一为止。《三国演义》的作者始终是从诸侯之间、三国之间的矛盾斗争的主要情势中描写人物,发展情节的。为了说明问题,不妨简单地谈一下赤壁之战。

在赤壁之战这一尖锐的矛盾斗争中,作者表现了许多人物的典型性格,更突出地刻画了周瑜、曹操,特别是诸葛亮的典型性格。赤壁之战是诸葛亮的联吴抗曹政策的第一次执行,第一次胜利。首先,作者真实地描写了在曹操的八十三万大军压境的情况之下孙权在文武大臣主降主战的争执中的心理矛盾,并写出真正了解孙权的心理矛盾的只有诸葛亮,从而提示了诸葛亮的联吴的可能性。其次,作者大力地描写了诸葛亮为联吴成功而作的各种斗争,在舌战群儒、说服孙权、说服周瑜的过程中,表现了他的机智、勇敢和为了破曹而不惜付出一切力量的可贵品质。联吴成功以后,当时的主要矛盾是孙刘与曹操的矛盾,作者把这一矛盾作为结构作品的主要线索;而在孙刘方面,有联合也有矛盾,作者把这一矛盾作为结构作品的次要线索:从这两条线索的纠结中,即从复杂的矛盾斗争中表现几个主要人物的性格和心理活动。

沿着次要线索,作者从孙刘两方既联合又矛盾的复杂情况中描写了诸葛亮和周瑜。周瑜三番五次地想杀诸葛亮,固然是由于他气量狭小,但主要的还是由于怕诸葛亮"久必为江东之患"。诸葛亮一再忍让,争取团结,固然是由于他气度恢宏,但主要的还是为了破曹。周瑜使诸葛亮劫粮,欲借曹操之手杀害他,却被他激怒,反欲自去劫粮。这时候,诸葛亮对鲁肃说:"目今用人之际,只愿吴侯与刘使君同心,则功可成;如各相谋害,大事休矣。操贼多谋,他平生惯断人粮道,今如何不以重兵提备?公瑾若去,必为所擒。"这正是从斗争的客观形势上说明团结的重要性。诸葛亮是最了解斗争的客观形势的,他看出不团结东吴就无法破曹。周瑜却以为东吴兵精粮足,自己又谋勇兼备,不必和刘备方面联合也可以破曹;所以为了防患未然,他不仅想杀诸葛亮,而且想杀刘备。但作者明白指出,没有诸葛亮,周瑜是不能必胜的。通过反间计、苦肉计、连环计等斗争,作者突出地描写了周瑜的精明能干,曹操、蒋干都不是他的对手,但事事都瞒不过诸葛亮,赢不了诸葛亮。当反间计、苦肉计、连环计等成功之后,周瑜趾高气扬,以为一用火攻,就可以大获全胜;却不料一阵西北风惊醒了他,也惊倒了他,使这个好胜的将军在不可能取胜的情况下只好装病。

  次要线索是紧紧地和主要线索相联系的。曹操命蒋干第一次过江,中了周瑜的计,结果误杀了蔡瑁、张允,这是周瑜的一个大胜利。而知道周瑜的妙计的只有诸葛亮,于是周瑜又一次地想杀诸葛亮。从这里引出了诸葛亮的草船借箭,使曹操受到又一次的损失。曹操为了弥补这种损失,又使蔡中、蔡和诈降,而周瑜将计就计,要蔡中、蔡和给曹操通报消息;果然,蔡中、蔡和便把黄盖的苦肉计当作真情报告曹操。这些妙计都瞒过了曹操,却没瞒过诸葛亮,这正表现了诸葛亮的过人的智慧。但曹操也是不好对付的,作者并没有把曹操写成阿斗。阚泽替黄盖献诈降书,"曹操于几案上反复将书看了十余次,忽然拍案张目大怒曰:'黄盖用苦肉计,令汝下诈降书,就中取事,却敢来戏侮我耶!'便教左右推出斩之。"阚泽以"仰天大笑"回答他的杀人令之后,他指出"吾自幼熟读兵书,深知奸伪之道。汝这条计只好瞒别人,如何瞒得我?""我说出你那破绽,教你死而无怨!你既是真心献书投降,如何不明约几时?"如果不是阚泽善辩和曹操又接到蔡中、蔡和报告黄盖受刑的书信,则苦肉计必归失败。至于曹操采用庞统的连环计,也是颇有理由,而且是根据斗争的客观形势决定的。当程昱指出船皆连锁,须防火攻时,曹操大笑道:"凡用火攻,必借风力。方今隆冬之际,但有西风北风,安有东风南风耶?吾居于西北之上,彼兵皆在南岸,彼若用火,是烧自己之兵也,吾何惧哉?"又说:"青、徐、燕、代之众不惯乘舟。今非此计,安能涉大江之险?"这都表现出曹操的确是一个聪明自负、有军事经验的人物。在连环计问题上,他的考虑是比周瑜精细的。周瑜费了许多心血用苦肉计和连环计,却没考虑到有没有东风,所以当西北风刮起旗角从他脸上拂过的时候,他只好"大叫一声,往后便倒"。

如前所说,《三国演义》的作者是把诸葛亮作为符合人民理想的英雄来描写、歌颂的。在赤壁之战的矛盾斗争中,作者大力地描写了曹操和周瑜,正是为了大力地描写诸葛亮,歌颂诸葛亮。作者沿着主要线索和次要线索,写了许多"斗智"的场面,从而把解决主要矛盾的关键归结为要有东风,而能借东风的只有诸葛亮。周瑜装病,诸葛亮问病的一段对话是异常精彩的:

> 孔明曰:"连日不晤君颜,何期贵体不安!"瑜曰:"'人有旦夕祸福',岂能自保?"孔明笑曰:"'天有不测风云',人又岂能料乎?"瑜闻失色,乃作呻吟之声。孔明曰:"都督心中似觉烦积否?"瑜曰:"然。"孔明曰:"必须用凉药以解之。"瑜曰:"已服凉药,全然无效。"孔明曰:"须先理其气;气若顺,即呼吸之间,自然痊可。"瑜料孔明必知其意,乃以言挑之曰:"欲得顺气,当服何药?"孔明笑曰:"亮有一方,便教都督气顺。"(第四十九回)

于是诸葛亮不仅开了药方,而且自愿取药:"借东风"。东风一起,苦肉计、连环计一齐奏效,曹操的八十三万人马被烧得七零八落,曹操本人也几乎送了性命。

孙刘和曹操之间的矛盾暂时解决,孙刘之间的矛盾立刻变成了主要矛盾,于是作者又从这一新的矛盾中去描写他的人物了。

可以看出,《三国演义》的作者是很善于从矛盾斗争的主要情势中描写人物,又通过人物的描写来反映矛盾斗争的真实面貌的。

(原载《语文学习》1954年第11期,又收入作家出版社《〈三国演义〉研究论文集》)

略谈《西游记》

一

和《水浒传》《三国演义》不同,吴承恩的《西游记》是一部"神魔小说",其中的重要的、大多数的艺术形象不是人,而是"神"和"魔";但和《水浒传》《三国演义》相同,《西游记》也是一部由伟大的作家在人民口头创作的基础上创造出来的优秀的古典作品。

《西游记》中的主要人物唐僧本来是个历史人物,他赴天竺求经的经过,见于《唐书·方伎传》和他的学生慧立的《大唐慈恩寺三藏法师传》,其中并没有神异的事情。唐僧取经的神话式的故事,是人民群众在从唐末到宋元的长时期中创造出来的。宋元话本中的《西游记》①和《大唐三藏取经诗话》就是长时期人民口头创作的初步总结。宋元戏文中的《陈光蕊江流和尚》、金院本中的《唐三藏》、元杂剧中的《唐三藏西天取经》②和《西游记》③等,也都是写取经故事的。这给吴承恩的《西游记》的创作提供了有利条件。

吴承恩,字汝忠,号射阳山人,明淮安府山阳县(现在的江苏省淮安县)人。约于明孝宗弘治十三年(1500)生于一个贫苦的家庭。他博

---

① 宋元话本中的《西游记》现在仅存《梦斩泾河龙》一段,是《永乐大典》第13169卷"送"字韵中"梦"字类。
② 元人吴昌龄作。
③ 元末明初人杨景言作。

极群书,为诗文下笔立成,名震一时。但在那个政治黑暗的封建社会中,真正的天才是被压抑的。他屡困场屋,仅以岁贡生做长兴县丞,不久,因为和长官的关系处得不好,弃官回去。他曾经因为生活困难,流寓南京,靠朋友接济和卖文章为生。死于明神宗万历十年(1582)左右。他的著作很多,只因贫困,又没有儿子,多散佚失传了,现存的只有《西游记》和《射阳先生存稿》四卷。

从上面的简单介绍中可以看到:第一,吴承恩是博极群书的;第二,他有很高的文学修养;第三,他出身贫苦,又受统治者的压抑,在生活和思想感情上都接近人民。这些条件,对《西游记》的创作都起着重大的作用。

他不仅能吸取《大唐三藏取经诗话》以来取经故事的材料,而且能从《异闻集》《酉阳杂俎》《真武传》《华光传》等传奇小说和其他著作中吸取有用的材料。更由于在生活和思想感情上都接近人民,他能从丰富的人民语言的宝藏中提炼精美的文学语言;能从广阔的现实生活中吸取用之不竭的创作材料,并能用进步的看法处理从书本上和现实生活中得来的材料。又由于有很高的文学修养,他能塑造出那么多生动的艺术形象,并根据形象与形象之间的关系和它们的逻辑发展,写出很多丰富多彩的场面,结构成完整的艺术作品。

所以,吴承恩的《西游记》是反映现实生活的艺术水平相当高的文学创作。作者能使旧有的材料为他反映现实的创作意图服务。

《西游记》中,不仅人间生活和人的形象是作者根据现实生活和现实人物描写出来、塑造出来的,就是神魔的生活和神魔的形象也是根据现实生活和现实人物描写出来、塑造出来的[①]。作者主要拿他在现实生活中所见所闻所感受的东西做原料,根据自己的看法、希望等等,加以改造制作,创造成各种各样的神、魔和人的形象[②]。《西游记》之所以基本上是一部现实主义和积极浪漫主义相结合的作品,就是由于它

[①] 纪昀《阅微草堂笔记》、丁宴《石亭记事续编》都曾指出祭赛国的锦衣卫,朱紫国的司礼监,灭法国的东城兵马司,唐太宗的大学士、翰林院、中书科等都是明代官制。

[②] 参照张天翼《〈西游记〉札记》,《人民文学》1954年2月号。

创造了许多生动的神、魔和人的形象,并通过这些形象和他们的相互关系,相当正确地反映了当时现实生活的某些方面。

二

《西游记》的主要题材是唐僧取经,所以过去一些学者认为是谈禅讲道的书。当然,这部小说,特别是它里面的诗、偈、颂、赞之类,也表现了一定的宗教思想,但就总的倾向看,它并不是宣扬宗教的书。

明代初年,统治者对佛、道二教是同样提倡的,英宗正统十二年(1447),并曾颁佛道两藏于全国。天顺、成化间,佛教逐渐取得优势。宪宗曾封西番僧为大宝法王(成化四年),僧人继晓、方士李孜省都以祈祷及献淫邪方术得到宠信,与宦官梁芳等表里为奸,干预政事,擅作威福,无耻的执政大臣及士大夫多附丽之。武宗特别喜欢佛教,和西番僧一起唱呗,自号大庆法王。世宗则崇信道教,在皇宫西苑乃至各州县广建雷坛,长期设醮。供建坛用的人力,榨干了人民的血汗,供设醮用的金钱,剥尽了人民的脂膏。而被奉为真人并且做了尚书等大官的道士邵元节、陶仲文等又与宦官(如崔文)、奸臣(如严嵩)同恶相济,荼毒生灵[①]。当时有正义感的士大夫往往不顾性命,上书进谏。给事中郑一鹏上言:"祷祀繁兴……一斋醮蔬食之费,为钱万有八千。……况今天灾频降,京师道殣相望,边境戍卒日夜荷戈,不得饱食,而为僧道糜费至此,此臣所未解。"[②]此后杨爵指陈"以一方士之故,朘民膏血,而不知恤",被"榜掠","血肉狼籍"。主事周天佐、御史浦铉因营救杨爵,"先后棰死狱中"[③]。吴承恩生活于武宗、世宗时代,当然是熟悉这些情况的。

以唐僧取经为主要题材的《西游记》写于明世宗佞道的时代或稍后,当然不能不反映上述的那些情况。我们可以从《西游记》窥测作者

---

① 详见《明史》卷三〇七《邵元节传》《陶仲文传》。
② 《明史》卷二〇六《郑一鹏传》。参照《明史纪事本末》卷二十五《世宗崇道教》。
③ 《明史》卷二〇九《杨爵传》。

对统治者崇信僧道、朘民膏血所抱的态度。在大闹天宫部分,作者对道教的组织、对道教的祖师太上老君,以及天尊、真君之类,极尽讽刺揶揄之能事。就是在取经故事的许多场面中,作者讽刺的利剑也没忘记指向道教。例如三十七回至三十九回写由钟南山来的"全真",因求雨有效,骗得乌鸡国王的信任,终于害死了国王;四十四回至四十七回写车迟国王尊奉虎力大仙、鹿力大仙和羊力大仙,残酷地迫害僧人;七十八回至七十九回写比丘国王宠幸道士所进的美女(其实是狐狸精),弄得身体尪羸,便听信那道人(被封为国丈)的妖术,从民间勒索一千一百一十一个小儿,准备取小儿的心肝配药。在这些情节中,作者都揭露了道士的罪恶,并通过孙悟空收服道士的结局,给那些国王指出崇信道教、宠用道士,只能"伤太平之业,失天下之望",甚至会丢掉自己的性命。

这些描写是曲折地反映了当时的现实的。世宗在佞道的同时,采取了一系列灭佛的措施。他接受侍郎赵璜的建议,刮武宗所铸佛像上的镀金一千三百两,又下诏没收大能仁寺僧人的资材,毁掉玄明宫、文华殿及大善佛殿的佛像……(《西游记》第八十四回所写的灭法国也就是这种现实的反映)在这个时代,帮助统治者苦害人民的主要是道教。《西游记》主要是记唐僧等西游取经的,而取经故事本身就带有"弘扬佛法"的意味。所以作者对佛教的态度和对道教的态度不同。但应该辨明,《西游记》写取经的故事是和统治者的"弘扬佛法"有区别的。唐僧在听到乌鸡国王(乌鸡国王的鬼魂)说到"天年干旱……民皆饥死"时所说的一段话,就可以说明这个问题的一部分:

> 古人云:"国正天心顺。"想必是你不慈恤万民。既遭荒歉,怎么就躲离城郭?且去开了仓库,赈济黎民;悔过前非,重兴今善,放赦了那枉法冤人;自然天心和合,雨顺风调。①

还有,猪八戒在被观世音收服之后说:"常言道:'依着官法打杀,依着

---

① 第三十七回。

佛法饿杀。'"这也反映着对佛法不满的思想情感。

封建统治者用佛家"六道轮回"之说恫吓人民，使人民为避免入"地狱道""饿鬼道""畜生道"而"积善业"，也就是无限度地忍受统治者的剥削压迫而不敢反抗。《西游记》的作者却在一定程度上反对了六道轮回的谬说。例如在根据旧说①写成的唐太宗游地府的章节中，虽然仍旧描写了六道轮回的情况（在这里当然散布了迷信思想），但也指出地狱中也讲人情：酆都掌案判官崔珏由于和魏征相好，又曾在唐朝做官，居然徇私枉法，给唐太宗添上二十年阳寿。至于孙悟空大闹地狱，"打死九幽鬼使……惊伤十代慈王"，强销了猴类的死籍，再不伏阎罗管辖，更有力地反映了当时人民对六道轮回说的抵触情绪。

统治者还利用佛家所谓的"不杀""不盗""不妄语"等戒律束缚人民，使人民不敢暴动，甚至不敢议论统治者的罪恶行为。但《西游记》的作者却愤怒地抨击了这种戒律。唐僧是作者塑造的一个好和尚的形象，他的确不作恶，而且有"慈恤万民"的善念，却迷信"不杀"的戒律，在八十一难中，常常盼望孙悟空救他，又常常责备孙悟空打死了妖魔或恶人。孙悟空则不然，他懂得要使"慈恤万民"的善念成为事实，必须通过战斗，消灭一切害民的妖魔和恶人。作者对"不杀"的戒律的攻击，就是通过孙悟空与唐僧之间的这种矛盾和由这种矛盾所引起的许多次激烈的斗争及其结果体现出来的。至于"不盗""不妄语"的戒律，更被作者通过孙悟空的战斗形象捣成齑粉。在大闹天宫的情节中，孙悟空"先偷桃，后偷酒，搅乱了蟠桃大会，又窃了老君仙丹"。在大闹五庄观的情节中，孙悟空又偷窃了镇元大仙的人参果。"不盗"的戒律，对于"皈依正果"以前和以后的孙悟空，都是没有约束性的。而散见于各个章节中的孙悟空对于诸天神佛的讽刺揶揄，如责备弥勒佛"家法不谨"、奚落如来佛"是妖精的外甥"之类，更是对"不妄语"的戒律所作的毁灭性的判决。

---

① 唐太宗入冥故事早见于唐朝人张鷟（死于天宝以前）的《朝野佥载》。晚近敦煌发现的文物也有《唐太宗入冥记》。

三

吴承恩在他的另一部神魔小说《禹鼎志》的序中说:"不专纪鬼,明纪人间变异,亦微有戒鉴寓焉。"《西游记》也是一样。鲁迅说《西游记》"讽刺揶揄则取当时世态,加以铺张描写",因而能"使神魔皆有人情,精魅亦通世故"。① 《西游记》通过有人情的神魔和通世故的精魅的形象及其他形象,反映了"人间变异","讽刺揶揄"了"当时世态",它所展示的生活图画是广阔的,它所"寓"的"戒鉴"之意是丰富、深刻的。

《西游记》中最强烈地发射出现实主义和积极浪漫主义光辉的是孙悟空大闹天宫的故事。作者通过这个神话式的故事,反映了中国封建社会人民反抗统治阶级的斗争的勇敢和智慧。

"英敏博洽"而又"屡困场屋"、奔走衣食、备尝世味的吴承恩,对于历史上的和当时的人民起义,不仅是了解的,而且是关心的、同情的。历史上多次发生的人民起义,给他提供了形象思维的素材,这是不用说的。应该着重指出的是他生存的那个时代——明孝宗至神宗初年,政治黑暗,曾激起许多次人民起义②。这许多次人民起义,可以说是吴承恩创造大闹天宫故事的现实基础③。

现在让我们看吴承恩是怎样描写孙悟空大闹天宫的。一开始,他就以肯定的语气描述了孙悟空的出身和得道(所谓得道,就是学会了大闹天宫、斩妖除邪的本领)。得道归来,就打杀了强占花果山的混世魔王,解除了花果山群猴的痛苦。然后安营下寨,准备武器,教小猴操演武艺,以防人王或禽王、兽王兴师侵犯。这表明孙悟空的行动,一起头就是带有正义性的。这种正义行动的发展(向东海龙王借兵器和反抗冥府的拘唤,强销死籍),引起了他和诸天神佛的矛盾,大闹天宫的

---

① 《中国小说史略》第 17 篇。
② 参看尚钺主编《中国历史纲要》,人民出版社 1980 年版,第 343 页;吕振羽著《简明中国通史》,人民出版社 1959 年版,第 604—608 页。
③ 参看何其芳《胡适文学史观点批判》,《胡适思想批判论文汇编》第六辑,第 300 页。

场面就这样自然地展开了。孙悟空的出于自卫的正义行动稍稍触犯了诸天神佛的利益和尊严,玉皇大帝就要"遣将擒拿",而老谋深算的太白金星又建议先用笼络的办法,"降旨招安"。招安之后,又仅仅给他一个未入流的官儿,叫做什么"弼马温"。孙悟空因嫌官小而"造反",玉皇大帝即遣天兵天将收服。收服不了,又听用太白金星的奸计,二度招安,给孙悟空一个有官无禄的空衔,目的是"收他的邪心,使不生狂妄,庶乾坤安靖,海宇得以清宁"。但要收孙悟空的"邪心",使他"不生狂妄",是很不容易的。孙悟空偷吃了蟠桃、仙酒、仙肴以及太上老君的金丹,搅乱了天宫,"玉帝大恼",发动所有的力量"剿除妖猴",但仍不能正面取胜,最后依靠老君暗中投下的金刚琢和二郎神的细犬,才捉住了孙悟空。而捉住之后,刀砍不入,火烧不着,雷打不伤,放入老君的八卦炉中锻炼了七七四十九日,反把孙悟空炼成铜筋铁骨、火眼金睛。开炉后又大闹一通,把所有的天兵天将打得落花流水。玉帝只得依靠外援,请如来救驾。这些生动的描写不正是概括地反映了农民起义的翻天倒海的力量(也反映了农民起义的弱点)及统治阶级对付农民起义的卑鄙阴谋和残酷手段吗?大闹天宫的故事之所以一直为人民所喜爱,原因就在这里。

如果说孙悟空大闹天宫的情节主要反映了人民起义,那么孙悟空"皈依正果"之后保护唐僧,在取经途中扫荡群魔的情节是不是反映镇压人民起义呢?不是的。取经途中的群魔大都是与神佛联系着的,甚至是一体的,作者并没有借他们反映人民起义。例如黄风岭的黄风怪是如来所住的灵山脚下的老鼠精;波月洞的黄袍怪是上界的奎星;平顶山的金角大王和银角大王是太上老君的看丹炉的童子,所使的武器是老君盛丹的葫芦、盛水的净瓶、炼魔的宝剑、搧火的扇子和勒袍的绳子;侵占乌鸡国王位的妖魔是"佛旨差来"的文殊菩萨座下的青毛狮子;黑水河中的鼍怪是西海龙王的外甥;通天河的魔头是观音菩萨莲花池里养的金鱼,所使的九瓣铜锤是莲花池中的一枝未开的菡萏;金𠋫洞的兕大王是太上老君的青牛,所用的武器是老君的金刚琢;盗窃金光寺塔中的佛宝的妖魔是万圣龙王和他的九头驸马;小雷音寺的黄眉大王是弥勒佛祖面前司磬的黄眉童儿，所使的包搭儿和狼牙棒是弥勒佛祖的"人种袋"和敲磬的槌儿；獬豸洞的赛太岁是观音菩萨胯下的金毛犼；狮驼山的老怪、二怪是文殊、普贤的青狮、白象，三怪大鹏金翅雕则与如来有亲；清华洞的妖怪是寿星的白鹿，所用的蟠龙拐是寿星的拐杖；陷空山无底洞的金鼻白毛老鼠精是托塔李天王的义女，哪吒三太子的义妹；九曲盘桓洞的九头狮怪是太乙救苦天尊座下的九头狮子；摄藏天竺国公主的妖邪是太阴星君的捣药的玉兔……这些魔军是诸天神佛的爪牙或亲眷，他们都依仗诸天神佛的权势和法器，荼毒生灵，无恶不作。例如清华洞的鹿精（寿星的白鹿）做了比丘国的国丈，要取一千一百一十一个小儿的心肝配药。黑水河的鼍怪（西海龙王的外甥）赶走了黑水河神，伤害了许多水族，强夺了黑水神府，黑水河神往海内告状，西海龙王庇护外甥，不准他的状子，反教他让神府给鼍怪居住；鼍怪捉了唐僧和猪八戒，"不敢自用"，特"具柬去请二舅爷（龙王）来与他暖寿"……其他与神佛没有直接关系的一些魔头，神佛也纵容他们为非作歹，残害人民。例如陈家庄的灵感大王强迫人民每年祭献一对童男童女；玄英洞的犀牛精冒充佛爷，强迫人民每年贡献值银五万余两的金灯；隐雾山的豹子精捉食贫苦的樵夫；解阳山的如意真仙"护住落胎泉水，不肯善赐于人"……所有这些妖魔，都是与人民为敌的，而与诸天神佛则或者是有直接关系的，或者是在客观上处在同一方面的。

孙悟空则不然，虽说是"皈依正果"，但一直是关怀着人民的。他的性格、行为的人民性和正义性，作者在第四十四回中曾作了概括的说明："他（唐僧）手下有个徒弟，乃齐天大圣，神通广大，专秉忠良之心，与人间报不平之事，济困扶危，恤孤念寡。"事实的确是这样的。在车迟国，他消灭了虎力大仙、鹿力大仙和羊力大仙三个妖魔，解救了数百名和尚的苦难；在陈家庄，他和猪八戒代替陈澄、陈清的孩子去祭赛灵感大王，最后请来了观音菩萨收服了妖魔，使陈家庄人民"免得年年祭赛，全了多少人家儿女"；在祭赛国，他剿除了万圣老龙和九头妖怪，洗雪了金光寺僧人的冤仇；在比丘国，他降服了清华洞的鹿精，救了一千一百一十一个小儿的性命;在隐雾山,他打死了艾叶花皮豹子精,救出了贫苦的樵夫;在驼罗庄,他歼灭了吞食人和牲畜的蛇精,给全庄五百多户人家除了祸害……他每扫荡一洞妖魔,都为人民解除了痛苦,因而也受到人民的热爱。陈家庄、比丘国、祭赛国、驼罗庄等处的人民热诚地招待和欢送孙悟空等的场面是非常动人的。

为了扫荡毒害生灵的妖魔,孙悟空常常调查妖魔的来历,责问放纵妖魔的诸天神佛。例如他得到了鼍怪请西海龙王同吃唐僧的简帖,就去质问西海龙王,"欲将简帖为证,上奏天庭,问你个通同作怪,抢夺人口之罪";在无底洞搜出金鼻白毛老鼠精供奉的"尊父李天王之位"和"尊兄哪吒三太子之位"的金字牌位,就将牌位为证,径到玉帝面前告状,状告李天王"父子不仁,故纵女氏成精害众";他知道了小雷音寺的黄眉大王是弥勒佛祖的黄眉童儿,便责问弥勒:"好个和尚!你走了这个童儿,教他诳称佛祖,陷害老孙,未免有个家法不谨之过。"甚至对如来佛也毫不客气,当如来说他认得狮驼山的妖精时,孙悟空便说:"如来!我听见人讲说,那妖精与你有亲哩。"当如来承认与三怪大鹏金翅雕有些亲处时,他问:"亲是父党? 母党?"如来说明与三怪的关系之后,他又奚落道:"如来,若这般比论,你还是妖精的外甥哩。"

取经途中的妖魔,绝大多数是神佛的爪牙、亲眷,作者并没借他们描写人民,恰恰相反,是借他们描写了那些残害人民的皇亲国戚、贪官污吏和妖道恶僧,借他们与神佛的关系暴露了统治阶级的罪恶。

孙悟空虽说是皈依了"正果",但不是神佛的爪牙,而是人民的卫士。他扫荡妖魔的行动具有强烈的人民性。取经故事之所以能吸引读者,并得到人民的喜爱,不仅由于描写的生动,主要由于它是以孙悟空扫荡妖魔、为民除害的正义行动为中心内容的。

四

在简单地谈了《西游记》的现实内容之后,可以进而探求它的基本思想。

根据前面的分析，可以肯定，作者虽然着重地抨击了道教，但决不是为了拥护佛教而反对道教。作者同时是以否定的态度对待佛教的。他不仅鞭挞了佛教的"六道轮回"之说和"不杀""不盗""不妄语"的戒律，而且揭露了如来佛、观音菩萨、弥勒佛祖、文殊、普贤等放纵他们的爪牙、亲眷为非作歹的罪恶以及西天尊者勒索"人事"的丑态。所以，如果认为《西游记》的基本思想是拥佛反道，那是不合实际的。

《西游记》的作者是从批判封建统治者的基础出发批判佛教和道教的。对于神权的批判，实际上正意味着对于王权的批判。读者从诸天神佛及其爪牙、亲眷的罪恶中，可以看到封建统治阶级的罪恶，从孙悟空大闹天宫和扫除邪魔的战斗及其对诸天神佛的讽刺揶揄中，可以看到人民群众反抗封建统治阶级的英勇斗争。

当然，产生《西游记》的那个时代的人民，由于生产规模的狭小限制了他们的眼界，对于社会历史的发展不可能作全面的了解，因而他们虽然反对神权和王权的压迫，却不可能完全摆脱神权思想和王权思想的束缚。这就决定了《西游记》的基本思想的历史局限性。作者虽然批判了神权和王权（实际上只是批判了宗教中的、统治阶级中的某些不良分子和不良倾向），但并没有从根本上否定神权和王权。一开始，作者就描写了孙悟空远访"佛与仙与神圣"三者，"学一个不老长生"的理想和追求这个理想的过程，同时还创造了一个"三教归一"的偶像菩提祖师。在以后的许多地方，作者也表现了"三教归一"的思想。例如在四十七回中，写孙悟空在治死了虎力大仙、鹿力大仙和羊力大仙之后对车迟国王说："望你把三教归一；也敬僧，也敬道，也养育人才。我保你江山永固。"和这种思想相一致，作者写出了天宫和西天的密切联系。在大闹天宫的时候，如来佛不但帮助玉帝收服了孙悟空，而且还对孙悟空说："你那厮乃是猴子成精，焉敢欺心，要夺玉皇上帝尊位？"在取经故事中，天宫与西天两方面是共同帮助唐僧等人的。在写到"人王"的时候，也只是教他们不要佞道灭僧，教他们抚恤百姓，以求"国泰民安"，并没有否定王权的意味。

那么，《西游记》的基本思想究竟是什么呢？

概括地说:《西游记》的基本思想是通过神魔活动的描写,暴露统治阶级的黑暗,通过孙悟空大闹天宫的描写,指出人民暴动可以打击统治者,迫使统治者让步,通过孙悟空"皈依正果"之后扫荡妖魔、为民除害的英勇斗争,指出在人民暴动迫使统治者让步之后,人民中的英雄人物应该用自己的力量铲除所有毒害人民的皇亲国戚、贪官污吏以及佛、道二教中的不良分子,使政治清明,人民安居乐业。

作者表现于《西游记》中的这种思想,也表现于他的其他作品中。例如他的《二郎搜山图歌》:

> 李在惟闻画山水,不谓兼能貌神鬼。笔端变幻真骇人,意态如生状奇诡。少年都美清源公,指挥部从扬灵风。星飞电掣各奉命,搜罗要使山林空。名鹰搏拿犬腾啮,大剑长刀莹霜雪。猴老难延欲断魂,狐娘空洒娇啼血。江翻海搅走六丁,纷纷水怪无留踪。青锋一下断狂虺,金锁交缠擒毒龙。神兵猎妖犹猎兽,探穴捣巢无逸寇。平生气焰安在哉,牙爪虽存敢驰骤?我闻古圣开鸿蒙,命官绝地天之通。轩辕铸镜禹铸鼎①,四方民物俱昭融。后来群魔出孔窍,白昼搏人繁聚啸。终南进士老钟馗,空向宫闱嗒虚耗。民灾翻出衣冠中,不为猿鹤为沙虫。坐观宋室用五鬼②,不见虞廷诛四凶③。野夫有怀多感激,抚事临风三叹息。胸中磨损斩邪刀,欲起平之恨无力。救月有矢救日弓,世间岂谓无英雄?谁能为我致麟凤,长令万年保合清宁功?

这篇诗对于我们理解《西游记》的基本思想是有帮助的。其中对于二郎猎妖的描写和赞美,和《西游记》中对于孙悟空扫荡群魔的描写和赞美是一致的。而"民灾翻出衣冠中,不为猿鹤为沙虫。坐观宋室用五

---

① 作者另一部神魔小说《禹鼎志》虽然没流传下来,但我们可以从他的《禹鼎志序》和这首诗推知它的基本思想是和《西游记》的基本思想一致的。
② 宋朝的王钦若、丁谓、林特、陈彭年、刘承珪,奸邪险伪,残害人民,当时的人民称他们为"五鬼"。见《宋史·王钦若传》。
③ "四凶"相传是尧舜时的四个恶人。

鬼,不见虞廷诛四凶"等句,分明把残害人民的五鬼、四凶比为妖魔,并指出他们是在朝廷的宠用和纵容之下残害人民的,这和《西游记》中所写的神魔的关系也相合。最后叹息"胸中磨损斩邪刀,欲起平之恨无力",而希望出现能够斩邪的英雄,更可以帮助我们理解《西游记》中的孙悟空这一正面形象的思想意义。

明代以前的所有封建王朝都有残害人民的"五鬼""四凶",明代也是一样。而且明代的许多残害人民的家伙有一些是更像妖魔鬼怪的,前面谈到的道士邵元节、陶仲文以及与他们狼狈为奸的宦官、奸臣等等,就是很突出的典型。《二郎搜山图歌》中说的"坐观宋室用五鬼,不见虞廷诛四凶",《西游记》六十二回说的"文也不贤,武也不良,国君也不是有道",正是作者对于当时腐朽政治的无情的鞭挞。作者对于腐朽政治是痛恨的,对于人民的痛苦生活是同情的,因而希望出现一个扫除贪官污吏、大奸元恶,为人民解除痛苦的英雄,《西游记》中的孙悟空就反映了这种希望,这种希望也是当时人民的希望。

《二郎搜山图歌》也可以帮助我们理解《西游记》的基本思想的局限性。从"我闻古圣开鸿蒙,命官绝地天之通。轩辕铸镜禹铸鼎,四方民物俱昭融"等句看,作者理想中的社会只是一个文贤武良,国君有道,没有五鬼四凶的社会。所以他虽然讽刺那些不贤不良的诸天神佛,却又不否认他们的统治地位;虽然使孙悟空大闹天宫,却又使他逃不出如来佛的掌心和紧箍咒的控制;虽然使孙悟空斩妖荡魔,却又使他"皈依正果"(《二郎搜山图歌》中的"谁能为我致麟凤",意思是希望统治者起用英雄人物,如来佛让孙悟空"皈依正果",正反映了这种希望),服从妖魔的主人;而斩妖荡魔的斗争竟成了他"皈依正果"的功绩,使他最后也成了统治集团中的一员——斗战胜佛。

这种局限性是历史的局限性,在吴承恩的时代,是不可能产生完全超出封建思想体系的民主思想的。

(原载《语文学习》1956年第2期,收入作家出版社《〈西游记〉研究论文集》)

略谈《儒林外史》

《儒林外史》是以写知识分子群为中心的古典小说。当时统治者通过用八股文取士的科举制度,拿功名富贵笼络知识分子,给他们充当爪牙;因而对待功名富贵的态度,决定知识分子的道德品质。《儒林外史》的作者从这一点出发,栩栩如生地描写了各种知识分子和与他们相关的其他人物,展示了一幅色彩鲜明的生活图画。旧本《儒林外史》有闲斋老人序,序中中肯地指出:

> 其书以功名富贵为一篇之骨:……篇中所载之人不可枚举,而其人之性情、心术一一活现纸上。读之者,无论是何人品,无不可取以自镜。《传》云:"善者感发人之善心,恶者惩创人之逸志。"是书有焉。

一位生活于18世纪的古典作家,有这样高超的艺术见解,能写出这样优秀的现实主义小说,决不是偶然的。因而在谈作品之前,有必要先谈一下作者的文化教养和生活道路。

吴敬梓是安徽全椒人,字文木,又字敏轩。生于清康熙四十年(1701),死于乾隆十九年(1754)。他出生在一个典型的以八股文起家的官僚地主家庭。但这个家庭到了吴敬梓的父亲一代已经衰落了,特别是吴敬梓这一支衰落得比较早。他的祖父一辈中有榜眼,有进士,有举人,唯独他的"贤而有文"的祖父吴旦是监生,而且死得很早。他的很有实学的父亲吴霖起也只是一个拔贡。吴霖起"时矩世范,律物正身"①,轻视功名富贵,讲究"文行出处",显然受了顾炎武、黄宗羲、王夫之、颜元诸大师的影响。他只做过江苏赣榆县教谕;却在做教谕的时候,为了兴建学宫,捐出了他的大部分家产。吴敬梓生在这样一个由盛到衰的家庭里,十三岁死了母亲,十四岁就跟父亲到离家千里的赣榆学习。到二十三岁,父亲死了。祖上留下一些田庐,但他"急朋友之急,不琐琐于周闭藏积"②,不几年就变卖一空。那些趋炎附势的宗族邻里还嘲笑他,轻侮他,甚至把他当作"败家子"的典型,用以告诫子弟③。他不得不离开乡土,移家南京。奔走衣食,先后到过淮安、扬州、芜湖、宁国、宣城、溧水、苏州、杭州等许多地方。这就更丰富了他的人生阅历。他常常靠卖文章、卖旧书过活,有时几天吃不上饭④。冬夜耐不住寒冷,便和朋友"绕城堞行数十里……谓之暖足"⑤。直到他五十四岁死在扬州,一直过着穷困的生活。就这样,他还在四十岁左右卖掉江北的老屋,捐资修复了雨花台的先贤祠。

吴敬梓受父亲的熏陶,在思想作风上与一般知识分子不同。当时的一般知识分子只知学八股文,他却"好学诗古文辞杂体"⑥;当时的一般知识分子只知求功名富贵,他却"攻经史",讲究"文行出处"。虽然吴敬梓在一般知识分子只知学八股文、求功名富贵的时代,不可能一开始就仇视八股文,就鄙视功名富贵,但由于生活实践的不断启示和思想认识的逐渐提高,终于不仅仇视八股文,而且那样尖锐地讽刺用八股文取士的科举制度,不仅鄙视功名富贵,而且那样辛辣地嘲笑那些热衷功名富贵的卑鄙无耻的人物。在这方面,吴敬梓是经过一段痛苦而复杂的道路的。他二十岁考得了秀才。后来考过举人,没中,他发过些牢骚。例如他在三十岁时作的《减字木兰花》中说:"文澜学海,

---

① 吴敬梓《移家赋》,见《文木山房集》。
② 吴湘皋《文木山房集序》。
③ 吴敬梓在庚戌(1730)除夕客中所作《减字木兰花》中说:"田庐尽卖,乡里传为子弟戒。"
④ 参看程晋芳《文木先生传》及《怀人》诗,见《春帆集》。
⑤ 程晋芳《文木先生传》。
⑥ 吴湘皋《文木山房集序》。

落笔千言徒洒洒。家世科名，康了惟闻觅觅声。"①又如他在三十四岁时作的《乳燕飞》中说："家声科第从来美。叹颠狂，齐竽难合，胡琴空碎。"可见他已认识到科举制度并不能拔取真才。他三十六岁时也曾到安徽省应博学鸿词的考试，录取了；当要入京廷试的时候，他却因思想上发生矛盾，托病没去。后来看到一些应廷试的熟人或病死京城，或落第狼狈而归，更觉得还是没去好。他的这些亲身体验和广泛阅历，结合上从他父亲那里所受的影响和自己不断"攻经治史"的心得（"攻经治史"是顾、黄、王、颜诸大师的主张之一。这里所说的"攻经治史"的心得，主要指他对顾、黄、王、颜诸大师反礼教、反科举制度思想的继承），使他深刻地认识到用八股文取士的科举制度的不合理性。他在三十九岁时作的《内家娇》中说："壮不如人，难求富贵；老之将至，羞梦公卿。"这时候，他完全断绝了功名富贵的念头。他的朋友程晋芳说他"嫉时文（八股文）士如仇，其尤工者，则尤嫉之"②。他晚年的诗作也提出了"如何父师训，专储制举材"的质问。可见他终于有意识地抨击科举制度了。

作为富贵人家的"败家子"，作为八股王国的叛徒，吴敬梓处于利欲熏心、庸俗卑鄙的知识分子群中，看够了冷眼，受尽了奚落，使他在物质生活上、精神生活上接近了被侮辱被损害的劳动人民。这就是他的杰作《儒林外史》的人民性和现实主义精神的源泉。

《儒林外史》的内容非常广阔。作者通过二百来个个性鲜明的人物，反映了现实生活的许多本质的方面，勾画了18世纪中国封建社会的一幅缩影。它主要的内容是对科举制度的抨击。

在当时，清朝统治者严酷地统治着文化思想。一触忌讳，就会有大祸临头，许多惨绝人寰的文字狱就是例子。因此，作者不得不费尽苦心，把所抨击的当时现实用历史上的一些人物事件装点成明代的社

---

① "康了"是落榜的意思。《遁斋闲览》里说：有个叫柳冕的去应试，忌讳不吉利语，因"乐"音和"落榜"的"落"同，把安乐说成安康。仆人看榜回来说："秀才康了。""觅觅"见李肇《唐国史补》。凡考取者列姓名于慈恩寺塔，叫做"题名会"；落第者也管待酒食，任他们醉饱，叫做"打觅觅"。

② 程晋芳《文木先生传》。

会。而这样做又显得十分自然,因为八股取士的科举制度本来是从明初开始的,从明初到清,这方面的基本情况大致相同。这些情况经过作者的提炼,就成为表现在小说中的典型情况了。

第一回写洪武四年,王冕看见邸抄载礼部议定的用《五经》《四书》、八股文取士之法,便对秦老说:"这个法却定的不好。将来读书人既然有此一条荣身之路,把那文行出处都看得轻了。"这正是对始作俑者的抨击。明代科举是洪武三年开始的。朱元璋下诏说:"使中朝文武皆由科举而进,非科举无得与官。"洪武十七年又制定了科举的规式。

八股文是以《四书》《五经》命题的①,所以又叫"四书文""经义文";而"制义""制艺""时文"等等又都是它的别称。它的特点是:(1)"代古人语气为之"②,即所谓"代圣贤立言";(2)体用排偶,有一定的程式③。这种文章真是统治者桎梏人们思想的最毒辣的工具。封建时代的知识分子总是想做官的;要做官就得"由科举而进";要"由科举而进"就得做死硬的八股文,在一定的程式内代圣贤立言,不许独抒己见,结果是人云亦云,养成没有自己的思想的应声虫。何况应试的时候又有一套严密的挫折士子的锐气、消磨士子的廉耻的"场规"。这方面,明末散文家艾南英在《应试文自序》中描写得很详细。士子经受许多难堪的困辱,"面目不可以语妻孥",但仍循规蹈矩,"噤不敢发声"。经过这样的训练,还有什么廉耻,什么气骨?侥幸中选,做了官,当然是俯首帖耳了。

清朝统治者入关,继承了这一分"遗产",用来笼络汉族的知识分子。吴敬梓的时代,清朝的统治权稳固了,用八股取士的办法在其他办法(如兴文字狱)的协助下收到了很大的效果。一般知识分子丢开了从顾、黄、王、颜诸大师手里传递下来的斗争火炬,投入八股文中,从

---

① 《明史·选举志》。
② 同上。
③ "八股"这名称始于明成化以后。通常认为八股是指破题、承题、起讲、起股、虚股、中股、后股、大结。清人崔学古《少学》篇说是起股、虚股、中股、后股,每项二股,所以说八股。见《檀几丛书》二集。

那里寻找荣身之路,从而一步步地爬上去。章学诚《答沈枫墀论学书》说:

> 仆年十五六时,犹闻老生宿儒自尊所业,至目通经服古谓之杂学,诗古文辞谓之杂作。士不工四书文不得为通——又成不可药之蛊矣!

章学诚十五六岁的时候(1752—1753),正当吴敬梓的晚年。那时的知识界是那样,科举制度毒害的严重就可想而知了。吴敬梓在这样的社会里,向科举制度投出锋利的匕首,应该说是勇敢的,有进步性的。

吴敬梓大力地从科举制度对一般知识分子的支配力和诱惑力这一点上揭露科举制度的反动性。通过八股文选家马二先生的口,反映了一般知识分子对科举制度的看法。第十三回,蘧骃夫对马二先生说不曾致力于"举业"(做八股文),马二先生说:

> 你这就差了。举业二字是从古及今人人必要做的。……到本朝用文章取士,这是极好的法则。就是夫子在而今,也要念文章,做举业,断不讲那"言寡尤,行寡悔"的话。何也?就日日讲究"言寡尤,行寡悔",那个给你官做?孔子的道也就不行了。

第十五回,马二先生在给匡超人饯行时说:

> 你如今回去,奉事父母,总以文章举业为主。人生世上,除了这事就没有第二件可以出头。不要说算命拆字是下等,就是教馆、作幕,都不是个了局。只是有本事进了学,中了举人、进士,即刻就荣宗耀祖。

这两段话充分地说明了科举制度的支配力和诱惑力。作者通过许多人物故事,生动地表现了这种支配力和诱惑力怎样控制着一般知识分子。例如周进,考到六十岁还连一个秀才也捞不到。不仅在物质生活上受压迫,而且在精神生活上受屈辱。秀才梅玖是那样轻薄地嘲笑他,举人王惠是那样盛气凌人地欺压他。夏总甲嫌他呆头呆脑,薛家集的人都不喜欢他,以致连一年只挣十二两银子的馆也坐不牢,不得不跟着他的到省城去做生意的姐夫混饭吃。就是在这时候,他也没绝望于科举。他一看见几十年梦想着的贡院,就要求进去看看。一进了贡院的天字号,看见两块号板,就"不觉眼睛里一阵酸酸的,长叹一声,一头撞在号板上,直僵僵不醒人事"。才救活过来,又"伏着号板哭个不住;一号哭过,又哭二号,三号,满地打滚,哭了又哭,哭得众人心里都凄惨起来"。直到众客人答应帮他凑钱捐监进场,参加考试,这才"爬到地下,磕了几个头……再不哭了,同众人说说笑笑,回到行里"。又如五十四岁的老童生范进,考了二十多次,一直没考取。忍饥受冻,还要受丈人胡屠户的气。好容易遇到周进做学道,才做了秀才。但当他要参加乡试(考举人),请求丈人帮助的时候,又被胡屠户骂了一个狗血喷头。但一顿臭骂也阻止不住他的奔驰着的希望之马,终于瞒着丈人,参加了考试。"出了场,即便回家,家里已饿了两三天。被胡屠户知道,又骂了一顿。"谁想当他把一只生蛋的母鸡抱到集上去换米的时候,竟来了报子,说他中了举人。中举人,这是他几十年来的梦想,也是一个不料竟会实现的梦想。如今竟实现了,惊喜交集,以致发了疯。

科举制度的魔力甚至控制了没有资格参加考试的妇女。鲁编修的女儿从小受她父亲熏陶,竟成了八股文专家。她嫁给蘧公孙,门户相称,才貌相当,料想公孙举业已成,不日就是个少年进士,因此十分满意。后来知道蘧公孙只爱吟诗,不会做八股文,就愁眉苦脸,长吁短叹,说是误了她的终身。她母亲劝解说:"我儿,你不要恁般呆气,我看新姑爷人物已是十分了,况你爹原爱他是个少年名士。"她回答说:"母亲,自古及今,几曾看见不会中进士的人可以叫做个名士的?"说着,就越发恼怒起来。想来想去,只好把希望寄托在儿子身上。儿子到了四岁,就亲自拘着他在房里"讲《四书》,读文章",

常常熬到深夜。蘧公孙受了她的影响,也学起八股文来,和马二先生交朋友了。

科举制度为什么有这么大的支配力和诱惑力呢?因为从这里可以得到功名富贵。周进发达之后,原先侮辱他的梅玖恬不知耻地在别人面前冒充他的学生,把他先前写的对联也小心地揭下,像宝贝一样藏起来。汶上县的人,不是亲的也来认亲,不相与的也来认相与。轻视他、辞掉他的馆的薛家集的人也敛了份子,买礼物前来贺喜;后来竟供起他的长生禄位牌。又如范进,中了举人之后,不说旁人,就是才臭骂过他的胡屠户,马上就换了一副嘴脸。乡绅张静斋也马上来贺喜,恭维了一通之后,还送银子,送房子。

作者在从科举制度对一般知识分子的支配力和诱惑力这点上揭露它的反动性的同时,也揭露它的腐朽性。统治者用八股文取士,本来是一种愚民政策。八股文既然能够博取功名富贵,知识分子自然就会专心学习它;而况统治者还嫌不够,竟公开地反对做学问,只提倡作八股文。周进做学道,有一个童生要求面试诗词歌赋,他变了脸道:"当今天子重文章(专指八股文),足下何必讲汉唐?……那些杂览,学他做甚么?"于是命令"如狼似虎的公人,把那童生叉着膊子,一路跟头,叉到大门外面"。这样,准备应试的人就只知道,而且只能够做八股文了。

虽然统治者制订了所谓场规,但那种考试实际上是弊窦百出的。八股文做得好也不一定能考取,考取的不一定做得好八股文。我们看,周进连一个秀才都捞不到,在捐了监之后,却马上考取举人、进士,扶摇直上。他做了学道,不等试卷交齐,就可以先取范进为第一名,魏好古为第二十名。更有甚者,巡抚衙门的潘三可以设法用匡超人做替身,替金跃考秀才。这样的考试制度,怎么能拔取真才?所以已经做了学道的范进,为了报答老师的恩,要照应考生荀玫;而当幕客开他的玩笑的时候,他竟连大诗人苏轼都不知道,还皱着眉道:"苏轼既然文章不好,查不着也罢了;这荀玫是老师要提拔的人,查不着不好意思的。"进士出身的汤知县和两个举人谈刘基的事情,连起码的历史常识都没有,还装腔作势,显示学问很渊博。庄先生把马纯上比作《易经》上所说的"亢龙",高翰林竟认为"把一个现活着的秀才拿来解圣人的经";武正字反问他如果活着的人不能引用的话,文王、周公为甚么就引用微子、箕子,孔子为什么就引用颜子,这位翰林只好承认自己"未曾考核得清"。

作者所反映的这种情况是完全真实的。顾炎武在《日知录》中曾指出明朝的秀才举人之流"不知史册名目、朝代先后、字书偏旁";并且愤怒地指斥八股文之祸甚于秦始皇的焚书坑儒。清朝的情况当然更坏。王渔洋《香祖笔记》卷八中记载一位"老科甲"不知《史记》为何书,司马迁为何人;卷五中记载一位"太学生"不知《昭明文选》。这都是典型的例子。

统治者用八股文取士,本来是为自己选拔百依百顺的臣仆,并不是要培养有学问的人才。这种反动的腐朽的科举制度不仅把一般知识分子培养成庸妄无知而不自知的人,更把他们培养成堕落无耻而不自觉的人。范进本来很老实,中举后死了母亲,就听了张乡绅的话,换掉孝服,到汤知县那里去打秋风,现出种种丑态。荀玫中进士后做了工部员外郎,听到母亲病故的消息,怕丁忧耽误做官,就打算匿丧不报;身为人伦师表的周司业、范通政也居然赞成,愿意想办法替他"夺情"。严贡生口里说"从不晓得占人寸丝半粟的便宜",可是实际上竟讹诈船家,关王大的猪……所有这些知识分子,为了功名富贵,什么事都做得出来,还不以为耻,反而认为应该如此。偶然有真正讲究品德的人,就会受到冷嘲热讽,被看作呆子。高翰林嘲讽杜少卿的父亲道:"……逐日讲那'敦孝弟,劝农桑'的呆话。这些都是教养题目里的词藻,他竟拿着当了真。"这正说穿了科举中人的秘密:什么"孝弟忠信礼义廉耻"都不过是八股文中的词藻,用以骗取功名富贵而已。如果"竟拿着当了真",那么,如马二先生所说:"日日讲究'言寡尤,行寡悔',那个给你官做?"就这样,伴随着科举制度的功名富贵观念,通过科举中人,逐渐腐蚀了整个的社会风习。从第二回的薛家集到第四十七回的五河县,几乎每一个地区都成了利欲熏心的世界。在这样的世界里，一个没有权势的知识分子，即使有渊博的学问、卓越的文才、优良的品行，也不免于受人轻视。五河县的虞华轩，文章如班、马，诗赋追李、杜，而且是名门之后；只是现在势衰，所以五河县人总不许他开口。作者愤激地写道：

> 五河的风俗：说起那人有品行，他就歪着嘴笑；说起前几十年的世家大族，他就鼻子里笑；说那个人会做诗赋古文，他就眉毛都会笑。问五河县有什么山川风景，是有个彭乡绅；问五河县有什么出产稀奇之物，是有个彭乡绅；问五河县那个有品望，是奉承彭乡绅；问那个有德行，是奉承彭乡绅；问那个有才情，是专会奉承彭乡绅。却另外有一件事，人也还怕，是同徽州方家做亲家；还有一件事，人也还亲热，就是大捧的银子拿出来买田。

彭家中了几个进士，点了两个翰林，方家是大盐商，又开着典当铺，五河县人就那样奉承他们。第四十七回里的这个情节是令人痛心的：虞、余两家有几位叔祖母"节孝入祠"，虞华轩和余氏兄弟各传合族人公祭，但他们两家的族人不肯来，原因是要去陪祭候送方家的老太太入祠。作者用对照的手法描下一幅世态炎凉的图画。"节孝"是封建统治者及进士举人等所提倡所歌颂的封建礼教的一个核心部分，然而就在"节孝入祠"这样的大典上暴露了那些"圣贤之徒"的丑恶面目。正如余大先生所说，"礼义廉耻一总都灭绝了"。

作者抨击科举制度，是从它给社会、给人民带来了严重的灾害这一点出发的。范进考得了秀才，胡屠户就教训他说："你如今既中了相公，凡事要立起个体统来。……若是家门口这些做田的、扒粪的，不过是平头百姓，你若同他拱手作揖，平起平坐，这就坏了学校规矩，连我脸上都无光了。你是个烂忠厚没用的人，所以这些话我不得不教导你。"本来淳厚的匡超人，考得了秀才，补了廪，就越变越坏。他告诉他哥哥："就是那年我做了家去与娘的那件补服。若本家亲戚们家请酒，叫娘也穿起来，显得与众不同。哥将来在家，也要叫人称呼'老爷'。

凡事立起体统来，不可自己倒了架子。"做了个秀才就要骑在人民头上，中了举人、进士，当了乡绅或作了官，就更了不得了。严贡生讹诈船家，关王大的猪，短黄梦统的驴、米和稍袋，动不动拿帖子送人；张静斋霸占人家的田产；刘知府的家人在河里乱打人……这还是些小事。严重的是科举制度培养出来的这些庸妄无知、堕落无耻的人作为皇帝的爪牙掌握着政权，操纵着人民的命运。汤知县为回民卖牛肉的事，听了张静斋的话闹出人命。王太守用板子、戥子和算盘治理南昌，"衙役百姓一个个被他打得魂飞魄散……睡梦里也是怕的"。因为这，"各上司访闻，都道是江西第一个能员"，很快就升上去了。"灭门的知县"，"三年清知府，十万雪花银"，可见当时的政治是怎样黑暗，人民是怎样痛苦。虞博士在常熟县看到一个农民因为父亲死了没有钱买棺材，愤而投河，那难道是个别的现象？

《儒林外史》在鞭挞科举制度培养出来的这些庸妄无知、堕落无耻的人物的同时，也鞭挞了和这些人物相关联的其他人物。有和官府、乡绅相结合的盐商、地主，如万雪斋、宋为富和五河县的方家、彭家等等；有倚仗官府、毒害百姓的衙役、里胥，如潘三、夏总甲等等；有因走不通科举这一条荣身之路而冒充名士，奔走于官吏、乡绅和盐商之间的，如杨执中、牛玉圃、景兰江、浦墨卿、支剑峰、牛浦郎、辛东之、金寓刘……作者对这些人物的讽刺也是彻骨地深刻的。

和所有这些所鞭挞的人物对照，作者也塑造了许多正面人物。这可以分为三类：一类是个别的好官，如乐清知县李瑛、安东知县向鼎，作者以热情的笔触描写他们求贤爱士、笃于交谊的品质。一类是鄙视功名富贵、讲究文行出处的高人，如王冕、虞育德、庄绍光、杜少卿、迟衡山、武正字等，作者以钦敬的心情歌颂他们坚贞的志节和不凡的抱负。另一类是无数被侮辱被损害的下层小民，如鲍文卿、沈琼枝、倪老爹、卜老爹、季遐年、王太、盖宽、荆元等，作者以无限的同情赞扬他们笃厚的人情和高尚的品质。

鲁迅在《中国小说史略》中说："迨吴敬梓《儒林外史》出，乃秉持公心，指摘时弊，机锋所向，尤在士林；其文又戚而能谐，婉而多讽：于是说部中乃始有足称讽刺之书。"又说:"敬梓之所描写者……既多据闻见①,而笔又足以达之,故能烛幽索隐,物无遁形,凡官师、儒者、名士、山人,间亦有市井细民,皆现身纸上,声态并作,使彼世相,如在目前。"这对《儒林外史》的思想和艺术的评价是十分中肯的。为了具体地了解《儒林外史》的思想和艺术,不妨选择"王冕""范进中举""严贡生和严监生"三个篇章分析一下。

先分析"王冕"。

作者把写王冕的这一回书称为全书的"楔子",用以"敷陈"全书的"大义",其意义是非常深刻的。

作者的分明的爱憎决定了创作方法上的一个显著的特点:用正面形象否定反面形象。例如沈琼枝这个被侮辱的弱女子的形象,不仅鞭挞了下流无耻的盐商,而且讽刺了趋炎附势的知识分子。杜少卿说得好:"盐商富贵奢华,多少士大夫见了就销魂夺魄;你一个弱女子视如土芥,这就可敬的极了。"又如鲍文卿这个被人轻视的戏子的形象,也同样鞭挞了许多上层人物。向鼎让他和季守备同席,季守备知道他是个戏子,脸上就显出些怪物相。向鼎看出季守备的表情,故意说:"而今的人可谓江河日下。这些中进士、做翰林的,和他说到传道穷经,他便说迂而无当;和他说到通今博古,他便说杂而不精。究竟事君交友的所在,全然看不得。不如我这鲍朋友,他虽生意是贱业,倒颇多君子之行。"这样,在这些正面人物的对照下,那些反面人物就显得更加可憎了。王冕这个"隐括全文"的"名流"就是作者所创造的用以否定全书中所有反面人物的正面形象。

王冕是历史人物,《明史》有他的传,最早给王冕写传的是宋濂②。

---

① 根据金和《儒林外史》跋及其他材料,《儒林外史》中的许多人物,是作者以他所熟悉的人为模特儿创造出来的。杜少卿的模特儿是作者自己,杜慎卿的模特儿是作者的从兄吴青然,马二先生的模特儿是冯粹中。其他如虞博士、庄征君、迟衡山、武正字、凤四老爹、牛布衣、权勿用等,也是分别以吴蒙泉、程绵庄、樊南仲、程文、甘凤池、朱草衣、吴镜等为模特儿的。

② 《明史》及朱彝尊《曝书亭集》中都有王冕的传。宋濂的《王冕传》见《宋学士文集·芝园后集》卷十。有四部丛刊本。

但作者笔下的王冕显然和历史上的王冕大不相同,是用典型化的方法创造出来的艺术典型。作者创造这个典型,固然采取了王冕的一些事迹,但是以他最熟悉的现实人物——他的朋友王溯山和前辈王宓草等儿为模特儿,改造了王冕的性格特征。从王冕这个人物的性格特征的改造中可以看出作者的创作思想。作者通过他的性格、他的生活道路的描写,反映了社会生活的某些本质的方面。

作者首先改变了王冕的家庭环境。他七岁死了父亲,母亲靠做针指供给他在村学堂里读书,终于读不下去了,没奈何让他受雇在间壁秦老家放牛。母亲嘱咐王冕的话是十分动人的。在"年岁不好,柴米又贵"的情况下,一个穷苦的"寡妇人家",受生活的压迫,不得不停了儿子的学,让他给人家做牧童,她的内心多么痛苦!而王冕,正因为生活于这样穷苦的家庭,才形成了朴实、善良的性格。当他看到"母亲含着两眼眼泪去了"的时候,他对母亲的痛苦心情的体会是深刻的,因此,他才能那样孝敬母亲,努力学习。

王冕的母亲是个性格坚强的劳动妇女,她的阶级本性和生活阅历使她憎恨为非作歹、虐害小民的统治者。她支持王冕不和统治者合作的高洁行为,临死还告诫不要做官。她对王冕的性格形成是很有影响的。

秦老是个比较富裕的农民,但他的性情是淳厚的,心地是善良的。他对王冕照顾得很好,使王冕能够学画读书。王冕离开他家的时候,他还在精神上支持王冕,使王冕高洁的人格得以完成。

影响王冕的性格的形成和发展的,还有另一种社会力量。当王冕十三四岁,放牛看书,"心下也着实明白了"的时候,在他面前出现了三个势利的乡绅。一个穿宝蓝直裰的胖子首先开口:"危老先生[①]回来了。新买了住宅,比京里钟楼街的房子还大些,值得二千两银子。……前月初十搬家,太尊(知府)、县父母(知县)都亲自来贺。"另

[①] 危素也是个历史人物,《明史·儒林传》有他的传。但《儒林外史》中的危素是一个艺术典型。本来危素是江西金溪人,作者却把他写成浙江诸暨人,和王冕做同乡。《明史》对危素是褒扬的,作者却把他写成个反面人物。这都是和作者的创作思想有关的。

一个穿玄色直裰的瘦子接口说:"县尊(知县)是壬午举人,乃危老先生门生,这是该来贺的。"胖子又说:"敝亲家也是危老先生门生,而今在河南做知县。前日小婿来家,带二斤干鹿肉来见惠,这一盘就是了。这一回小婿再去,托敝亲家写一封字来,去晋谒危老先生;他若肯下乡回拜,也免得这些乡户人家放了驴和猪在你我田里吃粮食。"那瘦子又称赞危老先生是一个学者。而另一个胡子赶快捕风捉影地说:"听见前日出京时,皇上亲自送出城外,携着手走了几十步,危老先生再三打躬辞了,方才上轿回去。看这光景,莫不是就要做官?"这寥寥两三百字的对话充分暴露了三个乡绅的丑恶的精神世界,也暴露了从乡绅通到知县、知府、皇帝宠信的学者以至皇帝本人的整个的反动势力。王冕对这种反动势力是由衷地憎恨的。然而不多久,这种反动势力就压到王冕的头上了。

时知县(就是瘦子所说的"乃危老先生门生"的那位县尊)为了巴结危素,吩咐翟买办找人画二十四幅花卉册页送礼;翟买办找到了王冕。王冕本不想画,但由于秦老在旁撺掇,屈不过他的情,只得应诺了。翟买办一来就干没了他一半的笔资。危素赏识王冕的画,要时知县约他相会。时知县即刻差翟买办拿帖子来请,不料王冕却不肯去。这时候,翟买办的狐假虎威的狗腿子相完全暴露出来。但不管怎样威吓,王冕终于没屈服。最后由秦老设法,送了些差钱,告了病,才把那个狗腿子打发走了。紧接着,作者描写了时知县听到王冕因病不来以后的卑污的心理活动。他想到叫不来王冕,怕老师笑他"做事疲软",打算自己下乡,带王冕来见老师,"却不是办事勤敏?"回头一想:"一个堂堂县令屈尊去拜一个乡民,惹得衙役们笑话。"又一转念:"老师前日口气,甚是敬他;老师敬他十分,我就该敬他一百分。"为了讨好老师,他终于下乡去了,可是倔强的王冕却老早躲开了。他十分恼怒,本要即刻差人拿王冕来责惩,又怕老师说他暴躁,只得忍口气回去,再设法处置。但他还没来得及处置,王冕已经逃走了。

王冕执意不肯和时知县、危素结交,并不是故作清高,而是看出了"时知县倚着危素的势,要在这时酷虐小民,无所不为"。他是不愿意助纣为虐的。

王冕逃亡在外，既受够了济南府里几个俗财主的气，又看见"逃荒的百姓，官府又不管，只得四散觅食"的惨状，进一步认识了政治的黑暗和统治阶级的罪恶，预料"天下自此将大乱了"。果然不出他所料，一年以后，农民起义的风暴就席卷了全国。

作了吴王的朱元璋拜访他，他忠告朱元璋"以仁义服人"，那完全是从人民的利益出发的。朱元璋做了皇帝，他听到酷虐小民的危素已问了罪，当然高兴；但看到礼部议定的取士之法，又大为不满，因为那种取士之法将会培养出一批新的不讲"文行出处"的人去做统治者的爪牙，危素、时知县之流的人物将充斥天下。这样，他听到朝廷要征聘他做官的消息，就连夜逃往会稽山中，至死没出山。

作者通过王冕对统治者的斗争，画出了一幅社会生活的略图，在知识分子面前提出了极尖锐的问题：在政治黑暗的社会中，知识分子应该像危素、时知县一样去做统治者的帮凶酷虐小民呢，还是应该像王冕一样讲究"文行出处"、不和统治者同流合污？

《儒林外史》的序幕就这样揭开了。当读者正在思考这样的问题的时候，知识分子纷纷登场：周进、范进、张静斋、严贡生……这许多否定性的形象，杜少卿、迟衡山、庄绍光、虞博士……这许多肯定性的形象，明确地回答了这个问题。

再谈"范进中举"。

这也是《儒林外史》中最精彩的篇章之一。它通过范进中举前后主观客观方面的各种变化的描写，批判了反动的科举制度，讽刺了浮薄的人情世态。

作者对范进中举以前的描写是非常概括、非常富于暗示力的。那个吃了几十年苦头、忽然平步青云、做了广东学道的周进主持县试，看见一个面黄肌瘦、花白胡须、头戴破毡帽、在十二月里还穿着麻布直裰、冻得乞乞缩缩的童生领了卷子，就记在心里。等到这个童生来交卷，又看见那麻布直裰因为朽烂了，在号里又扯破了几块，就勾起了他的记忆，打动了他的同情心。于是和那个童生谈起来了。童生告诉他叫范进,实年五十四岁,二十岁应考,已考过二十多次。

就这么寥寥几笔,已经暗示出范进几十年的痛苦经历。和他一样有过几十年痛苦经历的周进看一看自己身上"绯衣金带,何等辉煌",就决心要提拔他。初看他的文章,看不懂说的是什么话;但天晓得是什么神差鬼使,再看一遍,就觉得有些意思;看第三遍,竟发现是天地间之至文!于是取他为第一名。

读者必须联系周进以前的遭遇,才能想象到他看到范进以后的心理活动;而这种心理活动是决定范进的命运的。

在范进考取秀才回来的时候,作者写了他的简陋的房子,写了丈人胡屠户怎样教训他;在他要去参加乡试的时候,写了胡屠户又怎样辱骂他;在他瞒着丈人去应试回来的时候,写了他家里已饿了两三天,他母亲已饿得老眼昏花,只得让他把仅有的一只生蛋母鸡拿到集上去卖。

这就是范进中举以前的生活。这生活是浸透着眼泪的。他忍饥、受冻、挨骂,考了二十多次,才捞到个秀才;他不知又要考多少次才能捞个举人。"穷秀才,富举人。"做了秀才,只能坐个馆;中了举人,那就大不相同,会完全改变现状。然而正如他的丈人所说:举人是天上的"文曲星","尖嘴猴腮"的他就敢妄想"天鹅屁吃"吗?这一切都是他"抱着鸡,手里插个草标,一步一踱的东张西望,在那里寻人买"的时候想到的。就在这样想的时候,竟然听到说:"你中了举了!"这突如其来的喜报使他又惊又喜,以至神经失常,发了疯。

中举以后,果然一切都改变了,这是范进预料到的,所以他毫不惊异。但他母亲是预料不到的。他母亲,那个不曾见过世面的乡村妇女,不懂得中举有多大的意义。当范进发疯的时候,她哭着说:"怎生这样命苦的事!中了一个甚么举人,就得了这个拙病!"所以后来看到一切都起了变化,还不明白底细,对那些洗碗盏杯箸的家人、媳妇、丫环说:"你们嫂嫂、姑娘们要仔细些,这都是别人家的东西,不要弄坏了。"家人、媳妇、丫环回答道:"老太太,那里是别人的?都是你老人家的。"她不相信,笑道:"我家怎的有这些东西?"大家一齐说:"怎么不是?岂但这个东西是,连我们这些人和这些房子都是你老太太家的。"她听了,把细瓷碗盏和银镶的杯盘逐件看了一遍,笑道:"这都是我的了!"大笑一声,往后跌倒,不省人事。

一个受尽挫折的知识分子因中举而发疯,一个受尽困苦的乡村妇女因暴富而送命,这都是不普遍不常见的事件,然而是典型的事件,通过这个事件,暴露了科举制度的反动本质。

作者通过许多人,特别是胡屠户的不同表现,暴露了被功名富贵的毒液腐蚀的薄劣的人情世态。

胡屠户因为常和"一年就是无事,肉也要用上四五千斤"的乡绅们打交道,严重地受到那种趋炎附势、吹牛拍马、唯利是图的恶浊风气的侵染。作者"无一贬词",只描述了他在不同场合的不同言行,就把他的丑恶的嘴脸乃至卑污的灵魂完全暴露出来了。

范进做了秀才,他来贺喜的时候说,他悔不该把女儿嫁给范进这个"现世宝""穷鬼",历年累够了他。还说什么因他积了德,才带挈范进中了个相公。范进想参加乡试,求他帮些盘费,被他骂了个狗血喷头:"这些中老爷的都是天上的'文曲星',你不看见城里张府上那些老爷,都有万贯家私,一个个方面大耳。像你这尖嘴猴腮,也该撒泡尿自己照照!不三不四,就想天鹅屁吃!"可是范进一中举,他就马上换了一副面孔,恬不知耻地说:"我每常说,我的这个贤婿才学又高,品貌又好,就是城里头那张府、周府这些老爷,也没有女婿这样一个体面的相貌。你们不知道,得罪你们说,我小老这一双眼睛却是认得人的。想着先年,我小女在家里长到三十多岁,多少有钱的富户要和我结亲,我自己觉得女儿像有些福气的,毕竟要嫁与个老爷,今日果然不错。"他跟在才发过疯的女婿后面,"看女婿衣裳后襟滚皱了许多,一路低着头替他扯了几十回"。到了家门,竟高声叫道:"老爷回府了!"

前后对照一下吧,这是个什么人?

范进做了秀才,他拿来了一副大肠、一瓶酒,让范进母子尝了些油水;他自己呢,在辱骂、教训范进之后,吃得醉醺醺的。范进母子"千恩万谢",他没理会,"横披了衣服,腆着肚子去了"。

范进中举了,他送来七八斤肉、四五千钱。范进回送他六两多银子,他"把银子攥在手里紧紧的,把拳头舒过来,道:'这个,你且收着'"。范进还是让他带走,他"连忙把拳头缩了回去,往腰里揣","千恩万谢,低着头,笑眯眯的去了"。

前后对照一下吧,这是个什么人?

范进的母亲死了,合城绅衿都来吊唁。胡屠户"上不得台盘,只好在厨房里或女儿房里,帮着量白布,秤肉,乱窜"。可是当他去请和尚念经,和尚问他"这几十天想总是在那里忙"的时候,他却大吹大擂道:"可不是么?自从亲家母不幸去世,合城乡绅那一个不到他家来?就是我主顾张老爷、周老爷,在那里司宾,大长日子,坐着无聊,只拉着我说闲说,陪着吃酒吃饭;见了客来,又要打躬作揖,累个不了。我是个闲散惯了的人,不耐烦作这些事。欲待躲着些——难道是怕小婿怪?惹绅衿老爷们看乔了,说道:'要至亲做甚么呢?'"这样一吹,把和尚吓得"屁滚尿流,慌忙烧茶,下面"。

前后对照一下吧,这是个什么人?

作者所创造的胡屠户这个小市民的形象,真是活现纸上,声态并作!

围绕着范进中举,作者创造了张静斋这个乡绅的形象。张静斋不惜送银子、送房子结交范进,拉世兄弟的关系,那是为了助长自己的声势,更便于为非作歹,欺压小民。他为了得到一块田而设计陷害僧官。约范进一同到汤知县那里去打秋风,竟发出"你我做官的人,只知有皇上,那知有教亲"的"谠论",撺弄得汤知县害死回民,激起回民暴动。就通过这么几个细节,这位乡绅的反动本质已经暴露无遗了。

再谈"严贡生与严监生"。

在这个篇章中,以严监生的财产问题为核心创造了严贡生、严监生、王德、王仁、王氏、赵氏等许多人物,通过对这些人物的精神世界的无比深刻的揭露,描绘了封建社会骨肉亲戚之间尔虞我诈、勾心斗角、倚强凌弱的真实情况,暴露了宗法制度和科举制度的罪恶。

严氏兄弟两个本质上有相同之处:都爱财、吝啬。但他们的个性大不相同,通过不同的个性表现出来的爱财、吝啬的情况也大不相同。

严监生有十多万银子的家产,但无才无能,在科举路上爬不上去,只出钱捐了个监。同时,已经四十多岁了,他的妻王氏还没生个儿子,他的妾赵氏生了儿子,但只有三岁。而在他的身旁,站立着好几个强横的骨肉亲戚,觊觎他的家产。这样,本来很懦弱的他就越来越胆小怕事了。他是个十分吝啬的守财奴;但他看得清楚,要守住财产是很困难的。于是,一方面,为了做许多有利于守住财产的工作(如为乃兄息讼事,立赵氏为正室,讨好王德、王仁等等),硬着心拿出一大封一大封的银子;另一方面,更加刻苦,拼着命料理家务,舍不得吃,舍不得穿,到了病得饮食不进,骨瘦如柴,也舍不得银子吃人参,终于忧劳而死。临死还因为灯盏里点了两根灯草多费了油而不肯断气。孤立地看,这个灯草的细节描写是令人发笑的;然而联系前面的情节,我们就会深刻地体会到一个这样吝啬的人竟好像很大方地拿出银子来的痛苦心情,就会恍然大悟他致死的原因,就会在刚觉得他可笑的时候,立刻感到他也可悲。请想一想吧,是什么决定了他的悲惨的结局呢?

严贡生是下流无耻的恶棍。他自奉甚厚,对别人呢,可真是一毛不拔,而且用各种无赖手段讹诈人,乃至于在弟弟死后,想霸占他的家产。

严贡生登场的描写是耐人寻味的。范进和张静斋坐在关帝庙里准备见汤知县的时候,忽然走进一个"方巾阔服,粗底皂靴,蜜蜂眼,高鼻梁,落腮胡子"的人,自我介绍了一通,接着他的家人就送来了酒食,他便和范、张谈起来了。这个人就是严贡生。

他对范、张谈了许多话,反复地表白他为人率真,从不晓得占人寸丝半粟的便宜,所以历来的父母官都很爱他。现在的汤知县和他更有缘法。虽然很少相会,但凡事心照,着实关切。他这样表白的动机就是希望范、张在汤知县面前称赞他几句,以便改变汤知县对他的看法,从而掩盖他的种种恶劣行为。然而无情的现实却使他当场出丑。他刚说过从不占人寸丝半粟便宜,家里的小厮就跑来说:"早上关的那口猪,那人来讨了,在家里吵哩。"而当王小二和黄梦统对汤知县陈诉了他的劣迹之后,汤知县对他的态度也和他所表白的完全相反。汤知县说:"一个做贡生的人,忝列衣冠,不在乡里间做些好事,只管如此骗人,其实可恶!"于是批准了告他的状子。他只好逃走了,他惹的祸却落在胆小怕事的弟弟严监生头上。

这以后,描写了他给儿子招亲,装病吃药(其实是云片糕)来讹诈船家,霸占弟弟的遗产,以及到京城里冒认周学台的亲戚,妄想到部里告状等无耻行为,用讽刺之火把他烧毁了。

王德、王仁是严监生的小舅子,因为都是廪生,又都做着极兴头的馆,铮铮有名,所以严监生处处想倚仗他们。严贡生因汤知县要审断他诈骗人的案子逃走了,差人找严监生。严监生慌了,找两位舅爷商议,由他们两个出面,用十几两银子了结了案件,官司已了,严监生整治酒席请他们酬谢,他们还拿班做势,请了好几回才肯来。

妹子王氏病危,主张在她死后把赵氏扶正。严监生即请他们来,告诉了王氏的意见,他们走在妹子床前,妹子已不能言语了,把手指着孩子,点了点头。既然妹子愿意,他们应该是同意的,却"把脸本丧着,不则一声"。请他们到屋里用饭,也不肯表示态度。严监生没法,只得把他们请到密室里,给每人送了一百两银子,还声明明日拿轿子接两位舅奶奶来,给她们送些首饰,还声明将要修岳父岳母的坟。过后,严监生有事出去了;转来的时候,情况大有变化:两位舅爷已经把眼都哭红了。弟兄两个争先恐后地讲了许多大道理,坚决主张把赵氏扶正。王仁甚至义形于色,拍着桌子说:"我们念书的人全在纲常上做工夫。就是做文章,代孔子说话,也不过是这个理。你若不依,我们就不上门了。"严监生是巴不得这样做的,怎会"不依"?于是在王氏活着的时候就举行婚礼,把赵氏立为正室。还逼着妹妹立了遗嘱,他两个都画了字。

赵氏扶正是他两个主持的,赵氏因为感恩,也因为想继续倚仗他们,给他们许多好处。但是当赵氏死了丈夫又死了孩子,严贡生仍把她当作严监生的妾"叫媒人来领出发嫁",以便霸占家产的时候,他们两个却像泥塑木雕一般,连一句公道话也不肯说。

赵氏,特别是王氏,这两个人物,虽然着墨不多,但都写得活灵活现。

王氏是在严监生由于了结了乃兄的官司而酬谢王德、王仁的时候出场的。出场之前,严监生曾说她"这些时心里有些不好"。心里为什么不好,没说明;但读者明白,她拥有那么多财产,在丈夫四十多岁的时候,还没生个儿子。这回出场,作者只写了几笔:"面黄肌瘦怯生生的;路也走不全,还在那里自己装瓜子,削栗子,办围碟。见他哥哥进来,丢了过来拜见。"多么可怜的形象呀!

后来病重了,看见赵氏侍奉殷勤,又累次听赵氏说怕她死后,连孩子都将死于再娶来的大娘之手,因而对赵氏说:"何不向你爷说,明日我若死了,就把你扶正做个填房?"赵氏一听,急忙把严监生请来。严监生也听不得这一声,连忙说:"既然如此,明日清早就要请两位舅爷说定此事,才有凭据。"她摇手道:"这个也随你们怎样做去。"可以想见,严监生竟那样情急,那样热心,她是并不高兴的。但终于在见钱眼开的两位哥哥的主持下,不等她死,就把赵氏扶正了。读者可以想到她在断气之前是什么心情。

严监生和王氏的感情很好,他急于把赵氏扶正,不过是为了赵氏有个儿子,便于继承家产。王氏死后,在除夕的家宴上,忽然看见王氏历年积累的银子,想到哥哥和几个"生狼一般"的侄子常有侵夺之心,想到王德、王仁的欲壑难填,想到儿子又小,家务无人可托,他就十分怀念他的勤俭持家的王氏前妻了。

赵氏是个很有心计的女人。不难看出,让她扶正的话是她做了许多工作从王氏口里掏出来的。王氏死后,她哭得也极不自然。但她没有罪过。在封建社会里,一个做妾的人是十分可怜的,她不能不为她和儿子的前途着想。扶正以后,她一点也不照顾"上不得台盘"的娘家兄弟和侄子,却极力巴结有势的王德、王仁和严贡生父子。这虽然势利,但也是从维持家产的目的出发的,可以说用心良苦。但不幸儿子一死,严贡生就要侵夺她的家产,王德、王仁袖手旁观。要不是封建制度本身的矛盾救了她——妾生的知县和有妾的知府同情她,准了她的状子,她就不免于被严贡生"揪着头发臭打一顿,登时叫媒人来领出发嫁"。

看一看吧,封建社会骨肉亲戚之间的关系就是这样的!然而这不光是人的道德品质问题。赵氏扶正,严贡生霸占弟弟的遗产,这和宗法社会的嫡庶问题、财产继承问题有关;而严贡生、王德、王仁则是科举制度培养出来的"全在纲常上做工夫"的"念书人"!王德、王仁者,忘德、忘仁也!

从上面谈到的几个篇章里,已经可以看出《儒林外史》多么生动、多么真实地反映了当时的社会生活,多么热情地歌颂了生活中应该肯定的东西,多么尖锐地讽刺了生活中应该否定的东西。对于我们来说,还未尝没有认识意义、乃至教育意义。

(原刊《语文学习》1957年第10期)

试论《红楼梦》的人民性

一

曹雪芹的《红楼梦》是一部具有高度人民性和现实主义精神的文学巨著。

《红楼梦》的人民性所达到的高度是和曹雪芹所站立的思想高度分不开的,不了解曹雪芹所站立的思想高度,就不可能了解《红楼梦》的人民性所达到的高度。过去的进步作家之所以是进步的,不仅由于他们掌握了现实主义的创作方法,也由于他们具有比较进步的世界观。他们敢于面对现实,敢于而且能够揭露生活中的矛盾与冲突,就是具有进步思想的证明。法捷耶夫在《论文学批评的任务》一文中说过:

> 巴尔扎克的现实主义中有着前进的浪漫主义原则,所以他的现实主义才发挥了非凡的力量。……
> 作为艺术家的巴尔扎克之所以具有这一特点的原因,乃在于他的世界观实际上比表面的、外在的正统王朝主义要宽广得多,这一点是已经被我们文学理论所证明了的。[①]

和巴尔扎克相似,曹雪芹的世界观实际上比他表面的、外在的、某些人

[①] 刘辽逸译《苏联文学批评的任务》,三联书店版,第11—12页。

所肯定的"老庄思想"要宽广得多;我们在分析《红楼梦》的时候可以看出,在某些地方,曹雪芹是流露了当时先进的反映着萌芽状态中的资本主义关系的发生和发展的新兴市民思想的。

二

有些同志不管毛主席所说的"如果没有外国资本主义的影响,中国也将缓慢地发展到资本主义社会"这句话所包含的历史事实,断然地把"中国封建社会内的商品经济的发展已经孕育着资本主义的萌芽"的时间移到鸦片战争以后,从而得出了《红楼梦》所反映的仅仅是农民与地主的矛盾的结论。这样,就一笔勾销了《红楼梦》所反映的近代民主思想及其赖以产生的新兴的市民社会力量,把《红楼梦》和以前的许多反映农民与地主矛盾的作品等同起来。但事实告诉我们,在《红楼梦》所反映的历史时代,的确有和封建统治阶级相对立的新兴市民社会力量,而这种对立的关系,已超出了封建社会中农民和地主对立的范畴,而带有新的社会意义。同时,这种新兴的社会力量及其思想也的确在文学上得到了反映,而这种反映新兴的社会力量及其思想的文学,也已超出了仅仅反映农民与地主矛盾的作品的范畴,而赋有新的性质。这不仅《红楼梦》如此,《儒林外史》《桃花扇》《镜花缘》《聊斋志异》等作品也无不如此。

《红楼梦》反映了反对科举、反对礼教、反对等级、主张男女平等、主张婚姻自由和要求个性解放等进步思想。这些思想正是作为新兴的市民社会力量之反映的近代民主思想的主要内容,在以前的中国古典现实主义文学作品中,这些思想是薄弱的,或者没有的。例如《水浒》,虽然也描写了像顾大嫂那样令人敬佩的女英雄,但一般地说,它所反映的妇女观依然是封建的妇女观,杨雄和石秀在翠屏山杀潘巧云的残酷行为,正突出地反映了当时人们的夫权主义和礼教思想。《西厢记》反映了反对礼教、要求婚姻自由的进步思想,但其中的男主人公还热衷于功名利禄,女主人公听到男主人公得官之后,也高兴得不得了,说什么"从今后晚妆楼改做了至公楼",反科举、反等级的思想是没有的。《水浒》和《西厢记》,都是辉煌的文学名著,都具有高度的人民性和现实主义精神。但由于在明代中叶以后才开始有资本主义的萌芽,在《红楼梦》所反映的康熙、雍正、乾隆时代,代表萌芽状态的资本主义关系的市民社会力量才有了进一步的发展,因而作为这种萌芽状态的资本主义关系之反映的近代民主思想,不可能在明代中叶以前的文学作品中反映出来,只能在明代中叶以后的文学的作品中反映出来。在和《红楼梦》大致同时的现实主义文学作品中,差不多都表现了这种思想:比如在《儒林外史》中,反科举、反礼教的思想就很强烈,同时也表现了男女平等的观念和个性解放的要求;《桃花扇》着重地歌颂了妓女、书估、民间艺人等下层人物,反等级的倾向是明显的;《聊斋志异》也反映了反对科举、要求婚姻自由的理想;至于《镜花缘》所反映的妇女观(如反对裹足、反对纳妾、反对合婚、主张妇女应受教育、主张应注意女科医疗等等),更是非常进步的。

三

当然,我们指出《红楼梦》所反映的社会力量和思想实质具有新的特点,并不等于否认当时占支配地位的、决定社会性质的还是封建经济,也不等于否认当时的主要矛盾还是农民和封建统治阶级的矛盾。有些同志把当时新兴的代表萌芽状态的资本主义关系的市民社会力量和封建统治阶级的矛盾看成唯一的矛盾,从而把"封建统治者必然死亡"的原因归结为"国内外的工商业资本……动摇着封建统治者的经济基础",也是片面的,不正确的。谁都知道,《红楼梦》在揭露农民和封建统治阶级的矛盾这一点上,正表现了惊人的现实主义力量。

我们既然说《红楼梦》反映了新兴的市民社会力量及其民主思想,为什么又说它反映了农民和封建统治阶级之间的矛盾呢?道理很简单。当时的新兴的市民阶级是具有一定程度的进步性和革命性的。如马克思所说:"进行革命的阶级——单就它与别一阶级的对立而言——从最初起,就不是作为一个阶级而出现的,而是作为整个的社会底代表者而出现的;它以社会的全体群众底资格,去对抗唯一的统治的阶级。这是由于它的利益,最初的确是与一切其余的未占统治地位的阶级底公共利益更加联系着的,是由于它的利益,在以前存在的关系底压迫下还没有顺利地发展为一个特殊阶级底特殊利益。"①新兴的市民阶级正是如此,它的利益的确是与农民阶级的利益联系着的。王夫之、黄宗羲、顾炎武、唐甄、刘继庄、戴震等人,都在表达市民阶级的利益的同时也表达了农民阶级的利益,他们的确是"作为整个的社会底代表者而出现的"。曹雪芹也是一样。

四

正因为曹雪芹是站在新兴的市民阶级方面,并以先进的民主思想为指南认识现实、反映现实的,所以他能够无比深刻地揭露当时社会的各种矛盾。

有的同志认为《红楼梦》所反映的社会生活是"属于人民的范围之外的""封建官僚地主阶级的生活",认为《红楼梦》所反映的阶级矛盾是"封建阶级内部的矛盾",这应该说是形而上学的观点。与形而上学相反,辩证唯物主义不是把阶级社会的生活看作"彼此隔离、彼此孤立、彼此不相依赖"的各个阶级生活的"偶然堆积",而是把它看作"有内在联系的统一整体",其中各个阶级的生活是"互相密切联系的、互相依赖着、互相制约着"的。正因为如此,所以文学家能够通过局部社会生活的真实描写,反映出全部社会生活的基本矛盾、基本特征。曹雪芹的杰作《红楼梦》就是通过局部社会生活的真实描写,反映了全部社会生活的基本矛盾、基本特征的典范。

首先,《红楼梦》所反映的生活并不是某一个阶级的生活。荣宁二

---

① 马克思、恩格斯《德国意识形态》,转引自周扬编《马克思主义与文艺》,第16—17页。

府的主子不过三十来人（亲戚除外），而奴仆却在十倍以上。这就是说，在贾府中有统治者，也有被统治者。统治者的骄奢淫佚的生活和被统治者的困苦屈辱的生活形成一种非常鲜明的对比。作者就从这种对比中暴露了统治者的罪恶，并揭露了存在于统治者和被统治者之间的矛盾与斗争。

贾府的主子迫害、虐杀奴仆的事实不胜枚举。而奴仆对主子，也并不是俯首贴耳、唯命是从的。在奴仆中，斗争性最强的是鸳鸯、司棋、晴雯、芳官等等，即一般的奴仆，也决不放过和主子斗争的机会。例如探春、李纨、宝钗三人代王熙凤理家，一开始就受到奴婢们的反对，她们抱怨说："刚刚的倒了一个'巡海夜叉'（指王熙凤），又添了三个'镇山太岁'。"又如平儿曾对"众媳妇"说："……你们素日那眼里没人，心术利害，我这几年难道还不知道？二奶奶（指王熙凤）要是略差一点儿的，早叫你们这些奶奶们治倒了。饶这么着，得一点空儿，还要难他一难！"奴仆们的反抗、斗争连"恃强羞说病"的王熙凤本人也感到难于应付，她曾对贾琏说："咱们家所有的这些管家奶奶，那一个是好缠的？错一点儿，他们就笑话打趣；偏一点儿，他们就'指桑骂槐'的抱怨。'坐山看虎斗''借刀杀人''引风吹火''站干岸儿''推倒了油瓶儿不扶'，都是全挂子的本事，况且我又年轻，不压人，怨不得不把我搁在眼里。"又如龄官对贾蔷说的两段话，有力地反映了那些被贾府买来学戏的女孩子们的反抗精神和解放要求。贾蔷给龄官买来一个会衔旗串戏的鸟儿，龄官道："你们家把好好儿的人弄了来关在这牢坑里学这个还不算，你这会儿又弄个雀儿来，也干这个浪事。你分明弄了来打趣形容我们。"又说："那雀儿虽不如人，他也有个老雀儿在窝里，你拿了他来弄这个劳什子也忍得？"

作者不仅揭露了贾府的统治者与被统治者之间的矛盾与斗争，而且也揭露了统治者内部的矛盾与斗争：母子之间（贾母与贾赦）、父子之间（贾政与宝玉）、母女之间（赵姨娘与探春）、婆媳之间（邢夫人与凤姐）、妻妾之间（王夫人与赵姨娘）、姑嫂之间（惜春与尤氏）、嫡庶之间（宝玉与贾环）、夫妻之间（贾琏与凤姐），都存在着或明或暗的矛盾与斗争。探春曾说:"咱们倒是一家子亲骨肉呢?一个个不像乌鸡眼似的,恨不得你吃了我,我吃了你!"

统治者内部的矛盾与斗争也扩展到被统治者内部。在奴仆中不仅有各种等级,而且也有各种派别。例如有以王善保家的(邢夫人的陪房)为首的一派,这是邢夫人的心腹,有以周瑞家的(王夫人的陪房)为首的一派,这是王夫人的心腹,其余可以类推(甚至贾琏夫妇,在奴仆中也各有自己的心腹)。

总之,存在于贾府的各种矛盾,应该说是当时整个封建社会的各种矛盾的反映。

其次,作者也并没有孤立地描写贾府生活。读过《红楼梦》的人都可以看出贾府的统治者是构成当时整个统治阶级的巨大基石。"自国朝定鼎以来,功名奕世,富贵流传,已历百载",皇帝、王侯、官僚、吏胥、豪商、巨富……都和他们有密切的联系。从这种联系中,我们可以辨认出当时整个统治阶级的丑恶面貌和腐朽本质。贾府的被统治者,也不是孤立的,他们是当时整个被统治阶层的一部分。这样,作者就以贾府为中心,展开了整个社会生活的图画,并揭露了统治阶级与人民群众(农民和市民)的矛盾(也揭露了统治阶级内部的矛盾)。

《红楼梦》所反映的统治阶级的豪华侈靡的生活是惊人的。贾府"预备接驾一次,把银子花的像淌海水似的",甄家接驾四次,"别让银子成了粪土,凭是世上有的,没有不是堆山积海的"。"贾不假,白玉为堂金为马;阿房宫,三百里,住不下金陵一个史;东海缺少白玉床,龙王来请金陵王;丰年好大雪,珍珠如土金如铁。"这个"俗谚"概括地说明了当时统治阶级的豪华生活的一般情形。作者以贾府为典型,通过日常生活和元妃省亲、秦氏出殡、做寿、过年、过中秋等典型事例,将这种豪华生活作了集中的、突出的描写。

统治阶级的生活是那样豪华侈靡,那么人民群众的生活怎样呢?作者为了把统治阶级的生活和劳动人民的生活作一种鲜明的对比,有意地从一个"芥豆之微"的"小小人家"把刘姥姥两度地引进贾府(贾府衰败以后的一次未算)。刘姥姥两次到贾府的主要表现是"少见多怪"：见自鸣钟、吃螃蟹、用象牙筷子、吃鸽子蛋、吃茄鲞、用黄杨木套杯、见八哥、过大观园的牌坊、进怡红院……作者生动逼真地写出这许多细节的主要目的并不是为了制造笑料，也不是如有的同志所说的为了表现刘姥姥的"土气""愚蠢"，而是为了指出统治阶级的生活和劳动人民的生活是如此的悬殊，以致劳动人民对统治阶级的生活竟无法理解。

作者对人民的无限关怀往往把他的如椽之笔带出贾府的围墙。比如写宝玉等因送秦可卿之殡到一村庄的情形。又如写宝玉到袭人家中，到晴雯家中所见所闻，都是作者有意地（虽然是一鳞半爪）描写从宝玉眼中看出的农民和市民的生活，正和有意地描写从刘姥姥眼中看出的统治阶级的生活一样，是有着巨大的揭露阶级矛盾的作用的。

作者不仅描写了统治阶级的生活和人民群众的生活是那样悬殊，而且也指出了之所以悬殊的原因。统治阶级的豪华生活的来源主要是剥削人民。有人认为贾府的生活除依靠剥削人民之外，还依靠皇帝的"恩赐"，这是不正确的。因为作者就预驳了这种说法。《红楼梦》指出统治阶级剥削人民的主要方式是收租和放高利贷。拿放高利贷说，宁府抄家时光王熙凤的"借票"就抄出了"一箱子"。拿收租说，黑山村庄头乌进孝送给宁府的数目惊人的粮食和各种东西不算，光银子就有二千五百两。但这还是由于歉收，不然，是至少要送五千两的。而黑山村还只是宁府的"八九个庄子"中的一个。又从乌进孝的话中知道荣府的庄地比宁府的"多着几倍"。那么，荣宁二府每年应收租银的数量就大得惊人了。荣府的老管家周瑞曾说："奴才在这里经营地租庄子，银钱收入，每年也有三十万往来。"但这还不够他们挥霍，说什么"黄柏木作了磬捶子，外头体面里头苦"。

人民不仅被剥削，而且被掠夺。当时统治者掠夺人民的方式很多，其一便是所谓"采办"，《红楼梦》所写的金陵薛家和桂花夏家，就都是"户部挂名"的"皇商"。他们借给宫廷"采办"物品的名义，对工商业者进行掠夺，积财百万。桂花夏家光种桂花的地就有几十顷。当时统治者掠夺人民的另一种方式是通过层层关卡，征收税款。乾隆十八年,全国关税(其时海关税比重极小)已达四百三十三万两。贪官污吏更额外重征,以饱私囊。关于这一点,《红楼梦》中虽没有正面的描写,但也透露了这个消息。当王狗儿因为"家中冬事未办"而"心中烦躁"的时候,他的岳母刘姥姥劝他"想个方法",他冷笑道:"有法儿还等到这会子呢!我又没有收税的亲戚,做官的朋友,有什么法子可想的?"可见"收税的"和"做官的"一样,荷包中装满着民脂民膏。

人民不仅被掠夺,而且还被迫害、被勒索。《红楼梦》通过许多典型事件,暴露了当时吏治的黑暗。九十三回写郝家庄给荣府送租子的车被衙门中的差役拉走了,那送租子的人给贾政叙述拉车的情况道:"更可怜的是那买卖车,客商的东西全不顾,掀下来赶着就走。那些赶车的但说句话,打的头破血出的。"此外如贾雨村贪赃枉法,让打死人的薛蟠逍遥法外;为了巴结贾赦,用卑鄙无耻的手段勒索石呆子的扇子。又如平安州节度使受了贾府的嘱托,强迫张金哥退婚,逼死了两条人命⋯⋯《红楼梦》不仅暴露了当时吏治的黑暗,而且指出了所以黑暗的根本原因:第一,官吏是统治阶级的爪牙,必须无条件地维护统治阶级的特权。"凡作地方官的,都有一个私单,上面写的是本省最有权势极富贵的大乡绅名姓,各省皆然。倘若不知,一时触犯了这样的人家,不但官爵,只怕连性命也难保呢。——所以叫做'护官符'。"第二,官吏不仅要给上司送礼,而且也要让下级发财。不然,上下交攻,不但会丢了官,而且也会丢了性命。皇妃元春的父亲,忠实而顽强的封建宗法礼教的维护者"政老前辈"(贾政),在做江西粮道时拿着家里的钱去补贴,想做清官,但迫于客观形势,也只好做了贪官。

统治阶级对人民加紧剥削、掠夺、迫害和勒索的结果是统治阶级的生活日益荒淫奢侈,人民群众的生活日益悲惨穷困。康熙时的思想家唐甄曾说:"王公之家一宴之味,费上农一岁之获,犹食之不甘。吴西之民,弗凶岁,为麸麲粥杂以秆之灰,无食者见之,以为天下之美味也。"这和《红楼梦》所反映的情况多么相合!在贾府的食单上,螃蟹并不算珍贵的东西,但刘姥姥对贾府的一小部分人吃螃蟹的花费已不胜惊讶。

由于统治阶级加紧对人民群众的剥削、迫害、勒索和掠夺,一直没有被完全扑灭下去的中国人民(农民和市民)反抗斗争的烈火又延烧起来。三点会、哥老会、白莲教等秘密组织,已展开积极的活动,零星的农民暴动和市民暴动,也不断地发生。如康熙五十一年,江宁、镇江、扬州的商民举行罢市,拒绝新任督抚到任,要求减轻税额。乾隆十一年,福建上杭佃农在罗日光等领导下要求四六减租,聚众械殴地主,抗拒官厅镇压。乾隆十三年,苏州有"市井贩夫顾尧年者倡议平抑米价,和者纷如蚁聚,势愈汹涌"(有的同志举乾隆三十九年王伦在临清暴动、乾隆五十一年林爽文在台湾起义的事实,但曹雪芹卒于乾隆二十八年,举他死后的事实,不能说明问题)。这些情况也在《红楼梦》中得到了反映。如第一回写甄士隐家遭了火灾,"与妻子商议,且到田庄上去住。偏值近年水旱不收,盗贼蜂起,官兵剿捕,田庄上又难以安身"。第六十六回写薛蟠经商,"到了平安州地面,遇见一伙强盗,已将东西劫去"。第一百十一回写贾府被"盗",一伙"强人"将贾母遗留的金银珠宝席卷一空,"归入海洋大盗一处去"了。可见《红楼梦》所反映的历史时期,并不是"太平盛世",相反,农民和市民的斗争力量,已开始摇撼着封建统治阶级的基石。

五

现实主义文学的根子从来是扎在人民群众的深处的。《红楼梦》的震撼人心的现实主义力量正是人民斗争力量的反映。曹家一败涂地之后流落在北京西郊,住着破房子,过着终年吃粥生活的曹雪芹,不能不在一定程度上体验到处于水深火热之中的人民群众(市民和农民)的思想和感情、愿望和要求。而那种由人民的思想和感情、愿望和要求所组织、动员起来的斗争力量,也不能不渗进他的血液。

《红楼梦》的人民性不仅在于它以贾府的生活为中心,反映了整个封建社会的矛盾与危机,而且在于它在反映中渗透着人民的思想和感情、愿望和要求。而它的那种巨大的对正面人物的肯定力量和对反面人物的否定力量，也是人民的反抗情绪和斗争力量的反映。

众所周知，所有现实主义文学作品的人民性和历史具体性都是通过艺术形象的真实性体现出来的。《红楼梦》也是一样。曹雪芹在《红楼梦》中创造了琳琅满目的人物画廊，其中男性235人，女性213人，共计448人。通过不同性格的人物表现了不同的社会力量的本质；通过人物与人物的错综复杂的关系表现了社会关系、阶级关系。作者对于贾政、贾赦、贾珍、贾琏、贾蓉、王熙凤、薛宝钗、花袭人、夏金桂、薛蟠、贾雨村等表现腐朽的社会力量本质的反面人物的批判是彻骨地深刻的。对于这些反面人物，许多同志已作了中肯的分析，故不再重复。对于正面人物的估价，目前还有几种不同的意见，因而有必要提供一些不成熟的看法，请大家指教。

有的同志认为贾宝玉是"新人"，是"反对封建主义的英雄和主将"，他代表"最进步的思想"；有的同志则不同意，认为贾宝玉仅仅是"封建地主阶级的叛逆者"。我们觉得说贾宝玉是"叛逆者"，当然也可以，但应该承认，这个"叛逆者"和以前的"叛逆者"不同。例如《水浒》中的李应、卢俊义等，都可以说是"封建地主阶级的叛逆者"，但他们并没有显著的和封建地主阶级对立的新性格、新思想，而贾宝玉这个"叛逆者"却与此相反，他的反映着新的社会力量本质的新性格、新思想是相当鲜明的。根据这个特点，说他是"新人"也未尝不可。

第一，读书应举，讲"仕途经济"，终于做"忠臣孝子"，"显亲扬名"，这是封建社会一般青年的奋斗历程和奋斗目标。在明代以前的文学作品中，公然全盘否定它的人物是不多的，而贾宝玉却予以全盘否定。他反对功名利禄、反对纲常伦理、反对一切束缚，追求个性解放的行动和议论是多么激烈，多么大胆！

第二，中国封建社会（特别是宋代以后）对于妇女的压迫非常残酷。对于"三从四德"之类的束缚妇女的封建礼教，在明代以前的作品中，找不出比较彻底地否定它的人物。相反，许多作品中的男主人公大抵是夫权主义者，像杨雄、石秀之类的英雄人物也不能免。但从宝玉的行动和议论中可以看出，他是反对三从四德、反对夫权主义的。

对于那些被侮辱与被损害的"清净洁白"、没有"学的沽名钓誉,入了国贼禄蠹之流"的妇女,不分贵贱,他都寄予深厚的同情。

第三,在以前的文学作品(特别是宋代以后的市民文学作品)中,争取婚姻自由的人物并不罕见,他们在为争取婚姻自由而作的斗争中,反对了封建宗法礼教,这是应该歌颂的。但争取婚姻自由并不等于有比较进步的妇女观和婚姻观。一般地说,那些作品中的男主人公,大抵是由于"爱色"而追求女方;女主人公也大抵是由于"怜才"而接受男方的爱情。即《西厢记》的主人公也不过如此。宝玉则不然,他和黛玉的恋爱并不是由于"怜才爱色",而是由于"志同道合"。史湘云和薛宝钗都很美,但由于她们说什么"仕途经济","学的沽名钓誉,入了国贼禄蠹之流",所以就和她们"生分了"。他之所以爱黛玉,是由于黛玉从不像宝钗、湘云一样讲"仕途经济"之类的"混账话"。她在性格、思想等方面都和他有相同的地方,所以才爱她、才敬重她。以思想、性格的相一致作为爱情的基础,这不能不说是一种新的、进步的婚姻观。同时,宝玉并不仅仅关怀自己的婚姻、自己的幸福,而是更多地关怀着别人。他对迎春"误嫁中山狼"的不幸遭遇,表示了由衷的不平。他建议王夫人"回明了老太太,把二姐姐(指迎春)接回来,省得受孙家那混账行子的气。等他来接,咱们硬不叫他去。由他接一百回,咱留他一百回"。但王夫人却笑他呆气。教导他说:"嫁出去的女孩儿泼出去的水","嫁到人家去,娘家那里顾得?……你难道没听见人说'嫁鸡随鸡,嫁狗随狗'?"他听了之后"别着一肚子闷气,无处可泄……径往潇湘馆来。刚进了门,便放声大哭起来"。同时,他也反对婢妾制度,这从他对平儿和香菱的同情中可以看得出来。为了金桂虐待香菱而向胡道士求疗妒的方子,虽不免有些呆气,但也表现了他的人道主义精神。

恩格斯说:"在每一社会中,妇女解放的程度,是一般解放底天然尺度。"我们从贾宝玉的妇女观和婚姻观的进步性上,也可以看出他的思想的进步性。他的一些反映着当时新兴市民社会力量本质的新思想、新性格,是非常可贵的,是属于全体人民的。

当然，宝玉和黛玉的性格也有弱点，有局限性。现实主义文学中的典型是在概括一定历史时期的阶级特征、民族特性和个性特征的基础之上创造出来的，宝、黛的性格有其历史的和阶级的局限性，正说明曹雪芹的创作态度是何等严肃！他并没有凭自己的主观捏造人物的性格，只根据人物所处的环境创造人物的性格。但具有先进的思想和丰富的生活经验的曹雪芹，并不以创造宝、黛这两个正面人物为满足。为了弥补宝、黛二人性格中的缺陷，也为了更广泛地揭露封建社会的罪恶并反映人民的斗争力量，便从下层人物中概括了若干具有进步要求的正面人物，如尤三姐、晴雯、司棋、鸳鸯、芳官、龄官、潘又安等等。这些人物在反抗封建势力、争取婚姻自主、追求个性解放等方面，是和宝、黛二人相同的，但他们的性格明朗得多，他们的反抗精神也强烈得多。

六

总体来说，从对于社会矛盾的深刻揭露上，从对于反面人物的无情批判上，从对正面人物的新思想、新性格的热烈歌颂上，都可以看出《红楼梦》的人民性具有新的特点，它应该属于新的范畴。

不容讳言，《红楼梦》的人民性也是有局限性的。但有些同志对于这个问题的答案还有商榷的余地，不妨提几点意见。

第一，有些同志认为"当作者从生活中观察到每个人物悲惨的命运时，他是悲观的，流露着虚无命定的色彩"。"在其他一些人物的结局上也或多或少地存在着无可奈何的虚无感和悲观情调，这一切都给《红楼梦》蒙上了一层灰暗的色彩"。这个论断是可以商榷的。我们认为《红楼梦》所反映的近代民主思想是跟"命定论"和"虚无主义"对立的。宝玉和黛玉就以他们的全部生命和"命定论"的"金玉姻缘"进行了不调和的斗争。（宝玉不但几度地想毁掉他那块玉，而且在梦中也忘不了和"金玉姻缘"作斗争。他在梦中骂道："和尚道士的话如何信得！什么金玉姻缘，我偏说木石姻缘。"）至于尤三姐、鸳鸯、司棋等人，都是由于不安"命",都是由于想把自己命运掌握在自己手中,才起而反抗封建势力的。肯定地说,《红楼梦》的具有民主思想的正面人物,没有一个是相信"命"的。就拿以懦弱出名的迎春来说,她也不是一个"嫁鸡随鸡,嫁狗随狗"的"命定论"者。她由贾赦包办,嫁给无恶不作的孙绍祖,受尽了凌辱。王夫人安慰她说:"……我的儿,这也是你的命。"迎春断然地反驳说:"我不信我的命就这么苦!"我们在读《红楼梦》的时候可以看出曹雪芹把"年轻一代的人物"的悲惨结局并没有归因于什么"命",而是归因于残酷的封建统治者和反动的封建制度。正因为如此,《红楼梦》才具有组织、动员人民去反抗封建统治者和封建制度的力量。如果认为作者把"青年一代的人物"的悲惨结局归因于"命",那就抹杀了(至少是削弱了)《红楼梦》反封建的进步内容,从而也抹杀了它的人民性。

其次,作者在写许多正面人物的结局时,并不是一般地流露着"无可奈何的虚无感和悲观情调",比如在写尤三姐等人的壮烈牺牲时,就洋溢着歌颂式的激昂慷慨的情调。

第二,有些同志认为"在《红楼梦》中所以有这种现象(即'流露着虚无命定的色彩'和'存在着无可奈何的虚无感和悲观情调'),作者佛老思想起着不可忽视的影响"。这也是应该更进一步地加以分析的。具有近代民主思想的曹雪芹,在某些重大问题上都表现了反对佛老思想的精神。

作者通过他所创造的形象贾敬,揭露了道教的妄诞。贾敬的长孙媳妇秦可卿死了,但贾敬在元真观修道,"因自己早晚就要飞升,如何肯又回家染了红尘,将前功尽弃呢?故此并不在意,只凭着贾珍料理"。后来因"吞金服砂"竟送了老命。作者是以辛辣的讽刺之笔描写他"虔心修道"的可笑结局。

此外,如写馒头庵的老尼静虚求王熙凤胁迫张家退婚,逼死人命。写贾芹在水月庵的胡作非为,写水月庵的智通与地藏庵的圆信"想拐两个女孩子去做活使唤",花言巧语地求王夫人舍芳官、蕊官、藕官等给她们做徒弟……这都具有暴露佛教罪恶的重大意义。

同时，作者并不是单纯地批判"佛老"，而是通过对于"佛老"的批判，更深刻地批判了封建统治阶级。作者所描写的许多青年男女都热爱并追求美好的生活，没有谁是自愿"出家"的。但封建统治者不容许他们得到美好的生活，而且千方百计地迫害他们，给他们撒下天罗地网。这样，如果他们不安于"命"，不愿向统治者投降，就只能有两条出路：一条是自杀，另一条是"出家"。《红楼梦》中的许多不愿向统治者投降的男女青年，就都被迫而走上自杀或"出家"的道路。

更严重的是统治者可以买许多小尼姑和小道姑作为自己的豪华生活的点缀品。贾府的大观园中，就有"幽尼佛寺"和"女道丹房"，其中的"修行者"，就是买来的十几个小尼姑和小道姑。这些可怜的女孩子，分明被统治者剥夺了生活的权利，投入"苦海"之中，而元妃省亲时却给她们"恩赐"了"苦海慈航"的匾额。

作者通过对于妙玉的精神世界的揭露，更有力地批判了佛家的"色空"观念。在《红楼梦》中的许多女尼、女道之中，妙玉仿佛是一个最有"道行"的女子。但作者指示我们，就是像妙玉一样最有"道行"的女子，也并不能"因色悟空"。相反，她的"人欲"时常苦恼着她，使她无法安坐在禅榻之上。当宝玉过生日的时候，她竟偷偷地送去了一张上面写着"槛外人妙玉恭肃，遥叩芳辰"的红笺。而"贾宝玉品茶栊翠庵"一回，更深刻地描写了她当着黛玉和宝钗的面故意表示冷落宝玉但仍掩盖不住热爱宝玉的那种复杂的心情。这一切都有力地揭露了所谓"色空"的虚妄，并指出人应该有人的情感、人的生活。

结合着对于封建伦理、封建道德等等的批判，深刻地批判了"命定论"，批判了"佛老思想"，批判了"色空观念"，正是《红楼梦》所表现的近代民主思想的内容之一，也是它的人民性的内容之一。

有些同志认为《红楼梦》的人民性之所以有那么许多局限性，是"由于受作者的阶级出身和落后的世界观的影响"。这个提法是比较笼统的。如在前面所说，我们认为曹雪芹虽然出身于官僚地主阶级，但他在写《红楼梦》的时候，基本上是站在市民阶级方面的，他的世界观也并不落后,而基本上是进步的(他具有近代民主思想):正因为如此,他才能写出具有丰富人民性的作品。当然,我们并不否认他还没有完全割断和官僚地主之间的联系(所以说"基本上"是站在人民方面的),也不否认他的世界观中还有某些落后的因素(所以说"基本上"是进步的):正因为如此,他的作品的人民性就不能不有一定程度的局限性。但把"命定论""虚无主义""老庄思想"等等都安在《红楼梦》的头上,就意味着《红楼梦》并没有人民性,而不是意味着它的人民性有其局限性。

在封建社会中,由于统治阶级垄断并控制文学事业,伟大的古典作家几乎全部是出身于统治阶级的人,他们的思想不能不是统治阶级的思想,而且,他们要完全挣脱统治阶级的思想的束缚,几乎是不可能的。这就是说,决定他们的阶级性的,是他们和统治阶级的联系。但人民是历史的主人,人民的生活、斗争、思想、情绪、愿望、要求……有力地影响着他们。特别在统治阶级非常残酷地剥削、压迫人民,人民处在水深火热之中的时候,他们往往从人民的痛苦生活中意识到政治的黑暗和阶级的矛盾,从而不可能不在某些重要的方面突破他们原有的思想的限制,产生一种带有革命因素的同情人民的思想倾向。这就是说,决定他们的人民性的,是他们和人民的联系。和统治阶级联系,又和人民联系,就造成了他们思想上的矛盾性。曹雪芹的思想自然也有这样的矛盾性,但可以看出,在矛盾的两方面中,人民性的一方面是主要的、起主导作用的。他表现在《红楼梦》中的同情人民的思想倾向是异常明显的,我们要强调的、要吸收的正是这一方面,而不是相反的方面。列宁在有名的论托尔斯泰的文章中早就抨击过那些想把托尔斯泰的"最弱的一方面变成一种教条的俄国的和外国的'托尔斯泰主义者'"[①]。反动的资产阶级的代言人总想把伟大的古典作家的最弱的一方面(与统治阶级联系的一面)变成教条。例如由于在巴尔扎克的作品中,资本主义受到极尖锐的批判,因而现在法国的资产阶级批评

---

① 《马克思、恩格斯、列宁、斯大林论文艺》,人民文学出版社版,第89页。

家极力强调他的作品中的保守成分和阶级偏见,说他是一个"旧政体"和财产私有制、君主和僧侣的热烈的拥护者。我们在分析《红楼梦》的人民性的局限性时,不能再让他们牵着鼻子走。

(原载《光明日报》1954 年 3 月 27 日《文学遗产》专刊,收入作家出版社《〈红楼梦〉问题讨论集》第四集)

《燕丹子》成书的时代及其在我国小说发展史上的地位

《燕丹子》一书，《隋书》《旧唐书》的《经籍志》及《新唐书》《宋史》的《艺文志》俱列入小说家；惟《隋书》著录一卷，新、旧《唐书》及《宋史》，则分为上中下三卷。明初宋濂所见，仍为三卷本①。此后罕见流传。纪昀从《永乐大典》录出，授孙星衍，由孙冯翼刻入《问经堂丛书》②。孙星衍重加校订，刻入《平津馆丛书》《岱南阁丛书》；《百子全书》又据以重刻。

从文艺创作的角度看，《燕丹子》在真人真事的基础上汲取有关传说，进行艺术虚构，情节曲折而完整，人物性格的刻画细致而生动，可以说具备了小说的基本特征，而篇幅之宏大，更在唐人传奇以上。然而研究我国小说史的人却还没有着重论述，这也许是由于它的写作时代颇有争论的缘故吧！

我国小说发展，一般认为：先秦两汉是准备时期，六朝初具梗概，

---

① 《宋学士文集·杂著·诸子辩》："《燕丹子》三卷。丹，燕王喜太子。此书载其事为最详。"

② 《四库提要·小说家存目一》："《燕丹子》三卷……《隋书·经籍志》始著录于小说家，至明遂佚。今检《永乐大典》载有全文。"孙星衍《问经堂丛书》本《〈燕丹子〉叙》："《燕丹子》三卷，世无传本。余初入词馆，纪大宗伯昀以此相授，云录自《永乐大典》。"孙星衍《平津馆丛书》本《〈燕丹子〉叙》又云："《燕丹子》三篇，世无传本，惟见《永乐大典》。纪相国昀既录入《四库书·子部·小说类》存目中，乃以抄本见付。阅十数年……刊入《问经堂丛书》。""至明遂佚""世无传本"的说法不可靠。明初宋濂读过三卷本，明中期人陈第《世善堂书目》卷上亦著录，明末清初人马骕所看到的"尤多讹脱"的《燕丹子》书，也是单行本，怎能说"至明遂佚""世无传本""惟见《永乐大典》"呢？1979 年版新编《辞海》"燕丹子"条"原书明初尚存，后散佚，有孙星衍辑校本"的说法，也不太确凿。

到了唐人传奇,才进入比较成熟的阶段。我觉得,如果能够确定《燕丹子》的写作时代,并对它给予足够重视的话,这样的认识就值得重新考虑了。

对于《燕丹子》的写作时代,历来有各种说法。马端临、宋濂,都认为作于秦汉之间①。孙星衍断为"先秦古书"②。谭献也说它"文古而丽密,非由伪造"③。鲁迅在《中国小说史略》里两处提到《燕丹子》。一处说:《隋书·经籍志》小说类所著录,"《燕丹子》而外,无晋以前书"④。另一处:"他如汉前之《燕丹子》,汉扬雄之《蜀王本纪》……虽本史实,并含异闻。"⑤看来鲁迅是把《燕丹子》看成西汉以前的作品的,可惜的是他只用"虽本史实,并含异闻"两句话准确地概括了《燕丹子》在取材方面的特点,而没有评价它在小说发展史上的地位。

与此针锋相对,由于《燕丹子》始著录于《隋书·经籍志》,因而不少人怀疑、乃至断言它是伪作。例如清初学者马骕就说:"《燕丹子》书,伪作也,尤多讹脱。"⑥纪昀不仅断定《燕丹子》是"割裂诸书燕丹、荆轲事杂缀而成"的伪作,而且说"其可信者已见《史记》,其他多鄙诞不可信,殊无足采"⑦。这无异于判处了《燕丹子》的死刑,其影响不容低估。直到现在,谈论小说发展史而忽略《燕丹子》,未尝不是由于"伪作""鄙诞""殊无足采"之类的判词在起作用。

《燕丹子》本来是一部小说。而小说,它所要求的是艺术真实,容许而且需要艺术虚构和艺术夸张,怎能拿评价历史著作的标准一成不变地去评价它呢?因《燕丹子》中有某些"不可信"的东西而作出"无足采"的结论,这是不值一驳的。剩下的问题是:《燕丹子》究竟是不是

---

① 马端临《文献通考·经籍考·子部·小说家》"燕丹子"条引《周氏涉笔》云:"今观《燕丹子》三篇,与《史记》所载皆相合,似是《史记》事本也。"宋濂《诸子辩》:"《燕丹子》三卷。……其辞气颇类《吴越春秋》、《越绝书》,决为秦汉间人所作无疑。"
② 孙星衍《平津馆丛书》本《〈燕丹子〉叙》:"其书长于叙事,娴于词令,审是先秦古书。亦略与《左氏》《国策》相似,学在纵横、小说两家之间。"
③ 《复堂日记》卷五。
④ 《中国小说史略》第一篇《史家对于小说之著录及论述》。
⑤ 《中国小说史略》第二篇《神话与传说》。
⑥ 《绎史》卷一四八。
⑦ 《四库全书总目提要·子部·小说类存目》。

"割裂诸书燕丹、荆轲事杂缀而成"的伪作？笔者认为并非如此。

第一，关于"燕丹、荆轲事"的记述，以《国策》《史记》最早、最完整、最有权威，如果《燕丹子》是"割裂诸书燕丹、荆轲事杂缀而成"的伪作，那么它首先应该充分采取《国策》《史记》中的材料，但实际情况又不是这样。例如《史记·刺客列传》荆轲传的开头，用了将近四百字的文章追叙荆轲的出身、经历，而这一大段文章的内容，却不见于《燕丹子》。在荆轲被杀之后，司马迁又用了近六百字的篇幅写秦王灭燕及高渐离举筑击秦始皇被杀的经过，而秦王灭燕的内容，却不见于《燕丹子》。今本《燕丹子》无高渐离击秦王的情节，从《太平御览·服用部》的引文看，古本是有的，但文字也与《史记》不同①。其他如《史记》中说：

> 燕太子丹者，故尝质于赵，而秦王政生于赵，其少时与丹欢。及政立为秦王，而丹质于秦。秦王之遇燕太子不善，故丹怨而亡归。

追述燕丹与秦政少时相处欢好的往事，用以反衬燕丹质于秦而秦王遇之不善的现实，有力地揭示了"丹怨而亡归"、力图报复的原因。这样的情节是十分重要的，然而《燕丹子》却没有往事的追述，只是说："燕太子丹质于秦，秦王遇之无礼，不得意欲求归。"

又如《史记》在燕丹遣荆轲刺秦之前写道：

> 于是太子豫求天下之利匕首，得赵人徐夫人匕首，取之百金，使工以药淬之，以试人，血濡缕，人无不立死者。乃装为遣荆卿。

这样的细节描写也是很重要的，而《燕丹子》在荆轲刺秦王之前，却压根儿没有提到匕首。类似的例子还有许多，就不必一一列举了。

至于彼此都写到的情节，也是同中有异、小同大异的。

---

① 《太平御览·服用部·帐》："《燕丹太子》曰：秦始皇置高渐离于帐中，击筑。"

第二，如果《燕丹子》是"割裂诸书燕丹、荆轲事杂缀而成"的伪作，而西汉以来诸书所载的"燕丹、荆轲事"超出《国策》《史记》范围的又很有限，那么《燕丹子》的基本情节和重要人物，也就很难在较大的程度上超出《国策》《史记》的范围。然而《燕丹子》中有许多情节，却是《史记》所没有的。就比较重要的而言，如：

> 田光见太子，太子侧阶而迎，迎而再拜。坐定，太子丹曰："傅不以蛮域而丹不肖，乃使先生来降弊邑。今燕国僻在北陲，比于蛮域，而先生不羞之，丹得侍左右，睹见玉颜，斯乃上世神灵保佑燕国，令先生设降辱焉。"田光曰："结发立身，以至于今，徒慕太子之高行，美太子之令名耳。太子将何以教之？"太子膝行而前，涕泪横流曰："丹尝质于秦，秦遇丹无礼，日夜焦心，思欲复之。论众则秦多，计强则燕弱，欲日合从，心复不能。常食不识味，寝不安席，纵令燕秦同日而亡，则为死灰复燃，白骨更生，愿先生图之。"田光曰："此国事也，请得思之。"于是舍光上馆。太子三时进食，存问不绝。如是三月，太子怪其无说，就光辟左右问曰："先生既垂哀恤，许惠嘉谋，侧身倾听，三月于斯，先生岂有意欤？"田光曰："微太子，固当竭之。……然窃观太子客，无可用者。夏扶血勇之人，怒而面赤；宋意脉勇之人，怒而面青；武阳骨勇之人，怒而面白。光所知荆轲，神勇之人，怒而色不变。

和《国策》《史记》相较，这里不但多出了燕丹礼遇田光的情节，而且多出了夏扶、宋意两个人物。而这两个人物，在以后还多次出现。当"太子置酒请轲"的时候，夏扶对荆轲说："闻士无乡曲之誉，则未可与论行；马无服舆之伎，则未可与决良。今荆君远至，将何以教太子？"从而引出了荆轲的一大段议论，构成事件发展的重要契机。更值得注意的是：易水饯别，是荆轲刺秦故事的枢纽，关于饯别场面的描写，各家容有不同，但如果《燕丹子》本于《国策》《史记》的话，则在这个场面上出现的人物，不应有异，然而实际情况又并非如此。

《国策·燕策》：

"今太子迟之,请辞决矣!"遂发。太子宾客知其事者,皆白衣冠以送之。至易水上,既祖取道,高渐离击筑,荆轲和而歌,为变徵之声,士皆垂泪涕泣。又前而为歌曰:"风萧萧兮易水寒,壮士一去兮不复还!"复为羽声慷慨,士皆瞋目,发尽上冲冠。于是荆轲遂就车而去。

《史记·刺客列传》中的记载,除"发尽上冲冠"作"发尽上指冠"一字之异而外,其余文字,完全相同。而《燕丹子》卷下里却是这样写的：

武阳为副。荆轲入秦,不择日而发。太子与知谋者,皆素衣冠送之于易水之上。荆轲起为寿,歌曰:"风萧萧兮易水寒,壮士一去兮不复还!"高渐离击筑,宋意和之。为壮声,则发怒冲冠;为哀声,则士皆流涕。二人皆升车,终已不顾也。二人行过,夏扶当车前刎颈,以送二子。

第三,汉初以来诸书中关于燕丹、荆轲的部分记载,则可以从另一方面说明问题。邹阳《狱中上梁孝王书》云：

昔者荆轲慕燕丹之义,白虹贯日,太子畏之。

《文选》李善注引《烈士传》云：

荆轲发后,太子相气,见白虹贯日不彻,曰:"吾事不成矣!"后闻轲死,太子曰:"吾知其然也。"

王充《论衡·感虚篇》云：

传书言：荆轲为燕太子丹谋刺秦王，白虹贯日。

《论衡·语增篇》云：

传语曰：町町若荆轲之闾。言荆轲为燕太子丹刺秦王，后诛轲九族，其后怨恨不已，复夷轲之一里。一里皆灭，故曰町町。

《论衡·感虚篇》云：

传书言：太子丹朝于秦，不得去，从秦王求归。秦王执留之，与之誓曰："使日再中、天雨粟，令乌白头、马生角、厨门木象生肉足，乃得归。"当此之时，天地祐之，日为再中、天雨粟、乌白头、马生角、厨门木象生肉足。秦王以为圣，乃归之。

应劭《风俗通义·正失篇》里还多了一个条件："井上株木跳度渎。"

司马迁在写完荆轲传之后说："世言荆轲，其称太子丹之命，'天雨粟，马生角'也，太过。"正由于他认为"太过"，所以像"天雨粟、马生角"以及类似的传说，他都没有写进传里。《燕丹子》与此不同，作为"小说"，它尽可能地利用了这样的传说，纪昀也因而说它"鄙诞不可信"。那么，如果它是"割裂诸书燕丹、荆轲事杂缀而成"的伪作，对上引诸书中"白虹贯日"等许多材料就不可能摒弃不用。然而事实上，除"乌白头、马生角"而外，其他都不见于《燕丹子》。

再看另一些记载。《淮南子·泰族训》云：

荆轲西刺秦王，高渐离、宋意为击筑而歌于易水之上，闻者莫不瞋目裂眦，发植穿冠。

张华《博物志·史补》云：

> 燕太子丹质于秦，秦王遇之无礼。不得意，思欲归，请于秦王，王不听，谬言曰："令乌头白，马生角，乃可。"丹仰而叹，乌即头白；俯而嗟，马生角。秦王不得已而遣之。为机发之桥，欲陷丹；丹驱驰过之，而桥不发。遁到关，关门不开；丹为鸡鸣，于是众鸡悉鸣，遂归。

陶渊明《咏荆轲》云：

> 饮饯易水上，四座列群英。渐离击悲筑，宋意唱高声。

《文选》卷二八"杂歌"类《荆轲歌》前面的《序》：

> 燕太子丹使荆轲刺秦王，丹祖送于易水上，高渐离击筑，荆轲歌，宋意和之。

上引从汉初至六朝的各条材料，其内容或为《国策》《史记》所无，或与《国策》《史记》甚异，却与《燕丹子》略同。倘说《燕丹子》系"割裂诸书燕丹、荆轲事杂缀而成"，那么诸书所据，又系何书？

《燕丹子》一书，《隋书》以前何以不见著录，现在还难于做出圆满的答案；但从有关材料看，它却是早已存在的。前引不见于《国策》《史记》，却见于《燕丹子》的材料，以及与《国策》《史记》甚异，而与《燕丹子》略同的材料，其来源就是《燕丹子》。例如张华《博物志·史补》所载"燕太子丹质于秦……"的那段文字，与今本《燕丹子》首段相同，显然抄自《燕丹子》；因见《史记·刺客列传》没有这样的内容，故编入《史补》篇。"史补"者，补旧史之缺也。

《史记》和《燕丹子》关于易水饯别的描写，激越飞动，悲壮淋漓，每为后代诗文所取材。然而凡提到宋意的，只能来自《燕丹子》，足以说明这本书的流传，既久且远。有人会怀疑："既然《淮南子》里已提到宋意其人，那么《史记·刺客列传》里也许本来是有宋意的，后来因有脱

文,才不见宋意了吧!"看来并非如此。汉代学者应劭在《风俗通义·声音》里写道:

> 谨按《太史公记》(即《史记》):燕太子丹遣荆轲欲西刺秦王,与客送之易水而设祖道:高渐离击筑,荆轲和歌,为濮上音,士皆垂发涕泣。

这可以证明《史记》里本来就没有宋意,并非由于有脱文。

正式提到《燕丹子》、并引用其中文字的,是郦道元的《水经注》。《水经注》卷十九"渭水又东过长安县北"条有云:

> 《燕丹子》曰:"燕太子丹质于秦,秦王遇之无礼,乃求归。秦王为机发之桥,欲以陷丹;丹过之,桥不为发。"

这说明在北魏时代,《燕丹子》是比较流行的。

《燕丹子》一书,唐代学者极重视。李善注《文选》,司马贞、张守节注《史记》,都大量征引。《艺文类聚》《北堂书钞》《初学记》《意林》等书,引用尤多。这里有两点不容忽视:一、《文选》中有不少作品用典隶事,只出于《燕丹子》而不见于其他书籍,故李善引《燕丹子》加以注释。这可以看出《燕丹子》在六朝及其以前流传的情况。二、诸家所引,或作《燕丹子》,或作《燕太子》,名异而文同。古代往往用第一句中的文字作篇名,《燕丹子》第一句是"燕太子丹质于秦",故后人根据这一句,或称《燕太子》,或称《燕丹子》[①]。至于《旧唐书》题作"燕丹子撰",那当然是荒谬的。

按《史记·六国年表》:秦始皇十五年(前232),燕太子丹质于秦,逃归。秦始皇二十年(前227),燕太子丹使荆轲刺秦王。秦始皇二十

[①] 《全唐诗》卷五一九李远《读〈田光传〉》云:"秦灭燕丹怨正深,古来豪客尽沾襟。荆卿不了真闲事,辜负田光一片心。"看来这本书有人又根据其中的部分内容,称《田光传》。

五年(前222)，秦灭燕。又按《史记·刺客列传》："秦卒灭燕……其明年，秦并天下，立号为皇帝。……高渐离变名姓……闻于秦始皇……"今本《燕丹子》结束于荆轲刺秦被杀，而《太平御览·服用部》引《燕丹子》，却有"秦始皇置高渐离于帐中击筑"的话，说明今本有缺文，也说明《燕丹子》的成书，必在燕国被灭，秦并天下以后。秦始皇统一六国，在历史上起了进步作用。但在统一六国的过程中，必然给六国的统治阶层乃至其他阶层带来屈辱和痛苦，因而荆轲为燕太子刺秦的行动及结局，也必然会得到广泛的同情。秦并天下之后，政治压迫和经济掠夺都异常残酷，因而在短短的十几年内就激起了席卷全国的农民大起义，顷刻覆亡。当全国为暴秦所苦之时，本来因刺秦而得到广泛同情的燕丹、荆轲乃至高渐离等人的事迹，就在日益广阔的范围内流传开来，街谈巷语，因事增繁，有一些已远离事实，带有民间传说的色彩①。《燕丹子》一书，就是在取材历史事实的基础上汲取民间传说写成的。从对秦王"虎狼其行"的揭露看，从对燕丹、荆轲刺秦及其失败所流露的赞颂、同情和惋惜的强烈情绪看，它应该是秦并天下以后至覆亡以前十余年间的产物。其风格接近《左传》《国策》，而与西汉以后的作品不同，也足以说明问题。

司马迁在荆轲传后写道："公孙季功、董生与夏无且游，具知其事，为余道之如是。"而在《刺客列传》里，夏无且正是在荆轲刺秦的关键时刻出现的人物。他是秦王的"侍医"，由于"以药囊提荆轲"，事后得到了秦王"黄金二百镒"的重赏和"无且爱我"的好评。正因为司马迁的材料来自夏无且，所以关于荆轲刺秦的场面及细节，写得详细而具体。《燕丹子》刚好相反，它写燕丹、荆轲等在燕国方面的活动及易水饯别的场面，既详细，又具体，许多内容乃至人物(如宋意)，为《刺客列传》所无；而荆轲入秦以后的事迹，则写得很简略，还不得不借助于秦王听琴的传说或虚构。这说明《燕丹子》的作者，很可能是燕国人，甚至就

---

① 《风俗通义·正失》就已经指出：燕太子丹不可能使"天雨粟"，"原其所以有兹者，丹实好士，无所惜也。故闾阎小论，饰成之耳"。

是燕太子的宾客。孙星衍"古之爱士者率有传书,由身没之后,宾客记录遗事,报其知遇"①的说法,是很有道理的。

以下就《燕丹子》作为"古小说"的特点及其在我国小说发展史上的地位谈几点意见。

一、在真人真事的基础上汲取民间传说,进行艺术虚构,这是《燕丹子》属于古小说而不属于历史著作的主要特点。它是这样开头的:

> 燕太子丹质于秦,秦王遇之无礼,不得意,欲求归。秦王不听,谬言"令乌白头、马生角,乃可许耳"。丹仰天叹,乌即白头、马生角。秦王不得已而遣之,为机发之桥,欲陷丹。丹过之,桥为不发。夜到关,关门未开;丹为鸡鸣,众鸡皆鸣,遂得逃归。

燕丹质于秦,因受到秦王无礼的待遇而逃回燕国,设法报复,这是历史事实。至于"乌白头、马生角",《史记·刺客列传》"世言荆轲,其称太子丹之命,'天雨粟,马生角'也"中的"世言"两字,已证明是民间传说。"为机发之桥"呢?别无记载,也许是传说,也许是作者的虚构。而由门客学鸡鸣引得众鸡齐鸣,因而逃出函谷关,这本来是孟尝君的故事,作者把这个故事也借了过来,概括在燕丹身上了。在历史事实的基础上利用了这些传说和虚构,就有助于刻画人物、发展情节、突现主题。为了逃出秦国,燕丹能使"乌白头、马生角",能使"机发之桥"不发,还能学鸡鸣,使"众鸡皆鸣";而秦王为了扣留人质,则百计刁难、陷害。通过这样的描写,两个主要人物的不同处境、不同性格以及作者对他们的不同态度,都表现出来了。而这,又是燕丹"深怨于秦",力图报复的主要原因,为此后的情节发展确定了方向。这一切,都体现了小说创作的基本特征,而"仰天而叹,乌即白头",过"机发之桥","桥为不发"等感天动地的幻想,又体现了古代民间传说的浪漫主义色彩,给《燕丹子》打上了特定历史时代的印记,使人们一望而知它是古小说。

---

① 《平津馆丛书》本《〈燕丹子〉叙》。

关于荆轲刺秦王,司马迁根据目击者夏无且告诉公孙季功和董生的材料,断言秦王未受伤。他是这样描写的:

> 秦王发图,图穷而匕首见。因左手把秦王之袖,而右手持匕首揕之。未至身,秦王惊,身引而起,袖绝。拔剑,剑长,操其室。时惶急,剑坚,故不可立拔。荆轲逐秦王,秦王环柱而走。群臣皆愕,卒起不意,尽失其度。而秦法,群臣侍殿上者不得持尺寸之兵;诸郎中执兵皆陈殿下,非有诏召不得上。方急时,不及召下兵,以故荆轲乃逐秦王。而卒惶急,无以击轲,而以手共搏之。是时侍医夏无且以其所奉药囊提荆轲也。

很明显,荆轲一开始就没有抓住秦王,取得优势。而《燕丹子》却作了与此大不相同的描写:

> 秦王发图,图穷而匕首出。轲左手把秦王袖,右手揕其胸,数之曰:"足下负燕日久,贪暴海内,不知厌足;於期无罪而夷其族。轲将(为)海内报仇……从吾计则生,不从则死。"秦王曰:"今日之事,从子计耳!乞听琴声而死。"

在这里,荆轲一上来就抓住了秦王,掌握了他的命运,并且义正辞严地数说他的罪行,逼他接受条件。就实际经过说,这也许是"不可信"的。如果不是已经有了这样的民间传说作为作者构思的根据,那就完全出于虚构。然而不论是出于民间传说或作者的虚构,其实质是把荆轲塑造成足以制秦王于死命的英雄,用以寄托"为海内报仇"的理想。从艺术真实的角度看,这样的虚构并不"虚",在苦于暴秦统治的历史时代里,它所反映的是更高的真实:时代的特征,群众的意愿。

《史记·刺客列传》里继续写道:

> 秦王方环柱走,卒惶急,不知所为,左右乃曰:"王负剑!"负

剑,遂拔以击荆轲,断其左股。荆轲废,乃引其匕首以擿秦王,不中,中铜柱。秦王复击轲,轲被八创。

在这里,荆轲完全处于被动挨打的地位。他不及早使用武器,直等到被"断其左股"之后才"引其匕首以擿秦王",其"不中"自然是意料中的事。至于"秦王复击轲",轲不是连被七创或九创,恰恰是"八创",真亏夏无且于紧急关头还数得这样清,在长时间之后还记得这样准!再看《燕丹子》里是怎样写的:

> 召姬人鼓琴,琴声曰:"罗縠单衣,可掣而绝;八尺屏风,可超而越;鹿卢之剑,可负而拔。"轲不解音,秦王从琴声,负剑拔之,于是奋袖超屏风而走。轲拔匕首擿之,决秦王耳,入铜柱,火出燃。秦王还断轲两手,轲因倚柱而笑,箕踞而骂曰:"吾坐轻易,为竖子所欺。……"

关于听琴的描写,不可能是事实,无疑采自传说或出于虚构。而这样的描写,意在表明荆轲刺秦之所以失败,并非由于他像《史记》所写的那样本来是个脓包,而是由于他当胜利在握之时放松了警惕,以致受了秦王的欺骗。至于掷匕首刺伤秦王,司马迁就说那是"世言",即民间传说;这样的传说,是反映了人民的爱憎的。作者借助民间传说,为正面形象的描绘补足了最后一笔:"轲拔匕首擿之,决秦王耳,入铜柱,火出燃。"——何等神威!

荆轲刺秦,失败被杀,这是基本的历史事实。《燕丹子》在并不违背历史事实的前提下汲取民间传说、进行艺术虚构,完成了正面人物的创造,突出了除暴扶弱,"为海内报仇"的主题。

二、从特定的历史环境里、从人与人的关系中描写人物;不仅写出了人物的言行,而且通过不同人物的不同言行,表现了各有特点的精神面貌;而这各有特点的精神面貌,又都体现着时代特征。这是《燕丹子》作为古小说所取得的最突出的艺术成就。

《史记·刺客列传》里的荆轲传,以写荆轲为主。《燕丹子》则以写燕丹为主。作者一开始就把燕丹置于"秦王虎狼其行""贪暴海内""陵雪燕国"的历史环境之中,写他在秦国做人质的时候受到虐待,在请求回国的时候受到刁难,在归国的路上又受到陷害,因而在内心深处"深怨于秦",形成了以报仇雪耻为特征的坚强性格。作为燕王喜的太子,在燕国,燕丹是很有权力的人物。他深怨于秦而力图报仇雪耻,这就确定了情节发展的必然趋势。鞠武、田光、荆轲、夏扶、宋意等许多人物,都是伴随着燕丹复仇的情节发展而出现的。在今天,遵循现实主义原则的作家都懂得小说的情节不是随意安排的,它是"人物性格的发展史"。可以说《燕丹子》在一定程度上暗合这一原则。

作者从燕丹与鞠武的关系中描写了燕丹,也描写了鞠武。鞠武是太子的太傅,燕丹要复仇,首先和太傅商量。他对鞠武说:

> 丹闻丈夫所耻,耻受辱以生于世也,贞女所羞,羞见劫以亏其节也。故有刎喉不顾,据鼎不避者,斯岂乐死而忘生哉?其心有所守也。今秦王反戾天常,虎狼其行,遇丹无礼,为诸侯最;丹每念之,痛入骨髓。计燕国之众,不能敌之,旷年相守,力固不足。欲收天下之勇士,集海内之英雄,破国空藏,以奉养之。重币甘辞,以市于秦。秦贪我赂而信我辞,则一剑之任,可当百万之师,须臾之间,可解丹万世之耻。若不然,令丹生无面目于天下,死怀恨于九泉。

可以看出,燕丹是衡量了敌我力量的对比之后,不得已而做出了"刺秦"的决策的。其冒死复仇的决心和客观的历史条件所形成的悲剧性格,都跃然纸上。

作为太子的太傅,鞠武的原则是:"智者不冀侥倖以要功,明者不苟从志以顺心,事必成然后举,身心安而后行;故发无失举之尤,动无蹉跌之愧。"因而不同意"刺秦"的冒险行动,提出了六国联合抗秦的老办法:"合纵"。他分析说:"韩、魏与秦,外亲内疏,若有倡兵,楚乃来应。"这样做，"虽引岁月，其事必成"。而这种尽管难得实现，却比较稳妥的主张，很不合燕丹的心意，当他讲到这里的时候，燕丹竟然"睡卧不听"，他只好自己引退，给燕丹推荐了田光。在这里，这两个人物的不同性格、不同心理活动，都于鲜明对比中得到了表现。

　　《史记》所写的麴武，则是另一种模样。当燕丹向他求教的时候，他讲了这样一些话："秦地遍天下，威胁韩、魏、赵氏，北有甘泉谷口之固，南有泾渭之沃，擅巴汉之饶，右陇蜀之山，左关殽之险，民众而士厉，兵革有余。意有所出，则长城之南，易水以北，未有所定也。奈何以见陵之怨，欲批其逆鳞哉！"这样说来，唯一的办法，岂不就是忍辱负屈，坐等亡国？两书所写的麴武同样反对燕丹"贵匹夫之勇，当一剑之任"；但《史记》中的麴武一味渲染秦国的强大，企图以此压服燕丹，使他向秦王屈膝，而《燕丹子》中的麴武，则劝说燕丹联合韩、魏、赵、楚以抗秦。两相比较，其精神境界之高下，判若天壤。如果《史记》所写完全根据历史事实的话，那么《燕丹子》的作者则通过艺术概括，在麴武身上反映了战国时期六国统治阶层中某些爱国之士的正确意见和秦并天下以后广大群众企图推翻暴虐统治的正义要求。

　　田光受到燕丹的礼遇，馆于上舍，三时进食，存问不绝。然而"如是三月"，还没有拿出什么办法来。这因为他感到事情很难办："欲为太子良谋，则太子不能；欲奋筋力，则臣不能。"他的"良谋"是什么，没有说，但从"太子不能"看，那其实就是麴武已经提出过的"合纵"。他所说的"欲奋筋力"，即当刺客去刺秦王；这是燕丹所希望的，但"臣不能"，因为他已经老了！他既已知道"合纵"的"良谋"燕丹不能用，就只好按照燕丹的决策想办法，仔细地观察燕丹的宾客，想从中物色一个适于当刺客的人。而观察的结果是："夏扶血勇之人"，不能用；"宋意脉勇之人"，不能用；"武阳骨勇之人"，也不足以当大任。不得已，只好给燕丹推荐了荆轲；而他自己，由于燕丹曾经嘱咐他不要泄露国事，就在说服荆轲去见燕丹之后自杀了。这也是作者所塑造的一个正面人物，着墨不多，形象却很鲜明。

　　《史记·刺客列传》荆轲传的开头，用追叙的手法写了几件事：

一、"荆轲好读书击剑,以术说卫元君,卫元君不用";二、"荆轲尝游过榆次,与盖聂论剑。盖聂怒而目之,荆轲出";三、"荆轲游于邯郸,鲁勾践与荆轲博,争道,鲁勾践怒而叱之,荆轲嘿而逃去";四、"荆轲既至燕,爱燕之狗屠及善击筑者高渐离。荆轲嗜酒,日与狗屠及高渐离饮于燕市,酒酣以往,高渐离击筑,荆轲和而歌于市中,相乐也,已而相泣,旁若无人者"。《燕丹子》写荆轲,却先由田光当着燕丹的面作了概括性的介绍:

> 光所知荆轲,神勇之人,怒而色不变。为人博闻强记,体烈骨壮,不拘小节,欲立大功。尝家于卫,脱贤士大夫之急十有余人。……太子欲图事,非此人莫可。

接下去,在燕丹亲自驾车把荆轲接到燕国,置酒为寿的场合,夏扶一再发问:"何以教太子?"荆轲回答说:

> 将令燕继召公之迹,追甘棠之化。高欲令四三王,下欲令六五霸。

把田光的介绍和荆轲的自白结合起来看,荆轲是"神勇之人",在必要的时候可以去做刺客,但他有宏伟的政治目标和远大的政治抱负,实际上是一位政治家。与《史记》所写的荆轲相比,判若两人。看起来,作者是把他自己的政治理想寄托于荆轲这个艺术形象的创造之中了。

至于进金掷蛙、脍千里马肝、特别是截美人手的描写,颇为人们所诟病;在今天看来,那的确有损于荆轲的形象。但那固然是写荆轲,更重要的还是写燕丹——写燕丹为了达到报仇雪耻的目的,"奉养勇士,无所不至"。同时,樊於期得罪于秦,秦求之急,逃到了燕国,燕丹不顾激怒秦王,不但留他居住,还待以宾客之礼。当荆轲提出"以於期首及督亢地图献秦王"、乘机行刺的计策时,燕丹说:"若事可成,举燕国而献之,丹甘心焉。樊将军以穷归我,而丹卖之,心不忍也。"作者突出地写出这些事实,意在表明燕丹是一位非常仁厚的太子。对樊於期如此仁厚,而对弹琴的美人又为什么那样残酷呢?就因为樊於期是位将军,而弹琴者却是个女奴。在先秦时期,统治者截掉奴隶的手,一般认为那无损于他的"仁厚",因而作者把那作为燕丹爱士的表现写进了自己的作品。这是不是也可以证明《燕丹子》并非后人的伪作呢?

三、综上所述,《燕丹子》是一部艺术上接近成熟的小说。

有人会提出这样的疑问:直到魏晋南北朝时期,小说还那么简单,而早在西汉以前,哪有可能产生像《燕丹子》那样接近成熟的作品呢?

有这种可能。

文学的发展历史并不是直线上升的。比如在先秦时期,散文的发展出现了一个高峰。此后的有些朝代并没跨越这个高峰,有时还明显地下降了,即如魏晋南北朝时期,就很难找出可与先秦比美的散文作品。我国小说,一般是用散文形式写作的。在先秦时期,历史散文和诸子散文既然已经取得了那么光辉的成就,在叙事、记言、写景、抒情、议论乃至描写人物的行动,刻画人物的性格等方面积累了那么丰富的创作经验和那么卓越的表现技巧,为什么就不能用之于小说创作呢?事实上,是确曾用之于小说创作的。《汉书·艺文志》著录"小说十五家,千三百八十篇",那里面应该有先秦时期的作品。例如其中的"《伊尹说》二十七篇",鲁迅就认为"殆战国之士之所为"。可惜的是,这些以百篇千篇计的小说作品早已失传了。就现在所能看到的说:晋代汲郡人从魏襄王墓里发掘出来的《穆天子传》,就有人称为小说;而《燕丹子》,则可能是现存西汉以前小说中的代表作,在我国小说发展史上所占的地位,应该得到公允的评价。至于我国小说早在周秦时代就已经达到了相当可观的水平,而在西汉以来、直到唐人传奇出现以前的漫长历史时期里却在这个水平线以下徘徊,这究竟是什么原因?有什么规律性的东西?正是研究文学发展史的人应该研究的。

(原刊《文学遗产》1982年第4期)

霍松林学术编年

1937年

给前方抗日将士的慰问信(散文)

《陇南日报》1937年9月(初、高中阶段在《陇南日报》《天水青年》《甘肃民国日报》及其他报刊发表新诗、散文、论文很多,除数年前由一位研究者寄来两首新诗的复印件和抄件有报刊名称及年月日外,其他皆无法查找。现将能记得题目、刊物及大致时间者择要列出,其他从略)。

锄头给我,你拿枪去!(新诗)

《陇南日报》1937年10月。

卢沟桥战歌(七古)

此诗及此后抗战诗词,因解放初在老家找到抄本,幸得保存,俱收入《唐音阁诗词集》,被选入《中国抗战诗词精选》《卢沟桥抗战诗词选》《重庆艺苑》《甘肃文献》(台北)等书刊,以下不注。

哀平津,哭佟赵二将军(七古)

闻平型关大捷,喜赋(七古)

八百壮士颂(七古)

1938年

"五四"与青年(论文)

《天水青年》1938年5月号。

移竹(七古)

惊闻南京沦陷,日寇屠城二首(五律)

喜闻台儿庄大捷(七古)

夏日喜雨(七绝)

惊闻花园口决堤(五律)

哀溺民(五古)

1939 年

汉奸的脸谱(散文)

　　《陇南日报》1939 年 5 月 2 日第四版。

偕同学跑警报(五律)

自霍家川赴天水县城(五古)

1941 年

琐记(专栏)

　　《陇南日报》1939 年—1942 年连载。

紫燕吟(新诗)

　　《陇南日报》1941 年。

旅夜(七绝)

去吧,辛勤的园丁(散文诗)

　　《甘肃民国日报》1941 年 10 月 6 日《生路副刊》。

打更声(新诗)

　　《甘肃民国日报》1941 年 11 月 27 日《学生园地》。

拟寒山拾得三首(五古)

1942 年

《风铎》发刊辞

　　《陇南日报》1942 年 5 月 5 日。从此时起,主编《陇南日报》文艺副刊《风铎》近两年,发表新诗、散文多篇。

春末咏怀(五古)

苦旱(七绝)

久旱喜雨(五律)

莺啼序·寄友人(词)

  收入《中国当代诗词选》,江苏文艺出版社1986年版。

1943年

屈原啊！你还活着(新诗)

  《陇南日报》1943年6月《风铎》。

痴儿(七绝)

题《吊古战场文》(七绝)

偶成(七绝)

大同银行储蓄部开幕征诗,因赋(五古)

麦积山道中(七绝)

仙人崖道中(七绝)

石门(七绝)

浴佛前一日晨偕强华宝琴由街子口出发,午后登麦积山,遍游诸佛窟,日暮始下山,诗以纪之,得六十四韵(五古)

1944年

读《诗三百》十六首(五古)

  《陇铎》1946年第二期。

洛阳、长沙先后沦陷,感赋(五律)

放翁生日被酒作(五古)

象棋研究社征诗,写寄三首(七绝)

1945年

月夜书感二首(五律)

  收入《江河集》,甘肃人民出版社1984年出版。

收入《中国当代诗词选》，江苏文艺出版社1986年版。

怀友(五古)

寄友诗三十韵(七古)

寒夜怀人(五古)

游佛公峤，呈同游诸友(七古)

风起云涌，电闪雷鸣，而雨泽不至(五律)

送丁恩培入蜀参加高考(七古)

通渭旅夜(七绝)

欣闻日寇投降(七古)

自兰州返天水，车攀山道，颠簸有如摇篮，昏昏入睡，觉时已抵华家岭矣。荞麦开花，遍野飘香，口占一绝(七绝)

月夜怀友(五律)

读《十八家诗抄》，因怀强华(五律)

过留坝(七律)

过马道(七绝)

山村小景(七绝)

望剑阁七十二峰(五古)

借宿重庆大学三层楼教室，阴雨连绵，凭栏有感(七绝)

重阳自函谷场访友归，山巅小憩，适成登高之举(七绝)

由磁器口溯嘉陵江赴柏溪中大分校，舟为浪欺，险象环生，口占一绝(七绝)

中央大学柏溪宿舍，以竹竿稻草为主要建筑材料，共四座，每座容三四百人，其少陵所谓"广厦"者非欤？戏为一律(五律)

自兰州至重庆(散文)

《政潮》1945年10月28日。

题新购伦敦版《拜伦全集》(五古)

梦中得"已挟泰山超北海，还携明月跨南箕"之句，足成一律(七律)

遣怀四首(五古)

1946 年

杜甫在秦州(论文)
　　南京《中央日报》1946 年 10 月 8 日《泱泱》副刊第 239 期。
杜甫与严武(论文)
　　南京《中央日报》1946 年 10 月 22 日《泱泱》副刊第 254 期。
杜甫与严武(续前,论文)
　　南京《中央日报》1946 年 10 月 23 日《泱泱》副刊第 255 期。
杜甫与李白(论文)
　　南京《中央日报》1946 年 11 月 20 日《泱泱》副刊第 282 期。
杜甫与李白(续前,论文)
　　南京《中央日报》1946 年 11 月 21 日《泱泱》副刊第 283 期。
论杜诗中的诙诡之趣(论文)
　　南京《中央日报》1946 年 12 月 4 日《泱泱》副刊第 296 期。
论杜诗中的诙诡之趣(续前,论文)
　　南京《中央日报》1946 年 12 月 5 日《泱泱》副刊第 297 期。
杜甫与郑虔(论文)
　　南京《中央日报》1946 年 12 月 17 日《泱泱》副刊第 309 期。
杜甫与郑虔(续前,论文)
　　南京《中央日报》1946 年 12 月 18 日《泱泱》副刊第 310 期。
鸡鸣寺古伤心人题壁诗(散文)
　　南京《中央日报》1946 年 12 月 20 日《泱泱》第 282 期。
端节忆旧(七律)
晨出阻雾(五律)
月夜偕友人游城南公园,得夜字三首(五古)
应强华之邀,自天水赴郑州,汽车抛锚于娘娘坝,望月抒怀(五律)
关中(七律)
自陕州乘慢车,晚抵硖石驿遇雨,驿无旅馆,乃于车上枯坐达旦(五古)

次日晨雨止而车不能行,乘客乃冲泥至观音堂,扶老携幼,想见离乱时光景(五古)

二十日抵郑州,而强华已于三日前赴沪矣(五古)

谒子产祠(五古)

七月三十一日晨八时离郑,车行特慢,下午四时始抵荆隆宫,闻前路有阻,止焉(五古)

开封旅夜暴雨(七古)

八月初抵南京,入中央大学(五律)

接家书,后附家君诗,敬和元韵四首(七绝)

题灵谷寺塔前与友人合影(七古)

  此诗及以下1949年5月前诗词,多发表于南京《和平日报·今代诗坛》,此后不注。

青玉案——用贺梅子韵,时中原战火又起(词)

  收入《中国当代诗词选》。

卜算子——大地寂无声(词)

点绛唇——倦卫星瑶琴(词)

高阳台——宝殿灯昏(词)

  以上三首,收入《湖湘诗萃》创刊号。

鹧鸪天——柳外楼高(词)

木兰花——梦归(词)

鹧鸪天二首——居南京古林寺作(词)

八声甘州——登豁蒙楼(词)

八声甘州——北极阁踏月(词)

1947 年

论杜甫的创体诗(学术论文)

  南京《中央日报》1947年1月2日《泱泱》副刊第325期。

论杜甫的创体诗(续前)

  南京《中央日报》1947年1月3日《泱泱》副刊第326期。

杜甫论诗(上,学术论文)
　　南京《中央日报》1947年1月17日《泱泱》副刊第340期。

杜甫论诗(中)
　　南京《中央日报》1947年1月18日《泱泱》副刊第341期。

杜甫论诗(下)
　　南京《中央日报》1947年1月19日《泱泱》副刊第342期。

丁亥九日陪诸公登钟山天文台六十一韵(五古)
　　南京《中央日报》1947年10月10日《泱泱》。

别强华(七古)

泊马当对岸(七古)

发马当(七古)
　　以上三篇,载《陇铎》1947年第1期。

遣怀四首(五古)

月夜(五律)

贫农(五古)

二友诗柬无怠天水、强华郑州(五古)

雪夜醉歌(七古)

雪后同易森荣登北极阁(五律)

守岁同强华,时自沪来京度春节(七律)

玉蝴蝶——永夜碧霄如洗(词)
　　收入《中国当代诗词选》。

登鸡鸣寺豁蒙楼(七律)
　　收入《五四以来诗词选》,河南大学出版社1987年版。

水调歌头——中秋夜偕友人泛北湖(词)
　　收入《中国当代诗词选》。

高阳台——东坡生日作(词)
　　《和平日报》1947年12月《今代诗坛》。

玉烛新——霜风吹客袖(词)
　　收入《中国当代诗词选》。

过秦楼——转烛光阴(词)

大酺——和清真(词)

瑞龙吟——豁蒙楼和清真(词)

浪淘沙慢——匪石师和清真,嘱余续声(词)

八声甘州——记扬鞭并马上高台(词)

鹊踏枝——恼乱闲愁何处着(词)

寂寞之旅(散文)

  《陇铎》1947年第9期。

1948年

上元前二日青溪社集,分韵得牵字(七律)

  南京《和平日报》1948年2月25日《今代诗坛》。

赠邓宝珊将军四首(七律)

  南京《中央日报》1948年4月28日《泱泱》副刊。

陪邓宝珊王新令汪辟疆诸先生游灵谷寺(七律)

  南京《和平日报》1948年5月2日《今代诗坛》。

戊子九日集小仓山,冀野师次徐旭旦重阳套曲原韵,余亦继作(散曲套数)

  南京《中央日报》1948年10月14日《泱泱》第629期。

敏求斋随笔——李渔论诗赋古文须求新

  南京《和平日报》1948年3月9日《和平副刊》。

戊子九日集小仓山(七古)

  南京《中央日报》1948年10月14日《泱泱》副刊第629期。

敏求斋随笔——袁枚论吐故纳新

  南京《和平日报》1948年3月10日《和平副刊》。

敏求斋随笔——论温柔敦厚说

  南京《和平日报》1948年3月11日《和平副刊》。

敏求斋随笔——老杜诗注

  南京《和平日报》1948年3月12日《和平副刊》。

敏求斋随笔——后山诗评
        南京《和平日报》1948年3月18日《和平副刊》。
敏求斋随笔——后山送内诗
        南京《和平日报》1948年3月24日《和平副刊》。
敏求斋随笔——后山诗谶
        南京《和平日报》1948年3月27日《和平副刊》。
敏求斋随笔——南施北宋
        南京《和平日报》1948年3月30日《和平副刊》。
敏求斋随笔——评吴梅村
        南京《和平日报》1948年3月31日《和平副刊》。
敏求斋随笔——梅村歌行
        南京《和平日报》1948年4月1日《和平副刊》。
敏求斋随笔——评钱牧斋
        南京《和平日报》1948年4月6日《和平副刊》。
敏求斋随笔——牧斋诗
        南京《和平日报》1948年4月7日《和平副刊》。
敏求斋随笔——方湖师论治目录学
        南京《和平日报》1948年4月10日《和平副刊》。
敏求斋随笔——方湖师论近代诗
        南京《和平日报》1948年4月13日《和平副刊》。
敏求斋随笔——口吃贻笑
        南京《和平日报》1948年4月14日《和平副刊》。
敏求斋随笔——集兰亭字联
        南京《和平日报》1948年4月15日《和平副刊》。
敏求斋随笔——龚芝麓诗评
        南京《和平日报》1948年4月20日《和平副刊》。
敏求斋随笔——卢德水评诗
        南京《和平日报》1948年4月24日《和平副刊》。
敏求斋随笔——元遗山评诗

南京《和平日报》1948 年 4 月 25 日《和平副刊》。

敏求斋随笔——杜甫与杜五郎

南京《和平日报》1948 年 4 月 27 日《和平副刊》。

敏求斋随笔——洪亮吉论黄仲则

南京《和平日报》1948 年 4 月 30 日《和平副刊》。

敏求斋随笔——论黄仲则诗

南京《和平日报》1948 年 5 月 1 日《和平副刊》。

敏求斋随笔——清初词家

南京《和平日报》1948 年 5 月 4 日《和平副刊》。

敏求斋随笔——高密诗派

南京《和平日报》1948 年 5 月 8 日《和平副刊》。

敏求斋随笔——巩仲至等清明诗

南京《和平日报》1948 年 5 月 12 日《和平副刊》。

敏求斋随笔——竹垞词

南京《和平日报》1948 年 5 月 14 日《和平副刊》。

敏求斋随笔——元遗山挽李屏山

南京《和平日报》1948 年 5 月 19 日《和平副刊》。

敏求斋随笔——殷岳诗

南京《和平日报》1948 年 5 月 20 日《和平副刊》。

敏求斋随笔——记成惕轩

南京《和平日报》1948 年 5 月 22 日《和平副刊》。

敏求斋随笔——方回论变体

南京《和平日报》1948 年 5 月 24 日《和平副刊》。

敏求斋随笔——陶诗重字、仲长统诗文

南京《和平日报》1948 年 5 月 25 日《和平副刊》。

敏求斋随笔——老杜状月诗

南京《和平日报》1948 年 5 月 26 日《和平副刊》。

敏求斋随笔——五七言难易

南京《和平日报》1948 年 5 月 28 日《和平副刊》。

奉次辟疆师灵谷寺茗坐韵(七律)

　　南京《和平日报》1948年9月20日。

送王新令前辈赴甘青宁监察使任(七古)

　　南京《和平日报》1948年9月25日。

思亲二十韵(五古)

送强华回沪(七律)

观棋(七绝)

清明(七律)

寄侄(五律)

无端(七律)

闻鸡(七绝)

至日(五律)

腊八(七律)

食脍(七绝)

访东坡遗迹不得(七绝)

牛塘桥杂诗三首(七绝)

喜持生至(七律)

浣溪沙——春入桃腮晕素涡(词)

摸鱼子——上巳访方湖师不值(词)

满庭芳——织女(词)

望海潮——惕轩嘱题藏山阁读书图(词)

沪上谒墨巢翁(七律)

　　收入《江河集》。

满江红——病疟和匪石师立秋韵(词)

　　收入《中国当代诗词选》。

1949年

随于右任先生自沪飞穗,机中作(七律)

荔枝湾吃荔枝同冯国璘(七绝)

星期日陪于右任先生园中消暑(七绝)

次韵奉酬匪石师见赠二首(五律)

寄山中故人(七律)

渝州火,和匪石师(七律)

孔某(七律)

将赴南林学院(七绝)

雨夜(五律)

倒和原韵酬惕轩(五律)

南泉六咏(五绝)

拟游仙诗十首(七绝)

南泉杂诗十四首(七绝)

夜读集放翁诗句(七绝)

南泉书怀示主佑五首(七律)

瓶中梅竹,主佑嘱赋(七绝)

读主佑《慰母篇》(五古)

归计不售,口占一绝(七绝)

游虎啸口同主佑(七古)

　　收入《岳麓诗词》第六期。

解放次日自南温泉至重庆市(七律)

　　收入《中国当代诗词选》,江苏文艺出版社1986年版。

南泉杂咏二首(七律)

　　收入《五四以来诗词选》,河南大学出版社1987年版。

寄怀仲翔先生,时任兰州大学教授兼中文系主任(七律)

台城路——新令丈返里,旋又回京喜赋(词)

菩萨蛮二首——绕池杨柳(词)

满庭芳——寒杵敲愁(词)

东风第一枝——春雪和梅溪(词)

应天长——匪石师自重庆寄示和清真之作,依韵奉怀(词)

龙山会——入户鸡声讶(词)

满江红——登玩珠峰,用白石平声韵(词)

1950 年

穆济波教授嘱题《海桑集》(七古)

离渝前夕呈匪石师,次送别原韵(七律)

济波先生以诗饯行,次韵酬谢(七律)

别南温泉(七绝)

庚寅六月三十日寅时得子(七律)

汪剑平先生以《书怀》诗见赠,次韵奉酬二首(七律)

城南行饭同主佑(五律)

1951 年

初登大雁塔(五古)

  收入《雁塔诗词选》。

"五四"诗歌运动(论文)

  《西北大学校刊》1951 年"五四"专号。

1954 年

评《谈白居易的写作方法》(论文)

  《光明日报》1954 年 1 月 9 日。

  收入《文学遗产选集》第一辑。

试论《红楼梦》的人民性(论文)

  《光明日报》1954 年 3 月 27 日《文学遗产》。

  收入作家出版社《〈红楼梦〉问题讨论集》第四集。

金圣叹批改《西厢记》的反动意图(论文)

  《光明日报》1954 年 5 月 21 日《文学遗产》。

  收入人民文学出版社《元明清戏曲研究论文集》第二集。

略谈《三国演义》(论文)

  《语文学习》1954 年第 11 期。

收入作家出版社《〈三国演义〉研究论文集》。

1955 年

典型问题商榷(论文)

《新建设》1955 年 3 月号。

关于典型问题商榷(论文)

《新建设》1955 年 6 月号。

《新建设》1955 年 7 月号。

胡风的"真实的现实主义"批判(论文)

收入西安师院《教学与研究文辑》。

批判阿垅的诗歌理论(论文)

《人民文学》1955 年 8 月号。

《新华月报》1955 年 10 月号转载。

收入天津文联编辑、出版《批判胡风集团文艺思想第三集》。

评新版《西厢记》的版本和注释(论文)

作家出版社《〈文学遗产〉增刊》第一辑。

1956 年

过张茅(七古)

略谈《西游记》(论文)

《语文学习》1956 年第 2 期。

收入作家出版社《〈西游记〉研究论文集》。

略谈《莺莺传》(论文)

《光明日报》1956 年 5 月 20 日《文学遗产》。

试论形象思维(论文)

《新建设》1956 年 5 月号。

收入上海文艺出版社 1978 年出版《形象思维问题参考资料》第一集。

结论必须根据事实(论文)

《光明日报·文学遗产》第 120 期。

收入作家出版社《〈文学遗产〉选辑》第一辑。

朱光潜对文艺的特征把握住了一些什么东西(论文)

《延河》1956 年第 12 期。

1957 年

文艺学概论(自著)

陕西人民出版社 1957 年出版。

此书原为著者讲授《文艺学》及《文学概论》课程时所编的讲义,1954 年被选为全国高等院校交流讲义,1955 年以后又作为函授讲义打印和铅印多次。1956 年修改后交出版社出版。全书共分 4 编,25 章,94 节。论述了文学的对象、形象、典型、阶级性、党性、人民性、民族性、社会作用、内容和形式、主题思想、人物、环境、情节、结构、语言、文学的种类和创作方法等问题,全国不少高校,曾选作教材或主要参考书。

《西厢记》简说(自著)

作家出版社 1957 年出版。1961 年又经过修订,由中华书局出版。

本书对我国古典戏曲名著《西厢记》故事的产生和发展,作了介绍,其中着重分析了作品中的戏剧冲突和人物形象,指出《西厢记》的主要思想和艺术成就,以及作者的思想倾向及其局限性,也谈到了《西厢记》在文学史上的影响,并批判了封建统治者及其文人对它的诬蔑或歪曲。

过曲阜(五律)

登青岛回澜阁(七律)

大港晚眺(七绝)

黄海即兴(七绝)

自上海回西安车中作(七古)

《元白诗选》中的几个问题(论文)

《光明日报》1957 年 3 月 31 日《文学遗产》。

谈《儒林外史》(论文)

《语文学习》1957 年第 10 期。

收入中华书局上海编辑所出版《古典文学作品解析》下辑。

诗的形象与诗人(论文)

《延河》1957 年 5 月号。

批判冯雪峰文艺思想(论文)

《人民文学》1957 年第 12 期。

收入《社会主义现实主义论文集》,上海文艺出版社 1958 年出版。

1958 年

《诗的形象及其他》(自著)

长江文艺出版社 1958 年出版。

创造性的继承传统,大力发展革命现实主义和革命浪漫主义相结合的文艺创作(论文)

《延河》1958 年 8 月号。

收入《文艺报》编辑部出版的《论革命现实主义和革命浪漫主义相结合》。

谈误解古典文学作品的几个例子(论文)

《光明日报》1958 年 5 月 4 日《文学遗产》。

1959 年

白居易诗选译(自译)

百花文艺出版社 1958 年 7 月第 1 版,此后多次重印。

为了探索新诗的民族形式,也为了使我国的古诗能够普及并永远流传,试用现代汉语和新诗形式翻译古典诗歌。本书精选白居易诗一百余首,按讽喻诗、闲适诗、感伤诗、杂律诗四类排列,分别编年,先列译诗,后附原诗及注释。

诗后附译白居易的重要诗歌论文《与元九书》,亦附原文及注释。

书前有近三万字的前言,对白居易的生平、时代、作品、理论及其对后世的影响,作了详明的介绍和评论。

从几篇小说看两结合（论文）

《人文杂志》1959 年第 1 期。

西昆派与王禹偁（论文）

《人文杂志》1959 年第 5 期。

论嵇康（论文）

《人文杂志》1959 年第 3 期。

"五四"文学革命中两条道路斗争（论文）

《延河》1959 年 5 月号。

漫谈中学古典文学教学问题（论文）

《〈广播教学〉集刊》1959 年 9 月号。

1960 年

林嗣环的《口技》（论文）

《语言文学》1960 年第 2 期。

谈《醉翁亭记》的教学（论文）

《语文学习》1960 年第 2 期。

王若虚反形式主义的文学批评（论文）

载《〈文学遗产〉增刊》第 7 辑。

论赵翼的《瓯北诗话》（论文）

载《〈文学遗产〉增刊》第 9 辑。

叶燮的反复古主义诗歌理论（上）（论文）

《光明日报》1960 年 5 月 5 日《文学遗产》。

叶燮的反复古主义诗歌理论（下）（论文）

《光明日报》1960 年 5 月 12 日《文学遗产》。

论梅尧臣诗歌题材,风格的多样性（论文）

载《〈文学遗产〉增刊》第 11 辑。

论苏舜钦的文学创作（论文）

　　载《〈文学遗产〉增刊》第 12 辑。

1961 年

古典散文的范围问题（论文）

　　《光明日报》1961 年 5 月 21 日《文学遗产》。

在争鸣中改进思想（论文）

　　《西安晚报》1961 年 6 月。

大雁塔的诗（《长安诗话》专栏）

　　《西安晚报》1961 年 6 月 15 日。

大雁塔的诗（续）

　　《西安晚报》1961 年 6 月 16 日。

谈虎（杂文）

　　《光明日报·东风》1961 年 7 月 13 日。

谈虎（续）

　　《光明日报·东风》1961 年 7 月 15 日。

谈岳阳楼记（论文）

　　《光明日报·文学遗产》1961 年 7 月 23 日。

　　收入《笔谈散文》，百花文艺出版社 1964 年出版。

抗旱诗话（杂文）

　　《陕西日报》1961 年 8 月 17 日。

1962 年

《滹南诗话》校注

　　人民文学出版社 1962 年 5 月北京第 1 版，1963 年 5 月北京第 2 版，此后，多次重印。

　　与胡主佑合作。列入"中国古典文学理论批评专著选辑"丛书，与《六一诗话》《白石诗话》合订。书前有两万字的前言，对原著作了比较全面的评论。

打虎的故事(自著)

少年儿童出版社1962年4月第1版,1979年第2次印刷,1981年第3次印刷,1983年第4次印刷,是该社"中国古典小丛书"中的一种。作者从所接触到的一千多条有关老虎的材料中精选出十八篇改写而成。前面有一万多字的前言。每一篇后,都有富于哲理意味的评论。前言和书中的许多篇,全国各报纷纷转载,儿童文学家魏金枝撰《打虎精神赞》高度评价,载《人民日报》。

论文艺风格的多样性(论文)

陕西省委《思想战线》1962年2月号。

杜甫的《夏日李公见访》

《西安晚报》1962年4月19日。

王粲《七哀诗》

《西安晚报》1962年5月12日。

在古典教学中贯彻毛泽东文艺思想的体会——纪念《讲话》发表二十周年(论文)

《延河》1962年5月号。

枣树的赞歌(杂文)

《光明日报·东风》1962年6月7日。

唐打猎(儿童文学)

《西安晚报》1962年6月9日。

话说打虎(散文)

《中国青年报》1962年6月22日。

话说打虎(续)

《中国青年报》1962年6月23日。

《长安道》和《长安有狭斜行》

《陕西日报》1962年7月2日。

古代长安歌谣

《陕西日报》1962年8月10日。

南山诗

《陕西日报》1962 年 8 月 22 日。

谈蚊（杂文）

《光明日报·东风》1962 年 8 月 28 日。

收入广东人民出版社 1979 年出版《随笔》第 2 集。

义鹘颂——谈杜甫的《义鹘行》

《光明日报·东风》1962 年 10 月 18 日。

爱国心切谱壮词——谈辛弃疾《破阵子》

《光明日报·东风》1962 年 10 月。

尺幅万里——杜诗艺术漫谈（论文）

载《〈文学遗产〉增刊》第十三辑。

关于《三滴血》（散文）

《陕西日报》1962 年 7 月。

四月下旬连得喜雨（七律）

赴骊山道中三首（七绝）

骊山杂咏七首（七绝）

题蔡鹤汀兄弟夫妇画展四首（七绝）

《陕西日报》1962 年 1 月 1 日。

题孙雨廷先生《壶春乐府》四首（七绝）

收入《洞庭诗选》，1983 年洞庭湖文学杂志社出版。

雨廷先生出谜语"帽子"，余打"戴高乐"（七绝）

收入《诗词曲联入门》，湖南科教语言音像出版社 1990 年版。

1963 年

《瓯北诗话》校点

人民文学出版社 1963 年 2 月出版，1981 年 9 月第 2 次印刷，此后多次重印。列入人民文学出版社丛书"中国古典文学理论批评专著选辑"。原著是清代著名学者、诗人赵翼的论诗专著，共 12 卷，对李白、杜甫、韩愈、白居易、苏轼、陆游、元好问、高启、吴伟业、查初白等唐宋元明清各代的重要诗人作了精辟的评论,并附有陆游的年谱及有关考证资料,是历代诗话中的重要著作。校点者以《清诗话》本为底本,用寿考堂、湛贻堂等《瓯北全集》本校勘、标点,并写了近万字的后记,对原著作了扼要评介。与胡主佑合作。

十四届国庆献辞六首(七律)

《西安晚报》1963年10月1日。

柳宗元的《童区寄传》

《延河》1963年第3期。

1964年

古人勤学的故事(自著)

天津人民出版社1964年出版。

此书中的若干篇,是六十年代初响应周总理狠抓"三基"、大练"基本功"的号召而写的。当时的《西安晚报》曾辟《奋勉集》专栏陆续发表。天津人民出版社出版前又增写多篇,每篇先排改编的故事,后附改编所根据的古文及注释。书前有八千字左右的前言。

胜利七场政委王无逸老友寄示生产建设兵团左齐政委《读胜利七场生产捷报》七律,因次原韵祝贺(七律)

新疆军区建设兵团《生产战线》1964年10月17日。

延安革命纪念馆内有战马遗体,意态如生,感而有作(五律)

同彭铎、持生谒杜祠次彭兄原韵(七律)

减字木兰花——登《为人民服务》讲话台(词)

正确地对待文学遗产(评论)

《延河》1964年第6期。

古文漫谈三题

陕西师大《科学研究论文选辑》1964年卷。

1965 年

别邓宝珊先生(五律)

骂皇帝？还是爱皇帝？——对海瑞《治安疏》的剖析(论文)

  《光明日报》1965 年 12 月 26 日。

哪个阶级的"古为今用"？(论文)

  陕西师大《科学研究论文选辑》1965 年卷。

1968 年

潜登大雁塔三首(七绝)

1970 年

放逐偶吟四首(七律)

  收入纽约美东中华诗友会会刊《海外艺丛》。

泾河杂咏(七律)

  收入《五四以来诗词选》。

  收入《海外艺丛》。

狗年除夕(七律)

1971 年

劳改偶吟二首(七律)

"文革"书感(七律)

1972 年

寄明儿二首(七律)

浪淘沙·示明儿(词)

寄光、辉两儿二首(七律)

1976 年

悼念周恩来总理二首(五律)

　　《陕西日报》1977 年 1 月 7 日。

寄秋岩苏州,求画梅(七绝)

　　《文学报》1982 年 4 月 29 日"作家书画"栏。

1977 年

元旦试笔(七律)

　　收入《中国当代诗词选》,江苏文艺出版社 1986 年出版。

春节回天水,与友人夜话(七律)

　　纽约美东中华诗友会会刊《海外艺丛》。

清明书感二首(五律)

　　《岳麓诗词》总第三期。

1978 年

荀子《劝学》解析、庄子《庖丁解牛》解析

　　以上两篇,见陕西师大自印《中国古代文学作品选讲》第一册。

王之涣《登鹳雀楼》解析、崔颢《登黄鹤楼》解析、杜甫《自京赴奉先县咏怀五百字》解析、杜甫《北征》解析、柳宗元《敌戒》解析

　　以上五篇,见《中国古代文学作品选讲》第二册。

苏轼《刑赏忠厚之至论》解析、陆游《示儿》解析、范成大《催租行》解析、元杂剧《李逵负荆》解析

　　以上四篇,见《中国古代文学作品选讲》第三册。

形象思维第一流——读毛主席《贺新郎·读史》

　　《西安晚报》1978 年 9 月 13 日。

郭克画枇杷、梅花两幅见寄,各题一绝(七绝)

鹧鸪天——万里鹏程片隙过(词)

收入《中国当代诗词选》。

水天同教授回兰州讲学，冒雨来访，赋诗送行（七律）

收入《当代诗词》总第七期。

1979 年

《原诗》《说诗晬语》校注（自著）

人民文学出版社 1979 年出版。

此书为"中国古典文学理论批评专著选辑"丛书中的一种。叶燮的《原诗》用文学发展的眼光论诗，穷流溯源，对诗歌的继承、创新以及创作规律等重大问题，提出了精辟的见解，是我国古典文学理论的杰作。《说诗晬语》的作者沈德潜是叶燮的学生。他的论诗著作，可与《原诗》共读。长篇前言对原著的优缺点作了深入细致的分析和评论。

从杜甫的《北征》看"以文为诗"（论文）

《人文杂志》1979 年第 1 期。

缅怀先烈促四化——喜读叶副主席新作

《西安晚报》1979 年 4 月 26 日。

柳宗元《永州八记》选讲

上海《语文学习》1979 年第 2 期。

柳宗元《永州八记》选讲（续）

上海《语文学习》1979 年第 3 期。

"情动于中而形于言……"（论文）

《思想战线》1979 年第 3 期。

读《茅屋为秋风所破歌》

《南京大学学报》1979 年第 3 期。

再谈林嗣环的《口技》

《陕西教育》1979 年第 3 期。

诗的"直说"及其他——对毛主席给陈毅同志谈诗的一封信的理解（论文）

《陕西师大学报》1979 年第 3 期。

彻底解放文艺生产力（评论）

《延河》1979 年第 1 期。

重谈形象思维——与郑季翘同志商榷（论文）

《陕西师大学报》1979 年第 4 期。

挽郑伯奇同志（七律）

《陕西日报》1979 年 2 月 18 日。

《当代诗词》总第 7 期。

友好歌声播五洋三首——赠日本京都学术代表团（七绝）

《西安晚报》1979 年 5 月 22 日。

水调歌头——悼念周总理（词）

《西安晚报》1979 年 1 月 8 日。

收入《湖湘诗萃》创刊号。

滇游杂咏十二首（七绝）

《云南日报》1979 年 4 月 1 日。《滇池》1979 年第 2、3 期连载。

《桂林诗词》第一集。《飞天》1982 年 6 月号。

石林行（七古）

广州《诗词集刊》1983 年第 1 期。

收入《岳麓诗词》总第 5 期。

昆明遇南雍同学（七绝）

收入《岷峨诗稿》总第 8 期，巴蜀书社 1987 年版。

成都谒武侯祠（七律）

游草堂口占（七绝）

参加中国文学艺术工作者第四次代表大会感赋（七律）

《五四以来诗选》，河南大学出版社 1987 年版。

登慈恩寺塔，怀江南友人（七绝）

《解放日报》1982 年 1 月 13 日。

《岷峨诗稿》总第 8 期，巴蜀书社 1987 年版。

1980 年

勤学苦练的故事（自著）

陕西人民出版社 1980 年版，1981 年第二次印刷，1982 年第三次印刷。在长篇《前言》之后，编排四十篇作品，有关古人治学的典型事例，都包括其中。

提倡题材、形式、风格的多样化是我国古代诗论的优良传统（论文）

《古代文学理论研究》第 2 辑，上海古籍出版社 1980 年版。

杜甫《石壕吏》赏析

《陕西师大学报》1980 年第 1 期。选入人民文学出版社《唐诗鉴赏集》，题为《其事何长，其言何简》。《名作欣赏》1981 年第 2 期转载。中央人民广播电台广播后收入《阅读与欣赏》第 6 册，题为《藏问于答，独辟蹊径》。

从一首"偷春格"的诗谈起

《长安》1980 年第 1 期。

马总赠日本僧空海离合诗

《长安》1980 年第 4 期。

白居易《长恨歌》赏析

《陕西教育》1980 年第 6 期。选入上海教育出版社《唐诗赏析》。

"宫市"与卖炭翁

《长安》1980 年第 7 期。

见山楼说诗

载《人文杂志》丛刊《文丛》，1980 年版。

说王湾《次北固山下》

《光明日报》1980 年 10 月 22 日。

"沙堤"与"官牛"

《长安》1980 年第 8 期。

说温庭筠的《商山早行》诗

《长安》1980年第9期。

白居易《琵琶行》赏析

《陕西教育》1980年第10期。

自蜗居搬入教授楼最高层,地接杏园,雁塔、终南,皆在眼底,喜赋(七律)

《岳麓诗词》总第16期。

《岷峨诗稿》总第5期,巴蜀书社1987年版。

全国红学会在哈尔滨友谊宫召开,口占一绝(七绝)

《黑龙江日报》1980年7月23日。

《厦门文艺》1981年第3期。

同舒芜,周绍良乘群众游艇夜泛松花江(七律)

日本《吟咏新风》昭和62年9月号。

纽约美东中华诗友会会刊《海外艺丛》。

东湖即兴(七律)

《厦门文艺》1981年第3期。

日本《吟咏新风》昭和62年9月号。

赤壁留题(七绝)

《赤壁文艺》1981年第1期。

《厦门文艺》1981年第3期。

念奴娇——庚申初冬游赤壁,次东坡韵(词)

《中国当代诗词选》,江苏文艺出版社1986年版。

《岳麓诗词》1984年试刊号。

《湖湘诗萃》创刊号,岳麓书社1984年版。

《厦门文艺》1981年第3期。

1981年

文艺散论(自著)

中国社会科学出版社1981年出版。收入著者"文化大革命"

前所写的学术论文二十多篇。论嵇康、王禹偁、苏舜钦、梅尧臣等篇,属于作家论范畴。《情动于中而形于言》《诗的"直说"及其他》《诗与散文的完美结合》《从杜甫的〈北征〉看"以文为诗"》《文中有诗》《必创前古所未有而后可传世》《尺幅万里》《形象思维第一流》《重谈形象思维》《提倡题材、形式、风格的多样化是我国古代诗论的优良传统》等篇,则结合创作实践,探索我国传统文学理论的民族特点,其目的在于建立具有中华民族特色的马列主义文艺理论。

白居易诗译析(自著)

黑龙江人民出版社 1981 年出版,1982 年再版,在著者五十年代出版的《白居易诗选译》的基础上改写而成,抽去数篇,增加十多篇,保留篇目的译文和原作的注释,都作了大幅度的修改。每篇先译文,后附原作及注释,最后对原作作艺术分析,出版社作为新书,精装出版。曾获黑龙江出版局 1981 年出版物荣誉奖。又与《文艺散论》等书一起,获陕西省社联荣誉奖。

说李商隐《马嵬》等三首诗

《唐代文学》第 1 期,1981 年《西北大学学报》丛刊号。

"诗述民志"——孔颖达诗歌理论初探(论文)

《古代文学理论研究》1981 年第 1 期,上海古籍出版社 1981 年版。

论莫泊桑短篇小说的艺术特色(论文)

《山西师院学报》1981 年第 1 期。

《莫泊桑中短篇小说赏析》用为序言,此书陕西人民出版社 1984 年版。

说杜甫《无家别》

收入《唐诗鉴赏集》,人民文学出版社 1981 年版。

反阉党的战歌——论《五人墓碑记》及其他(论文)

《人文杂志》1981 年第 1 期。

说白居易的《卖花》

《长安》1981年第1期。

在纪念吴敬梓诞生280周年学术讨论会上的发言

载吴敬梓诞辰280周年纪念专刊《吴敬梓研究》。

关于《柏梁台诗》

《陕西教育》1981年第1期。

说白居易《轻肥》

《长安》1981年第3期。

如何看待《西厢记》中的"才子佳人"（论文）

《文艺报》1981年第1期。

"意余于象"一例——说王维《终南山》

《文艺理论研究》1981年第4期。

诗园摘艳

《群众艺术》1981年第5期。

说杜甫的《月夜》

《长安》1981年第5期。

白居易的《昆明湖》与《杜陵叟》

《长安》1981年第5期。

祖咏的《终南望余雪》

《长安》1981年第5期。

谈《巴黎油画记》

全国语文教学法研究会《教学通讯》文科版1981年第5期。

说杜荀鹤《再经胡城县》

《名作欣赏》1981年第5期。

《明人小品选》序

《理论研究》1981年第5期。

镇江师专《教学与进修》1982年第1期转载。

贾岛《寻隐者不遇》

《长安》1981年第10期。

说苏轼的《江城子》

《陕西教育》1981年第1期。

十八院校合编古文论教材审稿会在重庆召开,公推余任主编,因赋小诗,赠与会同志(五律)

《岷峨诗稿》总第11期,巴蜀书社1988年版。

与主佑及中大校友陈君游沙坪坝,遂至松林坡,口占三绝(七绝)

南宁《昆仑诗刊》1982年号。

《岷峨诗稿》总第8期,巴蜀书社1987年版。

于济南参加全国第二次《红楼梦》学术讨论会,会间游泰山,欣赋两绝(七绝)

《红楼梦学刊》1982年第1期,百花文艺出版社1982年版。

题醉翁亭(七绝)

题宝宋斋,中有苏东坡书《醉翁亭记》刻石(七绝)

访全椒吴敬梓故居(七绝)

《徐州报》1981年10月24日。

首届《水浒》学术讨论会在武昌召开,应邀参加,喜赋绝句五首(七绝)

《水浒争鸣》特辑,武汉师院学报编辑部1982年版。

南宁《昆仑特刊》1982年卷。

黄山三题(七绝)

访母校南京中央大学旧址(五律)

东湖长天楼屈原研究座谈会口占(七绝)

1982年

西厢述评(自著)

陕西人民出版社1982年出版。此书在作家出版社和中华书局出版的《西厢记简说》的基础上改写而成,后附修订《后记》。出版社作为新书,列入"戏曲理论丛书"出版。

文艺学简论(自著)

中国社会科学出版社1982年出版。此书以著者五十年代中期出版的《文艺学概论》为基础,抽掉若干章节,增加若干章节,对保留的章节也作了大幅度的修改和补充,故出版社作为新书出版。中国社会科学院文学研究所当代文学研究室编著、中国社会科学出版社1985年出版的《新时期文学六年》在总结新时期文艺理论的基本建设工作时,对此书给予突出的地位进行评价,说它"论证扎实,例证丰富,对文艺内在规律的探讨颇见功力,也十分引人注目"。

含蓄一例——说杜甫《曲江》二首

《文艺理论研究》1982年第1期。

含蓄蕴藉,寄托遥深——说张九龄《感遇》诗

《名作欣赏》1982年第1期。

说杜甫的《宿府》

中华书局《文史知识》1982年第2期。

治学经验谈

《江海学刊》1982年第2期。

谈一些学习经历

《沈阳师院学报》1982年第2期。

一篇对"宫市"的控诉书

《教学通讯》1982年第3期。选入中州书画社《古典文学名篇赏析》第2辑。

论白居易的田园诗(论文)

《陕西师大学报》1982年第3期。

《燕丹子》成书时代及在我国小说发展史上的地位(论文)

《文学遗产》季刊1982年第4期。

要加强对唐诗的研究(论文)

《光明日报》1982年4月22日。

润物细无声——说杜甫《春夜喜雨》

《陕西日报》1982年5月13日。

说杜甫《送郑十八虔贬台州……》

《陕西日报》1982年5月20日。

《咏华山诗选》序

见陕西人民出版社1982年出版《咏华山诗选》。

曲折深婉,余味无穷——说李商隐《夜雨寄北》

《陕西日报》1982年7月22日。选入中州书画社《古典文学名篇赏析》。

深入浅出,情深意远——说白居易《邯郸冬至夜思家》

《陕西日报》1982年8月12日。

大度汪汪似海溟——回忆邓宝珊先生(散文)

《团结报》1982年11月27日。

从《山石》看韩诗的本色(论文)

《光明日报》1982年12月21日,中央人民广播电台广播,广播稿收入《阅读与欣赏》。

"根情、苗言、华声、实义"——一个现实主义的诗歌定义(论文)

《古代文学理论研究》第4辑,上海古籍出版社1982年版。

首届唐诗讨论会在我校召开,海内学人,纷纷应邀,喜赋拙诗相迓(七律)

《当代诗词》第2期,花城出版社1982年版。

《昆仑诗刊》第1集。

《唐代文学论丛》总第5集,陕西人民出版社1984年版。

《丝绸之路诗词选》,新疆青少年出版社1987年版。

香港《嘉讯》第19期,1982年9月25日版。

选入纽约四海诗社编印《全球当代诗词选》上下卷合订本,1990年纽约出版。

唐诗讨论会杂咏(七绝)

收入《当代诗词》第2期。

收入《昆仑诗刊》1982年卷。

成都杜甫研究学会第二届年会在浣花草堂召开,因事不克赴约,写寄三绝(七绝)

收入《当代诗词》第 4 集。

收入《岷峨诗稿》第 14 集。

赠丘良任先生(五律)

《当代诗词》总第 7 期。

谒杜公祠书感,次苏仲翔先生韵(七律)

《唐代文学论丛》总第 5 辑。

选入纽约《海内外》1984 年 10 月第 12 期。

辽宁省第四次红学讨论会于棒棰岛举行,应邀参加,海滨即目,吟成四绝(七绝)

收入《大连师专学报》1982 年增刊。

棒棰岛宾馆楼顶闲眺(七律)

《洞庭湖诗选》,洞庭湖文学杂志社 1983 年版。

日本《吟咏新风》昭和 62 年(1987)9 月号。

纽约《海内外》1984 年 10—12 期。

洛阳杂咏八首(七绝)

《洛阳日报》1982 年 9 月 23 日。

收入《当代黄河诗词选》,河南人民出版社 1988 年版。

同主佑游嵩山少林寺(七律)

收入《少林寺诗选》,河南人民出版社 1984 年版。

少林寺立雪亭书感(七古)

收入《少林寺诗选》。

题嵩阳书院(五律)

收入纽约《海内外》1984 年 10—12 期。

主持郑大研究生答辩毕,漫游开封(五律)

收入纽约《海内外》1984 年 10—12 期。

题汤阴岳飞纪念馆(七律)

收入《汤阴岳飞纪念馆题咏集》。

升杰来信言家乡近况(七绝)

收入《陇上吟》,甘肃人民出版社 1989 年版。

题茹桂《书法十讲》(七律)

  见《书法十讲》,陕西人民美术出版社 1986 年版。

读张慕槎《雁荡吟》(七律)

读李国瑜近作二首(七绝)

参加教育部《中国历代著名文学家评传》审稿会,偶吟小诗二首(七绝)

赠于植元教授(七律)

王达津师寄诗见怀,赋小诗奉酬(七律)

诗贵情真——董晴野诗集序

  《天水文学》1991 年第 1 期。

西和马氏族谱序

维谦诗草序

不知津草庐诗存序

1983 年

唐诗鉴赏辞典(领衔撰稿)

  上海辞书出版社 1983 年出版,多次重印,印数已逾百万册。撰稿五十多篇。

唐代文学研究年鉴·1983 年卷(主编)

  陕西人民出版社 1984 年出版。此系中国唐代文学学会会刊,分十多个栏目,反映唐代文学 1982 年研究概况。

"独上高楼望大荒"——说柳宗元诗

  《名作欣赏》1983 年第 1 期。

学习马克思的治学精神——纪念马克思逝世一百周年(论文)

  《陕西师大学报》1983 年第 1 期。

使"握军要者切齿"的诗

  《陕西日报》1983 年 3 月 31 日。

说陆游《剑门道中遇微雨》

  《陕西师大学报》1983 年第 2 期。

山色不言语——说王质的《山行即事》
  中华书局《文史知识》1983年第7期。

英雄人物看今朝——《〈沁园春〉词话》序
  见《〈沁园春〉词话》，陕西人民出版社1983年版。

苏诗例释(论文)
  《文史哲》1983年第6期。

陆诗鉴赏两题
  《山西师院学报》1983年第4期。

酬日本文化研究所所长大井清教授(七律)
  日本《吟咏新风》昭和58年(1983)新春号。
  纽约《四海诗声》第2辑，纽约四海诗社编印。
  《洞庭诗选》，洞庭湖文学杂志社1983年编印。

中国古代文学理论会在广州珠岛宾馆召开，喜赋三首(七律)
  广州《诗词集刊》1983年第3期。

祝骊山学会成立，并贺《骊山古迹名胜志》出版(七律)
  《西安晚报》1983年10月5日。
  《骊山古迹名胜志》扉页。

青海文学学会成立，会长聂文郁教授驰书索诗，赋此祝贺，并题文集(七律)
  《青海文学学会论文集》，青海人民出版社1984年版。

参加岳麓诗社雅集，住湘江宾馆，喜赋(七律)
  《岳麓诗词》总第3期。
  《岳麓诗声》1985年第1期。
  纽约《海内外》1984年10—12期。
  《长沙市文艺作品丛书·诗词卷》。

随诗社诸公渡湘江，游岳麓山，遂至岳麓书院小憩，诸公多吟诗作书，因赋一律以纪之(七律)
  《岳麓诗声》1985年第1期。
  《长沙市文艺作品丛书·诗词卷》。

南岳杂咏六首(五绝)

　　《武陵诗词》,中国文联出版公司1987年版。

　　纽约《海内外》1984年10—12期。

题衡阳回雁峰四首(七绝)

　　广州《诗词集刊》1984年第1期。

陪内子至澧县访旧居二首(七绝)

　　《武陵诗词》,中国文联出版公司1987年版。

　　纽约《海内外》1984年10—12期。

长沙开会讲学期间,便中游南岳,凌绝顶、下山已岁暮矣。乘特快列车返陕,车中过元旦,口占一绝以抒豪情(七绝)

　　广州《诗词集刊》1984年第1期。

赴广州参加中国古代文学理论会,三日抵达,适遇大雨(七绝)

寄李汝伦三首(七律)

酬三余轩主人(七绝)

车中杂咏五首(七绝)

酬庄严教授见赠二首(七绝)

酬田翠竹先生见赠(七绝)

酬南岳诗社社长羊春秋教授见赠(七律)

船山书院留题(七古)

过宁乡花明楼(七绝)

1984年

唐宋诗文鉴赏举隅(自著)

　　人民文学出版社1984年出版,1986年第二次印刷。分六十多个专题,对近一百篇唐宋诗文名作的艺术蕴含作了多角度、深层次的阐发。不少刊物,发表了罗宗强、吴功正等专家的长篇评论。有些篇章,港台及国外刊物多有转载。

唐代文学研究年鉴·1984年卷(主编)

　　陕西人民出版社1984年出版,此卷分"一年研究情况综述"

"一年论文摘要""一年学术活动""国外研究动态"等十多个栏目。

全国唐诗讨论会论文选(主编)

陕西人民出版社1984年出版。从首届全国唐诗讨论会收到的近百篇论文中精选33篇,并写前言和后记。

唐诗探胜(主编)

中州古籍出版社1984年出版,与林从龙共任主编,组织海内专家数十人撰稿,体现了唐诗研究新成果。

题《黄河诗词》(七绝)

《郑州晚报》1984年6月5日。

《当代黄河诗词选》,河南人民出版社1988年版。

黄河游览区抒怀(七律)

《当代诗词》总8、9期合刊,花城出版社1986年版。

《当代黄河诗词选》。

登郑州二七烈士纪念塔(七律)

《郑州晚报》1984年5月30日。《当代诗词》总8、9期合刊。

《郑州年鉴》建国四十周年增刊。

《当代黄河诗词选》。

浙游杂咏九首(七绝)

《湖湘诗萃》第1期,湖南文艺出版社1986年版。

祝洛阳大学学报创刊(七绝)

《洛阳大学学报》创刊号。

题雁北师专学刊(七律)

《雁北师专》第2期,1984年9月1日。

登应县木塔(七律)

收入《当代诗词》总12期。

选入日本《吟咏新风》,昭和62年(1987)9月号。

游五台(七律)

收入《当代诗词》总13期。

重游兰州二首(七律)

  《甘肃日报》1984年8月21日。

  《陇上吟》,甘肃人民出版社1989年版。

  《丝绸之路诗词选》,新疆青少年出版社1987年版。

  《当代八百家诗词选》,浙江大学出版社1990年版。

宁卧庄消夏(五律)

  收入《陇上吟》《丝绸之路诗词选》。

自敦煌乘汽车至古阳关,缅想丝绸之路,口占一律(五律)

  收入《丝绸之路诗词选》。

赠兰州裴慎医师(五律)

  《岳麓诗词》总第3期。

祝中国韵文学会成立(七绝)

  《湖南日报》1984年11月28日。

  收入《湖湘诗萃》第2期。

登长沙天心阁(五律)

  《长沙市文艺作品丛书·诗词卷》。

  日本《吟咏新风》,昭和62年(1987)9月号。

偕中国韵文学会诸公登岳阳楼(五律)

  《长沙市文艺作品丛书·诗词卷》。

寄叶嘉莹教授(五律)

黄河摇篮曲(七古)

别张挥之(七绝)

游云冈石窟(五律)

游悬空寺(五律)

赠蔡厚示教授(五律)

满庭芳——国庆三十五周年献词(词)

  《陕西师大报》1984年10月10日。

水调歌头——登岳阳楼(词)

  《光明日报》1984年6月23日。

收入《岳阳楼大修征集作品选》。

收入光明日报出版社1985年出版《〈东风〉旧体诗词选》。

"断代"的研究内容与非"断代"的研究方法（论文）

载《唐代文学研究年鉴》，陕西人民出版社1984年版。

中天月色好谁看——说杜诗《宿府》

载《古典诗词名篇鉴赏》。

清明时节话清明（散文）

《陕西日报》1984年4月5日。

减字木兰花四首——西湖抒情（词）

载《词学》第七辑《词苑》栏，华东师大出版社1989年版。

绝妙的讽刺小品

《名作欣赏》1984年第1期。

江湖夜雨十年灯

《文史知识》1984年第2期。

阳春召我以烟景

《旅游天地》1984年第2期。

论于右任诗的创新精神（论文）

《人文杂志》1984年第5期。

论诗中用数字

《唐诗探胜》，中州古籍出版社1984年版。

《唐诗探胜》前言

宋诗鉴赏二题

《辽宁大学学报》1984年第5期。

感、视、听觉的交替与综合（论文）

纽约《海内外》1984年10—12期。

1985年

唐代文学研究年鉴·1985年卷（主编）

陕西人民出版社1985年版。分十多个栏目，全面反映了

1984年唐代文学研究概况。

野火烧不尽——说白居易《赋得古原草送别》

  《文史知识》1985年第1期。

关于练基本功(治学经验谈)

  《文史哲》1985年第1期。

《中国历代诗歌类编》序

  河南教育出版社1988年版。

  《教学通讯》1985年第1期。

  《中州书林》1986年9月5日。

王绩诗小议

  《夜读》1985年第3期。

金坛段玉裁纪念馆落成(七律)

  收入《岳麓诗词》总第7期。

赠马生宏毅(五古)

  收入《渭滨吟草》。

登黄鹤楼(七律)

  《光明日报》1985年5月12日。

  日本《吟咏新风》,昭和62年(1987)9月号。

兰州晚报创刊五周年(七绝)

  载《兰州晚报创刊五周年纪念》。

  收入《陇上吟》。

采石太白楼诗词学会成立感赋(七古)

  《太白楼诗讯》1985年总第4期。

  《岳麓诗词》总第12期。

林则徐二百周年诞辰,有感于戍新疆事,偶吟八句(七律)

  载福州市编印《纪念林则徐诗词特辑》。

  收入《福建诗词》第1集,福建教育出版社1989年版。

寄题许慎纪念馆(七律)

  《岳麓诗词》总第7期。

第三届《水浒》讨论会在秦皇岛召开(七绝)

　　《秦皇岛日报》1985年8月29日。

　　收入《耐庵学刊》,江苏大丰县施耐庵研究会编印。

山海关抒怀(七律)

　　《秦皇岛日报》1985年8月29日。

　　《东坡赤壁诗词》1985年第3期。

　　《岳麓诗词》1989年第3、4期合刊。

得端砚(五律)

　　《岷峨诗稿》第11期。

赠周兆颐四首(七绝)

　　《飞天》1986年第1期。

陕西人民出版社成立三十周年(七律)

　　载《陕西人民出版社成立三十周年》。

读《于右任诗集》十首(七绝)

　　收入《于右任诗歌萃编》,陕西人民出版社1986年版。

寄李易(七古)

　　《岳麓诗词》总第10期。

友人嘱题狱中诗草(五古)

题红茶山房煮茗图,次原韵二首(七绝)

全国外语院系汉语研究会在西安召开,应邀出席开幕式,赋诗祝贺(七律)

酬日本坂田新教授五首(七绝)

楼观台杂咏五首(五绝)

1986年

白居易诗选译(自译)

　　百花文艺出版社1986年版。在1958年版的基础上作了较大幅度的修改,后加《修订本后记》。

中国古代文论名篇详注(主编)

上海古籍出版社 1986 年版。此系高校文科教材。受国家教委委托，按主编责任制要求，组织十六所院校有关教师编写，最后认真细致地修改了全部书稿。

中国近代文论名篇详注（主编）

贵州人民出版社 1986 年版。此书与《中国古代文论名编详注》配套，受国家教委委托，组织十七所院校有关教师编写，最后修改、审定全部书稿。

中国古典文学（主编）

陕西人民教育出版社 1986 年版。此系自修大学中文专业教材，全书共 44 讲，先在《陕西教育》连载，后应读者要求整理出版。

唐代文学研究年鉴·1986 年卷（主编）

陕西人民出版社出版。

中国古典文学声情掇萃（主编）

扬子江音像出版社 1986 年版。这套教学磁带共十盘，与林从龙共任主编，精选有代表性的诗、词、曲共五十八首，各有精练的讲解。原作由专家吟诵，讲解词由著名播音员红云、方明播讲。吟诵原作时，配以历史名曲，以渲染原作的意境。其讲解词，又汇编为《古诗词曲欣赏》，由河南教育出版社出版。

日出江花红胜火——说白居易词

《中文自学指导》1986 年第 1 期。

《村行》浅析

《文艺学习》1986 年第 2 期。

说李贺《雁门太行》

《唐都学刊》1986 年第 2 期。

《意境·风格·流派》序

广东人民出版社 1986 年版。

《书法十讲》序

陕西人民出版社 1986 年版。

玉辇何由过马嵬——马嵬诗漫谈（散文）

收入《汉唐文史漫论》，陕西人民出版社 1986 年版。

说李白《金陵酒肆留别》

《中文自学指导》1986 年第 11 期。

《郭沫若史剧理论研究》序

《人文杂志》1986 年第 6 期。

《九僧》《寇准》《梅尧臣》《苏舜钦》《李觏》《文同》《王令》《杨万里》《范成大》《四灵》《徐玑》《徐照》《翁卷》《赵师秀》《朱熹》《文天祥》《汪元量》《郑思肖》《林景熙》等二十篇（作家评传）

载《中国大百科全书·中国文学卷（一）》，中国大百科全书出版社 1986 年版。

摘除白内障，双目复明（七律）

《峨岷诗稿》第 6 期，巴蜀书社 1987 年版。

武鸣伊岭岩杂咏九首（七绝）

《伊岭岩诗稿》，广西民族出版社 1987 年版。

《南宁风光诗词选》，广西民族出版社 1990 年版。

《洞庭诗词选》第 4 辑。

黄河游览区杂咏二首（七绝）

《当代诗词》总 8、9 期合刊，花城出版社 1986 年版。

《当代黄河诗词选》，河南人民出版社 1988 年版。

题罗国士神农架山水长卷（七古）

见《罗国士书画集》，陕西人民美术出版社 1988 年版。

祝河南黄河诗社成立（五古）

载《黄河诗社成立大会纪念册》。

祝日中友好唐诗协会机关杂志《一衣带水》创刊（七律）

日本京都《一衣带水》创刊号。

茂陵怀古（七律）

《光明日报》1987 年 6 月 14 日。

《丝绸之路诗词选集》，新疆青少年出版社 1987 年版。

《当代八百家诗词选》，浙江大学出版社 1990 年版。

《岷峨诗稿》第 9 期,巴蜀书社 1988 年版。

《中华诗词年鉴》1988 年版。

霍去病墓(七律)

《岷峨诗稿》第 9 期。

《当代八百家诗词选》。

《丝绸之路诗词选集》。

李夫人墓前书感(七律)

《岷峨诗稿》第 9 期。

题秦陵兵马军阵展览(七绝)

《岷峨诗稿》第 9 期。

教师节书怀(五律)

《东坡赤壁诗词》1986 年第 4 期。

《渭南教研》1987 年第 4 期。

《文化周报》1986 年 10 月 1 日。

赴泰车中书感五首(五古)

双目复明,登岱放歌(七律)

高元白教授出示于右任翁祭其先德高又宣先生文,快读数过,题诗七首(七绝)

丙寅暮春全国唐代文学学会第三次讨论会于洛阳召开,适逢牡丹花会,喜赋(七律)

赠程莘农教授(七律)

贺阎明教授新居落成(七律)

1987 年

《西厢》汇编(自编)

山东文艺出版社 1987 年精装出版。汇集各种《西厢》及有关《西厢》故事来源的代表作,并写长篇前言,对所收作品逐一评介。

唐代文学研究年鉴·1987 年卷(主编)

陕西师大出版社 1987 年版。

古文鉴赏辞典(顾问、领衔撰稿)

  江苏文艺出版社1987年版。

宋诗鉴赏辞典(领衔撰稿)

  上海辞书出版社1987年版。

中国文学史自学考试大纲(参编)

  华东师范大学出版社1987年版。与章培恒、金启华、郭预衡四人合写,本人完成先秦、两汉、魏晋南北朝部分。

《吊屈原》论析

  《河北师院学报》1987年第1期。

《古代戏剧赏介辞典·元曲卷》序

  《陕西师大学报》1987年第1期。

徐昌图《临江仙(饮散离亭)》赏析　辛弃疾《定风波(少日情怀)》赏析　辛弃疾《鹧鸪天(晚日寒鸦)》赏析　辛弃疾《醉太平(态浓意远)》赏析　辛弃疾《锦帐春(春色难留)》赏析　辛弃疾《满江红(莫折荼蘼)》赏析　辛弃疾《满江红(两岸崟岩)》赏析

  以上七篇,见《宋词鉴赏辞典》,北京燕山出版社1987年版。

杜甫《咏怀五百字》等译诗四篇(古诗今译)

  见《唐诗今译集》,人民文学出版社1987年版。

《陈子昂评传》序

  西北大学出版社1987年版。

跟踪春风的脚步

  《光明日报》1987年3月24日。

辛弃疾和韵词中的佳作(论文)

  《古典文学知识》1987年第4期。

关于《唐诗小史》

  《博览群书》1987年第9期。

  《西安晚报》1987年5月30日。

漫谈自学

  《育才报》1987年9月9日、16日连载。

收入《名家谈自学》,兰州大学出版社1988年版。

唐诗概况——《中国历代文学名篇欣赏·唐诗卷》前言

贵州人民出版社1987年版。

《文学社会理论研究》序

《人文杂志》第5期。

《古代文学史语词辞典》序

四川人民出版社1987年版。

谈王安石《答司马谏议书》

《中文自学指导》1987年12月号。

《魏晋三大思潮论稿》序

陕西人民出版社1987年版。

祭黄帝陵文(四言韵文)

收入《黄帝祭文集》,西北大学出版社1991年版。

自学——成才的必由之路

《陕西日报》1987年2月18日。

湖北安陆李白纪念馆落成(七古)

《岷峨诗稿》第7期,巴蜀书社1987年版。

南雍老同学易森荣来访,话旧终宵(七律)

《岳麓诗词》总第9期。

贺《人文杂志》创刊三十周年(七律)

《人文杂志》1987年第1期。

贺中华诗词学会成立(五古)

《中华诗词特辑》。

《岷峨诗稿》第6期。

与日本第一次日中友好汉诗访华团联欢,即席题赠四首(七绝)

日本京都《一衣带水》3号。

天水市国画在西安展出(七绝)

《陕西日报》1987年3月19日。

收入《陇上吟》,甘肃人民出版社1989年版。

美籍甘肃人袁士容女士归国祭扫黄陵,与余相遇桥山,畅叙乡谊(七律)

  《岷峨诗稿》第13期,巴蜀书社1989年版。

  《广西诗词》,广西人民出版社1989年版。

丁卯端阳节在京成立中华诗词学会,国内外与会者近五百人,赋诗纪盛(七律)

  《广西诗词》。

  《中华诗词特辑》。

新常德颂(五律)

  《湖南诗词》,湖南文艺出版社1989年版。

  《长沙市文艺作品丛书·诗词卷》。

题华钟彦教授《五四以来诗词选》(七律)

  见《五四以来诗词选》,河南大学出版社1987年版。

  收入《广西诗词》。

游桃花源二首(七绝) 索溪峪观奇峰(七绝) 索溪峪夜起(七古) 游黄龙洞(七绝) 游常德德山柱水(七古)

  以上诸篇,收入《武陵诗词》。

游十里画廊(七绝)

  收入《长沙市文艺作品丛书·诗词卷》。

宝峰湖放歌(七古)

  自书,刻于常德诗墙。

  《光明日报》1987年9月13日。

  《长沙市文艺作品丛书·诗词卷》。

赞民兵发现黄龙洞(七绝)

  《长沙市文艺作品丛书·诗词卷》。

应明治大学客员教授之聘,自上海飞东京、喜赋小诗(七绝)

  《岷峨诗稿》第10期。

  《当代八百家诗词选》。

  《中华诗词年鉴·1989年版》,中国民间文艺出版社版。

日本《福井新闻》,昭和 63 年(1988)9 月 5 日。

赠日本明治大学(七律)　参观静嘉堂文库二首(七绝)

《岷峨诗稿》第 10 期。

日本《福井新闻》,昭和 63 年(1988)9 月 5 日。

东京(七绝)　名古屋日本中国学会遇门人马歌东(七绝)

《岷峨诗稿》第 10 期。

日本《福井新闻》,昭和 63 年(1988)9 月 8 日。

奈良中秋夜望月(七绝)　重阳节离日飞沪(七绝)

《岷峨诗稿》第 10 期。

日本《福井新闻》,昭和 63 年(1988)9 月 5 日。

按:日本讲学期间所作诗多首,由福井大学前川幸雄教授用日语翻译,并加解说,发表于昭和 63 年(1988)9 月 5 日—8 日《福井新闻》,先刊原诗,接着是译诗,最后是解说。

赠东洋文库(七绝)　亚细亚文化会馆楼顶观东京夜景(七绝)
赠岩崎富久男教授四首(七绝)　赠信州大学英语教授桥本功(七绝)　赠西岗晴彦教授四首(七绝)

1988 年

中国古典小说六大名著鉴赏辞典(主编)

华岳文艺出版社 1988 年版。

唐代文学研究年鉴·1988 年卷(主编)

陕西师大出版社 1988 年版。

元曲鉴赏词典(参编、顾问)

中国妇女出版社 1988 年版。

古汉语虚词用法辞典(参编)

陕西人民出版社 1988 年版。

白居易评传

载《中国古代文论家评传》上册,中州古籍出版社 1988 年版。

《童区寄传》等五篇古文赏析

收入《中学古文鉴赏手册》,江苏文艺出版社1988年版。

白居易《忆江南》词三首赏析

收入《唐宋词鉴赏词典·唐五代北宋卷》,上海辞书出版社1988年版。

辛弃疾《破阵子(醉里挑灯)》赏析

收入《唐宋词鉴赏词典·南宋辽金卷》,上海辞书出版社1988年版。

王禹偁《村行》等十二篇赏析

收入《历代名篇赏析集成》(上、下),中国文联出版公司1988年版。

王若虚评传

载《中国古代文论家评传》下册,中州古籍出版社1988年版。

中国古典诗歌中的喜剧意识(论文)

《喜剧世界》1988年创刊号。

白居易诗歌理论的再认识(论文)

《河南社联》1988年2月号。

研究韵文,开创一代新诗风(论文)

《中国韵文学刊》创刊号。

漫谈古诗今译(论文)

《陕西日报》1988年2月29日。

"遭世罔极,乃殒厥身"

收入《楚辞鉴赏集》,人民文学出版社1988年版。

普救寺里说《西厢》(散文)

《山西日报》1988年4月24日。

李贺《雁门太守行》鉴赏

收入《古代文学作品鉴赏》,上海古籍出版社1988年版。

《宋词三百首今译》序

《博览群书》1988年第6期。

最近十年唐诗研究(在日本东京公开讲演)

收入日本明治大学《外国人研究者讲演录》,1988年3月东京版。

漫谈传统文化

《太原日报》1988年9月26日。

关于传统文化与古典文学的思考

《西安晚报》1988年11月7日。

题张謇《送王生毕业归天水》诗卷(七古)

《甘肃日报》1989年6月15日。

《渭北吟草》第五辑。

《仇池诗草》1989年卷。

台湾作家王拓自美国归祭扫黄陵,邵燕祥赠以七律,毕朔望约余同和(七律)

《岷峨诗稿》第13期。

《当代诗词》总第15期。

纽约四海诗社编印《全球当代诗词选集》。

贺陕西省诗词学会成立(七律)

《陕西省诗词学会成立大会纪念专辑》。

读《晚霁楼诗》、怀秦州诗友(五律)

收入《陇上吟》。

题仇池诗草(五律)

见仇池诗社1989年编印《仇池诗草》。

游晋祠四首(七绝)

《岷峨诗稿》第15期。

长安诗词学会成立放歌(七古)

《西安晚报》1988年10月。

题《红楼梦》人物馆(五律)　挽刘锐教授(七律)　于右任书法流派展览(七律)　搬家三首(七绝)

戊辰仲秋,有亮,一珠结婚。至此,三儿一女俱得佳偶,喜赋长句,以贺以勉(七律)　题江海沧《法门寺印谱》(七古)　祭天水伏羲庙文

1989 年

唐音阁吟稿(自著)

　　陕西人民出版社 1989 年版。收入作者自 1937 年至 1988 年所作诗词近六百篇,诗六卷,词一卷。钱仲联教授作序,自作《后记》,陈匪石、陈迩冬、苏渊雷教授题词。

李白诗歌鉴赏(合著)

　　上海教育出版社 1989 年版。与尚永亮合作,选李白各体诗一百五十多首作简明的解析,本人写长篇前言。

中外文学名著缩编本丛书(主编)

　　未来出版社 1989 年起陆续出版。

中外散文名篇鉴赏辞典(领衔撰稿)

　　安徽文艺出版社 1989 年版。

金元明清词鉴赏辞典(领衔撰稿)

　　南京大学出版社 1989 年版。

中外爱情诗鉴赏辞典(领衔撰稿)

　　江苏教育出版社 1989 年版。

柳宗元诗文赏析集(参编、顾问)

　　巴蜀出版社 1989 年版,为"中国古典文学赏析丛书"之一。

《邓千江〈望海潮〉》等词鉴赏文多篇

　　收入《金元明清词鉴赏辞典》,江苏古籍出版社 1989 年版。

陈与义《早行》、梅尧臣《鲁山山行》赏析

　　收入《中国古代山水诗鉴赏辞典》,江苏古籍出版社 1989 年版。

韩愈《山石》赏析(论文)

　　收入《古代诗歌精萃鉴赏辞典》,北京燕山出版社 1989 年版。

论刘邦的《大风歌》(论文)

　　《蒲峪学刊》1989 年第 1 期。

论李调元《诗话》

《四川师院学报》1989 年第 1 期。

《李调元诗话评注》序

重庆出版社 1989 年版。

论《宋词举》及其他——怀念匡石师（散文）

《文教资料》1989 年第 3 期。

《儒林外史》前言

岳麓书社 1989 年版。

杜甫《咏怀五百字》赏析（论文）

《名作欣赏》1989 年第 1 期。

《屈原集注》序

陕西人民出版社 1989 年版。

《中外文学名著缩编本丛书》序

未来出版社 1989 年版。

贺陕西省楹联学会成立（五古）

《对联》1989 年号。

寄李般木乌鲁木齐三首（七绝）

《长安诗词》创刊号。

春游大雁塔四首（七绝）

《岷峨诗稿》第 15 期。

己巳暮春参加郑州黄河游览区诗会，观牡丹园，登大禹岭，赋呈与会诸公（七律）

《岷峨诗稿》第 17 期。

赠黄河诗社诗人、泡沫塑料厂厂长田培杰君（五律）

《中华诗词》第 1 辑，中国民间文学出版社 1990 年版。

陕西省考古研究所成立三十周年纪念（七律）

见考古研究所 1989 年所刊。

雁塔区《民间文学集成》出版志贺（五律）

见《民间文学集成》。

题《宝玉石信息》（七绝）

载《宝玉石信息》1989 年 11 月 30 日。

游药王山抒怀三首（七绝）

《孙思邈研究》创刊号。

题《兰州古今诗词选》（七律）

见《兰州古今诗词选》，甘肃人民出版社 1990 年版。

应邀主持南京大学、南京师范大学博士论文答辩，重游金陵（七绝）　登南城门楼，观西安书法艺术馆所藏珍品（五律）　南城门楼西安书法艺术馆联（楹联）　答厚示见责（七绝）　终南印社成立十周年（五古）　自西安赴广西，车过中州作（七绝）　端阳节二首（七绝）　无息嘱题王少兰怀飞楼山水画册二首（七绝）　贺天水诗书画院成立（七律）

西安钟楼长联

已刻制悬挂。

《陕西日报》1989 年 5 月 6 日。

《岷峨诗稿》第 18 期。

西安松园联

已刻制悬挂。

药王山孙思邈纪念馆联

撰联并书，已刻制悬挂。

复江树峰教授书

《中国文化报》1989 年 11 月 5 日第 4 版。

1990 年

唐代文学研究年鉴，1989、1990 合辑（主编）

广西师大出版社 1991 年版。

关汉卿作品赏析集（主编）

巴蜀书社 1990 年版。

古代咏花诗词鉴赏辞典（顾问、领衔撰稿）

吉林大学出版社 1990 年版。

先秦汉魏六朝诗鉴赏辞典(领衔撰稿)

  三秦出版社 1990 年 6 月版。

古代爱情诗词鉴赏辞典(领衔撰稿)

  辽宁大学出版社 1990 年版。

中国古代爱情诗歌鉴赏辞典(参编、顾问)

  安徽黄山书社 1990 年版。

中国古代诗歌欣赏辞典(领衔撰稿)

  汉语大词典出版社 1990 年版。

元好问《黄钟人月圆·卜居外家东园》二首解析　关汉卿《南吕一枝花·不伏老》解析　白朴《双调沉醉东风·渔夫》解析　马致远《般涉调耍孩儿·借马》解析　张养浩《中吕山坡羊·潼关怀古》解析　睢景臣《般涉调哨遍·高祖还乡》解析

  以上六篇，收入《元曲鉴赏辞典》，上海辞书出版社 1990 年版。

崔珏《鸳鸯》赏析　崔佑《鸡雏》赏析　李郢《孔雀》赏析　吴融《燕雏》赏析　王绂《花上白头翁》赏析　贯休《莺》赏析　徐寅《鹊》赏析

  以上七篇，收入《花鸟诗歌鉴赏辞典》，中国旅游出版社 1990 年版。

《古代咏花诗词鉴赏辞典》序

  吉林大学出版社 1990 年版。

《山水花鸟词译解》序

  陕西人民美术出版社 1990 年版。

《风雨楼诗稿》序

  陕西人民出版社 1990 年版。

《润金书屋词稿》序

  陕西人民出版社 1990 年版。

  《读者之友》1990 年 1 月第 37 期。

《诗国沉思》前言

  中国文联出版公司 1990 年版。

漫谈中华诗歌传统的继承和创新（论文）

  收入《诗国沉思》。

古代文学研究的重要开拓——评王钟陵著《中国中古诗歌史》

  《学术月刊》1990年第10期。

总结经验，发扬优秀传统（论文）

  《中华诗词》第1辑，中国民间文学出版社1990年版。

《中国古代诗歌鉴赏》序

  浙江大学出版社1990年出版。

《语文美育教学导向与实践》序

  陕西人民教育出版社1990年出版。

读国璘兄台北书，怅触往事，吟成九绝，却寄（七绝）

  《岷峨诗稿》第18期。

陕西师大学报创刊三十周年（七律）

  见《陕西师大学报》1990年第2期。

超然兄来函嘱题《阅读与写作》，因忆旧游，吟成八句（七律）

  见《阅读与写作》1990年第5期。

首届海峡两岸元曲研讨会在石家庄召开，因事未能赴邀，写寄小诗四首（七绝）

  《河北师院学报》（元曲研究专号）1990年第2期。

应顾问之聘，赴凤翔参加苏轼研讨会，畅游东湖，苏轼纪念馆负责人索书，即题四绝（七绝）

  已刻碑四块，立于馆内。又载《岷峨诗稿》第19期。

钓鱼台（七绝）　周公庙（七律）　门人邓小军、尚永亮、程瑞钊俱获博士学位，设宴谢师，口占四句以赠（七绝）　金缕曲——国璘兄自台北寄于右任先生像及自书诗（词）　中国唐代文学学会于南京召开国际学术会议，四海名流毕集，喜赋（七律）　偕唐代文学国际学术讨论会诸公游扬州，登平山堂小息（七律）　游兰亭，主人索书，因题一绝（七律）　题浙江临海市郑广文纪念馆（七律）　与中外学者同展郑虔墓《七律》　登赤城（七绝）　入天台（七绝）　登天台望远（七绝）　游

天台山至方广寺茗坐（五古）　观石梁飞瀑（歌行）　隋梅宾馆过夜（七绝）

以上各首，载《陕西省老年大学诗词集》创刊号。

1991 年

唐音阁诗词集

台北百骏文化事业有限公司 1991 年版。收 1937—1990 年诗词联七百多首，繁体直排，分平装、精装两种，纸张、版式、装帧甚精美。前有钱仲联、刘君惠、程千帆三先生序（钱序墨迹制版），后有台北老友冯国璘、姚蒸民两先生跋。

唐代文学研究年鉴·1991 年卷（主编）

广西师大出版社 1992 年版。

中国历代诗词曲论专著提要（主编）

北京师范学院出版社 1991 年版。

万首唐人绝句校注集评（主编）

山西人民出版社 1991 年版。共二百七十万字，精装，上、中、下三巨册。先写样稿，指导研究生校注，逐篇修改，历时数年始完成。自撰长篇前言。

《小学语文讲读课文板书设计》序

陕西师大出版社 1991 年版。

《中国风俗大辞典》序

中国和平出版社 1991 年版。

漫谈绝句和绝句鉴赏

《唐都学刊》1991 年第 4 期。

《文学鉴赏录》序

《咸阳师专学报》1991 年第 4 期。

《延河》1992 年 12 期。

《陈尧佐诗辑佚注析》序

巴蜀书社 1991 年版。

辛未人日国璘自台北来电话贺年(七律)

偕王维学会诸公游辋川三首(七绝)

游蓝田,经女娲庙至水陆庵观泥塑(七绝)

题天水师范校史展览室(五律)

孟夏参加《当代诗词》创刊十周年纪念会(五古)

清远市游览(五律)

游霞山宿飞霞洞(七绝)

题霞山飞来寺(七绝)

登松峰极顶,小立松峰亭(七绝)

翠亨村谒中山先生故居二首(七绝)

珠海市(七绝)

蛇口市二首(七绝)

听介绍深圳创业史(五绝)

游深圳"锦绣中华"(七律)

自深圳至惠州(七绝)

游惠州西湖怀东坡(七绝)

吊朝云二首(七绝)

游罗浮山(七绝)

罗浮山会仙桥口占(七绝)

每年所作诗词,多发表于《当代诗词》等国内外各诗刊,不再注。

1992年

唐诗精选评注

江苏古籍出版社1992年版。此系"名家精选古典文学名篇"丛书中的一种。作家小传稍详,每篇诗后有注释品评,多次重印。

唐代文学研究年鉴·1992年卷(主编)

广西师大出版社1993年版。

中国古代戏曲名著鉴赏辞典(主编)

中国广播电视出版社1992年版。

唐诗与长安

《文史知识》1992年第6期。

怀念辟疆师

《古典文献研究(1989—1990)》,南京大学出版社1992年版。

《中国名胜诗联精鉴》序

山东友谊书社1992年版。

《垦稼轩诗词》序

《天水学刊》1992年第2期。

《陆游读书诗译注》序

陕西人民教育出版社1992年版。

《延安吟》序

陕西旅游出版社1992年7月版。

《古今名联选评》序

中州古籍出版社1992年版。

汩汩流出的清泉——《青春诗雨》序

《陕西师大报》1992年4月5日3版。

爱国诗词鉴赏五篇

载《爱国诗词鉴赏辞典》,南京大学出版社1992年版。

爱情诗词鉴赏五篇

载《爱情诗词曲鉴赏辞典》,湖南教育出版社1992年版。

《麦积山石窟志》序

台北国亚印刷企业有限公司1992年版。

《当代诗词点评》序

中州古籍出版社1992年版。

漫谈中华诗歌传统的继承与创新

《旧瓶·新酒·辩护词——当代诗词研讨文集》,广东人民出版社1992年版。

赠空军后勤某部(七律)

甄瑞麟教授嘱题诗集(七律)

中华书局创立八十周年(七律)

西北师大学报创刊五十周年(五古)

题方磊纪游诗画集(七绝)

赠某书家(五绝)

主持雁塔题诗盛会(七律)

阳台种花(七绝)

登陈子昂读书台(七绝)

老年节感怀(七律)

清远主持首届中华诗词大赛六首(七绝)

题金海藏画(七古)

长延堡村首届书画展(七绝)

偶成(七绝)

纽约四海诗社惠寄名誉社长聘书(七律)

赠湖州王一品笔庄(五律)

忆麦积山一首题《石窟艺术》(七律)

题《论诗之设色》后(七绝)

耀县药王山联

  自书,已刻制悬挂。

1993 年

历代绝句精华鉴赏辞典(主编)

  陕西人民出版社 1993 年版。自撰长篇前言,详论绝句的起源、种类、艺术特色及艺术鉴赏。撰稿、定稿、编排,颇费心血。

《唐代文学的文化精神》序

  台北文津出版社 1993 年版。

《中国史官文化与史记》序

  台北文津出版社 1993 年版。

论诗的设色

《江海学刊》1993 年第 5 期。
《林从龙诗文集》序
　　中州古籍出版社 1993 年版。
《梅棣庵诗词》序
　　《教师报》1993 年 3 月 21 日。
要选，就得有眼力
　　《语文学习》1993 年 9 期，上海教育出版社版。
《金榜集》序
　　学苑出版社 1993 年版。
柳宗元散文鉴赏五篇
　　载《中外散文诗鉴赏大观》第 3 卷，漓江出版社 1993 年版。
《羲皇故里楹联选》序
　　甘肃人民出版社 1993 年版。
《雁塔题名作品选》序
　　奥林匹克出版社 1993 年版。
"鸡"人天相
　　《西安晚报》1993 年 2 月 5 日。
《警坛忠魂》序
　　陕西人民出版社 1993 年版。
《诗词曲声韵手册》序
　　上海辞书出版社 1993 年版。
《从政古鉴》序
　　陕西人民教育出版社 1993 年版。
韩马二君邀游渼陂（七古）

长安农民艺术节（七绝）

谒司马迁墓（七律）

题中学生刊物《七彩虹》（七绝）

题舒心斋（五律）

天水海外联谊会成立（七律）

赠旅台老同学某将军(七绝)

赠麦积山风景名胜管理局(七绝)

于右任为麦积山撰书对联刻石立碑(七律)

偕故里诸友游南郭寺(七律)

南郑陆游纪念馆落成(七律)

重游汉中(五律)

登拜将坛(七绝)

城固张骞纪念馆(七绝)

《书法教育报》创刊(五古)

天水秦城区伏羲庙太极殿联

  自书,已刻制悬挂。

1994 年

古代言情赠友诗词鉴赏大观(主编,撰写前言,撰稿)

  陕西人民出版社1994年版。

中外文学名著通俗本丛书(主编)

  共20种,未来出版社1994年版。

宋诗三百首评注(与胡主佑合著)

  岳麓书社1994年版。

感情的提纯和思想的闪光

  《文艺报》1994年1月22日。

《学术论文写作导论》序

  陕西人民教育出版社1994年版。

《当代女子诗词选》序

  福建人民出版社1994年版。

论刘邦的《大风歌》

  《中国韵文学刊》1994年第1期。

论中华诗歌的艺术魅力

  《中华诗词》1994年第1期。

论中华诗歌的现实意义

  《中华诗词》1994年第2期。

《关汉卿研究》序

  台北文津出版社1994年版。

《佛教禅学与唐代诗歌研究》序

南平市长联

  《八闽联讯》第3期,1994年9月。

《文艺民俗美学》序

  陕西人民出版社1994年版。

于右任麦积石窟联碑记

  自书,已刻碑立于天水麦积山石窟前。碑文刊于《中国楹联报》1994年4月26日。

《日本汉诗三百首》序

  陕西师大出版社1994年版。

《一秀斋诗文选》序

  中州古籍出版社1994年版。

题陕西师大畅志园(七绝)

又题校园(五绝)

题西安事变灞桥风雪图(七绝)

题萧君花鸟写意册(五古)

题区丽庄画狮虎(七绝)

题区丽庄画孔雀(七绝)

题淄博市赵执信纪念馆二首(七绝)

次子有明应日本信州大学教授之聘东渡讲学四首(七绝)

西铭画春华秋硕图见赠(七古)

题《献给孩子》丛书(七绝)

武陵诗社建社十周年(七律)

中国杜甫研究会在河南召开,赋呈与会诸公二首(七律)

赴京参加国家文科基地评审会六首(七绝)

赴广州主持"李杜杯"诗词大赛终评(七律)

题梦芙仁弟诗集(七律)

从化温泉次厚示韵二首(六言绝句)

从化温泉新沐次人寿韵(五绝)

1995 年

唐宋诗词三十家丛书(主编)

　　山西古籍出版社 1995 年版。写序,参与韦应物、李贺、杜牧、李商隐、苏轼、黄庭坚等诗词选注工作。

学者自选散文精华(合著)

　　与季羡林、张中行、金克木、杨绛、黄秋耘、徐迟、何满子八人合著,本人入选十一篇散文。太白文艺出版社 1995 年版。

唐诗精品(附历代诗精品)

　　与霍有明合著,时代文艺出版社 1995 年版。

《杜甫研究》序

　　中州古籍出版社 1995 年版。

杜甫研究会开幕词

　　《杜甫研究》第一卷。

《晚霁楼诗词选》序

《胡西铭画集》序

　　陕西旅游出版社 1995 年版。

《汉末士风与建安诗风》序

　　台北文津出版社 1995 年版。

《唐诗风流佳话》序

　　岳麓书社 1995 年版。

《镜海吟》序

　　澳门《华侨报》1995 年 6 月 12 日。

缅怀往昔话读书

　　澳门《华侨报》1995 年 7 月 24 日、7 月 28 日、8 月 21 日连载。

论诗歌创作的设色艺术

  澳门《华侨报》1995年4月3日、17日连载。

《梦翰诗词抄》序

  中国妇女出版社1995年版。

《陕西诗词》发刊词

  《陕西诗词》创刊号,1995年8月1日。

  《中华诗词》1996年第2期。

司马迁的家学与《史记》体现的王道观、士道观——《史记今译》序

《鹿鸣集》序

  《中华诗词》1995年第4期。

《毛选选楷书杜甫秦州杂诗》序

  紫禁城出版社1995年版。

反映建设者的劳动、生活和理想

  《光明日报》1995年5月9日《东风》。

《中华文学鉴赏宝库》序

  陕西人民教育出版社1995年版。

张九龄《感遇》鉴赏　张九龄《湖口望庐山瀑布水》鉴赏　孟郊《游子吟》鉴赏　孟郊《游终南山》鉴赏　孟郊《秋怀》鉴赏　李商隐《夜雨寄北》鉴赏　李商隐《隋宫》鉴赏　李商隐《马嵬》鉴赏　杜牧《阿房宫赋》鉴赏　王禹偁《对雪》鉴赏　王禹偁《村行》鉴赏　关汉卿《南吕一枝花·不伏老》鉴赏　张养浩散曲二首鉴赏　睢景臣《般涉调哨遍·高祖还乡》鉴赏

  以上各篇,收入《中华文学鉴赏宝库》。

乙亥元旦全家欢聚(七律)

有明回西安度假后又东渡讲学(七律)

棚桥篁峰五十次访华纪念(七律)

主持"鹿鸣杯"诗赛终评三首(七绝)

游江心屿(五律)

登池上楼(七绝)

雁荡纪游五首（七绝）

大龙湫观瀑与诗友合影二首（七绝）

赠记者刘荣庆（七律）

赠兰州书法家（七绝）

护城河品茗垂钓（七绝）

题《中华诗词学会人名辞典》（七律）

北京遇天水老乡各赠小诗三首（七绝）

题胡迎建《江西诗话》三首（七绝）

题马兰鼎为余画牡丹（七绝）

偕内子南游讲学呈澳门诗友（七律）

梁披云词丈过访（七律）

登澳门松山灯塔（七律）

游澳门路环岛（五律）

天水玉泉观三清殿联

  自书，已刻制悬挂。

天水南郭寺卧佛殿联

  自书，已刻制悬挂。

天水卦台山伏羲庙碑记

  自书，已刻石立碑。

1996 年

辞赋大辞典（主编）

  江苏古籍出版社 1996 年版。

《中国古典诗学原型研究》序

  台北文津出版社 1996 年版。

评吴功正著《六朝美学史》

  《文学评论》1996 年第 3 期。

落落乾坤大布衣——与《中国书法》记者谈于右任

  《中国书法》1996 年第 4 期。

《当世百家律诗选》序

  香港金陵书社出版公司 1996 年版。

《历代艳体诗歌精萃》序

  华夏出版社 1996 年版。

《偷闲集》序

  陕西旅游出版社 1996 年版。

《二妙轩帖》前言

  《天水文学》1996 年第 3 期。

《杜少陵律法通论》序

  《中华诗词》1996 年第 4 期。

开疆拓土纪新元

  《陕西师范大学学报》1996 年第 1 期。

《长岭集》序

  陕西人民出版社 1996 年版。

意新语工,直面人生

  《三秦都市报》1996 年 1 月 8 日三版。

《当代少数民族诗人论》序

  四川民族出版社 1996 年版。

题《书乡杂志》(七绝)

乙亥除夕(七律)

《中国书法》杂志李廷华过访二首(七绝)

赠摄影家魏德运(五绝)

重游桃花园二首(七绝)

游石门夹山寺五首(七绝)

  其中一首已刻于常德诗墙。

自常德乘轮船至岳阳(七绝)

重游君山(七绝)

重上岳阳楼二首(七绝)

赠陕报老记者吉虹(五律)

赠福建侨乡安溪县凤山公园(七绝)

自西安飞重庆机中作二首(七绝)

参加第九届中华诗词研讨会五首(七绝)

重庆朝天门码头候船二首(七绝)

朝天门发船(七绝)

巫山神女(七绝)

秭归谒屈原祠(五律)

游宜昌三游洞(五律)

告别老三峡(七古)

天水影印《二妙轩帖》(五律)

题《当代女子诗词三百首》(七绝)

诗词吟诵家陈炳铮为余少作《青玉案》谱曲(七绝)

天水杂咏七首(五绝)

赴日本京都参加日中友好汉诗协会创立十周年盛典(七律)

参加墨水篁峰吟咏会创立二十周年盛典(七律)

棚桥、小吉陪游岚山诸胜五首(七绝)

棚桥、小吉陪游京都北山诸胜六首(七绝)

留别棚桥二首(七绝)

怀小吉四首(七绝)

重访信州大学四首(七绝)

有明寓庐家宴二首(七绝)

离松本回国,有明送至名古屋机场(七绝)

台湾国际赋学会未成行,寄台湾亲友十首(七绝)

1997 年

新选新注唐宋八大家书系·韩愈卷

　　与霍有明合著,中国工人出版社 1997 年版。

论唐人小赋

　　《文学遗产》1997 年第 1 期。

《李成海书画篆刻集》序
    陕西人民美术出版社 1997 年版。
李白《春夜宴诸从弟桃李园序》鉴赏等鉴赏文六篇
    收入《古文鉴赏辞典》,上海辞书出版社 1997 年版。
诗国起雄风
    《中华诗词》1997 年第 3 期。
香港回归赋
    《韵文学刊》1997 年第 1 期。此赋北京《光明日报》、香港《大公报》及各省市数十家报刊先后发表;手书稿收入人民出版社主办,刘朝晖主编的大型书画集《世纪之光》,为第 1 卷,人民出版社 1997 年版。
读书的回忆
    《当代百家话读书》,广东教育出版社 1997 年版。
《裴医师诗选》序
    甘肃人民出版社 1997 年版。
《潘成诗联点评》序
    美国中华楹联学会印。
《高峡书宋词》序
    陕西人民美术出版社 1997 年版。
忆于右任先生在广州
    香港《大公报》1997 年 10 月 11 日《大公园》。
迎牛年(七律)
悼念小平同志八首(七律)
迎香港回归二首(七律)
    自书,刻于深圳"锦绣中华"碑林。
    收入《锦绣中华回归颂诗碑》,河南美术出版社 1998 年版。
俊卿画竹以迎香港回归(五律)
赴广州主持"回归颂"诗词大赛终评(七绝)
女杰唐群英赞(歌行)

访于右任先生故里二首(七绝)

题《中华当代绝句精选》(五古)

汤峪宾馆新浴赠同游(七绝)

昆明杂咏三首(七绝)

观黄果树瀑布,祝诗赛成功(七绝)

《江海学刊》创刊四十周年(五律)

孙彦玉曲江安灵苑长联

  自书,已刻制悬挂。

1998 年

元曲精华(主编)

  巴蜀书社 1998 年版。

《金代前期词研究》序

  陕西师大出版社 1998 年版。

《海岳风华集》序

  浙江文艺出版社 1998 年版。

三原于右任纪念碑文

  已刻石立碑。

《太华图》及诸家题咏

  《于右任研究》,于右任研究会 1998 年印。

高举邓小平理论伟大旗帜,开创吟坛新局面

  《开创社会主义诗词新纪元——全国第十届中华诗词研讨会论文选》,云南人民出版社 1998 年版。

  《中华诗词》1997 年第 6 期。

《晚唐诗风研究》序

  黑龙江人民出版社 1998 年版。

《历代五绝精华》序

  新文化出版社 1998 年版。

关于李商隐《夜雨寄北》的理解

《宝鸡文理学院学报》1998年第3期。

雷简夫荐三苏纪念碑文

自书,已刻碑立于合阳文庙院内。

《当代诗词手迹选》序

河南美术出版社1998年版。

《中华当代边塞诗词精选》序

宁夏人民出版社1998年版。

天水诗圣碑林序

自书,已刻石嵌于天水南郭寺碑亭。

蒋蔚奎得奇石,酷肖于右任先生神态(四言诗)

贺广东中华诗词学会成立十周年二首(七律)

张应选先生筹建于右任纪念馆落成(七绝)

赠陕西青年篆刻家(七绝)

自北京飞西安,凭窗望云(七古)

题包君书法《菜根谭百题》(七绝)

寄家乡亲友(七绝)

清明祭帝喾陵(七绝)

赠鞠国栋老友(五律)

题《生命系列摄影集》(七古)

赞新疆生产建设兵团(七律)

石河子诗会(五律)

天山雪莲(七绝)

游天池(七律)

游吐鲁番葡萄沟(七绝)

吐鲁番白杨(七绝)

交河古城(七绝)

访亚洲地理中心(五律)

登乌鲁木齐红山眺远楼(五律)

彭德怀将军百周年诞辰五首(七绝)

题傅嘉仪《髯翁名号印谱》(七古)

题《故园情思》

十一届三中全会二十周年感赋二首(七律)

1999 年

唐宋名篇品鉴(自著)

  中国社会科学出版社 1999 年版。

近五十年寰球汉诗精选(主编)

  三秦出版社 1999 年版。

中华诗词鉴赏辞典(领衔撰稿)

  中国妇女出版社 1999 年版。

唐宋名篇朗诵经典(主编)

  未来出版社 1999 年版。

纪念"五四"运动,振兴中华诗词

  《中华诗词》1999 年第 3 期。

"世纪颂"获奖作品述评

  《中华诗词》1999 年第 4 期。

杜甫与偃师

  《运城高专学报·社会科学版》1999 年第 1 期。

论素质教育与诗词教学

  《诗词进校园论文集》,华中理工大学出版社 1999 年版。

《新时期大学生诗词选》序

  天马图书有限公司 1999 年版。

《"世纪颂"大赛获奖作品集》序

  天马图书有限公司 1999 年版。

超越历史困境的尝试

  《书品》1999 年第 5 期。

《当代吟坛》序

  湖南文艺出版社 1999 年版。

封台山伏羲庙记
　　《天水日报》1999年3月22日,已刻碑。
《中国铁路诗词选》序
　　中国铁路出版社1999年版。
全国第十一届中华诗词研讨会开幕词
　　《春风早度玉关外》,新疆人民出版社1999年版。
全国第十二届中华诗词研究会闭幕词
　　《中华诗词》1999年第6期。
《天水名人》序
　　甘肃人民出版社1999年版。
《古代文史论集》序
　　山东大学出版社1999年版。
己卯元旦试笔二首(七绝)
赠西安自动化健康检查中心(七绝)
鸡铭
甘肃诗词学会换届(五律)
赠银行家随礼(七绝)
示天航小孙孙(五古)
题观赏石展览(七绝)
春登大雁塔(七律)
题王治邦阿房宫长卷(七绝)
题匡一点《当代律随》(七绝)
赠钟明善教授(五律)
张君画八松图祝寿(七古)
题王耀《南郭寺艺文录》(五律)
张李文物书画腊八联展(七绝)
贺厚示庆云新婚(七律)
金婚谢妻七首(七律)

2000 年

历代好诗诠评
中国社会科学出版社 2000 年版。

唐音阁论文集
河北教育出版社 2000 年版。

唐音阁诗词集
河北教育出版社 2000 年版。

唐音阁鉴赏集
河北教育出版社 2000 年版。

唐音阁随笔集
河北教育出版社 2000 年版。

唐音阁译诗集
河北教育出版社 2000 年版。

唐音阁影记
河北教育出版社 2000 年版。

唐音阁杂俎
上海书店出版社 2000 年版。

盛唐文学的文化透视（合著）
与傅绍良合著，陕西师范大学出版社 2000 年版。

杜甫研究论集（主编）
天马图书有限公司 2000 年出版。

《20 世纪陕西书法篆刻集》序
陕西人民美术出版社 2000 年出版。

试作"新声新韵"七律的感想
《中华诗词》2000 年第 3 期。

《百年词精选》序

韩文阐释献疑
《文学遗产》2000 年第 1 期。

怀念匡石师
  《中华学府随笔·走近南大》，四川人民出版社2000年版。
《于右任书法大字典》序
  世界图书出版公司2000年版。
《邱星书法集》序
  陕西人民美术出版社2000年版。
《名句掇英》序
《紫玉箫》二集序
怀念天水（散文）
  《天水日报》2000年4月8日。
题茹桂画梅四首（七绝）
贺从龙荣华西湖新婚（七律）
赞迈向新世纪诗书画联展（七绝）
题《诗咏阴平》（七绝）
题王治邦百鹤祝寿长卷（七古）
题胡文龙书集（七绝）
题王广香花鸟画（七绝）
从龙荣华偕游开封清明上河园
八十述怀二十首（七律）
挽赵朴老
  《光明日报》2000年6月22日《文荟副刊》。
慈恩寺山门联
慈恩寺大雄宝殿联
成纪殿长联
  自书，已刻制悬挂。
大款诗人钱明锵西湖别墅门联
评吴功正《唐代美学史》
  《文学评论》2000年第4期。

几点说明：

一、1937—1990年部分，是按照中国作家协会陕西分会创联部的要求编成的，载《陕西文学界》（季刊）1992年第2期，此次略有补充。解放前部分，因报刊被毁（如《陇南日报》）或不准查阅复印，固然挂一漏万；解放后部分，因"文化大革命"抄家及作者懒于收检，也极不完备。

二、担任主编，有的还写了序，但只是一般地组稿、审稿，未参加撰写，也未作重大修改的著作，均未列入。如"语言文学丛书""中外文学名著缩编丛书"中的各种著作等等。

三、因某种需要而两人联名发表，署第一作者，但只是指导别人撰写，修改程度较小的论著，亦未列入。如《韩偓年谱》（《陕西师大学报》1988、1989年连载）、《论中国传统诗歌的文化精神》（《江海学刊》1989年第1期）、《论宋诗》（《文史哲》1989年第2期）、《两种思维的冲突与史学家的苦闷》（《人文杂志》1989年第1期）、《屈原生年榷论》（《吉林师院学报》1988年3、4期合刊）、《天人感应与神秘思维》（《陕西师大学报》1989年增刊）、《苏舜钦评传》、《文天祥评传》、《赵孟頫评传》、《蒋士铨评传》（前四篇俱见山东教育出版社出版《中国历代著名文学家评传》）等。这些论著的著作权悉归执笔者。

图书在版编目(CIP)数据

唐音阁文萃/霍松林著. —上海:复旦大学出版社,2016.5
(当代中国古代文学研究文库)
ISBN 978-7-309-12055-4

Ⅰ.唐… Ⅱ.霍… Ⅲ.中国文学-古典文学研究-文集 Ⅳ.I206.2-53

中国版本图书馆 CIP 数据核字(2016)第 002430 号

唐音阁文萃
霍松林 著
责任编辑/王汝娟

复旦大学出版社有限公司出版发行
上海市国权路 579 号 邮编:200433
网址:fupnet@fudanpress.com http://www.fudanpress.com
门市零售:86-21-65642857 团体订购:86-21-65118853
外埠邮购:86-21-65109143
常熟市华顺印刷有限公司

开本 787×960 1/16 印张 27.25 字数 348 千
2016 年 5 月第 1 版第 1 次印刷

ISBN 978-7-309-12055-4/I·967
定价:68.00 元

如有印装质量问题,请向复旦大学出版社有限公司发行部调换。
版权所有 侵权必究